〔清〕屈大均 著
陳永正 箋注

屈大均詞箋注

陳永正題

上海古籍出版社

圖書在版編目(CIP)數據

屈大均詞箋注 / (清) 屈大均著;陳永正箋注. —
上海: 上海古籍出版社, 2022. 10
(中國古典文學叢書)
ISBN 978-7-5732-0421-9

Ⅰ. ①屈… Ⅱ. ①屈… ②陳… Ⅲ. ①詞(文學)—作品集—中國—清代 Ⅳ. ①I222. 849

中國版本圖書館 CIP 數據核字(2022)第 162094 號

中國古典文學叢書
屈大均詞箋注
[清] 屈大均 著
陳永正 箋注
上海古籍出版社出版發行
(上海市閔行區號景路 159 弄 1-5 號 A 座 5F 郵政編碼 201101)
(1) 網址: www. guji. com. cn
(2) E-mail: guji1@guji. com. cn
(3) 易文網網址: www. ewen. co
常熟人民印刷有限公司印刷
開本 850×1168 1/32 印張 19. 25 插頁 7 字數 400,000
2022 年 10 月第 1 版 2022 年 10 月第 1 次印刷
印數: 1—1,300
ISBN 978-7-5732-0421-9
I·3647 精裝定價: 98. 00 元
如有質量問題,請與承印公司聯繫

康熙黄廷璋題辭本《翁山詩外》扉頁屈大均遺像

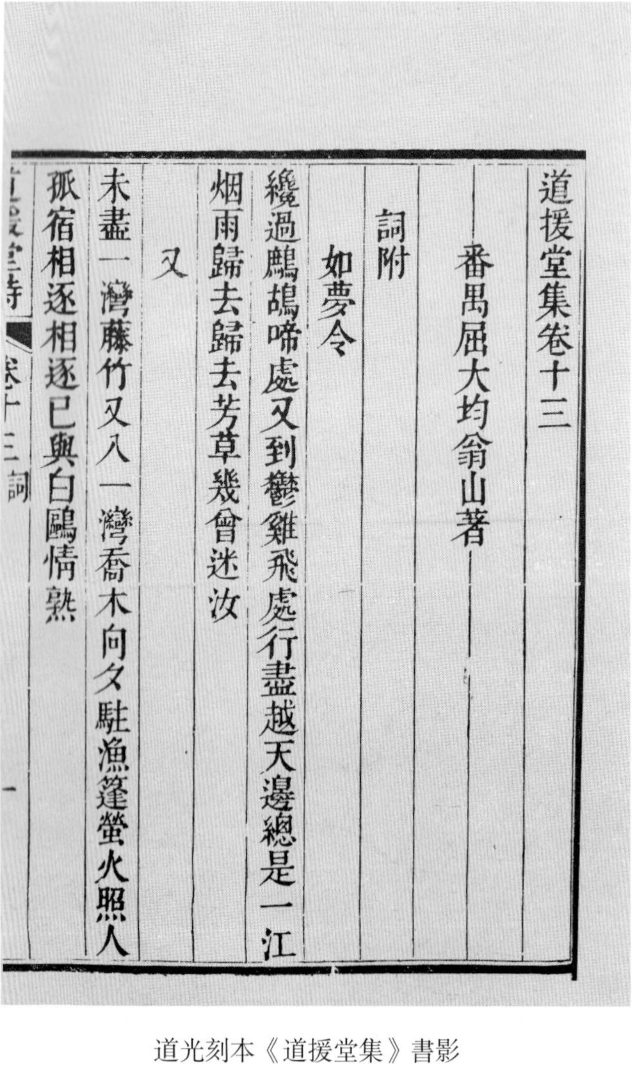
道援堂集卷十三
番禺屈大均翁山著
詞附
如夢令
纔過鷓鴣啼處又到鬱雞飛處行盡越天邊總是一江
烟雨歸去歸去芳草幾會迷汝
又
未盡一灣藤竹又入一灣喬木向夕駐漁篷螢火照人
孤宿相逐相逐已與白鷗情熟
道援堂詩　卷十三　詞　一

道光刻本《道援堂集》書影

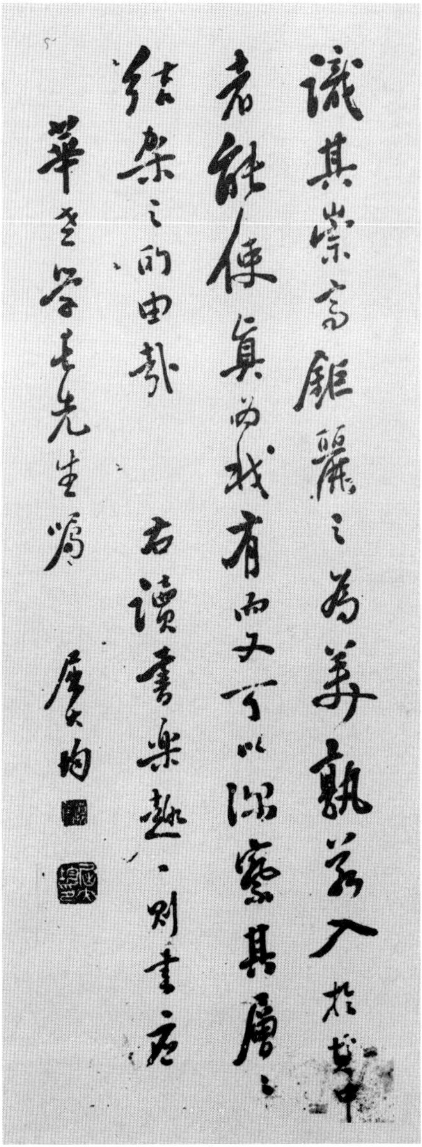

汪宗衍藏屈大均書《讀書樂趣》一則

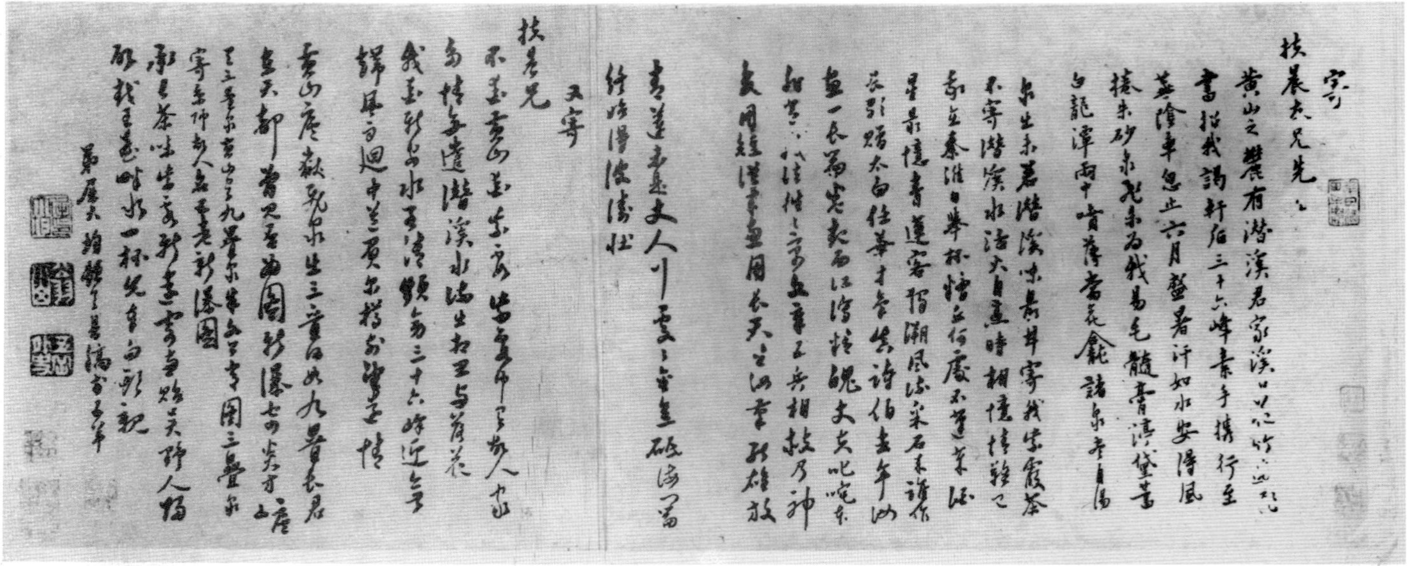

汪宗衍藏屈大均致汪扶晨手札

前言

屈大均，初名紹隆，字翁山，又字介子，廣東番禺人。明崇禎三年生。屈大均身世奇特，明末爲諸生，早年曾投身抗清鬭争，失敗後削髮爲僧，法名今種，字一靈，一字騷餘。後返初服，北走中原、邊塞，聯絡各地志士，力圖匡復。康熙十二年，三藩事件發生，他又參加吴三桂的軍事行動，監軍于廣西桂林，不久即失望辭歸。從此息影鄉園，讀書著述，以遺民身分終老。

屈大均是傑出的遺民詩人，他與陳恭尹、梁佩蘭被稱爲「嶺南三大家」。他們的作品不僅在嶺南，而且在全國都享有令譽，在中國文學史上也有一席重要的地位。屈大均學識淵博，才華横溢，在詩、詞、文諸方面都取得了令人矚目的成就。

屈大均室名「道援堂」，本自孟子「天下溺，援之以道」一語，意欲擔負道援天下之重任，慨然有匡復明室之志，故亦以此名其詩詞集。道援堂集後所附之詞，習稱道援堂詞，屈大均後定名爲騷屑，一語之易，當有深意存焉。劉向九歎思古：「風騷屑以摇木兮，雲吸吸以湫戾。」杜甫又有「兵戎況騷屑」之語，異族入侵，時移代易，國破家亡，詞人當取此以喻時代的動亂，其西屈族祖姑韓安人遺詩序云：「以不死之軀，則騷屑之詞，淋漓嗚咽。」實爲夫子自道。更主要的是，大均畢生以光大三閭大夫之業爲己任，在文學創作上要繼承楚辭的傳統，特別是離騷的精神，故特意以「騷」之「屑」喻己之詞，表示對楚騷的景慕，既自謙，亦自傲。張德瀛詞徵卷六評云：「屈翁山詞，有九歌、九辯遺旨，故以『騷屑』名。」可謂深得其意旨。

屈大均詞，爲有明一代之殿軍，開有清一代之先河。譚瑩論屈大均詞云：「國初抗手小長蘆，除是番禺屈華夫。讀竟道援堂一集，彭孫遹、鄒祗謨説擅倚聲無。」認爲其詞可與朱彝尊相提並論。朱祖謀望江南題其詞集云：「湘真老，斷代殿朱明。不信明珠生海嶠，江南哀怨總難平。愁絶庾蘭成。」以屈氏冠于所舉諸清代名家之首，並以庾信相比，可見其推挹之至了。趙尊岳道援堂詞提要亦云：「明季屈大均、陳子龍出，始崇風骨，而斯道爲之一振。二人皆節概凜然。」屈氏的著述在清代曾被列爲禁書，翁山詩外末附騷屑二卷，有康熙刊本，傳世絶少。三百多年來，屈詞的成就未能得到應有的重視和評價。明清之際，詞學中興，詞壇極一時之盛，詞家輩出。順治十七年鄒祗謨、王士禛合編倚聲初集，入選四百餘家，康熙二十五年蔣景祁編刻瑶華集，入選五百餘家，唯獨屈氏闕焉。直至嘉慶間王昶編纂明詞綜，録「一靈」詞七首，亦未敢用其原名。迨及清末，翁山詩外始有國學扶輪社排印本，惜印數甚少，流傳未廣。民國時趙尊岳惜陰堂彙刻明詞收入道援堂詞，此書已刊刻而未及印行。職是之故，直至當代，一些清詞研究者甚至不知有騷屑一集存世，即如全清詞順康卷所收屈氏詞作，亦僅從清人選本粵東詞鈔中採録，數量僅及騷屑全體之半，專家尚且如此，他人益可知矣。有關屈大均的著述、文章，所引述的屈詞，總是習見的三五名篇，陳陳相因，真令人懷疑作者是否曾通讀屈氏的全部詞作。

然而，屈大均詞如精金美玉，光不可掩。近世也有不少學者認識到它的真正價值。錢仲聯清詞三百首前言：「清一代詞人確有四千之衆，但佼佼者不過納蘭性德、龔自珍、顧貞觀、朱彝尊、陳維崧、吴偉業、王士禛、王夫之、項廷紀、文廷式、屈大均、吴綺、厲鶚、莊棫、徐燦、吴藻等一二十人耳。」已把屈大均納入清代最傑出詞人之列。葉恭綽致朱庸齋書云：「粵人之詞我極佩屈翁山，以其言皆有物也。」朱庸齋分春館詞話卷三云：「吾粵爲詞風氣，遠後江南。宋、元、明之詞人佔籍嶺南者寥寥無幾，作品亦非出色。清代以來，當推屈翁山爲第一人，此説葉遐庵最爲同意。朱彊村題清朝名家詞集，亦以翁山冠首，足見其對屈詞之推重矣。道援堂詞極沉鬱淒婉，多感時傷事之作。其比興要眇之旨，實與屈原爲近。無論思想與藝術上之成就，均遠過於清初陽羨、浙西諸人。惜其詞集在清代曾被列爲禁書，未得廣爲流傳。國朝詞綜所録，亦屈詞中二、三等作品，未能代表其成就，遂使一代仙才，淪没無聞，良可浩歎。」嚴迪昌清詞史亦設專節論述，稱美屈詞具「浪漫氣息和飛揚馳騁的筆意」，「風雲氣盛，有股鬱勃怒張之勢」。

屈大均詞，題材廣泛，内容豐富，藝術手法多樣。余祖明三閭風教讀騷詞一文曾將屈大均詞分爲四類：「記遊則文藻江山，陶寫性靈；弔懷則俯仰古今，舒張鬱勃；風物則比興交錯，即事見志；贈答則感懷家國，情致纏綿。」無論是哪一類作品，其中佳者均能表現詞人的志士心態與遺民情懷，并寄託家國興亡之恨。屈大均生長於明清鼎革之際，目睹當時社會變亂，故其詞多悲慨之音。早年之作，奇情鬱勃，表現了詞人反抗民族征服，堅持對敵鬬争的決心，可以滿江紅采石舡中一詞爲例：

苦憶開平，驚濤裏、石崖飛上。恨長江中斷，天門相向。形勢依然龍虎在，英雄已絶樓船望。教祠宫、日夕起悲風，松楸響。臨牛渚，停蘭槳。月未起，潮先長。但通宵慷慨，誰聞高唱。蠻子軍從南岸戍，名王馬向中洲養。任幾群、邊雁不能棲，蘆花港。

此詞當爲鄭成功攻南京失利之事而作。順治十六年五月十三日，成功率兵進入長江，攻佔鎮江。七月十二日，包圍南京。舟至觀音門，由儀鳳門登岸，軍於獅子川。招諸將登閲江樓，望建業王氣。七月二十四，清靖南將軍喀喀木率兵與鄭軍決戰。鄭成功敗返金門。鄭成功水師本甚盛，有三千餘艘船艦，十餘萬兵力，其中披甲能戰者三萬，餘俱火兵，惜坐失戰機而敗走，未能如王濬之攻佔金陵，詞中「絶望」一語，點出意旨。

大均詞中也不時流露出對抗清事業屢經挫折、壯志難酬的苦悶。如念奴嬌秣陵弔古詞：

蕭條如此，更何須、苦憶江南佳麗。花柳何曾迷六代，祇爲春光能醉。玉笛風朝，金笳霜夕，吹得天憔悴。秦淮波淺，忍含如許清淚。任爾燕子無情，飛歸舊國，又怎忘興替。虎踞龍蟠那得久，莫又蒼蒼王氣。靈谷梅花，蔣山松樹，未識何年歲。石人猶在，問君多少能記。

此詞爲屈大均在順治十六年北游暫居南京時作。昔日富庶繁華的城市，飽經戰亂，衹餘得一片斷井頹垣，詞人感愴無限，賦此以記。詞云弔古，實是傷今。感情激越，盪氣迴腸，通過對秣陵往事的追懷，抒發了對故國興亡的深沉感憤。次年，大均復遊揚州，追思南明往事，黯然賦揚州慢詞：

螢苑煙寒，雁池霜老，一秋懶弔隋宮。念梅花小嶺，有碧血猶紅。自元老、金陵不救，六朝春色，都入回中。剩無情、垂柳依依，猶弄東風。　君臣一擲，蚤知他、孤注江東。恨燕子新箋，牟尼舊合，歌曲難終。二十四橋如葉，笳聲苦、捲去匆匆。問雷塘燐火，光含多少英雄。

揚州地處長江北岸，扼守通向南京的門户。弘光年間，史可法督師駐守揚州。清兵攻城，揚州軍民奮起抵抗，城破後，清兵屠城，慘殺群衆數十萬，揚州成了一片廢墟。本詞追懷史可法的殉難，指責了南明君臣的腐敗無能，控訴敵人對揚州城的蹂躪。愴懷故國，哀悼英雄，表現了一位志士深切的愛國之情。

屈大均中年時北走秦、趙、燕、代，意有所爲。屢至塞外苦寒之區，餐風飲雪。這期間所寫的詞，充滿着身世飄泊、壯志難酬的哀感，饒宗頤奇士與奇文云：「翁山在山西的一段生活，可說是他的詩詞境界大開拓的關鍵時期，江南哀怨與塞上風光結合起放出奇思異采。」可以紫萸香慢送雁詞爲例：

恨沙蓬、偏隨人轉，更憐霧柳難青。問征鴻南向，幾時暖、返龍庭。正有無邊煙雪，與鮮飆千里，送度長城。向并門少待、白首牧羝人，正海上、手攜李卿。秋聲。宿定還驚。愁裏月、不分明。又哀笳四起，衣砧斷續，終夜傷情。跨羊小兒争射，恁能到、白蘋汀。盡天長、遍排人字，逆風飛去，毛羽隨處飄零。書寄未成。

此詞可稱騷屑詞的代表作。葉恭綽廣篋中詞謂其：「聲情激楚，噴薄而出。」人中有物，物中有人，比興遥深，餘韻無限。其辭亦聲厲而情哀，明季諸家中，實無與倫比者。上片寫北國嚴酷的環境，朔風千里，煙雪無邊，結以蘇武作襯，語更沉痛深厚。下片寫北雁南飛時的艱險。「跨羊小兒争射」六字，字字血淚；「逆風」二語，怨極恨極，確是大均當時心境。南國詞人作北地酸苦之語，如許出色，亦未曾見。此詞似爲傅山而作。

在騷屑詞中，與此相類的佳作實在不少，如長亭怨與李天生冬夜宿雁門關作：

記燒燭、雁門高處。積雪封城，凍雲迷路。添盡香煤，紫貂相擁夜深語。苦寒如許。難和爾、淒涼句。一片望鄉愁，飲不醉、壚頭駝乳。無處。問長城舊主，但見武靈遺墓。沙飛似箭，亂穿向、草中狐兎。那能使、口北關南，更重作、并州門户。且莫弔沙場，收拾秦弓歸去。

詞人間關萬里，北行塞上，意欲聯絡英豪，共幹一番事業。可是，一切圖謀都落空了，祇有那亡國之痛，還在揪繫着他的心頭。在一個北國嚴寒的風雪之夜，與戰友李因篤（字天生）共宿古關雁門，挑燈夜語，勾起無盡的鄉愁。那連綿不斷的長城，也擋不住敵人的南進，詞人想起英雄的趙武靈王，渴望能使雁門雄關重作并州門户。雖然身處逆境，但也決不向外敵低頭，詞人準備重拿武器，繼續抗争。本詞爲集中經意之作。葉恭綽廣篋中詞評云：「縱横排蕩，稼軒神髓。」夏承燾、張璋金元明詞選云：「明代詞人，罕有其匹。」嚴迪昌金元明清詞精選又謂此詞「有大漠風雲之勢」，「生氣活力，觸紙振飛」。清詞史亦云：「縱横排宕」，「純以氣韻運轉，情溢毛錐。」

又如：紫萸香慢代州九日作：

> 內三關、胡門偏險，尚餘趙氏長城。愛雲中秋色，欲移帳、出龍庭。正值重陽佳節，有樓煩山戍，畫鼓争迎。聽扶南小曲、口外兩箏人，教莫憶、故園亂鶯。邊聲。萬里相驚。誰聽爾、不傷情。恨横磨大劍，長驅突騎，雄志無成。一天羽毛飛灑，卻空羡、郅都鷹。盡駝酥、更傾千盞，一秋沈醉，忘卻欲射妖星。弓矢散零。

此詞爲康熙五年九月重陽日作於代州。詞中慨歎自己壯志無成，又痛感明朝無郅都一流人物以禦外敵。以至無人守險，坐失戰機。「妖星」喻指清人。

屈大均晚年，蟄居廣東，儘管抗清之事業失敗，恢復無望，但國亡家破的深痛巨創，依然留在心中。他所念念不忘的還是舊國故君。如賣花聲題鎮海樓：

> 城上五層高。飛出波濤。三君俎豆委蓬蒿。一片斜陽猶是漢，掩映江皋。風葉莫

悲號。白首方搔。蠻夷大長亦賢豪。流盡興亡多少恨，珠水滔滔。

登廣州越秀山上的鎮海樓，弔古傷今，寄託興亡之恨。當以據守嶺南地區的南越國比喻南明小朝廷，「猶是漢」三字，是全詞的關鍵，意謂即使偏安一隅，猶是中華正統。全詞音節亢亮，而又有深沉之致。

在木蘭花慢飛雲樓作詞中，詞人淒惋欲絕地悲歎：

繞闌干幾曲，記龍馭、此淹留。剩鳷鵲恩暉，芙蓉御氣，掩映飛樓。颼颼。冷飛亂葉，似烏號、哀痛慘高秋。多謝宫鵶太苦，土花銜作珠丘。梧州。更有灞園愁。西望少松楸。未委何年月，玉魚自出，金雁人收。啾啾。嶺猿箇箇，抱冬青、淚斷鬱江流。寄語樵蘇躑躅，磨刀忍向銅溝。

以一位遺民的身分，抒發了對故國故君的傷悼之情。詞中有作者自注：「樓在端州公署後。己丑皇帝南巡，嘗駐蹕其上。」又云：「梧州有端皇帝興陵。」端皇帝，即永曆之父桂王朱常瀛，被追尊爲興宗端皇帝。永曆二年，李成棟在廣東投明後，迎永曆于肇慶，以端州郡署爲行宫。本詞中以「珠丘」、「冬青」、「磨刀」、「玉魚」、「金雁」等有關帝王的典實，揭露敵人侵辱陵寢的罪行，而其骨子裏卻含著孤臣孽子絕望的悲凉。

大均的懷古詞、紀遊詞、邊塞詞諸作，真可以陳維崧贈屈氏「奇氣軼于生馬」一語以概之。張德瀛詞徵云：「觀其潼關感舊、榆林鎮弔諸忠烈諸闋，激昂慷慨，如蒯通讀樂毅傳而涕泣，其遇亦可悲矣。」

情詞，是騷屑詞中的亮點。屈大均在北國也有過短暫温馨的時候。康熙五年秋，詞人寄居于代州陳上年家中，由李因篤撮合，娶明故榆林都督王壯猷之女爲妻，王氏是將門之後，善騎射，能詩畫，性情豪邁，與大均甚爲相得。詞人爲取名「華姜」，自號「華夫」，可見其伉儷之情了。滿庭芳蒲城惜別詞，寫在山西蒲城迎娶王氏的情景，在旖旎温馨中仍透出一股蒼涼的情調，如此作迎親詞，千古僅見：

金粟堆邊，冰蒲水畔，紫騮迢遞迎來。月中驚見，光艶似雲開。桑落霑人半醉，將長笛、弄向秦臺。天明去，鞭揮岸曲，愁殺渡人催。　徘徊。空嘆惜，桃花易嫁，鳳子難媒。和香雨氤氲，飛作塵埃。墜井銀瓶永絶，誰復取、仙液盈杯。應知爾，三春繡閣，幽寂委蒼苔。

可是好景不長，王華姜至粤後不久因産難而卒，得年二十有五。大均寫了多首悼亡詩詞，情真意苦。如生查子：

淚點白紛紛，飛去霑花葉。一半作棠梨，一半爲蝴蝶。　腸斷玉樓人，緑草藏嬌靨。歲歲未清明，已有春魂接。

女冠子人日有憶：

正月初七。正是謝家生日。秣陵時。酹酒臨桃葉，裁箋寫柳枝。　雙飛空似夢，再見更無期。化作煙和霧，不相知。

王氏生於正月初七人日，故集中多首人日詩詞皆悲戚之語。如壬戌人日作詩所謂「年年人日總傷神」，大均用情之深，於此可見。

屈大均詞在藝術上達到很高的境界。善用比興，言近旨遠。況周頤蕙風詞話尤推重其夢江南組詞，詞云：

悲落葉，落葉落當春。歲歲葉飛還有葉，年年人去更無人。紅帶淚痕新。

悲落葉，葉落絶歸期。縱使歸來花滿樹，新枝不是舊時枝。且逐水流遲。

況氏評云：「詞中哀感頑艷，哀艷者往往有之，獨頑以感人，則絶罕覯。道援斯作，沉痛之至，一出以繁艷之音，讀之使人涕泗漣洳而不忍釋手，此蓋真能感人者矣。」分春館詞話卷三云：「寄意比興，極哀感悲慨。『落當春』三字，如哀猿淒引，蓋明亡於暮春，紹武政權亦覆滅於正月也。對句語更爲沉痛，『更無人』，謂明已無後矣。古來填此調者，以屈作最爲沉鬱深厚，即李煜『多少恨』一詞亦不能及也。」首章「落當春」三字怨極。葉當秋始落，此在春日生發之時而落，故更覺可悲。「葉飛有葉」，尚有所冀；「人去無人」，則成絶望了。時南明桂王政權亦已覆滅，故悲感如此。次章「絶歸期」三字，與首章「人去更無人」相呼應。以「新枝」之「花」喻清朝，表明自己不願與清政權合作的態度。末句一「遲」字，有依依不忍之意、含思淒婉。況氏評云：「末五字含有無限淒惋，令人不忍尋味，卻又不容已於尋味。」又如：

紅茉莉，穿作一花梳。絲縷抽殘蝴蝶繭，釵頭立盡鳳凰雛。肯憶故人姝。

花梳，即花串。粵中女子繞於髻上爲飾。著一「紅」字，以喻「朱明」之意，末句亦憶念故明，如況周頤所云：「哀感頑艷，亦復可泣可歌。」葉恭綽評屈氏此組詞云：「一字一淚。」當非虛語。細味此組詞，國破與家亡，君主的被害與愛妻的去世，家國之恨與身世之痛，都融合爲一，既傷亡國，亦悼亡妻，是以感情尤爲沈鬱深厚。

這類有古樂府遺意的小詞，回環往復，疊句聯章，真有一唱三歎之妙，如瀟湘神零陵作三首：

瀟水流。湘水流。三閭愁接二妃愁。瀟碧湘藍雖兩色，鴛鴦總作一天秋。瀟湘二水相合，名曰鴛鴦水。

瀟水長。湘水長。三湘最苦是瀟湘。無限淚痕斑竹上，幽蘭更作二妃香。

瀟水深。湘水深。雙雙流出逐臣心。瀟水不如湘水好，將愁送去洞庭陰。

小詞格調幽峭，用娥皇、女英二妃及逐臣屈原之典，表達了懷思故國故君之意。

騷屑詞中還有不少贈友之作，均情真意切。此外還有多首詠物詞，亦每有寓意，屈詞中多「香草美人」之託喻，如惜分飛詞：

事到傷心無可訴。花落從他滿路。此恨非風雨。東皇自是難爲主。片片隨波無一語。化作浮萍自取。應識相思處。莫將香夢東西去。

此是亡國後沉痛之語。齊己處士詩："彼此亡家國，東西役夢魂。"用意相近，然似遜此詞之沈鬱深婉。如鵲踏枝詞：

乍似榆錢飛片片。濕盡花煙，珠淚無人見。江水添將愁更滿。茫茫直與長天遠。已過清明風未轉。妾處春寒，郎處春應煖。枉作金爐朱火斷。水沈多日無香篆。

此詞當有寄意。"朱火斷"一語，疑寫永曆帝被俘殺，南明政權覆亡之事。又如浪淘沙春草詞：

嫩綠似羅裙。寸寸銷魂。春心抽盡爲王孫。不分東風吹漸老，色映黄昏。蝴蝶不留痕。飛過煙村。紅藏幾點落花魂。雨過苔邊人不見，濕欲生雲。

此首亦似爲懷永曆帝之作。"春心"、"王孫"，一語見意。

騷屑詞在字法、句法、章法上頗下功夫，時有生新獨造之結構及語句。如蝶戀花詞：

春流未滿愁蚤滿。滿到天邊，暮雨還添滿。不識是愁將水滿。不知是水將愁滿。分付東風吹稍緩。莫使春潮，祇送愁先返。愁返江南人未返。不如潮水從今斷。

反覆用"愁"、"滿"、"潮"、"水"數語，如玉連環，環環相扣，巧而不纖，步步加深。又如夢江南詞：

春望斷，日夕倚妝樓。江上春潮無信久，春潮祇在鏡中流。流作一天秋。

江上如期而至之潮，稱爲潮信。春潮本有信而離人却無信，思婦對鏡梳妝時，淚流如春潮般如期而至，滿江春色化成一天秋意。把物態與人情融匯寫來，便有無限韻致。首尾呼應，奇思巧意，真生花妙筆。

沈軼劉、富壽蓀清詞菁華云：「大均負奇氣，詩詞鬱勃堅拔，故國之思，溢於言外。爲嶺南三家之龍頭，以才力雄鷙，獨出冠時。其詞上承明陳子龍開創變革之風，與陳維崧同爲清初詞壇鑿山手。其鵲踏枝結意與陳子龍異曲同工。夢江南則寖加發展之作。慢詞較陳維崧精煉凝重，長亭怨、木蘭花慢兩闋可按也。」可作定評。

屈大均詞，附於其詩集之後。屈大均的詩集，經著録的有道援堂集、道援堂詩集、翁山詩外、翁山詩略、屈翁山詩鈔、屈翁山詩集、寅卯軍中集等多種。屈氏生前，就曾刻刊道援堂集、翁山詩略二種，據汪宗衍考證，初刻本道援堂集當刊於順治十八年之前，今不傳。屈翁山詩集八卷，附詞一卷，小注「一名騷屑」，爲嘉興徐肇元掄三選，有康熙間李肇元刻本，今存。道援堂集十三卷，詩十二卷，詞一卷，託名徐掄三兄弟選刻，有道光刻本，今存。民國期間趙尊岳曾將道援堂詞刊入惜陰堂彙刻明詞内，刻成，未及刊佈，直至一九九二年始有試印本。以上各本録詞一百八十二闋。翁山詩略四卷，又稱九歌草堂集，今存康熙刻本，缺卷四，又有乾隆癸酉翻刻康熙本。康熙二十五年，屈大均將道援堂集及翁山詩略二種益以集外詩，編定爲翁山詩外十五卷，並於康熙二十八年刊行，目録下題門人陳阿平編。此本無詞。康熙三十六年，浙人凌鳳翔入粵，取翁山詩外補刻校正之，成翁山詩外十八卷。卷十八未刻，實爲十七卷，目録下題「門人陳阿平編，茹南凌鳳翔校」。其卷十六、十七爲「詞一」、「詞二」；卷十八「詞三」，原注「嗣出」，可知尚有至少三分之一遺詞未刊。後屈大均之子明洪又在此本基礎上補刻詩十八首，增大均遺像及黄廷璋題詞，目録下改題「男明洪編」。宣統庚戌上海國學扶輪社出版排印本翁山詩外二十卷，底本爲江南圖書館所藏傳鈔屈明洪補刊之十七卷本。其卷十八、十九爲詞，卷二十「詞三」，仍注「嗣出」，恐已失傳。後二本存詞三百七十三闋，是爲最完備者。

綜上所述，屈大均詞傳世主要有兩個系統，一爲道援堂集系統，實爲選本；一爲翁山詩外系統，詞集名曰「騷屑」，是爲定本。當代又有歐初、王貴忱主編的屈大均全集，人民文學出版社出版，收録騷屑詞二卷；南京大學中國語言文學系全清詞研究室編纂全清詞順康卷，中華書局出版，第十册收録「屈大均詞」；陳永正主編的屈大均詩詞編年校箋，上海古籍出版社出版，收録騷屑詞二卷。

本書以凌鳳翔校本翁山詩外（簡稱「凌本」）爲底本，參校黄廷璋本翁山詩外（簡稱「黄本」）、屈翁山詩集、道援堂集、國學扶輪社本翁山詩外（簡稱「宣統本」）。

陳永正

二〇一八年冬至于康樂園沚齋

目録

不編年部分

編年部分

如夢令 二首

其一

纔過鷓鴣啼處〔一〕。又到鬱雞飛處〔二〕。行盡越天邊，總是一江煙雨。歸去。歸去。芳草幾曾迷汝〔三〕。

【箋】

各本均置此詞于卷首，似爲屈大均最早之作。姑置于此。

【注】

〔一〕「纔過」句：屈大均廣東新語卷二十禽語：「（鷓鴣）天寒則口噤，暖則對啼。」「鳴多自呼，其曰『行不得也哥哥』。」

〔二〕鬱雞：本草拾遺卷九禽部：「(鬱雞)出廣中。孫磏川云：此物在山中多食鬱金苗，故肉鬆脆。解鬱，散結氣。」屈大均廣東新語卷二十禽語：「有鬱雞，可療鬱病。」屈大均舟次康州作詩：「舟從巖口入，驚起鬱雞飛。」示姬人詩：「么鳳香收雙翅滿，鬱雞花點一身斑。」

〔三〕「芳草」句：温庭筠經西塢偶題詩：「摇摇弱柳黄鸝啼，芳草無情人自迷。」

其二

未盡一灣藤竹〔一〕。又入一灣喬木。向夕駐漁篷，螢火照人孤宿。相逐。相逐。已與白鷗情熟〔二〕。

【注】

〔一〕藤竹：一種竹子，多産于嶺南。攀援如藤，故名。柔軟堅韌，可編織及製作家具。屈大均廣東新語卷二十七草語：「崖州有藤竹，其性堅實耐久，長逾尋丈，筍亦美。」

〔二〕「已與」句：列子黄帝篇：「海上之人有好漚鳥者，每旦之海上，從漚鳥遊，漚鳥之至者百住而不止。」

多麗　春日燕京所見

正春晴，畫鼓天街無數。玉河橋、杏花盡吐〔一〕，八旗人至如雨〔二〕。更通城、紫駝細犢〔三〕，逐盤頭、蠕蠕公主〔四〕。錦剪圓襟〔五〕，珠圍纖袖，漢嬌蕃艷〔六〕，對傾駉乳〔七〕。御渠畔、暖風飄柳〔八〕，一一作香絮。施貂帳、三絃四板〔九〕，學唱金縷〔一〇〕。又三里、豐臺芍藥〔一一〕，玉鞭鞭馬争去。插雙雙、翠翎年少，並向啼鶯最多處。柘彈穿林〔一二〕，花氈鋪地，壚頭都解女真語〔一三〕。恨斜日、上林煙暝〔一四〕，蒼翠欲迷路。牛羊氣、吹滿鳳城〔一五〕，總作香土。

【校】

此首道援堂詞、屈翁山詩集、全清詞闕。

【箋】

順治十五年春作。詩僧函可，早年在江西廬山，曾禮空隱老人道獨爲師，屈大均與函可因有同門之誼。入清，函可親見諸士大夫死事狀，記爲私史。被發現。順治五年，充戍瀋陽，歷主慈恩、普濟、金塔諸寺。順治十五年，屈大均偕雪公逾嶺北遊，道經金陵，入北京，擬東出榆關訪求函可。此詞爲至京時所作，寫清初京中滿漢交雜之風俗，頗露鄙夷之意。

【注】

〔一〕玉河橋：玉河，源出今北京西北玉泉山，下流入大通河。或稱爲御渠、御河或御溝。清一統志卷二京師：「玉河，源出玉泉山，匯爲昆明湖。分流而東南……環繞紫禁城，經金水橋，出玉河橋，達正陽東水關。」燕都叢考：「在南城根者曰南玉河橋，在交民巷者曰中玉河橋，在長安街者曰北玉河橋。」「天安門前之金水橋被稱爲『外金水橋』，亦稱『玉河橋』、『御河橋』，俗稱『筒子河』或『護城河』。」欽定日下舊聞考卷六十四：「在東長安門外北向，其西則鑾駕庫，東則玉河橋。」大均有諸公餞予于玉河亭子賦别詩。

〔二〕八旗：清代滿族之社會組織形式，清太祖努爾哈赤于明萬曆二十九年正式創立，初建時僅黑旗、白旗、紅旗三旗，後增黄旗。再將四旗改爲正黄、正白、正紅、正藍，並增設鑲黄、鑲白、鑲紅、鑲藍四旗，合稱八旗，統率滿、蒙、漢族軍隊。

〔三〕紫駝：甘立送閻學士赴上都詩：「雨過草肥金絡馬，月明山轉紫駝車。」　細犢：緑珠懊儂歌：「黄牛細犢車，遊戲出孟津。」

〔四〕盤頭：滿族已婚女子梳盤髻。俗稱「燕人頭」。屈大均所見其二：「多飲酡酥玉貌紅，盤頭大脚出遼宮。」　蠕蠕公主：魏書蠕蠕傳謂蠕蠕爲「東胡之苗裔」、「匈奴之裔」、「先世源由，出于大魏」。北史后妃下：「蠕蠕公主者，蠕蠕主郁久閭阿那瑰女也。」此指滿洲貴女。屈大均同時作大都宫詞六首之六：「朝來逢百騎，蹀躞御河堤。小隊芙蓉簇，嬌歌楊柳齊。錦裝春菔艷，貂壓翠鬟低。遊獵知何去，閼氏在苑西。」所寫情景略似。

〔五〕圓襟：滿族服飾多爲圓領，此指圓襟旗袍。

〔六〕漢嬌：李白南都行詩：「麗華秀玉色，漢女嬌朱顏。」

〔七〕駉乳：駉，説文解字卷十一：「駉。馳馬洞去也。」本詞中當解作馬意。駉乳，指馬乳酒。屈大均送人之燕中其二：「酒壚惟馬乳，花陌總車塵。」

〔八〕御渠：猶言御溝。杜牧朱坡絶句三首之一：「故國池塘倚御渠，江城三詔换魚書。」

〔九〕三絃四板：三絃，三絃琴；四板，指四板腔，一種單絃曲。周在濬秦淮竹枝詞：「三弦撥動涼州調，故老聽來盡白頭。」

〔一〇〕金縷：指金縷曲。屈大均大都宫詞六首之三：「具帶盤龍錦，垂髾墮馬妝。漢宫丹鳳女，胡地白羊王。夜醉葡萄酒，朝開蹋鞠場。邯鄲諸小婦，雜坐弄笙簧。」所寫情景略似。

〔一一〕豐臺芍藥：潘榮陛帝京歲時紀勝：「京都花木之盛，惟豐臺芍藥甲于天下」，「于四月間連畦接畛，倚擔市者日萬餘莖。遊覽之人，輪轂相望。」

〔一二〕柘彈：柘木製之彈弓。何遜擬輕薄篇：「柘彈隨珠丸，白馬黄金飾。」

〔一三〕女真語：金代女真族語言。陸游得韓無咎書寄使虜時宴東都驛中所作小闋詩：「舞女不記宣和妝，廬兒盡能女真語。」女真語爲滿語之祖語。此指滿語。

〔一四〕上林：上林苑。秦漢時期皇家苑囿，始建于秦代，漢武帝加以擴建。詞中指北京之明故苑。

〔一五〕鳳城：指京城。帝王所居之城。杜甫夜詩：「步蟾倚杖看牛斗，銀漢遥應接鳳城。」仇兆鰲注引趙次公曰：「秦穆公女吹簫，鳳降其城，因號丹鳳城。其後言京城曰鳳城。」

行香子　都門春遊作

花向東華。柳向西華〔一〕。逐春嬉、蠕蠕香車〔二〕。欲吹觱篥〔三〕，先鼓琵琶。喜人如雲，酥如乳，酒如霞〔四〕。　西曲秦娃〔五〕。南曲吴娃〔六〕。與流鶯、婉轉平沙。漸喧邊馬，將宿宫鴉。過兔兒溝，桃兒店，月兒家〔七〕。

【箋】

順治十五年春作于京師。

【注】

〔一〕「花向」二句：東華門，紫禁城東門；西華門，紫禁城西門。始建于明永樂十八年。明會典載：「城之門南曰午門，東曰東華，西曰西華，北曰玄武。」于奕正帝京景物略春場：「（正月）八日至十八日，集東華門外，曰燈市。貴賤相遝，貧富相易貿。」

〔二〕蠕蠕香車：指滿族貴婦出遊之華美馬車。參見多麗春日燕京所見詞「蠕蠕公主」注。

〔三〕觱篥：即篳篥。舊唐書音樂志二：「篳篥，本名悲篥，出于胡中，其聲悲。亦云胡人吹之以驚中國馬云。」

〔四〕「喜人」三句：詩鄭風出其東門：「出其東門，有女如雲。」白居易晚起詩：「融雪煎香茗，調酥煮乳糜。」歐陽修春雪詩：「誰能慰寂寞，惟有酒如霞。」

〔五〕西曲：翟灝通俗編俳優：「今以山陝所唱小曲曰西曲，與古絶殊，然亦因其方俗言之。」

〔六〕南曲：宋元以來流行于南方之戲曲、散曲。王世貞曲藻：「曲者，詞之變。詞不快北耳而後有北曲，北曲不諧南耳而後有南曲。」

〔七〕「過兔」三句：兔兒溝：未詳。張家口有兔子溝，又稱兔溝，然去燕京頗遠。桃兒店：未詳。月兒：妓女習用之名。張萱有贈月兒詩十首。

浣溪沙 杜鵑

血灑春山盡作花〔一〕。花殘人影未還家。聲聲祇是爲天涯〔二〕。有恨朱樓當鳳闕〔三〕，無窮青冢在龍沙〔四〕。催歸不得恨琵琶〔五〕。

【校】

「有恨」，各本皆作「有限」，今從道援堂詞。

【箋】

此首疑亦于順治十五年春作于京師。詠杜鵑而牽合明妃，以明妃出塞而隱喻永曆帝流亡。屈大均詩詞中涉及杜鵑與明妃之事者，每有此寓意。過片二語沉痛。

【注】

〔一〕「血灑」句：羅願爾雅翼釋鳥：「子巂，出蜀中，今所在有之。其大如鳩，以春分先鳴，至夏尤甚。日夜號深林中，口爲流血。」傳説望帝禪位後化爲杜鵑鳥，至春則啼，滴血則爲杜鵑花。李白宣城見杜鵑花詩：「蜀國曾聞子規鳥，宣城還見杜鵑花。」成彦雄杜鵑花詩：「杜鵑花與鳥，怨艷兩何賒。疑是口中血，滴成枝上花。」温庭筠錦城曲：「江風吹巧剪霞綃，花上千枝杜鵑血。」參見玉團兒白杜鵑花詞注。

〔二〕「聲聲」句：當有所指。時永曆帝尚流亡緬甸。

〔三〕「有恨」句：「朱樓」，「朱」字見意。屈大均明妃廟詩其四：「野廟空林宿鷺群，山花和淚落紛紛。無窮翁主成青草，有恨瑶姬化彩雲。」同此用意。

〔四〕青冢：王昭君之冢。杜甫詠懷古跡之三：「一去紫臺連朔漠，獨留青冢向黄昏。」仇兆鰲注：「歸州圖經：『邊地多白草，昭君冢獨青。』」龍沙：即白龍沙、龍磧、龍堆、白龍堆。泛指邊遠蠻荒沙漠之地。

〔五〕「催歸」句：杜鵑鳴聲若曰「不如歸去」，故以作催歸之辭。梅堯臣杜鵑詩：「不如歸去語，亦自古來傳。」王翰涼州詞二首其一：「葡萄美酒夜光杯，欲飲琵琶馬上催。」石崇王明君辭序：「昔公主嫁烏孫，令琵琶馬上作樂，以慰其道路之思，其送明君，亦必爾也。」張耒塞獵詩：「單于半醉解貂裘，昭君獨抱琵琶泣。」永曆帝欲返國而不可得矣。

柳梢青

綠草萋萋。一春愁望，衹在花溪。北地香魂〔一〕，南朝碧血〔二〕，總付鵑啼。
征人一騎遼西。共誰宿、黄駝白羝。朝逐風笳〔三〕，暮宿冰窖〔四〕，可念深閨。

【箋】
順治十五年五月，自京師東出榆關，赴遼訪函可途中作。

【注】
〔一〕香魂：謂花之魂，女子之魂。北地香魂，似指王昭君。徐賁明妃詩：「香魂若得升明月，夜夜還應照漢宮。」此當有所喻。
〔二〕南朝碧血：指抗清犧牲之人物。屈大均贛州其二：「黄衣歸朔漠，碧血滿南朝。」
〔三〕風笳：庾肩吾登城北望詩：「霜戈曜壟日，哀笳斷塞風。」
〔四〕冰窖：貯冰之窖，冰雪覆蓋之窖。猶言雪窖。漢書李廣蘇建傳蘇武：「律知武終不可脅，白單于。單于愈益欲降之，乃幽武置大窖中，絶不飲食。天雨雪，武卧齧雪與旃毛並咽之，數日不死。」宋史朱弁傳：「其後，倫復歸，又以弁奉送徽宗大行之文爲獻，其辭有曰：『歎馬角之未生，魂消雪窖；攀龍髯而莫逮，淚灑冰天。』」詞中泛指苦寒之所。

番女八拍

彎弓争落海東青〔一〕。插雙翎。香貂帽子魚皮女〔二〕，兩兩馳過粟末城〔三〕。羊酥多食復駝羹〔四〕。玉肌腥。春寒擬坐温湯去，笑擁閼氏向盛京〔五〕。

【校】

此首道援堂詞、屈翁山詩集、全清詞闕。

【箋】

順治十五年五月，作于吉林。毛奇齡道援堂集序：「先是翁山遊塞外，北抵粟末，過挹婁、朵顏諸處，訪生平故人，浪蕩而返。夫粟末去内地若千里，遷流者就道，扳輪挽紲，如不欲生，乃獨從容往還若房闥間，斯已奇矣。」

【注】

〔一〕海東青：本草綱目禽部載：「雕出遼東，最俊者謂之海東青。」

〔二〕「香貂」句：江總賦得謁帝承明廬詩：「香貂拜黻衮，花綬拂玄除。」北史室韋傳：「（北室韋人）皆捕貂爲業，冠以狐貂，衣以魚皮。」室韋人原居嫩江上游及黑龍江北，金初歸附女真。魚皮，魚皮衣，魚皮所製之上衣。屈大均擬渡三岔河有寄詩：「馬乳飲苦酸，魚皮衣苦腥。」送人往長白其二：「魚皮衣服關前部。」近世黑龍江北赫哲族婦女尚有穿用魚皮衣者。

〔三〕粟末：古靺鞨七部之一，居于粟末水（今松花江）與黑水（今黑龍江）間。粟末靺鞨爲今之鄂温克、鄂倫春人之祖先，粟末水，漢時稱南蘇水，意即南蘇密（粟末）水，即今輝發河。蘇密城，即粟末城，當即粟末部舊址。屈大均讀吴漢槎秋笳集有作詩：「淚漬松花月，愁深粟末煙。」

〔四〕羊酥：羊乳。貢師泰寄顔經略羊酥詩：「三山五月尚清寒，新滴羊酥凍玉柈。」駝羹：杜甫自京赴奉先縣詠懷五百字詩：「勸客駝蹄羹，霜橙壓香橘。」

〔五〕閼氏：匈奴列傳載，「單于有太子名冒頓。後有所愛閼氏，生少子，而單于欲廢冒頓而立少子。」又引習鑿齒與燕王書曰：「匈奴名妻曰『閼支』，言其可愛如胭脂也。」此泛指滿族婦女。盛京：後金（清）都城，即今遼寧瀋陽。天命六年三月，努爾哈赤占瀋陽。四月，由盛京遷都遼陽，是爲東京。十年，又自遼陽遷都瀋陽。清太宗皇太極改稱爲「盛京」。

甘州令

柳條邊〔一〕，榆葉塞〔二〕，驚沙自卷〔三〕。雕羽屋、苦風吹散〔四〕。乍寒天，已淒慘，夕陽偏晚。白羊王〔五〕，紫駝女，爲客作、漢軍兒飯〔六〕。飲餘杏酪，弄深蘆管。好貂帳，乍生春暖。正玄冰〔七〕，凍黑水，海州休返〔八〕。少卿廬〔九〕，子卿窖〔一〇〕，欲尋去、馬愁天遠。

【校】

此首道援堂詞、屈翁山詩集、全清詞闕。

【箋】

順治十五年秋，作于遼東。觀其柳邊、榆塞、海州之語，似是遊遼、吉後入關途中之作。

【注】

〔一〕柳條邊：又稱條子邊，清廷爲維護「祖宗肇跡興王之所」之「龍興」重地而修築。楊賓柳邊紀略卷一：「自古邊塞種榆，故曰榆塞。今遼東皆插柳條爲邊，高者三四尺，低者一二尺，若中土之竹籬，而掘壕于其外，人呼爲柳條邊，又曰條子邊。」柳條邊總長二千餘里，爲東北地區封禁界綫，始築于崇德三年，屈大均北遊時尚在修建中。

〔二〕榆葉塞：榆塞。漢書韓安國傳：「後蒙恬爲秦侵胡，辟數千里，以河爲竟。累石爲城，樹榆爲塞，匈奴不敢飲馬于河。」戴皓度關山詩：「薊門海作塹，榆塞冰爲城。」

〔三〕「驚沙」句：鮑照蕪城賦：「稜稜霜氣，蔌蔌風威。孤蓬自振，驚砂坐飛。」郎士元聞吹楊葉者二首之一：「若是雁門寒月夜，此時應捲盡驚沙。」

〔四〕雕羽：傅若金金人擊鞠圖詩：「黄旗雕羽指天黑。」雕羽屋，指清人軍營。屈大均送人往長白其二：「雕羽穹廬島上兵。」又，讀吴漢槎秋笳集有作其四：「南望是遼東，穹廬接混同。雕翎鋪屋白，馬乳點茶紅。」

〔五〕白羊王：白羊，從屬于匈奴之部落，在河套以南。史記匈奴列傳載，漢武帝元朔二年「衛青復出雲中以西至隴西，擊胡之樓煩、白羊王于河南，得胡首虜數千，牛羊百餘萬。」漢書衛青傳載「青復出雲中，西至高闕，遂至于隴西，捕首虜數千，畜百餘萬，走白羊、樓煩王。」此泛指滿人。

〔六〕漢軍：清旗籍之一種。原指明季降滿洲或被俘服役之遼東漢人及其子孫。清會典内閣典籍廳：「典籍，滿洲二人，漢軍二人，漢二人。」努爾哈赤初建八旗，不分種族。天聰五年將漢人另編一旗，定名漢軍。崇德七年擴編爲漢軍八旗。

〔七〕玄冰：厚冰。文選李陵答蘇武書：「胡地玄冰，邊土慘裂。」劉良注：「冰厚故色玄。」黑水，指黑龍江。金史世紀：「生女直地有混同江、長白山，混同江亦號黑龍江，所謂白山、黑水是也。」

〔八〕海州：明代遼南四衛：海州衛、蓋州衛、復州衛、金州衛。明史地理志：「海州衛本海州，洪武初置于舊澄州城。」任洛遼東志卷一：「海州衛，在遼陽城南一百二十里，魏隋以前同遼陽本蓋牟地，高麗爲沙卑城，唐置澄州，渤海國爲南海府，遼爲海州南海軍，治臨溟縣。金天德初，改爲澄州。元屬縣二：曰析木，曰臨溟。本朝洪武初，平遼東，九年，革州縣，設衛治，屬所五。」

〔九〕少卿：指李陵。漢書李陵傳載，陵字少卿。武帝以爲有李廣之風，拜爲騎都尉。天漢二年，陵將其步卒五千人出居延，兵敗遂降。單于以女妻之，立爲右校王。

〔一〇〕子卿：指蘇武。漢書蘇武傳載，武字子卿，天漢元年，武帝遣武以中郎將使持節出使匈奴，單于欲降之，乃幽武，置大窖中，絶不飲食。天雨雪，武卧齧雪，與旃毛並咽之，數日不死。

風中柳

趁取花朝〔一〕，與客探梅光福〔二〕。恨横塘、千株未足〔三〕。北船偎玉〔四〕。南船偎玉。恣春情、冷香中浴〔五〕。　峰頭白盡，不見髻螺青緑〔六〕。掃莓苔、瓊英萬斛。香涇三宿〔七〕。帆涇三宿〔八〕。約笙歌、總歸林屋〔九〕。

【箋】順治十六年春遊吴時作。屈大均同時作冒雪同郭皋旭入鄧尉山中探梅詩二首，中有「微微光福月，相與宿空冥」之語。可知時與友人郭皋旭探梅蘇州光福，歸而作此。

【注】

〔一〕花朝：楊萬里誠齋詩話：「東京二月十二日爲花朝。」夢粱録二月望：「仲春十五日爲花朝節，浙間風俗，爲春序正中，百花争望之時，最堪遊賞。」城中士女至郊外踏青挑菜，遊覽賞花。

〔二〕「與客」句：客，指郭皋旭。郭氏名襄圖。平湖人。貢生。工詩，有更生集。屈大均于順治十六年遊吴時與之交往，郭氏從其學詩，屈大均屢得友朋書札感賦詩自注：「周簹谷、郭皋旭皆嘉興人，最賞予詩，以一時吴、越相師法者爲翁山一派云。」光福，山名。陸廣微吴地記：「光福山，山本名鄧尉山，屬光福里，因名。」顧夷姑蘇志卷八：「鄧尉山，在光福里，俗名光福山，在錦峰西南，與玄墓銅坑諸山聯屬。」姚希孟梅花雜詠序：「梅花之盛不得不推吴中，而必以光福諸山爲最，若言其衍亘五六十里，窈無窮際。」

〔三〕横塘：古地名。在江蘇省吴縣西南。賀鑄青玉案横塘路詞：「凌波不過横塘路，但目送、芳塵去。」龔明之中吴紀聞卷三：「（賀）鑄有小築在姑蘇盤門外十餘里，地名横塘。方回往來于其間。」吴芾和梁次張謝得酒見寄四首其二：「春入横塘緑勝醅，更將清淺照寒梅。」

〔四〕偎玉：楊澤民迎春樂詞：「要解别來愁，除是再偎香玉。」玉，屈詞中指梅花。語意相關，亦指同船所約之「笙歌」女子。

〔五〕冷香：指梅花。盧襄窗外梅花詩：「冷香漸欲薰詩夢，落蕊猶能砌韻臺。」

〔六〕髻螺：喻山峰。皮日休太湖縹緲峰：「似將青螺髻，撒在明月中。」

〔七〕香逕：即香逕，采香逕。范成大吴郡志卷八：「采香逕，在香山之傍小溪也。吴王種香于香山，使美人泛舟于溪以采香。今自靈巖山望之，一水直如矢，故俗又名箭逕。」

〔八〕帆逕：即錦帆逕。相傳吴王錦帆以遊，故名。或謂即蘇州盤門内沿城壕。范成大吴郡志卷第十八：「錦帆逕，即城裏古城濠也，相傳吴王錦帆以遊，今濠故在，亦通大舟，間爲民間所侵，有不通處。」江盈科錦帆集序：「錦帆逕者，吴王當日所載樓船簫鼓，與其美人西施行樂歌舞之地也。閲今千百年，霸業煙銷，美人黄土，而錦帆之水，宛然如舊。姑蘇吴治，實踞其上，此水抱邑治如環。」李龏吴下春陰詩：「香逕有時迷野蝶，帆逕無處覓沙鷗。」

〔九〕林屋：林屋山。位于蘇州西山鎮東北，其西有林屋洞，道教稱爲第九洞天，云是仙人所居。山中多植梅花。陸廣微吴地記：「林屋洞天，在洞庭西山，幽邃奇絶，乃真仙出洞府。」據仙經，人間三十六洞天，其知者十，林屋，第九洞天也。今皆羽客居之，好道之士，常所遊覽，時有遇焉。」屈大均湖中懷沈武功詩：「日暮回舟向林屋，梅花無數與誰同。」

花犯　出胥口作

是夷光、茫茫直向〔一〕，三江五湖處〔二〕。大夫相與〔三〕。任白鷺鴛鴦，煙外毛羽。

洞庭七十峰如許〔四〕。芙蓉能見汝。林屋月、白雲相逐〔五〕，飛過天際樹。胥魂不返〔六〕，愧教他、銀濤十萬頃，隨潮東注。香采後，梧宮覆、苧蘿無女〔七〕。應相勸、子皮竟遯〔八〕，莫漫把、千金仍廢著。正好用、計然遺策〔九〕，飄然辭相去。

【校】

此首道援堂詞、屈翁山詩集、宣統本、全清詞闕。

【箋】

胥口，在今蘇州吴中區西南。吴郡志卷第十八：「胥口。在木瀆西十里，出太湖之口也。上有胥山，舟出口，則水光接天，洞庭東西山峙銀濤中，景物勝絶。」顧祖禹讀史方輿紀要卷二四：「胥山，在太湖口，吴王殺子胥，投之于江。吴人立祠于此，胥口蓋因以名。」順治十六年，屈大均有感于吴越之事而作。

【注】

〔一〕夷光：即西施。王嘉拾遺記卷三：「越又有美女二人，一名夷光，一名脩明，以貢于吴。」范成大館娃宫賦：「左攜修明，右撫夷光。」越絶書云：「西施亡吴國後，復歸范蠡，同泛五湖而去。」

〔二〕三江五湖：崔顥江南曲：「三江潮水急，五湖風浪湧。」三江，古來所指不一，范成大吴郡志引顧夷吳地記：「松江東北行七十里得三江口，東北入海爲婁江，東南入海爲東江，並松江爲三江是也。」國語越語：「反至五湖，范蠡辭于王曰：『君王勉之，臣不復入越國矣。』」五湖，指太湖。周禮夏官職方氏：「東南曰揚州……其澤藪曰具區，其川三江，其浸五湖。」鄭玄注：「具區、五湖在吳南。」

〔三〕大夫：指范蠡。范蠡曾爲越國上大夫、上將軍。鮑溶南卧病聞李相夷簡移軍山陽以靖東寇感激之下因抒長句詩：「教聞清淨蕭丞相，計立安危范大夫。」宋之問洞庭湖詩：「要使功成退，徒勞越大夫。」

〔四〕七十峰：指太湖七十二峰。呂江贈實際英上人庵在洞庭西山詩：「曉來雷雨過，七十二峰青。」汪莘三月十九日過松江五絶其五：「笠澤滄波擁洞庭，望中七十二峰青。」

〔五〕林屋：林屋山，見前風中柳注。毛珝送田耕月游吳詩：「月生林屋洞，潮接館娃宫。」

〔六〕胥魂：伍子胥之精魂。吳越春秋卷五夫差内傳：「吳王聞子胥之怨恨也，乃使人賜屬鏤之劍，子胥……遂伏劍而死。吳王乃取子胥屍，盛以鴟夷之器，投之于江中。」「子胥因隨流揚波，依潮來往，蕩激崩岸。」太平廣記卷二九一引載：伍子胥被吳王賜死。臨終，囑其子投屍于江，謂「吾當朝暮乘潮，以觀吳之敗。」自是，自海門山，潮頭洶高數百尺，越錢塘魚浦，方漸低小。朝暮再來，其聲震怒，雷奔電走百餘里。時有見子胥乘素車白馬在潮頭之中，因立廟以祠焉。」米芾紹聖二年八月十八日觀潮于浙江亭書詩：「怒勢豪聲迸海門，州人傳是子胥魂。」

〔七〕梧宮：指吴王夫差之宫。梧宫，在今吴中區角里楓莊。范成大吴郡志：「梧桐園，在吴宫，本吴王夫差園也，一名琴川。」任昉述異記云：「吴王夫差立春宵宫，爲長夜之飲，造千石酒鍾，又作天池，池中造青龍舟，日與西施爲水嬉。又有别館在句容，楸梧成林。樂府云『梧宫秋，吴王愁』是也。」

苧蘿：山名。在今杭州蕭山臨浦鎮。相傳西施爲山中鬻薪者之女。吴越春秋勾踐陰謀外傳：「勾踐十二年，越王謂大夫種曰：『孤聞吴王淫而好色，惑亂沈湎，不領政事，因此而謀，可乎？』種曰：『可破。夫吴王淫而好色，宰嚭佞以曳心，往獻美女，其必受之。惟王選擇美女二人而進之。』越王曰：『善。』乃使相者國中得苧蘿山鬻薪之女，曰西施、鄭旦。飾以羅穀，教以容步，習于土城，臨于都巷。三年學服而獻于吴。」屈大均布水村詩：「盡映蕉林出，來窺宋玉姿。苧蘿無女久，烏鵲得夫遲。」

〔八〕子皮：范蠡之號。史記越王句踐世家：「范蠡浮海出齊，變姓名，自謂鴟夷子皮，耕于海畔，苦身勠力，父子治産。」司馬貞索隱：「范蠡自謂也。蓋以吴王殺子胥而盛以鴟夷，今蠡自以有罪，故爲號也。韋昭曰：『鴟夷，革囊也。』或曰生牛皮也。」

〔九〕計然：春秋時謀士。漢書貨殖列傳：「昔越王句踐困于會稽之上，乃用范蠡、計然。」史記貨殖列傳：「遂報彊吴，觀兵中國，稱號五霸。」范蠡「乃喟然而歎曰：『計然之策七，越用其五而得意。既已施于國，吾欲用之家。』乃乘扁舟浮于江湖，變名易姓，適齊爲鴟夷子皮，之陶爲朱公。朱公以爲陶天下之中，諸侯四通，貨物所交易也。乃治産積居。與時逐而不責于人。故善治生者，能擇人而任時。十九年之中三致千金，再分散與貧交疏昆弟。此所謂富好行其德者也。後年衰老而聽子孫，子孫脩業而息之，遂至巨萬。故言富者皆稱陶朱公。」顔師古注曰：「計然者，濮上人也，博學無所不通，尤善計算，嘗游南越，范蠡卑身事之。」詞意謂范蠡用計然之策而致富全身。

一剪梅　胥口看梅

蕩漾漁舟胥口來〔一〕。湖上梅開。山上梅開。濛濛七十二峰隈。青失東雷。綠失西雷〔二〕。一夕夷光白髮催〔三〕。香雪成堆〔四〕。香粉成堆。風吹乾瓣作冰埃。千片單臺〔五〕。萬片雙臺〔六〕。湖中有大雷小雷二山。

【校】

此首道援堂詞、屈翁山詩集、全清詞闕。

【箋】

以上兩詞爲順治十六年春遊吴，自蘇州胥口入太湖，至洞庭湖看梅作。同時有胥口探梅逢梅里諸子詩。

【注】

〔一〕胥口：見前花犯出胥口作注。

〔二〕「青失」二句：東雷、西雷：指大雷山、小雷山，在蘇州市吴中區西南太湖中。大雷山爲洞庭之西山，小雷山爲洞庭之東山。宋嘉泰吴興志載：「小雷山，在縣（指烏程）北，周處風俗記云：『太湖中有大雷、小雷二山，相距六十里，其中曰雷澤，即舜所漁者也。』」「大雷山，在縣（指長興）東北太湖中。太平寰宇記：『東北七十里，高一百二十丈。』」

〔三〕夷光白髮：夷光，即西施。見花犯出胥口作詞注。此以西子白髮喻梅花之老謝。

〔四〕香雪成堆：謂落梅。韓琦又一闋：「花下延賓啟宴杯，回頭香雪即成堆。」

〔五〕單臺：單萼。舒岳祥和王達善碧桃詩：「千歲分根染天水，單臺五出異朝霞。」詞中指單萼梅。

〔六〕雙臺：屈大均廣東新語卷二十五木語：「花上復有花者，重臺也。」詞中指重臺梅。

江城子

脂水雙塘未褪紅〔一〕。藕花中。有梧宫〔二〕。西子容光，半作水芙蓉〔三〕。半作姑蘇臺上月〔四〕，如天上鏡〔五〕，照秋空。

【校】

此首道援堂詞、屈翁山詩集、全清詞闕。

【箋】

順治十六年春在吴作。詞意全襲歐陽炯江城子詞：「晚日金陵岸草平，落霞明，水無情。六代繁華，暗逐逝波聲。空有姑蘇臺上月，如西子鏡，照江城。」

【注】

〔一〕「脂水」句：脂水，胭脂水。此處指香溪之水。洪芻香譜香溪：「吴宫故有香溪，乃西施浴處。又呼爲脂粉溪。」屈大均賣花聲詞：「一代曲中人已盡，剩有香溪。脂水半成泥。流入湖堤。」雙塘，地名。在今蘇州市相城區。陽澄湖之側。

〔二〕梧宫：指吴王夫差之宫。參見花犯出胥口作詞注。

〔三〕「西子」二句：張華情詩五首之三：「佳人處遐遠，蘭室無容光。」程安仁西湖四景詩：「芙蓉秋曉傳清香，西施初洗匀新妝。」

〔四〕姑蘇臺：姑蘇臺，又名姑胥臺。范成大吴郡志謂在蘇州城西南姑蘇山上。吴王闔廬始建，夫差增築。史記吴太伯世家：「越因伐吴，敗之姑蘇。」裴駰集解引越絶書曰：「闔廬起姑蘇臺，三年聚材，五年乃成，高見三百里。」司馬貞史記索隱：「姑蘇，臺名，在吴縣西三十里。」太平廣記卷二百三十六引任昉述異記：「吴王夫差築姑蘇臺，三年乃成。周環詰屈，横亘五里。崇飾土木，殫耗人力。宫妓千人，又别立春霄宫。爲長夜飲，造千石酒盅。又作大池，池中造青龍舟，陳妓樂，日與西施爲水戲。又于宫中作靈館、館娃閣，銅鋪玉檻，宫之欄楯，皆珠玉飾之。」

〔五〕天上鏡：劉禹錫懷妓四首之四：「料得夜來天上鏡，衹應偏照兩人心。」

長相思

采蓮涇〔一〕。錦帆涇〔二〕。幾曲横穿花裏城。鴛鴦處處迎。　蛾眉橋〔三〕。白頭橋〔四〕。風流那得幾春朝。臨風且玉簫。

【箋】

順治十六年春在吴作。

【注】

〔一〕采蓮涇：范成大吴郡志卷第十八：「采蓮涇，在城内東南隅運河之陽也，今可通舟，兩岸皆民居，亦有空曠爲蔬圃，此種蓮舊跡也，上有采蓮涇橋。」

〔二〕錦帆涇：見風中柳詞「帆涇」注。

〔三〕蛾眉橋：王謇宋平江城坊考：「淳熙十六年五月，平江城内蛾眉橋下，王三秀才家居臨河。」

又有蛾眉橋巷。在今蘇州三山街。

〔四〕白頭橋：梅摯過白頭橋詩自注：「是橋唐牧白公建，因得名。近歲伯純修之，人呼孫老橋。」白公，指白居易，時任蘇州刺史；伯純，指知州孫冕。橋故址在今蘇州道前街吉慶街口。

摸魚兒　與友人別

放蘭舟、溯江西上〔一〕，渺茫求食何處〔二〕。天涯相見頻相別，同作水邊風絮。春欲去。恨故苑、鶯花總付煙和雨。離情罷訴。教夜半啼鵑，聲聲向月，爲寫此愁苦。

思重會，當在吳閶古渡〔三〕。吹簫城下應許〔四〕。英雄失路皆無策〔五〕，慚使浣紗憐汝〔六〕。君莫取。鴻鵠在、他時自有淩霄羽〔七〕。功名糞土〔八〕。且滿酌霜醪〔九〕，仍將漁釣，共醉白蘋渚〔一〇〕。

【校】

「求食」，王昶明詞綜作「雲樹」；「漁釣」，明詞綜作「漁艇」。「慚使」，明詞綜作「漸使」。當爲王氏妄改。

【箋】

此詞似爲順治十六年春暮與吳地友人相別作。

【注】

〔一〕「溯江」句：時屈大均離蘇州，經鎮江，入京江溯流至南京。

〔二〕求食：屈大均詩詞中每見「求食」一語，可想見其生計之艱辛。故苑鶯花：梅堯臣右丞李相公自洛移鎮河陽詩：「鼓角春城暮，鶯花故苑遥。」

〔三〕吴閶：吴閶門。蘇州古城之西門。因以指蘇州。

〔四〕「吹簫」句：史記范雎蔡澤列傳載，楚平王聽信費無極讒言，殺太子建師傅伍奢及其長子伍尚，次子伍員（子胥）「橐載而出昭關，夜行晝伏，至于陵水，無以糊其口，膝行蒲伏，稽首肉袒，鼓腹吹篪，乞食于吴市。」裴駰集解引徐廣曰：「（篪）一作『簫』。」屈大均詠古：「子胥無餌口，行乞市門時。怨毒平生事，簫聲誰得知。」

〔五〕英雄失路：謂英雄不得志。揚雄解嘲：「當塗者升青雲，失路者委溝渠。」鄺露贈張穆之詩：「伍員吹簫向吴市，古來英雄失路多如此。」

〔六〕浣紗：指饋飯伍子胥之浣紗女子。吴越春秋卷三：「（子胥）遂行至吴。疾于中道，乞食溧陽。適會女子擊綿于瀨水之上，筥中有飯。子胥遇之，謂曰：『夫人可得一餐乎？』女子曰：『妾獨與母居，三十未嫁，飯不可得。』子胥曰：『夫人賑窮途少飯，亦何嫌哉？』女子知非人，遂許之，發其簞筥，飯其盎漿，長跪而與之。子胥再餐而止。女子曰：『君有遠逝之行，何不飽而餐之？』子胥已餐而去，又謂女子曰：『掩夫人之壺漿，無令其露。』女子歎曰：

『嗟乎！妾獨與母居三十年，自守貞明，不願從適，何宜饋飯而與丈夫？越虧禮儀，妾不忍也。子行矣。』子胥行，反顧女子，已自投于瀨水矣。」

〔七〕鴻鵠：史記陳涉世家：「陳勝者，陽城人也，字涉。吴廣者，陽夏人也，字叔。陳涉少時，嘗與人傭耕，輟耕之壟上，悵恨久之，曰：『苟富貴，無相忘。』傭者笑而應曰：『若爲傭耕，何富貴也？』陳勝太息曰：『嗟乎！燕雀安知鴻鵠之志哉！』」　淩霄羽：阮籍詠懷詩其六十九：「焉得淩霄翼，飄颻登雲湄。」

〔八〕功名糞土：韋應物清都觀答幼遐詩：「榮名等糞土，攜手隨風翔。」

〔九〕霜醪：猶言秋醪。秋日釀成的酒。

〔一〇〕「共醉」句：張祜江南逢故人詩：「春風故人夜，又醉白蘋洲。」

念奴嬌　秣陵弔古

蕭條如此，更何須、苦憶江南佳麗〔一〕。花柳何曾迷六代〔二〕，祇爲春光能醉。玉笛風朝，金笳霜夕〔三〕，吹得天憔悴。秦淮波淺，忍含如許清淚〔四〕。　任爾燕子無情，飛歸舊國，又怎忘興替〔五〕。虎踞龍蟠那得久〔六〕，莫又蒼蒼王氣〔七〕。靈谷梅花〔八〕，蔣山松樹〔九〕，未識何年歲。石人猶在〔一〇〕，問君多少能記。

【校】

此首道援堂詞、屈翁山詩集闕。

【箋】

順治十六年寓居南京作。秣陵，南京古名。楚威王置金陵邑，秦改秣陵。南京爲明故都，因有亡國之慨。

【注】

〔一〕江南佳麗：謝朓入朝曲：「江南佳麗地，金陵帝王州。」

〔二〕「花柳」句：屈大均賦贈秣陵某方伯詩：「江山三楚是，花柳六朝非。」又，舊京感懷詩其二：「三月風光愁裏渡，六朝花柳夢中看。」

〔三〕金笳：蕭道成塞客吟：「金笳夜厲。」此指清軍之號角聲。

〔四〕「秦淮」二句：文天祥行宫詩：「怪底秦淮一水長，幾多客淚灑斜陽。」

〔五〕「任爾」三句：暗用劉禹錫烏衣巷「舊時王謝堂前燕，飛入尋常百姓家」詩意。晁沖之漢宫春梅：「無情燕子，怕春寒、輕失佳期。」宋無名氏詞：「燕子無情，斜語闌干曲。」

〔六〕虎踞龍蟠：太平御覽卷一五六引晉張勃吴録：「劉備曾使諸葛亮至京，因覩秣陵山阜，歎曰：『鍾山龍盤，石頭虎踞，此帝王之宅。』」李白永王東巡歌十一首其四：「龍盤虎踞帝王州，帝子金陵訪古丘。」宋注引金陵圖經：「石頭城在建康府上元縣西五里。諸葛亮謂吴大帝曰：『秣陵地形，鍾山龍蟠，石城虎踞，真帝王之都也。』」

〔七〕蒼蒼王氣：劉珍東漢觀記：「在春陵時，望氣者言春陵城中有喜氣，曰：『美哉，王氣。鬱鬱葱葱。』」湛若水陪祭皇陵有述詩：「極目望泱茫，王氣鬱蒼蒼。」屈大均孝陵恭謁記：「御氣全無。」

〔八〕靈谷：靈谷寺。位于南京紫金山東南坡下。梁天監十三年，梁武帝建開善精舍，後名開善寺，位于獨龍阜，即明孝陵所在地。明洪武十四年，朱元璋爲建陵，下令移建蔣山寺，敕封爲靈谷禪寺。顧祖禹讀史方輿紀要卷二十：「蔣山寺，因孝陵奠焉，乃移于東麓，賜名靈谷寺。」馮夢禎靈谷寺探梅記：「留都惟靈谷寺東，有數里梅花。」

〔九〕蔣山松樹：蔣山自古多松。范純仁和吴君平游蔣山兼呈王安國二首之一：「六朝山色空陳跡，十里松聲正晚風。」屈大均孝陵恭謁記：「松楸已盡。」

〔一〇〕石人：指明孝陵前之翁仲。屈大均孝陵恭謁記：「石人凡八，高可四五丈。四將軍介冑執金吾，四文臣朝冠秉笏，若祇肅而候靈輅者。」

浣溪沙

一片花含一片愁〔一〕。愁隨江水不東流〔二〕。飛飛長傍景陽樓〔三〕。六代祇餘芳草在〔四〕，三園空有乳鶯留〔五〕。白門容易白人頭〔六〕。

【箋】

順治十六年寓居南京作。

【注】

〔一〕「一片」句：杜甫曲江二首其一：「一片花飛減卻春，風飄萬點正愁人。」

〔二〕「愁隨」句：陸龜蒙傷越詩：「訪戴客愁隨水遠，浣紗人泣共埃捐。」

〔三〕景陽樓：南朝陳之景陽宮之樓。陳書後主本紀：隋兵南下過江，攻佔臺城。「後主聞兵至，從宮人十餘出後堂景陽殿，將自投于井……及夜，爲隋軍所執。」景陽井故址在今南京玄武湖側。

〔四〕「六代」句：吴融秋色詩：「曾從建業城邊路，蔓草寒煙鎖六朝。」

〔五〕三園：屈大均金陵曲送客返金陵詩：「金吾舊有四花園，東在青溪故址存。」自注：「錦衣徐公繼勳舊有四花園，其在武定橋東者曰東園，一名太傅園，今有樓僅存，匾曰『世恩』，又有匾曰『青溪一曲』，篆書。」金吾，指錦衣衛。王世貞金陵諸園記云：「若最大而雄爽者，有六錦衣之東園；清遠者，有四錦衣之西園；次大而奇瑰者，則四錦衣之麗宅東園；華整者，魏公之麗宅西園；次小而靚美者，魏公之南園，與三錦衣之北園。」「東園一曰『太傅園』，明太祖賜中山王者。徐魏公諸園，皆徐氏子孫所創。莫愁湖者，亦徐九别業也。」瞻園，即徐達王府之西園；莫愁湖乃徐達第十一世孫徐九公子徐詠之園林。詞中之「三園」，似指東園之外其餘三園，當時皆已荒廢。唐圭璋選編、王一鸝注釋歷代愛國詞選謂三園指華林園、芳華苑、芳樂苑，未詳所據。

〔六〕白門：六朝皆都于建康，其正南門爲宣陽門，俗稱白門，故以爲南京别稱。南齊書王儉傳：「宋世外六門設竹籬。是年初，有發白虎樽者言：『白門三重門，竹籬穿不完。』上感其言，改立都牆。」

金縷曲　舊院

淮水秦時水〔一〕。接青溪、煙波九曲〔二〕，影含蒼翠。一代紅顔曲中盡，猶記金陵四熾〔三〕。有阿馬、班如堂裏〔四〕。蘭草枝枝薰賦客〔五〕，鳳凰毛、一半分沙喜〔六〕。無數女，研箋紙〔七〕。　歌樓舞榭今餘幾。衹桃根、當年渡處〔八〕，尚餘香膩。三摺畫橋依然在〔九〕，踏斷長憂朔騎。又惹得、鴛鴦驚起。明月小姑來復往〔一〇〕，鼓箜篌、楚調應相倚〔一一〕。魂縹緲，欲招爾。阿馬，謂湘蘭也，工畫蘭，能詩。沙喜亦有文辭。

【校】此首道援堂詞、屈翁山詩集、宣統本、全清詞闕。

【箋】順治十六年寓居南京作。舊院，爲妓女聚處。余懷板橋雜記：「舊院，人稱曲中。前門對武定橋，後門在鈔庫街。妓家鱗次，比屋而居。」

【注】

〔一〕「淮水」句：三國志張紘傳：「紘建計宜出都秣陵，（孫）權從之。」裴注引江表傳：「紘謂權曰：『秣陵，楚武王所置，名爲金陵。地勢岡阜連石頭，訪問故老，云昔秦始皇東巡會稽經此縣，望氣者云金陵地形有王者都邑之氣，故掘斷連岡，改名秣陵。』今渡，望氣者云：『五百年後，金陵有天子氣。』因鑿鍾阜，斷金陵長壟以通流，至今呼爲秦淮。」

〔二〕青溪：青溪，南京溪流。發源于鍾山，南入秦淮河。三國孫吴赤烏四年開鑿，名曰「東渠」，以東方屬青，故稱爲青溪。建康實録卷二：「冬十一月，詔鑿東渠，名青溪，通城北塹潮溝。」景定建康志卷十六：「今城東北有渠，北通玄武湖，南行經散福亭橋、竹橋，抵府城東北角外，西入城濠，里俗呼爲長河，即古青溪。」九曲：康熙江寧府志卷六載：青溪「通城北塹以泄後湖水，其流九曲，達于秦淮。後楊吴築城斷其流，今自太平門由潮溝南流入舊内（指明皇城），西出竹橋入濠而絶。又自舊内旁周逸出淮青橋，乃所謂青溪一曲也。」王奕法曲獻仙音和朱静翁青溪詞：「九曲青溪，千年陳跡，往事不堪依據。」

〔三〕金陵四媺：亦稱「秦淮四媺」。明萬曆中，王路撰煙花小史，中有秦淮四媺詩。收金陵名妓馬守貞、趙彩姬、朱無瑕、鄭如英四人詩。錢謙益列朝詩集小傳閏集「鄭如英」條：「冒伯麐（愈昌）集妥（鄭如英）與馬湘蘭、趙今燕、朱泰玉之作，爲秦淮四美人選稿。」錢謙益列朝詩集小傳閏集：「馬湘蘭，馬姬名守真，字玄兒，又字月嬌，以善畫蘭，故湘蘭之名獨著。姿首如常人，而神情開滌，濯濯如春柳早鶯，吐辭流盼，巧伺人意，見之者無不人人自失也。」「趙彩姬，字今燕，南曲中與馬湘蘭齊名。」「朱無瑕，字泰玉，桃葉渡邊女子。幼學歌舞，舉止談笑，風流蘊藉。長而淹通文史，工詩善書。萬曆己酉秦淮有遊會，集天下名士。泰玉詩出，人皆自廢。有繡佛齋集，時人以方馬湘蘭云。」「鄭如英，字無美；妥，小名，十二行也。金陵舊院妓，首推鄭氏。妥晚出，韶麗驚人，親鉛槧之業，與期蓮生者目成。寄長相思，用十二字爲目，酬和成帙。」

〔四〕阿馬：馬守真，又名守貞。馮夢龍情史：「馬守真，字月嬌，小字玄兒。行四，故院中呼四娘。以善畫蘭，號湘蘭子。少負重名，爲六院冠冕。」藍瑛圖繪寶鑒續纂謂其「南京人。風流絶代，工詩書，善蘭竹，與王百穀友善，名擅一時。煙花非其志也，性好恬静，年五十七，沐浴禮佛，端坐而逝」。班如堂：指馬守貞之堂。易屯卦：「上六。乘馬班如。」班如，盤桓之狀。以「班如」切「馬」姓。

〔五〕「蘭草」句：馬守貞善畫蘭。故自號「湘蘭」。姜紹書無聲詩史謂其「蘭仿趙子固（孟堅）、竹法管夫人（道昇），俱能襲其餘韻」，「其畫不惟爲風雅者所珍，且名聞海外，暹羅國使者亦知，購其畫扇藏之」。文震亨題馬守真蘭花圖卷詩：「纖玉臨池筆意新，不生煙火不生塵。展來香氣隨風嫋，苑内英華第一人。」其傳世作品有蘭竹圖扇、蘭竹石圖扇、蘭竹水仙圖軸、竹蘭石圖卷等。

〔六〕「鳳凰毛」句：意本元稹寄贈薛濤詩：「錦江滑膩峨嵋秀，生出文君與薛濤。言語巧似鸚鵡舌，文章分得鳳凰毛。」字面謂馬守貞之名聲分與沙才、顧喜，實際上謂馬守貞一人獨佔秦淮風月之半，其餘一半則由沙、喜諸人分有。沙喜：沙才與顧喜。余懷板橋雜記：「沙才，美而艷，豐而柔，骨體皆媚，天生尤物也。善弈棋、吹簫、度曲。長指爪，修容貌，留仙裙，石華廣袖，衣被燦然。後擕其妹曰嫩者，遊吴郡，卜居半塘，一時名噪，人皆以二趙、二喬目之。」又：「顧喜，一名小喜，性情豪爽，體態豐華，雙趺不纖妍，人稱爲顧大脚，又謂之肉屏風。然其邁往不屑之韻，淩霄拔俗之姿，則非籬壁間物也。」

〔七〕研箋紙：在彩箋上壓印花紋。暗用薛濤製作「薛濤箋」之事，謂秦淮名妓多能詩文也。

〔八〕「祇桃根」句：王獻之有妾名桃葉，其妹名桃根。樂府詩集引古今樂録曰：「桃葉歌者，晉王子敬之所作也。桃葉，子敬妾名，緣于篤愛，所以歌之。」隋書五行志曰：「陳時江南盛歌王獻之桃葉詩，云：『桃葉復桃葉，渡江不用楫。但渡無所苦，我自迎接汝。』」桃葉渡，在秦淮河與青溪合流處。王象之輿地紀勝卷十七：「金陵覽古云：『在縣南二里秦淮口。』」吳文英鶯啼序詞：「記當時、短楫桃根渡。」

〔九〕三摺畫橋：指秦淮河上之長板橋。余懷板橋雜記：「長板橋在院牆外數十步，曠遠芊綿，水煙凝碧。迴光、鷲峰兩寺夾之，中山東花園亘其前，秦淮朱雀桁繞其後，洵可娱目賞心，漱滌塵俗。每當夜涼人定，風清月朗，名士傾城，簪花約鬢，攜手閒行，憑欄徙倚。忽遇彼姝，笑言宴宴，此吹洞簫，彼度妙曲，萬籟皆寂，遊魚出聽，洵太平盛事也。」屈大均金陵曲送客返金陵：「飛橋三折逐溪長，紅杏千株落水香。十里溪雲連古木，陰森不見帝城牆。」自注：「舊有長板橋三折。」

〔一〇〕小姑：指青溪小姑。樂府詩集四十七載有神絃歌十一首，其六爲青溪小姑曲。題注：「按，干寶搜神記曰：『廣陵蔣子文，嘗爲秣陵尉。因擊賊，傷而死。吳孫權時封中都侯，立廟鍾山。』異苑曰：『青溪小姑，蔣侯第三妹也。』」曲曰：「開門白水，側近橋梁。小姑所居，獨處無郎。」

〔一一〕「鼓箜篌」句：吴均續齊諧記云：「會稽趙文韶，宋元嘉中爲東扶侍，廨在青溪中橋。秋夜步月，悵然思歸，乃倚門唱烏飛曲。忽有青衣，年可十五六許，詣門曰：『女郎聞歌聲，有悦人者，逐月遊戲，故遣相問。』文韶都不之疑，遂邀暫過。須臾，女郎至，年可十八九許，容色絶妙。謂文韶曰：『聞君善歌，能爲作一曲否？』文韶即爲歌『草生磐石下』，聲甚清美。女郎顧青衣，取箜篌鼓之，泠泠似楚曲。又令侍婢歌繁霜，自脱金簪，扣箜篌和之。婢乃歌曰：『歌繁霜，繁霜侵曉幕。伺意空相守，坐待繁霜落。』留連宴寢，將旦别去，以金簪遺文韶。文韶亦贈以銀碗及琉璃匕。明日，于青溪廟中得之，乃知得所見青溪神女也。」青溪神女，即青溪小姑。

賣花聲　舊曲中

桃葉渡東西〔一〕。白鷺飛低。裙腰草長與橋齊〔二〕。一代曲中人已盡，剩有香溪〔三〕。　脂水半成泥〔四〕。流入湖堤。荷花欲踏紫騮嘶。燕子銜將魂片片，可是深閨〔五〕。

【箋】

順治十六年作于南京。舊曲中，即舊院。屈大均青溪觀虞美人作詩自注：「舊曲中皆在青溪。」

【注】

〔一〕桃葉渡：在秦淮河與青溪合流處。參見金縷曲舊院詞注。

〔二〕裙腰草：白居易杭州春望詩：「誰開湖寺西南路，草緑裙腰一道斜。」自注：「孤山寺路在湖洲中，草緑時，望如裙腰。」

〔三〕香溪：指青溪。以其有脂水而生香也。

〔四〕脂水：胭脂水。參見江城子詞「脂水雙塘未褪紅」句注。

〔五〕「燕子」句：司馬樞黄金縷詞：「燕子銜將春色去。紗窗幾陣黄梅雨。」

醉花陰

煙雨臺城迷古道〔一〕。春色幾時好。誰使馬群多，一片江山，生遍萋萋草〔二〕。　未過寒食鶯聲老。花發應須蚤。處處是邊陰，垂柳垂楊，不爲南朝掃〔三〕。

【箋】順治十六年春在南京作。「春色」、「花發」數語，微露匡復明朝之意。

【注】

〔一〕臺城：洪邁容齋續筆臺城少城：「晉宋間謂朝廷禁省爲臺，故稱禁城爲臺城。」陳亮戊申再上孝宗皇帝書：「臺城在鍾阜之側，其地據高臨下，東環平岡以爲固，西城石頭以爲重，帶玄武湖以爲險，擁秦淮、清溪以爲阻。」顧祖禹讀史方輿紀要卷二十：「臺城，在今上元縣治東北五里，本吳後苑城也。」臺城在今南京玄武湖畔。屈大均同時有臺城春望詩。

〔二〕「誰使」三句：清兵入關，攻城掠地，每荒廢農田園池，長草養馬。各地名曰「馬棚街」、「馬棚崗」、「白馬涌」、「駟馬涌」、「大馬地」、「大馬弄」之所在，每爲當時養馬之地。

〔三〕「垂柳」三句：蕭子顯春別詩四首其三：「江東大道日華春，垂楊掛柳掃清塵。」南朝，暗指南明。

應天長

江南九熟清明近〔一〕。紅有櫻桃松有粉〔二〕。瑰花調〔三〕，珠葉襯〔四〕。多謝當壚人不吝〔五〕。　下香蔬，兼細筍。食到盤心争忍〔六〕。消受自慚過分〔七〕。金錢教莫進。

【箋】

此詞似亦順治十六年春在江南之作。

【注】

〔一〕九熟：多熟。葛洪抱朴子佚文：「五嶺無冬殞之木，南海晉安有九熟之稻。」屈大均金陵曲送客返金陵詩亦云：「花間擘出玉盤遲，正是江南九熟時。靈谷櫻桃春不薦，杜鵑啼斷御園枝。」

〔二〕松粉：松花粉，服之可袪風益氣。圖經衍義本草卷二十：「其花上黄粉名松黄，山上人及時拂取，作湯點之甚佳，但不堪停久。」王象晉群芳譜卷二十二：「二三月間抽穗生長，花三四寸，開時用布鋪地，擊取其蕊，名松黄，除風止血，治痢，和砂糖作餅甚清香，宜速食不耐久留。」方干題懸溜巖隱者居詩：「慣緣嶮峭收松粉，常趁芳鮮掇茗芽。」屈大均從化縣齋有古松一株見而嘆之詩：「松花春熟入懷香，黄多絶勝金如粟。」

〔三〕瑰花：玫瑰花。民間有以松花、玫瑰花調酒之習俗。

〔四〕珠葉：詞中似指櫻桃之葉。

〔五〕當壚人：指賣酒女。壚，放酒罈之土墩。辛延年羽林郎詩：「胡姬年十五，春日獨當壚。」

〔六〕「食到」句：似用杜牧和裴傑秀才新櫻桃詩「忍用烹騂駱，從將玩玉盤」之意。

〔七〕「消受」句：櫻桃爲朝廷賜大臣及薦享之物，觀金陵曲送客返金陵詩「靈谷櫻桃」二句，可知「自慚過分」一語，別寓故國故君之思。

山漸青

楓葉飛。柿葉飛。飛逐宫鴉何處歸〔一〕。歸來玉殿非。　拔龍旗。卓雕旗〔二〕。獵火山山燒翠微。牛羊蔽夕暉。

【校】

此首道援堂詞、屈翁山詩集、全清詞闕。

【箋】

此詞寄亡國之思。中有「宮鴉」、「玉殿」之語，似作于順治十六年秋留居南京時。參見滿江紅采石舟中詞箋注。

【注】

〔一〕宮鴉：棲息于宮苑中之烏鴉。王建和胡將軍寓直詩：「宮鴉棲定禁槍攢，樓殿深嚴月色寒。」

〔二〕「拔龍」二句：龍旗，屈大均日食戊戌五月詩：「萬里蒲甘國，龍旗正倒懸。」此詩爲順治十五年五月作于河北薊門邊關。清史稿世祖紀：「順治十五年五月丁酉朔，日有食之。」蒲甘國，即緬甸之蒲甘王國，宋史蒲甘傳、元史緬甸傳有記載。此處借指南明永曆帝寓居中緬邊境。本詞中之龍旗，暗指明人之旗。雕旗，指清軍之旗。屈大均邊詞：「牙帳山山卓，雕旗處處開。諸王分六角，會獵向龍堆。」「拔龍」二句，字面上寫清人狩獵，「拔」、「卓」二字，中含明朝覆亡之悲憤。似爲鄭成功攻南京失敗有感而作。

南樓令

無奈葉瀟瀟。未秋含素飆〔一〕。染霜深、怎得紅消。碧樹無端成錦樹〔二〕，片片血，作花飄。　寫恨滿空寥。斷魂何處招〔三〕。怎相思、難報瓊瑤〔四〕。青女多情能醉汝〔五〕，休落盡，爲南朝。

【箋】

此詞亦寄亡國之思。寫新秋紅葉，寓碧血之悲，可與望江南詞「悲落葉」同讀。詞末有「南朝」之語，似作于順治十六年秋留居南京時。參見滿江紅采石舟中詞箋注。

【注】

〔一〕素飆：秋風，涼風。楊羲託名「雲林右英夫人」詩：「鼓翼乘素飈，竦眄瓊臺中。」

〔二〕錦樹：指開滿花之樹。杜甫錦樹行詩：「霜凋碧樹待錦樹，萬壑東逝無停留。」

〔三〕「斷魂」句：范成大次韻徐子禮提舉鶯花亭詩：「遊子斷魂招不得，秋來春草更萋萋。」

〔四〕報瓊瑤：詩衛風木瓜：「投我以木桃，報之以瓊瑶。匪報也，永以爲好也。」

〔五〕青女：掌管霜雪之神女。淮南子天文訓：「至秋三月……青女乃出，以降霜雪。」高誘注：「青女，天神，青霄玉女，主霜雪也。」

滿江紅　采石舡中

苦憶開平〔一〕，驚濤裏、石崖飛上。恨長江中斷，天門相向〔二〕。形勢依然龍虎在，英雄已絶樓船望〔三〕。教祠宮〔四〕、日夕起悲風，松楸響。臨牛渚，停蘭槳。月未起，潮先長。但通宵慷慨，誰聞高唱〔五〕。蠻子軍從南岸戍〔六〕，名王馬向中洲養〔七〕。任幾群、邊雁不能棲，蘆花港。

【校】

此首道援堂詞、屈翁山詩集闕。「恨長江中斷」句，據詞律，「恨」字下當闕二字。

【箋】

順治十六年秋暮自南京往采石途中作。太平寰宇記卷一百五太平州引輿地志：「牛渚山北謂之采石。」采石山，山下突入江處，名采石磯，即牛渚磯。在安徽當塗縣北長江東岸。明開平王常遇春敗元兵于此。此詞當爲鄭成功攻南京失利之事而作。計六奇明季南略卷十六鄭成功入鎮江：「（順治）十六年己亥五月十三日，成功率兵十萬入南，被甲能戰者三萬而已，餘俱火兵。」成功攻佔鎮江。七月十二日，包圍南京。夏琳海記輯要：「成功由鳳儀門登岸，屯兵嶽廟山，望祭明太祖孝陵，再拜慟哭，哀動三軍，諸將士無不感奮。」鄭亦鄒鄭成功傳：「舟至觀音門，以黃安總督水師守三叉河口。戊辰，由儀鳳門登岸，軍于獅子川。招諸將登閲江樓，望建業王氣。」七月二十四日，清靖南將軍喀喀木率兵與鄭軍決戰。鄭成功敗返金門。

【注】

〔一〕開平：指明朝開國功臣常遇春。明史常遇春傳：「常遇春，字伯仁，懷遠人。貌奇偉，勇力絶人，猿臂善射。」「太祖適至，即迎拜。時至正十五年四月也。無何，自請爲前鋒。太祖曰：『汝特饑來就食耳，吾安得汝留也。』遇春固請。太祖曰：『俟渡江，事我未晚也。』及兵薄牛渚磯，元兵陳磯上，舟距岸且三丈餘，莫能登。遇春飛舸至，太祖麾之前。遇春應聲，奮戈直前。敵接其戈，乘勢躍而上，大呼跳蕩，元軍披靡。諸將乘之，遂拔采石，進取太平。授總管府先鋒，進總管都督。」「追封開平王，謚忠武。」

〔二〕天門：天門山。東梁山與西梁山兩山夾江對峙如門，故合稱天門山。李白望天門山詩：「天門中斷楚江開，碧水東流至此回。」

〔三〕「形勢」二句：意本劉禹錫西塞山懷古詩：「王濬樓船下益州，金陵王氣黯然收。千尋鐵鎖沈江底，一片降幡出石頭。人世幾回傷往事，山形依舊枕寒流。今逢四海爲家日，故壘蕭蕭蘆荻秋。」詞意謂南京形勢依舊是虎踞龍盤，而已匡復無望了。英雄，指常遇春，實寫鄭成功。樓船，鄭成功水師甚盛，有三千餘艘船艦，十餘萬兵力，惜坐失戰機而敗走，未能如王濬之攻占金陵，故詞云「絶望」。一語點出詞旨。

〔四〕祠宫：明史常遇春傳載，常遇春卒後，「追封開平王，謚忠武。配享太廟，肖像功臣廟，位皆第二。」其墓在南京太平門外鍾山北麓，至今猶存。祠宫，當指祭祀常氏之祠廟。

〔五〕「但通宵」二句：晉書袁宏傳：「宏有逸才，文章絶美，曾爲咏史詩，是其風情所寄。謝尚時鎮牛渚，秋夜乘月，率爾與左右微服泛江。會宏在舫中諷咏，聲既清會，辭又藻拔，遂駐聽久之，遣問焉。答云：『是袁臨汝郎誦詩。』即其咏史之作也。尚即迎升舟，與之譚論，申旦不寐，自此名譽日茂。」李白夜泊牛渚懷古詩：「余亦能高咏，斯人不可聞。」

〔六〕蠻子：字面上指元將蠻子海牙。元史達識帖睦邇傳：「蠻子海牙嘗爲南行臺御史中丞，以軍結水寨，屯采石，爲大明兵所敗。」明史常遇春傳：「元中丞蠻子海牙復以舟師襲據采石，道中梗。太祖自將攻之，遣遇春多張疑兵分敵勢。戰既合，遇春操輕舸，衝海牙舟爲二。左右縱擊，大敗之，盡得其舟。江路後通。尋命守溧陽，從攻集慶，功最。」屈大均贈金陵李子詩序云：「李子嘗爲予言，家本唐衛公之後，元末有祖妣吴太君者，望東南有天子氣，因自三原徙居於濠，使其四子應高皇帝召募。凡攻城略地，四子受太君成算，往輒有功。高皇帝既渡江，太君命仲子電求隸常將軍麾下。采石之役，元將蠻子海牙方盛兵待我，電請曰：『敵乘險踞高，仰攻不易，請爲將軍出間道以乘其釁。』常將軍壯之。電號『黑扁』，善没水，於是没入水寨，潛易元軍衣服，混陣士中。比常將軍先登，被鉤，海牙將下石。電紿曰：『速掣而上，傳首卻敵，善策也。』海牙未決，常將軍因騰而上，與電合斫殺數百人。元軍亂，遂克采石。常將軍笑握其手曰：『黑扁乃能爾爾。』其三子皆有戰勳，高皇帝俱授以指揮使，命繪吳太君像，以四翅冠冠之，謂其能教四令子以成功云。」詞中實故弄狡獪，以「蠻子」指清軍。南京之戰，鄭軍克瓜州，占鎮江，圍南京。清軍從崇明、杭州入援，戰事結束後仍固守長江南岸。

〔七〕名王：此當指駐守南京清軍之首領。

揚州慢

螢苑煙寒〔一〕，雁池霜老〔二〕，一秋懶弔隋宮〔三〕。念梅花小嶺〔四〕，有碧血猶紅。自元老、金陵不救〔五〕，六朝春色，都入回中〔六〕。剩無情、垂柳依依，猶弄東風。君臣一擲，蚤知他、孤注江東〔七〕。恨燕子新箋，牟尼舊合〔八〕，歌曲難終。二十四橋如葉〔九〕，笳聲苦、捲去匆匆。問雷塘燐火，光含多少英雄〔一〇〕。

【校】

此首道援堂詞、屈翁山詩集闕。

【箋】

順治十六年秋暮作于揚州。紀史可法事。順治二年清兵南下，明督鎮史可法自白洋河失守奔揚州，閉城禦敵。城破，可法自刎未遂，爲清兵所執。多爾衮反復勸降，不聽，被殺。屠揚州十日。可法死後，其屍不知去向，義子、副將史德威以其衣冠葬于廣儲門外梅花嶺。事見明史史可法傳。

【注】

〔一〕螢苑：隋書煬帝紀：「壬午，上于景華宮徵求螢火，得數斛，夜出遊山，放之，光遍巖谷。」此放螢事在洛陽。隋煬帝巡幸揚州，當有放螢之事。嘉靖維揚志卷七公署志：「放螢苑，在府城北七里江都縣大儀鄉。隋大業末，煬帝徵求螢火數斛，夜出遊山始放之，火光遍巖谷。」杜牧揚州詩：「秋風放螢苑，春草鬬雞臺。」李商隱隋宮詩「于今腐草無螢火」，亦詠此事。

〔二〕雁池：杜甫戲題寄上漢中王三首之二：「終思一酩酊，淨掃雁池頭。」注：「梁王兔園有雁池。」比借指煬帝當時所居園林中之池沼。

〔三〕隋宮：指隋煬帝在揚州所建之宮。太平寰宇記卷一二三：「十宮，在江都縣北五里長阜苑內，依林傍澗，竦高跨阜，隨城形置焉，並隋煬帝立也。曰歸雁宮、回流宮、九里宮、松林宮、楓林宮、大雷宮、小雷宮、春草宮、九華宮、光汾宮，是曰十宮。」杜寶大業雜記：「又敕揚州總管府長史王弘大修江都宮，又于揚子造臨江宮，內有凝暉殿及諸堂隍十餘所。」隋煬帝有江都宮樂歌。

〔四〕梅花小嶺：李斗揚州畫舫録新城北録上：「萬曆二十年，太守吴秀開濬城濠，積土爲嶺，樹以梅，因名梅花嶺。」梅花嶺，又名土山，在今揚州市西北。明史史可法傳：「可法死，覓其遺骸。天暑，衆屍蒸變，不可辯識。逾年，家人舉袍笏招魂，葬于揚州郭外之梅花嶺。其後四方弄兵者，多假其名號以行，故時謂可法不死云。」梅花嶺在揚州古城北郭之廣儲門外。

〔五〕元老：指史可法。南明弘光元年，兵部尚書史可法督師守揚州。清軍破徐州，渡淮河，兵臨揚州城下。史可法率軍民抗禦，城陷被俘，不屈遇害。清軍屠城。隨後，清軍渡過長江，攻克京口鎮江。弘光帝出奔蕪湖。諸大臣獻南京降清，隨後弘光帝被擄獲，押送北京殺害。

〔六〕回中：地名。亦秦漢時在回中之宮室名。史記秦始皇本紀：「二十七年，始皇巡隴西、北地，出雞頭山，過回中。」正義引括地志：「回中宮，在岐州雍縣西四十里。」太平寰宇記卷三十：「雍縣，秦國都也。漢縣，屬右扶風，四面積高曰『雍』，又四望不見四方，故謂之雍。秦回中宮，在縣西。漢文帝十四年，匈奴入蕭關，燒回中宮，候騎至雍，即此也。」劉孝威思歸引：「胡地憑良馬，懷驕負漢恩。甘泉烽火入，回中宮室燔。」陳子昂贈趙六貞固二首其一：「回中烽火入，塞上追兵起。」蘇軾將官雷勝得過字代作詩：「胡騎入回中，急烽連夜過。」詞中暗以指斥清人毀南京故宮。

〔七〕「君臣」二句：宋史寇準傳載，北宋大臣寇準頗自矜澶淵之功，王欽若深嫉之。向仁宗皇帝進讒曰：「城下之盟，春秋恥之。澶淵之舉，是城下之盟也。以萬乘之貴而爲城下之盟，其何恥如之！」帝愀然爲之不悦。欽若曰：「陛下聞博乎？博者輸錢欲盡，乃罄所有出之，謂之孤注。陛下，寇準之孤注也，斯亦危矣。」（呂毖明朝小史卷十八弘光紀引）劉宗周追發大痛疏云：「京師坐困，遠近洶洶，然大江以南，宴然無恙也。而二三督撫，曾不聞遣一人一騎，北進以壯聲援，賊遂得長驅犯闕，坐視君父之危亡而不之救，如曰兵不成兵，餉不成餉，將平日料理之謂何？平日既無料理，勢不得不以君父爲孤注，則封疆諸臣之坐誅者一，既而大行之凶聞確矣。」兩句意謂南明君臣以國家命運爲孤注一擲。

〔八〕「恨燕子」二句：阮大鋮著有燕子箋、牟尼合等傳奇，文辭優美，風靡一時，甚至進入宮廷。王士禛秦淮雜詩十四首之八：「新歌細字寫冰紈，小部君王帶笑看。千載秦淮嗚咽水，不應仍恨孔都官。」自注：「福王時，阮司馬以吴綾作朱絲闌，書燕子箋諸劇進宮中。」阮氏官兵部，故稱司馬。夏完淳續幸存録卷二：「燕子箋、春燈謎是阮所作傳奇，此等褻詞，豈是告君之體。」孔尚任桃花扇罵筵：「我阮大鋮，虧了貴陽相公破格提挈，又取在内庭供奉，今日到任回來，好不榮耀。且喜今上性喜文墨，把王鐸補了内閣大學士，錢謙益補了禮部尚書。區區不才，同在文學侍從之班，天顔日近，知無不言。前日進了四種傳奇（按，指燕子箋、春燈謎、牟尼合、雙金榜），聖心大悦，立刻傳旨，命禮部采選宫人，要將燕子箋被之聲歌，爲中興一代之樂。我想這本傳奇，精深奥妙，倘被俗手教壞，豈不損我文名。因而乘機啟奏：『生口不如熟口，清客强似教手。』聖上從諫如流，就命廣搜舊院，大羅秦淮，拿了清客妓女數十餘人，交與禮部揀選。」阮大鋮曾依附魏忠賢閹黨，南明時官至兵部尚書、右副都御史，南京城陷後降清。

〔九〕二十四橋：杜牧寄揚州韓綽判官詩：「二十四橋明月夜，玉人何處教吹簫？」沈括夢溪筆談補筆談謂唐時揚州城内水道上有茶園橋、大明橋、九曲橋、下馬橋、作坊橋、洗馬橋、南橋、阿師橋、周家橋、小市橋、廣濟橋、新橋、開明橋、顧家橋、通泗橋、太平橋、利園橋、萬歲橋、青園橋、參佐橋、山光橋等二十四座橋。李斗揚州畫舫録卷十五則謂「二十四橋，即吴家磚橋，一名紅藥橋，在熙春臺後」。

〔一〇〕「問雷塘」二句：雷塘，在揚州城北。隋煬帝葬此。羅隱煬帝陵詩：「君王忍把平陳業，祇博雷塘數畝田。」夏完淳大哀賦：「揚州歌舞之場，雷塘羅綺之地。」何吾騶和三槐老師玉關人老詩四首其二：「夜深燐火英雄淚，待畫淩煙洗戰衣。」

太常引　隋宫故址

垂楊幾樹是隋家。欲問後園鴉〔一〕。飛過玉鉤斜〔二〕。拂片片、風前亂花。紅橋流水〔三〕，穿橋廿四〔四〕，流盡舊繁華。把酒坐晴沙。且數數、春人鈿車〔五〕。

【校】

此首道援堂詞、屈翁山詩集闕。

【箋】順治十七年春作于揚州。隋宫，指隋煬帝之行宫。輿地紀勝卷三七揚州：「煬帝于江都郡置宫，號江都宫。」

【注】

〔一〕「垂楊」二句：隋煬帝曾命在運河堤上遍栽楊柳，揚州尤盛。隋書食貨志：「（隋煬帝）自板渚引河，達于淮海，謂之御河。河畔築御道，樹以柳。」何光遠鑒戒録亡國音：「煬帝將幸江都，開汴河，種柳，至今號曰『隋堤』。」白居易新樂府隋堤柳：「大業年中煬天子，種柳成行夾流水。西自黄河東接淮，緑陰一千三百里。」李商隱隋宫詩：「于今腐草無螢火，終古垂楊有暮鴉。」王士禛治春詩：「青蕪不見隋宫殿，一種垂楊萬古情。」

〔二〕玉鉤斜：地名。在江蘇江都縣境。祝穆方輿勝覽卷四十四「淮東路揚州」有「玉鉤斜」條。方以智通雅卷三十八：「隋煬帝葬宫人有玉鉤斜，在江都治西。」

〔三〕紅橋：在揚州北門外。建于明末。王士禛浣溪沙紅橋詩：「北郭清溪一帶流，紅橋風物眼中秋。緑楊城郭是揚州。」吴綺揚州鼓吹詞序：「紅橋在城西北二里。崇禎間，形家設以鎖水口者。朱欄數丈，遠通兩岸，雖彩虹卧波，丹蛟截水，不足以喻。而荷香柳色，雕楹曲檻，鱗次環繞，綿亘十餘里，春夏之交，繁絃急管，金勒畫船，掩映出没其間，誠一郡之麗觀也。」

〔四〕廿四：二十四橋。見揚州慢詞注。

〔五〕春人：遊春之人。庾信望美人山銘：「禁苑斜通，春人常聚。」鈿車：以金寶嵌飾之車。白居易潯陽春春來詩：「金谷蹋花香騎入，曲江碾草鈿車行。」

阮郎歸　燕

雙雙剪水鏡湖旁〔一〕。萍開一片光。遊魚正繞紫鴛鴦。輕銜過夕陽。　新月上，素琴張。窺人在畫梁。巢中多少落花芳。成泥更有香〔二〕。

【箋】

順治十七年冬，屈大均自杭州入紹興，謁禹陵，館于王亹家。此詞爲次年春日作。

【注】

〔一〕鏡湖，又名鑒湖、長湖、慶湖。東漢永和五年會稽太守馬臻主持修築，在今紹興市會稽山北麓。初學記卷八：「輿地志曰：山陰南湖，縈帶郊郭，白水翠巖，互相映發，若鏡若圖，故王逸少云『山陰路上行，如在鏡中游。』」

〔二〕「巢中」二句：周邦彦浣溪沙：「新筍已成堂下竹，落花都上燕巢泥。」秦觀畫堂春詞：「杏花零落燕泥香。睡損紅妝。」

風入松　西湖春日

斷腸人在斷橋邊〔一〕。橋斷幾時連。無端橋斷因腸斷，令垂楊、千縷還牽。愁裏流霞難滿〔二〕，夢中明月難圓〔三〕。

花開花落總啼鵑。淚染六陵煙〔四〕。冬青那爲君王改〔五〕，正清明、蒼翠連天。多謝斜陽芳草，莫催客鬢年年〔六〕。

【箋】

順治十七年冬，屈大均自杭州入紹興，此詞爲次年春清明時候作。屈大均送凌子歸秣陵序云，順治十七年三月十九日，至王元倬之南陔草堂，與諸明遺民爲威宗烈皇帝設蘋藻之薦。其後，復至秀水，與朱彝尊、周篔諸人約山陰。屈大均渡江同諸公玩月段橋詩有「月從鏡湖來，墮爾荷花杯」之語。朱彝尊曝書亭集五有曹侍郎溶施學使閏章徐秀才緘姜處士廷梧張處士杉祁公子理孫班孫段橋玩月分韻得三字。諸公，指朱彝尊、曹溶、施閏章、徐緘、姜廷梧、張杉、祁理孫、祁班孫。汪譜謂此詩爲順治十八年春末渡江至杭時作，姑從之。

【注】

〔一〕斷橋：位于杭州西湖。傳説建于唐代，宋代稱保佑橋，元代稱段家橋。清一統志卷二一八四：「斷橋，在錢塘縣孤山側，一稱段家橋。」或謂段家橋簡稱段橋，訛爲斷橋。

〔二〕流霞：仙人之飲料，泛指酒。王充論衡道虚：「仙人輒飲我以流霞一杯，每飲一杯，數月不饑。」庾信衛王贈桑落酒奉答詩：「愁人坐狹邪，喜得送流霞。」

〔三〕夢中明月：王昌齡李四倉曹宅夜飲詩：「欲問吴江別來意，青山明月夢中看。」

〔四〕六陵：指宋六陵，南宋六帝陵寢。即宋高宗永思陵、宋孝宗永阜陵、宋光宗永崇陵、宋寧宗永茂陵、宋理宗永穆陵、宋度宗永紹陵。位于紹興富盛鎮攢宫山。

〔五〕冬青：冬青樹。元史世祖本紀載，至元二十二年（一二八五年），時任江南總攝之蒙古僧人楊璉真珈，盜掘南宋六陵及公侯卿相墳墓，「凡發冢一百有一所，戕人命四。」陶宗儀南村輟耕録卷四發宋陵寢載，義士唐珏聞宋陵被掘，痛憤，與諸少年潛收陵骨，「乃斲文木爲匱，紉黄絹爲囊，各署曰某陵某陵，分委而散遺之，蕝地以藏，爲文以告。」「葬後，又于宋常朝殿掘冬青樹，植于所函土上。」作冬青行。

〔六〕催客鬢：杜甫早花詩：「直苦風塵暗，誰憂客鬢催。」

玉團兒　白杜鵑花

春心傷盡啼無血〔一〕。化爲花、枝枝似雪。色已瑶姬〔二〕，魂猶望帝〔三〕，長含霜月。

紅顔一夕成華髪〔四〕。笑冰姿、胭脂盡脱。暮雨巃嵸〔五〕，朝煙劍閣〔六〕，誰憐淒絶。

【箋】康熙元年四月，永曆帝被害于雲南。此詞或作于是時，詠杜鵑以寄傷悼之意。

【注】

〔一〕「春心」句：楚辭招魂：「目極千里兮傷春心，魂兮歸來哀江南。」杜甫秋日夔府詠懷奉寄鄭監李賓客一百韻詩：「他日辭神女，傷春怯杜鵑。」李商隱錦瑟詩：「莊生曉夢迷蝴蝶，望帝春心託杜鵑。」于石白杜鵑花詩：「吻乾無復枝頭血，幾度啼來染不紅。」

〔二〕瑶姬：酈道元水經注江水二：「郭景純曰：丹山在丹陽，屬巴。丹山西即巫山者也。有帝女居焉。宋玉所謂天帝之季女，名曰瑶姬，未行而亡，封于巫山之陽，精魂爲草，實爲靈芝。所謂巫山之女，高唐之阻。」後因以「瑶姬」爲花草之神。亦用指色白如玉之花。李商隱木蘭詩：「瑶姬與神女，長短定何如？」王周大石嶺驛梅花詩：「仙中姑射接瑶姬，成陣清香擁路歧。」

〔三〕望帝：蜀王本紀：「有一男子，名曰杜宇，從天墮，止朱提。有一女子，名利，從江源井中出，爲杜宇妻。乃自立爲蜀王，號曰望帝。治汶山下邑，曰郫化，民往往復出。」「望帝去時子圭鳴，故蜀人悲子圭鳴而思望帝。」子圭，即子規。杜鵑鳥。舊題師曠禽經「蜀右曰杜宇」張華

注：「望帝杜宇者，蓋天精也。李膺蜀志曰：『望帝稱王于蜀，時荊州有一人，化從井中出，名曰鱉靈。……乃見望帝，立以爲相。……望帝以其功高，禪位于鱉靈，號曰開明氏。望帝修道，處西山而隱，化爲杜鵑鳥。或云化爲杜宇鳥，亦曰子規鳥。至春則啼，聞者淒惻。』」

〔四〕「紅顏」句：李白代美人愁鏡詩：「紅顏老昨日，白髮多去年。」柳永看花回詞：「紅顏成白髮，極品何爲。」杜鵑多作紅花，此詠白杜鵑，故有此喻。

〔五〕蠶叢：蜀王本紀：「蜀王之先名蠶叢，後代名曰柏濩，後者名魚鳧。此三代各數百歲。」蜀都賦章樵注引蜀王本紀：「蠶叢始居岷山石室中。」

〔六〕劍閣：地名，隸今四川省廣元市。水經注卷二十：「又東南徑小劍戍北。西去大劍三十里，連山絕險，飛閣通衢，故謂之劍閣也。張載銘曰：『一人守險，萬夫趦趄。』信然。」李白蜀道難詩有「蠶叢及魚鳧，開國何茫然」「又聞子規啼夜月」「劍閣崢嶸而崔嵬」等語。吳融岐下聞子規詩：「劍閣西南遠鳳臺，蜀魂何事此飛來。」唐安史之亂，玄宗避走西蜀，經劍閣。白居易長恨歌：「黃埃散漫風蕭索，雲棧縈紆登劍閣。」此處暗指明永曆帝之西奔也。

河傳

杜宇。何處。聲聲淒楚。濺血成痕，猩紅染雨〔一〕。開落朵朵氤氳。無窮古帝魂〔二〕。君臣忽隔蠶叢路〔三〕。因情誤。故國茫茫失路。恨年年寒食，與野死重華〔四〕。總無家。

【箋】

此詞當于康熙初年爲悼念永曆帝而作。

【注】

〔一〕「杜宇」五句：杜牧杜鵑詩：「杜宇竟何冤，年年叫蜀門。至今銜積恨，終古弔殘魂。芳草迷腸結，紅花染血痕。山川盡春色，嗚咽復誰論。」

〔二〕古帝：謂望帝。古帝魂，謂杜鵑花爲望帝之魂所化。

〔三〕蠶叢：見玉團兒白杜鵑花詞注。

〔四〕重華：史記五帝本紀：「虞舜者名曰重華。」禮記祭法：「舜勤衆事而野死。」鄭玄注：「謂征有苗死于蒼梧也。」柳宗元閔生賦：「重華幽而野死兮，世莫得其僞真。」野死，死于野外。永曆在雲南遇害，故云。王夫之永曆實録卷一大行皇帝紀：「永曆十六年，上在緬甸。李定國收兵安南，緬甸人叛，劫駕入雲南。前平西伯晉封薊國公吴三桂弑上于雲南，及皇后王氏。」

一斛珠　題林文木犖畫看竹圖

蕭疏翠竹。美人手爪時相觸〔一〕。枝枝葉葉如新沐。寫向鵝綾，看盡瀟湘緑〔二〕。冰綃細摺成春服〔三〕。針神更使人如玉〔四〕。絲絲難繡文章腹〔五〕。腹裏流光，照映篔簹谷〔六〕。

【箋】

林枚，又名之枚。字文木，號松亭，又號錦石山樵。浙江嘉興人。國子生。有瀧江集詩選七卷。梅里詩輯卷十八録林之枚詩十五首，小傳云：「松亭少有才名。周篔谷遺以書，戒其恃才自足，詞甚切真。所刻合組集卷八，皆駢偶之文；瀧江集七卷，古今體悉備。」康熙四年，屈大均北上金陵。秋，至嘉興，識林之枚。拏畫，以指甲或細針代毛筆所作之畫。看竹圖，當爲夏雯贈與林之枚者。林氏有七古西泠夏子爲予作拏畫看竹圖長歌酬之一首，夏子，即夏雯，字治徵，又號南屏山樵，錢塘（今杭州）人。夏文彦圖繪寶鑑稱夏雯「以縑絹作山水人物，蟲魚花鳥，應手飛動，號拏畫，巧擅一時」。林之枚于康熙二十二年入粤，爲西寧知縣張溶之幕僚，與梁佩蘭、陳恭尹等交往，有坐三間書院喜晤梁孝廉藥亭陳獨漉并訂翁山瀧西之行詩。此詩或屈大均初識林之枚時所作。

【注】

〔一〕「蕭疏」二句：杜甫佳人詩：「天寒翠袖薄，日暮倚修竹。」古代女子每于嫩竹上以指爪劃字。吴文英玉燭新詞：「嫩篁細掐，相思字、墮粉輕黏練袖。」又，鶯啼序詞：「記琅玕、新詩細掐，早陳跡、香痕纖指。」本詞中以「美人手爪」呼應拏畫。

〔二〕「寫向」二句：鵝綾，即鵝溪絹。新唐書地理志六：「陵州仁壽郡，本隆山郡，天寶元年更名。土貢：麩金、鵝溪絹、細葛。」鵝，指鵝溪。在四川省鹽亭縣西北。文同雋老水墨詩：「鵝溪吾鄉里，有絹滑如硏。」王觀雨中花令夏詞：「試展鮫綃看畫軸。見一片、瀟湘凝綠。」

〔三〕冰綃：薄而潔白之絲綢。王勃七夕賦：「停翠梭兮卷霜縠，引鴛杼兮割冰綃。」

〔四〕針神：王嘉拾遺記魏：「（薛）夜來妙于針工，雖處于深帷重幄之內，不用燈火之光，裁製立成……宮中號曰針神。」　人如玉：詩小雅白駒：「皎皎白駒，在彼空谷，生芻一束，其人如玉。」

〔五〕文章腹：韓愈符讀書城南詩：「人之能爲人，由腹有詩書。詩書勤乃有，不勤腹空虛。」楊億外弟張湜西遊詩：「文章滿腹與誰論。」

〔六〕篔簹：竹名。楊孚異物志：「篔簹生水邊，長數丈，圍一尺五六寸，一節相去六七尺，或相去一丈，廬陵界有之，始興以南尤多。」篔簹谷：谷名，在洋州西北五里，因谷中多產竹，故稱。蘇軾文與可畫篔簹谷偃竹記：「（與可）書尾復寫一詩，其略云：『擬將一段鵝溪絹，掃取寒梢萬尺長。』」「因以所畫篔簹谷偃竹遺予，曰：『此竹數尺耳，而有萬尺之勢。』與可嘗令予作洋州三十詠，篔簹谷其一也。」按，蘇軾有和文與可洋州園池三十首詩。

過秦樓　入潼關作

五谷三崤〔一〕，函關天阻〔二〕，大河吞渭同流〔三〕。嘆虎狼秦滅〔四〕，但百二關山〔五〕，四塞空留。守險少人謀。把西京、御氣全收〔六〕。剩虛無宮闕，斜陽千里，隱映林丘。　喜華陰廟口〔七〕，琵琶女、喚征人繫馬，槐麯消愁〔八〕。教兩三鶯燕，各銜將紫蕚，亂作觥籌〔九〕。看白帝多情，有明星、玉女綢繆〔一〇〕。且興亡莫問〔一一〕，飛杖明朝〔一二〕，雲外相求。

【箋】

康熙四年仲冬，與杜恒燦自南京赴陝西，十二月末，至潼關。此詞當作于是時。屈大均宗周遊記：「至潼關，關北俯洪河，南倚秦山，一綫天險，爲全陝咽喉。」

【注】

〔一〕五谷三崤：史記樗里子甘茂列傳：「宜陽，大縣也，上黨、南陽積之久矣。名曰縣，其實郡也。今王倍數險，行千里攻之，難。」「自殽塞及至鬼谷，其地形險易皆明知之。」正義：「謂函谷及三崤、五谷。」三殽在洛州永寧縣西北，盤崤、石崤、千崤之合稱。資治通鑑卷二一三「五谷」，胡三省注：「其谷之大者有五，子午谷、斜谷、駱谷、藍田谷、衡嶺谷也。」地勢險阻，唐代設五谷防禦使。

〔二〕「函關」句：函關，函谷關。位于河南靈寶北。天阻，猶言天險。晉書苻生載記：「據天阻之固，策三秦之鋭。」宋書列傳六十自序：「且潼關天阻，所謂形勝之地。」屈大均宗周遊記：

「至靈寶，函谷舊關在焉。北枕黃河，西達商、雒，南控盧水，山高澤廣，巖邑也。」

〔三〕「大河」句：渭水在潼關之北流入黃河。李夢陽潼關詩：「隘地黃河吞渭水，焱天白雪壓秦山。」

〔四〕虎狼秦：史記屈原賈生列傳：「秦，虎狼之國，不可信，不如無行。」劉克莊魯仲連詩：「向微生一叱，幾帝虎狼秦。」

〔五〕百二關山：指秦地。史記高祖本紀：「秦，形勝之國，帶河山之險，縣隔千里，持戟百萬，秦得百二焉。」温庭筠老君廟詩：「百二關山扶玉座。」

〔六〕御氣：帝王之氣象。杜甫秋興詩之六：「花萼夾城通御氣，芙蓉小苑入邊愁。」

〔七〕華陰廟：即西嶽廟，在今陝西華陰東。屈大均有西嶽祠詩。屈大均宗周遊記：「至嶽廟。門有灝靈樓，複道相屬，左右兩夾，樓甚宏麗，南對太華三峰，日照神掌，膏塁所溜指骨，洞然五色。然白帝所居，以太華爲旒，以黃河爲帶，其體最尊，非此樓不足稱『金天巨鎮』也。」

〔八〕槐麴：以槐花製之酒麴。屈大均汪虞部以咂嘛酒惠奠華姜賦謝詩：「華山玉泉與醴泉，槐麴釀之嘗在手。」

〔九〕「教兩三」三句：鶯燕：指歌伎。即上文之琵琶女。黃機沁園春奉柬章史君再遊西園詞：「況殷勤鶯燕，能歌更舞。」紫萼：花萼每爲紫紅色，故云。蕭綱賦得薔薇詩：「回風舒紫萼，照日吐新芽。」此以喻伎女所持之酒杯。觥籌：酒杯與酒籌。泛指酒器。

〔一〇〕明星玉女：仙女名。太平廣記卷五九引集仙録云：「明星玉女者，居華山，服玉漿，白日升天。」詞中指歌伎，語意相關，華山三峰中有明星、玉女兩峰，故云。

〔一一〕興亡莫問：梅堯臣和永叔晉祠詩：「興亡莫問隨水遠，廟深草樹空扶疏。」

〔一二〕飛杖：謂持杖疾行如飛而至也。王十朋勞農峴山乘興游何山同行宋子飛沈虞卿霍從周范文質詩：「林泉雖在眼，未暇飛杖屨。」

念奴嬌　潼關感舊

黄流嗚咽，與悲風、晝夜聲沈潼谷〔一〕。天府徒然稱四塞〔二〕，更有關門東束。未練全軍，中涓催戰，孤注無邊腹〔三〕。閿鄉秋蚤〔四〕，乍寒新鬼頻哭。　誰念司馬當年〔五〕，魂招不返，與賊長相逐。麾下興平餘大將，難作長城河曲〔六〕。朔騎頻來，秦弓未射〔七〕，已把南朝覆。烏鳶饑汝，國殤今已無肉〔八〕。

【箋】

康熙四年仲冬，與杜恒燦自南京赴陝西，十二月末，至潼關。以上兩詞當作于是時。屈大均宗周遊記：「至潼關，關北俯洪河，南倚秦山，一綫天險，爲全陝咽喉。城有樓，曰懷遠，兵備使者居之。藩屏三省，關當河山要害，千仞孤懸，賈生所稱『踐華爲城，因河爲津』者。」

【注】

〔一〕潼谷：即潼關。南北朝時，北周宇文覺敗東魏竇泰于此，改潼關爲「潼谷關」。

〔二〕四塞：史記留侯世家：「關中左殽函，右隴蜀，沃野千里，南有巴蜀之饒，北有胡苑之利，阻三面而守，獨以一面東制諸侯。諸侯安定，河渭漕輓天下，西給京師；諸侯有變，順流而下，足以委輸。此所謂金城千里，天府之國也。」舊唐書李密傳：「關中四塞，天府之國。」李嶠城詩：「四塞稱天府，三河建洛都。」或謂四塞，指函谷關、大散關、武關、蕭關等四大關塞。

〔三〕「未練」三句：明史孫傳庭傳載，孫傳庭守潼關，扼京師上游，認爲明軍新集，不利速戰，乃屯田積粟以練兵，而士大夫謂其「玩寇」。崇禎十六年，朝廷任其爲督師，「賜劍。趣戰益急。」八月十日，傳庭被迫出師潼關，與李自成軍大戰，兵敗。「傳庭單騎渡垣曲，由閿鄉濟。賊獲督師坐纛，乘勝破潼關，大敗官軍。傳庭與監軍副使喬遷高躍馬大呼而殁于陣，廣恩降賊。傳庭屍竟不可得。傳庭死，關以内無堅城矣。」屈大均燕京述哀七首之三：「無端招撫策，羣盜藐王師。一自潼關失，頻令紫極移。至尊催戰急，司馬督兵遲。謂孫公傳庭。可惜輿屍拙，三軍食盡時。」即詠此事。中涓：指太監。明代朝廷每以太監爲監軍，傳達皇帝指示，直接控制軍隊。明史職官志一：「初，領五都督府者，皆元勳宿將，軍制肅然。永樂間，設内監監其事，猶不敢縱。沿習數代，勳戚紈袴司軍紀，日以惰毁。既而内監添置益多，邊塞皆有巡視，四方大征伐皆有監軍，而疆事遂致大壞，明祚不可支矣。」孤注：屈大均宗周遊記：

「斯戰爲本朝存亡所繫，惜當時計畫未定，遽以全軍孤注，一敗而天下遂不可支。」參見揚州慢（「螢苑煙寒」）「孤注江東」句注。

〔四〕閿鄉：在今河南靈寶縣内。屈大均宗周遊記：「崇禎間，流賊出入惟意，多不必繇潼關。蓋關城南有平野四十里，名曰南原。直抵南山之麓，與閿鄉壤地相錯，寥闊漫衍，實爲流寇往來之孔道。豫、秦在在爲鄰，並皆山峪。繇豫入秦之峪，南通商雒道境者，紛紜不可指數。」

〔五〕司馬：大司馬，古代執掌軍政。指孫傳庭。

〔六〕「麾下」二句：寫明將高傑事。高傑本李自成部將，降明後爲孫傳庭部屬。後升任總兵官。在江南擁立福王朱由崧登基，被封爲興平伯，與劉良佐、劉澤清、黄得功並稱爲江北四鎮。弘光元年，高在睢州被許定國誘殺。　長城河曲：宋書檀道濟傳載，南朝宋名將檀道濟被宋文帝枉殺，道濟脱幘投地曰：「乃復壞汝萬里之長城。」唐玄宗潼關口號詩：「河曲回千里，關門限二京。所嗟非恃德，設險到天平。」詞中之長城河曲，語意相關。既指險阻之地，亦以喻捍衛之臣。

〔七〕秦弓：屈原九歌國殤：「帶長劍兮挾秦弓，首身離兮心不懲。」

〔八〕「烏鳶」二句：國殤，屈原九歌有國殤篇，追悼爲國犧牲之將士。戴震屈原賦注：「殤之義二：男女未冠笄而死者，謂之殤；在外而死者，謂之殤。殤之言傷也。國殤，死國事，則所以别于二者之殤也。」屈大均知州趙公殉難詩：「勖哉爲國殤，有身白如瓠。腐肉何芬馨，烏鳶俾含哺。」用意相近。

酒泉子 三原元夕

鄭國渠邊〔一〕，寶馬亂嘶秦月，滿城燈掛白楊枝。上元時。彈箏打碟響參差〔二〕。曲曲口西關外〔三〕，酒邊多半是相思。少人知。

【箋】康熙五年正月十五作于陝西三原。屈大均宗周遊記：「三原，古焦穫地，亦曰瓠中，曰池陽，秦之謠所謂『池陽谷口』也。城北有仲山，清峪河出其東，冶峪河出其西，合流至谷口。」又，「十五夕，觀燈南城。城有鄭國渠繚繞。閭閻之中，夾植白楊，人多懸燈其上，火樹煙竿，至曉不絕。」

【注】

〔一〕鄭國渠：位于今涇陽西北涇河北岸。西引涇水東注洛水。鄭國渠在秦王政元年由秦國穿鑿。水工鄭國主持興建。史記河渠書：「渠成，注填淤之水，溉澤鹵之地四萬餘頃，收皆畝一鍾，于是關中爲沃野，無凶年，秦以富强，卒并諸侯，因命曰『鄭國渠』。」

〔二〕打碟：屈大均宗周遊記：「（丙午）二月二日觀會于漢桃洞」，「百戲紛綸，迭呈妙幻，若走短、打碟、搊箏、唱煉相、演元人院本雜劇、彈大小琵琶、歌謳風花雪月。」清人王安修打碟子歌：

「中有一技更奇絶，非絲非竹喧中流。聯綿嘈囋巧應節，輕撚急擊隨狂謳。」

〔三〕口西：指函谷關或潼關以西地區，今陝西、甘肅一帶。屈大均自代北入京記：于應州「聽鄰店妓女彈大琵琶，唱口西曲。」屈大均從塞上偕内子南還賦贈詩：「邊姬一一口西曲，相送臚朐河水旁。」　關外：指函谷關或潼關以東地區。

酒泉子

猶記踏青，煙暖三原春正艶〔一〕，喜涇陽〔二〕。人盡至，又頻陽〔三〕。　二城南北花相向〔四〕。總是姑蘇樣。眼紗不戴香鞯上〔五〕。任端相〔六〕。

【箋】

康熙五年春作于陝西三原。屈大均宗周遊記：「二月二日，觀會于漢桃洞。洞去涇陽六七里，有東嶽祠，士女至者數萬人。」

【注】

〔一〕三原：顧祖禹讀史方輿紀要卷五十三「三原縣」：「以其地在青䣭原、孟侯原、白鹿原間，故名。」古稱「池陽」。三原爲古京畿之地，北魏太平真君七年置縣。三原東嶽廟，相傳因真宗禱于岱頂而生聖嗣而建。

〔二〕涇陽：地名。與三原毗鄰。

〔三〕頻陽：秦厲公時，在頻山以南設置頻陽縣，明代稱頻陽城。今屬陝西富平縣美原鎮。

〔四〕二城：屈大均宗周遊記：「三原有二城，一南一北。一石橋跨清峪河，逾之，則分南北，一縣而有兩城，天下惟此。予詩『池陽城對出，清峪水中流』。」

〔五〕「總是」二句：姑蘇樣，指吴地流行之款式。屈大均宗周遊記：「明日，又觀會北城，婦女結束若三吴，以千萬計，率騎而不輿，不帶眼紗，色多美而頎長。詩含神霧云『秦女多高瞭，白色秀身，音中商，聲清以揚』是矣。」眼紗，即眼罩，遮眼之紗巾。用以遮擋風沙烈日。王世貞眼罩詩：「短短一尺紗，占斷長安色。如何眼底人，對面不相識。」易震吉如夢令詞：「跨馬。跨馬。蓋帽眼紗一掛。」香韉，華美的鞍墊。毛文錫接賢賓詞：「香韉鏤襜五花驄。值春景初融。」

〔六〕端相：周邦彥意難忘詞：「夜漸深，籠燈就月，子細端相。」陳元龍注：「端相，猶正視也。」

柳梢青　三原春日

南北雙城。梨花酒熟〔一〕，一路相迎。蔬葉茵蔯〔二〕，麵條蝴蝶〔三〕，多謝歡情。

嘶花寶馬騎行。白渠上、交彈翠箏〔四〕。處處秋千〔五〕，人人踏鞠〔六〕，消遣春明。三原酒「梨花春」最佳。

【箋】

康熙五年春作于陜西三原。陳夢渠折梅齋詞話卷二「屈介子邊塞詞古今獨步」條評曰：「措詞之輕靈與范文希公有天壤之别，自是别有風味，觀古今邊塞詞，一人而已。」

【注】

〔一〕「南北」二句：雙城，指三原南北二城。梨花酒，白居易杭州春望詩「青旗沽酒趁梨花」注：「其俗釀酒，趁梨花時熟，號爲梨花春。」屈大均送焦君還三原詩：「南北雙城起，梨香醖萬家。」所寫略似。

〔二〕茵蔯：即茵陳蒿。其嫩葉可作蔬菜。屈大均宗周遊記：「（三原）多茵蔯草，臘盡已生，少陵詩『茵蔯雪藕香』。」

〔三〕麵條蝴蝶：謂蝴蝶麵。屈大均宗周遊記：「飯則黍、稷、麥、稻、粱。蒸者，熬者，餌者，粉者，及薄餅、温麵、蝴蝶麵。」

〔四〕白渠：漢書溝恤志載，白渠建于漢武帝太始二年，趙中大夫白公始創，是以得名。起谷口，經涇陽、三原、高陵至下邽注入渭水。

〔五〕「處處」句：屈大均宗周遊記：「大麥新黄，天氣暄暖，人始栽鞦，花竿繡板，處處成場矣。」

〔六〕踏鞠：即蹴鞠。屈大均懷灞靈樓：「春賽人多向嶽宮，紛紛雞鞠是秦風。」

憶漢月　華山玉井間作

仙女洗頭何處。廿八寒潭長去。衣翻十丈白芙蕖〔一〕，笑落一天香語。多情應醉我，斟滿了、玉漿如乳〔二〕。井中冰藕乞雙枝〔三〕，相逐要生毛羽〔四〕。

【校】

此首道援堂詞、屈翁山詩集、全清詞闕。

【箋】

康熙五年三月，與王弘撰往華陰。弘撰命其子宜輔導上華山，居西峰二十餘日。屈大均登華記載，康熙五年三月十三日，雪大作，屈大均遊東峰，入玉女祠，觀洗頭盆。此詞當作于其時。登華記：「峰汙有上宫，旁爲玉井，大五尺許，其水潛流西注于澗，爲二十八宿潭，東注玉女峰，爲洗頭盆水。北注壁下爲瀑布。」

【注】

〔一〕十丈白芙蕖：韓愈古意詩：「太華峰頭玉井蓮，開花十丈藕如船。冷比雪霜甘比蜜，一片入口沈痾痊。」

〔二〕玉漿：郭璞山海經圖贊太華山：「華嶽靈峻，削成四方，爰有神女，是挹玉漿。」登華記：「洗頭盆水光紺碧，乃玉女所持之玉漿云。」

〔三〕井中冰藕：即韓愈古意詩中「冷比雪霜」之藕。

〔四〕「相逐」句：屈大均詠古詩：「峨峨太華山，上有四毛女。苟非逃學仙，從死成黃土。光光人魚膏，泉下照歌舞。淚作水銀海，腸爲黄金縷。秦時女高士，麗英與爲伍。翩翩金精峰，相逐有毛羽。」可作注脚。意謂在代易時移之際，應清操自厲，與古之高士爲伍。亦上句「冰藕」「雙枝」之意。

月上海棠

春風亦要榆錢買〔一〕。滿蒼苔、殘雪正微帶。玉女祠前，有相思、未曾還債。風吹去，片片撩人可奈。　　牛郎不向天公貸。恁年年、得與聖姑會〔二〕。典卻瑤琴，欲求凰、玉簫難代〔三〕。啼痕濕，羡殺陶朱貨貝〔四〕。

【校】

此首道援堂詞、屈翁山詩集、全清詞闕。

【箋】

康熙五年春在華陰作。觀末數語，時屈大均已有家室之想。

【注】

〔一〕「春風」句：榆錢，榆樹種子。其形圓薄如錢，因而得名。文彥博元日阻雨詩：「欲買春光無定價，東風撩亂擲榆錢。」衛宗武山行詩：「榆錢萬疊春難買，落絮隨風萬點愁。」

〔二〕聖姑：指織女。謂牛郎年年得與織女相會。

〔三〕求凰：用司馬相如與卓文君之典。見滿庭芳蒲城惜别詞注。玉簫：指弄玉。劉向列仙傳簫史：「簫史者，秦穆公時人也。善吹簫，能致孔雀白鶴于庭。穆公有女，字弄玉，好之，公遂以女妻焉。日教弄玉作鳳鳴，居數年，吹似鳳聲，鳳凰來止其屋。公爲作鳳臺，夫婦止其上，不下數年。一旦，皆隨鳳凰飛去。」李白鳳凰曲：「嬴女吹玉簫，吟弄天上春。青鸞不獨去，更有攜手人。影滅彩雲斷，遺聲落西秦。」

〔四〕陶朱：指陶朱公范蠡。見花犯詞注。句意謂無錢可聘女也。

百字令 柏林寺内有唐晉王祠。弔之

誰家香火，説同光年代、鬬雞兒作〔一〕。三箭如何，亡一箭、不記彌留遺託〔二〕。

聚鞠新場，射鴻高磧，天子誠多樂〔三〕。龍餘獨眼〔四〕，有靈雙淚猶落。長恨水自滹沱〔五〕，山連句注〔六〕，萬里無戎索〔七〕。手啗羊酥〔八〕，恩未報、十六輕捐雲朔〔九〕。紫兔霜肥，黄鷹風激，懶把秋弓拓。日斜回馬，舉杯聊自斟酌。

【校】

此首道援堂詞、屈翁山詩集闕。

【箋】

康熙五年六月，屈大均偕李因篤自富平至代州。屈大均唐晉王祠記：「祠在代州之西八里柏林寺中。」又云：「歲丙午秋，予至祠瞻拜。」此詩當康熙五年秋作于代州。唐晉王，即李克用。本西域突厥人，居沙陀磧，因以爲國。其父貞元中歸唐，討賊有功，因賜李姓。黄巢陷京師，克用率沙陀兵大破之，功稱第一，封晉王。朱全忠忌其能，欲襲殺克用，二人因有隙，旋與王重榮起兵犯闕，唐僖宗出奔鳳翔。雖如此，克用實忠于唐室。唐亡，淮、蜀、燕、岐皆擬帝制，晉獨守臣節。子存勖即位，追謚武，廟號太祖。晉王墓位于今山西忻州代縣七里鋪村，北倚雁門，南向滹沱河。後唐同光三年，李存勖于墓側建柏林寺。金天眷年間，墓被盜發。元至元十三年重修。屈大均與孫無言書：「僕又從秦之代矣，于李克用墓前晝射獵，夜讀書，或與二三豪士李天生、田約生輩及彈箏、唱煉相諸妓，觴詠于雁門之關、廣武之戍，慷慨流連，不知其身之羈旅也。」同時有和柏林弔古詩。柏林寺，唐晉王祠記謂爲後唐同光三年建于李克用墓旁。位于今忻州代縣城西七里鋪村西。

【注】

〔一〕同光：五代時期後唐莊宗李存勖年號。新五代史唐莊宗紀載，李存勖，本爲朱邪氏，唐末河東節度使、晉王李克用之長子，小名亞子。山西應縣人，沙陀族。兄弟共八人。李存勖建立後唐，以同光爲年號。按，李存勖實爲次子。近年發現之晉王墓志銘：「即今嗣王令公，實晉國太夫人所自出也，嗣王之兄令昭義相公名嗣昭，乃王之元子也。嗣王之次，親弟二十三人。」皆可補正史之闕。　鬬雞兒：新五代史死節傳：「梁、晉爭天下爲勁敵，獨（王）彥章心常輕晉王，謂人曰：『亞次鬬雞小兒耳，何足懼哉！』」

〔二〕「三箭」二句：相傳李克用彌留時以三箭付存勖，屬三事：一是討伐劉仁恭；二是北征契丹；三是滅朱全忠。事見王禹偁五代史闕文之後唐史武皇：「世傳武皇臨薨，以三矢付莊宗曰：『一矢討劉仁恭，汝不先下幽州，河南未可圖也；一矢擊契丹，且曰，阿保機與我把臂而盟，結爲兄弟，誓復唐家社稷，今背約附賊，汝必伐之；一矢滅朱温。汝能成吾志，死無恨矣。』」「莊宗藏三矢於武皇廟庭，及討劉仁恭，命幕吏以少牢告廟，請一矢，盛以錦囊，使親將負之，以爲前驅。凱還之日，隨俘馘納矢於太廟。伐契丹，滅朱氏，亦如之。」其事亦見于新五代史伶官傳序。本詞云「亡一箭」，意謂李存勖未能真正完成遺命，徹底征服契丹，致使其日後坐大。實以契丹喻清人。

〔三〕「聚鞠」三句：寫李存勖繼位後驕縱之事。唐五代人喜角抵、蹴鞠、投壺、射獵之戲，李存勖尤擅角抵。

〔四〕獨眼：資治通鑑唐僖宗中和三年：「克用一目微眇，時人謂之獨眼龍。」

〔五〕滹沱：水名，即滹沱河。李存勖以十餘騎渡滹沱覘敵，遇大雨，平地水深數尺。鎮人襲之，克用匿林中，禱其馬曰：「吾世有太原者馬不嘶。」馬偶不嘶以免。

〔六〕句注：山名。雁門關位于代縣境内之句注山上，依山傍險。李克用爲雁門節度使，于此奠定後唐基業。屈大均自代東入京記：「雁門爲内三關絶險。志所謂『雙闕斗絶，雁度其間』者也。迤邐而西，層巒叠嶂，直接雲中，九原蒼翠陰潤，若晴若雨，則句注之山也。」

〔七〕戎索：戎人之法。左傳定公四年：「命以唐誥，而封以夏虚，啓以夏政，疆以戎索。」杜預注：「夏虚，大夏。今大原晉陽也。」「大原近戎而寒，不與中國同，故自以戎法。」大原，即太原。張孝忠過盱眙詩：「山河信美今戎索，耆老雖存亦外臣。」

〔八〕手啗羊酥：新五代史晉本紀載，石敬瑭從晉王李克用征伐有功，「莊宗（李存勖）已得魏，梁將劉鄩急攻清平，莊宗馳救之。兵未及陣，爲鄩所掩，敬瑭以十餘騎横槊馳擊，取之以旋。莊宗拊其背而壯之，手啗以酥，啗酥，夷狄所重，由是名動軍中。」

〔九〕「恩未報」句：十六：指燕雲十六州。即幽州、順州、儒州、檀州、薊州、涿州、瀛州、莫州、新州、媯州、武州、蔚州、應州、寰州、朔州、雲州。石敬瑭得契丹之助，滅後唐，建立後晉。割讓燕雲十六州與契丹。新五代史四夷附録第一：「契丹當莊宗、明宗時攻陷營、平二州，及已立晉，又得雁門以北幽州節度管内，合一十六州。乃以幽州爲燕京，改天顯十一年爲會同元年，更其國號大遼。」「晉高祖每遣使聘問，奉表稱臣，歲輸絹三十萬匹，其餘寶玉珍異，下至中國飲食諸物，使者相屬于道，無虚日。德光約高祖不稱臣，更表爲書，稱『兒皇帝』，如家人禮。」

紫萸香慢　代州九日作

内三關、胡門偏險〔一〕，尚餘趙氏長城〔二〕。愛雲中秋色〔三〕，欲移帳、出龍庭〔四〕。正值重陽佳節，有樓煩山戍〔五〕，畫鼓争迎。聽扶南小曲、口外兩箏人〔六〕，教莫憶、故園亂鶯〔七〕。　邊聲。萬里相驚。誰聽爾、不傷情。恨横磨大劍〔八〕，長驅突騎，雄志無成。一天羽毛飛灑，卻空羨、郅都鷹〔九〕。　盡駝酥、更傾千盞，一秋沈醉，忘卻欲射妖星〔一〇〕。弓矢散零。

【校】

此首道援堂詞、屈翁山詩集、全清詞闕。「弓矢散零」，宣統本作「弓散零」。

【箋】

康熙五年九月重陽日作于代州。代州，今山西忻州代縣。

【注】

〔一〕「内三關」句：明人以倒馬關、紫荆關、居庸關合稱爲内長城之「内三關」，偏頭關、寧武關、雁門關合稱爲内長城之「外三關」。屈大均自代東入京記：「雁門諸山，爲峰千萬，横亘長邊，而出雙陘，中裂。大者爲關，小爲口，與内外邊牆不斷，勢若長蛇，其首起雁門，故雁門爲内三關絶險。」「紫荆乃内三關之一。内三關爲二邊，外三關爲大邊。」屈大均稱雁門爲内三關，未詳所據。 胡門：指代州雁門關。屈大均將從雁代返嶺南留别程周量詩：「漢壘懸高柳，胡門控太行。」

〔二〕趙氏長城：戰國時期趙國在邯鄲境内沿漳、滏之濱修築之南長城。爲趙武靈王時所築。史記匈奴列傳：「趙武靈王亦變俗，胡服，習騎射，北破林胡、樓煩，築長城，自代並陰山下，至高闕爲塞。」屈大均自代北入京記：「古長城，乃趙肅侯武靈王所築。築並陰山，至于高闕者，今因之以作邊牆，牆大者三道，小者二十五道，純以巨石，蓋十八人隘之總門也。」

〔三〕雲中：古郡名。原爲戰國趙地，秦時置郡，西漢時治所在雲中縣，故治在今山西原平西南。

〔四〕龍庭：匈奴祭祖先、天地、鬼神之所。後漢書竇憲傳：「躡冒頓之區落，焚老上之龍庭。」李賢注：「匈奴五月大會龍庭，祭其先、天地、鬼神。」謝朓永明樂詩之五：「化洽鯷海君，恩變龍庭長。」借指邊塞地區。李白古風之六：「昔別雁門關，今戍龍庭前。」

〔五〕樓煩：北狄之一支。其疆域在今山西保德、岢嵐、寧武一帶。史記樊酈滕灌列傳：「（灌嬰）軍于燕西，所將卒斬樓煩將五人。」裴駰集解引李奇曰：「其人善騎射，故以名射士爲『樓煩』，取其美稱，未必樓煩人也。」屈大均雁門關與天生送曹使君返雲中四十韻詩：「趙塞樓煩北，秦城句注東。天懸雙闕峻，地壓九邊雄。」

〔六〕扶南小曲：杜佑通典卷一百四十六：「讌樂，武德初，未暇改作，每讌享，因隋舊制，奏九部樂。一讌樂，二清商，三西涼，四扶南，五高麗，六龜兹，七安國，八疏勒，九康國。」唐書禮樂志云：「天寶樂曲，皆以邊地名。自河西至者，有扶南樂舞。」

〔七〕故園亂鶯：丘遲與陳伯之書：「暮春三月，江南草長，雜花生樹，群鶯亂飛。」本詞中亦以指故鄉之歌伎，暗寓懷鄉之情。

〔八〕横磨劍：長而大之利劍。舊五代史晉書景延廣傳：「晉朝有十萬口横磨劍，翁若要戰則早來。」

〔九〕郅都鷹：史記酷吏郅都傳：「郅都遷爲中尉，丞相條侯至貴倨也，而都揖丞相。是時民朴，畏罪自重，而都獨先嚴酷，致行法不避貴戚，列侯宗室見都側目而視，號曰『蒼鷹』。」「景帝乃使使持節拜都爲雁門太守，而便道之官，得以便宜從事。匈奴素聞郅都節，居邊，爲引兵去，竟都死不近雁門。」李商隱贈别前蔚州契苾使君詩：「日晚鸊鵜泉畔獵，路人遥識郅都鷹。」

屈大均自代東入京記：「城曰棗雲。道旁故有扶蘇祠、蒙恬墓，在蔓草中不可識。但聞水聲從殺子谷而來，細流嗚咽，曰『恨斯，恨斯』而已。郅都葬所，相傳在其左右，今亦失之。」又，送人之雲中詩：「山西門户是雲中，上谷三關俯漢宮。君向長城城上望，秋鷹應念郅都雄。」詞中慨歎明朝無郅都一流人物以禦清人也。

〔一〇〕妖星：春秋左傳昭公十年：「居其維首，而有妖星焉，告邑姜也。邑姜，晉之妣也，天以七紀。戊子，逢公以登，星斯于是乎出。」杜預注：「妖星在婺女，齊得歲，故知禍歸邑姜。」鮑溶蔡平喜遇河陽馬判官寬話别詩：「看尋狡兔翻三窟，見射妖星落九天。」本詞中指清人。

鎮西

邊風邊雨，苦重陽寒絶。教榆柳、未秋無葉。枝枝雪。趁胡鷹始擊，代馬初肥〔一〕，禽鳴獸咽。雲東雲西圍獵〔二〕。向高闕〔三〕。相將蒙古部〔四〕，南飛倏忽。更千群、錦袍馳突。女回鶻〔五〕。笑鞍捎紫兔，箭落黄雕，腥臊自割。胭脂半需鮮血〔六〕。

【校】

此首道援堂詞、屈翁山詩集、全清詞闕。

【箋】

康熙五年九月作于代州。詞中寫北方民族秋季圍獵之情景。

【注】

〔一〕「趁胡」二句：吴澄月令七十二候集解小暑：「三候，鷹始擊。（禮記作『鷹乃學習』）擊，搏擊也。應氏曰：『殺氣未肅，鷙猛之鳥始習于擊。』」屈大均自代北入京記：「又多黄黑雕，長尾短翅，大如車輪，盤旋空中，見人輒欲下擊，勢絶可畏。單騎輒不敢行。」張華遊獵篇：「鷹隼始擊鷙，虞人獻時鮮。」代馬，代州之馬。後漢書班超傳：「臣聞太公封齊，五世葬周，狐死首丘，代馬依風。」許渾送樓煩李别駕詩：「去去從軍樂，雕飛代馬豪。」

〔二〕雲東、雲西：大同府于萬曆八年分雲中、雲東、雲西等路。

〔三〕高闕：關塞名。見紫萸香慢代州九日作「趙長城」條注。

〔四〕蒙古部：代州爲中原與蒙古交接處，北部多蒙古族群落。

〔五〕女回鶻：回鶻女子。回鶻，即回紇。舊唐書玄宗紀：「（開元四年二月）其回紇、同羅、霫、勃曳固、僕固五部落來附，于大武軍北安置。」回紇等部軍民南下投唐，被安置于大武軍（今大同），是以代州多回紇之後。

〔六〕胭脂：鮮紅色。此代指回紇女之紅唇。此句謂女回鶻將獵物割下，帶血生食。

浪淘沙慢　綏德秋望

塞門近、西風乍捲，片片沙起。吹作龍鱗萬里〔一〕，河吞倒入地底。欲飲馬、榆溪無滴水〔二〕。更無定、凍解全未〔三〕。向公子、扶蘇墓傍坐〔四〕，天寒苦難已。遥指。潰城半壁凝紫〔五〕。與寸寸長蛇，常山勢、斷續無首尾〔六〕。嗟地脈徒傷〔七〕，亭障難恃〔八〕。築愁好止。教漢家、頻得烏孫佳婿〔九〕。枯蜕茫茫連天白〔一〇〕，霜華濕、戰聲易死。濁塵外、牛羊來互市〔一一〕。恨飛將、腐肉成冰〔一二〕，魄未冷，天鵝掠去弓和矢〔一三〕。

【校】

此首道援堂詞、屈翁山詩集闕。

【箋】

屈大均于康熙五年正月寓居陝西三原後，一年間行蹤不定，當有所圖。六月至代州後，疑亦曾于秋後返秦，遊歷陝北。此詞作于綏德。延綏舊治在綏德，以控制河套，後改在榆林。清史稿卷六三：「（綏德）隸延榆道。明屬延安府。」無定河流經全境。宣統本注：「蜕，一作骨。」

【注】

〔一〕龍鱗：屈大均送人之延綏詩：「風吹沙緆作龍鱗，沙柳煙含霧柳春。」

〔二〕「河吞」二句：謂秋後榆溪水枯也。榆林塞在榆溪之東，亦稱榆溪塞。史記衛將軍驃騎列傳：「遂西定河南地，按榆溪舊塞。」酈道元水經注河水三：「諸次之山，諸次之水出焉，而東流注于河。……其水東逕榆林塞，世又謂之榆林山，即漢書所謂『榆溪舊塞』者也。」駱賓王蕩子從軍賦：「征夫行樂踐榆溪，娼婦銜怨守空閨。」

〔三〕無定：無定河。顧祖禹讀史方輿紀要卷五十七「綏德州」：「無定河，在州城東，一名奢延水……以潰沙急流，深淺不定，因名無定河。」

〔四〕扶蘇墓：秦太子扶蘇被始皇派至上郡（今綏德一帶）爲蒙恬監軍，復被賜死。民間相傳墓在今代王鎮南山坡上，地名龍骨堆，俗稱太子墓。詞中之扶蘇墓在綏德縣城内疏屬山。屈大均自代東入京記：「又十里，城曰棗雲。道旁故有扶蘇祠，蒙恬墓，在蔓草中不可識。但聞水聲從殺子谷而來，細流嗚咽，曰『恨斯，恨斯』而已。」

〔五〕潰城：指被李自成軍攻陷之城。參見八聲甘州榆林鎮弔諸忠烈詞箋注。

〔六〕「與寸寸」二句：孫子九地：「故善用兵者，譬如率然。率然者，常山之蛇也。擊其首則尾至，擊其尾則首至，擊其中則首尾俱至。」此以「常山蛇」狀長城綿延起伏之勢。

〔七〕地脈徒傷：張鷟筋鳳髓判卷三：「秦築長城，四海由其大亂。東漸巨海，西至流沙，路阻三十六蕃，塗徑八千餘里，掘三丈之塹，下徹九泉，闊十步之壕，旁通萬嶺。鬼兵是役，尚自難全，人力所營，如何克濟。邊夷未損，中國已空，非直頓失天心，亦復徒傷地脈。」綏德有古長城遺跡。

〔八〕亭障：邊塞要地設置之堡壘。史記秦始皇本紀：「又使蒙恬渡河取高闕、陽山、北假中，築亭障以逐戎人。」史記蒙恬列傳：「太史公曰：『吾適北邊，自直道歸，行觀蒙恬所爲秦築長城亭障，塹山堙谷，通直道，固輕百姓力矣。』」

〔九〕烏孫佳婿：漢書西域傳下烏孫國載，漢武帝遣江都王之女細君嫁與烏孫王昆莫。世稱烏孫公主。

〔一〇〕枯蛻：指死難者之白骨。

〔一一〕互市：此指邊境附近各族間之貿易活動。萬曆大明會典卷一〇七「朝貢」條載，隆慶、萬曆間，延綏被定爲漢、蒙互市之所。屈大均送人之延綏詩：「受降未拓三城舊，互市頻開萬帳新。茶布好從蒙古易，紫貂銀鼠莫辭貧。」

〔一二〕飛將：史記李將軍列傳：「廣居右北平，匈奴聞之，號曰『漢之飛將軍』，避之數歲，不敢入右北平。」

〔一三〕「天鵝」句：慨歎抗爭已息。姜夔契丹歌詩：「平沙軟草天鵝肥，健兒千騎曉打圍。」

八聲甘州　榆林鎮弔諸忠烈

大黄河、萬里捲沙來，沙高與城平。教紅城明月，白城積雪〔一〕，兩不分明。恨絶當年搜套〔二〕，大舉事無成。長把秦時塞，付與笳聲。　最好榆林雄鎮，似駱駝橫卧〔三〕，人馬皆驚。更家家飛將〔四〕，生長有威名。爲黄巾、全膏原野，與玉顔、三萬血花腥〔五〕。忠魂在、願君爲厲，莫逐流螢〔六〕。榆林鎮，流寇號爲駱駝城，馬見而畏。

【箋】

康熙五年秋作于榆林。榆林鎮爲邊防九鎮之一。顧祖禹讀史方輿紀要卷六十一：「榆林鎮。東至山西偏頭關百六十里，西至寧夏後衛七百二十里，南至延安府綏德州三百里，北至黄河千餘里。」計六奇明季北略卷十九榆林諸將殉義條：「（崇禎十六年）十一月十二日壬寅，李自成發金數萬，招榆林諸將，以大寇繼之。備兵副使都任、原任總兵王世顯、侯拱極、尤世威、惠顯等，斂各堡精鋭，入鎮城大集將士，問之曰：『若等守乎？降乎？』各言效死無二。推世威爲長，主號令，繕甲兵，自成遣僞官説三日不聽。自成怒，十五日乙巳，賊四面環攻，城上强弩疊射，賊死屍山積，更發大炮擊。賊稍卻。十六日丙午，賊攻寧夏，鎮兵逆戰三勝之，殺賊精鋭數十。自成歸西安，益發兵攻寧夏，陷榆林，守道都任合門自縊，原任總兵尤世威，舉家百口付之烈焰，自揮刀突戰死街心，原任總兵侯世禄、侯拱極、王學書、王世欽、王世國、李昌期，原任副將翟文、常懷德、李登龍、張發、楊明，原任遊擊孫貴、龍養昆，原任守備白慎衡、全家敘，現任遊擊傅德、惠憲、潘國臣、李國奇、晏維新、陳二典、劉芳馨、劉廷傑、文侯國，現任守備尤勉、惠漸、賀天雷、楊以偉、掌印指揮李文焜，皆不屈死。時諸將各率所部巷戰，殺賊千計，賊大至，殺傷殆盡，無一降者。合城婦女俱自盡。諸將死事者數百人，而鄉紳死難，則有誥封副都御史朱嘗德等。榆林爲天下勁兵處，頻年餉絶，軍士饑困，而殫義殉城，志不少挫。」屈大均皇明四朝仁録卷四延綏鎮死事諸文武臣傳：「鄭端簡云：『榆林地險，將士懷忠畏法，死無怨言，又果悍敢戰，不貫胄。寇呼爲駱駝城，人馬見而畏之。四方徵調，所向有功。』信不誣也。當闖賊攻城時，以孤城死守七日夜，力竭城崩，自將帥兵民以至商賈廝養、婦人女子，幾十餘萬人，無不慷慨激昂，爲朝廷而死，與寧武關屹然于三邊之中，挫賊于滔天之日。」「賊既破榆林，盡屠滅之。」徐嘉炎屈翁山詩集序：「（翁山）己酉之歲，復來吾禾，留榻荒齋，浹辰忘倦，爲言在延綏時，弔榆林之七忠，尋五原六郡之故跡，里中求名少年争趨之。」張德瀛詞徵卷五「屈翁山詞」條：「屈翁山詞，有九歌、九辯遺旨，故以騷屑名篇。觀其潼關感舊、榆林鎮弔諸忠烈諸闋，激昂慨慷，如蒯通讀樂毅傳而涕泣，其遇亦可悲矣。」

【注】

〔一〕「教紅城」二句：紅城，即蕭太后紅城。爲遼景宗耶律賢行宮。故址在今榆林市榆陽區河濱公園，已不存。劉璟蕭太后紅城詩：「榆林塞下舊紅城，四面寒泉徹底清。行殿昔留耶律駕，斷橋曾駐乞顏旌。」自注：「原行宮中有戲水龍浴池，在榆巷。」白城，即赫連城。東晉時南匈奴赫連勃勃所建之大夏國都城。又稱統萬城。城牆色白，俗稱白城子。遺址在今榆林靖邊縣紅墩界鄉白城子村。

〔二〕搜套：明代中葉，蒙古諸部侵駐河套，爲解除北邊威脅，明朝三次調集數萬大軍進行「搜套」、「搗巢」、「復套」行動，意欲驅逐蒙古部落，但用人不當，防禦消極策略，致使「搜套」無功。明史葉盛傳論：「（蒙古）滿都魯諸部久駐河套，兵部尚書白圭議以十萬衆大舉逐之，沿河築城抵東勝，徙民耕守。帝壯其議。八年春，敕盛往會總督王越，巡撫馬文升、余子俊、徐廷璋詳議。初，盛爲諫官，喜言兵，多所論建。既往來三邊，知時無良將，邊備久虛，轉運勞費，搜河套復東勝未可輕議。乃會諸臣上疏，言『守爲長策。如必決戰，亦宜堅壁清野，伺其惰歸擊之，令一大創，庶可遏再來。又或乘彼入掠，遣精卒進搗其巢，令彼反顧，內外夾擊，足以有功。然必守固，而後戰可議也』。帝善其言，而圭主復套。師出，竟無功。人以是服盛之先見。」「搜套」失敗後，邊防軍事力量削弱，導致無力抗擊李自成軍。

〔三〕「最好」二句：陳寅恪靈州寧夏榆林三城譯名考云，駱駝城，爲蒙古語之譯名，意爲有駱駝之地方，蒙古人以稱榆林，而非謂其形似駱駝也。

〔四〕飛將：王昌齡出塞詩有「龍城飛將」之語，或謂「飛將」指「飛將軍」李廣，或謂指衛青、霍去病。詞中以喻榆林死難諸臣。

〔五〕「爲黄巾」二句：黄巾軍，東漢末年之農民軍，此喻李自成軍。明史紀事本末卷之七十「李自成之亂」條：「丁巳，李自成陷榆林。榆林被圍，諸將力戰殺賊，賊死者萬人。賊攻益力，逾旬不克。賊以衝車環城穴之，城崩數十丈，賊擁入，城遂陷。副使都任闔室自經死，總兵尤世威縱火焚其家百口，揮刀突戰死。諸將各率所部巷戰，殺賊千計。賊大至，殺傷殆盡，無一降者。闔城婦女俱自盡，諸將死事者數百人。榆林爲天下勁兵處，頻年餉絶，軍士饑困，而殫義殉城，志不少挫，闔城男子婦女無一人屈節辱身者。」玉顔，指榆林城破殉難之婦女。時死事之十餘萬人中約有三萬婦女。

〔六〕「忠魂」二句：春秋左傳昭公七年：「鬼有所歸，乃不爲厲。」二句含義甚深。文天祥指南録後序：「生無以救國難，死猶爲厲鬼以擊賊，義也。賴天之靈，宗廟之福，修我戈矛，從王于師，以爲前驅，雪九廟之恥，復高祖之業，所謂誓不與賊俱生，所謂鞠躬盡力，死而後已，亦義也。」屈大均贈何東濱處士詩：「死事終軍正妙年，鬼雄邗上戰空天。招魂應葬梅花嶺，爲厲難歸白下田。」可爲注脚。黄庭堅次韻楊明叔見餞十首其二：「男兒生世間，筆端吐白虹。何事與秋螢，争光蒲葦叢。」屈大均反清復明之志，長亘于胸中，願爲厲鬼以擊賊，而不願與流螢相逐于腐草叢中。

紫萸香慢　送雁

恨沙蓬、偏隨人轉〔一〕，更憐霧柳難青。問征鴻南向，幾時暖、返龍庭〔二〕。正有無邊煙雪，與鮮飆千里〔三〕，送度長城。向并門、少待白首牧羝人〔四〕，正海上、手攜李卿〔五〕。

秋聲。宿定還驚。愁裏月、不分明。又哀笳四起，衣砧斷續，終夜傷情。跨羊小兒争射，恁能到、白蘋汀〔六〕。盡天長、遍排人字〔七〕，逆風飛去，毛羽隨處飄零〔八〕。書寄未成〔九〕。

【校】

「盡天長」，宣統本作「盡長天」。

【箋】

康熙五年秋冬間，屈大均偕李因篤至太原訪傅山。作過太原傅丈青渚宅賦贈二首，有「汾水城堪灌，并門騎易通」、「思深當歲暮」之語，頗有匡復之志。此詞似亦爲傅氏而作。葉恭綽廣篋中詞謂此詞「聲情激楚，噴薄而出」。朱庸齋分春館詞話卷三：「紫萸香慢送雁詞，可爲屈詞獨特風格之代表作。明亡後，中原人物，絡繹南逃，哀鴻遍野，餓殍盈路，本詞當爲此而發。」亦可備一説。

【注】

〔一〕沙蓬：沙生植物名。喜生于北部乾旱沙漠地區。駱賓王邊城落日詩：「一朝辭俎豆，萬里逐沙蓬。」屈大均自代北入京記：「驚蓬輾轉，不離馬蹄之間，隨風散去，輒復依人，爲感歎久之。」

〔二〕龍庭：匈奴祭祖先、天地、鬼神之所。借指邊塞地區。見紫萸香慢代州九日作注。

〔三〕鮮飆：文選江淹雜體許徵君詢自敘：「曲櫺激鮮飆，石室有幽響。」吕向注：「鮮飈，鮮潔之風。」

〔四〕并門：指并州。并州，古九州之一，轄境約今山西、内蒙、河北一帶。并州始治晉陽（今太原），唐代改并州爲太原府。古人詩詞中每將雁與并州並題。元好問八月并州雁詩：「八月并州雁，清汾照旅群。」元好問摸魚兒雁丘辭序：「乙丑歲赴試并州，道逢捕雁者云：『今旦獲一雁，殺之矣。其脱網者悲鳴不能去，竟自投于地而死。』予因買得之，葬之汾水之上，纍石爲識，號『雁丘』。同行者多爲賦詩，予亦有雁丘辭。」楊果摸魚兒同遺山賦雁丘詞亦有「埋恨處，依約并門路」之語。屈詞暗用此意。　白首牧羝人：指蘇武。漢書蘇武傳載，蘇武使匈奴，被因，「單于愈益欲降之，乃幽武，置大窖中，絶不飲食。天雨雪，武卧齧雪，與旃毛並咽之，數日不死。匈奴以爲神，乃徙武北海上無人處，使牧羝，羝乳乃得歸。」「武留匈奴凡十九歲，始以强壯出，及還，鬚髮盡白。」羝，公羊。公羊不能産子，意味蘇武不得歸。詞中似以喻傅山。

〔五〕李卿：指李陵。李陵降匈奴，單于令其招降蘇武，漢書蘇武傳：「單于使陵至海上，爲武置酒設樂。因謂武曰：『單于聞陵與子卿素厚，故使陵來説足下，虚心欲相待。終不得歸漢，空自苦亡人之地。』」傳李陵與蘇武詩，中有「攜手上河梁，遊子暮何之？」「行人難久留，各言長相思」之語。詞中當指降清之官員。

〔六〕「跨羊」二句：跨羊小兒：史記匈奴列傳：「兒能騎羊，引弓射鳥鼠；少長則射狐兔，用爲食。」争射，謂胡兒射雁。崔塗和進士張曙聞雁見寄詩：「也知榆塞寒須别，莫戀蘋汀暖不回。」白蘋汀，長滿白蘋之沙洲。謝興慈航寺詩：「幾行歸雁白蘋洲。」屈大均以「跨羊小兒」喻清軍，有蔑視之意。此亦似喻清人搜捕。

〔七〕人字：雁群每排成「人」字形隊伍飛行。辛棄疾王孫信尋芳草詞：「更也没書來，那堪被、雁兒調戲。道無書、卻有書中意。排幾箇、人人字。」

〔八〕「逆風」二句：寫抗清志士之艱險處境。「逆風」二字見意。

〔九〕書寄未成：漢書蘇武傳：「數月，昭帝即位。數年，匈奴與漢和親。漢求武等，匈奴詭言武死。後漢使復至匈奴，常惠請其守者與俱，得夜見漢使，具自陳道。教使者謂單于，言天子射上林中，得雁，足有繫帛書，言武等在某澤中。」本詞活用此典，謂雁爲胡兒所射，不能帶書飛到南方。似亦暗喻自己可能爲清人所害，不能返回南方之故鄉。

長亭怨 與李天生冬夜宿雁門關作

記燒燭、雁門高處。積雪封城，凍雲迷路。添盡香煤〔一〕，紫貂相擁夜深語〔二〕。

苦寒如許。難和爾、淒涼句〔三〕。一片望鄉愁，飲不醉、壚頭駝乳〔四〕。無處。問長城舊主，但見武靈遺墓〔五〕。沙飛似箭，亂穿向、草中狐兔〔六〕。那能使、口北關南，更重作、并州門户〔七〕。且莫弔沙場，收拾秦弓歸去〔八〕。

【箋】

康熙五年冬，李因篤、顧炎武欲至塞上墾荒，意圖匡復。屈大均送至雁門，爲作十日之飲，旋後别去。此詞爲屈大均名作，葉恭綽廣篋中詞評曰：「縱横跌宕，稼軒神髓。」夏承燾等金元明清詞選云：「明代詞人，罕有其匹。」嚴迪昌清詞史亦云：「純以氣韻運轉，情溢毛錐。」郭則沄清詞玉屑謂此詞「蓋已灰心匡復，而未改灌夫口吻」，則純屬偏見。李因篤，字天生，山西富平人。明季諸生。明亡後北走邊關，發憤恢復。李因篤能詩，有受祺堂詩集三十五卷。

【注】

〔一〕香煤：和有香料之炭。張先宴春臺慢東都春日李閣使席上：「金猊夜暖、羅衣暗裛香煤。」

〔二〕紫貂：紫貂裘。鄭錫長安少年行：「霞鞍金口騮，豹袖紫貂裘。」

〔三〕淒涼句：李因篤詩集中有長至前二日同右吉翁山陪曹秋岳先生宿雁門關即事四十韻拈玉樹凋傷楓樹林之句分凋字長安少年行詩，當亦爲同時期之作。

〔四〕壚：指酒壚。置酒之土臺。岑參送懷州吴别駕詩：「灞上柳枝黄，壚頭酒正香。」駝乳：

駝奶酒。方回次韻鮮于伯幾秋懷長句詩：「駱駝紅乳蒲萄酒，袒割一醉千百觴。」

〔五〕「問長」二句：長城舊主，指趙武靈王。史記趙世家載，趙武靈王爲公子成所圍，餓死沙丘宫。應劭曰：「武靈王葬代郡靈丘縣。」（今河北省平鄉縣東北）。參見消息應州道中詞注。

〔六〕「沙飛」二句：以飛沙喻箭。李白胡無人行：「天兵照雪下玉關，虜箭如沙射金甲。」狐兔縱横，既寫北國荒涼之實境，亦爲設喻。屈大均詩詞中每以喻清人。趙尉臺下作詩：「趙尉臺前草，空餘狐兔驕。」夷門行：「狐兔紛紛古市遊，灌城早已知鴻溝。」

〔七〕「那能」二句：口北關南，指雁門關一帶地區，歷史上爲捍衛中原之要地。口北，雁門關北口。此指雁門關以北地區。雁門關有南北二口，古北口爲白草口，南口爲太和嶺口；明代雁門關北口爲廣武口，南口爲南口。關南，指雁門關以南地區。并州，古九州之一。約今山西、内蒙、河北一帶。二語謂何日能驅除清人，使雁門關重作守護并州之門户。

〔八〕秦弓：古秦地所産之弓。楚辭九歌國殤：「帶長劍兮挾秦弓，首身離兮心不懲。」洪興祖補注：「漢書地理志云：『秦有南山檀柘，可爲弓幹。』」收拾秦弓，以表明準備武裝恢復故土之決心。

滿庭芳 蒲城惜別

金粟堆邊〔一〕，冰蒲水畔〔二〕，紫騮迢遞迎來。月中驚見，光艷似雲開〔三〕。桑落霑人半醉〔四〕，將長笛、弄向秦臺〔五〕。天明去，鞭揮岸曲，愁殺渡人催。徘徊。空嘆惜，桃花易嫁〔六〕，鳳子難媒〔七〕。和香雨氤氳〔八〕，飛作塵埃。墜井銀瓶永絶，誰復取、仙液盈杯〔九〕。應知爾，三春繡閣〔一〇〕，幽寂委蒼苔。

【箋】

康熙五年，屈大均在代州，寄居雁平兵備道陳上年家中。由李因篤撮合，娶明故榆林都督王壯猷之女爲妻。是年秋冬間，王氏自甘肅固原千里來歸，屈大均自代西行至秦迎接，在蒲城會合。王氏遂與送親者惜别。王氏是將門之後，善騎射，能詩畫，性情豪邁，夫妻甚爲相得，大均爲王氏取名「華姜」，自號「華夫」，可見其伉儷之情了。文外卷三繼室王氏孺人行略：「華姜自固原啟行，入蕭關，出潼，逾于黄河，登頓霍太山之阪，凡三千里而至代。」康熙五年冬作于蒲城。

【注】

〔一〕金粟堆：指陝西蒲城東北金粟山唐玄宗之陵墓。杜甫韋諷録事宅觀曹將軍畫馬圖歌：「君不見金粟堆前松柏裏，龍媒去盡鳥呼風。」

〔二〕蒲水：水經注卷三：「蒲川石樓山，南逕蒲城東。」「蒲水又西南入于河水。」

〔三〕「月中」二句：雲開見月，暗以月中嫦娥設喻。

〔四〕桑落：桑落酒，産自蒲城。庾信就蒲阪使君乞酒詩：「蒲城桑落酒，灞岸菊花香。」

〔五〕秦臺：即鳳臺、鳳凰臺。劉向列仙傳蕭史：「蕭史者，秦穆公時人也。善吹簫，能致孔雀白鶴于庭。穆公有女，字弄玉，好之，公遂以女妻焉。日教弄玉作鳳鳴，居數年，吹似鳳聲，鳳凰來止其屋。公爲作鳳臺，夫婦止其上，不下數年。一旦，皆隨鳳凰飛去。」李商隱相思樹上詩：「腸斷秦臺吹管客，日西春盡到來遲。」

〔六〕桃花易嫁：張先一叢花令：「沈恨細思，不如桃杏，猶解嫁東風。」

〔七〕鳳子難媒：楚辭離騷：「吾令豐隆乘雲兮，求宓妃之所在。」「吾令鴆爲媒兮，鴆告余以不好。」「心猶豫而狐疑兮，欲自適而不可。鳳皇既受詒兮，恐高辛之先我。」陶淵明閑情賦：「欲自往以結誓，懼冒禮之爲愆；待鳳鳥以致辭，恐他人之我先。」均謂欲託鳳皇爲媒。駱賓王棹歌行：「鳳媒羞自託，鴛翼恨難窮。」同此用意。屈大均秦樓曲：「吾命豐隆去，乘雲求宓妃。鳳凰媒既拙，精衛魄何歸。」有懷富平李孔德詩：「作客從飛將，爲媒得宓妃。」亦以宓妃喻華姜。

〔八〕香雨氤氳：李賀河南府試十二月樂詞四月：「依微香雨青氛氳，膩葉蟠花照曲門。」

〔九〕「墜井」二句：白居易井底引銀瓶詩：「井底引銀瓶，銀瓶欲上絲繩絕。」意謂一往不返。仙液：喻銀瓶所引之井水，盧龍雲壺井流瓊詩：「潮退真源清自見，堪將仙液擬流泉。」亦以指美酒。李頎送李回詩：「晝看仙液注離宮。」本詞中兼有兩意。華姜愛酒，屈大均汪虞部以啞嘛酒惠奠華姜賦謝詩：「華姜本秦人，平生愛蘆酒。華山玉泉與醴泉，槐麯釀之嘗在手。」

〔一〇〕三春：李白贈嵩山焦鍊師詩：「二室淩青天，三春含紫煙。中有蓬海客，宛疑麻姑仙。」以上數句意謂王氏一嫁之後，已無歸理。新婚之詞，句意何不祥乃爾？

醉紅妝

銅盤獸火熾香煤〔一〕。繞銀箏，與金杯。兩曹分射一鉤來〔二〕。愁天曙，角聲催。

風飄簾外雪花回。紫貂冷，苦相偎。暖玉枝枝搔背好，雙錦帶，爲君開。

【校】

此首道援堂詞、屈翁山詩集、全清詞闕。

【箋】

此詞當作于與王華姜初婚後。

【注】

〔一〕獸火：獸炭之火。指爐火。韋嗣立酬崔光禄冬日述懷贈答詩：「鸚杯飛廣席，獸火列前楹。」香煤：香煙。張先宴春臺慢：「金猊夜暖，羅衣暗裛香煤。」

〔二〕「兩曹」句：寫夫妻閨中射鉤之戲。劉敬叔異苑卷五：「世有紫姑神……能占衆事，卜未來蠶桑，又善射鉤。」射鉤，似屬射覆一類。以鉤爲所射之物。覆鉤盂下，令人猜之。射鉤，亦稱藏鉤，爲女子閨閣之戲。李白宫中行樂詞：「更憐花月夜，宫女笑藏鉤。」采蘭雜誌載：「每月下九，置酒爲婦女之歡，女子是夜爲藏鉤之戲，以待月明。」藏鉤，可藏于手中，亦可藏于覆盂裏。李商隱無題詩：「隔座送鉤春酒暖，分曹射覆蠟燈紅。」即寫射鉤之戲。兩曹，謂分成兩邊。

柳梢青

雙下雕鞍。秦王故苑〔一〕，共倚欄干。玉豆傳心〔二〕，銀桃引笑〔三〕，不怕人看。斜陽稍覺微寒。回首去、宫城上關。無限芙蓉，因卿嫵媚〔四〕，不愛春山。

【注】

〔一〕秦王故苑：屈大均宗周游記：「過長安，西南，皆曰少陵原。少陵原西，則秦王園地，松柏森蔚，華表、石人數十里相望。」「暮入長樂門，古青門也。有秦王故宫。秦府爲本朝宗國，若姬周之魯。其坊曰『天下第一藩封』，又曰『世守秦邦』，東西則曰『天府之國』、『盤石之宗』，皆高皇帝所命。」屈大均含愁：「含愁似煙樹，最是夕陽時。故苑今安在，啼鶯汝可知。花無秦女影，木有越人枝。多少傷春淚，年年寄與誰。」屈大均與華姜同遊之「故苑」，或爲此地。

〔二〕玉豆：豆，古代盛食物之器具。禮記明堂位：「薦用玉豆雕篹。」孔穎達疏：「以玉飾豆，故曰玉豆。」詞中泛指精美之食具。

〔三〕銀桃：新唐書西域傳載，唐太宗貞觀五年，「康國自是歲入貢，致金桃、銀桃，詔令植苑中。」屈大均椰子酒歌：「椰心在酒中，大似銀桃子。」

〔四〕因卿嫵媚：徐鹿卿漢宮春和馮宮教詠梅依李漢老韻詞：「向□紅紫，要十分、嫵媚因誰。」

如夢令

含淚相看上馬。手執絲鞭難下〔一〕。魂作柳綿飛〔二〕，片片粘人珠靶〔三〕。休嫁。休嫁。一任櫻桃花謝。

【箋】

以上兩詞疑亦康熙六年春爲華姜作。

【注】

〔一〕「含淚」二句：寫華姜遠嫁前與家人惜别之情景。

〔二〕「魂作」句：萬俟詠卓牌子春晚詞：「斷魂凝佇。嗟不似飛絮。」

〔三〕靶：轡繩。指馬轡。珠靶，以珠裝飾之馬轡。曾棨送陳郎中重使西域詩：「百寶嵌刀珠飾靶。」

醉春風

乍上嬉春騎〔一〕。琵琶彈尚未。邊人何處最風流，記。記。記。花巷東頭〔二〕，雁門南口〔三〕，兩行妖麗。粉黛嫌香膩。冰雪天然致〔四〕。未過寒食已栽鞦〔五〕，戲。戲。戲。休賽身輕，怕他飛燕，有心憎爾。

【校】

此首道援堂詞、屈翁山詩集、全清詞闕。

【箋】

此詞似亦康熙六年春作于代州。

【注】

〔一〕嬉春：謂春日出遊嬉戲。劉弇佳人醉元宵上太守：「試新妝、嬉春粉黛，盈盈暗香，結誰家穠李。」

〔二〕花巷：猶言花街柳巷。妓女聚居之地。

〔三〕雁門南口：雁門關之南口，今尚有南口村。屈大均自代北入京記：「戊申八月二日，自代州北行二十里許，至南口。」

〔四〕「冰雪」句：陳棣惜梅詩：「天然冰雪姿，不許鉛華瀆。」

〔五〕栽鞦：樹起鞦韆架。李綽秦中歲時記：「清明前二日爲寒食，作鞦韆戲，拜掃。」徐鉉奉和御製寒食十韻詩：「依林張幄幕，夾道建鞦韆。」屈大均宗周遊記：「大麥新黃，天氣暄暖，人始栽鞦，花竿繡板，處處成場矣。」

昭君怨

春恨天山難到〔一〕。心作漢家青草〔二〕。萬里逐愁煙。雁門邊〔三〕。　不愛閼氏愛汝〔四〕。命薄未同翁主〔五〕。黄鵠莫思歸〔六〕。淚霑衣。

【校】

此首道援堂詞、屈翁山詩集、全清詞闕。

【箋】

此詞當爲康熙六年春作于代州。

【注】

〔一〕天山：劉子翬明妃出塞圖詩：「羞貌丹青鬬麗顏，爲君一笑靖天山。」

〔二〕漢家青草：杜甫詠懷古跡之三：「一去紫臺連朔漠，獨留青冢向黄昏。」太平寰宇記關西道十四：「青冢，在縣（金河）西北，漢王昭君葬于此。其上草色常青，故曰青冢。」北地草皆白，惟獨昭君墓上草青，故名青冢。

〔三〕「萬里」二句：昭君出塞，途經雁門關。屈大均邊夜詩：「萬古明妃月，光含漢苑愁。吹來龍塞影，散作雁門秋。」

〔四〕閼氏：漢書匈奴傳顏師古注：「閼氏，匈奴皇后號也。」漢書匈奴傳：「王昭君號寧胡閼氏，生一男伊屠智牙師，爲右日逐王。」後漢書南匈奴傳：「及呼韓邪死，其前閼氏子代立，欲妻之，昭君上書求歸，成帝敕令從胡俗，遂復爲後單于閼氏焉。」

〔五〕翁主：西漢諸侯王之女。漢書高帝紀下「女子公主」顏師古注：「天子不親主婚，或謂公主；諸侯王即自主婚，故其主曰翁主，翁者，父也，言父自主其婚也。亦曰王主，言王爲其主婚也。」漢朝和親，以宗室、宗人女翁主嫁單于爲閼氏。北齊書顏之推傳：「獨昭君之哀奏，唯翁主之悲絃。」屈大均明妃廟詩：「無窮翁主成青草，有恨瑶姬化彩雲。」

〔六〕黄鵠：漢書西域傳下烏孫國載，漢武帝遣江都王之女細君嫁與烏孫王昆莫。世稱烏孫公主。細君公主遠嫁烏孫後，于悲愁中作歌，歌曰：「吾家嫁我兮天一方，遠託異國兮烏孫王。穹廬爲室兮氈爲牆，以肉爲食兮酪爲漿。居常土思兮心内傷，願爲黄鵠兮歸故鄉。」後世稱爲黄鵠歌。

如夢令

一夕恩情似夢。臂上猶書嬌鳳〔一〕。忻口再來時〔二〕，天曙更無人送。鶯哢。鶯哢。費盡春聲何用。

【箋】

康熙五年，屈大均從太原至代州，途經忻口。屈大均示秀容詩：「昔年曾過秀容樓，樓上佳人挽紫騮。」自注：「在忻州。」即寫此事。詞云「再來」，似指歸途之事，姑定于康熙六年，爲忻州妓作。秀容，縣名。

【注】

〔一〕「臂上」句：古人每齧臂、齧頸爲盟。史記孫子吴起列傳：「鄉黨笑之，吴起殺其謗己者三十餘人，而東出衞郭門。與其母訣，齧臂而盟曰：『起不爲卿相，不復入衞。』」情人亦每爲此。飛燕外傳載，趙飛燕謂漢成帝曰：「妾昔備後宫，時帝齒痕猶在妾頸。今日思之，不覺感泣。」本詞謂于臂上書「嬌鳳」，亦當有盟誓之意。

〔二〕忻口：忻口城，即今山西忻州市北忻口鎮。永樂大典卷五二〇四引魏氏土地記：「漢高祖至平城，爲北軍所圍，用陳平計得脱，還師而南，次于滹沱水曲，六軍忻慶，舉口而笑，故謂之忻口。」元豐九域志卷四「忻州」：「秀容。二十一鄉。忻口、雲内、徒合三寨。」

闗河令　延綏清明有見

柳毛争插〔一〕。正冷節、向野墳相識〔二〕。枉踏新青，蘼蕪殊未碧〔三〕。黄沙遥接塞北。但幾點、紅藍顔色〔四〕。鹵地佳人〔五〕，胭脂嫌太濕〔六〕。

【箋】

延綏，軍鎮名。明九邊之一。初治綏德州，成化七年移治榆林衛（今陝西榆林）。防地東至黄河，西至定邊營。屈大均居秦三年，行蹤邃秘，曾兩至延綏。此詞疑于康熙六年春由代入陝，再遊延綏時作。

【注】

〔一〕「柳毛」句：清明時節，婦女簪柳于首，或插柳毛、楊芽、柏葉等。自代北入京記：「柳三月而芽，白楊四月而有芒如毛，婦女戴于首以代花，是曰『柳毛』，然七月而皆黄落矣。」道光榆林府志卷二十四：「三月清明前一日爲寒食，作秋千戲。士女插柳毛、白楊芽、柏葉于鬢。出城拜埽，或選勝踏青飲酒。兒童競放風箏，兩日乃止。」

〔二〕冷節：即寒食節。清明前一日。崔寔四民月令：「齊人呼寒食爲冷節。」

〔三〕「枉踏」二句：踏青：春日郊遊。李淖秦中歲時記：「上巳，賜宴曲江，都人于江頭禊飲，踐踏青草，謂之踏青履。」蘼蕪：洪适蘼蕪詩：「采采葉敷碧。」

〔四〕紅藍：草名。其花可作染料。史記匈奴列傳司馬貞索隱：「習鑿齒與燕王書曰：『（焉支山）下有紅藍，足下先知不？北方人探取其花染緋黄，挼取其上英鮮者作煙肢，婦人將用爲顔色。』」白居易紅綫毯詩：「揀絲練綫紅藍染。」

〔五〕鹵地：沙鹵之地，鹽鹼地。史記河渠書：「臨晉民願穿洛以溉重泉以東萬餘頃故鹵地。誠得水，可令畝十石。」秦觀次韻邢敦夫秋懷十首其五：「西羌沙鹵地，置戍或煩漢。」

〔六〕「胭脂」句：本草綱目卷十五：「志曰：『紅藍花，即紅花也，生梁漢及西域。』」「（蘇）頌曰：『其花曝乾，以染真紅，又作胭脂。』」杜甫曲江對雨詩：「林花著雨胭脂濕。」韓偓遥見詩：「悲歌淚濕澹胭脂。」詞中暗示女子清明時傷感悲泣。

凄涼犯　再弔榆中忠義

榆溪瀰瀰〔一〕。榆臺下、潛流塞外千里〔二〕。風沙亂攪，渾河同濁〔三〕，劍花難洗〔四〕。牛羊飲水，帶人血、胭脂淡紫。念當年、延綏將士，三萬委泥滓〔五〕。憑弔駝山下〔六〕，酹酒黄狐，莫穿蒿里〔七〕。淚痕濕處，教無窮、白楊花死〔八〕。更恨叢祠，與飛將、而今未祀〔九〕。問秦弓、可尚在否，在媚子〔一〇〕。

【箋】

此詞似爲康熙六年春暮屈大均第二次至榆林時作。榆中，即榆林塞，亦稱榆溪塞。徐嘉炎屈翁山詩集序：「己酉之歲，復來吾禾，留榻荒齋，浹辰忘倦，爲言在延綏時，弔榆林之七忠，尋五原六郡之故跡，里中求名少年争趨之，蓋自此遂别去。」

【注】

〔一〕榆溪：見八聲甘州榆林鎮弔諸忠烈詞注。

〔二〕榆臺：榆臺嶺。弘治十八年，韃靼軍攻擾榆林，榆臺嶺一役，明軍大敗。李夢陽乙丑除夕追往雲中曲送人十首其二：「榆臺嶺邊聞鬼啼，猶是今年戰亡卒。」屈大均送人之延綏詩：「赫連山勢榆臺合，無定河聲圁水分。」

〔三〕渾河：桑乾河支流。流經渾源、應州。屈大均送顧寧人詩：「天上三關横朔漠，雲中八水會渾河。」留别傅應州詩：「黄花開嶺北，渾水遶城東。」

〔四〕劍花：指劍上之血跡。張爲主客圖引盧休詩句：「血染劍花明帳幕。」

〔五〕「念當年」二句：見八聲甘州榆林鎮弔諸忠烈詞注。

〔六〕駝山：延綏鎮志卷二載，駝山在榆林縣城東，城半踞其巔，高數十丈，俗稱爲東山。

〔七〕「酹酒」二句：漢書廣陵厲王劉胥傳：「蒿里召兮郭門閱，死不得取代庸，身自逝。」顏師古注：「蒿里，死人里。」崔豹古今注音樂：「人死魂魄歸于蒿里。」杜甫乾元中寓居同谷縣作歌七首其五：「黃蒿古城雲不開，白狐跳梁黃狐立。」殷文圭玉仙道中：「古陂狐兔穿鑾冢，破寺荆榛擁佛幢。」屈大均銅馬門詩：「斷雁銜雲去，妖狐渡水來。淒涼蒿里上，多少霸王才。」

〔八〕「淚痕」二句：蘇軾水龍吟和章質夫楊花韻：「細看來、不是楊花，點點是離人淚。」

〔九〕飛將：見八聲甘州榆林鎮弔諸忠烈詞注。此指榆林忠義。

〔一〇〕「問秦弓」二句：楚辭九歌國殤：「帶長劍兮挾秦弓，首身離兮心不懲。」屈大均多首詩詞有「秦弓」一語，其對象多指清人。如廣州北郊作：「鬼伯不驚魂魄毅，沙場往日共秦弓。」西山口攢宫三首其三：「此日六軍猶縞素，報仇應解奮秦弓。」長亭怨與李天生冬夜宿雁門關作：「沙飛似箭，亂穿向、草中狐兔。那能使、口北關南，更重作、并州門户？且莫弔沙場，收拾秦弓歸去。」媚子：詩秦風駟驖：「公之媚子，從公于狩。」毛傳：「能以道媚于上下者。」鄭玄箋：「媚于上下謂使君臣和合也。此人從公往狩，言襄公親賢也。」朱熹集傳：「媚子，所親愛之人也。」本詞似以指徐嘉炎屈翁山詩集序之「里中求名少年」，有望于將來也。

絳都春

龐妻趙女〔一〕，本酒泉麗質，小字娥親。陰市好刀，磨礱犀利鹿車中。〔二〕嬉春日日施紅粉〔三〕，捲幃人道佳人。挾長持短，誅讎報父，不顧嬌身〔四〕。遂殺兇豪李壽，任娥眉濺血，玉骨成塵〔五〕。孝媛帝憐，香名人播已千春〔六〕。曹娥與爾爭英烈〔七〕，更同緱玉芬芳〔八〕。子胥漸汝，吹簫一片苦辛〔九〕。

【箋】

此詞當于康熙四、五年間北遊秦地經酒泉之時作。記趙娥親事。趙娥親，東漢末年酒泉郡福禄縣（今酒泉）人，父名君安。娥親爲龐子夏之妻，故又稱龐娥親。子龐淯，三國魏文帝時曾爲西海太守。娥親爲父報讎，手刃豪强李壽之事，爲歷代文人所傳頌。皇甫謐列女傳有龐娥親傳。後漢書列女傳亦載其事。傅玄爲作秦女休行詩。

【注】

〔一〕「龐妻」句：三國志龐淯傳裴松之注引皇甫謐烈女傳：「酒泉烈女龐娥親者，袁氏龐子夏之妻，禄福趙君安之女也。君安爲同縣李壽所殺，娥親有男弟三人，皆欲報讎，壽深以爲備。會遭災疫，三人皆死。壽聞大喜，請會宗族，共相慶賀，云：『趙氏彊壯已盡，唯有女弱，何足復憂！』防備懈弛。娥親子淯出行，聞壽此言，還以啟娥親。娥親既素有報讎之心，及聞壽言，感激愈深，愴然隕涕曰：『李壽，汝莫喜也，終不活汝！戴履天地，爲吾門户，吾三子之羞也。焉知娥親不手刃殺汝，而自儌倖邪？』」

〔二〕「陰市」二句：皇甫謐烈女傳：「（娥親）陰市名刀」，「夜數磨礪所持刀訖，扼腕切齒，悲涕長歎。」陰市，暗中購買。磨礱，磨治、磨礪。馮山送程嗣恭正基提刑赴闕：「磨礱寶刀挫圭璧。」　鹿車：小車，獨輪車。太平御覽卷七七五引應劭風俗通：「鹿車，窄小裁容一鹿也。」皇甫謐烈女傳：「（娥親）遂棄家事，乘鹿車伺壽。」

〔三〕嬉春：謂嬉戲于春日中。劉弇佳人醉元宵上太守：「試新妝、嬉春粉黛，盈盈暗香，結誰家穠李。」

〔四〕「挾長」三句：皇甫謐烈女傳：「（娥親）挾長持短，晝夜哀酸，志在殺壽。」「家人及鄰里咸共笑之。娥親謂左右曰：『卿等笑我，直以我女弱不能殺壽故也。要當以壽頸血污此刀刃，令汝輩見之。』」挾長持短，謂挾長刀，持短刀。

〔五〕「遂殺」三句：皇甫謐烈女傳：「至光和二年二月上旬，以白日清時，于都亭之前，與壽相遇，便下車扣壽馬，叱之。壽驚愕，回馬欲走。娥親奮刀斫之，並傷其馬。馬驚，壽擠道邊溝中。娥親尋復就地斫之，探中樹蘭，折所持刀，壽被創未死。」「娥親遂拔其刀以截壽頭，持詣都亭，歸罪有司。徐步詣獄，辭顔不變。」

〔六〕「孝媛」二句：皇甫謐烈女傳：「時禄福長漢陽尹嘉不忍論娥親，即解印綬去官，弛法縱之。娥親曰：『讎塞身死，妾之明分也。治獄制刑，君之常典也。何敢貪生以枉官法？』鄉人聞之，傾城奔往，觀者如堵焉，莫不爲之悲喜慷慨嗟歎也。守尉不敢公縱，陰語使去，以便宜自匿。娥親抗聲大言曰：『枉法逃死，非妾本心。今仇人已雪，死則妾分，乞得歸法以全國體。』」「涼州刺史周洪、酒泉太守劉班等並共表上，稱其烈義，刊石立碑，顯其門閭。」

〔七〕曹娥：後漢書列女傳：「孝女曹娥者，會稽上虞人也。父盱，能絃歌，爲巫祝。漢安二年五月五日，于縣江溯濤婆娑迎神，溺死，不得屍骸。娥年十四，乃沿江號哭，晝夜不絕聲，旬有七日，遂投江而死。至元嘉元年，縣長度尚改葬娥于江南道傍，爲立碑焉。」

〔八〕緱玉：後漢書申屠蟠傳：「同郡緱氏女玉爲父報讎，緱，姓也。殺夫氏之黨，吏執玉以告外黃令梁配，配欲論殺玉。蟠時年十五，爲諸生，進諫曰：『玉之節義，足以感無恥之孫，激忍辱之子。不遭明時，尚當表旌廬墓，況在清聽，而不加哀矜！』配善其言，乃爲讞得減死論。」注引司馬彪續漢書曰：「同縣大女緱玉爲從父報仇，殺夫之從母兄李士，姑執玉以告吏。」

〔九〕「子胥」二句：用伍子胥吹簫乞食于吳市之典。見摸魚兒與友人別「吹簫城下應許」句注。

唐多令 閱秀水朱竹垞寄靜憐詞

東短接西長〔一〕。晁家小巷香。代州城、最細花娘〔二〕。行四更當年十四，鴛水客〔三〕，作鴛鴦。　送出雁門旁〔四〕。踟躕廣武鄉〔五〕。上琵絃、更唱娥郎〔六〕。臂上不知朱十印〔六〕，可尚在，在紅囊。代州有東西二巷，是平康里。

【校】

此首道援堂詞、屈翁山詩集闕。

【箋】

康熙六年夏，朱彝尊過代州，與屈大均、李因篤同遊。朱氏離代，屈大均攜静憐送至廣武城，有攜晁四美人出雁門關送錫鬯至廣武詩。静憐，晁姓，排行第四，代州妓。謝章鋌賭棋山莊詞話卷二：「静憐姓晁，竹垞之所最眷者，集中别静憐有青門引，憶静憐有金縷曲，七夕懷静憐有尉遲杯。」朱氏有多首詞懷静憐。屈大均此詞，爲和朱氏南樓令倩人寄静憐札之作。朱詞云：「瓦市塞雲涼。封書遠寄將。小樓前、一樹垂楊。縹緲試聽樓上曲，催短拍，玉娥郎。雙袖越羅香。人同錦瑟長。愛秋花、惜插釵梁。行四曲中人定識，祇莫問，謝三娘。」此詞當作于朱氏離代州之後。

【注】

〔一〕「東短」句：謂長街短巷互相連接。

〔二〕花娘：指歌妓。李賀申鬍子觱篥歌序：「朔客大喜，擎觴起立，命花娘出幕，裴回拜客。」梅堯臣花娘歌：「花娘十二能歌舞，籍甚聲名居樂府。」陶宗儀輟耕録婦女曰娘：世謂「娼婦曰花娘」。

〔三〕鴛水客：指朱彝尊。清代詞人、學者。朱字錫鬯，號竹垞，又號醧舫，晚號小長蘆釣魚師，又號金風亭長。浙江秀水（今浙江嘉興）人。秀水有鴛鴦湖，朱氏曾作鴛鴦湖棹歌八十八首。

〔四〕雁門：指雁門關。李白古風之六：「昔別雁門關，今戍龍庭前。」

〔五〕廣武：廣武城，在代州西。屈大均自代北入京記：「又三十里至北口。七里至新廣武。城倚半山，南當雁門之缺。西折十餘里，爲舊廣武。」

〔六〕娥郎：玉娥郎。民間俗曲，相傳明武宗親爲作詞，成爲明代宮廷樂。高士奇金鼇退食筆記卷下：「神宗時，選近侍三百餘名，于玉熙宮學宮戲，歲時升座，則承應之。各有院本，如盛世新聲、雍熙樂府、詞林摘艷等詞。又有玉蛾兒詞，京師人尚能歌之，名『御製四景玉蛾郎』。」謝章鋌賭棋山莊詞話卷二：「玉娥郎，明武宗遺曲。金鼇退食筆記所謂『御製四景玉娥郎』者。『郎』一作『兒』，静憐最善此調。」屈大均代州曲中作詩：「琵琶爭唱玉娥郎，艷曲傳來自武皇。一代文章餘樂府，孤臣淚灑雁門霜。」

〔七〕「臂上」句：古代癡情男女，每齧臂爲盟。閻選虞美人詞：「一夢雲兼雨。臂留檀印齒痕香。」趙令時蝶戀花詞：「人去月斜疑夢寐。衣香猶在妝留臂。」朱彝尊風懷二百韻詩：「齧臂盟言覆，搖情漏刻長。」朱十：朱彝尊排行第十，故稱。

慶春宮 過樓桑村和宋長白

葉作重樓〔一〕，枝爲華葆〔二〕，一桑實兆飛龍〔三〕。宗社重興〔四〕，高光再食〔五〕，三分已有成功〔六〕。能存正統〔七〕，益州小、豐沛可同〔八〕。君臣齊力，千里偏安〔九〕，與賊争雄。天教季漢匆匆〔一〇〕。難起隆中，易復關中〔一一〕。二表三書，春秋相翼〔一二〕，血誠總貫長虹〔一三〕。我來瞻拜，思燕涿、還生我公。南陽耕罷，亦得風雲，慘淡西東〔一四〕。

【校】

此首道援堂詞、屈翁山詩集、全清詞闕。

【箋】

康熙六年八月自代州東行入京，作于涿州。樓桑村，在涿州西南，蜀漢先主劉備故居。三國志蜀志先主傳：「舍東南角籬上，有桑樹生，高五丈餘，遥望見童童如小車蓋，往來者皆怪此樹非凡，或謂當出貴人。」宋長白，原名俊，一名岸舫，以字行。浙江山陰人。著有柳亭詩話、岸舫詞。屈大均涿州詩：「君臣此地得相從，王氣初盤涿鹿重。籜作長冠驚赤帝，桑如樓子兆飛龍。漢家終始惟南鄭，天胄神明是大宗。誰使高光還血食，更憐諸葛最温恭。」與本詞用意相同，期待能有劉備、諸葛亮一流人物，重興明室。

【注】

〔一〕重樓：指宫中重重樓閣。王涯宫詞：「鵶飛深在禁城牆，多繞重樓複殿傍。」亦形容樹葉之繁密。蘇轍司馬君實端明獨樂園詩：「重樓多葉争矜誇。」本詞兼用兩意。

〔二〕華葆：指華蓋羽葆。以翠羽聯綴于竿頭，其形若車蓋。爲帝王之儀仗。漢書王莽傳下：「莽乃造華蓋九重，高八丈一尺，金瑵羽葆。」亦以指青翠茂盛草木。杜牧華清宫三十韻詩：「嫩嵐滋翠葆，清渭照紅妝。」

〔三〕實兆飛龍：謂帝王之吉兆。飛龍，易乾：「飛龍在天，利見大人。」

〔四〕宗社：宗廟與社稷，指國家。孔融論盛孝章書：「惟公匡復漢室，宗社將絶，又能正之。」宗社重興，意謂將亡之國重興，詞中指劉備重興漢室。

〔五〕高光：漢高祖、漢光武帝之並稱。　食：血食。謂受享祭品。古代殺牲取血以祭，故稱。再食，謂再能得到祭祀。

〔六〕三分：三分天下。指三國時期魏、蜀、吴三國鼎立。

〔七〕正統：三國正統之争，千年不息。陳壽三國志、司馬光資治通鑑，均以曹魏爲正統，習鑿齒漢晉春秋、朱熹通鑑綱目，則以蜀漢爲正統。屈大均認可後者，實有以南明爲正統之意。

〔八〕「益州」句：意謂蜀漢僅據益州一隅，其地雖小，其意義却相當高祖豐沛龍興之地。史記高祖本紀：「高祖，沛豐邑中陽里人，姓劉氏，字季。父曰太公，母曰劉媪。其先，劉媪嘗息大澤之陂，夢與神遇。是時雷電晦冥，太公往視，則見蛟龍于其上。已而有身，遂産高祖。」

〔九〕偏安：謂蜀漢偏安一隅。三國志蜀志諸葛亮傳裴松之注引漢晉春秋：「先帝慮漢賊不兩立，王業不偏安，故託臣以討賊也。」詞中當以蜀漢況已覆亡之永曆政權。

〔一〇〕季漢：指蜀漢。季，第三。蜀漢列于前漢、後漢之後。楊戲有季漢輔臣贊。

〔一一〕「難起」二句：隆中：古隆中，在今湖北襄陽。諸葛亮「躬耕隴畝」之所，相傳于此爲隆中對，定三分天下之策。關中：諸葛亮曾出祁山，收南安、天水、安定三郡，關中大震。後因街亭之役而失敗。

〔一二〕「二表」二句：二表，指前出師表、後出師表；三書，指誡子書、外甥書、勉侄書。意謂諸葛亮之二表三書，可與春秋相比。相翼，爲羽翼。發明春秋大義。

〔一三〕「血誠」句：禮記聘義：「氣如白虹，天也。」陽縉賦得荆軻詩：「長虹貫白日，易水急寒風。」

〔一四〕「南陽」三句：諸葛亮出師表：「臣本布衣，躬耕于南陽，苟全性命于亂世，不求聞達于諸侯。先帝不以臣卑鄙，猥自枉屈，三顧臣于草廬之中，諮臣以當世之事，由是感激，遂許先帝以驅馳。」

惜黄花慢　易水弔古

送送魂銷。正暮山淡淡，寒水蕭蕭。就車不顧，勸觴未釂，悲歌變羽，怒髮衝飆。素冠賓客紛流涕〔一〕，白虹貫、斜日光摇〔二〕。怕過橋。馬驚豫子〔三〕，魚怪王僚〔四〕。夫人匕首橫腰。正撞鍾御殿，貢匣趨朝。大王環柱，美人鼓瑟，屏風奮越，衣斷單綃〔五〕。未應豎子同生劫，漸離好、怎不相邀。況素要〔六〕。毅魂費爾空招。

【校】

此首道援堂詞、屈翁山詩集、全清詞闕。

【箋】

康熙六年八月自代州東行入京，作于易州。屈大均自代東入京記：「渡易水，弔荆軻舊跡，慨歎久之。」屈大均詩詞文章中，多次歌頌古代之俠士刺客，並露效法之意，近世學者亦屢作推測，謂屈氏數次北遊，欲作行刺滿清大員之舉。

【注】

〔一〕「送送」八句：寫燕太子送荆軻入秦事。戰國策燕策三：「太子及賓客知其事者，皆白衣冠以送之。至易水上，既祖，取道。高漸離擊筑，荆軻和而歌，爲變徵之聲，士皆垂淚涕泣。又前而爲歌曰：『風蕭蕭兮易水寒，壯士一去兮不復還！』復爲慷慨羽聲，士皆瞋目，髮盡上指冠。于是荆軻遂就車而去，終已不顧。」盧諶覽古詩：「昭襄欲負力，相如折其端。皆血下霑襟，怒髮上衝冠。」

〔二〕「白虹」句：史記魯仲連鄒陽列傳：「昔者荆軻慕燕丹之義，白虹貫日，太子畏之。」

〔三〕「馬驚」句：寫豫讓欲刺殺趙襄子爲智伯報仇事。史記刺客列傳：「襄子當出，豫讓伏于所當過之橋下。襄子至橋，馬驚，襄子曰：『此必是豫讓也。』使人問之，果豫讓也。」

〔四〕「魚怪」句：寫專諸爲吴公子光刺吴王僚事。史記刺客列傳：「四月丙子，光具酒請王僚。酒既酣，公子光詳爲足疾，入窟室中，使專諸置匕首魚炙之腹中而進之。既至王前，專諸擘魚，因以匕首刺王僚，王僚立死。」

〔五〕「夫人」七句：寫荆軻刺秦王事。戰國策燕策三：「太子預求天下之利匕首，得趙人徐夫人之匕首，取之百金。」荆軻向秦王獻燕之督亢之地圖，副使秦武陽奉地圖匣，色變振恐。秦王發圖，「圖窮而匕首見。因左手把秦王之袖，而右手持匕首揕之。未至身，秦王驚，自引而起，絶袖。拔劍，劍長，操其室。時恐急，劍堅，故不可立拔。荆軻逐秦王，秦王還柱而走」。燕丹子卷下：「秦王喜。百官陪位，陛戟數百，見燕使者。軻奉於期首，武陽奉地圖。鐘鼓並發，群臣皆呼萬歲。武陽大恐，兩足不能相過，面如死灰色。秦王怪之。軻顧武陽前，謝曰：『北蕃蠻夷之鄙人，未見天子。願陛下少假借之，使得畢事于前。』秦王曰：『軻起，督亢圖進之。』秦王發圖，圖窮而匕首出。軻左手把秦王袖，右手揕其胸，數之曰：『足下負燕日久，貪暴海内，不知厭足。於期無罪而夷其族。軻將海内報仇。今燕王母病，與軻促期，從吾計則生，不從則死。』秦王曰：『今日之事，從子計耳。乞聽琴聲而死。』召姬人鼓琴，琴聲曰：『羅縠單衣，可掣而絶。八尺屏風，可超而越。鹿盧之劍，可負而拔。』軻不解音。秦王從琴聲負劍拔之，于是奮袖超屏風而走，軻拔匕首擿之，決秦王，刃入銅柱，火出。秦王還斷軻兩手。軻因倚柱而笑，箕踞而罵，曰：『吾坐輕易，爲豎子所欺。燕國之不報，我事之不立哉。』」

〔六〕「未應」三句：戰國策燕策三：「燕國有勇士秦武陽，年十二殺人，人不敢與忤視。乃令秦武陽爲副。荆軻有所待，欲與俱，其人居遠未來，而爲留待。頃之未發，太子遲之。疑其有改悔，乃復請之曰：『日以盡矣，荆卿豈無意哉？丹請先遣秦武陽！』荆軻怒，叱太子曰：『今日往而不反者，豎子也。今提一匕首入不測之强秦，僕所以留者，待吾客與俱。今太子遲之，請辭決矣！』遂發。」豎子，指秦武陽。漸離，高漸離，荆軻之客。史記刺客列傳載，荆軻刺秦王失敗後，高漸離變名姓爲人庸保，善擊筑，「聞于秦始皇。秦始皇召見，人有識者，乃曰：『高漸離也。』始皇喜其善擊筑，重赦之，乃矐其目，使擊筑，未嘗不稱善。稍益近之，高漸離乃以鉛置筑中，復進得近，舉筑撲秦皇帝，不中。于是，遂誅高漸離，終身不復近諸侯之人」。素要，平素久要，謂生平好友。

滿江紅　山陰道中

咫尺陰山〔一〕，黄水外、龍堆相接〔二〕。最愁見、邊雲群起，牛羊無別。白草已將青草變〔三〕，平城并與長城没〔四〕。倩蘆笳、吹出漢宫春〔五〕，梅休折。天斷處，沙如雪〔六〕。天連處，沙如月〔七〕。總茫茫冰凍，未秋寒徹。柳未成條風已斷，鶯將作語春頻歇。勸行人、身滯紫遊繮〔八〕，教華髮。

【箋】

康熙七年八月自代州北行入京途中作。山陰，縣名，在應州西六十里。屈大均自代北入京記：「至山陰。山陰以在覆宿之北，故元名之曰山陰。」

【注】

〔一〕咫尺陰山：蘇軾蝶戀花：「咫尺江山分楚越。目斷魂銷，應是音塵絶。」陸機飲馬長城窟行：「驅馬陟陰山，山高馬不前。」

〔二〕龍堆：白龍堆。漢書西域傳載：「樓蘭國最在東陲，近漢，當白龍堆，乏水草。」詞中謂應州群山。屈大均自代北入京記：「至應州，桑乾、渾河二水東西環繞，羣山乍斷乍續，起者爲龍堆，伏者爲雁磧。」

〔三〕白草：西北地方一種乾熟後變白之草。王昌齡從軍行：「邊聲摇白草，海氣生黄霧。」

〔四〕平城：縣名。西漢初置，治所在今大同西北二十八里，爲雁門郡東部都尉治。漢高祖七年，劉邦被匈奴圍困于平城白登山。

〔五〕蘆笳：曾慥類説集韻：「胡人卷蘆葉而吹，謂之蘆笳。」漢宫春：梁獻王昭君詩：「淚點關山月，衣銷邊塞塵。一聞陽鳥至，思絶漢宫春。」漢宫春，亦詞牌名，晁沖之、曹冠、陳亮、周紫芝、方岳、劉克莊、吴文英等多家均以此調詠梅。

〔六〕沙如雪：李賀馬詩二十三首其五：「大漠沙如雪，燕山月似鉤。」

〔七〕沙如月：庾信奉和趙王途中五韻詩：「峽路沙如月，山峰石似眉。」

〔八〕紫遊韁：岑參送張獻心充副使歸河西雜句詩：「玉瓶素蟻臘酒香，金鞭白馬紫遊韁。」

消息　應州道中

霸氣沙陀〔一〕，至今尚記，晉王興處〔二〕。渾水東環〔三〕，桑乾西繞〔四〕，總貫長城去。不甘龍磧〔五〕，遥連鳳闕，一任紫埃爲主〔六〕。怕胡雕、車輪兩翼〔七〕，欲銜上、白楊樹。

青草明妃〔八〕，黄花主父〔九〕，毅魄未成塵土。獵得沙雞，烹來半翅〔一〇〕，酹酒真憐汝。襲秦才疏〔一一〕，和戎命薄〔一二〕，涕淚空然如雨。回鞭好、紫騮尚識，雁門去路〔一三〕。

【校】

此首道援堂詞、屈翁山詩集闕。

【箋】

康熙七年自代入京，八月，途經應州作此。應州，今山西應縣。唐晉王李克用于此創業。參見屈大均自代北入京記。

【注】

〔一〕霸氣：霸王氣象，王氣。王勃江寧吴少府宅餞宴序：「霸氣盡而江山空，皇風清而市朝改。」沙陀：新唐書沙陀列傳：「沙陀，西突厥别部處月種也。始，突厥東西部分治烏孫故地，與處月、處蜜雜居。」「西突厥浸强，内相攻，其大酋乙毘咄陸可汗建廷鏃曷山之西，號北庭，而處月等又隸屬之。處月居金娑山之陽，蒲類之東，有大磧，名沙陀，故號沙陀突厥云。」

〔二〕晉王：見百字令柏林寺内有唐晉王祠弔之注。

〔三〕渾水：渾河，桑乾河支流。源于渾源縣恒山河谷，西流經渾源入應州，北折匯桑乾河。

〔四〕桑乾：桑乾河發源于山西雁北，由上游源子河、恢河匯合後爲桑乾河，經河北西北入海河，注入渤海。

〔五〕龍磧：即龍沙、龍堆、白龍堆。屈大均自代北入京記：「至應州，桑乾、渾河二水東西環繞，羣山乍斷乍續，起者爲龍堆，伏者爲雁磧。大風一起，黄土漲天，沙壅處，馬脛陷没，此古沙陀地也，李鵶兒于此創業，有金鳳井存焉。北有黄華岡，武靈王嘗登其上，與樓緩謀胡服以取中山者。城中有塔，上下積木爲之，高三百六十尺，闌半之，盤旋紆曲，内外玲瓏，視之若井幹。」

〔六〕紫埃：猶言「黃埃」、「紅塵」。方一夔續感興二十五首其一十二：「黃鵠浴海水，一舉淩紫埃。」

〔七〕「怕胡雕」句：蘇軾後赤壁賦：「適有孤鶴，横江東來。翅如車輪，玄裳縞衣。」

〔八〕青草明妃：明妃，即王嬙。王嬙字昭君，晉代因避司馬昭諱，改稱明君，後人又爲明妃。江淹恨賦：「若夫明妃去時，仰天太息。」青草，用青冢之意。

〔九〕黃花主父：趙武靈王趙雍，晚年傳國于王子何（趙惠文王），自號爲「主父」。新唐書沙陀傳載，李克用之祖父朱邪執宜，爲吐蕃所迫，率衆歸唐，被安置于鹽州，置陰山府。「執宜乃保神武川之黃花堆（黃花嶺），更號陰山北沙陀。」以黃花嶺下之應州爲基地，祖孫三代經營，建立後唐。屈大均留别傅應州詩：「雁門横代郡，龍首跨雲中。霸氣沙陀壯，邊謀主父雄。黃花開嶺北，渾水繞城東。」即寫此事。屈大均自代東入京記：「至靈丘。有趙武靈王墓在縣西，高阜崔嵬，前帶湯河，後枕黃花嶺，形勢雄大。沙丘宫舊亦在此，墓前有烈女曲秋葉兒碑，東有李存孝故里碑。」

〔一〇〕「獵得」二句：沙雞：棲息于沙丘、荒漠之一種野雞。王士禛居易録談卷上：「土人呼爲半翅，即沙雞也。亦名鐵脚。」沈濤瑟榭叢談卷上：「沙雞略具文采，半翅則純褐色，而味較脆美。」屈大均自代北入京記云，康熙七年八月，至應州，「于時，新霜始降，雉兔方肥，予與三五騎小出城西，射得沙雞二，半翅一，以夜猴縋入穴中，捕得黄鼠二。」即紀此事。

〔一〕「襲秦」句：史記趙世家：「主父欲令子主治國，而身胡服將士大夫西北略胡地，而欲從雲中、九原直南襲秦，于是詐自爲使者入秦。秦昭王不知，已而怪其狀甚偉，非人臣之度，使人逐之，而主父馳已脱關矣。審問之，乃主父也。秦人大驚。主父所以入秦者，欲自略地形，因觀秦王之爲人也。」襲秦才疏，古典今指。詞意謂自己未能有主父那樣的襲秦之才。秦，暗指清人。

〔二〕「和戎」句：寫昭君和親事。命薄，梅堯臣和介甫明妃曲詩：「明妃命薄漢計拙，憑仗丹青死悮人。」

〔三〕「回鞭」二句：李益再赴渭北使府留别：「報恩身未死，識路馬還嘶。」徐照送陳池州十二韻：「紫騮曾識駕，白羽可平奸。」

蘇武慢

雪壓天低，雲隨山斷，咫尺長城無影。新魂哭月〔一〕，古雪凝冰〔二〕，沙際至今微冷。捲葉嗚嗚，未秋吹起霜風，凋翎頻整。望白登臺畔〔三〕，國殤何在〔四〕，在人頭嶺〔五〕。　　憶子卿、壯歲辭鄉，暮年歸國〔六〕，漢氣千秋猶勁。青羝易語，白雁難通〔七〕，天使烈臣長命〔八〕。手執刀環〔九〕，淚和酥乳淋漓，臨分莫贈〔一〇〕。嘆多情，依戀河梁〔一一〕，還餘好詠。

【校】

此首道援堂詞、屈翁山詩集闕。

【箋】

康熙七年自代州北行入京，途經大同白登臺時作。詞中憑弔明末大同死難之將士，歌頌抗節不屈之烈臣。

【注】

〔一〕「新魂」句：劉叉經戰地詩：「殺氣不上天，陰風吹雨血。冤魂不入地，髑髏哭沙月。」新魂，謂明末大同死事之軍民。清兵攻占大同後，多爾袞下令屠城。

〔二〕「古雪」句：孟郊送盧汀侍御歸天德幕：「古雪無銷鑠，新冰有堆填。」

〔三〕白登臺：在大同東白登山上。史記匈奴列傳：「冒頓縱精兵四十萬騎圍高帝於白登。」張守節正義：「白登臺，在白登山上。朔州定襄縣東三十里。定襄縣，漢平城縣也。」水經注卷十三：「平城東十七里有臺，即白登臺。臺南對岡阜，即白登山也。」

〔四〕國殤：當指在大同抗清犧牲之軍人。

〔五〕人頭嶺：山西通志卷二十一大同府天鎮縣：「人頭山，在縣南三十里，蔚州北百二十里，以形似名。」今名神頭山，又名黑龍背山。山有蟠龍、卧虎二柱石峰，南北並峙。

〔六〕「憶子卿」二句：子卿，指蘇武。見紫萸香慢甘州令詞注。蘇武中歲辭鄉，出使匈奴而被拘留，十九年後，已屆暮年，方歸故國。

〔七〕「青羝」二句：用漢書蘇武傳所載匈奴單于使蘇武牧羝事。見紫萸香慢詞注。「白雁」句：漢書蘇武傳：「匈奴詭言武死。後漢使復至匈奴。常惠請其守者與俱，得夜見漢使，具自陳道。教使者謂單于言：『天子射上林中，得雁足有繫帛書，言武等在某澤中。』使者大喜，如惠語以讓單于。單于視左右而驚，謝漢使曰：『武等實在。』」

〔八〕「天使」句：謂蘇武留胡十九年尚有命生還也。烈臣長命，烈臣指蘇武。

〔九〕手執刀環：漢書李陵傳：「昭帝立，大將軍霍光、左將軍上官桀輔政，素與陵善，遣陵故人隴西任立政等三人俱至匈奴招陵。立政等至，單于置酒賜漢使者，李陵、衛律皆侍坐。立政等見陵，未得私語，即目視陵，而數數自循其刀環，握其足，陰諭之，言可歸還也。」環、還同音，因以「刀環」爲歸還之隱語。

〔一〇〕「淚和」二句：漢書蘇武傳載，蘇武將歸，「李陵置酒賀武曰：『今足下還歸，揚名于匈奴，功顯于漢室，雖古竹帛所載，丹青所畫，何以過子卿！陵雖駑怯，令漢且貰陵罪，全其老母，使得奮大辱之積志，庶幾乎曹柯之盟。此陵宿昔之所不忘也！收族陵家，爲世大戮，陵尚復何顧乎？已矣！令子卿知吾心耳！異域之人，壹别長絶！』陵起舞，歌曰：『徑萬里兮度沙幕，爲君將兮奮匈奴。路窮絶兮矢刃摧，士衆滅兮名已隤，老母已死，雖欲報恩將安歸？』」

〔二〕河梁：文選卷二十九載李陵與蘇武詩：「攜手上河梁，遊子暮何之？徘徊蹊路側，悢悢不得辭。」

一痕沙

一向漢兒高卧〔一〕。早被閼氏笑破〔二〕。轂滿逾長城。騎飛輕〔三〕。千里無人遮塞。空把關山自賣〔三〕。何處四樓開。白登臺〔四〕。

【校】

此首道援堂詞、屈翁山詩集、全清詞闕。

【箋】

康熙七年自代州北行入京，途經大同作。詞中感歎明朝邊塞戰備廢弛，自賣關山與外敵。

【注】

〔一〕「一向」二句：新五代史四夷附録一：「是時，天下旱蝗，晉人苦兵，乃遣開封府軍將張暉假供奉官聘于契丹，奉表稱臣，以修和好。德光語不遜。然契丹亦自猒兵。德光母述律嘗謂晉人曰：『南朝漢兒争得一向卧邪？自古聞漢來和蕃，不聞蕃去和漢，若漢兒實有回心，則我亦何惜通好。』」閼氏，漢書匈奴傳「閼氏」顔師古注：「閼氏，匈奴皇后號也。」述律，述律平，耶律阿保機之妻，封爲「應天大明地皇后」。契丹太宗耶律德光之母。阿保機卒後，述律稱制攝政，掌理軍國大事。屈大均自代東入京記：「（紫荊關）副將某要留帳中，以易酒黄羊相餉，使伎人彈箏、打碟爲樂。爲予言：『此關肘腋京師，曩時防秋孔亟，士馬雲屯，然且戰守不給。今者，戎夏一家，無分邊腹，漢兒一向卧，今益可以高枕。』」

〔二〕「彀滿」二句：彀，弓。彀滿，張弓滿引。意謂張弓搭箭之敵騎逾過長城南侵。

〔三〕「千里」二句：遮塞：裴漼奉和御製旋師喜捷詩：「斬虜還遮塞，綏降更築城。」屈大均河套：「長城那足恃，絶壁彼能攀。衛卒虚分戍，邊人苦賣關。」

〔四〕白登臺：見蘇武慢詞注。

蘭陵王　雲州旅次

大同破。猶記姜家作禍〔一〕。藩王邸、邊草上牆，紫兔黄羊甃花朵〔二〕。葱香雪餅大〔三〕。團坐。雙姬泥我。琵琶弄、争唱玉郎，道是西宫内人作〔四〕。康陵舊經過。有五里雕旗，三里龍舸〔五〕。豹房親上葳蕤鎖〔六〕。愛賈屋妖冶，雁門妝束，金元雜劇教婀娜〔七〕。欲回輦無奈。烽火。御樓墮。任馬踏含桃，人摘蘋果〔八〕。

槐龍陰暖花當卧〔九〕。怕對對悲箴，叫雲相和〔一〇〕。淒酸難聽，語客去，及蚤箇。

【箋】

康熙七年八月作。雲州，古州名。故治在今大同。

【注】

〔一〕「大同」二句：姜家，指姜瓖。明大同總兵、鎮朔將軍。順治雲中郡志逆變：「崇禎十七年甲申春，闖難陡發，僞兵西來，二月二十九日，鎮城主將（按，指姜瓖）迎降。在城留住六日，殺明宗室殆盡。三月初六日，兵過陽和，留住一宿。東行。鎮城所留僞總兵張天琳號過天星者，殺戮兇暴，居民重足兩月而國威東震，陽和軍民約與鎮城軍民内應，於是殺天琳及僞中軍張黑臉恢復大同，時五月初十日也。」李自成兵圍大同，姜瓖擒大同巡撫衛景瑗，獻城投降，仍任大同總兵。後又斬李自成部將柯天相、張黑臉等，以大同降清。後又率部反清。多爾袞圍城長達九月。城破，清軍屠大同，「斬獻姜瓖之楊震威等二十三人及家屬並所屬兵六百名，俱著留食，仍帶來京候封，其餘從逆之官吏兵民，盡行誅之」，大同城遂毁敗。事見清史列傳姜瓖傳及清世祖實録卷四十六。

〔二〕「藩王」二句：寫清初大同城破敗之景象。藩王邸，指明朝之代王府。代王朱桂，明太祖第十三子。其子孫在大同世襲罔替，長達二百五十餘年，王邸歷代擴建，極爲宏敞偉麗，亂後遂鞠爲茂草，已成狐兔之窟矣。順治十三年解元才重修大同鎮城碑記：「奈何野獸跳梁，弄兵潢池。戊子之變，誰非赤子，誤陷湯火，哀此下民，肝腦塗地。是非莫辨，玉石俱焚，蓋以楚猿禍林，城火殃魚，此亦理與勢之所必至者。睇此蕪城，比于吳宮晉室，鞠爲茂草，爲狐兔之場者，五閱春秋。哲人興黍離之悲，彷徨不忍釋者。」屈大均送人之延綏詩：「紫兔黄羊紅黍酒，醉來笳鼓不曾聞。」

〔三〕雪餅：以白麵所作之餅。蕭立之謝周平洲花粢雪餅之貺：「染鸜鵒粒作春華，霜粉熬成亦當家。」

〔四〕「琵琶」二句：玉郎，「玉娥郎」之省。謂歌女唱明武宗内廷所製之玉娥郎曲。歌者爲代州妓晁静憐。參見唐多令閱秀水朱竹垞寄静憐詞注。

〔五〕「康陵」三句：屈大均自代北入京記：「（大同）城東御橋甚高大，上有擎天柱，雕刻獅子，有鐵牛四，在四角以鎮川流，康陵嘗駐蹕焉。」康陵，指明武宗。武宗曾親督諸軍巡邊，乾隆大同府志「巡幸」篇：「武宗正德十二年秋九月，帝如陽和。冬十月，帝親督諸軍巡邊，駐蹕大同。」

〔六〕豹房：本豢養虎豹之所。正德三年，武宗興建豹房，構密室，置樂妓，以爲處理朝政及遊樂之所。沈德符萬曆野獲編卷二十一引世宗實録云：陝西總兵馬昂之弟馬炅，「傳陞都指揮。

守備儀真。復買美人四人進之豹房。名曰謝恩」。又引武宗實録云：「宣府都督馬昂妹，已嫁畢指揮有孕矣，以其善騎射，獻之上。能胡語胡樂，大愛之。後上幸昂第，召昂妾侍寢。」詞中以指武宗在大同行樂之所。葳蕤鎖：太平廣記卷三一六引録異傳：「劉照。建安中，爲河間太守。婦亡，埋棺于府園中。遭黄巾賊，照委郡走。後太守至，夜夢見一婦人，往就之，後又遺一雙鎖，太守不能名。婦曰：『此萎蕤鎖也。以金縷相連，屈伸在人，實珍物。吾方當去，故以相别，慎無告人！』」韓翃江南曲：「春樓不閉葳蕤鎖，緑水回通宛轉橋。」

〔七〕「愛賈屋」三句：賈屋，即夏屋山（今山西代縣草垛山）。漢書地理志上太原郡：「廣武，河主、賈屋山在北，都尉治。」師古曰：「賈屋山，即史記所云『趙襄子北登夏屋』者。」元和郡縣圖志卷十四：「在（雁門）縣東北三十里。」屈大均陪陳使君遊雁門山水詩：「一夫當賈屋，千騎阻磨笄。」賈屋妖冶，指代州美女。此寫武宗納姬之事。宋起鳳稗説：「雲中婦女生而麗艷，不假膏澤而明媚動人。塞下嘗有『三絶』之稱，謂宣府教場、蔚州城牆、大同婆娘也。初，上深處宫禁，左右諸侍御皆良家子，不事伎巧，毋敢以蠱惑進。已，游王國，見邊人聲色貨利狗馬之盛，時時樂之忘歸。上既耽遊樂，外人漸以樗蒲角抵爲縱飲具，博上歡笑，得厚資，相呼擁罷去，以爲常。此時承平久，物力甚盛，邊塞金錢充牣，邸肆饒庶，四方商賈與豪貴少年游國中者雲集。故上頻幸私邸，人第目爲軍官游閒輩，概不物色也。惟姬某侍上久，私竊異之而未敢發，但曲意承順而已。稍稍事聞，外廷言官密疏諫止。上意亦倦，乃陰遣中貴具嬪禮迎姬某入内，居今之蕉園。宦寺皆稱爲黑娘娘殿云。自上納妃後，代王大驚，疏謝向不知狀。乃下有司，飾妃故居，朱其扉。邊人至今驕語曰：『我代邸樂籍，故嘗動上眷也，非一日矣。』」毛奇齡武宗外紀：「初，上駐偏頭時，大索女樂于太原。偶于衆妓中遥見色姣而善謳者，拔取之，詢其籍，本樂户劉良之女，晉府樂工楊騰妻也。賜與之飲，試其技，大悦。後自榆林還，再召之，遂載以歸。至是，隨行在寵冠諸女，稱美人。飲食起居必與偕左右，或觸上怒，陰求之，輒一笑而解。江彬諸近侍皆母呼之，曰『劉娘娘』云。」金元雜劇，指北曲雜劇，金元兩代流行于北方。

〔八〕「烽火」四句：寫戰亂後代王府破敗之情景。明史代簡王朱桂傳載，朱桂十一世孫朱傳𪸩「崇禎十七年三月，李自成入大同，闔門遇害」。李自成以代王府爲行營。後李自成進京，留張黑臉駐守，代王府遂毁敗。含桃，櫻桃。禮記月令：「是月也，天子乃以雛嘗黍，羞以含桃，先薦宗廟。」蘋果，又稱平波、回回果、頻婆果。元人周伯琦扈從詩後序：「宣德，宣平縣境也，地宜樹木，園林連屬，宛然燕南。有御花園，雜植諸果，中置行宫。果有名平波者，似來檎而大，味甘鬆，相傳種自西域來，故又名之曰回回果，皆殊品也。」王象晉群芳譜果譜四：「蘋果，出北地，燕趙者尤佳。接用林檎體。樹身聳直，葉青，似林檎而大，果如梨而圓滑。生青，熟則半紅半白，或全紅，光潔可愛玩，香聞數步。味甘鬆，未熟者食如棉絮。」含桃本祭祀用品，今爲兵騎所踏矣；蘋果傳入中國後，初在皇室苑囿中栽種，以薦新及賞賜之用，今則任清人采摘矣。此以寓亡國之思。

〔九〕槐龍：枝柯盤曲如龍之老槐樹。蘇軾九月十五日邇英講論語終篇賜執政講讀史官燕于東宮詩：「日高黄傘下西清，風動槐龍舞交翠。」自注：「邇英閣前有雙槐，樛枝屬地，如龍形。」

〔一〇〕「怕對對」二句：悲篥，即「篳篥」、「觱篥」。杜佑通典樂四：「篳篥，本名悲篥。出于胡中，聲悲。或云儒者相傳，胡人吹角以驚馬。後乃以笳爲首，竹爲管。」姚鵠和徐先輩秋日游涇州南亭呈三二同年詩：「送日暮鐘交戍嶺，叫雲寒角動城樓。」

淒涼犯

馬嘶不出。邊風起、聲含一片悲篥。白榆葉盡，黄榆又落〔一〕，總成蕭瑟。長城已失〔二〕。但千里、龍沙没膝。苦無人、綿羊空白，燒取作朝食。　來往陰山下，笑接閼氏，醉聽兜勒〔三〕。蔡姬在否〔四〕，剩胡笳、曲傳多拍。暫返雲中，待祠天、還來作客〔五〕。恨邊長，出塞入塞少羽翼。

【校】

此首道援堂詞、屈翁山詩集、全清詞闕。

【箋】康熙六年八月朔，屈大均自代州東行入京。次年三月，顧炎武因事下濟南獄，李因篤至京告急諸友，屈大均亦至，旋返代州。八月，復由代州北行入京。詞云「暫返雲中」，當在康熙七年秋日作此。

【注】

〔一〕「白榆」二句：榆樹木色有白榆、黄榆、紫榆、青榆之分。

〔二〕長城：此指趙長城。屈大均自代北入京記：「古長城，乃趙肅侯武靈王所築。築並陰山，至于高闕者。」

〔三〕閼氏：此泛指滿州女子。兜勒：摩訶兜勒。晉書樂志下：「横吹，有雙角，即胡樂也。張博望入西域，傳其法于西京，惟得摩訶兜勒一曲，李延年因胡曲更造新聲二十八解，乘輿以爲武樂。」

〔四〕蔡姬：蔡文姬。樂府琴曲歌辭胡笳十八拍，相傳爲蔡文姬所作。劉商胡笳曲序：「胡人思慕文姬，乃卷蘆葉爲吹笳，奏哀怨之音，後董生以琴寫胡笳聲爲十八拍。」李頎聽董大彈胡笳詩亦云：「蔡女昔造胡笳聲，一彈一十有八拍。胡人落淚霑邊草，漢使斷腸對客歸。」

〔五〕祠天：祀天。史記封禪書：「其梁巫，祠天、地、天社、天水、房中、堂上之屬。」詞中似指秋祭之時。

醉垂鞭　送别

口北武安樓〔一〕。頻頻見。如花面。雪絮太輕柔。任風吹御溝〔二〕。愁聽絃上語，聲聲怨。是雲州。莫更向邊頭。胭脂紅易秋。

【校】

此首道援堂詞、屈翁山詩集、全清詞闕。

【箋】

此詞似爲康熙七年作于雁門。所送别者爲在雁門所識之歌女。

【注】

〔一〕口北：雁門北口。見長亭怨與李天生冬夜宿雁門關作詞注。武安樓：武安，武安君，即戰國時趙將李牧。李牧曾居代雁門備匈奴，又大破秦軍，後被趙王斬首。事見史記卷八十一。屈大均自代北入京記云，雁門關北外羅城有寧邇譙樓，其下有武安君李牧祠。

〔二〕御溝：指流經宫苑之河道。屈大均自代北入京記云：大同「城東御橋甚高大，上有擎天柱，雕刻獅子，有鐵牛四，在四角以鎮川流，康陵嘗駐蹕焉」。此指代王宫之溝洫，明武宗曾駐蹕于此，故稱。

南浦

平沙雪積，正層冰、千里凍河流。渾脱浮沈難渡〔一〕，泥污紫貂裘。繫馬苦投山戍，望關門、半掩武安樓〔二〕。喜草間毚兔〔三〕，健兒多射取，醉豁邊愁。卷葉更吹觱栗〔四〕，向悲風、驚起鬼啾啾〔五〕。酹酒長城枯骨〔六〕，尋取月氏頭〔七〕。細小不堪丹漆，任烏鳶、銜去作高丘〔八〕。忘國觴如許，未歸魂在白狼溝〔九〕。

【箋】

康熙七年作。似爲離雁門途中有感于大淩河之戰而作。崇禎四年，後金皇太極率領五萬士卒進攻明朝遼西大淩河城。清史稿太宗本紀：「（八月）丁未，會于大淩河，乘夜攻城。」「丁卯，明錦州兵六千來攻阿濟格營。會大霧，覿面不相識。忽有青氣衝敵營，辟若門，我軍乘霧進，大戰，敗之，擒遊擊一，盡獲其甲仗馬匹。辛未，上詣貝勒阿濟格營，酌金卮勞諸將。明兵突出，師夾擊，又大敗之。」「（九月）時城中穀止百石，馬死盡，煮馬肉爲食，以鞍代爨。」「乙未，明太僕寺卿監軍道張春，總兵吴襄、鍾緯等，以馬步兵四萬來援，壁小淩河。戊戌，明援兵趨大淩河，距城十五里。上率兩翼騎兵衝擊之，不動。右翼兵猝入張春營，敵遂敗，吴襄及副將桑阿爾寨先奔。張春等復集潰兵立營，會大風，敵乘風縱火，將及我軍，天忽雨，反風，復戰，遂大破之，生擒張春及副將三十三人。」「冬十月丁未，以書招祖大壽、何可剛、張存仁。己酉，再遣大壽書。壬子，以紅衣炮攻于子章臺。臺最固，三日臺毁，守臺將王景降，于是遠近百餘臺俱下。乙丑，祖大壽約我副將石廷柱議降。」「戊辰，大淩河舉城降。」「戊寅，毁大淩河城。」「頃大淩河之役，城中人相食，明人猶死守，及援盡城降，而錦州、松、杏猶不下，豈非其人讀書明理盡忠其主乎？」

【注】

〔一〕渾脱：革囊。可用作渡河之浮囊。蘇轍請户部復三司諸案劄子：「訪聞河北道頃歲爲羊渾脱，動以千計。渾脱之用，必軍行乏水，過渡無船，然後須之，而其爲物，稍經歲月，必至蠹敗。」屈大均自代北入京記：「至桑乾河，水黄濁，泥深數尺，得河夫五六人，著渾脱入水，夾扶騾馬乃能涉。」

〔二〕武安樓：見醉垂鞭送别詞注。

〔三〕鵔兔：狡兔。李白留别于十一兄逖裴十三遊塞垣：「釣周獵秦安黎元，小魚鵔兔何足言。」

〔四〕「卷葉」句：白居易楊柳枝詞八首之五有「卷葉吹爲玉笛聲」之語。李商隱柳枝五首序謂洛中里娘柳枝能「吹葉嚼蕊，調絲擫管，作海天風濤之曲，幽憶怨斷之音」。

〔五〕鬼啾啾：杜甫兵車行：「君不見青海頭，古來白骨無人收。新鬼煩冤舊鬼哭，天陰雨濕聲啾啾。」

〔六〕「酹酒」句：李益統漢峰下：「統漢峰西降户營，黄河戰骨擁長城。」

〔七〕月氏頭：史記大宛傳：「（匈奴）殺月支王，以其頭爲飲器。」王維燕支行：「拔劍已斷天驕臂，歸鞍共飲月支頭。」送平淡然判官詩：「須令外國使，知飲月支頭。」史記刺客列傳：「趙襄子最怨智伯，漆其頭以爲飲器。」月氏，同月支，謂清人之首領。

〔八〕「任烏鳶」句：李白戰城南：「烏鳶啄人腸，銜飛上掛枯樹枝。」馬戴邯鄲驛樓作詩：「近郊經戰後，處處骨成丘。」

〔九〕「忘國觴」二句：哀悼明軍之戰死者。白狼，白狼水。即今遼寧大淩河。水經注卷十四「大遼水」：「遼水右會白狼水，水出右北平白狼縣東南，北流西北屈，徑廣成縣故城南，王莽之平虜也，俗謂之廣都城。」

意難忘　自宣府將出塞作

山轉雲中。問花園上下，蕭后遺宮〔一〕。鴛鴦雙濼在〔二〕，木葉四樓空〔三〕。洋河雪〔四〕，紇干風〔五〕。愁不度居庸〔六〕。恨一春、戰雲慘淡，直接遼東。　揮鞭且莫匆匆。愛笳吹兜勒〔七〕，邊女唇紅。駝鞍眠正暖，馬乳飲還濃。休出口，奮雕弓〔八〕。更奪取胡驄。料數奇、徒然猿臂，白首難封〔九〕。

【箋】

康熙七年自代州入京途經宣府作。宣府，衛名，亦爲軍鎮名，明九邊之一，治所在今河北宣化。鎮守地區相當今河北西北部内外長城一帶。孫世芳纂修嘉靖宣府鎮志卷八：「飛狐、紫荆控其南；長城、獨石枕其北；左挹居庸關之險，右結雲中之固，群山疊嶂，盤踞峙，足以拱衛京師而彈壓胡虜，誠北邊重鎮也。」李自成自太原繞道由此直取北京。

【注】

〔一〕蕭后遺宫：蕭后，遼景宗耶律賢皇后蕭綽，小字燕燕，尊號承天皇太后。即俗稱之蕭太后。遼史地理志五西京道「歸化州」條：「炭山，又謂之陘頭，有凉殿，承天皇后納凉于此，山東北三十里有新凉殿，景宗納凉于此，唯松棚數陘而已。」讀史方輿紀要卷十七「北直八」條：「上花園，在州西四十里，又州西三十里，爲下花園。相傳遼蕭后種花處。今爲戍守之所。」屈大均自代北入京記：「（雞鳴山）六十里，至上花園，又十里，至下花園。皆遼時蕭后種花之處」；「一樓曰鎮朔，乃遼后洗妝樓遺址」。按，鎮朔樓非遼后洗妝樓。鎮朔樓，在今張家口市宣化區靈官廟街。

〔二〕鴛鴦雙濼：鴛鴦濼，爲遼主狩獵之所。遼史天祚帝紀一：「二月癸卯，微行，視民疾苦。丙午，幸鴛鴦濼。」屈大均自代北入京記：「有澤曰鴛鴦濼，『濼』一曰『泊』。」「遼、元皆嘗避暑爲離宫，沿泊以居。元又以爲上都，開平、東甌二王埽除之，乃爲冠帶之室。」

〔三〕四樓：似指宣府鎮四座城樓。羅亨信宣府鎮城記：「永樂甲辰秋，仁宗嗣分遣將臣，大飭邊防，命永寧伯譚公廣佩鎮朔將軍印，充總兵官，來鎮于斯。修營壘，繕甲兵，嚴斥堠，復命工甃圍四門，創建城樓、角樓各四座，以謹候望。」正統十一年宣府新城之記：「即城東偏之中築崇臺，建高樓，崇七間四丈七尺餘五寸，深四丈五尺，廣則加深之二丈五尺，其簷二級。卜置鼓角、漏刻，以司曉昏。」鎮朔樓、拱極樓、清遠樓、泰新門城樓至今猶存。

〔四〕洋河：屈大均自代北入京記云：「洋河橫穿而來，勢甚洶洶，塞外水消長不常，成河者少，此水洋洋不已，故曰洋河。」

〔五〕紇干：山名。在大同東北。古稱紇真山，今名采涼山。太平寰宇記卷五十一：「夏恒積雪，故彼人語曰：『紇真山頭凍死雀，何不飛去生處樂。』」

〔六〕居庸：居庸關。屈大均自代東入京記：「金史表云：『勁卒擣居庸關，北拊其背；大軍出紫荊口，南扼其吭。』丘濬云：『京師北抵居庸，東抵古北口，西南抵紫荊關，近者百里，遠者三百里。居庸，蓋吾背也；紫荊，吾吭也。一不戒，彼將反扼我之吭，而拊我之背。其踰牆，直至神京，不過一日程耳。』」

〔七〕兜勒：見淒涼犯詞注。

〔八〕奪雕弓：史記李將軍列傳載，李廣戰敗被俘，有一胡兒騎馬，「廣暫騰而上胡兒馬，因推墮兒，取其弓，鞭馬南馳數十里，復得其餘軍，因引而入塞」。

〔九〕「料數奇」二句：數奇，謂命運不佳，遇事不利。漢書李廣列傳載，廣自請與匈奴戰，「大將軍陰受上誡，以爲李廣數奇，毋令當單于，恐不得所欲」。孟康曰：「奇，隻不耦也。」顔師古曰：「言廣命隻不耦合也。」猿臂，史記李將軍列傳：「廣爲人長猿臂，善射，亦天性也。」如淳曰：「臂如猿通肩。」白首難封，謂李廣因數奇而到老未得封侯。司馬貞索隱述贊云：「猿臂善射，實負其能。解鞍卻敵，圓陣摧鋒。邊郡屢守，大軍再從。失道見斥，數奇不封。惜哉名將，天下無雙！」陳子昂感遇詩三十八首其三十四：「每憤胡兵入，常爲漢國羞。何知七十戰，白首未封侯。」上數句以李廣自況，慨歎抗清之志業難酬。

天净沙　塞上　八首

沙如亂雪飛來。風吹忽作龍堆〔一〕。塞水横衝不開。馬蹄深陷，一鞭飛上平臺。

桑乾濁似黄河〔二〕。冰開難飲明駝。滑滑春泥苦多。鹵兒呼渡〔三〕，雌雄兩兩吹螺。海螺有雌雄，其聲各别。

關門一綫浮圖〔四〕。黄雲半塞飛狐〔五〕。雪盡鶯花未蘇。駱駝鞍暖，春宵卧過盧奴〔六〕。

千山已作邊牆〔七〕。長城更與天長。一望教人斷腸。紫荆關外〔八〕，茫茫衹有牛羊。

天寒雉兔偏多。揮鞭躍渡洋河〔九〕。一箭雙穿駕鵝。魚鷹饑汝，鞍邊割肉峨峨。

天明已飯黃羊。笳聲催上辭鄉〔一〇〕。淚落還因夕陽。蔚州煤好，春寒可代衣裳。

辭鄉，嶺名。

盤山下見盧龍〔一一〕。三盤始上三峰。欲去依依暮鐘。可憐明月，秋來祇照邊烽。

居庸一口容人。開門誰揖黃巾〔一二〕。虎豹何曾苦辛〔一三〕。黑松林裏〔一四〕，無勞問道通秦〔一五〕。

【校】

此八首道援堂詞、屈翁山詩集、全清詞闕。

【箋】

屈大均于康熙六年、七年兩度自代入京。八詞所記，與自代東入京記相合，似撰于康熙六年者。詞中所記之地名，可與屈大均自代北入京記互參。

【注】

〔一〕龍堆：白龍堆。此以形容沙丘。屈大均自代東入京記：「至應州，桑乾、渾河二水東西環繞，羣山乍斷續，起者爲龍堆，伏者爲雁磧。大風一起，黃土漲天，沙壅處，馬脛陷没，此古沙陀地也。」

〔二〕桑乾：桑乾河發源于山西雁北，由上游源子河、恢河匯合後爲桑乾河，經河北西北入海河，注入渤海。屈大均自代北入京記：「至桑乾河，水黄濁，泥深數尺，得河夫五六人，著渾脱入水，夾扶騾馬乃能涉。其源自汾州天池，洑流至馬邑雷山之陽，匯爲七泉。七泉合而爲一，乃至此以洑流，故性贔怒，從穴中噴薄如沸，不減黄河之暴。太行水皆洑流，桑乾其一也。」

〔三〕鹵兒：即「虜兒」。指清人。

〔四〕浮圖：浮圖峪，位于河北省保定淶源。浮圖峪關城爲明長城真保鎮之要隘。明正德九年韃靼入犯于此。屈大均浮圖峪詩：「石路飛狐入，天梯束馬過。峰頭千仞堞，峪口兩重河。」屈大均自代東入京記：「明日，渡拒馬河，三重，入浮圖峪。」

〔五〕飛狐：飛狐口，京西要塞。遼史地理志載，相傳有狐于嶺，食五粒松子，成飛狐，故此處名飛狐口。屈大均自代東入京記：「起紫荆，至白石口，凡百里。城以山爲首尾，山以城爲藩籬，我散而守，彼聚而攻，無所不備，則無所不寡，不待交戰而勝負之形已分，當日事勢若此。自大營至此，四面皆崇山，無一空隙，視天若在井中，京西要害，此爲最。昔人欲塞飛狐之口，良然。」

〔六〕盧奴：縣名。今河北定州。水經注卷十一載，盧奴城「有水淵而不流」，「水色正黑」，「黑水曰盧，不流曰奴」。

〔七〕「千山」句：屈大均自代東入京記：「北望西隃、夏壺、雁門諸山，爲峰千萬，横亘長邊，而出雙陘，中裂。大者爲關，小爲口，與内外邊牆不斷，勢若長蛇，其首起雁門，故雁門爲内三關絶險。」

〔八〕紫荆關：屈大均自代東入京記云：「關據山絶巔，崇垣矗立，乃紫荆、雁門羽翼，山東東路之門，而全晉咽喉之寄也。」顧祖禹讀史方輿紀要卷十：「紫荆關，在保定府易州西八十里，山西廣昌縣東北百里，道路通宣府、大同。山谷崎嶇，易于控扼，自昔爲戍守處，即太行蒲陰陘也。」

〔九〕洋河：洋河流經懷安、萬全、宣府，在懷來與桑乾河交匯。屈大均自代北入京記云：「洋河横穿而來，勢甚洶洶，塞外水消長不常，成河者少，此水洋洋不已，故曰洋河。」屈大均洋河宣府道中詩：「桑乾春水接洋河。」

〔一〇〕辭鄉：謂辭鄉嶺。路振乘軺録：「十五日，自虎北館東北行，至新館六十里。下虎北口山，即入奚界。五里有關，虜率十餘人守之。澗水西南流至虎北口南，名朝里河。五十里過大山，名摘星嶺，高五里，人謂之辭鄉嶺。」屈大均詠史詩：「能爲漢語亦多情，夫婦雙吹木葉聲。教上辭鄉高嶺望，雲邊尚見塔兒城。」

〔一一〕盤山：即田盤山，簡稱盤山。又名無終、徐無、四正、盤龍。相傳東漢末年，無終名士田疇隱居于此。故稱。有上、中、下三盤，上盤以松取勝，中盤以石取勝，下盤以水取勝。盧龍：

即盧龍塞，今喜峰口。在河北遷安縣西北。盧龍塞位于田盤山東麓。自古爲兵家必爭之地。水經注濡水：「濡水東南徑盧龍塞，塞道自無終縣東出度濡水，向林蘭陘，即今喜峰口，東至青陘，即今冷口。盧龍之險，峻阪縈折，故有九峥之名。」三國志魏志武帝紀：「建安十一年征烏桓，出盧龍塞。」盧龍縣城爲明代永平府所在地。

〔一二〕「居庸」二句：一口容人，謂居庸關山險路狹，僅容一人通過。黄巾，黄巾軍，東漢末年農民軍。本詞中指李自成軍。崇禎甲申年三月十五日李自成軍抵達居庸關，明監軍太監杜之秩、總兵唐通不戰而降。孫旭平吴録載，甲申三月，李自成破京師。時明將吴三桂守山海關，李自成殺三桂父驤家口三十餘人，罄國出兵，號稱三十萬，將至永平。三桂招清兵入關，李自成將田見秀、劉宗敏率兵二萬來禦，大敗，自成奔還京師。清九王子與桂追至通州，入永定門，崇禎帝自盡。屈大均詞中之「黄巾」，雖指李自成軍，實以喻清人。揖黄巾，暗指吴三桂招清兵入山海關。居庸本極險要之地，若非開門揖賊，則不易攻占也。

〔一三〕虎豹：兇暴之徒。韋應物京師叛亂寄諸弟詩：「羈離官遠郡，虎豹滿西京。」此指清兵。屈大均秣陵春望有作詩：「日落中原虎豹驕，乾坤無力捍南朝。」

〔一四〕黑松林：代指清人原居之地。屈大均送人往長白山詩：「君求白駝鹿，應向黑松林。肅慎有遺矢，還從雲際尋。」自注：「長白山在寧古西，上多積雪，盛夏不消。有神池一區，廣十餘里，所出之泉爲烏龍、鴨緑、混同三江之源，蓋一飛瀑而分四派焉。池旁環生楛矢，又多人參生于椵樹之陰、黑松林之下。仙靈常所往來，擅射麋鹿，即雲霧迷徑云。」

〔一五〕間道：偏僻之小徑。史記淮陰侯列傳：「（韓信）夜半傳發，選輕騎二千人，人持一赤幟，從間道萆山而望趙軍。」間道通秦，指劉邦率兵循武關間道入秦之事。入武關，遂定關中，直搗咸陽，秦亡。事見史記高祖本紀。詞中謂吳三桂開關迎降，清人不須如劉邦般自間道襲京也。

調笑令　四首

其一

花片。花片。化作蝶胥誰見〔一〕。黄黄白白争飛〔二〕。飛逐春人暮歸〔三〕。歸暮。歸暮。月向枝頭半吐〔四〕。

【箋】

組詞有自春及冬之景物。似爲康熙六、七年間作于雲州。

【注】

〔一〕「化作」句：蝶胥，蝴蝶。莊子至樂：「烏足之根爲蠐螬，其葉爲蝴蝶。蝴蝶胥也化而爲蟲，生于竈下，其狀若脱，其名爲鴝掇。」成玄英疏：「胥，蝴蝶名也。變化無恒，故根爲蠐螬而葉爲蝴蝶也。」貫休問岳禪師疾詩：「蘇合晝氤氲，天花似飛蝶。」

〔二〕「黄黄」句：屈大均蝶詩：「白白復黄黄，雌雄知幾行。春風吹不亂，各自宿花房。」

〔三〕「飛逐」句：鮑溶范真傳侍御累有寄因奉酬十首之四：「野花無限意，處處逐人行。」

〔四〕「月向」句：蘇頲興州出行詩：「松梢半吐月，蘿翳漸移曛。」

其二

芳草。芳草。生向江南太蚤〔一〕。連天一片春愁〔二〕。不管王孫淚流〔三〕。流淚。流淚。點點桃花又墜。

【注】

〔一〕「芳草」三句：宋祁陳濟赴舉兼省覲詩：「相從同是日邊人，兩見江南碧草生。」

〔二〕「連天」句：杜範再次沈節推送春韻詩：「子規泣訴春山頭，芳草連天不盡愁。」

〔三〕王孫：淮南小山招隱士：「王孫游兮不歸，春草生兮萋萋。」

其三

邊柳〔一〕。邊柳。生在雲西不久。清明纔見依依。八月枝條盡飛〔二〕。飛盡。飛盡。未報閨人霜信。

【注】

〔一〕邊柳：邊塞之柳。岑參武威春暮聞宇文判官西使還已到晉昌詩：「塞花飄客淚，邊柳掛鄉愁。」

〔二〕「八月」句：盧汝弼李秀才邊庭四時怨之三：「八月霜飛柳半黄，蓬根吹斷雁南翔。」

其四

邊月。邊月。何用光争積雪〔一〕。征人見爾生情。爲似閨中鏡明。明鏡。明鏡。不得長含雙影〔二〕。

【注】

〔一〕「邊月」三句：謝靈運歲暮詩：「殷憂不能寐，苦此夜難頹。明月照積雪，朔風勁且哀。」

〔一一〕「明鏡」三句：顧況鄰公合祔挽歌：「清鏡無雙影，窮泉有幾重。」雙影，謂鏡中夫妻之共影。

塞孤　送客出榆關

一聲笳〔一〕，送上盧龍道〔二〕。足裂長城霜草。射虎石邊愁滑倒〔三〕。嘶馬亂，開關早。猿臂將、白頭閒〔四〕，魚皮女、紅顏老〔五〕。向穹閭、且共歡好。遥指鴨緑迷〔六〕，路與龍沙杳。古塔何時行到〔七〕。黑海連天那望曉〔八〕。休凍絶，埋冰窖。紅鏽水、點羊酥〔九〕，瓶卧處、尋乾燥。雁南時、書寄安好。

【校】

此首道援堂詞、屈翁山詩集、全清詞闕。

【箋】

此詞似爲康熙七年秋冬自代北入京時客中送客之作。

【注】

〔一〕笳：古代管樂器。即胡笳。説文：「箛，吹鞭也。」六書故：「笳、箛一物，今人亦謂之角，或吹鞭，或卷木皮、蘆葉而吹之。笳、箛、角，一聲之轉，凡吹笳者，皆爲角聲，且以其卷皮葉如角，故謂之角。」

〔二〕盧龍道：自喜峰口過燕山之要道。三國志武帝紀載曹操建安十一年征烏桓，出盧龍塞，即經此道。

〔三〕射虎石：史記李將軍列傳：「廣出獵，見草中石，以爲虎而射之，中石没鏃，視之，石也。因復更射之，終不能復入石矣。」大明一統志永平府：「射虎石：在府城南八里，漢將李廣夜出見虎，彎弓射之，至没羽，比明，乃知爲石。」顧炎武日知録卷二十五「李廣射石」條：「今永平府盧龍縣南有李廣射虎石。廣爲右北平太守，而此地爲遼西郡之肥如，其謬不辨自明。」

〔四〕猿臂將：指李廣。見意難忘詞注。

〔五〕魚皮女：見番女八拍詞注。

〔六〕鴨緑：鴨緑江。任洛遼東志卷一「鴨緑江」條：「又名馬訾水，源出靺鞨長白山，水色如鴨頭，故名。由夾州城西南流與秃魯江合流，至艾州與豬婆江同流入海。」

〔七〕古塔：寧古塔。盛京通志卷三十一載：「寧古塔舊城，在海蘭河南岸，有石城高丈餘，周圍一里，東西各一門。城外邊牆周圍五里餘，四面四門。」

〔八〕黑海：指黑水。黑龍江。文天祥杜架閣詩：「黄沙揚暮靄，黑海起朝氛。」

〔九〕紅鏽水：吴振臣寧古塔紀略：「夏則有哈湯之險，數百里俱是泥淖，其深不測。邊人呼水在草中如淖者，曰『紅鏽水』。」哈湯，即「紅眼哈塘」，指表面有鐵銹顏色積水坑窪之沼澤地。至今遼寧丹東寬甸尚有名爲「紅鏽水」之地。

漁家傲　觀邊女調神

割肉如山生啖取。黄羊不及青羊飫〔一〕。腹飽還須多飲乳。廬帳裏。膻風吹起沙如雨〔二〕。　兩兩調神蒙古女〔三〕。花冠對插山雞羽。大漢將軍香火主〔四〕。歌且舞。威靈莫把蕃兒怒〔五〕。

【校】

此首道援堂詞、屈翁山詩集、全清詞闕。

【箋】

汪宗衍屈大均年譜「康熙七年」條：「調神，疑即跳神。」跳神爲民間巫卜風俗。元人賈仲名對玉梳曲：「俺娘自做師婆自跳神。」跳神亦爲薩滿教祀神之主要儀式，流行于滿族、鄂倫春族、蒙古族中。跳神者多爲女性。清史稿禮四：「滿州俗尚跳神。」「春、秋擇日致祭，謂爲跳神。」民國九年璦琿縣志載：「請巫戴五花冠，服八卦衣，前後護以大小銅鏡，腰膝雜以銅鈴，擊單面鼓，婆娑侁挞，癲狂作態，行動須人，其音似歌似泣，無律帶腔，作樓林語，不辨何云。旋忽距越踴離地咫尺。群愕顧曰：『神至矣。』名爲『跳神』。」

【注】

〔一〕「黃羊」句：黃羊，即黃羚。體形纖瘦，並非羊類。青羊，黑羊。每用爲祭品。水經注河水二：「（梁暉）爲羣羌圍迫，無水，暉以所執榆鞭竪地，以青羊祈山神，泉湧出，榆木成林。」馮贄雲仙雜記：「太守以下，乃攜杏酒、青羊，以備牲醪，告于山中。」

〔二〕沙如雨：范成大市街詩：「黃沙如雨撲征鞍。」

〔三〕「兩兩」句：昭槤嘯亭雜録卷九：「蒙古跳神用羊、酒。」

〔四〕「大漢」句：謂跳神所祀之主神爲「大漢將軍」鄧子龍。鄧子龍，字武橋，豐城人，官副總兵。萬曆二十年，日本豐臣秀吉侵朝鮮，鄧子龍奉命援朝，海戰中陣亡，贈都督。有橫戈集一卷。蕭奭永憲録卷一：「跳神，國制也。凡遠出者回，必享牲酬神。病癒亦然。滿洲之行此者，或具饌以招親友，盡醉飽乃已。或云即祀堂子所奉之鄧將軍者。」震鈞咫尺偶聞卷二「南城」條：「堂子，在東長安門外，翰林院之東，即古之國社也，所以祀土穀而諸神焉。中植神杆以爲社主，諸王亦皆有陪祭之位。神杆，即『大社惟松，東社惟柏』之制。滿洲地近朝鮮，此實三代之遺禮，箕子之所傳也。俗人不知，輒謂祀明鄧子龍。不知子龍蓋于太祖有舊，相傳開國初太祖常微服至遼東，以覘其形勢，爲邏者所疑，子龍知非常人，陰送出境。太祖篤于舊誼，祀於社，亦崇德報功之令典，非專爲祀鄧而設也。」香火主：謂社祭香火所祀之神主。

〔五〕「威靈」句：此句爲神巫祝願之辭。謂赫赫威靈之「大漢將軍」，莫怒恨番兒而降疫癘也。語中微露詆諷之意。

雙雁兒

嗚笳疊鼓又黄昏〔一〕。散哨騎〔二〕，掩旗門〔三〕。曲吹公主嫁烏孫〔四〕。教箏琶，拭淚痕。　嬌嬈争擁火紅盤。泥上客，賭芳尊。醉眠貂鼠帳房温〔五〕。任新魂，續舊魂〔六〕。

【校】

此首道援堂詞、屈翁山詩集、全清詞闕。

【箋】

此詞當于康熙五年至七年間作于秦晉。

【注】

〔一〕疊鼓：小擊鼓；急擊鼓。文選謝朓鼓吹曲：「凝笳翼高蓋，疊鼓送華輈。」李善注：「小擊鼓謂之疊。」

〔二〕哨騎：哨馬。陳昉潁川語小卷下：「近士大夫好稱游兵爲哨騎。」

〔三〕旗門：營門。軍營門前樹旗，故名。孫子軍争「交和而舍」曹操注：「軍門爲和門，左右門爲旗門。」

〔四〕「曲吹」句：漢書西域傳下烏孫國載，漢武帝遣江都王之女細君嫁與烏孫王昆莫。世稱烏孫公主。公主遠嫁後，于悲愁中作歌以懷故鄉。參見昭君怨詞「黄鵠莫思歸」句注。

〔五〕「泥上客」三句：泥，讀去聲。有膠結、軟纏之意。韓偓無題其二：「羞澀佯牽伴，嬌饒欲泥人。」三句意謂歌女軟纏著客人不放，一定要賭酒留宿。

〔六〕「任新」二句：新魂、舊魂，猶言新歡舊好也。

戚氏　徐太傅園感舊

是清溪。一曲流水繞平堤。古木過城，亂花飄徑使人迷。淒淒。問蒿藜。東園不見暮煙低。當時玉輦曾駐〔一〕，向此垂釣樂忘歸。錦鯉三尺，中涓争買，重勞御手親提。愛張星墓左，南部妖麗〔二〕。全勝雲西。榆柳尚有烏棲。清露咽咽，怕向白門啼〔三〕。鍾山好、雪餘佳氣〔四〕，掩映斜暉。逐花泥。咫尺舊院，芳畦脱寇〔五〕，往日名齊。艷魂不散，總作流鶯，一半分與棠梨〔六〕。太傅風流甚，池多畫舫，洞有飛梯〔七〕。喜得君王麗曲〔八〕，舉樓臺、一一乞留題〔九〕。樂工老頓新翻〔一〇〕，女真雜調〔一一〕，亡國多淫靡〔一二〕。教内人、朝暮長流涕〔一三〕。將往事、思寫悲悽。奈禁林，朔馬方嘶。又彌望、毳帳繞青瓶〔一四〕。更秦淮畔，殘紅片片，祇襯香蹄〔一五〕。武廟南幸〔一六〕，有樂工頓仁從駕，自稱「老頓」。

【箋】

屈大均于康熙七年八月自代入京，旋即南歸，年末止于秦淮。觀「全勝雲西（今山西大同一帶）」一語，此詞似次年春作于南京。徐太傅，明開國功臣徐達，洪武三年封太傅。明史徐達傳：「帝嘗從容言曰：『徐兄功大，未有寧居，可賜以舊邸。』舊邸者，太祖爲吴王時所居也。」故稱爲徐太傅園或徐中山園。正德年間，徐達後裔徐天賜將該園擴建，名曰東園。王世貞同群公宴徐氏東園詩二首之一：「君王舊賜青溪曲，太傅長留緑野堂。」屈大均金陵曲送客返金陵詩：「金吾舊有四花園，東在青溪故址存。不到太平歌舞地，從何霑灑列朝恩。」自注：「錦衣徐公繼勳舊有四花園，其在武定橋東者曰東園，一名太傅園，今有樓僅存，匾曰『世恩』，又有匾曰『青溪一曲』，篆書。」東園，今爲白鷺洲公園。

【注】

〔一〕玉輦曾駐：周暉金陵瑣事載，徐子仁宅有快園，「武宗幸其家，釣魚于園池，得一金魚，宦官高價爭買之，武宗取笑而已。又失足落水中，衣服盡濕。」徐子仁，名霖。顧璘隱君徐子仁霖墓志銘：「（徐霖）先世蘇之長洲縣人，高祖蔚州守伯時始遷松之華亭，祖公異以事謫戍南京。」「武宗皇帝南巡，近侍上其詞翰，詔見行宫，愛之，兩幸其宅。」「性好游觀聲伎之樂，築快園于城東，廣數十畝，其中臺池館閣之盛，委曲有幽況，卉木四時不絶。」屈大均金陵曲送客返金陵詩：「玉溆金塘濯錦餘，武宗曾此得金魚。紫雲一片鍾山至，長向樓端護御書。」自注：「東園有塘曰濯錦，武宗嘗釣得金魚，宦官高價争買之，武宗大悦。『世恩樓』三字傳是武宗御書。」

〔二〕張星墓：謂張麗華墓。屈大均春日步出青溪尋東園故址東園爲中山王别業詩：「青溪一曲亦天河，往日張星此影娥。」自注：「江總詩『張星本在天河上』，張星，謂張麗華也。麗華墓今在青溪。」按，徐陵雜曲：「碧玉宫妓自翩妍，絳樹新聲最可憐。張星舊在天河上，從來張姓本連天。」自注謂是江總詩，似誤。　南部：唐人馮贄撰有南部煙花記，因以「南部」指「煙花」（樂妓）之所。王惲浣溪紗贈珠簾秀有「煙花南部舊知名」、錢謙益金陵雜題絶句二十五首之二有「十年南部早知名」之語。

〔三〕「榆柳」三句：語本古樂府楊叛兒：「暫出白門前，楊柳可藏烏。郎作沈水香，儂作博山爐。」李白相和歌辭楊叛兒：「君歌楊叛兒，妾勸新豐酒。何許最關人，烏啼白門柳。」

〔四〕「鍾山」句：顧祖禹讀史方輿紀要卷二十：「鍾山，府治東北十五里，京邑之巨鎮也。明太祖元宫奠其陽，遠近群山環繞拱衛，鬱葱巍焕，雄勝天開，設孝陵衛官軍守護。」清一統志卷七十三：「鍾山，在上元縣東北朝陽門外。」太平御覽卷十五引秦紀曰：「始皇東遊，望氣者云：『五百年後，金陵有天子氣。』」李白登梅岡望金陵贈族侄高座寺僧中孚詩：「鍾山抱金陵，霸氣昔騰發。天開帝王居，海色照宫闕。」陳璉登曠怡樓偶成奉柬清樂公詩：「瞻望孝陵應不遠，鍾山佳氣鬱蘢葱。」

〔五〕脱寇：指脱十娘與寇白門。王士禛池北偶談卷十二：「金陵舊院，有頓、脱諸姓，皆元人後没入教坊者。順治末，予在江寧，聞脱十娘者，年八十餘尚在，萬曆中北里之尤也。」又，秦淮雜詩十四首之九：「舊院風流數頓、楊，梨園往事淚霑裳。樽前白髮談天寶，零落人間脱十娘。」余懷板橋雜記：「寇湄，字白門。錢虞山詩云：『寇家姊妹總芳菲，十八年來花信違。今日秦淮恐相值，防他紅淚一霑衣。』則寇家多佳麗，白門其一也。白門娟娟静美，跌宕風流，能度曲，善畫蘭，粗知拈韻吟詩，然滑易不能竟學。」

〔六〕「艷魂」三句：屈大均春盡詩：「淚痕留與青青草，半作棠梨半杜鵑。」同此用意。

〔七〕「池多」二句：畫舫，徐氏東園有山池，池中有畫舫來往。王世貞同群公宴徐氏東園二首之一有「畫舫頻移媚夕陽」之語。飛梯，王世貞游徐四公子宅東園山池詩：「平臨絶壑疑無地，忽躡危梯别有天。」

〔八〕君王麗曲：指玉娥郎。參見唐多令閲秀水朱竹垞寄静憐詞詞「娥郎」條注。

〔九〕「舉樓臺」句：屈大均金陵曲送客返金陵詩自注：「『世恩樓』三字傳是武宗御書。」

〔一〇〕老頓：指頓仁。南院樂工，擅琵琶。錢謙益金陵雜題絶句其二：「頓老琵琶舊典型，檀槽生澀響丁零。南巡法曲無人問，頭白周郎掩淚聽。」自注：「紹興周錫圭，字禹錫，好聽南院頓老琵琶，曰：『此威武南巡所遺法曲也。』」頓仁晚年依孫女爲活。余懷板橋雜記：「頓文，字少文，琵琶頓老女孫也。性聰慧，識字義，唐詩皆能上口。授以琵琶，布指護索，然意弗屑，不肯竟學。學鼓琴，雅歌三疊，清泠泠然，神與之浹，故又字曰『琴心』云。琴心生于亂世，頓老賴以存活，不能早脱樂籍，賃屋青溪里，蓽門圭竇，風月淒涼。」

〔一一〕女真雜調：王國維宋元戲曲史餘論：「金人入主中國，而女真樂亦隨之而入。中原音韻謂『女真〈風流體〉等樂章，皆以女真人音聲歌之。雖字有舛訛，不傷于音律者，不爲害也』，則北曲雙調中之〈風流體〉等，實女真曲也。此外如北曲黄鐘宫之者刺古，雙調之阿納忽、古都白、唐兀歹、阿忽令，越調之拙魯速，商調之浪來裹，皆非中原之語，亦當爲女真或蒙古之曲也。」

〔一二〕「亡國」句：韓非子十過：「此亡國之聲不可遂也……此師延之所作，與紂爲靡靡之樂也。及武王伐紂，師延東走，至于濮水而自投，故聞此聲者必于濮水之上。先聞此聲者，其國必削，不可遂。」

〔一三〕内人：此指供奉内廷之人。秦觀贈蘇子瞻：「奏言深意苦，感涕内人傳。」

〔一四〕毳帳：以毛氈所作之帳幕。新唐書吐蕃傳上：「有城郭廬舍不肯處，聯毳帳以居，號大拂盧，容數百人。」此指清人之營帳。　青瓶：指牡青羊。瓶，公羊。

〔一五〕香蹄：王鎡春日即事詩：「昨日醉游歸路晚，落花飛趁馬蹄香。」

〔一六〕武廟：正德皇帝廟號武宗，故稱。

石州慢　爲百又三歲潘仁需翁壽

天與奇齡〔一〕，連閏算來，更百三歲。神宗一代深仁，聖子七朝嘉惠〔二〕。栽培一老，問歷幾許流離，能留華髮無蟬蜕〔三〕。日夕一藤蓑〔四〕，少衣裳新製。　無計，再逢盛世〔五〕。好把芳尊，暗消悲涕。休説承平軒冕〔六〕，光争門第。芝華采罷〔七〕，自有青絶春山，娱人可比芙蓉髻〔八〕。笑我學神仙〔九〕，尚留連妖麗。

【校】

此首道援堂詞、屈翁山詩集、全清詞闕。

【箋】

潘仁需，即文外二贈四潘翁序中之秉彝翁。序云：「番禺陂頭之鄉，去予沙亭二里許，有四潘翁者，同母之兄弟也。……有司欲請于上官，畀四翁頂帶壽官，三翁聞之掩耳走，峋嶁翁則謂其族人曰：『急爲我辭，我兄弟四人生于我穆宗、神宗、光宗、嘉宗、威宗、思宗、紹宗至于永曆大行皇帝，八朝于玆矣，幸而不死爲有明之遺民，以老邀福于八朝之先君甚厚，今一旦靦然頂帶，爲異朝之壽官，舉予兄弟之九十二年、八十九年、八十七年、八十一年，爲八朝之先君深仁厚澤之所培養者而盡棄之，吾兄弟其亦忍乎哉。』」又云「秉彝翁以九十八」而没。秉彝翁生于穆宗朝，所謂「百又三歲」，爲民間計老人之年壽。有所謂「連閏」「積閏」之演算法，十九年有七閏月，若九十五歲即有三十五閏月，加上虚齡，即可稱百歲。詞中「百又三歲」，即九十八歲。是以秉彝翁于慶壽後不久即歿。可知此詞當作于康熙八年北遊初歸後居番禺時。

【注】

〔一〕奇齡：謂高壽。郭璞遊仙詩十九首其六：「奇齡邁五龍，千歲方嬰孩。」

〔二〕「神宗」二句：明神宗朱翊鈞，年號萬曆，在位四十八年。早年有内閣首輔張居正主政，勵精圖治，號稱「萬曆中興」。聖子，皇帝之子孫。韓愈平淮西碑：「天以唐克肖其德，聖子神孫，繼繼承承于千萬年。」陳貞慧過江七事：「神宗皇帝，聖子神孫，濟濟具在也。四十八載之深仁，何負於天下？」七朝，指神宗、光宗、嘉宗、威宗、思宗、紹宗、永曆七朝。

〔三〕蟬蜕：喻解脱成仙。曹植遊仙詩：「蟬蜕同松喬，翻跡登鼎湖。」亦爲死亡之諱辭。屈大均哭從兄泰士詩：「忽去同蟬蜕，無言寄老親。」

〔四〕藤蓑：以野藤所製之蓑衣。隱者所服。陳獻章次韻蘇伯誠吉士詩：「我浴江門點浴沂，藤蓑自樣製春衣。」

〔五〕「無計」二句：據詞律應斷句爲：「無計。再逢盛世。」此據詞意斷句。

〔六〕軒冕：古時大夫以上官員之車乘與冕服。指顯貴者。管子輕重甲：「故軒冕立于朝，爵禄不隨，臣不爲忠。」

〔七〕芝華：李商隱東還詩：「自有仙才自不知，十年長夢采華芝。」

〔八〕「自有」二句：謂山林之樂勝于聲色。娛人，九歌東君：「羌聲色兮娛人，觀者憺兮忘歸。」謝靈運石壁精舍還湖中作詩：「昏旦變氣候，山水含清暉。清暉能娛人，遊子憺忘歸。」芙蓉髻，古樂府讀曲歌：「花釵芙蓉髻，雙鬢如浮雲。」古人亦常以「芙蓉」、「髻」喻山。屈大均登娥避峰作詩：「芙蓉天姥髻，朵朵帶春苔。」本詞中語意相關。

〔九〕學神仙：屈大均詠懷十七首之十七：「少年學神仙，披髮羅浮戲。」

洞仙歌 贈潘季子花燭

開年幾日，喜鑾花香雜〔一〕。未盡春寒尚重袷。正佳期、十五明月團圓，初一度，蟾兔陰陽相合〔二〕。　玉郎題賦罷〔三〕，盼睞雙星〔四〕，冉冉仙人下雲閣。自有板橋長〔五〕，靈鵲殷勤，休環繞、絳河三匝〔六〕。問七夕、何如上元時，有處處、張燈火花煙蠟。潘娶板橋。

【校】

此首道援堂詞、屈翁山詩集、全清詞闕。

【箋】

此詞當作于康熙八年北遊初歸後。潘季子，未詳生平。屈大均贈潘季子詩：「謝家先幼鳳，早已振家聲。」自注：「板橋，指番禺板橋村。」

【注】

〔一〕蠻花：蠻地之花。粵地氣暖，正月亦繁花香滿。李商隱和孫樸韋蟾孔雀詠：「瘴氣籠飛遠，蠻花向坐低。」

〔二〕「蟾兔」句：初學記卷一引春秋元命苞曰：「月之爲言闕也，而設以蟾蠩與兔者，陰陽雙居。明陽之制陰，陰之倚陽。」楚辭天問：「夜光何德，死而又育。厥利維何，而顧兔在腹。」陰陽相合，謂月之望朔圓缺。

〔三〕玉郎：男子之美稱。李賀染絲上春機詩：「彩綫結茸背復疊，白袷玉郎寄桃葉。」詞中謂潘季子。

〔四〕雙星：牽牛、織女星。杜甫奉酬薛十二丈判官見贈詩：「相如才調逸，銀漢會雙星。」

〔五〕「自有」句：板橋村北有河涌，上有木板長橋，因以得名。

〔六〕「靈鵲」二句：七夕鵲橋故事，反用其意。詞意謂潘季子于上元團圓之夕成婚，板橋迎娶遠勝于鵲橋相會也。絳河，即銀河。漢武帝内傳：「上元夫人遣侍女答問云：『阿環再拜，上問起居。遠隔絳河，擾以官事，遂替顔色，近五千年。』」三匝，曹操短歌行：「月明星稀，烏鵲南飛。繞樹三匝，何枝可依。」

桂枝香　題潘氏莔園

山眉不斷。與一帶暮煙，乍近還遠。更有獅洋潮水〔一〕，入湖回轉。魚帆片片乘新漲，愛梅林、雪花晴暖。柳邊相送，三沙紫蟹，四沙黄蜆〔二〕。　及春開、窗留半扇。任白鷺交穿，窺人畫卷。驚落雙榕細子〔三〕，飼魚肥婏。須將舊釀離支酒〔四〕，沃鱸生、冰縷霜片〔五〕。蕩舟迎我，玉人攜取，醉聽鶯囀。

【箋】

潘氏爲番禺大族，此詞似亦于康熙八年北遊初歸番禺後作。

【注】

〔一〕獅洋：獅子洋。在番禺之東，珠江入海處。魏源海國圖志卷七十七：「虎山内外重洋，而門當其最深流處，番舶及内郡巨艚，必由以入，絶獅子洋，達廣州，海中函谷關也。」「由是逾獅子洋，入黄埔，是爲今諸番舶口。」

〔二〕「三沙」二句：三沙、四沙，番禺地名。珠江沖積而成之海濱沙灘。屈大均捕蟹辭：「捕蟹三沙與四沙，秋來樂事在漁家。隨潮上下茭塘海，艇子歸時月欲斜。」屈大均廣東新語卷二十三介語：「予家在茭塘，當蟹浪時，使童子往三沙四沙捕蟹，隨潮下上，日得蟹數筐。」「番禺海中有白蜆塘，自獅子塔至西江口，凡二百餘里，皆産白蜆。」「凡生于海者曰白蜆，生于江者曰黑蜆、黄蜆。」

〔三〕榕：屈大均廣東新語卷二十五木語：「榕，葉甚茂盛，柯條節節如藤垂，其幹及三人圍抱，則枝上生根，連綿拂地，得土石之力。根又生枝，如此數四，枝幹互相聯屬，無上下皆成連理。」「有子無花，子落時常如密雨。」榕子可飼魚。屈大均江上新晴有作詩：「荔花多釀春州蜜，榕子初肥匯口魚。」

〔四〕離支酒：荔支酒。屈大均廣東新語卷十四食語：「其曰荔支酒，則土人齎持釀具，就樹下以荔支，酒一宿而成者。」「荔支之燒春，皆酒中之賢聖也。荔支燒，唐時最珍，白樂天云：『荔支新熟雞冠色，燒酒初開琥珀春。』然以陳者爲貴。」又，陽江道上逢盧子歸自瓊州賦贈詩：「人人攜釀具，處處熟離支。」自注：「土人多就樹釀離支酒。」

〔五〕「沃鱸」句：謂食「鱸魚生」。參見買陂塘五首其四「魚生」條注。

翻香令

香魂煎出怕多煙。未焦翻取氣還鮮〔一〕。玻璃片，輕輕隔〔二〕，要氤氲、香在有無間。莞中黄熟勝沈䕫〔三〕。忍教持向博山燃〔四〕。且藏取，箱奩内，待荀郎、薰透玉嬋娟〔五〕。

【校】

此首道援堂詞、屈翁山詩集、全清詞闕。

【箋】

此詞寫「莞香」，當作于康熙九年正月移家東莞之後。姑繫于此。

【注】

〔一〕「香魂」二句：屈大均廣東新語卷二六：「瘞土數月，日中稍暴之，而後香魂乃復也。」「焚之少許，氛翳彌室，雖煤爐而氣不焦，多醖藉而有餘芬。」「香之生結者，爇之煙輕而紫，一縷盤旋，久而不散，味清甜，妙于沈水。」

〔二〕「玻璃」二句：謂藏香時須以玻璃片爲隔也。屈大均廣東新語卷二六：「藏者以錫爲匣，中爲一隔而多竅，蜜其下，伽喃其上，使薰炙以爲滋潤。又以伽𠍿末養之，他香末則弗香，以其本香返其魂，雖微塵許，而其元可復，其精多而氣厚故也。尋常時勿使見水，勿使見燥風，黴濕出則藏之，否則香氣耗散。」

〔三〕「莞中」句：謂莞香中「黄熟」之佳者妙于沈香。屈大均廣東新語卷二六：「黄熟者，香木過盛，而精液散漫，未及凝成黑綫者。又土壅不深，而爲雨水所淋者，是爲黄熟。」「香之生結者，爇之煙輕而紫，一縷盤旋，久而不散，味清甜，妙于沈水。黄熟則反是。然黄熟亦有美者。其樹經數十百年，本末皆朽，揉之如爛泥，中存一塊，土氣養之色如金，其氣静穆，亦名熟結。至馬尾滲，則香之在朱砂黄土中者，歲久天成一綫，光黑如漆，浸潤香上，質堅凝而肌理密，乃香之津液所漬，氣味與生結相等而更悠揚，此所以爲貴也。」沈䔾，沈香、䔾香，亦作「棧香」。太平御覽卷九百八十二香部二引南越志曰：「交州有蜜香樹。欲取，先斷其根，經年後，外皮朽爛，木心與節堅黑，沈水者爲沈香，與水面平爲雞骨，最粗者爲棧香。」沈䔾，此泛稱沈香。

〔四〕「忍教」二句：謂莞香之佳者往往放入香囊，或藏諸妝奩，不忍焚之令盡也。屈大均贊成功詞：「莞城香角，血格油沈。收藏奩内女兒心。」屈大均廣東新語卷二六：「凡種香家，其婦女輒于香之棱角，潛割少許藏之，名女兒香。」「其香滿室，不必焚爇，而已氤氳有餘矣。」又云：「當莞香盛時，歲售逾數萬金。蘇、松一帶，每歲中秋夕，以黄熟徹旦焚燒，號爲薰月。莞香之積閶門者，一夕而盡。」「自離亂以來，人民鮮少種香者，十户存一，老香樹亦斬刈盡矣。今皆新植，不過十年二十年之久，求香根與生結也難甚。」博山，博山爐，指爇香之爐。

〔五〕「待荀郎」句：荀郎，指荀彧。荀彧在漢末曾守尚書令，人稱荀令君。藝文類聚卷七十引習鑿齒襄陽記：「荀令君至人家，坐處三日香。」玉嬋娟，指美女。王沂孫一萼紅詞：「玉嬋娟。甚春餘雪盡，猶未跨青鸞。」

贊成功

莞城香角〔一〕，血格油沈〔二〕。收藏奩内女兒心〔三〕。買來薰被〔四〕，費盡麩金〔五〕。雙煙繚繞〔六〕，又到春深。　幾夜風雪，飄灑梅林。偏愁凍殺緑衣禽〔七〕。一般雙宿，忍使寒喑。氤氳兩翅，覆爾蘭衾〔八〕。

【箋】

此詞詠莞香。姑定爲康熙九年移家東莞後作。屈大均廣東新語卷二六：「莞人多種香，祖父之所遺，世享其利。」

【注】

〔一〕香角：屈大均廣東新語卷二六：「（沈香）有香角、香片、香影。」

〔二〕血格：屈大均廣東新語卷二六：「生結者，香頭之下，間有隙穴，爲日月之光所射，霜露之華所漬，日久結成胎塊，其質不朽，而與土生氣相結者，是爲生結，以多脂膏潤澤，洽于表裏，又名血格。」

〔三〕「收藏」句：參見前翻香令「忍教」條注。

〔四〕薫被：劉緩左右新婚詩：「蛾眉參意畫，繡被共籠薫。」吴文英點絳唇詞：「情如水。小樓熏被。春夢笙歌裏。」

〔五〕「費盡」句：屈大均廣東新語卷二六：「（沈香）黑潤、脂凝、鐵格、角沈之類。好事者争以重價購之，而尤以香根爲良。」麩金，碎薄如麥麩之金。

〔六〕「雙煙」句：李白楊叛兒：「博山爐中沈香火，雙煙一氣淩紫霞。」雙煙，指博山爐中透出之兩股煙氣。

〔七〕「幾夜」三句：羅浮山志會編卷首圖説：「水簾洞口即梅花村，多梅樹。」柳宗元龍城録云：「隋開皇中，趙師雄遷羅浮。一日，天寒日暮，在醉醒間，因憩僕車于松林間酒肆傍舍，見一女子，淡妝素服，出迓師雄。時已昏黑，殘雪未銷，月色微明，師雄喜之，與之語，但覺芳香襲人，語言極清麗，因與之扣酒家門，得數杯相與飲，少頃，有一緑衣童來，笑歌戲舞，亦自可觀，頃醉寢，師雄亦懵然，但覺風寒相襲。久之，時東方已白，師雄起視，乃在大梅花樹下，上有翠羽啾嘈，相顧月落參横，但惆悵而爾。」緑衣禽，即梅樹上之「翠羽」。

〔八〕「氤氳」二句：屈大均廣東新語卷二十禽語：「倒掛鳥，喜香煙，食之復吐，或收香翅内，時一放之，氤氳滿室。」屈大均倒掛鳥詩：「已食沈水煙，復藏雙翅内。時放煙氤氳，幃中香久在。」「黑潤與黄沈，持薰倒掛鳥。不教雙翅閒，收得香煙少。」

萬年歡 爲百有五歲梁淳儒翁壽

緑髓青瞳〔一〕，豪眉華髮〔二〕，八公推爾年尊〔三〕。膝下公沙龍子〔四〕，一一多孫。一百春秋又五，奇齡好、天與東園〔五〕。東方妾、大小鴛鴦〔六〕，蚌胎新産珠媛〔七〕。

凝脂滑膚作枕，與辟寒燕玉〔八〕，日夜春温。玉女明星漿水〔九〕，兩乳香噴。不使張蒼齒落，多飲取、孩笑同喧〔一〇〕。茶枝杖、扶過花村〔一一〕，壽星人喜臨門。

【校】

此首道援堂詞、屈翁山詩集、全清詞闕。

【箋】

屈大均廣東新語卷七：「崇禎間，東莞多長壽人，若……石碣之梁翁，萬家租之翟公，皆一百。」此詞當康熙九年、十年居東莞時作。

【注】

〔一〕緑髓青瞳：仙人之狀貌。黄庭内景經隱藏章第三十五：「通利血脈五藏豐，骨青筋赤髓如霜。」李白山人勸酒詩：「秀眉霜雪顔桃花，骨青髓緑長美好。」陸游贈宋道人詩：「金骨緑髓漸凝堅。」歐陽修又寄許道人詩：「緑髪青瞳瘦骨輕，飄然乘鶴去吹笙。」

〔二〕豪眉：有長毫之眉。古人認爲是壽相。吴曾能改齋漫録引顔之推語：「眉豪不如耳豪，耳豪不如項條，項條不如老饕。」並有吴自注云：「此言老人雖有壽相，不如善飲食也。」

〔三〕八公：指漢淮南王劉安八位門客，人稱「八公」。後被附會爲仙人。樂府詩集相和歌辭十一善哉行：「淮南八公，要道不煩，參駕六龍，遊戲雲端。」神仙傳卷八：「淮南王安，好神仙之道，海内方士從其游者多矣。一旦，有八公詣之，容狀衰老，枯槁傴僂，閽者謂之曰：『王之所好，神仙度世長生久視之道，必須有異于人，王乃禮接，今公衰老如此，非王所宜見也。』拒之數四，公求見不已，閽者對如初。八公曰：『王以我衰老不欲相見，却致少年，又何難哉？』于是振衣整容，立成童幼之狀，閽者驚而引進。王倒屣而迎之，設禮稱弟子。」

〔四〕公沙：公沙穆。後漢書方術列傳公沙穆：「六子皆知名。」謝承書曰『穆子孚，字允慈。亦爲善士，舉孝廉，尚書侍郎，召陵令，上谷太守』也。」太平御覽卷四百九十五引袁山松後漢書曰：「公沙穆有六子，時人號曰：『公沙六龍，天下無雙。』」陶潛集聖賢群輔録下：「公沙紹，字子起；紹弟孚，字允慈；孚弟恪，字允讓；恪弟逵，字義則；逵弟樊，字義起。右北海公沙穆之五子，並有令名。」

〔五〕東園：東園公，亦稱園公。漢初「商山四皓」之一。史記留侯世家：「四人從太子，年皆八十有餘，鬚眉皓白，衣冠甚偉。上怪之，問曰：『彼何爲者？』四人前對，各言名姓，曰東園公、甪里先生、綺里季、夏黄公。」索隱：「按，陳留志云：『園公姓庾，字宣明，居園中，因以爲號。』」陶潛集聖賢群輔録上：「園公，姓園名秉，號園公。陳留襄邑人。常居園中，故號園公。」屈大均過陳丈園詩：「東園公寡友，相與祇張良。」東園公住東園，詞中之東園當兼有兩意。

〔六〕東方妾：史記滑稽列傳：「武帝時，齊人有東方生名朔」，「詔拜以爲郎，常在側侍中。數召至前談語，人主未嘗不説也。時詔賜之食于前。飯已，盡懷其餘肉持去，衣盡汙。數賜縑帛，擔揭而去。徒用所賜錢帛，取少婦于長安中好女。率取婦一歲所者即棄去，更取婦。所賜錢財盡索之于女子。人主左右諸郎半呼之『狂人』。」屈大均放歌行爲潘子壽：「有金且買東方妾，有酒且醉信陵君。」

〔七〕蚌胎：蚌育珠，如人懷胎，故曰蚌胎。漢書揚雄傳上：「椎夜光之流離，剖明月之珠胎。」顔師古注：「珠在蛤中若懷妊然，故謂之胎也。」三國志魏書荀彧傳裴松之注引孔融致韋端書：「不意雙珠，近出老蚌。」

〔八〕燕玉，指燕地美如白玉之女子。杜甫獨坐二首其一：「煖老須燕玉，充饑憶楚萍。」仇兆鼇注：「舊注：古詩：『燕趙多佳人，美者顔如玉。』須燕玉，所謂『八十非人不暖』也。」

〔九〕玉女明星：二仙女名。華嶽山三峰中有明星、玉女兩峰，詞中喻女子雙乳。漿水，指乳汁。

見東風第一枝桃花詞「是西華、明星漿水」句注。

〔一〇〕「不使」二句：史記張丞相列傳：「蒼之免相後，老，口中無齒，食乳，女子爲乳母。妻妾以百數，嘗孕者不復幸。蒼年百有餘歲而卒。」孩笑，指嬰兒笑。孟子盡心上「孩提之童」趙岐注：「在繦褓知孩笑。」二語謂老人與嬰兒同飲人乳也。

〔一一〕茶枝杖：粤人喜以老茶樹之枝爲拄杖，稱茶枝杖。陳子升游萬杉寺詩：「拄著茶枝杖，龍鍾入萬杉。」

感皇恩　煎香

熟結水沈同〔一〕，煎宜火細。不取香煙取香氣。氤氳一縷，不作巫雲蒼翠。味生空裏令人醉。　日暖尚熏，夜深難睡。四下風簾恐涼吹。鵓斑半燼〔二〕，片片總留芳蜕〔三〕。岕茶再浴鶩精在〔四〕。

【校】

此首道援堂詞、屈翁山詩集、全清詞闕。

【箋】

屈大均廣東新語卷二六：「香之美者，宜煎不宜爇，爇者有煙而無氣，煎則反是。……香氣生空，若無若有，香一片足以氤氲彌日，是名煎香。」此詞詠莞香。當作于康熙十年居東莞時。姑繫于此。

【注】

〔一〕熟結：莞香可分生結與熟結。生結較勝于熟結。屈大均廣東新語卷二六：「黃熟者，香木過盛，而精液散漫，未及凝成黑綫者。又土壅不深，而爲雨水所淋者，是爲黃熟。」「然黃熟亦有美者。其樹經數十百年，本末皆朽，揉之如爛泥，中存一塊，土氣養之色如金，其氣静穆，亦名熟結。」「香曰沈香者，歷年千百，樹朽香堅，色黑而味辛，微間白疵如針鋭。細末之，入水即沈者，生結也。」句意謂熟結之佳者可與生結相比。

〔二〕鴣斑：鷓鴣斑。屈大均廣東新語卷二六：「蓋香以歲久愈佳，木氣盡，香氣乃純，純則堅老如石，擲地有聲，昏黑中可以手擇。其或鬆紋交紐，穿胸而透底者，或不必透底而面滲一黑綫者，或黑圈斑駁如鷓鴣斑者，或作馬尾滲者，或純黃者，鐵殼者，皆爲生香。生曰生結。」

〔三〕芳蜕：指煎香之碎片。

〔四〕岕茶：熊明遇羅岕茶記：「茶産平地，受土氣多，故其質濁。岕茗産于高山巖石，渾是風露清虚之氣，故爲可尚。」陳貞慧秋園雜佩：「陽羨茶數種，岕茶爲最；岕數種，廟後爲最。」驚精：猶言醒神。謂沈香能醒人精氣。屈大均尋墓詩爲徐護衛作詩：「熏用都梁香，驚精返窗牖。」摘紅英落花：「煎取黃沈，貪驚精氣。」

高陽臺

紅草溝寒，黄華峪暝〔一〕，莫驚雨雪當秋〔二〕。並騎三雲，雙雙正擁貂裘〔三〕。嬰雛抱向雕鞍上〔四〕，指故鄉、萬里炎州。念高堂、九子分飛，饑鳳啾啾〔五〕。門閭倚盡因新婦〔六〕，喜秦珠秀麗，漢玉温柔〔七〕。況有銀箏，邊聲一一蠲愁〔八〕。人間樂事天頻妒〔九〕，把恩情、忽與東流。恨當年、月未團圓，花未綢繆。

【箋】

康熙九年正月移家東莞，繼室王華姜旋病卒。此詞爲悼王氏而作，當亦作于東莞時。

【注】

〔一〕「紅草」二句：紅草溝，在今北京市宣化縣。屈大均從塞上偕内子南還賦贈詩：「紅草東連白草溝，紫河西入黑河流。無邊觱篥吹斜日，動爾思鄉一片愁。」黄華峪：黄花峪，在今北京昌平。位於昌平、懷柔交接處。紅草溝與黄華峪，皆屈大均與華姜南歸時所經之處。

〔二〕「莫驚」句：北邊地寒，九月即飛雪。屈大均繼室王氏孺人行略：「戊申秋九月……出雁門，歷雲中、上谷、逾軍都關，邊風嚴寒，雨雪綏綏不止。人馬僵仆者日凡三四。」屈大均從塞上偕内子南還賦贈詩：「行盡桑乾萬里沙，北風吹雪損鉛華。」

〔三〕「並騎」二句：三雲，指雲中、雲東、雲西。即今山西大同一帶。屈大均初至雁門贈陳祺公使君：「雁門雄九塞，句注壯三雲。」從塞上偕内子南還賦贈詩：「九月雲中雪不遲，香貂初上髻鬟時。」

〔四〕「嬰雛」句：嬰雛，謂阿雁。屈大均繼室王氏孺人行略：「戊申秋九月遂行，女阿雁生始四十有七日，華姜繈抱以出雁門。」

〔五〕「念高堂」二句：古樂府隴西行：「鳳凰鳴啾啾，一母將九雛。」杜甫病柏：「丹鳳領九雛，哀鳴翔其外。鴟鴞志意滿，養子穿穴内。」漢書成帝紀：「元帝在太子宫生甲觀畫堂，爲世嫡皇孫。」顔師古注引漢應劭曰：「畫堂畫九子母。」李白古風：「鳳饑不啄粟，所食唯琅玕。」句意謂諸兄弟各在一方，老母在家中乏人奉養。

〔六〕「門閭」句：謂母親盼望自己早日攜新婦歸來。戰國策齊策六：「（王孫賈）母曰：『女朝出而晚來，則吾倚門而望，女暮出而不還，則吾倚閭而望。』」

〔七〕「喜秦珠」二句：秦珠、漢玉，辛延年羽林郎詩：「頭上藍田玉，耳後大秦珠。」詞中以喻王氏。

〔八〕「況有」二句：王氏擅彈箏。屈大均從塞上偕内子南還賦贈詩：「新婦秦箏多逸響，朝朝暮暮奉庭闈。」

〔九〕天頻妒：韓偓偶題：「蕭艾轉肥蘭蕙瘦，可能天亦妒馨香。」張侃趙紫芝詩卷：「名極天還妒，身亡道自垂。」

女冠子　人日有憶

正月初七。正是謝家生日〔一〕。秣陵時〔二〕。酌酒臨桃葉〔三〕，裁箋寫柳枝〔四〕。雙飛空似夢，再見更無期。化作煙和霧〔五〕，不相知。

【箋】

正月初七人日傷悼亡妻王華姜之作。屈大均佚文屈門四碩人墓誌銘：「王氏，字華姜，榆林人，生丙戌正月七日。」亡媵陳氏墓誌銘：「華姜終于庚戌，得年二十有五。」人日酒詩：「年年人日酒，祇是爲黄泉。」自注：「亡室華姜以人日生。」華姜生于丙戌正月七日，即人日。故年年人日詩中多悲戚之語。壬戌人日作詩：「人日休爲人日酒，年年人日總傷神。」「十二年來罷人日，淚珠爲酒滴妖嬈。」「人日與誰還燕飲，英雄一一作青燐。」此詞擬韋莊女冠子詞：「四月十七。正是去年今日。別君時。忍淚佯低面，含羞半斂眉。　不知魂已斷，空有夢相隨。除却天邊月，没人知。」

【注】

〔一〕謝家：謝氏家族，東晉大族。此指謝安之侄女謝道韞，才女。詞中以喻王氏。

〔二〕秣陵：金陵。康熙八年屈大均攜妻王華姜寓居于南京秦淮長達八月。屈大均從塞上偕内子南還賦贈三十七首之二十三：「謝家生日逢人日，宜壽巧將華勝裁。歸去炎州有翡翠，爲卿多作寶釵來。」即寫寓居南京時華姜生日之事。

〔三〕桃葉：王獻之之愛妾名。本詞中兼指桃葉渡。見金縷曲舊院注。

〔四〕「裁箋」句：屈大均從塞上偕内子南還賦贈三十七首之二十四：「筆花何似臉花妍，蝴蝶新辭亦可憐。珍重莫書桐葉上，奩中尚有浣花箋。」柳枝，白居易之侍姬名。屈大均金菊對芙蓉蒲衣納姬贈之詞：「桃葉蠲愁，柳枝銷恨。」

〔五〕「化作」句：黄庭堅見子瞻粲字韻詩和答三人四返不困而愈崛奇輒次韻寄彭門三首其三：「坐令結歡客，化爲煙霧散。」詞中謂華姜之逝去。

霜天曉角 遺鏡

流塵久入〔一〕。點點殘脂濕。鸞影至今猶在〔二〕，憑香霧、掩餘泣。　獨立花半執。月中追不及〔三〕。蟾兔料應相伴〔四〕，桂樹下、斂裙褶。

【箋】

康熙十年爲悼念亡妻王華姜而作。遺鏡：番禺縣續志卷二十三引翁山家譜：「明年辛亥，復念華姜生長秦中，于太華之山不復相偕終隱。開遺篋，得珠笄一、紅繡縠襦二、明鏡一、鳳凰釵二」，「自製志銘曰：『夫何一人，冉冉飆輪。朝遊南海，暮返西秦。魄依皇舅，魂逐仙真。鏡藏玉井，衣化珠塵。一心影滅，萬象光吞。煙霞作質，空寂爲鄰。遲余蟬蜕，同穴千春。嶽靈發育，以昌後昆。』」屈大均哀内子王華姜詩：「芳香用未畢，蕙草忽先萎。幽鏡生紅埃，羅幃交網絲。」以下數首均爲悼王氏詞，作年不詳，姑暫編于此。

【注】

〔一〕「流塵」句：庾信傷往詩二首其二：「鏡塵言苦厚，蟲絲定幾重。」

〔二〕鸞影：喻女子在鏡中之身影。劉敬叔異苑：「鸞睹鏡中影則悲。」貫休悼張道古詩：「天上君恩三載隔，鑒中鸞影一時空。」

〔三〕「月中」句：見鳳凰臺上憶吹簫「入月」條注。謂華姜逝去。

〔四〕蟾兔：藝文類聚卷一引劉向五經通義：「月中有兔與蟾蜍何？月，陰也，蟾蜍，陽也，而與兔並明。」段成式酉陽雜俎卷一：「舊言月中有桂，有蟾蜍，故異書言：月桂高五百丈，下有一人常斫之，樹創隨合。人姓吴名剛，西河人，學仙有過，謫令伐樹。釋氏書言：須彌山南面有閻扶樹，月過，樹影入月中。或言：月中蟾桂，地影也；空處，水影也。此語差近。」

望江南　望月

天邊月，今夕爲誰圓〔一〕。鏡好不將心事照〔二〕，何如一片盡含煙〔三〕。光没海東邊。相思淚，霑濕素華寒〔四〕。化作蟾蜍棲玉殿〔五〕，嫦娥人笑汝孤眠〔六〕。寂寂桂枝前。

【箋】

此爲傷悼亡妻王華姜之作。此詞原誤作女冠子，今據詞律徑改。

【注】

〔一〕「天邊」二句：羅鄴秋別：「青樓君去後，明月爲誰圓。」

〔二〕「鏡好」句：劉禹錫懷妓詩：「料得夜來天上鏡，只應偏照兩人心。」

〔三〕「何如」句：郎士元和王相公題中書叢竹寄上元相公詩：「幽意含煙月。」

〔四〕素華：指月光。李白掛席江上待月有懷：「倏忽城西郭，青天懸玉鉤。素華雖可攬，清景不可遊。」

〔五〕蟾蜍：見霜天曉角遺鏡詞注。

〔六〕「嫦娥」句：黃裳漁家傲中秋月詞：「姮娥解笑人無伴。」皇甫冉春思詩：「機中錦字論長恨，樓上花枝笑獨眠。」鄧雲霄獨酌問月詩：「圓缺竟何因，却笑孤眠影。」

生查子

淚點白紛紛，飛去霑花葉。一半作棠梨，一半爲蝴蝶〔一〕。腸斷玉樓人〔二〕，緑草藏嬌靨〔三〕。歲歲未清明，已有春魂接。

【箋】

此亦悼王氏之作。似亦作于東莞時。

【注】

〔一〕「一半」二句：屈大均從陽曲呈邑大令詩：「棠梨白似白蝴蝶，不戴棠梨戴杜鵑。」

〔二〕「腸斷」句：李清照孤雁兒詞：「吹簫人去玉樓空，腸斷與誰同倚。」

〔三〕「緑草」句：意謂緑草覆蓋著華姜之墳冢。

醉落魄

黄鸝弄舌。枝頭啼得春光熱。離愁不到郎邊説〔一〕。梅子青青，打起穿花葉〔二〕。棠梨著淚成紅雪。爲儂銜得胭脂血〔三〕。天涯報道情難絶。願似沈香，生熟都成結〔四〕。

【箋】

爲悼王華姜之作。似亦作于東莞時。

【注】

〔一〕「離愁」二句：晏幾道醉落魄詞：「歸時定有梅堪折。欲把離愁，細撚花枝説。」

〔二〕「梅子」二句：詞意謂以青梅子打起弄舌黄鸝，彼則穿花過葉飛去。打起，語本金昌緒春怨詩：「打起黄鶯兒，莫教枝上啼。」

〔三〕「棠梨」二句：汪元量錦城秋暮海棠：「秋光染出胭脂蕊。日照殷紅如血鮮。」「紅雪紛紛落流水，薄命佳人祇土塵。」

〔四〕「願似」二句：見感皇恩煎香「熟結水沈同」句注。

望遠行

一朵青山一朵愁〔一〕。飛瀑淚争流。夕陽更作一天秋〔二〕。誰忍上高樓。花已落，不須春。鏡臺交與流塵〔三〕。玉顔難再是西秦。魂夢且教逐行雲〔四〕。命薄古如此〔五〕，枉用濕羅巾。

【箋】

爲悼王華姜之作。似亦作于東莞時。

【注】

〔一〕一朵：陸龜蒙閒居雜題飲巖泉：「已甘茅洞三君食，欠買桐江一朵山。」

〔二〕「夕陽」句：梁子固古木空煙詩：「鴉背夕陽添晚景，就中描出一天秋。」

〔三〕「鏡臺」句：庾信傷往詩二首其二：「鏡塵言苦厚，蟲絲定幾重。」常浩寄遠：「可憐熒熒玉鏡臺，塵飛冪冪幾時開。」

〔四〕「魂夢」句：于慎行爲侯六悼妾詩：「香魂一逐行雲去，知在巫山第幾峰。」

〔五〕「命薄」句：霍小玉傳：「我爲女子，命薄如斯。」

鳳凰臺上憶吹簫

至自榆林，迎歸荔浦〔一〕，人看秦地佳人。正寶箏調月，斑管吟春〔二〕。忽爾風吹花墜，連嬌女、共化珠塵〔三〕。曾無語，匆匆入月，渺渺行雲〔四〕。　紛紛。淚飛似雪，揮不到黃泉〔五〕，霑爾羅巾。恨留仙難得，空縐裾裙〔六〕。欲託哀蟬落葉〔七〕，爲傳此、霑魂夢氤氳。光離合，非耶是耶〔八〕，彷彿誰親。

【箋】

康熙九年正月移家東莞，繼室王華姜旋病卒，次年六月，王氏所生女雁以食積痏殤。此詞爲悼亡之作，兼傷女雁。

【注】

〔一〕荔浦：即荔枝灣，廣州名勝。區元晉浴日亭用韻詩「曙色半涵青荔浦」自注：「荔子灣，在浴日亭西，有東坡倚荔臺。」

〔二〕「正寶箏」二句：華姜擅彈箏。屈大均哭内子王華姜詩有「暮聽秦箏曲」，懷仙曲有「鳴箏休更問秦川」之語。　斑管：以斑竹爲杆之毛筆。王顗懷素上人草書歌：「斑管秋毫多逸意。」

〔三〕珠塵：王嘉拾遺記虞舜云：「（憑霄雀）常遊丹海之際，時來蒼梧之野，銜青砂珠，積成壟阜，名曰珠丘。其珠輕細，風吹如塵起，名曰珠塵。」化珠塵，化爲飛塵。謂死亡。

〔四〕「匆匆」二句：入月，嫦娥奔月成仙。此用作死亡之諱辭。傅若金憶内詩：「湘皋煙草碧紛紛，淚灑東風憶細君。浪説嫦娥能入月，虚傳神女解爲雲。」屈大均黄泉詩：「黄泉霑灑淚紛紛，莞水榆林兩細君。飛去無情雙入月，歸來有夢一行雲。」

〔五〕「淚飛」二句：洪适點絳唇詞：「别淚飛寒雨。」陳師道黄預挽詞四首其一：「無兒傳素業，有淚徹黄泉。」揭祐民興勝寺歌：「我今有淚，不到黄泉。」

〔六〕「恨留仙」二句：伶玄趙飛燕外傳：「成帝于太液池作千人舟，號合宫之舟。后歌舞歸風、送遠之曲，侍郎馮無方吹笙以倚后歌。中流歌酣風大起。后揚袖曰：『仙乎，仙乎，去故而就新，寧忘懷乎？』帝令無方持后裙。風止裙爲之縐。他日宮姝幸者，或襞裙爲縐，號『留仙裙』。」

〔七〕哀蟬落葉：王嘉拾遺記前漢上：「漢武帝思懷往者李夫人，不可復得，時始穿昆靈之池，泛翔禽之舟。帝自造歌曲，使女伶歌之。時日已西傾，涼風激水，女伶歌聲甚遒，因賦落葉哀蟬之曲，曰：『羅袂兮無聲，玉墀兮塵生。虚房冷而寂寞，落葉依于重扃。望彼美之女兮，安得感余心之未寧。』」

〔八〕非耶是耶：漢書外戚傳：「上思念李夫人不已，方士齊人少翁言能致其神。乃夜張燈燭，設帷帳，陳酒肉，而令上居他帳，遥望見好女如李夫人之貌，還幄坐而步。又不得就視，上愈益相思悲感，爲作詩曰：『是邪，非邪？立而望之，偏何姍姍其來遲！』令樂府諸音家絃歌之。」

河瀆神

榕樹與油葵〔一〕。掩映天妃廟西〔二〕。一江新水帶春泥。數行鸂鶒飛低。

婦女楓香燒早暮〔三〕。魂斷茫茫江路。生怕去年風颶。破篷休起漁浦〔四〕。

【校】

此首道援堂詞、屈翁山詩集、全清詞闕。

【箋】

觀詞中「天妃廟」、「破篷」等語，似作于赴雷陽途中。姑定爲康熙十年作。時故人吴盛藻爲雷州知府，屈大均「思求升斗之粟，以爲親養，四月赴雷州」。（四殤墓志）

【注】

〔一〕油葵：屈大均廣東新語卷二十五木語：「油葵，生陽江、恩平大山中，樹如蒲葵，葉稍柔，亦曰柔葵。取以作蓑，禦雨耐久。諺曰：『蒲葵爲扇油葵蓑，家種一葵得利多。』」

〔二〕天妃廟：天妃，海神。亦稱天后、媽祖。屈大均陽江天妃廟碑：「在陽江者，亦行祠之。一據北津要害，而綰轂端州之口。海舶往來，皆虔備牲醴以禱然。歲春秋二仲癸日，有司繼祝融而致祭。」

〔三〕楓香：祀神佛所燒之香。古尊宿語録雲門匡真禪師：「若説菩提涅槃真如解脱，是燒楓香供養爾。」釋紹曇偈頌：「燒炷楓香供養伊。」

〔四〕破篷：指霓，即與虹同現之弧暈，今稱副虹。屈大均雷陽曲：「天脚遥遥起半虹，濤聲倏吼錦囊東。天教鐵颶吹郎轉，願得朝朝見破篷。」自注：「雷州人每見天脚有暈若半虹，輒呼爲『破篷』，爲颶風將至之候。颶風大者，無堅不摧，名『鐵颶』。」施鴻保閩雜記破篷：「破篷，斷霓也。海中六七月間見之，必有疾風猛雨，其狀如海船上破篷半片，孤懸天際，故名。」颶風，此指颱風。

春草碧　傷稚女阿雁

雁門生汝因名雁。抱上白駝鞍，風霜慣〔一〕。行盡紫塞長城，邊女争看與珠鈿〔二〕。憐惜小雛鶯，啼花嫩。　那畏臘月天寒，炎州路遠。越鳥一雙雙，南枝返〔三〕。天妒人月頻圓〔四〕，簫聲忽使秦樓斷〔五〕。纖素祇三齡，同命短〔六〕。

【校】

此首道援堂詞、屈翁山詩集、全清詞闕。

【箋】

康熙十年作于東莞。阿雁：屈大均與王華姜所生女，名西雁，字代飛。因生于代州雁門關，故取爲名字。其哭亡兒明道詩自注：「亡女西雁乃王華姜所生。」屈大均爲衣食計，于康熙十年四月赴雷陽，七月始歸。稚女則于六月因食積患痢而殤，年僅三歲。屈大均作哭稚女雁十九首詩悼之，又撰哭稚女阿雁文，以遺悲懷。

【注】

〔一〕「雁門」三句：屈大均繼室王氏孺人行略：「戊申秋九月遂行，女阿雁生始四十有七日，華姜繦抱以出雁門。」哭稚女雁十九首之三：「汝母秦人父越人，汝生于代紫河濱。」從塞上偕内子南還賦贈詩：「一路明駝載兒女，白登山下踏秋霜。」

〔二〕「行盡」二句：哭稚女雁十九首之四：「初生一月即南征，歷盡龍沙紫塞城。九月霜花凝繡褓，苦寒不斷有啼聲。」

〔三〕「越鳥」二句：古詩十九首：「胡馬依北風，越鳥巢南枝。」

〔四〕「天妒」句：郝經八月十六日曉起見月：「何事天公太相妒，祇教人看不圓時。」

〔五〕「簫聲」句：李白憶秦娥詞：「簫聲咽，秦娥夢斷秦樓月。」

〔六〕「織素」二句：織素，女子之事。古詩爲焦仲卿妻作：「十三能織素，十四學裁衣。」康熙九年，王華姜病卒，結縭僅三年。次年，其女阿雁又殤。哭稚女雁十九首之十七：「暫到人間未四秋，爲誰辛苦作蜉蝣。朝生暮死非予罪，哭向皇天淚迸流。」

湘春夜月

又黄昏。夕陽斜映湘陰〔一〕。可惜一片江聲，都瀉作愁心〔二〕。欲抱月光同卧〔三〕，奈月光如雪〔四〕，不暖香衾。怕素娥笑客〔五〕，殷勤玉指，起弄鳴琴。楓林瑟瑟〔六〕，螢吹鬼火〔七〕，葉助猿吟。早掩船窗，休更作、楚王迷惑，神女荒淫〔八〕。雲朝雨暮〔九〕，斷人魂、終古情深。恨宋玉、託微辭諷諫〔一〇〕，風華寂寞，誰與知音。

【箋】

康熙十二年，吴三桂率所部反清。是年冬，屈大均自粤北入湘，參與反清軍事行動。據「湘陰」、「楚王」等語，此詞當于次年從軍湖南時作。

【注】

〔一〕湘陰：縣名。位于湖南東北，北濱洞庭湖。

〔二〕「可惜」二句：杜荀鶴旅舍：「月華星彩坐來收，嶽色江聲暗結愁。」董嗣杲宿潯陽館詩：「月色江聲裏，愁多酒易醒。」

〔三〕「欲抱」句：趙葵贈石牛上人詩：「一枕江聲抱月眠。」

〔四〕月光如雪：劉言史樂府雜詞三首其二：「月光如雪金階上，迸卻頗梨義甲聲。」

〔五〕素娥：常娥。文選謝莊月賦：「引玄兔于帝臺，集素娥于後庭。」李周翰注：「常娥竊藥奔月，因以爲名。月色白，故云素娥。」李商隱霜月詩：「青女素娥俱耐冷，月中霜裏鬭嬋娟。」李彭老章臺月一斛珠：「素娥應笑人憔悴。」

〔六〕楓林瑟瑟：白居易琵琶行：「潯陽江頭夜送客，楓葉荻花秋瑟瑟。」

〔七〕「螢吹」句：于鵠哭凌霄山光上人詩：「鬼火穿空院，秋螢入素帷。」

〔八〕「休更」二句：岑參送崔全被放歸都覲省詩：「楚王猶自惑，宋玉且將歸。」李白古風：「神女去已久，襄王安在哉。荒淫竟淪替，樵牧徒悲哀。」屈大均送人往歸州詩：「荒淫神女賦，風諫左徒心。」

〔九〕雲朝雨暮：宋玉高唐賦：「妾在巫山之陽，高丘之阻，旦爲朝雲，暮爲行雨。朝朝暮暮，陽臺之下。」

〔一〇〕「恨宋玉」句：宋玉登徒子好色賦：「玉爲人體貌閒麗，口多微辭。」其高唐賦亦以微辭託諷。

瀟湘神　零陵作　三首

瀟水流。湘水流。三閭愁接二妃愁〔一〕。瀟碧湘藍雖兩色〔二〕，鴛鴦總作一天秋。瀟湘二水相合〔三〕，名曰鴛鴦水。

瀟水長。湘水長。三湘最苦是瀟湘。無限淚痕斑竹上〔四〕，幽蘭更作二妃香。

瀟水深。湘水深。雙雙流出逐臣心〔五〕。瀟水不如湘水好，將愁送去洞庭陰〔六〕。

【箋】康熙十三年秋作于湖南零陵。此詞格調全本劉禹錫瀟湘神詩：「湘水流，湘水流，九疑雲物至今愁。君問二妃何處所？零陵香草露中秋。」「斑竹枝，斑竹枝，淚痕點點寄相思。楚客欲聽瑤瑟怨，瀟湘深夜月明時。」

【注】

〔一〕「三閭」句：三閭，三閭大夫，指屈原。屈大均自謂是屈原之後。楚辭離騷王逸序：「離騷經者，屈原之所作也。屈原與楚同姓，仕于懷王，爲三閭大夫。三閭之職，掌王族三姓，曰昭、屈、景。屈原序其譜屬，率其賢良，以厲國士。入則與王圖議政事，決定嫌疑；出則監察群下，應對諸侯。」二妃，指帝舜之娥皇、女英二妃。劉向列女傳卷一：「有虞二妃者，堯之二女也。長娥皇，次女英。」「舜陟方死於蒼梧，號曰重華。二妃死于江湘之間，俗謂之湘君」。方輿勝覽：「九疑山亦名蒼梧山。」相傳帝舜及二妃葬于此。汨羅縣有三閭大夫屈原墓，湘陰縣有帝舜、娥皇、女英二妃祠廟。同時屈大均黄陵悵望詩有「二妃埋玉處，山壓洞庭波」、拜三閭大夫墓詩有「三閭蟬蜕後，玉珮葬湘川」之句。

〔二〕瀟碧湘藍：屈大均永州曉望詩：「瀟碧湘藍水至清，臨流日日濯吾纓。」瀟湘曲有寄詩：「瀟藍湘碧總含清，兩不分流最有情。任是瀟南湘亦北，瀠洄終向楚王城。」況周頤蕙風詞話「屈大均道援堂詞」條：「王阮亭衍波詞，虞美人云：『回環錦字寫離愁。恰似瀟波不斷入湘流。』炙硯瑣談引陸龜蒙采詞：『問人則不屈不宋，説地則非瀟非湘。』謂『瀟湘』字前人已有分用者。按，番禺屈翁山（屈大均）道援堂詞，瀟湘神三首云云，似是阮亭所本。」按，陸龜蒙「采詞」，當爲陸龜蒙采藥賦。

〔三〕瀟湘二水相合：柳宗元有湘口館瀟湘二水所會詩。

〔四〕斑竹：任昉述異記：「舜南巡，葬于蒼梧。堯二女娥皇、女英淚下霑竹，文悉爲之斑。」

〔五〕逐臣：被貶謫放逐之臣子。指屈原。齊己弔汨羅詩：「更有逐臣，于焉葬魂。」陸游悲歌詩：「我豈楚逐臣，慘愴出怨句。逢秋未免悲，直以憂國故。」亦屈大均自謂。屈大均以三閭大夫屈原之裔自居，詩詞中多次自稱逐臣，如奉答于畏之枉顧沙亭之作：「一姓分南楚，三閭此大宗。君尋苗裔至，禮向逐臣恭。」

〔六〕「瀟水」二句：瀟水爲湘水支流，于洞庭湖之南已滙入湘水，湘水直接流入洞庭，故云。

瀟湘神

斑竹叢。斑竹叢。淚花成暈緑重重。葉葉枝枝因帝子〔一〕，聲含瑤瑟怨秋風〔二〕。

【校】此首道援堂詞、屈翁山詩集、全清詞闕。

【箋】此詞疑亦在康熙十三年作于湖南。

【注】

〔一〕葉葉枝枝：古詩爲焦仲卿妻作：「枝枝相覆蓋。葉葉相交通。中有雙飛鳥。自名爲鴛鴦。」帝子：舜二妃，爲帝堯之女，故稱帝子。九歌湘夫人：「帝子降兮北渚，目眇眇兮愁予。」

〔二〕瑶瑟：劉禹錫瀟湘神：「斑竹枝，斑竹枝，淚痕點點寄相思。楚客欲聽瑶瑟怨，瀟湘深夜月明時。」屈大均湘君辭：「翠華殊未返，終古一相思。淚作湘江水，痕留古竹枝。」

鳳簫吟　緑珠

白州山〔一〕，煙明雨媚，梁家秀出飛瓊〔二〕。宅邊香井水〔三〕，緑珠多飲，作弄笛仙靈。遠歸雙笛好，是茵于、傳得奇聲。向細犢車中、響飛散滿瑶京〔四〕。妝成。懶縫絲布，懊儂新曲〔五〕，吹徹青冥。曲多餘十五，石家教弟子，宋韡知名〔六〕。漢妃時妙舞〔七〕，笑翾風、難鬭身輕〔八〕。喜不負、鮮葩一墜〔九〕，千載芬馨。遠歸，緑珠笛名。茵于，神女名，從空中教緑珠吹笛者。

【校】

此首道援堂詞、全清詞闕。

【箋】

康熙十四年監軍廣西，遊緑珠故里博白作。晉書卷三十三石崇傳：「緑珠美而艷，善吹笛。孫秀使人求之。崇時在金谷别館……使者出而又反，崇竟不許。秀怒，乃勸趙王倫誅崇……遂矯詔收崇及潘岳、歐陽建等。崇正宴于樓上，介士到門。崇爲緑珠曰：『我今爲爾得罪。』緑珠泣曰：『當効死于宫前。』因自投于樓下而死。」伊世珍琅嬛記引志奇：「緑珠爲梁伯女，生而奕偞好音。伯嘗至山中，聞吹笛異于常聲，覓之弗得，忽聞空中語云：『汝女好音，欲傳一曲，遠歸乎？』伯以爲神仙，遂下拜。因語曰：『汝即歸，芟取西北方草，結一人形，被以袿服珠翠，設杯酒盂飯，命女呼我名曰「茵于」，至三更，我當至矣。』伯歸如法，至時果至，空中吹笛，音極要眇。緑珠聽之得十五曲，一字不差，因名笛曰『茵于』，又曰『遠歸』。遠歸，仙笛名。」

【注】

〔一〕白州山：劉恂嶺表録異卷上：「白州有一派水，出自雙水山，合容州江，呼爲緑珠井，在雙角山下。昔梁氏之女，有容貌，石季倫爲交趾采訪使，以真珠三斛買之。梁氏之居，舊井存焉。」

〔二〕飛瓊：許飛瓊。西王母之侍女。漢武帝内傳：「王母乃命諸侍女……許飛瓊鼓震靈之簧。」詞中喻緑珠。

〔三〕香井：指緑珠井。在緑珠出生地博白雙風鄉緑蘿村。屈大均廣東新語卷四水語：「博白縣本高涼白州，東粤之地。其西雙角山下，有梁氏緑珠故宅，宅旁一井七孔，水極清，名緑珠井。山下人生女，多汲此水洗之，名其村曰緑蘿，以比苧蘿村焉。緑珠能詩，以才藻爲石季倫所重，不僅顔色之美，所製懊儂曲甚可誦。東粤女子能詩者，自緑珠始。」鄒浩緑珠井詩：「試向緑蘿尋舊跡，斷碑遺井見清源。」

〔四〕細犢車：緑珠懊儂歌：「絲布澀難縫，今儂十指穿。黄牛細犢車，遊戲出孟津。」

〔五〕「懶縫」二句：樂府詩集引古今樂録曰：「懊儂歌者，晉石崇緑珠所作，唯『絲布澀難縫』一曲而已。」

〔六〕宋韡：樂史緑珠傳：「緑珠有弟子宋韡，有國色，善吹笛。後入晉明帝宫中。」

〔七〕漢妃：指趙飛燕。漢成帝皇后。樂史趙飛燕外傳：「后衣南越所貢雲英紫裙，碧瓊輕綃。廣榭上，后歌舞歸風送遠之曲。」

〔八〕翾風：太平廣記卷二百七十二「石崇婢翾風」條引王子年拾遺記：「石季倫所愛婢，名翾風」，「結袖繞楹而舞，晝夜相接。謂之常舞。」「閨中相戲曰：『爾非細骨輕軀，那得百粒真珠。』及翾風年至三十，妙年者争嫉之。」鬭身輕：陸游春晴詩：「一庭舞絮鬭身輕。」

〔九〕鮮葩一墜：指緑珠墜樓自盡。杜牧金谷園：「繁華事散逐香塵，流水無情草自春。日暮東風怨啼鳥，落花猶似墜樓人。」

七娘子

愁來有路從煙草〔一〕。東風不把蘼蕪掃。絲短絲長，將愁縈繞。萋萋一片先春老〔二〕。紫騮驕向香泥倒〔三〕。緑乾紅濕多行潦〔四〕。欲問蘿村〔五〕，無人知道。茫茫不覺山花好。

【箋】

詩中有「蘿村」一語，似作于從軍廣西之時。

【注】

〔一〕「愁來」句：徐俯卜算子詞：「柳外重重疊疊山，遮不斷、愁來路。」

〔二〕先春老：徐渭漫曲：「花枝誰肯先春老，無奈風吹雨打愁。」

〔三〕紫騮驕：宋之問魯忠王挽詞：「稍看朱鷺轉，尚識紫騮驕。」

〔四〕「緑乾」句：緑乾紅濕，猶言葉乾花濕。杜甫春夜喜雨詩：「曉看紅濕處，花重錦官城。」行潦：詩召南采蘋：「于以采藻，于彼行潦。」毛傳：「行潦，流潦也。」詞中指因多雨而致之道傍流潦也。

〔五〕蘿村：在廣西鬱林北流縣，屈大均遊緑珠故里博白必經之地。

南鄉子

琵琶尾，鳳凰頭〔一〕。相逢識是柳城舟〔二〕。雙雙桂楫搖纖玉〔三〕。沙鷗逐。思得湔裙香水浴〔四〕。首二句舟形也。

【校】

此首道援堂詞、全清詞闕。

【箋】

屈大均以廣西按察司副司監督孫延齡軍于桂林。此詞疑作于康熙十四、五年廣西從軍時。

【注】

〔一〕「琵琶」二句：描寫珠江之船艇形狀：船首高翹，如鳳凰矯首；船尾橢圓，如琵琶底部。至近代尚有此形制。

〔二〕柳城：即柳州。陳贄送少府貶柳州詩：「楚猿嘯月過衡嶺，越鳥啼煙傍柳城。」

〔三〕「雙雙」句：吳均采蓮曲：「江風當夏清，桂楫逐流縈。」丘濬采蓮曲：「纖纖玉手搖蘭槳。」

〔四〕湔裙：古代風俗，正月元日至月晦，士女至水邊湔洗衣裙，以避災度厄。北史竇泰傳：「〔竇泰母〕遂有娠。期而不産，大懼。有巫曰：『度河湔裙，産子必易。』」亦有借此機會男女相約者。李商隱柳枝五首序：「柳枝丫鬟畢妝，抱立扇下，風鄣一袖，指曰：『若叔是？後三日，鄰當去濺裙水上，以博山香待，與郎俱過。』余諾之。」本詞中亦露此意。

聲聲慢

青磷似雨，白骨連沙，吹魂最苦悲風〔一〕。怨殺將軍城堅，祇要相攻。分兵乳源無計，令胡笳、橫截瀧東〔二〕。抽營遯，委金吾花甲，堆遍芙蓉〔三〕。肝腦空膏綠草〔四〕，恨野田狐兔，曾飫元戎〔五〕。幾度秋肥，爰爰得脱雕弓〔六〕。嗚嗚向人悲嘯，眼迷離、誰辨雌雄〔七〕。終射汝，及豪豨、持薦鬼雄〔八〕。

【校】

此首道援堂詞、全清詞闕。

【箋】

此詞記監軍時事。當作于康熙十六年後。姑繫于此。清聖祖實録及聖武記載，康熙十六年，清朝欲平定吴三桂所據之兩粤，派鎮南將軍莽依圖率部自贛南赴粤。四月二十九日，抵江西南安（今大庾），嚴自明獻城降。清軍入粤，取南雄，直抵韶州，詐降孫延齡之傅弘烈開關迎降。尚之信亦宣布歸清。吴三桂遂派七將率兵三萬，進至江西宜章，欲分兵攻樂昌、南安。大將馬寶、胡國柱于七月五日攻韶州，清軍安南將軍舒恕遣副都統赫勒布赴援。康熙命尚之信與莽依圖率兵赴韶。莽依圖派兵據守白土村。胡國柱率部萬餘渡北江，列營蓮花山，猛攻韶州。清江寧將軍額楚率援軍攻破吴軍蓮花山營寨。九月二十八日，馬寶等棄營敗逃。至于有關戰況細節，史料難徵，尚待細考。

【注】

〔一〕「青磷」三句：當寫白土村之戰事。屈大均韶陽弔古三首之一：「戰血依稀帶雨新，黄昏白土盡青燐。將軍間道無奇策，一敗韶陽誤漢人。」白土，位于韶關西南，曲江之西，西接乳源，當北江河、龍歸河、馬壩河三河交匯處，乃廣州餉道必經之要地。莽依圖領兵守此，胡國柱率吴軍攻之不克。

〔二〕「分兵」二句：意謂無法自瀧西分兵入乳源，以偏師阻斷南雄，致使清軍横截瀧東。瀧東，瀧水之東，今廣東羅定、雲浮一帶。屈大均韶陽弔古三首之二：「瀧西兵已過瀧東，苦是陰城不易攻。兵法自來牽制好，偏師不解斷南雄。」時清江寧將軍額楚領江寧兵經江西入南雄。

〔三〕「抽營」三句：寫吴軍敗逃。金吾，指吴軍將士。芙蓉，當指蓮花山。在今韶關市東南。

〔四〕「肝腦」句：史記劉敬叔孫通列傳：「大戰七十，小戰四十，使天下之民肝腦塗地，父子暴骨中野。」

〔五〕「恨野田」二句：狐兔，元稹有田野狐兔行。詞中指清人。屈大均趙尉臺下作亦云：「趙尉臺前草，空餘狐兔驕。三年屯朔騎，一月作南朝。」元戎，指吴軍首領。二語謂清兵曾被戰敗。

〔六〕爰爰：詩王風兔爰：「有兔爰爰。」毛傳：「爰爰，緩意。」毛詩序：「兔爰，閔周也。桓王失信，諸侯背叛，構怨連禍，王師傷敗，君子不樂其生焉。」

〔七〕「眼迷」句：木蘭辭：「雄兔脚撲朔，雌兔眼迷離。雙兔傍地走，安能辨我是雄雌？」

〔八〕「終射」二句：意謂始終要把逃脱之敵人消滅，以祭奠犧牲之抗清志士。屈大均詔陽弔古三首之三：「啾啾鬼哭漢將軍，安國頭懸塞上雲。更有終童能死節，魂留南越甚芳芬。」豪豨，大豕。指清軍將領。楚辭天問：「封豨是射。」淮南子本經訓：「封豨修蛇，皆爲民害。」高誘注：「封豨，大豕；楚人謂豕爲豨也。」鬼雄，屈原國殤：「身既死兮神以靈，魂魄毅兮爲鬼雄。」

彩雲歸

羅浮女士本仙靈〔一〕。折梅花、降我沙亭〔二〕。是緑毛倒掛麻姑鳥〔三〕，身變化、羽服猶馨。文章好〔四〕，玉樓頻召〔五〕，遽飛歸杳冥。一自月沈雲散，繡閣空扃。

心驚。蜉蝣旦暮〔六〕，在紅顏、更易凋零。別來但苦，鸞鶴清夜，叫斷煙汀。剩得伊、瑶琴大小，嗚咽誰忍成聲。還腸斷，出腹嬌兒，又委郊坰〔七〕。

【校】

此首道援堂詞、全清詞闕。

【箋】

康熙十五年作于沙亭。是年春，繼室黎氏緑眉所生女病殤，六月四日黎氏亦卒。此爲悼黎氏母女之作。事見文外卷三繼室黎氏孺人行略：「孺人諱静卿，字緑眉。」「丙辰春二月，予謝事歸，方服冠帶拜親。孺人强起陪拜，執爵稱賀。」又，後黄鵠操序云：「辛酉夏，予長兒桂以患痢而没，其母故黎氏孺人緑眉也。緑眉生有美才，能詩，年長，擇耦不嫁。華姜既没，予以禮求爲繼室，事吾母夫人，備極色養，和柔端静，吾母以爲賢。没後而阿桂鞠育于吾母。年及七齡，從予自楚至吴，往返數千餘里，能言其山川、風土。讀書、歌詩作吴儂語，音綿蠻清婉，以媚其祖母。祖母憐愛，有加于諸孫，方以爲晨昏娱笑之具。皇天降毒，一旦又使夭殤。死其身，以死其母緑眉也。嗚呼痛哉！至是，而緑眉真死矣。」屈氏族譜卷十一：「繼娶東莞黎處士海雲翁女緑眉，生丙戌年十一月廿一，終康熙丙辰六月初四，得年三十四，葬王氏墓左。生男明道，少殤。著有道香堂集。」

【注】

〔一〕羅浮女士：繼室黎氏孺人行略：「孺人姓黎氏，東莞人。」東莞在羅浮山之南，與羅浮隔江相望。

〔二〕沙亭：屈大均廣東新語卷十七宮語：「予之鄉名曰沙亭，有煙管岡焉。其高大甲于茭塘諸峰，勢與華山獅嶺東趨海門，蓋番禺之一鎮也。」

〔三〕「緑毛」句：即「緑毛么鳳」、「羅浮鳳」、「倒掛子」。今稱極樂鳥。蘇軾再用前韻詩「緑衣倒掛扶桑暾」句自注：「嶺南珍禽有倒掛子，緑毛紅喙，如鸚鵡而小，自海東來，非塵埃間物也。」又，清平樂梅花詞：「海仙時遣探芳叢，倒掛緑毛么鳳。」劉續霏雪録云：「所謂緑毛么鳳，俗名倒掛。一名收香倒掛，又名探花使。性馴，好集美人釵上，宴客終席不去，人愛之無所害，尤爲異也。」葛洪神仙傳麻姑傳云「麻姑鳥爪」。此鳥以爪倒掛，故以「麻姑鳥」稱之。

〔四〕「文章」句：繼室黎氏孺人行略：「孺人賢而能文」，「能作五七言詩」，「詩卷曰道香樓集。」

〔五〕玉樓頻召：李商隱李賀小傳：「長吉將死時，忽晝見一緋衣人，駕赤虯，持一板書，若太古篆或霹靂石文者……緋衣人笑曰：『帝成白玉樓，立召君爲記。』」

〔六〕蜉蝣旦暮：淮南子説林訓云：「蜉蝣朝生而暮死，盡其樂，蓋其旦暮爲期，遠不過三日爾。」

〔七〕「出腹」二句：繼室黎氏孺人行略：「越十餘日，所産之女病殤。」

人月圓　二首

其一

秋蟾光滿雲中塞〔一〕，人下玉鞍來。將軍嬌女〔二〕，秦箏趙瑟〔三〕，清響含哀。歡娛一夢，朝雲易化〔四〕，秋雨頻催。無因相逐，蘭魂蕙魄〔五〕，同向泉臺。

【校】

此首道援堂詞、全清詞闕。

【箋】

兩詞當作于康熙十五年中秋。姑繫于此。分别悼念亡妻王氏與黎氏。黄泉詩：「黄泉霑灑淚紛紛，莞水榆林兩細君。」同此意。

【注】

〔一〕秋蟾：秋月。賈島馬戴居華山因寄詩：「秋蟾纔過雨，石上古松門。」雲中塞：史記馮唐列傳：「匈奴遠避，不近雲中之塞。」本詞中指代州。

〔二〕將軍嬌女：王氏爲都督王壯猷之女。故云。陳恭尹華姜墓志銘云：「番禺屈子屈大均繼室王氏，字華姜，陝西榆林人。父都督壯猷，自其先祖盛世以軍功爲西邊大將，而壯猷于崇禎末數敗闖賊于關中，既而與總兵黄色俊起義兵園林驛，敗而曰：『吾家世爲明臣，義不降辱！』與其子投城下死。華姜生始三日，母任夫人抱以走侯公家。侯公之先妻，華姜諸姑也，故任夫人依之；守志十七年卒。華姜既長，端嚴閒淑，侯公及繼室趙夫人鍾愛焉，姓以侯，以爲己女，而屬夫人弟趙君彝鼎求壻，曰：『吾女賢，非才士不足與也。』屈子遊于華山，作西嶽詩百韻，富平李子因篤見而驚歎，與之定交。時趙君以參將守代州，而陳君上年爲雁門副使，並好士，交善于李，李謂趙曰：『侯公欲壻，而才無逾于屈子者矣！』李子自請爲媒，而陳君爲之納幣，趙喜以報侯公。侯公家于固原，于是華姜自固原軒車行三千里，而歸屈子于代。」又有屈翁山薄遊代州鎮將趙君妻以姊子本秦人也讀其白母書詩以紀懷詩。

〔三〕秦箏趙瑟：王暕觀樂應詔詩：「趙瑟含清音，秦箏凝逸響。」繼室王氏孺人行略：「當在雁門時，華姜數持胡琵琶彈甘涼州諸曲，以爲予歡。」

〔四〕朝雲易化：李白感興詩：「瑶姬天帝女，精彩化朝雲。」

〔五〕蘭魂蕙魄：宋人無名氏搗練子梅：「搗練子，賦梅香。蕙魄蘭魂又再陽。祇爲人間無著處，借他龍笛返仙鄉。」

其二

秋蟾光滿珊洲水〔一〕，人駕彩舟來。劉家三妹〔二〕，詩香賦艷，閨閣仙才。糟糠淡薄〔三〕，松枝未老，蕙草先摧〔四〕。無因魂返，珊珊細步，燈下徘徊〔五〕。

【校】

此首道援堂詞、全清詞闕。

【注】

〔一〕珊洲：珊瑚洲。在東莞。又名脈瀝洲。崇禎東莞縣志卷二：「昔有漁者于此網得珊瑚，因名。」屈大均送德尹之東莞詩：「明發珊洲甲水邊。」黎氏爲東莞人。屈大均又贈香丹詩：「生長東官甲水濱，珊瑚洲與緑蘿鄰。」

〔二〕劉家三妹：屈大均廣東新語卷八女語「劉三妹」條：「新興女子有劉三妹者，相傳爲始造歌之人。唐中宗年間，年十二，淹通經史，善爲歌……今稱歌仙。」劉三妹，後或稱劉三姐，訛爲廣西人。

〔三〕糟糠：指共過困窮患難之妻子。後漢書宋弘傳：「臣聞貧賤之知不可忘，糟糠之妻不下堂。」

〔四〕「松枝」二句：松枝，屈大均自喻，蕙草，喻黎氏。元稹含風夕詩：「馨香推蕙蘭，堅貞諭松柏。」李商隱送千牛李將軍赴闕五十韻詩：「蕙留春晼晚，松待歲崢嶸。」

〔五〕「無因」三句：漢書孝武李夫人傳載，李夫人少而夭卒，漢武帝「思念李夫人不已，方士齊人少翁言能致其神。乃夜張燈燭，設帷帳，陳酒肉，而令上居他帳，遥望見好女如李夫人之貌，還幄坐而步。又不得就視，上愈益相思悲感，爲作詩曰：『是邪，非邪？立而望之，偏何姍姍其來遲！』令樂府諸音家絃歌之」。

漁家傲 清明掃二配墓

雨過争開山躑躅〔一〕。餘紅染得香煙足。人共啼鵑何處哭。墳新築。鴛鴦兩兩黄泉宿。　淚似棠梨飛碎玉〔二〕。柳條千縷情難續。每恨生時多怨曲。愁盈目。蘼蕪忍作羅裙緑〔三〕。

【箋】

作于康熙十六年清明。文外三繼室黎氏孺人行略：「（黎氏）祔葬先公涌口之丘，與華姜同穴。」

【注】

〔一〕山躑躅：杜鵑花之别稱。韓偓見花詩：「血染蜀羅山躑躅，肉紅宫錦海棠梨。」

〔二〕棠梨：繼室黎氏孺人行略：「（孺人）既没，予于箱篋内得數絶。有曰『一片蒼苔紅不減，落花争似淚痕多』，蓋寄予之作也。」屈大均春盡詩：「淚痕留與青青草，半作棠梨半杜鵑。」同此用意。

〔三〕蘼蕪：屈大均花田詩：「蘼蕪尚帶羅裙色，滿地秋霜知不知。」

酷相思

慘淡秋釭花易謝〔一〕。苦風入、從窗罅。悄難睡、無人棋共下。一點雨、芭蕉打。兩點雨、芭蕉打〔二〕。　繞砌寒螿啼未罷〔三〕。各自訴、斷腸話。笑孤客、蘭房長守寡〔四〕。一點淚、胭脂灑。兩點淚、胭脂灑〔五〕。

【箋】

此悼繼室黎氏之作。黎氏知書能詩，觀詞中「下棋」一語。可證其真爲屈大均「閨中性命之友」也。

【注】

〔一〕「慘淡」句：秋釭，秋燈。陸游閒趣三首其二：「雨聲酣曉枕，燈燼落秋釭。」花，指燈花。

〔二〕「一點」四句：大般涅槃經：「是身不堅，猶如蘆葦、伊蘭、水沫、芭蕉之樹。」李光寄内詩：「嫋嫋秋風度泬寥，卧聞微雨打芭蕉。」

〔三〕「繞砌」句：李中訪澄上人詩：「石渠堆敗葉，莎砌咽寒螿。」

〔四〕守寡：此詞皆用于女子。翁山自謂，可見用情之深。

〔五〕胭脂灑：歐陽修漁家傲詞：「三月芳菲看欲暮。胭脂淚灑梨花雨。」

謁金門　望廬山

煙水外。染得一天螺黛〔一〕。欲雨山腰先作帶〔二〕。瀑泉添幾派。　春色氤氳長在〔三〕。一片霎成雲海。點點芙蓉看漸大〔四〕。欲從天際采。

【箋】

康熙十八年秋，屈大均避地北遊，越大庾，下鄱陽湖。此詞當作于途中。

【注】

〔一〕螺黛：指青山。阮閱湖亭詩：「山如螺黛水如環。」

〔二〕「欲雨」句：白玉蟾曉醒追思夜來句詩其四：「雲纏山腰腰帶緩，雨沾水面面花圓。」

〔三〕春色氤氳：林光郡守沈元節招飲當湖和沈剛夫秀才詩：「氤氳春色催人醉，夾雜汀花入酒香。」

〔四〕「點點」句：謂雲霧漸開，青山漸露。芙蓉，喻山。晁補之尾犯詞自注：「廬山，一名碧芙蓉。」

雨中花

大别山前人大别〔一〕。芳草裏、新墳如雪。宿蝶休飛，啼鵑休去，爲守松間月。

萬里樓煩來入越〔二〕。又相逐、煙波一葉。魂傍湘纍〔三〕，淚霑秦女〔四〕，定作桃花血〔五〕。

【箋】

康熙十八年秋作。文外一亡媵陳氏墓志銘：「陳，代州人，予先室王氏華姜之媵也。……今年己未，予以避地，攜妻子將赴舊京，行至漢陽，而陳苦毒熱，病劇以死。……陳墓在大别山之尾，一名梅子山，南臨漢口，北俯月湖。」

【注】

〔一〕「大别山」句：大别山：即漢陽魯山，今名龜山，今山上尚有「大别山」三字摩崖石刻。書禹貢：「嶓冢導漾，東流爲漢，又東，爲滄浪之水，過三澨，至于大别，南入于江。」李吉甫元和郡縣圖志卷二十七「漢陽縣」條：「魯山，一名大别山，在縣東北一百步。其山前枕蜀江，北帶漢水，山上有吴將魯肅神廟。」梅子山，在魯山側。屈大均哀殤詩：「大别魂來抱，長干骨未持。」自注：「己未秋七月，喪姬人陳氏于漢陽。九月至金陵，而陳氏所生子阿遂年甫三齡，以失母亦死。梅子山在大別之尾，上河在金陵江東門外，二墳相望，杳然千里。傷哉。」「人大別」之「大別」，謂長別。曹植贈白馬王彪詩序：「蓋以大別在數日，是用自剖，與王辭焉。」本詞中指死亡。

〔二〕樓煩：古代北方部族名，春秋時建國，疆域在今山西省西北部。史記樊酈滕灌列傳：「（灌嬰）軍于燕西，所將卒斬樓煩將五人。」詞謂陳氏隨華姜自代來歸。

〔三〕湘纍：指屈原。詞中亦以屈原自況。

〔四〕秦女：秦地女子。指王華姜。

〔五〕桃花血：晁補之自蒲赴湖至板橋逢杜謀伯詩：「正是桃花紅似血，不應無酒但霑巾。」

賀聖朝

瞿塘

巫山一望堪愁絕。況蒼蒼煙月。三聲猿嘯，一聲流淚，兩聲流血〔一〕。纔上〔二〕，那知白髮，已毿毿如雪〔三〕。多因神女〔四〕，氤氳香雨〔五〕，無端相接。

【箋】

此首似紀遊三峽。汪譜及各家傳記均無記載屈大均溯江西上之事。詩外有荊門詠古、荊門等詩，荊門詩有「巴水吞三峽，荊門控百蠻」、詠懷五古組詩有「我昔觀魚復，八陣如星陳」之語，疑避地漢陽時曾一度西行入峽。姑繫年于此。

【注】

〔一〕「三聲」三句：水經注卷三十四江水載：「自三峽七百里中，兩岸連山……常有高猿長嘯，屬引淒異，空谷轉響，哀轉久絶。」故漁者歌曰：「巴東三峽巫峽長，猿鳴三聲淚霑裳。」

〔二〕瞿塘：瞿塘峽。長江三峽之一。古謡諺灩澦歌：「灩澦大如象，瞿塘不可上。」王十朋元日詩：「春色酌瞿唐，白髮又新歲。」

〔三〕毿毿：毛髮紛披貌。蘇轍和子瞻過嶺：「手挹祖師清淨水，不嫌白髮照毿毿。」

〔四〕神女：指巫山神女。見巫山一段雲詞注。

〔五〕氤氳香雨：屈大均巫山詞：「一峰飛入襄王夢，香雨氤氳更不開。」滿庭芳蒲城惜别：「和香雨氤氳，飛作塵埃。」

傳言玉女　巫峽

棹下瞿唐，忽見滿天蒼翠。玉姬纖手，疊煙螺十二〔一〕。魂夢未冷，作雨今還香膩。君臣非惑，仙靈多媚〔二〕。

三暮三朝，已黄牛、又白帝〔三〕。卻看娟妙，若明霞水際。胭脂水傾，半染楚妃衣袂。香溪微飲〔四〕，使人如醉。

【校】

此首道援堂詞、全清詞闕。

【箋】

此首似紀遊三峽。

【注】

〔一〕「玉姬」二句：玉姬，即瑶姬。神女。見玉團兒白杜鵑花詞注。史浩青玉案詞：「玉姬曾向瑶池舞，輕擲霓裳忤王母。」煙螺：指煙霧籠罩之山峰。十二：指巫山十二峰。名爲登龍、聖泉、集仙、松巒、望霞（神女）、朝雲、翠屏、聚鶴、飛鳳、淨壇、起雲、上升。喬知之巫山高詩：「巫山十二峰，參差互隱見。」本詞意謂能行雲行雨巫山神女，叠起煙螺，雲收雨歇，故露出滿天蒼翠也。

〔二〕「君臣」二句：唐太宗賦得含峰雲詩：「非復陽臺下，空將惑楚君。」屈大均和人巫峽中望十二峰之作詩：「朝雲終古疑神女，暮雨何年惑楚王。」

〔三〕「三暮」二句：黄牛，指黄牛灘。水經注江水：「江水又東，逕黄牛山，下有灘名曰黄牛灘。南岸重嶺疊起，最外高崖間有石，色如人負刀牽牛，人黑牛黄，成就分明。既人跡所絶，莫得究焉。此巖既高，加以江湍紆洄，雖途逕信宿，猶望見此物，故行者謡曰：『朝發黄牛，暮宿黄牛；三朝三暮，黄牛如故。』言水路紆深，回望如一矣。」白帝，白帝城，在瞿塘峽口。

〔四〕香溪：又名昭君溪，位于西陵峽口長江北岸。相傳香溪寶坪村爲王昭君出生地，故稱明妃村。杜甫詠懷古跡五首之三：「群山萬壑赴荆門，生長明妃尚有村。」

巫山一段雲

片片瑶姬影〔一〕，飛來最有情。朝朝暮暮不分明〔二〕，愁與夢魂凝。　雲濕疑行雨，峰開似列屏〔三〕。髻鬟染得一天青。一朵一仙靈。

【箋】

此詞疑作于入峽途中。詞名即全詞之旨。

【注】

〔一〕瑶姬：天帝之季女。見玉團兒白杜鵑花詞注。

〔二〕朝朝暮暮：宋玉高唐賦：「妾在巫山之陽，高丘之阻，旦爲朝雲，暮爲行雨。朝朝暮暮，陽臺之下。」

〔三〕「峰開」句：朱熹分韻得眠意二字賦醉石簡寂各一篇呈同游諸兄詩：「環瞻峰列屏。」

燕歸梁

不是梨棠即杜鵑〔一〕。一路含煙。更多蝴蝶化嬋娟。春如夢、但茫然〔二〕。清明幾度披芳草，餘蘭麝，在重泉。三聲寄與峽中猿〔三〕。向泠月、任哀酸。

【箋】此詞疑作于入峽途中。過片數語，可知爲悼繼室黎氏作。與以上三詞姑定作于康熙十八年秋。

【注】

〔一〕「不是」句：屈大均春盡詩：「淚痕留與青青草，半作棠梨半杜鵑。」

〔二〕「更多」二句：莊子齊物論：「昔者莊周夢爲蝴蝶，栩栩然蝴蝶也。」屈大均蜀岡懷古詩：「吁嗟美人魂，風吹作蝴蝶。玉顏雖黄埃，遺香託花葉。」立春作詩：「夢失雙蝴蝶，愁歸一杜鵑。」同此用意。雙蝴蝶，指王氏與黎氏。

〔三〕「三聲」句：見賀聖朝詞注。

如夢令　答龔柴丈見懷

五畝清涼山下〔一〕。人買煙霞無價〔二〕。解帶竹風吹〔三〕，書卷半抛花架〔四〕。多暇。多暇。爲我更圖嵩華〔五〕。

【校】

此首道援堂詞闕。

【箋】

龔柴丈，即龔賢。龔賢，字半千，又字野遺，號柴丈人，昆山人。流寓江寧，隱居清涼山半畝園，築掃葉樓。工畫山水，爲金陵八家之一。王士禛感舊集：「龔賢字半千，別號柴丈，江南上元布衣，有香草堂集，工畫，愛仿梅花道人筆意，嘗自寫小照作掃葉僧狀，因名所居爲掃葉樓。」屈大均客金陵時與結交。龔氏有辭屈翁山乞畫書，直言「足下素無知畫之名」而卻之。汪譜推龔書作于康熙十九年。此詞疑亦與之同時。

【注】

〔一〕五畝：孟子梁惠王上：「五畝之宅，樹之以桑，五十者可以衣帛矣。」清涼山：古名石城山、石首山，位于南京城西，龔氏隱居于此。潘宗鼎龔賢小傳：龔賢「所居半畝園，當清涼山迤西而南之小阜。回絶塵環，老樹繞屋」。石城山志云：掃葉樓「在善司廟後，即明遺老龔半千之半畝園也，半千嘗繪一僧，持帚做掃葉狀，因以名樓。憑欄而望，城闉煙樹，冪歷萬家，城外帆檣過石頭城下，影掠窗前。登眺之樂，此爲最盛」。

〔二〕「人買」句：韋莊乞彩箋歌：「人間無處買煙霞，須知得自神仙手。」

〔三〕「解帶」句：王維酬張少府詩：「松風吹解帶，山月照彈琴。」

〔四〕花架：洪适滿庭芳詞：「任風頹花架，不憚裝治。」

〔五〕「爲我」句：示乞畫之意。嵩華：嵩山、華山。陸游築舍詩：「素壁圖嵩華，明窗讀老莊。」

定風波　送李廣文之新興任

羨新州、咫尺羊城〔一〕，蘭舟五日即到。竻竹陰中〔二〕，蒲葵影外〔三〕，野鹿時相召。講堂開、允溪繞〔四〕。祭酒多閒但長嘯〔五〕。憑眺。有碧山廿四〔六〕，春眉娟妙。

荔支未少。似丁香、一樣雌雄小〔七〕。與盤中、紅蕉芬馨共啖〔八〕，誰似儒官好。玉杯篇、洞璣草〔九〕。休嘆箋經苦不早。爲道。一氈雖冷〔一〇〕，諸生師保〔一一〕。

新興産荔子小而香，名曰「香荔」，他地所無。

【校】

此首道援堂詞、全清詞闕。

【箋】

康熙十九年作。廣文，泛指儒學教官。李廣文，指李嗣鈺，字方水。博羅人。博羅縣志載，是年李氏爲新興縣學訓導。

【注】

〔一〕「羡新州」句：新州，舊唐書地理志云：「新州，隋信安郡之新興縣。武德四年，平蕭銑，置新州。」羊城，廣州之別稱。廣州通志云：「廣州府五仙觀。初有五仙人，皆持穀穗，一莖六出，乘五羊而至。仙人衣服，與羊同色，五羊俱五色，如五方。既遺穗與廣人，仙忽飛升而去。羊留，化爲石，廣人因即其地祠之。」

〔二〕竻竹：劉恂嶺表録異：「箣竹，其竹枝上刺，南人呼爲『刺勒』。自根横生枝條，輾轉如織，雖野火焚燒，衹燎細枝嫩條，其筍叢生，轉復牢密。邕州舊以爲城，蠻蜑來侵，竟不能入。」屈大均廣東新語卷二十七草語：「竻竹，一名澀勒。勒，刺也。廣人以刺爲勒，故又曰勒竹。長芒密距，枝皆五出如雞足，可蔽村砦。子瞻詩『澀勒暗蠻村』。一名蒠簩。新興向無城，環種是竹，號竻城。其材可桁桷，篾可織，皮可剉物，土人製爲琴樣，以礪指甲，置于雜佩之中。用久微滑，以酸漿漬之，復澀如初。」

〔三〕蒲葵：屈大均廣東新語卷十六器語：「蒲葵樹身幹似桄榔，花亦如之，一穗有數百千朵，下垂子如橄欖，肉雖薄可食。」

〔四〕允溪：允水，又稱新興江、新江，即今回龍河。西漢元鼎六年，于今新興縣地域設置臨允縣，意謂臨近允水。

〔五〕祭酒：國子監有國子祭酒之職，後以爲各級學官之美稱。

〔六〕碧山廿四：新興有山名「二十四山」，又稱「廿四山」，在今新興船崗鎮大頭沖東南。屈大均新興贈李大尹詩：「廿四山開彩翠分，城邊鶩起鷓鴣羣。」

〔七〕「荔支」二句：屈大均廣東新語卷二十五木語：「山枝之美者多無核，近蒂一點檀暈，微作核痕，又多雙實，實皆寬膊尖腰。」「一種大如龍眼，亦無核，絶香，名曰香荔，出新興。」羅浮志：「荔枝有多種，出新興者爲香荔，實小核焦而香美……甘酸宜人。其核細者謂之焦核，荔枝之最珍者也。」周亮工閩小記水晶丸：「相傳荔枝去其宗根，用火燔過植之，生子多肉而核如丁香。」

〔八〕盤中紅蓿：王定保唐摭言閩中進士：「時開元東宮官僚清貧淡，令之以詩自悼，復紀于公署曰：『朝旭上團團，照見先生盤。盤中何所有？苜蓿長闌干。』」此以喻教官生活清貧。紅蓿，紅花苜蓿。

〔九〕玉杯：董仲舒春秋繁露中篇名。史記儒林列傳：「董仲舒，廣川人也。以治春秋，孝景時爲博士。下帷講誦，弟子傳以久次相受業。」屈大均詩詞中多次提及玉杯篇，或對其「屈民而伸君，屈君而伸天，春秋之大義也」之説别有所感。　洞璣草：黄道周著有三易洞璣。四庫提要云：「曰洞璣者，璣衡，古人測天之器，謂以易測天，毫忽不爽也。」崇禎年間黄道周曾在漳州紫陽書院聚徒講學，因以相況。

〔一〇〕一氈雖冷：新唐書鄭虔傳載，鄭虔爲廣文博士，「諸儒服其善著書，時號『鄭廣文』。在官貧約甚，澹如也。杜甫嘗贈以詩，曰『才名四十年，坐客寒無氈』云。」陳傑送張教授赴廣闕：「炎埃五嶺熱，夜雨一氈寒。」雅琥送蒙古學教授之邛州詩：「座冷一氈知宦況。」

〔一一〕師保：書君陳：「昔周公師保萬民，民懷其德。」易繫辭下：「無有師保，如臨父母。」

風中柳

家本農桑，未愧晉朝先隱〔一〕。向沙亭、沈淪自分〔二〕。北田鹹褪。南田膏潤〔三〕。謝天公、解憐肥遯〔四〕。

翻犁及早，生怕牸牛春困〔五〕。漫偷閒、今年雨順。舊秔香粉〔六〕。新秔紅醞〔七〕。待秋來、惠霑鄰近。

【校】

此首道援堂詞、全清詞闕。

【箋】

此詞寫沙亭農作之情景，當作于康熙十九年歸耕故鄉之後。姑繫于此。

【注】

〔一〕晉朝先隱：指陶淵明。晉朝陶淵明歸隱田園，親躬農桑。

〔二〕沙亭：屈大均廣東新語卷十七宮語：「予之鄉名曰沙亭，有煙管岡焉。其高大甲于茭塘諸峰，勢與華山獅嶺東趨海門，蓋番禺之一鎮也。」

〔三〕「北田」二句：沙亭位于珠江南岸，北田爲江水衝刷，日漸裉減；南田則溝洫密佈，土地肥沃。

〔四〕肥遯：易遯：「上九，肥遯，無不利。」孔穎達疏：「子夏傳曰：『肥，饒裕也。』……上九最在外極，無應于内，心無疑顧，是遯之最優，故曰肥遯。」後因稱退隱爲「肥遯」。陶淵明自祭文：「壽涉百齡，身慕肥遯。」

〔五〕牸牛：母牛。劉向説苑政理：「臣故畜牸牛，生子而大。」

〔六〕「舊秔」句：舊秔，指隔年之秔米，適合磨粉。屈大均廣東新語卷十四食語有「茶素」條，詳述廣州煎粉之俗。

〔七〕「新秔」句：新秔，指新收之秔米，適合釀酒。紅醖，紅酒。劉過紅酒歌呈西京劉郎中立義詩：「桃花爲麴杏爲蘖，酒醖仙方得新法。大槽迸裂猩血流，小槽夜雨真珠滴。」

掃花遊　題蒲衣子濛廬

柳塘蕩漾，正片片寒鷗，亂紅争浴。問誰水曲。把秦人洞穴〔一〕，影藏深竹。白犬黄雞〔二〕，亦愛漁郎信宿〔三〕。雨新足。喜灌溉稍閒，能把書讀。　山翠低染屋。恁耐得青青，十眉春緑〔四〕。傍檐種菊。漸參差逗出，數峰麋鹿。玉甕霞浮〔五〕，盡爾神仙厚禄〔六〕。過幽谷〔七〕。聽鶯聲、又兼絲肉〔八〕。

【箋】

爲王隼作。王隼，字蒲衣。番禺人。王邦畿子。父殁，棄家爲僧，居廬山太乙峰。四十後始歸粤，于西村築濛廬隱居讀書。王隼曾選輯屈大均、陳恭尹、梁佩蘭三家之詩，成嶺南三大家詩選二十四卷，又爲騷屑詞撰序。詞當作于康熙二十年歸粤之後。姑繫于此。

【注】

〔一〕秦人洞穴：謂桃花源。此有「避秦」之意。

〔二〕白犬黄雞：王邁題九鯉湖詩：「靈砂九轉成丹鉛，黄雞白犬得一舐，翩翩高舉紅輪邊。」

〔三〕漁郎信宿：杜甫秋興八首之三：「信宿漁人還泛泛。」詩豳風九罭：「公歸不復，子女信宿。」信宿，兩夜，連續兩夜。

〔四〕十眉：原指女子之十樣妝眉。張泌妝樓記：「明皇幸蜀，令畫工作十眉圖，横雲、斜月皆其名。」楊慎丹鉛續録卷六：「唐明皇令畫工畫十眉圖。一曰鴛鴦眉，又名八字眉；二曰小山眉，又名遠山眉；三曰五嶽眉；四曰三峰眉；五曰垂珠眉；六曰月稜眉，又名卻月眉；七曰分梢眉；八曰還煙眉，又名涵煙眉；九曰横雲眉，又名横煙眉；十曰倒暈眉。」本詞中以喻青山環繞。

〔五〕「玉甕」句：霞，指美酒。王十朋游西岑遇雨詩：「牀頭新釀喜正熟，千金倒甕傾流霞。」

〔六〕「盡爾」句：意謂享盡神仙之清福。厚禄，優厚之俸禄。此指大福。

〔七〕幽谷：詩小雅伐木：「伐木丁丁，鳥鳴嚶嚶。出自幽谷，遷于喬木。嚶其鳴矣，求其友聲。」孫萬壽遠戍江南寄京邑親友：「華亭宵鶴唳，幽谷早鶯鳴。」

〔八〕絲肉：世説新語識鑒注引孟嘉别傳：「温又問：『聽伎，絲不如竹，竹不如肉，何也？』答曰：『漸近自然。』」絲，指琴、箏、琵琶等絃樂；肉，指人歌唱。詞意謂幽谷之鶯聲兼有絃樂與歌唱之長。

青玉案　題王蒲衣無題百詠

瑯琊大道風流在〔一〕。苦春思、如煙海。筆似辛夷初發蕾〔二〕。玉臺神麗，香奩幽艷〔三〕，珍爾芳年待。大珠孕就三千琲〔四〕。一一唇邊少人采〔五〕。不嫁朱顔光更倍〔六〕。繞亭鸞鶴，滿身蘭芷，生妒嫈真宰〔七〕。

【校】

此首道援堂詞、全清詞闕。

【箋】

王隼無題百詠，皆綺懷之作。屈大均序云：「無題七言律百章，予以爲絶麗，麗而不越乎其則，所言不過男女，而忠君愛國之思，溢乎篇外，殆吾黨詩之可傳者也。」當作于康熙二十年歸粤之後。姑繫于此。

【注】

〔一〕瑯琊大道：古樂府琅琊王歌辭：「琅琊復琅琊，琅琊大道王。陽春二三月，單衫繡裲襠。」

〔二〕筆似辛夷：辛夷花呈筆狀，又稱「木筆花」。李商隱驕兒詩：「芭蕉斜卷箋，辛夷低過筆。」

〔三〕「玉臺」二句：玉臺，指玉臺新詠。古詩總集。梁朝徐陵編。玉臺新詠序謂其編纂宗旨爲「選録艷歌」。香奩，指韓偓香奩集。其香奩集序云：「大盗入關，緗帙都墜。遷徙流轉，不常闕居。求生草莽之中，豈復以吟詠爲意。或天涯逢舊識，或避地遇故人，醉詠之暇，時及拙唱。自爾鳩集，復得百篇。不忍棄捐，隨即編録。遐思宫體，未解稱庾信工文；卻誚玉臺，何必倩徐陵作序。」或謂香奩集多有寄託，胡震亨唐音癸籤卷八謂韓氏「冶遊諸篇，艷奪温、李。」又云：「讀其詩，當知其意中別有一事在。」兩書多收男女閨情之作，因以喻王蒲衣無題百詠。

〔四〕「大珠」句：見萬年歡爲百有五歲梁淳儒翁壽詞注。琲，珠串。此以喻詩句。侯寘鳳凰臺上憶吹簫詞：「爭奈冰甌彩筆，題詩處、珠琲斕斑。」

〔五〕「一一」句：意謂王蒲衣之無題百詠不入時流之眼，無人歌唱。

〔六〕「不嫁」句：屈大均詩詞中多次以不嫁喻士大夫之貞潔自持，如送寧人先生之雲中兼柬曹侍郎詩：「不嫁紅顏厮養卒，何妨奇服曼胡纓。」

〔七〕「生妒」句：真宰，指天。天爲萬物之主宰，故稱。莊子齊物論：「若有真宰，而特不得其眹。」意謂王詩爲上天所妒。李孝光水調歌頭詞：「詩成真宰應妒。」

羽仙歌

七星巖好〔一〕。有玉屏遮道〔二〕。醉石横空似人倒〔三〕。倩古松扶起、又花壓欹斜，雲半墜、知是酒星難老〔四〕。涼風長繞樹，黄葉蕭騷，似有哀猿鎮吟嘯。恨無人隨步屧、同上崩崖，開鳳嗉、彈取箕山仙操〔五〕。問山鬼、離憂總爲誰〔六〕，與大小丁香、向人含笑〔七〕。

【校】

此首道援堂詞、屈翁山詩集、全清詞闕。大小丁香，底本作「大烏丁香」，誤。今從黄本。

【箋】

康熙二十二年冬遊肇慶之作。肇慶七星巖之玉屏巖南側石壁有陳恭尹隸書題記，云：「康熙癸亥仲冬十有九日，江都吴綺園次、秀水吴源起準庵、海鹽曹燕懷石間、順德陳恭尹元孝、嘉善蔡鴻達去聞、嘉興繆其器受兹、嘉善柯崇樸寓匏凡七人，分韻賦詩于星巖之上。翌日，南海梁佩蘭藥亭、番禺屈大均翁山、江都吴壽潛彤本凡三人繼至，屬和。晉庵主僧寂隆真際，出石室志，請共商訂。觀察鄖州韓公作棟公吉因授諸梓。嘉會難常，盛事不朽，題名石壁，與此山共存云爾。」據此，屈大均詞當爲康熙二十二年仲冬間作。

【注】

〔一〕七星巖，屈大均廣東新語卷三：「七星巖，在瀝湖中，去肇慶城北六里。……七峰兩兩離立，不相連屬。二十餘里間，若貫珠引繩，璿璣回轉。」

〔二〕玉屏：玉屏峰。屈大均曾登玉屏峰，于含珠逕題「小千盡爽」四字刻石。

〔三〕醉石：高要縣志云：「屏風巖玉皇殿右面，奇石林立，一石修丈許，斜靠峭壁間，與諸巖不同，疑飛來客石，如醉人狀，名曰醉石。」翁方綱粵東金石略卷八：「玉屏巖玉皇殿右醉石橫刻『醉石』二字，字三寸許，旁小字『再謫青蓮』。」高要縣志云：「李又白，字再謫。」醉石上又刻有南明題記三，其一爲：「太傅靖江伯嚴雲從、樞部郎吴朝、太子少保總戎陳惟學，永曆已丑中秋日到此一遊。」另二分別署有弘光、隆武年號。詞中特意寫此「醉石」，以其上有南明永曆題記，當有深意。

〔四〕酒星：酒旗星。孔融與曹操論酒禁書：「天垂酒星之燿，地列酒泉之郡，人著旨酒之德。」李白月下獨酌其二：「天若不愛酒，酒星不在天。」亦指酒徒。

〔五〕鳳嗉：屈大均友人見惠端州錦石俾爲琴臺之用賦答詩：「相貽片石自羚羊，四尺裁同鳳嗉長。」自注：「琴名。」箕山仙操：蔡邕琴操河間雜歌：「箕山操，許由作也。」御覽五七一引古今樂録曰：「許由者，古之貞固之士也。堯時，爲布衣。……堯既殂落，乃作箕山之歌曰：『登彼箕山兮，瞻望天下。山川麗崎，萬物還普。日月運照，靡不記睹。游放其間，何所卻慮。歎彼唐堯，獨自愁苦。勞心九州，憂勤后土。謂余欽明，傳禪易祖。我樂如何，蓋不盼顧。河水流兮緣高山，甘瓜施兮棄綿蠻。高林肅兮相錯連，居此之處傲堯君。』其後許由死，遂葬于箕山。」

〔六〕山鬼離憂：楚辭九歌山鬼：「思公子兮徒離憂。」

〔七〕大小丁香：永樂大典卷一百十八「廣州府」三「土産」條：「荔枝，自漢時南海進荔枝，時唐羌上書言狀，和帝罷之。其名有狀元紅，緑羅袍，大小丁香之目。」屈大均荔支一百首其一十四：「何來一隊緑羅裳，花渡頭前弄晚妝。欲結同心無所有，懷中大小總丁香。」自注：「緑羅袍、大小丁香俱荔子名。花渡頭在廣州城南。」

寶鼎現　壽制府大司馬吴公

蚤梅初吐，香泛長至，氤氳春酒。賀亞相、含元難老〔一〕，滋潤東南膏澤厚。似瑞雪、自羚羊三峽，是處炎荒霑透〔二〕。致出穴、嘉魚十里〔三〕，破凍來充籩豆。吐握公旦今難覯〔四〕。盡人賢、依戀裳繡〔五〕。傾四海、朝宗節鉞〔六〕，欲捲牂江歸大斗〔七〕。奮武烈、與文謨千載〔八〕，銅柱重標嶺右〔九〕。看白雉、西屠再獻〔一〇〕，拜舞臺門恐後〔一一〕。幕内多才，新樂府、鐃歌齊奏。願年年、張仲留作，堂前孝友〔一二〕。請燕喜、稍聽絲肉，福共康侯受〔一三〕。教至道、雙曜同流〔一四〕，真與天地長久。

【校】

此首道援堂詞、屈翁山詩集、全清詞闕。

【箋】

康熙二十二年冬在肇慶，賀兩廣總督吴興祚壽辰作。參見代壽兩廣制府箋。清代兩廣總督部院駐肇慶府。魯曾煜兩廣總督吴公興祚傳：「興祚，字伯成，號留村。浙江山陰人，入正紅旗籍。以貢知萍鄉縣。……（康熙）二十一年遷兩廣總督。……後徙古北口都統，卒于官。」興祚生明崇禎五年，是年五十三歲。制府：制置司衙門，掌軍務。制府大司馬，總督之尊稱。

【注】

〔一〕亞相：指官位次于丞相之大臣。此亦對總督之美稱。含元：包含元氣。後漢書郅惲傳：「含元包一，甄陶品類。」李賢注：「前書志曰：『太極元氣，合三爲一。』謂三才未分，包而爲一。」難老：詩魯頌泮水：「永錫難老。」含元難老，陸機列僊賦：「性沖虚以易足，年緬邈其難老，爾乃呼翕九陽，抱一含元，引新吐故。」

〔二〕「似瑞雪」二句：屈大均兩粤督府祝嘏詞自注：「癸亥十一月，羚羊峽積雪彌望。嘉魚出小湘峽，冬月賣向崧臺市上。」

〔三〕嘉魚：劉恂嶺表録異卷下：「嘉魚，形如鱒，出梧州戎城縣江水口。甚肥美，衆魚莫可與比。最宜爲鯅。每炙，以芭蕉葉隔火，蓋慮脂滴火滅耳。」屈大均後嘉魚詩自注：「嘉魚産德慶之大湘、小湘二峽及楊柳沙。潛巖穴中，以石乳、苔花自養，冬間天暖有霧乃出，順牂柯江水而下，至春則稀矣。」

〔四〕吐握：吐哺握髮。史記魯周公世家載，周公旦踐阼代成王攝行政當國。曰：「我一沐三捉髮，一飯三吐哺，起以待士，猶恐失天下之賢人。子之魯，慎無以國驕人。」意謂急于迎客。

形容禮賢下士，求才心切。

〔五〕裳繡：詩秦風終南：「君子至止，黻衣繡裳。佩玉將將，壽考不忘。」毛傳：「黑與青謂之黻，五色備謂之繡。」

〔六〕朝宗：指古代諸侯朝覲天子。詩小雅沔水：「沔彼流水，朝宗于海。」節鉞：符節和斧鉞。古代授予將帥，以示其權力。

〔七〕牂江：牂柯江。史記西南夷列傳：「夜郎者，臨牂柯江，江廣百餘步，足以行船。」此泛指珠江流域。大斗：指大酒杯。詩大雅行葦：「曾孫維主，酒醴維醹。酌以大斗，以祈黄耇。」

〔八〕武烈：國語周語下：「成王能明文昭，能定武烈者也。」韋昭注：「烈，威也。言能明其文，使之昭；定其武，使之威也。」文謨：文章謀略。李洪送趙德莊右司江東漕詩：「寓直文謨高内閣。」屈大均贈王將軍詩：「文謨武烈早非常，秀出琅琊大道王。」

〔九〕銅柱：後漢書馬援列傳：「援將樓船大小二千餘艘，戰士二萬餘人，進擊九真賊徵側餘黨都羊等，自無功至居風，斬獲五千餘人，嶠南悉平。」李賢注引廣州記曰：「援到交阯，立銅柱，爲漢之極界也。」

〔一〇〕白雉：尚書大傳卷四：「周公居攝六年，制禮作樂，天下和平。越裳以三象重譯而獻白雉。」漢書平帝紀：「元始元年春正月，越裳氏重譯獻白雉一，黑雉二，詔使三公以薦宗廟。」西屠：吴都賦「夫南西屠」李善注引異物志：「西屠，以草染齒，染白作黑。」新唐書南蠻傳下環王：「（林邑）其南大浦，有五銅柱，山形若倚蓋，西重巖，東涯海，漢馬援所植也。又有西屠夷，蓋援還，留不去者，纔十户。隋末孳衍至三百，皆姓馬，俗以其寓，故號『馬留人』，與林邑分唐南境。」

〔一一〕臺門：指大官之門。張方平謁青州范天章詩：「戟列臺門霸府雄。」

〔一二〕「願年年」二句：張仲，詩小雅六月：「侯誰在矣，張仲孝友。」東漢張遷碑：「周宣王中興，有張仲以孝友爲行。」

〔一三〕康侯：周武王之弟衛康叔。易晉：「康侯用錫馬蕃庶，晝日三接。」「受兹介福，于其王母。」

〔一四〕雙曜：指日月。顔延之爲織女贈牽牛詩：「虛計雙曜周，空遲三星没。」

百字令　甲子元日，試桃杯，杯以匏爲之，是魏里柯寓匏所貽

野亭暖春，喜雨聲初歇、鶯歌元日。滿酌西王宜壽酒〔一〕，正有千年仙核〔二〕。卻是笙匏，天邊獨處，星宿同無匹〔三〕。椒花盛取〔四〕，玉杯慚爾多質。蚤共五色鉤連〔五〕，甘瓜子母〔六〕，碩大成秋實。葉佐晨羞餐未厭〔七〕，忘卻盤無肥炙。製就雙卮〔八〕，殷勤我友，持作高堂物。小兒方朔，自今何用偷得〔九〕。

【箋】

作于康熙二十三年元日。試桃杯，謂飲元日之桃酒。南朝梁宗懔荆楚歲時記：「（正月一日）長幼悉正衣冠，以次拜賀，進椒柏酒，飲桃酒。」魏里，又名魏塘、武塘。在今浙江嘉善縣。柯寓匏，名崇樸，嘉善人，副貢生，後官内閣中書。有振雅堂集。柯寓匏于康熙二十年冬入粤。肇慶七星巖之玉屏巖南側石壁有陳恭尹隸書題記，見前羽仙歌箋釋。陳恭尹有冬至後一日同吴園次曹石閭吴隼庵柯寓匏集梁藥亭六瑩堂分得齊字詩。

【注】

〔一〕「滿酌」句：相傳西王母壽誕，麻姑來獻酒。黄右曹卜算子壽兩國夫人胡氏詞：「清曉聽麻姑，來約西王母。共取蟠桃簇玉盤，來勸摩耶酒。」

〔二〕千年仙核：神異經載：「東方有樹名曰桃，其子徑三尺二寸，和核羹食之，令人益壽。」

〔三〕「笙匏」三句：匏笙，即笙。因用匏爲座，故名。應劭風俗通聲音：「音者，土曰塤，匏曰笙。」「星宿」句：史記天官書：「匏瓜，有青黑星守之。」司馬貞索隱引荆州占：「匏瓜，一名天雞，在河鼓東。」文選曹植洛神賦：「歎匏瓜之無匹兮，詠牽牛之獨處。」李善注：「阮禹止欲賦曰：『傷匏瓜之無偶，悲織女之獨勤。』俱有此言，然無匹之義，未詳其始。」張銑注：「匏瓜，星名，獨在河鼓東，故云無匹。」詞意謂此桃杯爲匏瓜所製，又是「寓匏」所貽，他杯莫能與之相比。

〔四〕椒花：元日之節物。晉書列女傳劉臻妻陳氏傳：「劉臻妻陳氏者，亦聰辯能屬文。嘗正旦獻椒花頌，其詞曰：『旋穹周回，三朝肇建。青陽散輝，澄景載焕。標美靈葩，爰采爰獻。聖容映之，永壽于萬。』又撰元日及冬至進見之儀，行于世。」

〔五〕「蚤共」句：阮籍詠懷八十二首之六：「昔聞東陵瓜，近在青門外。連畛距阡陌，子母相鉤帶。五色曜朝日，嘉賓四面會。膏火自煎熬，多財爲患害。布衣可終身，寵禄豈足賴。」詞中用東陵瓜之典，微露遺民之志。

〔六〕甘瓜：曹丕與朝歌令吴質書：「浮甘瓜于清泉，沈朱李于寒冰。」

〔七〕「葉佐」句：詩邶風匏有苦葉：「匏有苦葉。」毛詩注疏引正義曰：「陸璣云：匏葉少時可爲羹，又可淹煮，極美，故詩曰：『幡幡瓠葉，采之亨之。』今河南及揚州人恒食之。」

〔八〕「製就」句：謂剖匏瓜而製成兩杯也。明清時嘉興地區有此製葫蘆器之工藝。曹溶後匏杯歌：「郡中攻匏始王氏，其後模仿紛然多。」

〔九〕「小兒」二句：博物志卷八載，西王母以五枚仙桃與漢武帝，曰：「此桃三千年一生實。」唯帝與母對坐，其從者皆不得進，時東方朔竊從殿南廂朱鳥牖中窺母，母顧之，謂帝曰：「此窺牖小兒嘗三來，盜吾此桃。」

蝶戀花 立春

開歲炎天頻下雪。梅蕊遲開，凍得南枝徹〔一〕。幾樹夭桃先漏泄〔二〕。春光已被蠻娘奪〔三〕。　黄鳥數聲嬌欲絶。一夕東風，祇轉綿蠻舌〔四〕。處處壺觴閒可掣〔五〕。嬉遊莫待芳菲月〔六〕。

【箋】

道光南海縣志卷八載，康熙二十二年冬，廣州、番禺、南海「大霜雪，樹木多枯死」。梅花至次年春始開。此詞當作于二十三年立春日。

【注】

〔一〕「開歲」三句：屈大均廣州竹枝詞：「邊人帶得冷南來，今歲梅花春始開。白頭老人不識雪，驚看白滿越王臺。」

〔二〕漏泄：杜甫臘日：「侵陵雪色還萱草，漏泄春光有柳條。」趙鼎臣嘲春詩：「昨夜小桃微破萼，漏泄春情春不覺。」

〔三〕「春光」句：意謂粤中之女子已采得桃花作裝飾。李賀湘妃詩：「蠻娘吟弄滿寒空，九山静緑淚花紅。」

〔四〕綿蠻：詩小雅綿蠻：「綿蠻黄鳥，止于丘阿。」毛傳：「綿蠻，小鳥貌。」朱熹集傳：「綿蠻，鳥聲。」歐陽修春日詞五首其四：「初鶯百舌綿蠻語，已覺東風料峭寒。」

〔五〕壺觴：陶潛歸去來辭：「引壺觴以自酌，眄庭柯以怡顔。」

〔六〕「嬉遊」句：吴泳用韻謝帥機惠春盤詩：「郊行莫待芳菲月，花未開時好看花。」

探春令

一春春暖似春寒，值炎州多雪。喜海棠、開出枝枝鐵〔一〕。蚤催得、芳菲節。

曉風頻遣黄鶯舌〔二〕。向愁人先説〔三〕。説玉杯滿酌，琵琶洲上〔四〕，沈醉娟娟月。

【箋】

詞有「值炎州多雪」之語，疑亦作于康熙二十三年春日。

【注】

〔一〕「喜海棠」句：海棠有「鐵幹海棠」一種，徐渭有題鐵幹海棠詩：「垂絲美女弄春絨，鐵幹貞姜賦國風。」

〔二〕鶯舌：謂鶯啼。元稹過襄陽樓呈上府主嚴司空樓在江陵節度使宅北隅詩：「拂水柳花千萬點，隔林鶯舌兩三聲。」

〔三〕「向愁」句：劉學箕賀新郎送鄭材卿詞：「莫向愁人説。」

〔四〕琵琶洲：即潖洲，在廣州城東南郊，洲上有岡，高十餘丈，形似琵琶。方信孺南海百詠琵琶洲詩：「髣髴琵琶海上洲，年年常與水沈浮。客船昨夜西風起，應有江頭商婦愁。」明萬曆二十六年，光禄卿郭棐等請于院司，即洲岡上建浮屠，以壯形勝，名海鼇塔，一名琶洲塔。

醉花陰　以竹節大斗爲元兄壽

一節琅玕開大斗〔一〕。斟汝滿春酒。金老飽風霜，磨用陰山〔二〕，玉爪清光透〔三〕。　龍公早向羅浮取〔四〕。光怪象靈壽〔五〕。葉大似芭蕉〔六〕，卷作荷筒〔七〕，更可娱黄耇〔八〕。

【校】

此首道援堂詞、屈翁山詩集、全清詞闕。

【箋】

元兄，長兄。屈大均有二弟，一大城，一大域，無親兄，此「元兄」當爲族中長兄，疑爲屈鳴生。屈大均族兄鳴生翁八十有一生日口占爲壽詩有「君年一百還餘九，是我如君八十時」之句，翁山自謂己如鳴生八十一歲時，則鳴生爲一百零九歲。以此推知，鳴生當長翁山二十八歲。詩作于康熙二十一年七月初七，翁山五十三歲，本詞或同時作，姑繫于是年。

【注】

〔一〕「一節」句：琅玕，美玉。此喻緑竹。元稹種竹：「可憐亭亭幹，一一青琅玕。」大斗，指大酒杯。見寶鼎現壽制府大司馬吴公注。

〔二〕「金老」二句：金，指刀劍之屬，以喻元兄。黄公度桂陽宰胡達信水孚同年見贈三首次韻其三：「社燕賓鴻催日月，喬松翠竹飽風霜。」李頎崔五六圖屏風各賦一物得烏孫佩刀：「磨用陰山一片玉，洗將胡地獨流泉。」

〔三〕「玉爪」句：玉爪，手之美稱。謂元兄以竹節斗飲酒，手如白玉，與緑竹清光相映。

〔四〕龍公：竹名。白孔六帖卷一百「羅浮巨竹」條：「貞元中，有人游羅浮第三嶺，見巨竹，有三十九節，長二丈。」屈大均廣東新語卷二十五草語：「羅浮有大竹，六帖云：『（羅浮）第三峰有竹，大徑七尺圍，節長丈二，謂之龍公竹。常有鸞鳳棲宿。』」「按，龍公一作籠葱，舊志：籠葱竹大可十圍，世但聞其名，不識其物。水簾洞有道人庵，忽一人自稱姓黄，來寄宿，及去，留青竹篋一條，長二丈餘，無節。又北户録云：貞元中，有人至羅浮第十三嶺，見巨竹百千萬竿，竹圍二十一尺，有三十九節，節長二丈，筍甚膚直。此必籠葱之竹也。羅浮故多異竹，千百其類，予嘗自分水嶼至瑶池，二十餘里，皆行竹林中。枝葉交加，以兩手分披而過，欲尋籠葱，視多元有也。」竹節大斗即爲龍公竹所製成。屈大均元孝六十又一生日賦以爲壽詩六首之六：「竹影龍公合，松陰鶴子分。」

〔五〕「光怪」句：謂此竹節大斗有如靈壽杖般神奇靈異，可使持者延年益壽。光怪，神奇靈異之現象。荀悦漢紀高祖紀：「（高祖）嘗從王媪、武負貰酒，每飲醉，留寢其家，上嘗見光怪，負等異之。」漢書孔光傳：「賜太師靈壽杖。」顔師古注：「木似竹，有枝節，長不過八九尺，圍三四寸，自然有合杖制，不須削治也。」

〔六〕「葉大」句：屈大均廣東新語卷二十五草語：「其東有溪曰羅陽。永泰中，暑雨溪漲，有竹葉若芭蕉葉大，隨水流出。須臾一竹闊二尺餘，長二丈，隨之。蓋龍公之竹也。」

〔七〕荷筒：段成式酉陽雜俎卷七「酒食」條：「歷城北有使君林，魏正始中，鄭公慤三伏之際，每率賓僚避暑于此。取大蓮葉置硯格上，盛酒三升，以簪刺葉，令與柄通，屈莖上輪菌如象鼻，傳吸之，名爲碧筒杯。歷下學之，言酒味雜蓮氣，香冷勝于水。」陸龜蒙以竹夾膝寄贈襲美詩：「持贈敢齊青玉案，醉吟偏稱碧荷筒。」

〔八〕黄耇：儀禮士冠禮「黄耇無疆」鄭玄注：「黄，黄髮也。耇，凍梨也。皆壽徵也。」釋名釋長幼：「凍梨，皮有斑黑如凍梨色也。」詩大雅行葦：「酌以大斗，以祈黄耇。」毛傳：「大斗，長三尺也。」陸德明釋文：「三尺，大斗之柄也。」孔疏：「報養黄耇之老人，酌大斗而嘗之，以告黄耇將養之也。」

錦纏道 示小姬辟寒

不使彈琴，爲惜阿姑仙爪〔一〕。但簫聲、倚風輕裊。又休成子朱櫻小。短短桃花〔二〕，禁得春多少。　更羅裙許長，莫拖煙草〔三〕。露瀼瀼、濕教人笑〔四〕。好日長、描取曹娥帖〔五〕，錦箋千紙，點畫都娟妙。

【箋】

辟寒，丘氏，南海人。文外十四殤女説哀辭謂其女阿説生于乙丑仲冬，辟寒年十九。此詞當作于初納辟寒之時，姑定爲康熙二十三年甲子春，時辟寒約十七八歲。

【注】

〔一〕阿姑仙爪：葛洪神仙傳卷二王遠：「麻姑手爪似鳥，經見之，心中念曰：『背大癢時，得此爪以爬背，當佳也。』」蘇軾與龍節侍宴前一日微雪與子由同訪王定國小飲清虚堂定國出數詩皆佳而五言尤奇子由又昔與孫巨源同過定國，感念存没悲歡久之夜歸稍醒各賦一篇明日朝中以示定國也詩：「頭風已倩檄手愈，背癢卻得仙爪爬。」

〔二〕短短桃花：杜甫十二月一日三首之三：「短短桃花臨水岸，輕輕柳絮點人衣。」

〔三〕「更羅」二句：史達祖夜行船正月十八日聞賣杏花有感：「草色拖裙，煙光惹鬟，常記故園挑菜。」梁煌晰有贈詩：「裙拖煙草望來空。」

〔四〕露瀼瀼：詩鄭風野有蔓草：「野有蔓草，零露瀼瀼。有美一人，婉如清揚。」毛傳：「瀼瀼，露蕃貌。」

〔五〕曹娥帖：後漢書列女傳：「孝女曹娥者，會稽上虞人也。父盱，能絃歌，爲巫祝。漢安二年五月五日，于縣江泝濤婆娑迎神，溺死，不得屍骸。娥年十四，乃沿江號哭，晝夜不絕聲，旬有七日，遂投江而死。至元嘉元年，縣長度尚改葬娥于江南道傍，爲立碑焉。」曹娥碑，又稱孝女曹娥碑，傳爲王羲之書。小楷，二十七行。屈大均贈墨西詩亦有「爪痕多在曹娥帖，紅染蠻花半鳳仙」之語。

鏡中人　本意和吴湖州

暮如霜，朝似雪〔一〕。長與玉顔相接。形影可憐無別〔二〕。處處同明月。　郎愛箇人那愛妾。妾讓箇人清絕〔三〕。羅袖爲伊開笑靨。更使能言說。

【箋】

本意，即謂用詞牌名「鏡中人」字面之原意。吴湖州，即吴綺。清史稿吴綺傳：「吴綺，字薗次，江都人。順治十一年拔貢生，薦授中書舍人。出知湖州府，有吏能。人謂其多風力，尚風節，饒風趣，稱爲『三風太守』」。著林蕙堂集。康熙二十二年至二十三年間，吴興（湖州）知府吴綺入粤，結越臺詩社于西禪寺。此詞當作于是時。鏡中人，爲吴綺之自度曲，改仄調相思引減字而創製者。原作鏡中人本意云：「鳳銜花，鸞舞月。誰使烏菱瑩徹。纔到曉霞時節。裏面藏嬌怯。　頻暈霜花眉兩葉。恰與個儂無別。儂衹讓他他讓妾。他卻無言説。」

【注】

〔一〕「暮如」二句：謂鏡中人如霜雪般清冷。

〔二〕「形影」句：傅玄朝時篇：「形影雖彷彿，音聲寂無達。」

〔三〕「郎愛」二句：箇人，那個人，指鏡中之影。妾，照鏡之人。「清絶」，呼應如霜如雪。

拂霓裳　從西寧使君乞白鷴

愛瀧西〔一〕。美人爲政鳳來棲〔二〕。閒客好〔三〕，幾群飛傍訟堂低。雪衣稱白雉〔四〕，金尾笑山雞。向清溪。乞雙雙、分我媚中閨〔五〕。　憐伊皎潔，從不點、落花泥。香翅上，分明黑白萬絲齊。雌雄良友似〔六〕，出入小童携。置蘭畦。縱開籠、放去不曾迷〔七〕。白鷴一名閒客，即越裳所貢之白雉也。

【箋】

康熙二十三年春遊西寧之作。西寧，今廣東鬱南。康熙二十三年作于西寧。使君，指西寧知縣張溶。張溶，字嵋月，號婁涿。河南祥符人。康熙六年進士，初授江南泰興知縣，二十二年秋改任西寧知縣，有善政，鄉人立祠祀之。在任間纂輯邑乘，撰瀧西事略，屈大均爲撰瀧西事略跋。廣東新語卷二十禽語：「白鷴者，南越羽族之珍，即白雉也，……尾長二三尺，時銜之以自矜，神貌清閒，不與衆鳥雜，故曰鷴，耿介不欲親人，故曰雉。」

【注】

〔一〕瀧西：瀧，瀧水。爲西江支流，流經羅定、東安、西寧三縣。西寧位于瀧水西，因稱瀧西。

〔二〕美人爲政：美人，品德美好之賢人。詩邶風簡兮：「云誰之思，西方美人。」鄭玄箋：「思周室之賢者。」李白題雍丘崔明府丹竈詩：「美人爲政本忘機。」　鳳來棲：書益稷：「簫韶九成，鳳皇來儀。」孔穎達疏：「簫韶之樂作之九成，以致鳳皇來而有容儀也。」後漢書左雄傳：「漢世良吏，于兹爲盛，故能降來儀之瑞，建中興之功。」李賢注：「宣帝時鳳皇五至，因以紀年。」黄裳雙梧堂詩：「好音長引鳳來棲。」

〔三〕閒客：屈大均廣東新語卷二十禽語：「越鳥有三客，孔雀曰南客，白鷴曰閒客，鷓鴣曰越客。」「神貌清閒，不與衆鳥雜，故曰鷴。」

〔四〕白雉：屈大均廣東新語卷二十禽語：「白鷴者，南越羽族之珍，即白雉也。周成王時，越裳貢白雉。建武中，南越徼外蠻獻白雉。」

〔五〕媚中閨：詩周頌載芟：「思媚其婦，有依其士。」

〔六〕「雌雄」句：屈大均廣東新語卷二十禽語：「（白鷴）雌雄摯而有別，終日並遊，人未嘗見其乘居而匹處，雌雄不相戲狎，若朋友然，故曰雉。雌者多朱毛白中，由朱而變爲純白，亦以黑爲邊襴，如水波形。其音朱朱，藏喉間，甚隱而微，未嘗出諸其口。當面聽之，不知聲自何出，若在隔垣，若在屋上，如有如無，恍若琴之泛音。雌雄常相谷谷以相娱，又若擊木魚聲，幽静可聽。暮棲枝上，則雄上雌下，類有禮者。」

〔七〕「縱開」句：雍陶和孫明府懷舊山詩：「秋來見月多歸思，自起開籠放白鷳。」

踏莎行

鸜鵒稱哥〔一〕，白鷳名客〔二〕。輕輕不把春纖拍。更將花片喂相思〔三〕，銜書欲倩雙飛翼〔四〕。　身是珠娘〔五〕，生從香國〔六〕。珍禽一一皆相識。春情最愛畫眉多〔七〕，郎歸好與甘蕉食〔八〕。

【校】

此首道援堂詞、屈翁山詩集、全清詞闕。

【箋】

康熙二十三年作于西寧。

【注】

〔一〕鸜鵒：屈大均廣東新語卷二十禽語：「（鸜鵒）名曰鸜哥。兒女喜與之狎，故『哥』之。」

〔二〕白鷴：屈大均廣東新語卷二十禽語：「白鷴曰閒客。」

〔三〕相思：相思鳥。屈大均廣東新語卷二十禽語：「鷦鷯，詩所謂桃蟲也。因桃蟲而變，故其形小，性絶精巧。以茅葦羽毳爲房，或一或二，若雞卵大，以麻髮懸繫樹枝，雖大風雨不斷。一名巧婦鳥。久畜之，可使爲戲及占卦，名和鵲卦。其身小，又曰相思，亦曰想思仔。仔者，小也。相思者，身紅黑相間如紅豆。紅豆者，相思也。予有楊柳枝詞云：「山禽最小是相思，隱花枝。釵頭偷立已多時，未曾知。郎處不須紅豆子，殷勤寄。雙雙取得繫紅絲，到天涯。」

〔四〕銜書：沈約華陽先生登樓不復下贈呈詩：「銜書必青鳥，佳客信龍鑣。」

〔五〕珠娘：任昉述異記卷上：「越俗以珠爲上寶，生女謂之珠娘。生男謂之珠兒。」

〔六〕香國：屈大均廣東新語卷二十六「香語」：「廣人生長香國。」

〔七〕畫眉：畫眉鳥。屈大均廣東新語卷二十禽語：「畫眉喜棲山，自調其聲，與巖石相應以自娱。」「畫眉則兩眉特白，其眉長而不亂者善鳴，胸毛短者善鬭。」「自化州至石城，一路深林邃谷，畫眉尤多。予嘗過之，有詩云：『野花含笑滿，山鳥畫眉多。』」

〔八〕甘蕉：粤人以香蕉喂鳥，欲其善鳴。屈大均廣東新語卷二十禽語：「尋常飼以緑豆、白粳，欲其喜而多語，以香蕉。」

一叢花　題西寧長春寺

灣頭錦石似天屏〔一〕。斜對寺門青。人家盡在芙蓉瓣，恨蒼翠、霑濕窗櫺。花半未名〔二〕，禽多有姓〔三〕，鎮日共松亭。天然生就白雲城〔四〕。萬嶂繞空冥。春歸此地無人見，儘花氣、薰煞仙靈〔五〕。香雨漸消，頻生皓月，緩步過前汀。

【箋】

康熙二十三年作于西寧。西寧縣志卷三十：「長春寺，在城東。明萬曆五年建，崇禎三年修。」

【注】

〔一〕錦石：西寧縣志卷三十四：「錦石山，在城東北二十里羅旁水口，接德慶州及封川縣界，上有石柱，高插雲表，名『華表』，又名『羅錦石』。」屈大均文昌閣記：「隔江二十里許有錦石山，漢陸賈大夫之所對者也。」屈大均錦石山樵詩集序：「西寧之邑，在錦石山之西，石如玉柱，矗立天際，若太華之蓮莖，歧作三峰。」

〔二〕花半未名：張耒道旁花詩：「長夏百草秀，道旁多野花。無名自紅紫，有意占年華。」

〔三〕禽多有姓：粵禽如屈大均廣東新語卷二十禽語所載之孔雀、戴勝（丁髻娘）、白鵬、石燕、麥雞、烏鳳、江鷗等，冠首之字皆可爲姓。

〔四〕白雲城：張籍寒食書事詩二首之一：「江深青草岸，花滿白雲城。」

〔五〕「儘花氣」句：蕭繹赴荆州泊三江口詩：「柳條恒拂岸，花氣盡薰舟。」黄庭堅絶句：「花氣薰人欲破禪，心情其實過中年。」

八寶妝　孔雀

生長瀧西，鬱雞諸族〔一〕，可有孔家金翠〔二〕。宫錦連錢千萬個〔三〕，欲作鸞皇猶未。春來花與，盛衰大小珠毛〔四〕，成屏還要遲三歲〔五〕。半段恐遭人射〔六〕，看場休至。　彈指更用佳人，舞衣細拂〔七〕，盡教摇曳開尾。總憐惜、茜裙彩袖，與朝夕、回旋相媚。對嬌影、雙雙欲語〔八〕，月明忘向花中睡。笑檻外朱鵰，多驚不識情滋味。

【校】

此首道援堂詞、屈翁山詩集、全清詞闕。

【箋】

觀「瀧西」一語，疑亦作于西寧。屈大均廣東新語卷二十禽語：「孔雀者，炎方之偉鳥也。」

【注】

〔一〕鬱雞：見如夢令詞注。屈大均示姬人詩：「么鳳香收雙翅滿，鬱雞花點一身斑。」

〔二〕孔家：史繩祖學齋佔畢坡注之誤有「謂楊梅爲楊家果，孔雀爲孔家禽」語。金翠：屈大均廣東新語卷二十禽語：「孔雀以其金翠當木之華。」

〔三〕「宫錦」句：屈大均廣東新語卷二十禽語：「孔雀生深山喬木上，高三四尺，通身金暈，五色層疊如錦錢。」

〔四〕「盛衰」句：屈大均廣東新語卷二十：「(孔雀)有三采毛在頂，參差直上，長三四寸許，鍾會所謂『戴翠旄以表弁，垂綠蕤之森纚』是也。」按，引語見鍾會孔雀賦。

〔五〕「成屏」句：屈大均廣東新語卷二十禽語：「(孔雀)其文尤在尾。尾有大小，小者成以三年，大者五年。莖長四五尺，珠毛相串，翿翿然若順風揚麾，而其色多變，紅黄不定。蓋草木之精華在焉。」

〔六〕「半段」句：暗用射孔雀屏之典。新唐書后妃傳上昭成竇皇后：「(竇毅)常謂主曰：『此女有奇相，且識不凡，何可妄與人？』因畫二孔雀屏間，請昏者使射二矢，陰約中目則許之。射者閲數十，皆不合。高祖最後射，中各一目，遂歸于帝。」

〔七〕「彈指」二句：屈大均廣東新語卷二十禽語：「(孔雀)性好采色，喜與美人相狎。美人鼓掌或彈指，則應節起舞。」

〔八〕「對嬌影」句：屈大均廣東新語卷二十禽語：「(孔雀)徘徊軒翥，顧影自矜。」

訴衷情近　西寧山中

野煙霽處，掩映茅茨乍見，家家水碓舂香，一一山籃采筍。愁是畫眉催起〔一〕，深淺蠻妝，總把山花襯。　山鷓近〔二〕。最喜猺歌靜引〔三〕。數聲林外，啼得春情盡。穿松粉。髻娘扇起〔四〕，雙飛欲射，珠毛誰忍。但抱無端恨。

【校】

此首道援堂詞、屈翁山詩集、全清詞闕。

【箋】

康熙二十三年作于西寧。時與張豫表同遊西寧諸山。有采藥西寧承張大令使君命其姪孫豫表陪探燕子巖大峒龍井諸勝詩。

【注】

〔一〕畫眉：畫眉鳥。屈大均廣東新語卷二十禽語：「山鷓青紫，畫眉紅緑，形色小異，而情性相同。」「畫眉則兩眉特白，其眉長而不亂者善鳴，胸毛短者善鬭。欲其善鳴，以生雞子青調米飼之。欲其善鬭，以馬蝗螂、蚱蜢兼嚼肉飯飼之。又必越兩日一浴，使毛衣光澤，身不生蝨，則其音流麗。二鳥皆然。然畫眉喜棲山，自調其聲，與巖石相應以自娱。』『畫眉尤善轉聲，轉轉不窮，如百舌然。山鶘稍不及。畫眉嘴爪最利，其鬭至三四百合，勝者羽毛不動，曼聲長引，以鳴得意。敗則羽毛蓬鬆，伏而無響矣。畫離之，夜必合之，合之則四翼相交，屈首垂尾，團團然雌雄莫辨。獨寐則畏寒而苦憶，不能久活。』『自化州至石城，一路深林邃谷，畫眉尤多。予嘗過之，有詩云：『野花含笑滿，山鳥畫眉多。』』

〔二〕山鶘：屈大均廣東新語卷二十禽語：「山鶘，一名山鳥，其鐵脚者，眼赤而突者，善鬭，臆間有黑毛一片，圓小而長者善鳴。雄者尾長雌尾短，雄者音長雌音短。」『山鶘喜棲水，自調其聲，與流波相應以自娱。』

〔三〕傜歌：屈大均廣東新語卷十二詩語：「趙龍文云：傜俗最尚歌，男女雜還，一唱百和。其歌與民歌皆七言而不用韻，或三句，或十餘句，專以比興爲重，而布格命意，有迥出于民歌之外者。」

〔四〕髻娘：丁髻娘。屈大均廣東新語卷二十禽語：「戴勝色灰緑，大如脊鴒，顱有髻，高六七分。南海謂其雄者丁髻郎，雌者丁髻娘，陽江謂之釘髻鸕，高要、高明謂之冠髻。」

五彩結同心　答黃位北見餉姑蘇酒浸楊梅

包山始熟〔一〕，玄墓初垂〔二〕，炙得太湖全赤。載向閶門去〔三〕，把三白、一一和枝深漬〔四〕。甜酸得酒皆成蜜，隨十幅、蒲帆爲客〔五〕。玉顔好、盡生紅暈，絶勝夏時鮮食。炎洲荔支誰敵。且莫教鬱水〔六〕，織綃人識〔七〕。更有蕭然白，湘湖上、香共紫蒓莖摘〔八〕。燒春相伴方長命〔九〕，看歲歲、丹砂容色〔一〇〕。愧滿盤、火珠滴滴〔一一〕，欲報瓊瑶無力〔一二〕。蕭然，山名，在蕭山。蕭山産白楊梅。

【箋】

康熙二十三年作。黄位北，名輝斗，又字空嵐。江蘇上元人。持重高才，嘗遊燕、齊、秦、楚諸地，知名海内。有慎獨堂詩稿、慎獨堂文集。康熙二十三年遊粤，與陳恭尹等有唱酬。康熙西寧縣志載其和屈大均龍井詩，當爲是年同遊西寧時作。屈大均有以香根一枚爲黄位北壽繫以詩。屈大均送張南士返越州因感舊遊有作詩自注：「蕭山白楊梅最美。」沈皞日有東風第一枝詠蕭山白楊梅詞。

【注】

〔一〕包山：在太湖西山，盛産楊梅。明人黄東題楊梅卷詩：「紫腴青潤藹光流，尚憶包山是故丘。」

〔二〕玄墓：鄧尉山，又名玄墓山，在今吴縣西。山中遍植楊梅。都穆游郡西諸山記：「至玄墓山，從松筱間傴僂而上，山多楊梅、梅樹，湖水明滅樹間，衆冉冉如空中行。」

〔三〕閶門：蘇州古城門。吴越春秋：「城立閶門者以象天門，通閶闔風也。闔閭欲西破楚，楚在西北，故立閶門以通天氣，因復名破楚門。」

〔四〕三白：三白酒。董世寧纂修烏青鎮志卷二十土産：「（三白酒）以白米、白麵、白水成之，故有是名。」徐渭漁鼓詞：「婁唐九黄三白酒，此是老人骨董羹。」

〔五〕十幅蒲帆：梅堯臣使風詩：「胯下橋南逆水風，十幅蒲帆彎若弓。」

〔六〕鬱水：屈大均廣東新語卷四水語：「西江。西有三江，其一爲漓，一爲左，一爲右。右江至潯而匯左爲一，而右江之名隱。左江至梧而匯漓爲一，而左江之名亦隱。惟曰西江。西江在西粤爲三，在東粤爲一，一名鬱水。」

〔七〕織綃人：謂鮫人。山海經海内南經：「（雕題國）在鬱水南。鬱水出湘陵南海。」郭璞注：「黥涅其面，畫體爲鱗采，即鮫人也。」干寶搜神記卷十二：「南海之外，有鮫人，水居如魚，不廢織績，其眼泣，則能出珠。」顧況龍宫操：「鮫人織綃采藕絲。」

〔八〕「更有」二句：蕭然，見詞尾小注。湘湖，湖名。在杭州蕭山西。古時盛産白楊梅、紫蒓。屈大均奉答蕭山周子見懷之作詩：「蕭然山下樹，多是白楊梅。復有紫蒓好，湘湖葉葉開。」

〔九〕燒春：指酒。李肇唐國史補卷下：「酒則有郢州之富水……劍南之燒春。」釋德洪次韻遊南嶽詩：「適如醉鄉識歸路，醇如燒春浮玉觴。」屈大均贈錢郎飲酒詩：「陶公餘醉石，紀叟有燒春。」

〔一〇〕丹砂容色：指有道之士紅潤之面容。方回白雲山房次韻馬道士虚中詩：「我本不學抱朴翁，何倏致此丹砂容。」

〔一一〕火珠：即火齊珠。文選張衡西京賦：「翡翠火齊，絡以美玉。」李善注：「火齊，玫瑰珠也。」

〔一二〕報瓊瑶：詩衛風木瓜：「投我以木桃，報之以瓊瑶。」

憶舊遊　寄朱竹垞太史

記河陰祖帳，廣武分襟〔一〕，列坐妖嬈。未厭笙歌曲，又鞭梢北指，京路迢遥。鳳池自轉供奉〔二〕，芳訊斷瓊瑶。恨駿骨初收〔三〕，蛾眉已妒，忽墜雲霄〔四〕。相要。待君處，是四百束樵〔五〕，七十西樵〔六〕。更好離支熟〔七〕，與玉柈堆滿〔八〕，香柚甘蕉。教伊素手分取，金液酒中調。縱美讓并州〔九〕，花娘未必無姓晁〔一〇〕。

【箋】

朱彝尊，字錫鬯，號竹垞，秀水人。康熙十七年，清廷首開博學鴻詞科，户部侍郎嚴沆、吏科給事中李宗孔等，薦舉朱彝尊應試博學鴻詞科。夏，自江寧應召入北京。次年應試得雋，除翰林院檢討，入史館纂修明史，因稱「太史」。此詞當作于康熙二十三年朱彝尊被謫後。姑繫于此。

【注】

〔一〕「記河陰」二句：康熙六年夏，朱彝尊過代州，與屈大均、李因篤同遊。朱氏離代，屈大均攜静憐送至廣武城，有攜晁四美人出雁門關送錫鬯至廣武詩。祖帳，謂于郊外路旁設帷帳置酒筵以餞别。王維淇上送趙仙舟詩：「祖帳已傷離，荒城復愁入。」

〔二〕鳳池：即「鳳凰池」。中書省之美稱。杜佑通典卷二十一職官三：「魏晉以來，中書監令掌贊詔令，記會時事，典作文書，以其地在樞近，多承寵任，是以人因其位，謂之『鳳凰池』焉。」供奉：清代稱南書房行走官員爲内廷供奉。康熙二十年，清廷命增置「日講官起居注」八員，朱彝尊爲其中之一，相當于内廷供奉。句意謂朱彝尊從翰林院檢討轉爲日講官起居注官員。

〔三〕駿骨：戰國策燕策一載，燕昭王欲招賢，郭隗以買馬設喻，謂古代有以五百金買千里馬之骨，「于是不能期年，千里之馬至者三」，因而在一年之内就得到三匹千里馬，勸燕昭王厚幣以招賢。「駿骨初收」，謂朱彝尊已被朝廷羅致。

〔四〕「蛾眉」二句：離騷：「衆女嫉余之蛾眉兮，謡諑謂余以善淫。」李白懼讒：「衆女妒蛾眉，雙花競春芳。」詞意謂朱彝尊被小人所妒而被貶官。康熙二十三年一月，朱彝尊因攜書手私入禁中鈔録圖書，爲掌院學士牛鈕所劾，被降一級。三月，遷出禁垣。八月南返嘉興。朱彝尊書櫝銘序：「予入史館，以楷書手王綸自隨，録四方經進書。綸善小辭，宜興陳其年見而擊節，供事翰苑。忌者潛請牛鈕形之白簡，遂罷予官。」

〔五〕四百東樵：羅浮山，又名東樵山，有四百餘座山峰，皮日休寄題羅浮軒轅先生所居詩「亂峰四百三十二」自注：「羅浮山峰數。」

〔六〕七十西樵：西樵山有七十二峰。屈大均五十四歲自壽歌：「西樵七十有二峰，東樵四百三十二。」

〔七〕離支：屈大均廣東新語卷二十五木語：「本草謂荔枝木堅，子熟時須刀割乃下。今瓊州人當荔枝熟，率以刀連枝斫取，使明歲嫩枝複生，其實益美。故漢時皆以爲離支，言離其樹之支，子離其枝，枝復離其支也。南方離火之所出，荔枝得離火多，故一名離支。」

〔八〕玉柈：即玉盤。古樂府董逃行：「奉上陛下一玉柈，服此藥可得神仙。」

〔九〕并州：代州古時隸屬并州，晁静憐爲代州人。

〔一〇〕花娘：代州妓晁静憐。見唐多令閱秀水朱竹垞寄静憐詞注。

戚氏　端州感舊

片帆開。又上西水向崧臺〔一〕。想像當年，羽幢東駐作蓬萊〔二〕。宫槐。接天街。紛紛銀燭早朝催〔三〕。無端白面年少，出師書奏意酸哀〔四〕。五嶺天險，無人分戌，控弦一夕潛來〔五〕。爲蕭牆變起，鉤黨相角，朝士鴑駘〔六〕。龍舸夜動喧豗。三兩扈從，報國少涓埃〔七〕。三宮苦、筑陽漂泊，桂管摧頹〔八〕。正銜枚。爨僰一路遲回。六詔喜仗雄才〔九〕。晉王再造，惠國重興，稍作屯難雲雷〔一〇〕。又苦遭凶逆，爲[飠隹]羽翼，作禍胚胎〔一一〕。四引樓蘭鐵騎，度金沙、血戰磨盤開〔一二〕。寄命緬甸淒涼，六軍潰裂，魚服辭滇海〔一三〕。念龍饑、誰與文君塊〔一四〕。空嘔血、諸葛時乖〔一五〕。又命屯、玉步難恢〔一六〕。恨凶渠、逼脅上雲堆〔一七〕。自重華逝〔一八〕，蒼梧痛哭，血淚成灰。

【校】

此首道援堂詞、屈翁山詩集闕。

【箋】

康熙二十四年春，王士禛入粵。四月七日，屈大均自番禺至肇慶作陪，途中作此。詞中寫永曆一朝情事，可作詞史讀。

【注】

〔一〕崧臺：在肇慶。葉春及初夏鄭使君招飲七星巖詩：「端州城北有崧臺，臺下千秋石室開。」

〔二〕羽幢東駐：羽幢，以鳥羽爲飾之旌旗，帝王之儀仗，此代指永曆帝。桂藩朱由榔于隆武二年（順治三年）十月在肇慶即皇帝位，年號永曆，以舊府衙麗譙樓爲行宮。王夫之永曆實録卷一大行皇帝紀：「（崇禎十六年）十二月，征蠻將軍楊國威帥師後永州，遂迎上入粤，達端皇帝所，遂從居梧州。」「隆武二年八月丁酉，思文皇帝遇害于順昌，全閩陷。總制兩廣兵部尚書丁魁楚、巡撫廣西僉都御史瞿式耜議戴上監國，大學士吕大器、兵部尚書李永茂皆至肇慶，與定策。參政唐紹堯、副使林佳鼎、御史王化澄率府州縣吏民迎上于寓邸，釋衰服，治府署爲行宫，行監國事。十月丙戌，上即位于肇慶，詔誥天下，獎勵文武兵民，同仇恢復，改明年爲永曆元年。」屈大均端州感懷詩：「崧臺曾駐輦，錦石有行宫。」又端州弔古：「幾日崧臺駐六飛，龍髯攀墮淚空揮。」

〔三〕銀燭早朝：王維早朝：「銀燭已成行，金門儼騶馭。」

〔四〕「無端」二句：屈大均于永曆三年春赴肇慶行在，上中興六大典書，大學士王化澄疏薦，將官以中秘，會父疾遽歸。屈大均時年十九，詞中之「白面年少」，或即自謂，然中興六大典書已佚，難以稽考。又，錢秉鐙（即錢澄之）于永曆二年十月至肇慶，向永曆帝上初至端州行在第一疏。籲請行朝急救駐守南雄之李成棟，率粤東兵北上，繞過贛州，以「解南昌之圍」，「並力乘勢直下江南」。謂「今日中興之大勢實在江西」，「救江西爲今日中興之急著」。極有見地，李成棟認爲「書生未識軍計」，不予采納。詞中或指此事，待考。

〔五〕「五嶺」三句：當寫永曆三年春之事。王夫之永曆實録卷一大行皇帝紀：「李成棟攻贛州，至信豐，與清兵遇，大戰，不勝，死之。」李成棟駐守信豐，清將劉武元率兵攻城，成棟不支，渡河投水死。五嶺空虛，清兵自此得以南進。控弦，史記匈奴列傳：「是時漢兵與項羽相距，中國罷于兵革，以故冒頓得自强，控弦之士三十餘萬。」詞中指清兵。

〔六〕「爲蕭牆」三句：蕭牆變起，謂内亂。蕭牆，宫室内之矮牆。論語季氏：「吾恐季孫之憂，不在顓臾，而在蕭牆之内也。」詞中指永曆朝中楚黨吴黨之争。倪見田續明史紀事本末謂，楚黨以金堡、劉湘客、丁時魁、蒙正發、袁彭年爲主，皆外聯瞿式耜、内恃李成棟；吴黨以朱天麟、王化澄、吴貞毓、李用楫等爲主，内援馬吉翔、外倚陳邦傅。駑駘，劣馬。楚辭九辯：「卻騏驥而不乘兮，策駑駘而取路。」此喻庸才。盧綸書情上大尹十兄詩：「磨鉛慚砥礪，揮策愧駑駘。」

〔七〕「龍舸」三句：寫永曆放棄肇慶，遡西江至梧州之事。永曆四年春，南雄、韶關相繼失守，廣州被圍。太監夏國祥等人以太后懿旨名義挾永曆登舟，從行官員亦倉惶就道。大行皇帝紀：「永曆四年正月，上在肇慶。清兵大舉犯梅關，羅成耀棄南雄走。上棄肇慶，登舟將西奔，大學士瞿式耜馳奏，請上固守肇慶，集援兵禦寇。嚴起恒、金堡交諫留駕，皆不聽。戎政尚書劉遠生、給事中金堡奉敕往廣州，諭杜永和固守待援，永和集兵城守。清兵陷南雄、韶州。上奔梧州。」後自梧州再遷南寧。

〔八〕「三宫」二句：筑陽，即貴陽。明代設貴筑司，清代爲貴筑縣。永曆四年，孫可望接受永曆政權敕封爲秦王，在貴州安隆興建行宫，遣總兵王愛秀至廣西迎接永曆帝移駕貴州。永曆六年二月六日，永曆朝廷移居安隆，改安隆所爲安龍府。大行皇帝紀：「十二月，清兵陷肇慶，南陽侯李元胤死之，陳邦傅降。上奔南寧。」「永曆五年正月，上在南寧。六月，清兵攻南寧，上奔太平。」「冬，孫可望遣兵脅上居興隆，百官扈衛死亡潰散，從上者百餘人。」永曆六年至九年春，永曆帝皆在安龍。桂管，謂廣西一隅。

〔九〕「爨僰」三句：寫永曆入滇之事。永曆在李定國扶助下入據雲南。大行皇帝紀：永曆十年「李定國密迎上入雲南，即孫可望所營宮殿爲行宮，奉上居之」。永曆十年，李定國精兵迎永曆帝入昆明。以雲南貢院爲行宮，視朝聽政，號五華山爲「滇都」。爨僰：爨人與僰人，即今之彝族與白族，詞中指爨僰所居之雲南。雄才：指李定國。六詔：唐代烏蠻六部落之總稱。即蒙巂詔、越析詔、浪穹詔、邆賧詔、施浪詔、蒙舍詔。位于今雲南及四川西南。本詞指雲南地區。

〔一〇〕「晉王」三句：謂在李成棟、李定國先後扶持下，永曆朝局得以艱難支撑。晉王：永曆入滇後，封李定國爲晉王。惠國：指李成棟。李成棟以廣東全境和廣西梧州等地區反正附明，封爲惠國公。徐鼒小腆紀年卷五：「閏四月乙未朔，明遣吏部侍郎吴貞毓、祥符侯侯性勞李成棟軍，封成棟惠國公。」屯難雲雷：易屯：「象曰：雲雷，屯。君子以經綸。」「象曰：屯，剛柔始交而難生，動乎險中，大亨貞。」屯之卦象爲坎上震下，坎爲雲，震爲雷，「雲雷」，喻險難。謝靈運撰徵賦：「民志應而願税，國屯難而思撫。」

〔二〕「又苦」三句：寫孫可望發動叛亂事。永曆十一年八月初一日，孫可望率兵十四萬，自貴陽向雲南進發。大行皇帝紀：「永曆十一年，上在滇南。詔討孫可望。十一月，李定國兵至貴州，大敗孫可望之兵，可望棄貴州走武岡州，降于清。」

〔三〕「四引」二句：由于孫可望降清，戰局逆轉。大行皇帝紀：「孫可望、洪承疇請清兵大舉攻雲、貴。鄭鴻逵、朱成功、劉孔昭由海道攻鎮江，破之，遂圍應天，已而敗退，入海。清兵陷貴州。李來亨、劉體淳、郝永忠自竹山出攻襄陽，入其城，已而退去，遂屯巫山巴東之西山。永曆十四年，上在滇南。李定國帥師禦清兵于畢節。清兵自平越入曲靖州，南入騰越，李定國之師潰，奉上居永昌。」樓蘭鐵騎：指清兵。金沙：指金沙江。按，金沙，應爲怒江。清軍渡過怒江，逼近騰越。血戰磨盤：郭應聘西南紀事卷十李定國傳：「（永曆十三年）定國退至潞江，慮行在體重難行，遣護衛將軍靳統武、黔國公沐天波奉蹕先出騰越，而身留磨盤山當敵。磨盤陡立，阻潞江，内箐深屈曲，僅容單馬，定國築栅數道，左右設伏，大營屯山後四十里橄欖坡，炊食餉伏，令毋見煙火。大清兵行緩持重，伏兵五日夜，山深食寒，鋭氣半銷。（閏正月）二十一日，吴三桂、趙布太渡潞江，前驅遇伏，大戰竟日。中書盧桂生自伏中逃歸，告爲先備，分精甲禦伏，而正兵由大路平行，南軍擾亂，泰安伯竇民望、都督王璽皆戰死。定國憤，發麾後軍齊進，殊死戰。大清死傷甚衆，卻三十里，而定國度前軍既潰，奸人有輸敵情，恐孤軍不支，遂整旅出騰越，追扈行在。行在已出銅壁關，入緬。」

磨盤山爲高黎貢山南段，位于怒江西岸，在今騰衝與龍陵之間。盧桂生叛變，致使明軍伏擊未能竟功。

〔一三〕「寄命」三句：寫永曆被馬吉翔等挾持奔緬。大行皇帝紀：「永曆十五年，清兵逼永昌，李定國奉上奔緬甸。八月戊戌，有大星起天中，進裂如雷，小星百餘從之，隕于西南，白光燭天，良久乃没。」六軍潰裂：寫永曆軍隊節節敗退。李定國傳：「永曆十三年春正月四日，帝在永昌，下罪己詔。定國繳旄鉞上書待罪，不許。自請削秩，不許。十日，三桂陷雲南城。二月，文選兵敗于玉龍關。初，文選自霑益追及車駕同行。定國令之斷後。至是又敗于賊兵。帝爲天波、吉翔等奉至騰衝避之。」「永曆十四年，上在滇南。李定國帥師禦清兵于畢節。清兵自平越入曲靖州，南入騰越，李定國之師潰，奉上居永昌。」魚服：白龍魚服。謂白龍化爲魚在淵中游。劉向説苑正諫：「昔白龍下清泠之淵，化爲魚，漁者豫且射中其目。」意謂帝王微服出行而被傷害。劉茝狩緬紀事載，緬人命令永曆隨行人員「必盡釋甲仗，始許入關」。

〔一四〕「念龍」二句：寫永曆在入緬途中衣食不繼之艱困。左傳僖公二十三年載，（晉公子重耳）「過衛，衛文公不禮焉。出于五鹿，乞食于野人，野人與之塊。公子怒，欲鞭之。子犯曰：『天賜也。』稽首，受而載之。」塊，土塊，亦意味國家領土。詞中語意相關。

〔一五〕「空嘔」句：傳説諸葛亮爲軍務嘔心瀝血，勞頓而卒。三國演義等書亦載此事。李夢陽三忠祠：「憶昔漢諸葛，龍起答三顧。志決竟星隕，嘔血爲軍務。」詞中以諸葛亮喻李定國。張怡謏聞續筆卷二引李楚章語：「公用兵如神，有小諸葛之稱。紀律嚴明，秋毫無犯，所至人争歸之。」時乖，時運乖違。

〔一六〕命屯：命運艱阻。白居易歲晚：「命屯分已定，日久心彌安。」玉步難恢：謂永曆受制于緬人，難以恢復。玉步，此指帝王之行跡，亦指國運。宋代郊廟朝會歌辭祫饗太廟：「玉步徊翔，大姿嚴翼。」

〔一七〕「恨凶渠」句：寫永曆被緬人遣返雲南，遭吴三桂俘殺。大行皇帝紀：「永曆十六年，上在緬甸。李定國收兵安南，緬甸人叛，刧駕入雲南。前平西伯晉封薊國公吴三桂弑上于雲南，及皇后王氏，世守雲南黔國公沐天波死之。」

〔一八〕「自重華」三句：重華，謂帝舜。此指永曆。史記五帝本紀：「虞舜者名曰重華。」禮記祭法：「舜勤衆事而野死。」鄭玄注：「謂征有苗死于蒼梧也。」

八聲甘州

恨蠻江、亦復向東傾，峽門小難收〔一〕。任牂牁萬里〔二〕，含煙吐瘴，全注交州〔三〕。往日水犀三萬〔四〕，戰血剩龍湫〔五〕。零落艨艟影〔六〕，雨外沈浮。不忍崧臺憑弔，更有無玉璽，試問沙鷗〔七〕。自黄龍朝去，波湧失宸樓〔八〕。嘆三宫、春隨蜃氣〔九〕，與沓潮、變幻海西頭〔一〇〕。漁翁汝、向金沙浦〔一一〕，可見膠舟〔一二〕。

【校】

此首道援堂詞、屈翁山詩集、全清詞闕。

【箋】

康熙二十四年四月九日，吴興祚招屈大均與王士禛、黄與堅飲于端州石室巖。王士禛有七星巖詩以紀。此詞爲登崧臺懷永曆帝而作。

【注】

〔一〕峽門：指羚羊峽。在肇慶市鼎湖西南。

〔二〕牂牁：史記西南夷列傳：「牂牁江廣數里，出番禺城下。夜郎者，臨牂牁江。江廣百餘步，足以行船。竊聞夜郎所有精兵，可得十餘萬，浮船牂牁江，出其不意，此制越一奇也。發巴蜀卒治道，自僰道指牂牁江。」牂牁江自貴州流經廣西、廣東入海。

〔三〕交州：漢武帝設交趾刺史部于廣信，在今梧州與封川附近，東漢改稱交州。

〔四〕水犀：水犀軍，披水犀甲之水軍。泛指水上勁旅。國語越語上：「今夫差衣水犀之甲者億有三千。」韋昭注：「犀形似豕而大。今徼外所送，有山犀、水犀。水犀之皮有珠甲，山犀則無。億有三千，所謂賢良也，若今備衛士矣。」水犀三萬，指永曆之水師。明代在肇慶設有水師總兵府，駐有水師戰艦。此外，永曆時期，在新會等沿海之地，有余龍等擁明義師水軍，提督輔明侯林察、閩安侯周瑞率領戰艦數百艘。廣師亦零落殆盡矣。

〔五〕「戰血」句：謂當時將士之戰血已被時間之流水淨洗矣。龍湫，謂下有深潭之懸瀑。隋書禮儀志一：「鹿角生于楊樹，龍湫出于荆谷。」

〔六〕艨艟：戰艦。又稱「蒙衝」。劉熙釋名釋船載：「外狹而長曰蒙衝，以衝突敵船也。」

〔七〕「更有」二句：玉璽，指永曆帝所持「敕命之寶」碧玉璽。孫可望曾逼脅永曆交出玉璽。吴三桂率清軍三路入滇，永曆帝倉促西逃，臨行前將玉璽丢棄。按，此璽在清末重現于昆明五華山。

〔八〕「自黄龍」二句：黄龍，喻皇帝。黄龍朝去，謂永曆離開肇慶，亦喻永曆朝廷覆亡。宸樓，帝王所居之樓。此以指永曆朝廷。曾仕鑒厓門弔古詩：「白鷴已没黄龍去，百二山河祇夕暉。」

〔九〕蜃氣：劉孝威小臨海詩：「石橋終不成，桑田竟難測。蜃氣遠生樓，鮫人近潛織。」詞意謂永曆王朝如海市蜃樓般變滅。

〔一〇〕沓潮：謂前潮未盡退而後潮迭至之潮水。劉恂嶺表録異卷上：「當潮未盡退之間，颶風作而潮又至，遂至波濤溢岸，淹没人廬舍，蕩失苗稼，沉溺舟船，南中謂之沓潮。」

〔一〕金沙浦：即金沙洲，亦稱沙洲。在肇慶高要縣東，西江江心之小洲，与西江北岸之布水村隔江相對。屈大均有夜宿沙洲有作詩：「沙洲今夕宿，月似一人孤。不寐同秋雁，相依更夜烏。初寒山兔少，未曙水螢無。耿耿懷明發，漁歌起緑蒲。」

〔二〕膠舟：皇甫謐帝王世紀周：「昭王在位五十一年，以德衰南征，及濟于漢，楚人惡之，乃以膠船進王。王御船至中流，膠液船解，王及祭公俱没于水中而崩。」胡曾詠史詩漢江：「借問膠船何處没，欲停蘭棹祀昭王。」屈大均望端州郡樓有賦詩：「郡治樓同五鳳樓，當年玉輦此南遊。無情太華空成冢，有恨金沙不覆舟。」同此用意。

淡黄柳　端州郡署作，署曾作行宫

蕭條郡廨，曾作芙蓉殿〔一〕。誰記池頭蒙賜宴〔二〕。來去茨菰葉畔。長與君王舊鳧雁〔三〕。共腸斷。　龍髯已零亂〔四〕。剩垂柳、欲攀遍。御溝西、可有殘紅片。乳燕窺人，但銜春至〔五〕，巢向空梁莫管。

【箋】

康熙二十四年春作。隆武二年十月十四日，永明王朱由榔在肇慶稱帝，以明年爲永曆元年，以府署爲行宫。永曆四年正月十三日，聞清兵陷南雄，永曆離肇慶乘舟入梧州。

【注】

〔一〕芙蓉殿：長安曲江有芙蓉園，亦稱芙蓉苑，爲隋、唐之禁苑，中有别殿，稱芙蓉殿。杜甫曲江對酒詩：「芙蓉别殿謾焚香。」本詞中以指行宫。

〔二〕「誰記」句：唐玄宗開元盛時常在凝碧池設宴群臣。計有功唐詩紀事載，安禄山叛唐，天寶十五載，兵入長安，曾大宴其部下于凝碧池。王維凝碧池詩：「萬户傷心生野煙，百僚何日更朝天？秋槐落葉深宫裏，凝碧池頭奏管絃。」本詞字面上謂無人再記起永曆在端州賜宴之事，實是指斥清人及附清者，以古事寫今情，中含極大悲憤。

〔三〕「來去」二句：儲光羲晦日任橋池亭詩：「未有菰蒲生，即聞鳧雁遊。」沈佺期龍池篇：「邸第樓臺多氣色，君王鳧雁有光輝。」屈大均玉河曲：「君王往日多鳧雁，肯念恩波太液回。」鳧雁，指侍從群臣。

〔四〕龍髯：史記封禪書：「黄帝采首山銅，鑄鼎于荆山下。鼎既成，有龍垂胡髯下迎黄帝。黄帝上騎，羣臣後宫從上者七十餘人，龍乃上去。餘小臣不得上，乃悉持龍髯，龍髯拔，墮，墮黄帝之弓。百姓仰望黄帝即上天，乃抱其弓與胡髯號，故後世因名其處曰鼎湖，其弓曰烏號。」龍髯零亂，謂永曆帝已逝去。

〔五〕「乳燕」二句：秦觀黄金縷詞：「燕子銜將春色去。紗窗幾陣黄梅雨。」

浣溪沙　桃溪

榕葉陰陰又木棉。芭蕉黄映一溪煙。人家半在峽門邊。　蝦菜未殘三月市〔一〕，魚花争上九春船〔二〕。愁同百丈盡情牽〔三〕。

【箋】桃溪，地名，在肇慶東北三十里，羚羊峽口，堤岸兩旁多植桃樹，故名。此詞似于康熙二十四年暮春遊肇慶時作。屈大均桃溪詩：「夾岸蒙茸竹，枝枝有鳥啼。夢飛芳草外，愁在夕陽西。水驛連三峽，人家各一溪。女郎祠畔望，煙雨一秋迷。」

【注】

〔一〕蝦菜：杜甫贈韋七贊善詩：「洞庭春色悲公子，蝦菜忘歸范蠡船。」仇兆鼇注：「馬永卿懶真子曰：『嘗見浙人呼海錯爲蝦菜，每食不可缺。』」

〔二〕魚花：魚苗。見買陂塘詞注。

〔三〕百丈：指縴船之長纜。古樂府那呵灘六首其二：「沿江引百丈，一濡多一艇。水上郎擔篙，何時至江陵。」

長相思 稚子

口櫻桃〔一〕。髫蒲桃〔二〕。兩兩花衫三尺高。鵁雛初羽毛〔三〕。酕醄醿〔四〕。食香飴〔五〕。解乞韋娘歌楚辭〔六〕。春筵纔上時。

【校】

此首道援堂詞、屈翁山詩集、全清詞闕。

【箋】

屈大均長子明洪生于康熙十七年二月。此詞所寫之稚子約六、七歲情景，姑定爲康熙二十三、四年間作。屈大均雉子詩：「斑斑雙雉子，一者白花男。並蒂蒲桃髻，連枝玳瑁簪。鸚哥懸綵架，荔子貯花籃。日夕供孩笑，蘭飴祖母含。」番禺縣續志卷十八：「明洪，字甘泉，號鐵瓢。雍正癸卯拔貢，補右翼宗學教習，康親王嘗書『宗潢儀範』四字贈之。期滿授知縣，以積勞病肺，請改教職，任潮惠雷州教諭。著有鐵瓢詩略行世。」

【注】

〔一〕櫻桃：孟棨本事詩事感：「白尚書姬人樊素善歌，妓人小蠻善舞：嘗爲詩曰：『櫻桃樊素口，楊柳小蠻腰。』」

〔二〕蒲桃：屈大均雉子詩：「身並琴牀漸欲高，摩挲髻子愛蒲桃。」自注：「髻名。」
〔三〕鵷雛：莊子秋水篇：「南方有鳥，其名爲鵷雛，子知之乎？夫鵷雛發于南海，而飛于北海，非梧桐不止，非練實不食，非醴泉不飲。」
〔四〕酌酴醾：酴醾，酴醾酒。龐元英文昌雜録卷三：「京師貴家多以酴醾漬酒，獨有芬香而已。」
〔五〕食香飴：後漢書明德馬皇后紀：「吾但當含飴弄孫，不能復知政事。」
〔六〕韋娘：杜韋娘。唐歌伎。劉禹錫贈李司空妓：「高髻雲鬟宮樣妝，春風一曲杜韋娘。」

春從天上來　壽制府大司馬吴公

幾載炎方。總兩粵諸侯，師保堂堂〔一〕。袞衣開府〔二〕，彤矢安疆〔三〕。五星井宿光芒〔四〕。笑漢時大長，逾百歲、魋結稱王〔五〕。我君公，但南交虎拜〔六〕，東海鷹揚〔七〕。　長隨麗空雙曜〔八〕，作守日黄人〔九〕，出入扶桑〔一〇〕。沐浴精華〔一一〕，卿雲葩爛〔一二〕，更多倬彼文章〔一三〕。寫五臣謨訓〔一四〕，和騷雅、傳與旂常〔一五〕。養群賢，看天衢輿衛〔一六〕，雷雨同行〔一七〕。

【校】

此首道援堂詞、屈翁山詩集、全清詞闕。

【箋】吴興祚于康熙二十一年任兩廣總督，此詞有「幾載炎方」之語，當作于康熙二十四、五年間。姑繫于此。

【注】

〔一〕師保：書君陳：「昔周公師保萬民，民懷其德。」易繫辭下：「無有師保，如臨父母。」

〔二〕衮衣：詩豳風九罭：「我覯之子，衮衣繡裳。」毛傳：「衮衣，卷龍也。」此指上公之禮服。開府：指高級官員建立府署，可自選僚屬。清代習稱任督撫爲開府。

〔三〕彤矢：朱漆箭。天子以賜功臣者。書文侯之命：「彤弓一，彤矢百。」清龔自珍阮尚書年譜第一序：「凡此者，妕盤雖麗，難鐫彤矢之勳；曶鼎良珍，莫罄赤環之績。」參見「彤弓」。詩經小雅彤弓：「彤弓弨兮，受言藏兮。」

〔四〕「五星井」句：井，井宿。二十八宿之一，爲南方「朱雀」七宿之首；五井，謂五星聚東井。史記張耳陳餘列傳：「漢王之入關，五星聚東井。東井者，秦分也，先至必霸。」此以頌吴興祚治理南方。

〔五〕「漢時」三句：寫南越王趙佗事。秦始皇二十八年，趙佗隨秦將任囂征嶺南。漢初，立南越國，自號「南越武王」。漢高祖封趙佗爲「南越王」。吕后時，趙佗稱帝，號爲「南越武帝」。其後又臣屬漢朝，取消帝號，接受封王。趙佗卒于漢武帝建元四年，享年約一百歲，葬于番禺。

大長：史記南越列傳：「陸賈至南越，王甚恐，爲書謝曰：『蠻夷大長老夫臣佗，前日高后隔異南越，竊疑長沙王讒臣，又遥聞高后盡誅佗宗族，掘燒先人冢，以故自棄，犯長沙邊境。且南方卑濕，蠻夷中間，其東閩越千人衆號稱王，其西甌駱裸國亦稱王。老臣妄竊帝號，聊以自娱，豈敢以聞天王哉！』乃頓首謝，原長爲藩臣，奉貢職。于是乃下令國中曰：『吾聞兩雄不俱立，兩賢不並世。皇帝，賢天子也。自今以後，去帝制黄屋左纛。』」魋結：史記酈生陸賈列傳：「及高祖時，中國初定，尉佗平南越，因王之。高祖使陸賈賜尉佗印爲南越王。陸生至，尉佗魋結箕倨見陸生。」司馬貞索隱：「謂爲髻一撮似椎而結之，故字從結。」

〔六〕南交：交趾，亦指五嶺以南。虎拜：謂大臣朝拜天子。召穆公，名虎，周宣王時因平淮夷之功，宣王賜與山川土田，召穆公稽首拜謝。詩大雅江漢有「虎拜稽首，天子萬年」之語。

〔七〕鷹揚：詩大雅大明：「維師尚父，時維鷹揚。」鄭玄箋：「尚父，吕望也。尊稱焉。」

〔八〕麗空：懸掛于空中。秦觀海康書事：「白日麗空闊。」雙曜：指日月。廣雅：「日月謂之雙曜。」

〔九〕守日黄人：謂朝政清明，國力强盛，外國來朝。太平御覽卷八七二引符瑞圖：「日，二黄人守者，外國人方自來降也。」廣東爲中國重要之通海之地，吴興祚爲兩廣總督，故用此典。

〔一〇〕扶桑：神木名，日出之處。山海經海外東經云：「湯谷上有扶桑，十日所浴，在黑齒北。」郭璞注：「扶桑，木也。」楚辭九歌東君云：「暾將出兮東方，照吾檻兮扶桑。」王逸注：「日出，下浴于湯谷，上拂其扶桑，爰始而登，照曜四方。」屈大均南海祠下作：「萬里雲霞開海市，中宵日月出扶桑。」

〔一一〕沐浴精華：屈大均贈郭皋旭詩：「漲海精華盛，真人沐浴多。」送高固齋詩：「精華時沐浴，日月使氤氳。」

〔一二〕卿雲：尚書大傳：「卿雲爛兮，糺縵縵兮。日月光華，旦復旦兮。」史記天官書：「若煙非煙，若雲非雲，鬱鬱紛紛，蕭索輪囷，是謂卿雲。卿雲，喜氣也。」

〔一三〕倬彼：詩經中數見「倬彼」一語。詩大雅桑柔：「倬彼昊天，寧不我矜。」鄭箋云：「倬，明大貌。」詩大雅雲漢：「倬彼雲漢，昭回于天。」詩小雅甫田：「倬彼甫田，歲取千千。」

〔一四〕五臣謨訓：謨訓：典謨訓誥。五臣：輔佐古代聖君治國之五位賢臣。舜有五臣。論語泰伯：「舜有臣五人，而天下治。」何晏注：「孔曰：『禹、稷、契、皋陶、伯益。』」周文王亦有五臣。書君奭：「文王，尚克修和我有夏。亦惟有若虢叔，有若閎夭，有若散宜，有若泰顛，有若南宫括。」孔傳：「凡五臣佐文王爲胥附奔走，先後禦侮之任。」周武王亦有五臣。文選王儉褚淵碑文：「五臣兹六，八元斯九。」李善注：「呂氏春秋曰：『武王之佐五人。』高誘曰：『周公旦、召公奭、太公望、畢公高、蘇公忿生也。』」

〔一五〕旂常：王侯之旗幟。周禮春官司常：「日月爲常，交龍爲旂。」「王建大常，諸侯建旂。」

〔一六〕天衢：天街，京師之大路，皇帝出入之道。輿衛：車輿與衛士。易大畜：「良馬逐，利艱貞，曰閒輿衛，利有攸往。」

〔一七〕雷雨：喻恩澤。陳子昂奉和皇帝丘禮撫事述懷應制詩：「鐘石和睿思，雷雨被深仁。」屈大均采藥西寧承張大令使君命其姪孫豫表陪探燕子巖大峒龍井諸勝詩：「使君造草昧，雷雨自茲始。」

定風波

又離家、兩月高要〔一〕，勞勞作客自苦〔二〕。落羽摧頹〔三〕，殘英冷淡，老大誰爲主。典裘來、碎琴去〔四〕。一代文章委塵土〔五〕。無補。令飢寒不免，啾啾兒女。白頭未遇〔六〕。怎英雄、事業多衰暮。喜萍花無恙〔七〕，陰山玉在〔八〕，磨得龍精吐〔九〕。向龐公、詠梁父〔一〇〕。誰識英高有文武〔一一〕。須許。鳳雛人往〔一二〕，南陽惟汝。

【校】

此首道援堂詞、屈翁山詩集、全清詞闕。

【箋】

屈大均晚年曾數至肇慶，多爲糊口之計。審此詞中「離家兩月」、「殘英」之語，姑定爲康熙二十四年六月作。

【注】

〔一〕高要：縣名。肇慶府治。

〔二〕勞勞：辛勞，忙碌。元稹送東川馬逢侍御使回詩：「流年等閒過，人世各勞勞。」

〔三〕摧頹：漢樂府艷歌何嘗行：「吾欲負汝去，羽毛日摧頹。」

〔四〕典裘：劉歆西京雜記卷二：「司馬相如初與卓文君還成都，居貧愁懣。以所著鸘鷞裘就市人陽昌貰酒，與文君爲歡。既而，文君抱頸而泣曰：『我平生富足，今乃以衣裘貰酒。』遂相與謀于成都賣酒。」劉禹錫武昌老人説笛歌：「當時買材恣搜索，典却身上烏貂裘。」碎琴：晉書隱逸傳戴逵：「太宰、武陵王晞聞其善鼓琴，使人召之，逵對使者破琴曰：『戴安道不爲王門伶人！』」劉克莊蒙仲書監通守温陵以蒙仲書監通守温陵以戴尚書肖望李内翰元善嘗歷是官即西偏作室匾以西清風月賓主唱和甚盛次韻二首其二：「碎安道琴時好淡，種文正竹話偏清。」

〔五〕「一代」句：郭鈺送劉掾歸休：「一代文章塵土夢，百年富貴浮雲陰。」

〔六〕白頭未遇：如漢武故事中之顔駟，史記中之馮唐，皆到老不遇。羅隱途中寄懷詩：「兩鬢已衰時未遇。」沈括賀仲雨斗門詩：「莫道白頭猶未遇，等勞一片活人心。」

〔七〕萍花無恙：謂自己如浮萍般在江湖漂泊多年，至今無恙。

〔八〕陰山玉：李頎崔五六圖屏風各賦一物得烏孫佩刀：「磨用陰山一片玉，洗將胡地獨流泉。」

〔九〕龍精：指寶劍。晉書張華傳謂吴滅晉興之際，斗牛之間有異氣，是「寶劍之精，上徹于天耳」，後在豫章豐城得龍泉劍。謝榛可歎二首：「龍精劍自古，燕石寶非真。」龍精吐，謂久經磨礪，能吐精光。

〔一〇〕「向龐」句：龐公，龐德公。三國志蜀書諸葛亮傳謂諸葛亮躬耕南陽，「好爲梁父吟」。後漢書龐公傳又謂「諸葛孔明每至德公家，獨拜牀下，德公初不令止。」蘇洞簡高秘書：「蕭條吟梁父，士有遇不遇。不見龐德公，移家鹿門去。」

〔一一〕英高有文武：楊戲季漢輔臣贊謂諸葛亮「忠武英高，獻策江濱，攀吴連蜀，權我世真。受遺阿衡，整武齊文」。屈大均奉送吴大司馬還京詩：「東南懸節鉞，文武總英高。」

〔一二〕鳳雛：指龐統。三國志蜀志諸葛亮傳裴松之注引襄陽記：「劉備訪世事于司馬德操。德操曰：『儒生俗士，豈識時務？識時務者在乎俊傑。此間自有伏龍、鳳雛。』備問爲誰，曰：『諸葛孔明、龐士元也。』」

玉女揺仙佩　白鸚鵡

西洋巨舶〔一〕，蠔鏡蠻奴〔二〕，帶得雙雙純白。膩粉粘身，金絲生頂，慣自開花娱客〔三〕。不用春纖拍〔四〕。喜番言漢語，諸音都習〔五〕。教兒女、珠釵買取，好把餘甘，緑豆相識〔六〕。雕龍恐天寒，覆被薰香，殷勤旦夕。東屋漫誇五色〔七〕，黄裏紅衣，争似冰翎霜翮。卻笑越鸎，長矜瓊尾，尚有絲絲煙墨〔八〕。未盡瑶妃質。恨天與慧性〔九〕，年年添得。祇自記、華清舊事〔一〇〕，宫人教謝，至尊憐惜〔一一〕。無消息。襟前但有淚痕漬。

【校】

此首道援堂詞、屈翁山詩集、全清詞闕。

【箋】

康熙二十七年春遊香山，因至澳門。審此詞中有「蠔鏡蠻奴」之語，疑亦在澳門作。白鸚鵡：屈大均廣東新語卷二十禽語：「澳門有西洋鸚鵡，大紅者内絨毛黄，大緑者内絨毛赤。每抖擻其羽，則赤者爲黄，緑者爲赤，表裏俱變。有純白者，五色者，翅尾作翠縹者，黄裏白腹者，皆來自海舶。」

【注】

〔一〕西洋巨舶：屈大均澳門詩：「廣州諸舶口，最是澳門雄。外國頻挑釁，西洋久伏戎。」

〔二〕蠔鏡蠻奴：蠔鏡，澳門紀略上卷：「有南北二灣，可以泊船，或曰南環。二灣規圜如鏡，故曰蠔鏡，是稱澳焉。」屈大均香山過鄭文學草堂賦贈詩：「百貨通洋舶，諸夷接海天。渺茫蠔鏡澳，同去恨無船。」蠻奴，指洋人。魏初觀象詩：「卷髮蠻奴鐵作鉤，要將驅使鶩九州。」

〔三〕「膩粉」三句：屈大均廣東新語卷二十禽語：「（鸚鵡）白者黑嘴、烏爪、鳳頭，撫之有粉粘著指掌，如蛺蝶翅。頂上有黄毛上聳，喜則披敷，狀若蘭花瓣，又若芙蕖，名曰開花，亦名芙蓉冠。予詩云：『不如白鸚鵡，頭有芙蓉冠。』」

〔四〕「不用」句：謂鸚䳇畏人撫摩。春纖，女子之手。屈大均廣東新語卷二十禽語：「撫摩其背則瘖，觸尾則顫。」

〔五〕「喜番」二句：屈大均廣東新語卷二十禽語：「此鳥亦能言，常側其腦視客，類有知者。」「能兼番、漢二語。」

〔六〕「好把」三句：餘甘，餘甘子。廣東新語卷二十五木語：「餘甘子，樹高丈餘，葉如槐，子如川楝，白色，有文理，核作六棱，亦初苦澀後甘，行者以之生津。」屈大均廣東新語卷二十禽語：「（鸚鵡）其性畏寒，然撫摩其背則瘖，觸尾則顫，名曰（鸚鵡）瘴。解之以餘甘子。尋常飼以緑豆、白粳，欲其喜而多語以香蕉。」

〔七〕「東屋」句：王建雜歌謡辭雞鳴曲：「雞初鳴，明星照東屋。」五色，指五色鸚䳇。

〔八〕「卻笑」三句：越鷴，指粤地所産之白鷴。屈大均廣東新語卷二十禽語：「白鷴者，南越羽族之珍。」「背純白，腹有黑毛，尾長二三尺，時銜之以自矜。神貌清閒，不與衆鳥雜，故曰鷴。耿介不欲近人，故曰雉。」「雌者多朱毛白中，由朱而變爲純白，亦以黑爲邊襴，如水波形。」絲絲煙墨，謂白鷴尚有黑毛也。

〔九〕「未盡」二句：瑶妃，猶言瓊妃、玉妃。鮑溶子規詩：「盍分翡翠毛，使學鸚鵡慧。」屈大均廉州雜詩詩：「鸚鵡雖多慧，桃花已悟禪。」

〔一〇〕華清舊事：太平御覽卷九二四引唐鄭處誨明皇雜録曰：開元中，嶺南獻白鸚鵡，養之宫中。歲久，頗聰惠，洞曉言辭。上及貴妃皆呼「雪衣女」。性既馴擾，常假其飲啄飛鳴，然亦不離屏帷間。上令以近代詞臣詩篇授之，數遍便可諷誦。上每與貴妃及諸王博戲，上稍不勝，左右呼「雪衣娘」，必飛入局中一鼓舞，以亂其行列；或啄嬪御及諸王手，使不能争道。忽一日，飛上貴妃鏡臺，語曰：「雪衣娘昨夜夢爲鷙鳥所搏，將盡于此乎？」上使貴妃授以多心經，記誦頗精熟，日夜不息，若懼禍難有所禳者。上與貴妃出于别殿，貴妃致「雪衣娘」于步輦竿上，與之同去。既至，上命從官校獵于殿下，鸚鵡方戲于殿檻，瞥有鷹至，立時而斃。上與貴妃歎息久之，遂命瘗于苑中，爲立冢，呼爲「鸚鵡冢」。

〔一一〕至尊，皇帝。指唐玄宗。

玉蝴蝶

雲客高子得水巖石一片，大如掌許，鋸分之，狀如蝶翅，左右有斑點十三四，背有六七，如鸜鵒眼，碧緑相暈，高子愛之，將以爲異時飆輪而御太虚，屬同人調玉蝴蝶詞。

蝴蝶粉，鷓鴣斑〔一〕。凍凝雙玉間。知是漆園閒。翩翩夢未還〔二〕。化煙碧。連花白。風影欲雙翾。看爾當鶼鶼〔三〕。並飛誰可攀。比翼鳥，一名鶼鶼。

【校】

此首道援堂詞、屈翁山詩集闕。

【箋】

高兆，字雲客，侯官（今福州）人。號固齋居士、棲賢學人。明邑庠生。工文翰。善詩，與彭善長、陳日浴、卞鼇、曾燦烜、林偉、許友等稱「閩中七子」。著有端溪硯石考、怪石考、硯石録、啓禎宮詞、荔社紀事、攬勝圖譜等。四庫提要稱其「少遭喪亂，漂泊四方。其後自江左還舊鄉，素衣蔬食，塊處蓬室中，采摭隱逸，輯爲續高士傳。其書始晉皇甫士安，迄明穆宗朝，去取頗爲不苟」。文外卷九跋高雲客端溪硯石考：「雲客高子客端州……值開坑。」雲客硯石考中有「丁卯冬予遊端州」之語，丁卯，即康熙二十七年，時屈大均亦在端州。陳恭尹有戊辰正月十日舟泊端州王礎塵自開建適至令子紫巘招同李蒼水過集高雲客所寓華嚴精舍縱飲達夜即事成歌詩，亦當作于同時。水巖，端石名坑，即水坑、老坑。高兆端溪硯石考：「下爲水坑……土人皆名曰老坑。」唐初開坑采石。晚唐時水巖石所製之硯列爲貢品，故又稱皇巖，得之者珍若拱璧。鴝鵒眼，指端石中之碧色圓斑。米芾硯史：「下巖第一，穿洞深入，不論四時皆爲水浸。治平中貢硯，取水月餘方及石。石細，扣之清越。鴝鴒眼圓碧，暈多明瑩。其嫩甚者如泥，無聲，不著墨。」端溪硯石考：「（水坑）東洞眼碧，色數暈，對之奕奕射人，曰鴝鴒眼。」

【注】

〔一〕鷓鴣斑：何傳瑶寶硯堂硯辨：「斑紋稍長曰鷓鴣斑，各層皮殼多澹黄，少純白。」鷓鴣斑，又稱麻鵲斑。屈大均廣東新語卷五石語謂「麻鵲斑以點黄如粟者」爲上。

〔二〕「知是」二句：漆園，指莊周。莊周曾爲漆園吏。莊子齊物論：「昔者莊周夢爲蝴蝶，栩栩然蝴蝶也，自喻適志與，不知周也。俄然覺，則蘧蘧然周也。不知周之夢爲蝴蝶與，蝴蝶之夢爲周與？周與蝴蝶，則必有分矣。此之謂物化。」

〔三〕⿰蠻鳥⿰蠻鳥：即「蠻蠻」。山海經西山經：「崇吾之山，有鳥焉，其狀如鳧，而一翼一目，相得乃飛，名曰蠻蠻。」郭璞注：「比翼鳥也，色青赤，不比不能飛，爾雅作鶼鶼鳥也。」

歸朝歡

姬人欲易琴囊，適吴興徐蘋村司業以嘉興錦見貺。拜而受之，报以雷葛、莞香，並申小詞，時司業將還朝，補官祭酒。

緑綺雕琴囊已舊〔一〕。漢錦蒲桃何處有〔二〕。美人鴛水一端來〔三〕。豔過茗上穿花縐〔四〕。剪成勞素手。珠徽瑶軫長消受〔五〕。謝徐陵、玉臺好序〔六〕，不及此文繡。

兒女葛絲挑出幼〔七〕。爲報襜褕頻織就〔八〕。莞中香角復奩珍，鵠斑一一兼金購〔九〕。共獻飛雪候。要知絺綌能長久〔一〇〕。待歸朝、軟塵拂拭，圖取冷風透。

【箋】

康熙二十七年冬作。徐蘋村，即徐倬，字方虎，浙江德清人。康熙十二年成進士，改翰林院庶吉士，以選入史館，授編修。二十三年授司業。三十二年充順天鄉試主考官。尋升侍讀。四十五年，倬進呈全唐詩録，擢禮部侍郎。著有蘋村類稿。見清史列傳卷七十。徐倬康熙二十七年遊粵，屈大均有別徐司業詩。嘉興錦：明代江南織錦業甚盛，嘉興真絲織錦尤爲有名。雷葛：廣東雷州所産葛布。廣東新語卷十五貨語葛布謂「雷人善織葛」，「粵故多葛，而雷葛爲正葛」，「惟雷葛之精者，百錢一尺，細滑而堅，顔色若象血牙。名錦囊葛者，裁以爲袍直裰，稱大雅矣」。莞香：東莞所産之沈香。同時屈大均有姬人新製琴囊贈以詩：「每惜蛛絲十指縈，琴囊借得自瓊瓊。外鋪古錦鴛鴦厚，中襯文綾蛺蝶輕。鳳尾稍寬愁更剪，螺紋微損恨難成。休教粉壁時時掛，懶作幽蘭積雪聲。」

【注】

〔一〕緑綺：古琴名。傅玄琴賦序：「齊桓公有鳴琴曰號鐘，楚莊有鳴琴曰繞梁，中世司馬相如有緑綺，蔡邕有焦尾，皆名器也。」此泛指琴。李白聽蜀僧濬彈琴：「蜀僧抱緑綺，西下峨眉峰。」

〔二〕蒲桃錦：劉歆西京雜記卷一：「霍光妻遺淳于衍蒲桃錦二十四匹，散花綾二十五匹。」

〔三〕美人：指徐倬。詩邶風簡兮：「云誰之思，西方美人。」鴛水：指嘉興。嘉興南三里有鴛鴦湖，一名南湖。一端：左傳昭公二十六年「幣錦二兩」杜預注：「二丈爲一端，二端爲一兩，所謂匹也。」古詩十九首：「客從遠方來，遺我一端綺。」蘇轍次韻吴厚秀才見贈：「一卷新詩錦一端。」

〔四〕苕上：湖州吴興有苕水，故稱。

〔五〕珠徽：以珠爲飾之琴徽。琴之美稱。江淹扇上彩畫賦：「玉琴兮珠徽，素女兮錦衣。」瑤軫：玉製之琴軫。亦琴之美稱。李白北山獨酌寄韋六詩：「坐月觀寶書，拂霜弄瑤軫。」

〔六〕「謝徐陵」句：徐陵編有玉臺新詠，序言辭藻華麗。

〔七〕「兒女」句：廣東新語卷十五貨語葛布：「采必以女，一女之力，日采衹得數兩。絲縷以針不以手，細入毫芒，視若無有，卷其一端，可以出入筆管，以銀條紗襯之，霏微蕩漾，有如蜩蟬之翼。」

〔八〕襜褕：古代直裾單衣。史記魏其武安侯列傳：「元朔三年，武安侯坐衣襜褕入宮，不敬。」司馬貞索隱：「襜，尺占反。褕音逾。謂非正朝衣，若婦人服也。」

〔九〕「莞中」二句：廣東新語卷二十六香語謂沈香「有香角、香片、香影」。「凡種香家，其婦女輒于香之棱角，潛割少許藏之，名女兒香，是多黑潤、脂凝、鐵格、角沈之類。好事者争以重價購之，而尤以香根爲良。香之老者以嚴似英石，鑿痕久化，紋紐而節乖錯，破之參差不順開者爲良，其形殊，其氣亦異。故辛者爲鐵面之族，恬者爲哈窩之宗，静者爲菱尖，濃者爲虎皮，透者爲鷓鴣斑，咸有山澤雲霞之氣，無閨閣旖旎之味，故可重云。」兼金：價值倍于常金之佳金。孟子公孫丑下：「前日于齊，王饋兼金一百而不受。」詞中指多量金錢。

〔一〇〕絺綌：葛布。葛之細者曰絺，粗者曰綌。詩周南葛覃：「爲絺爲綌，服之無斁。」李白黄葛篇：「閨人費素手，采緝作絺綌。縫爲絶國衣，遠寄日南客。」

白苧

又淒涼，上端水，天寒獨宿。家園正吐，朵朵紅梅紫菊。苦饑驅、向人求食愧麋鹿〔一〕。無禄。爲沙田，闕白露、秋分秥穀〔二〕。秋收又無，雲子依稀一斛〔三〕。留作糜、芋魁兼煮如肥肉〔四〕。空腹。肝腸地錦〔五〕，咳唾天花〔六〕，不堪平賣，持作高堂水菽〔七〕。當此際、蕭條有嘶僮僕〔八〕。哀蟬咽咽，與悲絃不斷，怨籥相續。欲返巾車〔九〕，雪霰頻飛，催駕黄犢。是處窮途〔一〇〕，老去還多哭。

【箋】

康熙二十七年十一月，攜子明洪赴肇慶，客于凌氏家中十日。此行爲謀衣食計，故詞意辛酸如此。事見文外卷十四凌君哀辭。

【注】

〔一〕饑驅：陶潛飲酒二十首其十：「此行誰使然？似爲饑所驅。傾身營一飽，少許便有餘。」又，乞食：「饑來驅我去，不知竟何之！行行至斯里，叩門拙言辭。」求食愧麋鹿：劉攽虎子：「至今求食每搖尾，摧剛遠害誠其宜。君勿愛澤麋山鹿大如馬，牙角雖具無能爲。」

〔二〕秥穀：糯米。

〔三〕雲子：指白米。杜甫與鄠縣源大少府宴渼陂詩：「應爲四陂好，金錢罄一餐。飯鈔雲子白，瓜嚼水精寒。」注：「碎雲母，比米之白。」

〔四〕芋魁：芋之塊莖。大芋頭。後漢書方術傳許楊：「時有謡歌曰：『敗我陂者翟子威，飴我大豆，亨我芋魁。』」李賢注：「芋魁，芋根也。」

〔五〕地錦：唐人佚名清明後喜晴：「花舞野塘鋪地錦，鳥鳴江樹送春聲。」肝腸地錦，謂自己發自肝腸之錦繡文章。時屈大均經濟困窮，賣文爲活。

〔六〕咳唾天花：莊子秋水：「子不見夫唾者乎？噴則大者如珠，小者如霧。」後漢書趙壹傳：「勢家多所宜，咳唾自成珠。」心地觀經序品：「六欲諸天來供養，天花亂墜遍虚空。」屈大均送張南士返越州因感舊遊有作：「談禪昔愛祁居士，咳唾天花落石牀。」

〔七〕高堂水菽：禮記檀弓子路曰：「傷哉貧也。生無以爲養，死無以爲禮也。」孔子曰：「啜菽飲水，盡其歡，斯之謂孝。斂手足形，還葬而無槨，稱其財。斯之謂禮。」鄭玄注：「王云：熬豆而食曰啜菽。」孔穎達疏：「謂使親盡其歡樂此之謂孝。」高明琵琶記杏園春宴：「他寂寞高堂菽水誰供奉，俺這裏傳杯喧哄。」時屈大均之母已八十五歲。

〔八〕慚僮僕：李膺宿峻極中院：「照塗藉流螢，呻吟愧僮僕。」

〔九〕巾車：以帷幕裝飾車子。因指整車出行。孔叢子記問第五：「周道衰微，禮樂陵遲。文、武既墜，吾將焉歸？周遊天下，靡邦可依。鳳鳥不識，珍寶梟鴟。眷然顧之，慘然心悲。巾車命駕，將適唐都。」屈大均是時亦當有此感。

〔一〇〕窮途：晉書阮籍傳：「時率意獨駕，不由徑路，車跡所窮，輒痛哭而返。」王勃滕王閣序：「阮籍倡狂，豈效窮途之哭！」

雙頭蓮

京洛無歸〔一〕，傷萬里神州，陸沈都盡〔二〕。英雄無分〔三〕。把壯志、銷向邊頭紅粉〔四〕。訣絶欲向蓬壺，便成仙誰忍〔五〕。須發憤。白首飛揚，争雄一天鷹隼。

狀貌尚似留侯〔六〕，但秋來攬鏡，微霜需鬢。年將耳順〔七〕。奈一片、耿耿丹心難燼。且喜五色肝腸，多文章膏潤〔八〕。還拂拭，紫鍔青萍〔九〕，休教血暈。

【校】

此首道援堂詞、屈翁山詩集、全清詞闕。

【箋】

審詞中「年將耳順」一語，當作于康熙二十七年五十九歲時。姑繫于此。屈大均年垂六十，壯志丹心猶未銷滅。汪宗衍及鄔慶邦屈大均年譜兩種，均編入康熙十七年「四十九歲」條，當誤。

【注】

〔一〕京洛無歸：韓偓李太舍池上玩紅薇醉題詩：「京洛園林歸未得，天涯相顧一含情。」

〔二〕「傷萬」二句：世説新語輕詆篇：「桓公入洛，過淮泗，踐北境，與諸僚屬登平乘樓，眺矚中原，慨然曰：『遂使神州陸沈，百年丘墟。王夷甫諸人，不得不任其責！』」

〔三〕英雄無分：司空圖偶作：「留侯萬户雖無分，病骨應消一片山。」

〔四〕邊頭：邊疆；邊地。邊頭紅粉，指北游燕代時相與之歌妓。

〔五〕「訣絶」二句：屈大均將歸省母留别諸友人：「九州一何曠，回顧生煩憂。尋仙蓬壺中，謁帝崑崙丘。」北遊初歸奉家慈還居沙亭作：「逃墨因多難，成仙未是仁。」

〔六〕「狀貌」句：史記留侯世家謂張良「狀貌如婦人好女」。

〔七〕耳順：論語爲政：「子曰：六十而耳順。」

〔八〕「且喜」三句：南史江淹傳：「嘗宿守冶亭，夢一丈夫，自稱郭璞謂淹曰：『吾有筆在卿處多年。可以見還。』淹乃探懷中，得五色彩筆以授之。」祁順金鑾草製圖爲韓總兵作：「肝腸錦繡五色鮮，鬬酒時露詩百篇。」

〔九〕紫鍔：指劍。袁宏道由舍身巖至文殊獅子巖記：「紫鍔淩厲，兀然如悍士之相撲，而見其骨。」青萍：劍名。陳琳答東阿王箋：「君侯體高世之才，秉青萍、干將之器。」

輪臺子　粵秀山麓經故太僕霍公池館作

一片寒煙蔓草，忍再吊、沈淵太僕。閩人共赴漣漪，不少佩環魚腹。佳兒佳婦嬉嬉〔一〕，勝湘纍、總作蛟龍族〔二〕。想忠魂未遠，尚抱烏號林中哭〔三〕。荒園咫尺朝臺〔四〕，望龍馭、水濱未復〔五〕。恨江山、與金湯四塞，難歸青犢〔六〕。但玉殿虛無，翠旗反覆〔七〕。化海思雲愁，杜鵑啼相續。莫招魂、持衣上屋〔八〕。想隨帝、被髮天門〔九〕，哀訴身難贖。

【校】

此首道援堂詞、屈翁山詩集、全清詞闕。

【箋】

此詞爲懷明末死事大臣霍子衡而作。屈大均皇明四朝成仁録卷九：「霍子衡，字覺商，南海人。漳州同知騰蛟之子……隆武二年十一月，唐王立，起太僕寺正卿。次月望，敵兵潛襲廣州，破之……報騎入，子衡揖别曰：『行矣。』遂躍入池。……于是霍氏一門死者九人。」明史霍子衡傳：「霍子衡，字覺商，南海人也。舉萬曆中鄉試，歷袁州知府。及官太僕時，紹武清兵入城，而廣州不守。子衡乃召妾莫氏及三子應蘭、應荃、應芷，語之曰：『禮「臨難毋苟免」，若輩知之乎？』三子皆應曰：『惟大人命！』子衡援筆大書『忠孝節烈之家』六字，懸中堂，易朝服，北向拜，又易緋袍，謁家廟。先赴井死。妾從之，應蘭偕妻梁氏及一女繼之，應荃、應芷偕其妻徐氏、區氏又繼之。惟三孫得存。」時人將紹武帝君臣遺骸合葬于廣州城北流花橋畔。釋函可讀梁未央贈霍階生詩有感用原韻詩：「太僕捐軀日，相隨雁一行。蓮池心骨淨，金匱姓名藏。」此詞當爲晚年所作。

【注】

〔一〕佳兒佳婦：資治通鑑唐紀永徽六年：「朕佳兒佳婦，今以付卿。」

〔二〕湘纍：指屈原。漢書揚雄傳：「欽弔楚之湘纍。」注引李奇曰：「諸不以罪死曰纍」，「屈原赴湘死，故曰湘纍也。」

〔三〕烏號：史記封禪書：「黄帝采首山銅，鑄鼎于荆山下。鼎既成，有龍垂胡髯下迎黄帝。黄帝上騎，群臣後宫從上者七十餘人，龍乃上去。餘小臣不得上，乃悉持龍髯，龍髯拔，墮，墮黄帝之弓。百姓仰望黄帝既上天，乃抱其弓與胡髯號，故後世因名其處曰鼎湖，其弓曰烏號。」

〔四〕朝臺：即朝漢臺。羊城古鈔引番禺縣志謂朝漢臺「在粤秀山西，亦曰朝臺，園基千步，直峭百丈，頂上三畝，複道環回，趙佗歲時登臺望漢而拜」。

〔五〕「望龍」句：龍馭，龍駕，帝王車駕。此指紹武帝。屈大均清明展先府君墓：「海闊迷龍馭，山長斷馬鞭。」送沈文學之韶州：「龍馭留荒服，珠丘隔暮天。」

〔六〕青犢：指新莽末年河北地區之一支農民軍。東觀漢記鄧禹傳：「今山東未安，赤眉、青犢之屬，動以萬數。」詞中以喻清軍。吴偉業田家鐵獅歌：「省中忽唱田蚡死，青犢明年食龍子。」屈大均天壽山詩：「豈意千秋後，空餘龍鳳門。白狐登御榻，青犢入文園。」

〔七〕翠旗：飾以翠羽之旗。此指戰旗。祖珽從北征詩：「翠旗臨塞道，靈鼓出桑乾。」屈大均巖灘作詩：「誰佐中興業，桐江百尺絲。潛龍雖勿用，威鳳亦來儀。」「山鬼驂玄豹，桐君把翠旗。」

〔八〕「莫招魂」句：招魂，持始死者之衣升屋，北面三呼，以冀其還魂復蘇，稱爲「復」，爲古代喪禮之儀式。儀禮士喪禮：「復者一人，以爵弁服，簪裳于衣，左向之，扱領於帶，升自前東榮，中屋，北面招以衣，曰：『皋，某復。』三。降衣於前。」鄭玄注：「復者，有司招魂復魄也。」

〔九〕被髮天門：蘇軾潮州韓文公廟碑：「公不少留我涕滂，翩然被髮下大荒。」屈大均西峰訪范後庵不值留贈詩：「三閭被髮同山鬼，四皓療饑有紫芝。咫尺白雲尋不見，先朝耆舊君堪戀。無悲帝座隔層城，自有天門通一箭。」同此用意。

木蘭花慢 飛雲樓作。樓在端州公署後。己丑皇帝南巡，嘗駐蹕其上

繞闌干幾曲，記龍馭、此淹留〔一〕。剩鳷鵲恩暉〔二〕，芙蓉御氣〔三〕，掩映飛樓。颼飀。冷飛亂葉，似烏號〔四〕、哀痛慘高秋。多謝宫鴉太苦，土花銜作珠丘〔五〕。梧州〔六〕。更有灞園愁〔七〕。西望少松楸〔八〕。未委何年月，玉魚自出〔九〕，金雁人收〔一〇〕。啾啾。嶺猿箇箇，抱冬青、淚斷鬱江流〔一一〕。寄語樵蘇躑躅，磨刀忍向銅溝〔一二〕。梧州有端皇帝興陵。

【校】

此首道援堂詞、屈翁山詩集闕。「未委」，宣統本作「未卜」。

【箋】

此詞疑爲康熙二十七年冬客肇慶時作。肇慶府志卷八：「披雲樓，在府署後城牆上，又名『飛

雲』。」宋政和三年，端州郡守鄭敦義始建，並顔之曰「披雲」。萬曆二十九年，肇慶知府陳濂重修披雲樓記云「予以萬曆己亥來守是邦，則斯樓就圮十之七八，而東廊房舍，鞠爲茂草，心竊慨之」，遂將披雲樓重修，翌年九月，樓告修成，爲樓三層，「房各五間，隙其傍地，種樹栽花，並新創兩門：東爲『聚秀』，西爲『慶成』」。南明永曆三年，永曆帝以肇慶爲行宫，駐蹕于府署。永曆帝追封其父朱常瀛爲端皇帝，陵曰興陵。遺址已湮，或云在今梧州西江南岸之高望山，即鳳凰山。

【注】

〔一〕龍馭：指天子車駕。太平御覽卷三引淮南子：「爰上羲和，爰息六螭，是謂懸車。」注：「日乘車，駕以六龍，羲和御之。」韋應物温泉行：「一朝鑄鼎降龍馭，小臣髯絶不得去。」

〔二〕鳷鵲：漢宫觀名。三輔黄圖甘露宫：「建元中作石闕、封巒、鳷鵲觀于苑垣内。」謝朓使下都夜發新林至京邑贈西府同僚詩：「引領見京室，宫雉正相望。金波麗鳷鵲，玉繩低建章。」此指永曆行宫。

〔三〕芙蓉：芙蓉闕。王維敕賜百官櫻桃詩：「芙蓉闕下會千官，紫禁朱櫻出上闌。」錢起長信怨詩：「鳷鵲觀前明月度，芙蓉闕下絳河流。」

〔四〕烏號：見淡黄柳端州郡署作署曾作行宫詞注。

〔五〕珠丘：王嘉拾遺記虞舜：「舜葬蒼梧之野，有鳥如雀，丹州而來，吐五色之氣，氤氲如雲，名曰憑霄雀。能群飛銜土成丘墳。此鳥能反形變色，集于峻林之上，在木則爲禽，行地則爲獸，變化無常，常遊丹海之際，時來蒼梧之野，銜青砂珠，積成壟阜，名曰『珠丘』。」

〔六〕梧州：王夫之永曆實録卷一大行皇帝紀：「（崇禎十六年）十二月，征蠻將軍楊國威帥師後永州，遂迎上入粵，達端皇帝所，遂從居梧州。」

〔七〕灞園：灞陵園。漢文帝陵園。詞意似本庾信擬詠懷詩二十七首其六：「悲傷劉孺子，悽愴史皇孫。無因同武騎，歸守灞陵園。」劉孺子，謂梁敬帝，被陳武帝殺害；史皇孫，謂戾太子孫，被收繫獄；武騎，司馬相如拜爲武騎常侍、孝文園令。詩意謂未能如司馬相如之歸守陵園也。南明諸王及永曆之命運亦如敬帝，「灞園愁」，當有此感。屈大均天壽八首其一亦云：「愁絶清明多雨露，萋萋芳草灞園空。」

〔八〕松楸：陵園墓樹。「少松楸」，謂興陵荒廢，無人祭掃。

〔九〕玉魚：刻玉爲魚，以爲佩飾。亦作殉葬品。韋述兩京新記載，吴楚七國反時，楚王戊太子適朝京師，未從坐，死于長安，天子斂以玉魚一雙。「玉魚自出」，杜甫諸將詩：「昨日玉魚蒙葬地，早時金碗出人間。」

〔一〇〕金雁：漢書劉向傳：「秦始皇帝葬于驪山之阿，下錮三泉，上崇山墳，其高五十餘丈，周回五里有餘，水銀爲江海，黄金爲鳧雁。」楊萬里再賦石翁石婆詩：「珠襦玉匣化爲土，金雁銀鳧亦飛去。」

〔一一〕冬青：至元二十二年楊璉真珈盗掘南宋六陵。義士唐珏與諸少年潛收陵骨以葬，植冬青樹于所函土上。參見風入松詞「冬青那爲君王改」句注。鬱江：西江支流，又稱南江，流經南寧至桂平與黔江匯合爲西江幹流，經梧州、肇慶入廣州。鬱江流經之處，多有永曆曾駐蹕之地。

〔三〕銅溝：任昉述異記卷上：「吴于宫中作海靈館、館娃閣，銅溝玉檻，宫之楹檻，珠玉飾之。」詞意謂樵夫應存莊敬之心，勿向廢陵石上磨刀。

桂枝香　賀梁太史給假南還

才人得志，喜錦繡晝還〔一〕，秋氣晴爽。鳳閣鸞臺第一〔二〕，紫微初掌〔三〕。炎方休沐承恩返〔四〕。駐吴帆、玉人同上〔五〕。鏡中花吐，簾間月墜，助君娱賞。　笑未老、珠生滿蚌〔六〕。更方朔金門〔七〕，細君三兩〔八〕。富貴神仙總得，有何遐想〔九〕。文章百卷雖塵垢，喜高名、日月皆仰。鑄堯陶舜，祇須糠秕〔一〇〕，藐姑誰讓〔一一〕。

【校】

此首道援堂詞、屈翁山詩集、全清詞闕。

【箋】

作于康熙二十八年秋。梁佩蘭于二十七年中進士，點翰林。次年初夏，請假南還，八月抵粤。

梁佩蘭覆潘稼堂書：「比假歸里，卜居仙湖。」

【注】

〔一〕錦繡晝還：漢書項籍傳：「（項）羽見秦宮已毁，思歸江東，曰：『富貴不歸故鄉，如衣錦夜行。』」北史毛鴻賓傳：「明帝以鴻賓兄弟所定處多，乃北地郡爲北雍州，鴻賓爲刺史。詔曰：『此以晝錦榮卿也。』」

〔二〕鳳閣鸞臺：武周時改中書省爲鳳閣，改門下省爲鸞臺。

〔三〕紫微：紫微省，亦即中書省。中書省掌朝廷制誥，亦翰林之職責。

〔四〕休沐：古時官吏五日一休沐，此泛指休假。

〔五〕「駐吴帆」句：梁佩蘭南還經過江蘇，至揚州、杭州等地，與吴綺、查慎行、孔尚任等文士交往。乘舟由富春江經富陽、桐廬，復由蘭溪入贛，過十八灘抵粤。玉人，指同遊之歌伎。梁氏六瑩堂集卷五有江口發舟示鳳娘詩。

〔六〕「笑未」句：見萬年歡爲百有五歲梁淳儒翁壽詞注。

〔七〕金門：金馬門。漢代宫門名。漢書東方朔傳載，東方朔「待詔金馬門」，因得以親近皇帝。

〔八〕細君：指妻。漢書東方朔傳載，東方朔自言割肉「歸遺細君，又何仁也！」顔師古注：「細君，朔妻之名。一説，細，小也。朔輒自比于諸侯，謂其妻曰小君。」

〔九〕「富貴」二句：殷芸殷芸小説吴蜀人：「有客相從，各言所志，或願爲揚州刺史，或願多貲財，或願騎鶴上升。其一人曰：『腰纏十萬貫，騎鶴上揚州。』欲兼三者。」李白長歌行：「富貴與神仙，蹉跎成兩失。」」。

〔一〇〕「鑄堯」二句：莊子逍遥遊：「是其塵垢粃糠，猶將陶鑄堯舜者也。」成玄英疏：「穀不熟爲粃，穀皮曰糠，皆猥物也。」「翼善傳盛曰堯，仁聖盛明曰舜，夫堯至聖，妙絶形名，混跡同塵，物甘其德，故立名謚以彰聖體。然名者粗法，不異粃糠。」詞意祝頌梁氏能輔助君主也。

〔一一〕藐姑：莊子逍遥遊：「藐姑射之山有神人居焉，肌膚若冰雪，綽約若處子。」此以喻梁氏之品格。

賣花聲　題鎮海樓

城上五層高。飛出波濤。三君俎豆委蓬蒿〔一〕。一片斜陽猶是漢〔二〕，掩映江皋。　風葉莫悲號。白首方搔。蠻夷大長亦賢豪〔三〕。流盡興亡多少恨，珠水滔滔。

【箋】

鎮海樓：位于廣州越秀山小蟠龍崗上。明洪武十三年，永嘉侯朱亮祖建，凡五層，俗稱「五層樓」。屈大均廣東新語卷十七宮語：「北曰鎮海，在粤秀山之左。洪武初，永嘉侯朱亮祖所建，

三君，謂任囂、趙佗、陸賈，舊有三君祠在樓左。

以壓紫雲黃氣之異者也。廣州背山面海，形勢雄大，有偏霸之象。是樓巍然五重，下視朝臺，高臨雁翅，實可以壯三城之觀瞻，而奠五嶺之堂奧者也。」鎮海樓在清初三藩之亂時毀圮，康熙二十四年至二十六年，兩廣總督吳興祚及廣東巡撫李士禎重修。任囂：秦將領。秦始皇三十三年，秦始皇任命任囂爲主將，與趙佗率兵攻百越，平定嶺南，爲南海尉。陸賈：漢大臣，大中大夫。曾兩度出使南越，説服趙佗放棄帝號。事見史記南越列傳史記酈生陸賈列傳。三君祠：屈大均廣東新語卷十九墳語：「今鎮海樓左，但有三君祠一區，祀囂及趙佗、陸賈耳。」仇巨川羊城古鈔南粵三君祠：「在城北鎮海樓東廊，祠秦南海尉任囂、南越武王趙佗、漢大中大夫陸賈。今圮。」陳恭尹鎮海樓賦序：「己巳仲春，偕同人登焉。」汪譜據此定爲康熙二十八年春作。

【注】

〔一〕「三君」句：俎豆：俎與豆。古代祭祀、宴饗之禮器。盛食物用。論語衛靈公：「衛靈公問陳于孔子。孔子對曰：『俎豆之事，則嘗聞之矣；軍旅之事，未之學也。』」詞意謂已無人祭祀三君矣。

〔二〕「一片」句：以一「漢」字點明詞旨。陳允平玉樓春詞：「斜陽一片水邊樓，紅葉滿天江上路。」蘇頲曉發興州入陳平路詩：「邑祠猶是漢，溪道即名陳。」同此感慨。

〔三〕蠻夷大長：指趙佗。見春從天上來壽制府大司馬吳公詞注。屈大均廣東新語卷十七宮語：「佗本邯鄲冑族，以自王之故，裂冠毀冕，甘自委于諸蠻，與西甌半羸之王爲伍，其心豈誠欲自絶于中國耶！誠自知非漢之敵，故詭示鄙陋以相紿，而息高帝兼併之心耳。其後自言老臣妄竊帝號，聊以自娱，豈敢以聞于天王。其詞遜而屈，可謂滑稽之雄，蓋猶是僞爲魋結之意也。」

洞仙歌　浮丘石上作

朱明牖户，是羅浮西麓〔一〕。地道潛通到句曲〔二〕。羽人家、石上掩映樓臺〔三〕，花木裏、往來浮丘伯叔〔四〕。稚川曾住此，丹井珊瑚〔五〕，流出泉聲似哀玉〔六〕。社事待重開、士女西園〔七〕，金錢擲、大家絲竹。笑白髮、毶毶上頭來，卻不少詩仙，暮年清福。

【校】

此首道援堂詞、屈翁山詩集、全清詞闕。

【箋】

此詞寫廣州古跡浮丘石上之情景。屈大均廣東新語卷五石語：「浮丘去城西一里，爲浮丘丈人之所游，古時浮丘在海中，與海印、海珠若離若合。宋初有百二十歲老人陳崇藝言，兒時見浮丘山足，舟船數千，山四畔篙痕宛然。今浮丘距水四里餘矣。」又云：「相傳有二仙，一老一少，兩人一目，彼此扶挈而行。居人遺以麥豆，撒之成金。視所荷之薪，則紅白珊瑚枝也。」此地舊有撒金巷，今稱積金巷，浮丘石傳聞在巷中。西園五首之五：「西禪古寺枕龜峰，東接浮丘暮靄重。少小撒金仙巷住，先人精舍傍芙蓉。」審「詩仙暮年」之語，似作于康熙二十八年六十歲以後。

【注】

〔一〕「朱明」二句：屈大均廣東新語卷五石語：「丘前有館曰『朱明』，館中有軒曰『挹袖』，堂曰『白雲』，宋經略蔣之奇所建。蓋以浮丘在羅浮之西，爲朱明門户。」「予詩云『浮丘舞袖長千尺，東拂羅浮西白雲』是也。白雲者山也，亦羅浮之西麓，而浮丘又白雲之西麓也。」

〔二〕「地道」句：句曲，山名。即茅山。上有蓬壺、玉柱、華陽三洞，道家以爲十大洞天中之第八洞天。傳説羅浮山與句曲山有地道可通。廣東新語卷三山語「羅浮」條：「茅君傳謂，其北與句曲洞天相通，中皆大道，可達林屋、岱宗。」屈大均登羅浮絶頂奉同蔣王二大夫作詩：「便道通句曲，大天有阡陌。」而浮丘石下又與羅浮相通，故云可通句曲也。

〔三〕「羽人」句：屈大均廣東新語卷五石語：「(浮丘石前)予每徘徊而不能去。詠區海目詩云：『林里時藏蓬島路，城頭半出羽人家』，又云『羽人家在朱明口，卻辟此丘爲户牖』，又云『此丘往時在海中，三山煙霧晴』、『今日丘林帶城郭，惟餘海月一片掛長松』，不禁浩然而興歎也。」

〔四〕浮丘伯叔：屈大均廣東新語卷五石語：「相傳有二仙，一老一少，兩人一目，彼此扶挈而行。

居人遺以麥豆，撒之成金，視所荷之薪，則紅白珊瑚枝也。老者浮丘丈人，少者浮丘叔也。考列仙傳，浮丘伯姓李氏，不言浮丘叔，意丈人其即伯歟。然浮丘伯，班固以爲荀卿門人，服虔以爲秦時儒生。高后時，浮丘伯在長安，楚元王交嘗受詩于浮丘伯，又遣子郢客與申公俱卒業。當時浮丘伯或與安期生爲友，安期生至粤，而浮丘伯亦相從而至耶。」

〔五〕「稚川」二句：稚川，葛洪。屈大均廣東新語卷五石語：「丘下有井，葛稚川嘗飲之。有海神獻珊瑚一株，因名珊瑚井。井旁多萫蔱草，三月上巳，遊人多往采擷。」「兒時數就珊瑚井旁嬉戲，爲謡曰：『浮丘叔，浮丘丈人同一目。撒豆成金人不知，肩上珊瑚擔一束。』」

〔六〕哀玉：清亮之鳴玉之聲。形容水聲。李群玉瀏鷀詩：「錦羽相呼暮沙曲，波上雙聲戛哀玉。」令狐楚游晉祠上李逢吉相公詩：「泉聲自昔鏘寒玉，草色雖秋耀翠鈿。」

〔七〕「社事」句：屈大均廣東新語卷五石語：「萬曆間，學士趙志皋以謫官至，開浮丘大社，與粤中士大夫賦詩。而範浮丘、稚川二仙像祀之，以浮丘公與王子晉吹笙得仙，又爲亭曰吹笙，而堂曰大雅，樓曰紫煙，軒曰晚沐，于此地一大開闢。」西園，屈大均廣東新語卷二十七草語：「廣州西郊，爲南漢芳華苑地，故名西園。土沃美宜蔬，多池塘之利。每池塘十區，種魚三之，種菱、蓮、茨菰三之，其四爲蕹田。」

春從天上來　爲前制府大司馬吴公壽

梅萼争紅。向亞相生朝〔一〕，開遍春叢。凍含香雪，晴弄和風。緑毛鳳子相從〔二〕。正袞衣清暇〔三〕，罷節鉞、洗沐佗宮〔四〕。恐京歸，顧朝廷更假，三載居東〔五〕。公如古公天壽〔六〕，得白兔雙丸〔七〕，緑髓青瞳〔八〕。好德康寧〔九〕，年過耆艾，未來耇造無窮〔一〇〕。作萬民師保〔一一〕，將雅頌、盡變蠻中〔一二〕。更歌風。俾聖人膏馥，霑丐童蒙〔一三〕。

【校】

此首道援堂詞、屈翁山詩集、全清詞闕。

【箋】

清史稿聖祖本紀：「兩廣總督吴興祚以鼓鑄不實黜官。秋七月，以石琳爲兩廣總督。」吴興祚于康熙二十八年六月以鼓鑄不實降官調用，次年冬離粵入都。此詞作于二十九年春。

【注】

〔一〕亞相：謂總督。見寶鼎現壽制府大司馬吴公詞注。

〔二〕緑毛鳳子：即緑毛么鳳。見彩雲歸詞注。

〔三〕袞衣：帝王及上公之禮服，繡有卷龍。詩豳風九罭：「我覯之子，袞衣繡裳。」毛傳：「袞衣，卷龍也。」

〔四〕佗宮：南越王趙佗之宮。此指吴氏在廣州之府署。

〔五〕三載居東：書金縢：「周居東二年，則罪人斯得。」孔穎達疏：「鄭玄以爲武王崩，周公爲冢宰三年，服終，將欲攝政，管、蔡流言，即避居東都。」此指退職避居。

〔六〕古公：古公亶父。姬姓，名亶父，周朝先公，率族遷于周原，爲西伯君主。其後裔周武王姬發建立周朝，追謚爲「周太王」。詩周頌綿小序：「綿，文王之興，本由大王也。」詩云：「古公亶父，來朝走馬。率西水滸，至于岐下。」天壽：書君奭：「公曰：『君奭，天壽平格，保乂有殷。』」

〔七〕白兔：傳説月中有白兔搗藥，服之長生。傅玄擬天問：「月中何有，白兔搗藥。」陸龜蒙上雲樂：「白兔搗藥蝦蟆丸。」屈大均四百三十二峰草堂歌有贈：「教我含精御六氣，白兔長跪獻一丸。」

〔八〕「綠髓」句：見萬年歡爲百有五歲梁淳儒翁壽詞注。

〔九〕好德康寧：書洪範：「五福：一曰壽，二曰富，三曰康寧，四曰攸好德，五曰考終命。」

〔一〇〕耇造：指老成之人。書君奭：「耇造德不降，我則鳴鳥不聞。」孫星衍疏：「言天不降下老成德之人，我則猶望鳴鳳之不可聞也。」

〔一一〕萬民師保：書君陳：「昔周公師保萬民，民懷其德。」

〔一二〕「將雅」句：謂吴氏以雅頌教化嶺南。荀子樂論：「先王惡其亂也，故制雅頌之聲以道之，使其聲足以樂而不流，使其曲直繁省、廉肉節奏足以感動人之善心。」

〔三〕「俾聖」二句：膏馥霑丐，樓鑰送鄭楚客司法之岳陽詩：「我嘗學事六七載，膏馥霑丐資之深。」

垂楊 暮春客鳳城假寓黄氏池亭有作

芳春欲杪。漸荔枝吐蕊，木棉殘了。細雨含煙，未成流水滂沱小。甘溪遣送清泉皎。主人雅、玉缸分到。潑茶香、寒坐松間，對鳳山娟妙。聞説鰣魚更早〔一〕。已三五蛋郎〔二〕，竹竿輕裊。喜住灘頭，不愁紅頰櫻桃少〔三〕。花醪況是酴醾造〔四〕。任酣暢、鶯聲四繞。流連忘卻歸舟，情太好。

【箋】

康熙二十九年暮春客遊順德作。鳳城，順德縣治大良之別名，城中有鳳山，故稱。

【注】

〔一〕鰣魚：粵人稱作「三黎魚」、「三鰵魚」。屈大均廣東新語卷二十二鱗語：「鰣魚以孟夏隨鱭魚出，其性喜浮游，網入水數寸即得。或候其自海入江，逆流至潯州之銅鼓灘，觸石壁不能西上，則多得。語曰：『黄魚不上雙魚石，三鰵不上銅鼓灘。』三鰵者，鰣魚也。」「順德甘竹灘，鰣魚最美。其灘上鰣魚，以罨取之，灘下鰣魚，以大網取之。罨小，一罨僅得鰣魚一尾，以灘小不能容大網也。南海九江堡江中有海目山，所産鰣魚亦美，而甘竹灘尤勝。予詩：『甘灘最好是鰣魚，海目山前味不如。絲網肯教鱗片損，玉盤那得鱠香餘。』又曰：『灘下肥過灘上魚，罨中潑剌溯流初。冰鱗觸損烹無及，玉箸殷勤食有餘。』」

〔二〕蛋郎：蛋家少年。蛋，通「蜑」，南方少數民族，多爲沿海船户。

〔三〕紅頰櫻桃：指肥美之鰣魚。屈大均廣東新語卷二十二鱗語：「鰣以櫻桃頰爲上，黄頰、鐵頰次之，爛鱗粉頰爲下。」屈大均集梁季子齋分賦得魚字詩：「香鰣正美櫻桃頰，紫荔兼來翡翠墟。語我甘灘垂釣好，潮平潮落總多魚。」曹寅鰣魚詩：「尋常家食隨時節，多半含桃注頰紅。」自注：「鰣初至者名頭膘，次名櫻桃紅。」

〔四〕「花醪」句：寫酴醾酒。賈至春思二首其二：「紅粉當壚弱柳垂，金花臘酒解酴醾。」

滿庭芳　奉答張桐君惠陽幕中見懷

堤接鵝城〔一〕，橋横漁浦，渺茫盡是春煙。故人愁斷，多爲草連天。誰料才華莫用，空趨府、蠻語年年〔二〕、懷人句，花中葉外，多少淚光妍。　情牽。教鳳子〔三〕，西從藥市〔四〕，東至香田〔五〕。謾銜得相思，一一紅箋〔六〕。此恨何時解釋〔七〕，垂白矣、猶自嬋娟。明妃好，胭脂未落，青冢已淒然〔八〕。

【箋】康熙二十九年春作。張桐君，名梯。張杉弟。雍正浙江通志卷一百八十載：張杉，山陰人。兄弟四人，梲、梯、楞，自梯以下皆有才名，出主文社，時人稱爲「三張子」。陳恭尹獨漉堂詩集卷五輓張桐君注云：「令兄南士，名杉，客卒嶺上。」張南士，即張杉。毛奇齡山陰張南士墓志銘：「康熙十四年，南士聞甡在汝寧，獨身持被而往，遇于城南。後五年，甡被召赴長安，而南士以猶子官廣東鹽市司提舉，過其任所。卒。」李士楨撫粤政略載，康熙十九年至廿一年，廣東鹽課提舉爲張溱。張梯時爲惠州知府王煐幕客。

【注】

〔一〕鵝城：惠州別名。蘇軾上梁文：「鵝城萬室，錯居二水之間。」王象之輿地紀勝：「仙人乘木鵝至此，古稱鵝嶺，在羅浮西北，即惠陽也。」屈大均廣東新語卷四水語：「堪輿家謂惠稱鵝城，乃飛鵝之地。」

〔二〕「空趨」句：世説新語排調：「郝隆爲桓公南蠻參軍。三月三日會，作詩。不能者，罰酒三升。隆初以不能受罰，既飲，攬筆便作一句云：『娵隅躍清池。』桓問：『娵隅是何物？』答曰：『蠻名魚爲娵隅。』桓公曰：『作詩何以作蠻語？』隆曰：『千里投公，始得蠻府參軍，那得不作蠻語也？』」張梯時在廣東「南蠻」之地，又爲幕客，故以蠻府參軍設喻。

〔三〕鳳子：此指緑毛么鳳。屈大均春從天上來爲前制府大司馬吳公壽詞：「緑毛鳳子相從。」

〔四〕藥市：屈大均廣東新語卷三山語：「粵東有四市，一曰藥市，在羅浮山沖虛觀左，亦曰洞天藥市。」

〔五〕香田：屈大均廣東新語卷二十六香語：「東莞香田，蓋以人力爲香，香生于人者，任人取之，自享其力，鬼神則不得而主之也。」

〔六〕「謾銜」三句：郭輔畿秋思詩：「殷勤爲囑啼雲雁，銜我相思到故山。」劉禹錫懷妓詩：「得意紫鸞休舞鏡，能言青鳥罷銜箋。」

〔七〕「此恨」句：皮日休華亭鶴聞之舊矣及來吴中以錢半千得一隻養之殆經歲不幸爲飲啄所誤經夕而卒悼之不已遂繼以詩南陽潤卿博士浙東德師侍御毗陵魏不琢處士東吴陸魯望秀才及厚于予者悉寄之請垂見和詩：「不知此恨何時盡，遇著雲泉即愴情。」李之儀卜算子詞：「此水幾時休？此恨何時已？」

〔八〕「明妃」三句：明妃，即王昭君。見消息應州道中、浣溪沙杜鵑詞注。

高山流水　王惠州生日

一麾出守向南禺〔一〕。似坡仙、處處西湖〔二〕。玉局是前身〔三〕，炎方散吏斯須〔四〕。長庚客、白玉仙儒〔五〕。神交汝〔六〕，相見羅浮四百〔七〕，秘授陰符〔八〕。待蓬萊罷相〔九〕，把臂在虛無〔一〇〕。　歡娛。褰帷且名郡〔一一〕，當盛暑、泛葯浮菰〔一二〕。玉軫按南薰〔一三〕，一曲早慰來蘇〔一四〕。沐清涼、長在冰壺〔一五〕。時飛嘯，聲共驚泉九十〔一六〕，噴薄杉梧。恁風流豈羨，莊老與天徒〔一七〕。長庚，謂白玉蟾真人。使君善嘯。羅浮有瀑泉九十九。

【箋】

王煐，字紫詮、子千，一字南區，直隸人。廩生。康熙二十八年秋任惠州府知府。著有憶雪樓詩集。王煐能文辭，喜與嶺南文士交往，與屈大均交誼尤篤。事見嶺南五朝詩選卷九、阮元廣東通志職官表。

王煐蜀裝集卷上留別嶺南諸同人詩：「予生在辛卯，遲晚感歲秋。」辛卯，即順治八年。此詞作于康熙二十九年。同時屈大均有次和惠州王子千太守初入羅浮宿沖虛觀用東坡同子過遊羅浮韻並以爲壽詩：「朱明曜真仙人京，太守入山天樂鳴。洞天日月一沐浴，碧雞紅翠生光明。天教太守主雙嶽，神君元是長庚生。白玉蟾，真人也，是公之師。藥市酒田暮治事，琪花瑤草朝省耕。仁愛使民盡眉壽，豈徒一身聃與彭。東浮西羅恣攀陟，車輪蛺蝶同身輕。鮑女飛猿尚蹩躠，葛公啞虎徒猙獰。鐵橋自可到銀漢，玉柱何用探金庭。踏窮四百三十二，一峰一峰圖且經。泉源福地置飛閣，真一法酒留丹銘。金馬且復隱星宿，玉蟾豈必辭公卿。沖虛玉簡多秘祝，先爲蒼生求太平。」

可爲本詞之注脚。

【注】

〔一〕一麾出守：文選卷二一顔延年五君詠阮始平詩：「一麾乃出守。」李善注：「（阮）咸爲始平太守。」南禺：山海經南山經載有「南禺之山」，屈大均廣東新語卷三山語謂中宿峽有「山名曰二禺。在南者曰南禺，北曰北禺」。屈大均廣東新語卷二十禽語：「南禺者，謂羅山之南，番禺之東也。」世常以南禺泛指嶺南地區。

〔二〕「似坡仙」句：坡仙，謂蘇東坡。蘇轍武昌九曲亭記：「昔余少年，從子瞻遊，有山可登，有水可浮，子瞻未始不褰裳先之。有不得至，爲之悵然移日。至其翩然獨往，逍遥泉石之上，擷林卉，拾澗實，酌水而飲之，見者以爲仙也。」方信孺鑒空閣詩：「南遊不用看圖畫，曾向坡仙句裏聞。」蘇軾曾官杭州、潁州、惠州，三地皆有西湖。

〔三〕玉局是前身：玉局，謂蘇東坡。古人慕東坡，常以前身東坡設喻或自詡。劉玨玉局寄傲園小景十幅仿盧鴻一草堂圖詩自題十首玉局齋詩：「方識命名者，前身玉局仙。」盧祖皋漁家傲壽白石：「人説前身坡老是。文章氣節渾相似。」楊萬里寄題石湖先生范至能參政石湖精舍二首其二：「渭水傅巖看後代，東坡太白即前身。」錢惟善劉時中待制見和定山十詠作詩以謝詩：「問公前身竟誰是，香山居士東坡翁。」明人倪宗正、袁宏道，亦有人謂是東坡後身。王士禛池北偶談卷二十五談異六謂浙人范思敬嘗夢東坡授其法華一部，後來見一老僧真以法華經相貽，「豈僧即東坡後身耶？」

〔四〕散吏：後漢書胡廣傳：「廣少孤貧，親執家苦。長大，隨輩入郡爲散吏。」散吏本指有官階而無職事之官員，詩中以稱美王煥爲官之閑淡。

〔五〕長庚客：本指李白。李陽冰草堂集序謂李白生時，其母「長庚入夢，故生而名白，以太白字之」。伍瑞隆懷仙詩：「采石長庚客，金門太歲精。」詞中以指葛長庚，即白玉蟾。「白玉」句：韋應物答徐秀才詩：「豈如白玉仙，方與紫霞升。」劉子寰玉隆宫詩：「避地西山占一區，高風遥想列仙儒。」詞中指白玉蟾。同時屈大均有將上惠陽舟中望羅浮即事呈王太守詩：「一日羅浮屬使君，洞天開闢即功勳。定知白玉仙師閣，朝夕名香要我焚。」自注：「公與白玉蟾真人有夙契，欲爲閣沖虚觀祀之。」參見西湖月六月十六夕惠州王太守邀泛西湖之作箋注與作者自注。

〔六〕神交：謂精神之交通。劉子寰答賓戲：「殷夢發于傅巖，望兆動于渭濱。齊甯激聲于康衢，漢良受書于邳垠，皆俟命而神交。」

〔七〕羅浮四百：羅浮山有四百三十二峰。李吉甫元和郡縣圖志卷三十四：「羅浮山，在〔博羅〕縣西北二十八里。羅山之西有浮山，蓋蓬萊之一阜。浮海而至，與羅山並體，故曰羅浮。高三百六十丈，周迴三百二十七里，峻天之峰，四百三十有二焉。」屈大均早年曾以「四百三十二峰草堂」爲室名。

〔八〕「秘授」句：陰符，指黄帝陰符經，又稱陰符經，古兵書，託名黄帝所撰。李筌作黄帝陰符經疏，其驪山母傳陰符玄義謂陰符爲驪山老母所傳授。戴叔倫奉天酬别鄭諫議雲逵盧拾遺景亮見别之作詩：「從容九霄上，談笑授陰符。」

〔九〕「待蓬萊」二句：蓬萊，仙山，亦指朝廷。意謂當待王氏功成身退之後，一起學道。

〔一〇〕把臂：世説新語賞譽：「謝公道：『豫章若遇七賢，必自把臂入林。』」

〔一一〕褰帷：撩起帷幔。後漢書賈琮傳：「琮爲冀州刺史。舊典，傳車驂駕，垂赤帷裳，迎于州界。及琮之部，升車言曰：『刺史當遠視廣聽，糾察美惡，何有反垂帷裳以自掩塞乎？』乃命御者褰之。」時王煐任惠州府知府，相當于刺史之職。詞中用典極切。

〔一二〕泛菂浮菰：猶言「浮瓜沈李」，盛夏時以此消暑。菂，蓮子；菰，菰米。

〔一三〕「玉軫」句：玉軫，以玉爲飾之琴軫，代指琴。南薰，禮記樂記：「昔者舜作五絃之琴，以歌南風。」孔子家語辨樂解：「昔者舜彈五絃之琴，造南風之詩。其詩曰：『南風之薰兮，可以解吾民之愠兮；南風之時兮，可以阜吾民之財兮。』」此爲歌頌德政之語。

〔一四〕來蘇：謂賢人到來，民衆可得休養生息。書仲虺之誥：「攸徂之民，室家相慶，曰：『徯予后，后來其蘇。』」孔安國傳：「湯所往之民，皆喜曰：『待我君來，其可蘇息。』」虞和明君大雅詩：「民慶來蘇日，國頌薰風詩。」

〔一五〕冰壺：鮑照代白頭吟：「直如朱絲繩，清如玉壺冰。」姚崇冰壺誡序：「冰壺者，清潔之至也。

君子對之，示不忘乎清也。夫洞澈無瑕，澄空見底。當官明白者有類是乎！故內懷冰清，外涵玉潤，此君子冰壺之德也。」此喻爲官清正。

〔一六〕泉九十：屈大均將上惠陽舟中望羅浮即事呈王太守詩：「九十九條成瀑布，隨風欲剪一并刀。」自注：「羅浮有九十九瀑布。」

〔一七〕天徒：莊子大宗師：「與天爲徒。」郭象注：「依乎天理，推己信命，若嬰兒之直往也。」

憶舊遊 東湖感舊有作

記花中放舸，竹下飛觴，當日嬉遊。未盡狂歌興，苦山公要去，奏事螭頭〔一〕。暮煙已隱金谷〔二〕，餘得懊儂樓〔三〕。嘆粉黛難灰〔四〕，松杉易拱〔五〕，幾度高秋。風流。更誰與，鎮日日彈棋〔六〕，夜夜藏鉤〔七〕。恨絕如泥慣，令太常妻小，空白霜頭〔八〕。一聲雍子悲涕〔九〕，猿嘯助啾啾。與別鵠離鸞〔一〇〕，蘭閨一一同淚流。山公，謂尹吏部也。尹吏部官至太常而沒，其繼室姬妾皆守志。

【校】

此首道援堂詞、屈翁山詩集闕。

【箋】此詞當爲康熙二十九年秋在東莞作。尹吏部，指尹源進。尹曾官吏部主事，康熙十八年任太常寺少卿，二十五年卒于官。審詞中「幾度高秋」之語，當作于尹氏卒後數年。姑繫于此。

【注】

〔一〕「苦山公」二句：山公，指山濤。螭頭，宫殿前臺階東西每級各引出一石螭頭，百官奏事即于此秉筆。新唐書百官志二：「其後後置起居舍人，分侍左右，秉筆隨宰相入殿。若仗在紫宸内閣，則夾香案分立殿下，直第二螭首，和墨濡筆，皆即坳處。」晉書山濤列傳：「濤再居選職十有餘年，每一官缺，輒啟擬數人，詔旨有所向，然後顯奏，隨帝意所欲爲先。故帝之所用，或非舉首，衆情不察，以濤輕重任意。或譖之于帝，故帝手詔戒濤曰：『夫用人惟才，不遺疏遠單賤，天下便化矣。』而濤行之自若，一年之後衆情乃寢。濤所奏甄拔人物，各爲題目，時稱山公啟事。」詞意謂尹氏須入朝奉職，不得久居林下。

〔二〕金谷：金谷園。石崇之别館。見鳳簫吟緑珠詞注。

〔三〕懊儂：指懊儂歌，晉石崇緑珠所作。見鳳簫吟緑珠詞注。懊儂樓，指緑珠所居之樓。

〔四〕「嘆粉黛」句：白居易燕子樓詩：「今春有客洛陽回，曾到尚書墓上來。見説白楊堪作柱，争教紅粉不成灰。」關盼盼爲張建封之妾，張卒後，盼盼自盡。本詞暗用白居易詩意。

〔五〕「松杉」句：左傳僖公三十二年：「爾何知？中壽，爾墓之木拱矣。」詞意謂時間易逝，尹氏墓旁之木已成拱矣。

〔六〕彈棋：古代之棋類遊戲，已失傳。曹丕艷歌何嘗行：「快獨摴蒲六博。對坐彈棋。」屈大均弄雛軒有贈詩：「輸與郎君三百顆，花前不肯再彈棋。」

〔七〕藏鉤：古代之遊戲。見醉紅妝詞注。

〔八〕「恨絶」三句：後漢書儒林傳下：「周澤爲太常，虔敬宗廟，常卧疾齋宫，其妻哀其老病，窺問疾苦。澤大怒，以妻干犯齋禁，收送詔獄，時人譏之曰：『生世不諧，作太常妻。一歲三百六十日，三百五十九日齋。』」世説新語任誕：「山季倫爲荆州，時出酣暢。」李白贈内詩：「三百六十日，日日如醉泥。雖爲李白婦，何異太常妻。」又，襄陽歌：「傍人借問笑何事，笑殺山公醉如泥。」本詞合用數典。

〔九〕雍子：謂雍門子周。劉向説苑善説載，雍門子周以琴見乎孟嘗君。孟嘗君曰：「先生鼓琴亦能令文悲乎？」雍門子周曰：「千秋萬歲後，廟堂必不血食矣。高臺既以壞，曲池既以漸，墳墓既以下而青廷矣。嬰兒竪子樵采薪蕘者，蹢躅其足而歌其上，衆人見之，無不愀焉爲足下悲之，曰：『夫以孟嘗君尊貴，乃可使若此乎？』」于是，孟嘗君泫然泣涕，承睫而未殞，雍門子周引琴而鼓之，徐動宫徵，微揮羽角，切終而成曲，孟嘗君涕浪汗增，欷而就之曰：「先生之鼓琴令文立若破國亡邑之人也。」

〔一〇〕別鵠離鸞：南史褚彦回傳：「嘗聚袁粲舍，初秋涼夕，風月甚美，彦回援琴奏別鵠之曲，宫商既調，風神諧暢。」別鵠之曲，即別鶴操。樂府詩集卷五十八琴曲歌辭二引崔豹古今注曰：「別鶴操，商陵牧子所作也。娶妻五年而無子，父兄將爲之改娶。妻聞之，中夜起，倚户而悲嘯。牧子聞之，愴然而悲，乃援琴而歌。後人因爲樂章焉。」吴融水鳥詩：「爲謝離鸞兼別鵠，如何禁得向天涯。」

滿庭芳　贈槎滘羅叟

曲水穿林，平橋架石，數家可是先秦〔一〕。小園誰種，花落錦成茵〔二〕。竹粉乾含鳳尾〔三〕，松膏濕吐龍鱗〔四〕。遮亭畔，三株老桂，釀酒最芳辛。生津。都蔗外，香櫞佛手〔五〕，丹荔妃脣〔六〕。更甜蕉作衣，還用蕉身〔七〕。雪剖黄柑滿乳〔八〕，霜收緑欖多仁〔九〕。埸師好〔一〇〕，何人得似，樂勝橘中人〔一一〕。

【校】

此首道援堂詞、屈翁山詩集、全清詞闕。

【箋】

槎滘，地名。在東莞中堂鎮西北，東江南岸。阮元廣東通志卷一百七十五：「蕉利汛，距本營

（駐東莞縣廣東水師提標中營）七十里，上至槎滘汛十五里，下至白市汛十里。」此詞疑亦在東莞作。

【注】

〔一〕「數家」句：意謂如桃花源中之避秦人也，羅叟其亦明遺民耶？

〔二〕「花落」句：德誠撥棹歌：「烈香飲，落花茵。」

〔三〕「竹粉」句：竹粉，笋殼脱落時附著嫩竹上之白色粉末。李商隱閒遊詩：「危亭題竹粉，曲沼嗅荷花。」鳳尾，喻竹。李群玉移松竹詩：「龍鬐鳳尾亂颼颼，帶霧停風一畝秋。」

〔四〕龍鱗：喻松。王維春日與裴迪過新昌里訪吕逸人不遇詩：「閉户著書多歲月，種松皆老作龍鱗。」

〔五〕香櫞佛手：香櫞中有「佛手香櫞」者，狀如人手，故名。胡應麟挽王元美先生二百四十韻詩：「兒拳呈紫蕨，佛手薦香櫞。」

〔六〕妃唇：漢柏梁詩：「齧妃女唇甘如飴。」屈大均荔枝酒詩：「女手剥多從濺汁，妃唇齧罷厭如飴。」此亦暗用楊貴妃啖荔故事。

〔七〕「更甜蕉」二句：屈大均廣東新語卷十五貨語：「蕉類不一。其可爲布者曰蕉麻，山生或田種，以蕉身熟踏之，煮以純灰水，漂澼令乾，乃績爲布。本蕉也而曰蕉麻，以其爲用如麻，故葛亦曰葛麻也。廣人頗重蕉布。出高要賓查、廣利等村者尤美。每當墟日，土人多負蕉身賣之。長樂亦多蕉布。」

〔八〕「雪剖」句：洪咨夔次李綿州和丁興元韻詩：「果柑微似温生乳。」韓彦直橘録序：「橘出温郡。最多種。柑乃其别種。柑自别爲八種。橘又自别爲十四種。柳丁之屬類橘者，又自别爲五種。合二十有七種。而乳柑推第一。故温人謂乳柑爲真柑。」屈大均佛手柑詩：「年年當小雪，黄被乳柑催。」乳柑，即蜜橘。

〔九〕「霜收」句：廣東新語卷二十五木語：「橄欖，有青、烏二種，閩人以白者爲青果，粤中止名白欖。」「白者亦曰雄，烏者亦曰雌，白陽而烏陰，陽故色白而行氣，陰故色紅而補血，陰故烏者有仁可食，陽故仁小而不成，此其别也。」

〔一〇〕場師：農藝師。孟子告子上：「今有場師，舍其梧檟，養其樲棘，則爲賤場師焉。」

〔一一〕「樂勝」句：牛僧孺玄怪録巴邛人載，古有一巴邛人家橘園，霜後兩橘大如三斗盎。摘剖之，有四老人焉。二老叟相對象戲，談笑自若。一叟曰：「橘中之樂，不減商山，恨不能深根固蒂耳。」

甘草子

香好。香辣香甜〔一〕，滋味從郎取。但得一星含〔二〕，自有雙煙吐〔三〕。結得伽南心還苦〔四〕，向欲暖、猶寒窗户。長把山爐爇朝暮〔五〕。任一天陰雨。

【校】

此首道援堂詞、屈翁山詩集、全清詞闕。

【箋】

此詞疑在莞香之産地東莞作。

【注】

〔一〕「香辣」句：謂沈香與伽楠沈香之香氣，一濃烈，一柔和。屈大均廣東新語卷二十六香語：「伽楠本與沈香同類而分陰陽。或謂沈，牝也。味苦而性利，其香含藏，燒乃芳烈，陰體陽用也。伽楠，牡也。味辛而氣甜，其香勃發，而性能閉二便，陽體陰用也。」

〔二〕一星：指一小顆香。李新次韻子温檢覆書事詩：「博山灰冷一星寒。」

〔三〕「自有」句：李白楊叛兒詩：「博山爐中沈香火，雙煙一氣淩紫霞。」雙煙，指博山爐中透出之兩股煙氣。

〔四〕伽南：即伽楠。屈大均廣東新語卷二十六香語：「伽楠與沈香並生，沈香質堅，伽楠軟，味辣有脂，嚼之粘齒麻舌，其氣上升，故老人佩之少便溺。上者鶯哥緑，色如鶯毛。次蘭花結，色微緑而黑。又次金絲結，色微黄。再次糖結，純黄。下者曰鐵結，色黑而微堅，名雖數種，各有膏膩。」「伽楠，雜出于海上諸山。凡香木之枝柯竅露者，木立死而本存者，氣性皆温，故爲大蟻所穴。大蟻所食石蜜，遺漬香中，歲久漸浸，木受石蜜，氣多凝而堅潤，則伽楠成。其香本未死、蜜氣未老者，謂之生結，上也。木死本存，蜜氣膏于枯根，潤若餳片者，謂之糖結，次也。歲月既淺，木蜜之氣未融，木性多而香味少，謂之虎斑金絲結，又次也。其色如鴨頭緑者，名緑結。掐之痕生，釋之痕合，挼之可圓，放之仍方，鋸則細屑成團，又名油結，上之上也。」

〔五〕山爐：博山爐。古樂府讀曲歌：「暫出白門前，楊柳可藏烏。歡作沈水香，儂作博山爐。」

桂枝香

歲庚午，予年六十有一，臘月之十日恭遇慈大人生辰，適見第五兒阿需以是日舉，喜而有作

嘉平舉子〔一〕。正太母生辰，壽筵張綺〔二〕。與父同年庚午，可能相似。六旬有一生兒晚，幸慈尊、見渠呱矣〔三〕。子圍孫繞，婆婆老福〔四〕，白頭多喜。望第五、名齊驃騎〔五〕。嘆同父諸兄，豚犬而已〔六〕。五子陶公今足〔七〕，待教書史。五經分教傳家學〔八〕，更何時、都會文字。慰渠王母〔九〕，年年春酒，獻詩羅跪。婆婆老福，宋太宗稱張齊賢母之語。

【校】此首道援堂詞、屈翁山詩集、全清詞闕。

【箋】康熙二十九年十二月十日作。是日爲母黄太夫人八十六歲壽辰，第五子明溝亦于此日生。

【注】

〔一〕嘉平：嘉平月，即臘月。

〔二〕張綺：宋玉招魂：「羅幬張些，纂組綺縞。」賀鑄琴調相思引：「添春色。雲幕華燈張綺席。」

〔三〕呱矣：兒啼聲。詩大雅生民：「不康禋祀，居然生子。」「鳥乃去矣，后稷呱矣。」

〔四〕婆婆老福：葉夢得石林燕語卷二載，張齊賢爲相時，其母晉國夫人孫氏，年八十餘尚康强。太宗方眷張，時召其母入内，親款如家人。詔云：「張齊賢拜相，不是今生，宿世遭逢。本性于家孝，事君忠。婆婆老福，見兒榮貴。」

〔五〕驃騎：指驃騎將軍霍去病。

〔六〕豚犬：三國志吴志吴主傳：「十八年正月，曹公攻濡須，（孫）權與相拒月餘。曹公望權軍，歎其齊肅，乃退。」裴注：吴曆曰：「（孫）權行五六里，回還作鼓吹。公見舟船器仗軍伍整肅，謂然歎曰：『生子當如孫仲謀，劉景升兒子若豚犬耳。』」

〔七〕五子陶公：陶淵明有五子。陶淵明責子詩：「雖有五男兒，總不好紙筆。」

〔八〕五經分教：意謂以五經分教五子，一子一經。晉書劉殷傳：「有七子，五子各授一經，一子授太史公，一子授漢書，一門之内，七業俱興，北州之學，殷門爲盛。」唐末黄惟淡，人稱「五經先生」。宋咸淳七年，周士樞撰禾坪黄氏重修大成宗譜源流序：「膺公，字惟淡，號幽谷。唐時，自光州固始入閩，徙居邵武平灑，以五經課子，顯名于世，號曰『五經先生』。」何澹黄公墓誌銘：「始祖惟淡，自光州固始徙邵武，五子各授一經，人名『黄五經』。」桂彦良萬世太平治要十二策：「以五經分教諸生，必先德行而後文藝。」

〔九〕王母：指祖母。易晉：「受茲介福，于其王母。」

雙聲子　弔東皋别業故址

漢臺南面〔一〕，越城東臂，勝地曾作蘅皋。湖通珠浦〔二〕，溪連香谷〔三〕，花木一一分曹〔四〕。蘭亭幾度〔五〕，觴詠罷、徒有蓬蒿。難陶寫，把絲竹、留教山鳥啾嘈〔六〕。

幸狐貍，知謝公白血〔七〕，珍同水碧金膏〔八〕。微軀安惜，乾崩坤裂，平陵一死鴻毛〔九〕。與龍鬌馬角〔一〇〕，和糞土、同委乾濠。炊殘白骨〔一一〕，牛羊總成，一片腥臊。謝公，謂故督師大學士陳公子壯也。

【校】

此首道援堂詞、屈翁山詩集、全清詞闕。

【箋】

東皋，在廣州東門外，陳子壯兄弟于此建別業，子壯有初歸飲順虎家兄東皋別業詩：「桃李春風忽滿園，高樓更見棣華繁。賡詩晚就啼鶯塢，習射晴臨走馬原。滿目雲山多漢壘，百年天地有青門。看君日發蛇龍蟄，蚯蚓惟知一壑尊。」張萱有陳集生太史招集令兄陳順虎東皋別業凡兩日夕詩。東皋別業在順治初成爲清兵牧馬之地。康熙三十年春，王之蛟重修東皋武廟，又于廟旁修別業，結東皋詩社。此詞當作于修復之前。姑繫于此。屈大均有東皋別業舊址是陳文忠公遊衍之地詩：「漁艇猶穿玉帶橋名迴，花灣不見錦袍灣名開。鴟夷有恨三江湧，杜宇無歸百鳥哀。菰葉湖名舊通浮嶽井，蒲香今失鶴舒臺。雲淙亦是園棋墅，一代風流總草萊。」番禺縣續志卷四十：「東皋詩社在東門外。……明亡，池館荒廢。國朝康熙間，駐防鑲黃旗參領王之蛟修葺之，取爲別業，聘屈大均、陳恭尹、梁佩蘭主其中，名曰東皋詩社。四方投篇贈縞者不停軌，與昔之南園頡頏。」廣州城坊志卷六：「東皋，在東門外，御史陳子履建。池亭樓閣、山林隴畝悉具，爲一時名園。……鼎革後池亭荒蕪。康熙初，鑲黃旗參領王之蛟取爲別業，聘嶺南詩人梁藥亭、陳獨漉暨僧一靈屈大均所謂『嶺南三大家』者創東皋詩社。四方投簡授詩無虛日，實足抗手南園。」

陳子壯，字集生，號秋濤，謚文忠，南海人。萬曆四十七年進士。曆官編修、崇禎間累遷禮部右侍郎。南明時任弘光朝禮部尚書，後任桂王東閣大學士兼兵部尚書。起兵攻廣州，兵敗被殺。著有雲淙集、練要堂稿、南宮集。

【注】

〔一〕漢臺：指朝漢臺。晉人顧微廣州記：「熙安縣（宋元嘉中自番禺析置熙安縣，後廢。）東南有固岡，高數百丈。説者云尉佗立此望漢。」唐人劉詢嶺表録異補遺：朝漢臺在（廣州城）西北五里高原上，今址在焉。刺史李玭于其上創餘慕亭。至今迎送之地，又改爲朝漢臺。

〔二〕珠浦：即「沈珠浦」。珠江别名。顧祖禹讀史方輿紀要廣東二廣州「西江」自注：「中有海珠石，是曰珠江。一名沈珠浦。相傳昔賈胡挾珠經此，珠忽躍入江中。」

〔三〕香谷：指蒲澗。中有濂泉。屈大均香谷作詩：「門外水曰簾垂，天風不肯吹。吹開見石上，仙老不知誰。」仙老，謂安期生，相傳于此成仙。

〔四〕分曹：謂分成兩邊排列。

〔五〕蘭亭：王羲之蘭亭集序：「永和九年，歲在癸丑，暮春之初，會于會稽山陰之蘭亭，修禊事也。」

〔六〕「難陶寫」二句：世説新語言語：「謝太傅語王右軍曰：『中年傷于哀樂，與親友别，輒作數日惡。』王曰：『年在桑榆，自然至此，正賴絲竹陶寫。』」

〔七〕白血：成神仙者之血。陳楠羅浮翠虚吟詩：「而今通神是白血。」屈大均經羅紫山望拜文信國墓詩：「萬里丹心懸嶺海，千年白血照華夷。」自注：「信國殉節時，頸涌白血。」

〔八〕水碧金膏：穆天子傳卷一「黄金之膏」郭璞注：「金膏，亦猶玉膏，皆其精汋也。」文選江淹雜體詩效王微「養疾」：「水碧驗未黷，金膏靈詎緇。」李善注：「山海經曰：『耿山多水碧。』郭璞曰：『碧亦玉也。』」李周翰注：「水碧，水玉也。與金膏並仙藥。」

〔九〕平陵：平陵，漢昭帝墓，在今陝西咸陽西北。古樂府有平陵東，崔豹古今注曰：「平陵東，漢翟義門人所作也。」樂府解題曰：「義，丞相方進之少子，字文仲，爲東郡太守。以王莽方篡漢，舉兵誅之，不克，見害。門人作歌以怨之也。」屈大均維帝篇：「爰從翟義公，興師平陵西。逐日麾金戈，捎星曳紅旃。」詞中以翟義喻陳子壯。一死鴻毛：司馬遷報任少卿書：「人固有一死，或重于泰山，或輕于鴻毛，用之所趨異也。」

〔一〇〕龍髯馬角：喻國破家亡之遺臣深悲。龍髯，見淡黄柳端州郡署作署曾作行宫詞注。馬角，史記刺客列傳論：「世言荆軻，其稱太子丹之命，『天雨粟，馬生角』也，太過。」司馬貞索隱：「燕丹子曰：『丹求歸，秦王曰：『烏頭白，馬生角，乃許耳。』丹乃仰天歎，烏頭即白，馬亦生角。」錢謙益布水臺集序：「薦嚴之疏，龍髯馬角之深悲也；新蒲之録，玉衣石馬之遐思也。春葵玉樹之什，空坑厓海之餘恨也；徵諸妙喜，以言乎其道則相符，以言乎其志則相叶，以言乎其時世，則宋世所謂忠義士大夫迢然不可再見，獨有一禪者孤撑單出，流連涕泗于陸沈滄海之餘，斯尤難矣。」屈大均當與錢氏同感。

〔一一〕「炊殘」句：史記宋微子世家：「王問：『城中何如？』曰：『析骨而炊，易子而食。』」

鳳樓吟　贈李孝先新婚

婿和翁、冰清玉潤〔一〕，翩翩麗藻還同。最嬌梅福女〔二〕，月華才貌，正喜早乘龍〔三〕。恰當春禊候〔四〕，浴桃花、持贈蘭紅〔五〕。作好會鶼鶼〔六〕，碧簫響徹煙空。

香風。畫樓吹處，錦箋斑管，分賦匆匆。一雙如絳樹，一聲歌兩曲〔七〕，莫辨雌雄〔八〕。鳳皇飛復止，小比肩、長日房櫳。與沈氏、青箱愛子〔九〕，金粟連叢〔一〇〕。

【校】

此首道援堂詞、屈翁山詩集、全清詞闕。

【箋】

康熙三十年三月三日上巳，王隼之女王瑤湘與李仁新婚，屈大均、梁佩蘭、陳恭尹、林語、吴文煒、梁無技往王隼西村滌爐宴集，即席分賦以賀。屈大均有辛未上巳讌集王蒲衣滌爐分得春字時會送李孝先就婚于蒲衣一首、陳恭尹有李孝先就婚西村即事贈詩勉之二首、黎延祖有辛未花朝贈李孝先新婚詩。李孝先，名仁，四會人。李恕子。太學生。有借堂偶編。

【注】

〔一〕冰清玉潤：原指晉朝樂廣、衛玠翁婿操行潔白。世説新語言語劉孝標注引衛玠别傳：「裴叔道曰：『妻父有冰清之姿，婿有璧潤之望。』」詞中以謂王隼與李仁。

〔二〕梅福女：梅福，字子真，西漢九江郡壽春（今安徽壽縣）人。曾官南昌縣尉，後去官歸壽春。相傳仙去。楊慎丹鉛續録卷七：「故跡遺文有嚴子陵碑云：子陵，新野人，避亂江南，娶梅福女，因居會稽。」

〔三〕乘龍：喻佳婿。藝文類聚卷四十引楚國先賢傳：「孫儁字文英，與李元禮俱娶太尉桓焉女，時人謂桓叔元兩女俱乘龍，言得婿如龍也。」

〔四〕春禊：上巳日（陰曆三月初三）在水濱舉行盥洗祭禮，以祓除不祥也。後漢書禮儀志上注：「韓詩曰：『鄭國之俗，三月上巳，之溱洧兩水之上，招魂續魄，秉蘭草，祓除不祥。』」謝朓侍宴華光殿曲水奉敕爲皇太子作詩之五：「秋祓濯流，春禊浮醴。」

〔五〕浴桃花：謂在桃花水中盥浴。趙秉文仿太白登覽詩：「共浴桃花湯，洗盡塵土骨。」持贈蘭紅：古人修禊，持蘭相贈。詩鄭風溱洧：「溱與洧，方涣涣兮，士與女，方秉蕑兮。」歐陽修和昭文相公上巳宴詩：「秉蘭修禊及芳辰。」

〔六〕鶼鶼：即比翼鳥。爾雅釋地：「南方有比翼鳥，不比不飛，其名謂之鶼鶼。」郭璞注：「似凫，青赤色，一目一翼，相得乃飛。」因以喻夫婦相隨。白居易長恨歌：「在天願爲比翼鳥。」朱淑真春詞：「池塘水暖鶼鶼並。」

〔七〕「一雙」二句：絳樹，古代美女，能歌舞。曹丕答繁欽書：「今之妙舞莫巧于絳樹，清歌莫善于宋膳。」徐陵雜曲：「碧玉宮妓自翩妍，絳樹新聲最可憐。」伊世珍琅嬛記引志奇：「絳樹一聲能歌兩曲，二人細聽，各聞一曲，一字不亂。人疑其一聲在鼻，竟不測其何術。」

〔八〕莫辨雌雄：木蘭辭：「雄兔脚撲朔，雌兔眼迷離。雙兔傍地走，安能辨我是雄雌？」

〔九〕「與沈」句：太平廣記卷第三百四十三引宣室志：「元和初，有進士陸喬者，好爲歌詩，人頗稱之。家于丹陽，所居有臺沼，號爲勝境。喬家富而好客。一夕，風月晴瑩，有扣門者，出視之，見一丈夫，衣冠甚偉，儀狀秀逸。喬延入，與生談議，朗暢出于意表。喬重之，以爲人無及者。因請其名氏，曰：『我，沈約也。聞君善詩，故來候耳。』喬驚起曰：『某一賤士，不意君之見臨也。願得少留，以侍談笑。』既而命酒，約曰：『吾平生不飲酒，非阻君也。』又謂喬曰：『吾友人范僕射雲，子知之乎？』喬對曰：『某常讀梁史，熟范公之名久矣。』約曰：『吾將邀之。』喬曰：『幸甚。』約乃命侍者邀范僕射。頃之，雲至，喬即拜，延坐，雲謂約曰：『休文安得而至是耶！』約曰：『吾慕主人能詩，且好賓客，步月至此，遂相談謔久之。』約呼左右曰：『往召青箱來。』俄有一兒至，年可十歲餘，風貌明秀。約指謂喬曰：『此吾愛子也。少聰敏，好讀書。吾甚憐之，因以青箱名焉，欲使傳吾學也。不幸先吾逝，今令謁君。』即命其子拜喬。又曰：『此子亦好爲詩，近從吾與僕射同過臺城，因命爲感舊，援筆立成，甚有可觀。』即諷之曰：『六代舊江川，興亡幾百年。繁華今寂寞，朝市昔喧闐。夜月琉璃水，春風卵色天。傷時與懷古，垂淚國門前。』喬歎賞久之。」

〔一〇〕金粟：謂桂花。以其色黃如金，花小如粟，故稱。連叢，淮南小山招隱士有「桂樹叢生兮山之幽」之句。詞意謂王瑶湘與李仁可相比並也。

山亭宴

禊餘上巳過三日。正清明、楝花堪摘〔一〕。知是幾番風，乍寒暖、春醪少力。杜鵑啼得杜鵑開，淚紅處、榴裙無色。辛苦汝流鶯，拾不盡、儂香魄。　　裊空半逐遊絲入〔二〕。又吹散、蝶黄蝶白。儘意葬芳菲，做慘淡、煙乾雨濕。新時争似故時憐，此一度、倍生淒惻。情去枉留仙，綵履那堪執〔三〕。

【箋】

首句云云，當作于康熙三十年三月六日。爲懷念王華姜而作。同時有辛未上巳讌集王蒲衣濼廬分得春字時會送李孝先就婚于蒲衣詩二首。

【注】

〔一〕楝花：楝花開于春暮。宗懔荆楚歲時記載，二十四番花信風，始梅花，終楝花。

〔二〕「裊空」句：蘇軾虞美人詞：「惟有遊絲千丈、嫋晴空。」

〔三〕「情去」二句：屈大均鳳凰臺上憶吹簫：「紛紛。淚飛似雪，揮不到黄泉，霑爾羅巾。恨留仙難得，空纚裾裙。」燕歸梁詞：「粉餘飛雪，香消沈水，無計更留仙。」同此用意。留仙，留住仙蹤，亦指留仙裙。謂逝者已仙去難留，徒執其遺履以懷想耳。

十二時　送蒲衣子入山

送君歸、亂山歸去，婚嫁參差都了〔一〕。想竟似、無情春杳。不使鶯花纏繞。玩弄清琴，沈酣玉醴，怕不成仙道。且養壽、影滅嬋娟，卻笑蔡家，猶愛纖纖姑爪〔二〕。　顔未衰、心花意蕊，況有十分光姣。鏡裏復紅，分明大藥〔三〕，不在丹干好〔四〕。引嘯時有風〔五〕，飛身欲在煙杪〔六〕。恨此生、茅龍未遍〔七〕，五嶽猶牽懷抱。莫學盧躭〔八〕，翩翩毛羽，拂盡洲和島。恐去家未久，歸來但見華表〔九〕。

【箋】

蒲衣子，即王隼，自號蒲衣，邦畿子。番禺人。清史稿本傳及番禺縣志卷四十三載，隼七歲能詩。慕道術，早歲棄家入丹霞，尋入匡廬，居太乙峰，六七年始歸。性喜琵琶，終日理書卷，生事窘不顧，惟取琵琶彈之。琵琶聲急，即其窘益甚。妻潘，女瑶湘，並工詩。著有大樗堂初集、外集。王隼自其女瑶湘婚後，即攜幼子入山别居。此詞當作于康熙三十年春暮。

【注】

〔一〕「婚嫁」句：皇甫謐高士傳：「向長，字子平，河内朝歌人也。隱居不仕。」「建武中，男女娶嫁既畢，敕斷家事勿相關，當如我死也。于是遂肆意，與同好北海禽慶俱遊五嶽名山，竟不知所終。」

〔二〕「郤笑」二句：葛洪神仙傳麻姑傳云：「漢孝桓帝時，神仙王遠，字方平，降于蔡經家。」「麻姑鳥爪。蔡經見之，心中念言，背大癢時，得此爪以爬背，當佳。方平已知（蔡）經心中所念，即使人牽經鞭之。謂曰：『麻姑神人也，汝何思謂爪可以爬背耶？』但見鞭著經背，亦不見有人持鞭者。」

〔三〕大藥：丹藥，長生藥。悟真篇：「大藥不求争得遇。」杜甫贈李白詩：「苦乏大藥資，山森跡如掃。」

〔四〕丹干：即丹矸。荀子正論篇：「加之以丹矸。」楊倞注：「丹砂也。」丹砂爲煉金丹之主藥。

〔五〕引嘯：晉書阮籍傳：「籍嘗于蘇門山遇孫登，與商略終古及棲神導氣之術，登皆不應，籍因長嘯而退。至半嶺，聞有聲若鸞鳳之音，響乎巖谷，乃登之嘯也。」鄒浩中秋日泛湖雜詩其六：「更憑長嘯引孫登。」

〔六〕飛身：曾鞏宿尊勝院詩：「傳聞羡門仙，飛身憩蒼蒼。」

〔七〕茅龍：劉向列仙傳呼子先：「呼子先者，漢中關下卜師也，老壽百餘歲。臨去，呼酒家老嫗曰：『急裝，當與媼共應中陵王。』夜有仙人持二茅狗來至，呼子先。子先持一與酒家媼，得而騎之。乃龍也，上華陰山。』李白西嶽雲臺歌送丹丘子：「玉漿儻惠故人飲，騎二茅龍上天飛。」屈大均讀杖人師武夷遺草因懷武夷虎嘯洞諸勝：「我昔遊五嶽，身騎二茅龍。」

〔八〕盧躭：水經注卷三十七涢水引鄧德明南康記曰：「昔有盧躭，仕州爲治中，少棲仙術，善解雲飛，每夕輒淩虛歸家，曉則還州，嘗于元會至朝，不及朝列，化爲白鵠至闕前，回翔欲下，威儀以石擲之，得一隻履，躭驚還就列，內外左右，莫不駭異。」李白贈盧司户詩：「借問盧躭鶴，西飛幾歲還？」

〔九〕「歸來」句：用丁令威化鶴歸來之典。陶潛搜神後記卷一：「丁令威，本（漢）遼東人，學道于靈虛山，後化鶴歸遼，集城門華表柱。時有少年，舉弓欲射之，鶴乃飛，徘徊空中而言曰：『有鳥有鳥丁令威，去家千年今始歸。城郭如故人民非，何不學仙冢纍纍。』」

念奴嬌　追和龔蘅圃喜予移家白門之作

昔年浮宅，向金陵曾住、莫愁湖口。最是鍾山黃紫色〔一〕，未遺蓬窗辜負。上岸牽舟，傍橋作屋，兒女同魚罾。〔二〕殷勤公子，笑饋鶯邊春酒。　更將畫舸相迎，秦淮人至，新曲歌紅藕。正值燈船簫鼓起，廿四航間如畫〔三〕。徹夜邀歡，天明忽隔，庾嶺梅花口〔四〕。相思長在，汝南無數煙柳〔五〕。白門有汝南灣。

【箋】

龔蘅圃，名翔麟，字天石，浙江仁和人。弱冠即工爲詩古文辭。中辛酉順天鄉試乙榜，補兵部車駕司主事，出榷廣東關税。尋考選科道第一，授陝西道監察御史，巡視西城，稽察錢局。歷掌浙江、山西、陝西、京畿、河南諸道事。致仕歸。著田居詩稿、紅藕莊詞。事見清代碑傳全集卷五十五。屈大均于康熙十九年移家南京時與龔相交，龔氏有無俗念喜屈翁山移家白門詞以贈，詞云：「羅浮道士，忽攜家、直傍秦淮卜宅。緑齒年來應踏碎，倦向天涯爲客。選得閒房，青溪柳外，偕隱荷衣襞。蠻煙瘴雨，嶺梅何處消息。　猶記通潞亭陰，紅蓮小幕，曾伴朱齡石。最愛九歌詩句好，酒後長吟近律。泛梗誰期，逢迎恰在，桃葉秋江北。柴門定對，蔣山朝暮凝碧。」無俗念，即念奴嬌。屈大均此詞爲康熙三十一年春追和之作。龔翔麟時在廣州出榷廣東關税，與粵中文士同遊。屈大均有奉和龔蘅圃駕部偕諸公遊光孝寺出城訪長壽精舍之作次原韻二首。

【注】

〔一〕鍾山黄紫：謂鍾山有天子氣。黄紫，謂黄旗紫蓋般之雲氣，所謂天子氣。三國志吴書孫皓傳：「三年正月晦。」裴松之注引江表傳：「黄旗紫蓋見于東南，終有天下者，荆、楊之君乎？」景定建康志卷六載，舊傳秦始皇時，望氣者言：「五百年後金陵有天子氣。」鍾山又有

「鍾阜龍蟠」之説。

〔二〕魚罶：用詩經小雅魚麗「魚麗于罶」函義，喻酒宴歡欣。罶，魚簍。

〔三〕廿四航：東晉時在内秦淮河上建有浮航二十四座。王象之輿地紀勝卷十七引胡文恭公（宿）詩：「浮航二十四，一一跨淮中。此地名朱雀，當年踏彩虹。」張鉉至正金陵新志「二十四航」條：「二十四航，舊在都城内外，即浮橋也。按輿地志云：『六朝自石頭東至運瀆總二十四渡，皆浮航。往來以税行直淮對編門，大舫用杜預河橋之法，本吴時南淮大橋也，一名朱雀橋。當朱雀門下度淮水，王敦作逆，温嶠燒絶之，今皆廢。』」

〔四〕庾嶺梅花口：指大庾嶺梅關。梅關南北遍植梅樹。

〔五〕汝南：汝南灣。位于今南京光華門外象房村。馬之純汝南灣詩：「當時祇號汝南灣，後有三人住此間。自謂逸民須隱約，並稱賢士想高閒。」屈大均花市詩：「花從虎踞關，賣向汝南灣。城北無花市，花多少往還。」

洞仙歌　長壽禪室瓶花

丹葩素蕊，與心華争放〔一〕。天女持來笑相向〔二〕。膽瓶中、朵朵春色撩人，深護取，莫遣風吹半颭。　嶠南無月令〔三〕，元夕芳菲，已逐流鶯亂枝上。幾種插偏多、萱共夭桃，薔薇畔、海棠三兩。但注水、空生不須根，任好在、房櫳露華滋養。

【校】

此首道援堂詞、屈翁山詩集、全清詞闕。

【箋】

長壽寺在廣州西關。與光孝、海幢、華林、大佛合稱廣州五大叢林。建于明萬曆三十四年，原名長壽庵。大汕擴建之，改名長壽寺。康熙三十一年元夕後二日，大汕和尚邀屈大均及陳廷策、龔翔麟、王煐、陳恭尹、陳子長、廖焞、季煌、王世楨、沈上籛、方正玉、朱漢源、黄河澂、黄河圖等集長壽寺離六堂，分韻賦詩。此詞當作于同時。陳恭尹有上元後二夕長壽精舍集同王惠州陳韶州兩使君梁藥亭廖南煒屈翁山王礎塵沈上籛方葆宇陳生洲黄葵村分得來字二首。

【注】

〔一〕心華：心花。喻慧心。圓覺經：「若善男子，于彼善友，不起惡念，即能究竟，成就正覺，心華發明，照十方刹。」

〔二〕「天女」句：天女，佛家指欲界六天之女，有大吉祥天女等。維摩經觀衆生品：「時維摩詰室，有一天女，見諸天人聞所説法，便現其身，即以天華，散諸菩薩大弟子上。」

〔三〕「嶠南」句：嶠南，嶺南。月令，禮記有月令篇，按一年十二月之時令，分别記述每月之節物事宜，其中包括每月之花事。無月令，詞意謂嶺南氣候與北方不同，不按通常之月令開花。晁説之感事詩：「長江無月令。」屈大均贈友姪林貽燕兄弟詩：「花到炎天無月令，鶯當大雪已春聲。」送嚴藕漁宫允還梁溪八首之八：「日南無月令，秋菊向春開。」

買陂塘　仲春六瑩堂宴集

爲聽歌、滿堂魂悄，吴音争奈清婉〔一〕。風流串戲多騷客〔二〕，酒待曲終方勸。人氣暖。吹幾陣、紅香影向氍毹亂。鶯長燕短〔三〕。任珠斗光低〔四〕，玉壺聲盡〔五〕，猶未放金碗。　如泥後〔六〕，惟有龍蛇出腕〔七〕。裙裾都與書滿〔八〕。千花萬柳供驅使〔九〕，生怕綺筵雲散。君不見。金粟老、神仙富貴從舒卷〔一〇〕。沈冥未晚。正細雨輕煙，似他人柳〔一一〕，眠起不勝軟。

【校】

此首道援堂詞、屈翁山詩集、全清詞闕。

【箋】

康熙三十一年仲春作。時梁佩蘭邀王煐、陳廷策、陳恭尹、黄河澂等集六瑩堂，出六瑩琴相示，屈大均有詩紀之。梁佩蘭招王煐等集六瑩堂，出六瑩琴相示，屈大均有初春六瑩堂雅集主人梁庶常出六瑩琴相示歌以紀之詩，陳恭尹有梁藥亭招集六瑩堂觀六瑩堂古琴同諸公作歌詩。黄河澂有春日同王陳二使君暨諸公集梁太史六瑩堂觀琴作詩。

【注】

〔一〕吴音：劉長卿戲贈于越尼子歌：「雲房寂寂夜鐘後，吴音清切令人聽。」屈大均贈别吴門朱雪鴻詩：「清婉吴音好，相思定不衰。」

〔二〕串戲：演戲。此特指文人客串表演。

〔三〕鶯長燕短：鶯燕，指歌筵上之伎女。徐渭鈕大夫園林詩：「帳淺鶯歌短，屏深燕語長。」

〔四〕珠斗：指北斗七星。王維同崔員外秋宵寓直詩：「月迴藏珠斗，雲消出絳河。」趙殿成注：「謂斗星相貫如珠。」

〔五〕玉壺：指漏壺。古代利用滴水以計量時間之儀器。玉壺聲盡，即漏壺水盡，謂天明時候。

〔六〕如泥：謂爛醉如泥。後漢書儒林傳下周澤：「一歲三百六十日，三百五十九日齋。」李賢注：「漢官儀此下云：『一日不齋醉如泥。』」

〔七〕龍蛇：指書法筆勢如龍蛇般蜿蜒盤曲。李白草書歌行：「時時祇見龍蛇走，左盤右蹙如驚電。」

〔八〕「裙裾」句：宋書羊欣傳：「欣時年十二，時王獻之爲吴興太守，甚知愛之。獻之嘗夏月入縣，欣著新絹裙晝寢，獻之書裙數幅而去。欣本工書，因此彌善。」古人宴飲，每書于歌女之裙裾襟袖。

〔九〕千花萬柳：語意相關。亦暗指歌筵上之伎女。柳永玉蝴蝶：「見了千花萬柳，比並不如伊。」

〔一〇〕金粟老：金粟如來。過去佛之名，指維摩居士之前身。文選王簡棲頭陀寺碑文：「金粟來儀。」李善注引發跡經：「浄名大士是往古金粟如來。」釋慧空送泉州使臣詩：「毗耶金粟老，說法在其中。」詞中以喻六瑩堂雅集主人梁佩蘭。神仙富貴：韋莊陪金陵府相中堂夜宴詩：「因知海上神仙窟，衹似人間富貴家。」

〔一一〕人柳：即檉柳。唐代佚名三輔舊事：「漢武帝苑中有柳狀如人，號曰人柳，一日三眠三起。」

東風第一枝　壬申臘月廿九日立春，值内子季劉生辰賦贈

細切辛絲，香堆翠縷〔一〕，謝家春滿纖手〔二〕。粉光新𩐁鮮桃〔三〕，黛影乍描嫩柳〔四〕。歡開生日，盡膝下、鶯歌消受。羨又添、一歲風光，長媚畫堂尊母〔五〕。今歲好、釀多美酒。來歲好、膾多膩肉。朔囊雖滿錢刀，不買漢京少婦〔六〕。餔糜兒女〔七〕，一箇箇、憐伊黄口。念楚狂、妻已冰清〔八〕，莫比女花還瘦〔九〕。

【校】

此首道援堂詞、屈翁山詩集、全清詞闕。

【箋】

作于康熙三十一年十二月廿九日。內子季劉，即劉氏武姑。屈門四碩人墓志銘：「劉氏，字武姑，昭平人。」劉氏爲廣西昭平人，客粤西時所娶。

【注】

〔一〕「細切」二句：宗懍荆楚歲時記：「（正月一日）進屠蘇酒、膠牙餳。下五辛盤。」原注引周處風土記：「元日制五辛盤。」注：「五辛，所以發五藏之氣。即大蒜、小蒜、韭菜、芸薹、胡荽是也。」辛絲、翠縷，指五辛所切成之绿色絲縷。周密武林舊事立春：立春前一日「後苑辦造春盤供進，及分賜貴邸宰臣巨璫，翠縷紅絲，金雞玉燕，備極精巧，每盤值萬錢。」

〔二〕謝家：詞中以謝道韞喻劉氏。

〔三〕「粉光」句：太平御覽卷二十引虞世南史略：「北齊盧士深妻，崔林義之女，有才學，春日以桃花醴兒面。呪曰：『取紅花，取白雪，與兒洗面作光悦。取白雪，取紅花，與兒洗面作光澤。取雪白，取花紅，與兒洗面作華容。』」毛滂春詞其十七：「醴面桃花有意開，光風轉蕙日徘徊。」

〔四〕「黛影」句：寫女子畫眉。柳，柳葉眉。

〔五〕尊母：劉氏武姑生女明洙、明泳，子明渲。

〔六〕「朔囊」二句：朔，指東方朔。漢書東方朔傳載，東方朔向漢武帝訴説窮困，云：「朱儒長三尺餘，奉一囊粟，錢二百四十。臣朔長九尺餘，亦奉一囊粟，錢二百四十。朱儒飽欲死，臣朔饑欲死。」詞意謂即使自己有錢，也不再買少妾了。實際上屈大均晚年生活窘迫，因有此戲語。

〔七〕餔糜：即哺糜。吃粥。古詩東門行：「他家但願富貴，賤妾與君共餔糜。共餔糜。上用倉浪天故。下爲黄口小兒。」

〔八〕楚狂：屈大均自指。此以楚狂接輿夫妻設喻。高士傳云：「楚昭王時政令無常，陸通乃佯狂不仕，時人稱爲楚狂。孔子適楚，楚狂接輿迎其門曰：『鳳兮鳳兮，何如德之衰也。』孔子欲與之言，通趨而避之。楚王聞其賢，遣使持金百鎰，車馬二駟往聘之，通不應。使者去，通妻從市來曰：『先生少而爲義，豈老違之哉，門外車跡何深也。妾事先生窮耕以自食，親織以爲衣，食飽衣暖，其樂自足矣！不如去之』。于是夫妻變名易姓，隱蜀峨嵋山。」吴筠高士詠楚狂接輿夫妻：「接輿躭冲玄，伉儷亦真逸。」

〔九〕「莫比」句：女花，菊之别名。太平御覽卷九九六引吴氏本草經曰：「菊華，一名女華，一名女室。」李清照醉花陰詞：「莫道不消魂，簾卷西風，人比黄花瘦。」

臨江仙　折梅贈内子

梅妻本是梅家女〔一〕，白頭香雪相偎。同心緑萼總重臺〔二〕。鳳餐珠蕊結仙胎〔三〕。　村號梅花誰不羨，早從梅嶺歸來。南枝暖待北枝開〔四〕。百年春色忍相催。有同心梅。

【校】

此首全清詞闕。

【箋】

爲贈劉氏夫人之作。當作于康熙三十二年前後。姑繫于此。

【注】

〔一〕梅妻：林逋隱居西湖孤山，種梅養鶴。後世謂其「梅妻鶴子」。此以梅妻喻劉氏武姑。梅家女：見鳳簫吟贈李孝先新婚「最嬌梅福女」句注。

〔二〕「同心」句：劉歆西京雜記卷一載，上林苑中有同心梅。永樂大典卷三十四引范成大梅譜：「緑萼梅。凡梅花跗蒂皆絳紫色，惟此純緑，枝梗亦青，特爲清高，好事者比之九嶷仙人萼緑華。」重臺，重瓣梅。梅堯臣正仲往靈濟廟觀重臺梅詩：「玉盤疊捧溪女歸，魚鱗作室待水斐。」形容逼肖。

〔三〕「鳳餐」句：屈大均羅浮放歌：「羅浮山上梅花村，花開大者如玉盤。我昔化爲一蝴蝶，五彩綃衣花作餐。」又，賦得蝴蝶繭贈王黄門幼華詩：「千絲萬絲作一繭，仙胎衹爲鳳車結。」廣東新語卷二十四：「蝴蝶大如蝙蝠者，名鳳車，其大如扇。」仙胎，當指劉氏武姑所生之子女明洙、明泳、明渲。

〔四〕「南枝」句：白氏六帖梅部：「大庾嶺上梅，南枝落，北枝開。」宋之問度大庾嶺詩：「魂隨南翥鳥，淚盡北枝花。」

明月逐人來　秋夕與内子昭平夫人小酌

梅花開釀。芙蓉相向。秋蟾照、翠樓冰亮。寒夜多露，休把深杯讓。早識卿卿雅量。

難得鴛鴦，白首情逾酣暢。雙簫起，聲嫌輕颺。月斜未睡，猶倚簾櫳望。隱隱潮雞初唱〔一〕。

【校】

潮雞，徐本作「朝雞」。

【箋】贈劉氏夫人之作。當作于康熙三十二年前後。姑繫于此。

【注】

〔一〕潮雞：潮來即啼之雞。顧野王輿地志：「移風縣有雞，雄鳴，長且清，如吹角，每潮至則鳴，故呼爲潮雞。」李德裕謫嶺南道中作詩：「五月畬田收火米，三更津吏報潮雞。」

西湖月 六月十六夕惠州王太守邀泛西湖之作二首

其一

炎天向夕偏涼，愛皓月仍圓，流光如笑。畫船輕漾，蠻童緩按，十番兒小〔一〕。使君頻有賦，儘曲水、風流吟共嘯。更布簟、犀帶橋邊〔二〕，弄遍紫荷紅蓼。　生憎一帶山眉，染玉女青螺〔三〕，影連浮嶠〔四〕。洞天爲主〔五〕，三千夭鳳，奈他仙爪。神仙多散吏〔六〕，恨白玉真人招未早〔七〕。怎當得、西子錢唐，更勞蘭棹。公與白玉蟾仙師若有夙契。公未莅惠州，先夢到惠及杭州〔八〕。

【校】

此首道援堂詞、屈翁山詩集、全清詞闕。

【箋】

康熙三十二年六月作于惠州。時應惠州太守王煐之邀，寓惠至秋。

【注】

〔一〕十番：十番樂、十番鑼鼓。由十種樂器合奏之樂。孔尚任桃花扇鬧榭：「又扮燈船懸五色紗燈，打細十番，繞場數回下。」屈大均東湖篇贈高明府詩：「十番大小更誇人，諸童新就吴儂學。」

〔二〕犀帶橋：指惠州西湖蘇堤上之西新橋。相傳蘇軾捐建。南宋慶元二年，惠州重建西新橋，通判許騫撰重修西新橋記，略云：「東坡蘇公捐腰犀以倡其役，黄門公（即蘇轍）遺金錢以助其費。」劉克莊豐湖三首其三：「作橋聊結衆生緣，不計全家落瘴煙。内翰翻身脱犀帶，黄門勸婦助金錢。」即紀此事。

〔三〕玉女：指羅浮山玉女峰。在羅山西南麓，與浮山相連。玉女峰在小石樓旁，小石樓狀似老人傴僂，一名老人峰。予詩：「笑他玉女峰娟妙，長伴雲邊一老人。」

〔四〕浮嶠：浮山。屈大均廣東新語卷三山語羅浮：「蓬萊有三别島，浮山其一也。太古時，浮山自東海浮來，與羅山合，崖巘皆爲一。然體合而性分，其卉木鳥獸，至今有山海之異，浮山皆海中類云。」

〔五〕洞天：羅浮山爲道教之第七洞天，號「朱明耀真天」。

〔六〕「神仙」句：仙人中有天仙與散仙之别，散仙，指未被授予天府官爵之神仙。神仙傳謂劉安得道升天後，「爲散仙人，不得處職，但得不死而已」。散仙猶如凡間之散吏。白玉蟾有「神霄散吏」之號。

〔七〕白玉真人：指白玉蟾，即葛長庚。生于瓊州（今海南瓊山）。爲道教内丹派南宗之創始者。故稱仙師。蘇東坡在儋州遊儋耳山，作儋耳山詩，儋耳山爲白玉蟾修真之地。白玉蟾有次韻東坡蒲澗寺二首，其詩亦常稱東坡爲「坡仙」，故本詞自注謂兩人「若有夙契」。

〔八〕「先夢」句：王煐在蒞惠前三年，已先夢到惠州。王煐除夕雜感詩：「嶺嶠休嗟道路遥，三年夢寐早相招。山川指顧疑虚幻，城郭登臨憶寂寥。」自注：「郡内山川城郭宛如丙寅歲夢中所見。」丙寅，即康熙二十五年。

其二

纖雲蹙損金波，卷一片秋光，全歸明鏡。數聲歸笛，棲禽欲起，亂翻林影。弄珠人有約〔一〕，待七夕、浮燈穿荇。便萬朵、分與漁舟，看取逐流誰定。知他幾處西湖，有此地才華，主賓相稱。右軍顏好〔二〕，凝脂點漆〔三〕，白頭交映。文心吾亦似，覺老去、雕龍今不競〔四〕。願良會、歲歲歡娛，飽聞高詠。

【校】

此首道援堂詞、屈翁山詩集、全清詞闕。

【注】

〔一〕弄珠人：文選張衡南都賦：「游女弄于漢皋之曲。」李善注引韓詩外傳：「鄭交甫將適楚，遵彼漢皋臺下，乃遇二神女，佩兩珠，大如荆雞之卵。交甫與之言，曰：『欲子之佩。』二女解與之。既行返顧，二女不見，佩亦失矣。」王適江濱梅詩：「忽見寒梅樹，開花漢水濱。不知春色早，疑是弄珠人。」

〔二〕右軍：王羲之曾爲會稽内史，領右將軍。世説新語容止：「時人目王右軍飄如浮雲，矯若遊龍。」此以王羲之喻王煐。

〔三〕凝脂點漆：王炎留獻之初得孫詩：「眼如點漆膚凝脂。」

〔四〕「文心」二句：文心，劉勰文心雕龍序志篇：「夫文心者，言爲文之用心也。」雕龍，史記孟子荀卿列傳「雕龍奭」裴駰集解引劉向别録曰：「騶奭脩衍之文，飾若雕鏤龍文，故曰『雕龍』。」

買陂塘 奉陪王太守、俞别駕、佟大令雨泛西湖作，起句同用張翥

漲西湖、半篙新雨，畫船初試煙水。知君雖作湖山主[一]，心與海鷗相似。秋欲至。荷葉外、微茫漸識蘆花起。溪頭洞尾。向山影沈浮，泉花噴薄，頻得白魚喜。

長橋畔，燈火漁村尚未。疏鍾微出蒼翠。蘭橈蕩漾無人見，教駐數聲歌吹。林楓乍墜。正宿鳥巢邊，涼風蕭颯，心動欲觴並止。堤上步、沿洄稍近黄塘寺[二]。歸矣。

【校】

此首道援堂詞、屈翁山詩集、全清詞闕。

【箋】

康熙三十二年秋初作于惠州。俞别駕，即俞九成，字介石，浙江杭州人。康熙三十年任惠州通判，修惠州府志，葺代泛亭。有吟詠惠州西湖之作，尤以西湖好七首著稱。佟大令，佟銘，字德新，正藍旗人，監生。康熙二十三年任歸善知縣。本詞起句「漲西湖」用元人張翥同調詞原句。王煐有雨後偕同官俞介石泛舟南湖登石屏觀瀑詩。

【注】

〔一〕作湖山主：蘇軾寄劉孝叔詩：「自從四方冠蓋鬧，歸作二浙湖山主。」

〔二〕黄塘寺：在惠州西湖西南，與豐湖書院相鄰。吴騫西湖紀勝載有「黄塘晚鐘」之景。

洞仙歌　爲惠陽别駕俞君題揮翰圖，圖有美人十三

蓬萊一股〔一〕，與鵝城仙吏〔二〕。玉女紛從女生戲〔三〕。展花綾、兩兩催爲香奩，添一箇，便是鴛鴦十四。　洞天圖畫裏〔四〕。不向丹青，争識麻姑更妖麗。爲著淡鵝黄、么鳳憎他〔五〕，毛全緑、掩君羅袂。任夜夜、箏調十三絃，怎得似、清琴静含秋水〔六〕。

【校】

此首道援堂詞、屈翁山詩集、全清詞闕。

【箋】

康熙三十二作于惠州。爲惠州府通判俞九成題圖。

【注】

〔一〕蓬萊一股：屈大均廣東新語卷三山語羅浮：「漢志云：『博羅有羅山。以浮山自會稽浮來

傳之，故名羅浮。』博，傅也，傅轉爲博也。浮來博羅，羅小，浮博而大之。羅卑，浮博而高之，故曰博羅也。或曰：羅山亦蓬萊一股，故浮來依之。羅主而浮客，客蓬萊而依主蓬萊。」屈大均詠羅浮其三：「飛橋天半接羅浮，鐵柱雙標在兩頭。鎖住蓬萊東一股，浮山不逐海潮流。」

〔二〕鵝城：王象之輿地紀勝：「仙人乘木鵝至此，古稱鵝嶺，在羅浮西北，即惠陽也。」按，惠陽在羅浮東南。屈大均廣東新語卷三山語：「歸善（今惠陽）有白鶴峰，下臨東江，與豐湖諸山對聳，蘇學士（軾）故宅在焉。學士上梁文所謂『鵝城萬室，錯居二水之間；鶴觀一峰，獨立千巖之上』是也。」

〔三〕仙吏：漢書梅福傳載，漢梅福曾補任南昌縣尉，後去官歸里，不知所終。相傳已成仙。因以「仙尉」、「仙吏」爲縣尉一級之官吏之美稱。岑參送江陵泉少府赴任便呈衛荊州：「神仙吏姓梅，人吏待君來。」詞中指俞九成。

〔四〕女生：魯女生。神仙傳：「魯女生者，長樂人也。服胡麻餌朮，絶穀八十餘年，甚少壯，一日行三百餘里，走逐麋鹿。鄉里傳世見之二百餘年。入華山中去，時故人與女生別後五十年，入華山廟，逢女生，乘白鹿，從後有玉女數十人也。」屈大均題王給諫烏絲紅袖圖詩：「太華仙人魯女生，三千玉女不知名。」

〔五〕洞天：杜光庭洞天福地記以羅浮爲道教十大洞天之第七洞天。

〔六〕么鳳：見彩雲歸詞注。

〔六〕「怎得」句：白玉蟾聽琴詩：「十指生秋水，數聲彈夕陽。」

無悶　娛江亭雨中作

城東雙江〔一〕，亭俯萬峯，煙雨迷離望眼。恨久客無端，故園非遠。望得秋涼颯爽，又攪夢，風將疏竹卷。竹聲更苦，煙啼露咽〔二〕，忍教魂斷。休嘆。有人管。是幾朵芙蓉，鎮同蕭散。任冷落炊煙，玉琴遲典〔三〕。要向豐湖好景〔四〕，待月上、梅花彈僧院。更一笛、吹破閒愁，頻放舵樓西返。

【校】

此首道援堂詞、屈翁山詩集闕。

【箋】

康熙三十二秋作于惠州。娛江亭，在惠州白鶴峰。蘇軾又次二守許過新居詩：「相娛北户江千頃，直下都無地可臨。」因取「娛江」爲樓名。江逢辰娛江亭記：「考所遺跡，蓋東坡舊樓，釣臺在下，翟舍在左，榜曰『娛江』，既數百年于兹。」雍正歸善縣志卷二載，康熙九年秋七月，知縣連國柱捐俸重修蘇祠，思無邪齋、娛江亭俱修復。又于亭後隙地建遲蘇閣，邑人葉維城爲作遲蘇閣記。

屈大均有惠陽娛江亭作詩。

【注】

〔一〕雙江：指東江與西枝江。屈大均廣東新語卷三山語「白鶴峰」條，引東坡上梁文：「鵝城萬室，錯居二水之間。」

〔二〕「煙啼」句：李賀昌谷北園新筍四首其二：「無情有恨何人見？露壓煙啼千萬枝。」

〔三〕「玉琴」句：陸游雪後出遊戲作詩：「典琴沽酒元非俗，著屐觀碑又一奇。」

〔四〕豐湖：吴震方嶺南雜記：「惠州豐湖，亦名西湖，有蘇公堤，乃東坡出上賜金錢所築。煙波浩渺，山水環秀。」

金菊對芙蓉　蒲衣納姬，贈之

桃葉蠲愁〔一〕，柳枝銷恨〔二〕，不須萱樹蘭房〔三〕。正桐初乳子〔四〕，蕉早甜娘〔五〕。憐惜椰中更有同心物〔六〕，盡纖手、日日持漿。休穿玉指，未縫狄布，先繡琴囊。

小小娥光〔七〕。且緩教顧兔〔八〕，在月中央。但眉描五嶽，衣渲三湘。青絲角髻捐巾粉〔九〕，待入山、同掃丹牀〔一〇〕。休師素女〔一一〕，令伊情好，長似探湯〔一二〕。

【校】

此首道援堂詞、屈翁山詩集、全清詞闕。

【箋】

作于康熙三十三年春。陳恭尹王蒲衣五十序：「王子年四十餘，而孟齊謝世。長子有孫矣，王子以先人之産付之，挾幼子别居，納姬徐氏女副室，教以琵琶。」王氏納徐姬時年五十。

【注】

〔一〕桃葉：王獻之之愛妾名。見金縷曲舊院注。

〔二〕柳枝：白居易之侍姬名。

〔三〕萱樹蘭房：阮籍詠懷詩：「感激生憂思，萱草樹蘭房。膏沐爲誰施，其雨怨朝陽。」

〔四〕桐初乳子：桐子。狀如乳形，故名。太平御覽卷九五六引莊子：「空穴來風，桐乳致巢。」司馬彪注：「桐子似乳，著葉而生，鳥喜巢之。」

〔五〕甜娘：屈大均廣東新語卷十四食語：「有酒草，其形如艾，名曰甜娘，以爲釀，曰甜娘酒。」

〔六〕「椰中」句：屈大均廣東新語卷二十五木語：「椰産瓊州……皮厚可半寸，白如雪，味脆而甘。膚中空虚，又有清漿升許，味美于蜜，微有酒氣，曰椰酒。」

〔七〕娥光：嫦娥之光。月光。屈大均詠懷詩：「明月升娥光。」

〔八〕顧兔：月之别名。楚辭天問：「厥利維何，而顧菟在腹？」王逸注：「言月中有菟，何所貪利；居月之腹，而顧望乎？」洪興祖補注：「菟，與兔同。」

〔九〕角髻：此指仙人所梳之髻。李白上元夫人：「上元誰夫人，偏得王母嬌。嵯峨三角髻，餘髮散垂腰。」屈大均四百三十二峰草堂歌有贈詩：「淮南八公來周旋，角髻青絲如童顏。」

〔一〇〕丹牀：指道者所坐之牀。太上飛步南斗太微玉經：「寶室上真道君，著紫繡羽袍，腰流金鈴，狀如嬰兒，坐丹牀。」尹臺遺懷用前韻二首其二：「金房暗想丹牀火，玉笈虛霾石閣雲。」

〔一一〕師素女：史記孝武本紀：「泰帝使素女鼓五十弦瑟，悲，帝禁不止，故破其瑟爲二十五弦。」張衡同聲歌：「衣解巾粉御，列圖陳枕張。素女爲我師，儀態盈萬方。」黄節漢魏樂府箋注：「蓋即漢志所言『房中』也。玉房秘決黄帝問素女玄女陰陽之事。皆黄帝養陽方遺説也。」

〔一二〕探湯：張衡同聲歌：「邂逅承際會，得充君後房。情好新交接，恐栗若探湯。」

換巢鸞鳳　蒲衣折梅歸餉贈之

多折瑤芳。要持歸鏡側，插滿鬟旁。乳鶯初弄粉，媚蝶早收香〔一〕。多情天肯念王昌〔二〕。故教換巢，雌雄一雙。教徐淑〔三〕，再嬌小、復歸仙掌。歡暢。春自享。親鼓鳳琶，檀口催低唱。石帚香詞〔四〕，玉田清曲〔五〕，都在鶤雞絃上〔六〕。新製彈頭百千篇，雪兒心慧能幽賞〔七〕。簾幃邊，許花翁、每聆飛響〔八〕。史梅溪詞：「天念王昌忒多情，换巢鸞鳳教偕老。」蒲衣，王姓。姬，氏徐。

【校】

此首道援堂詞、屈翁山詩集、全清詞闕。

【箋】

作于康熙三十三年春。史梅溪，即史達祖，南宋詞人。所引詞爲换巢鸞鳳。

【注】

〔一〕媚蝶：嵇含南方草木狀卷上：「（鶴草）上有蟲，老蜕爲蝶，赤黄色。女子藏之，謂之媚蝶，能致其夫憐愛。」

〔二〕王昌：魏晉南北朝時人。蕭衍河中之水歌：「人生富貴何所望，恨不嫁與東家王。」上官儀和太尉戲贈高陽公詩：「南國自然勝掌上，東家復是憶王昌。」魚玄機贈鄰女詩：「自能窺宋玉，何必恨王昌。」

〔三〕徐淑：東漢女詩人，秦嘉妻。有答秦嘉詩。鍾嶸詩品謂其「夫妻事既可傷，文亦淒怨」。

〔四〕石帚：前人謂石帚爲宋詞人姜夔字號，今人已不取此説。石帚香詞：指姜夔詠梅詞暗香、疏影。

〔五〕玉田：宋詞人張炎之字。玉田清曲，指張炎疏影梅影。

〔六〕鶤雞：庾信春日離合二首詩：「田家足閒暇，士友暫流連。三春竹葉酒，一曲鶤雞絃。」樂府雜記：「賀懷智以鶤雞筋作琵琶絃，用鐵撥彈。」亦古曲名。文選張衡南都賦：「寡婦悲吟，鶤雞哀鳴。」李善注：「寡婦曲未詳，古相和歌有鶤雞之曲。」

〔七〕雪兒：唐李密愛姬。太平廣記卷二百引孫光憲北夢瑣言韓守辭：「密每見賓僚文章有奇麗入意者，即付雪兒叶音律歌之。」此以喻徐姬。

〔八〕花翁：孫惟信，字季蕃，號花翁。宋隱士。劉後村孫花翁墓誌：「一榻之外無長物，躬爨而食。書無乞米之帖，文無逐貧之賦，終其身如此。名重江浙，公卿間聞花翁至，爭倒屣。所談非山水風月，一不掛口。長身緼袍，意度疏曠，見者疑爲俠客異人。其倚聲度曲，公瑾之妙；散髮橫笛，野王之逸；奮袖起舞，越石之壯。」此以喻蒲衣。

琵琶仙　蒲衣將我新詞譜入琵琶楔子，令新姬歌之，賦以爲謝

天授王郎，有誰識、這是琵琶仙子。彈出南宋新聲〔一〕，詞人任驅使。紅豆好、尊前麗曲，又添得、小紅能記〔二〕。笛已親教，琴知自弄，香閣多喜。　笑連日、情滿徐妝〔三〕，爲梅萼、紛紛點丫髻。催我暗香幽咽，盡騷人風致。須說與、裁雲剪月〔四〕，有箇儂、俊句相媚。便與分入槽檀〔五〕，遏雲天際〔六〕。梅溪詞：「梅開半面，情滿徐妝。」姬，徐氏。

【校】

此首道援堂詞、屈翁山詩集闕。

【箋】

作于康熙三十三年春。王隼著有琵琶楔子。廖燕爲作琵琶楔子題詞謂其「爲吾粤通才，尤精韻學，作填詞数十種，兹復以其詞譜入琵琶，題曰琵琶楔子」。

【注】

〔一〕南宋新聲：大晟樂府製新聲，及至南宋詞人，如萬俟詠、姜夔等，皆工音律，能自度新聲，姜夔暗香詞，爲著名之自度曲。

〔二〕「紅豆」二句：暗香序云：「辛亥之冬，予載雪詣石湖。止既月，授簡索句，且徵新聲，作此兩曲。石湖把玩不已，使工伎肄習之，音節諧婉，乃名之曰暗香、疏影。」工伎，指小紅。陸友研北雜誌：「小紅，順陽公青衣也，有色藝。順陽公之請老，姜堯章詣之。一日受簡徵新聲，堯章製暗香疏影兩曲，公使二妓肄習之，音節清婉。堯章歸吴興，公尋以小紅贈之，其夕大雪，過垂虹，賦詩曰：『自琢新詞韻最嬌，小紅低唱我吹簫。曲終過盡松陵路，回首煙波十里橋。』堯章每喜自度曲，吹洞簫，小紅輒歌而和之。」順陽公，指范成大；堯章，姜夔字。按，二句暗用記曲娘子故事。段安節樂府雜録歌部：「唐大曆中，歌者張紅紅與其父丐食于路，將軍韋青聞其歌喉，納爲姬。嘗有樂工撰新聲未進，先印可于青。青潛令紅紅聽于屏後，以小豆數合記其拍。樂工歌罷，青入問，云：『已得矣。』青出云：『有女弟子曾歌此，非新曲也。』即令隔屏風歌之，一聲不失。樂工大驚異。尋達上聽，召入宮。宫中號曰『記曲娘子』。」王彦泓續遊十二首其四：「紅豆數來誇記曲，熏籠立上試輕軀。」

〔三〕情滿徐妝：語見史達祖夜合花詞。徐妝，指徐妃之半面妝。南史梁元帝徐妃傳載，徐妃「每知帝將至，必爲半面妝以俟」。

〔四〕裁雲剪月：楊萬里昌英知縣叔作歲坐上賦瓶里梅花時坐上九人詩：「衣染龍涎與麝臍，裁雲剪月作冰肌。」

〔五〕槽檀：以檀木所作之琵琶槽。鄭嵎津陽門詩：「玉奴琵琶龍香撥。」詩人自注云：「（楊）貴妃妙彈琵琶，其樂器聞于人間者，有羅檀爲槽，龍香柏爲撥者。」蘇軾聽琵琶詩：「數絃已品龍香撥，半面猶遮鳳尾槽。」

〔六〕遏雲：形容聲音高亢。列子湯問：「薛譚學謳于秦青，未窮青之技，自謂盡之，遂辭歸。秦青弗止，餞于郊衢，撫節悲歌，聲振林木，響遏行雲。」

應天長 黄村探梅作

扶胥冬未半〔一〕，正百里花梅〔二〕，暗香相接。生長瑶林〔三〕，兒女一般如雪。瓊英堆不掃，任門户、玉茵千疊。泥土涴，狼藉牛羊，蕊珠誰拾〔四〕。多半化蝴蝶〔五〕。與翠羽翩翩，影迷寒月。何必羅浮，方得夢魂清澈。師雄隨意宿〔六〕，便此處、美人尤絶。休更待，成子青黄，始來攀折。

【箋】

黄村，在廣州東郊東圃。多植梅花，爲文人探梅勝處。釋函昰有龍溪諸子再約黄村觀梅阻雨不果是夕林將軍招游波羅詩。黄登于康熙三十五年開黄村探梅詩社，此詞似作于開社之前。

【注】

〔一〕扶胥：地名。在廣州東郊。韓愈贈别元十八協律六首其六：「乘潮簸扶胥，近岸指一髮。」

〔二〕百里花梅：廣州東郊遍種梅花。屈大均黄村詩：「黄村十里接朱村，盡種梅花作果園。花發紛紛來翠羽，啾嘈日與美人言。」

〔三〕瑶林：玉林。陸雲九湣紆思：「懷瑶林之珍秀。」此指梅林。

〔四〕「泥土」三句：時廣州東郊黄村一帶，園林已鞠爲茂草，成爲清人之牧馬場矣。蕊珠：蕊珠宫。道家之仙宫。宋人無名氏太常引：「江梅開似蕊珠宫。」亦指梅瓣。舊題吕巖沁園春：「蕊珠圓簇，玉瓣輕裁。」本詞中以指落梅之瓣。趙與洽摸魚兒梅：「飄仙袂，曾綴蕊珠鵷鷺。」

〔五〕化蝴蝶：元稹元和五年予官不了罰俸西歸三月六日至陝府與吴十一兄端公崔二十二院長

思愴曩遊因投五十韻詩：「落梅翻蝶翅。」

〔六〕師雄：見前贊成功注〔七〕。

淒涼犯　得舊部曲某某書

桂林舊部。多年散、監軍亦向農圃。寶刀血鏽〔一〕，花驄齒長〔二〕，總歸塵土。英雄命苦。恨當日、江山不取。令三千、奇才虓虎〔三〕，冷落盡無主。

回憶沙場上，日日投醪，氣雄相鼓。舊標在否。幾人還、錦衣歌舞。報有戎旗，把書帛、殷勤寄與。念恩私、兩載剪拂〔四〕，俾作翮羽。

【校】

此首道援堂詞、屈翁山詩集、全清詞闕。「血鏽」，底本作「血繡」，誤，據宣統本改。

【箋】

此詞懷監軍桂林時之舊部曲。審詞中「多年」一語，當爲晚年所作。

【注】

〔一〕寶刀血鏽：鄺露古俠士磨劍歌：「十年磨一劍，鏽血看成字。字似仇人名，難堪醉時視。」

〔二〕齒長：馬齒加長。謂歲月虚度。穀梁傳僖公二年載，晉大夫荀息曰：「璧則猶是也，而馬齒加長矣。」

〔三〕虓虎：喻勇將。詩大雅常武：「進厥虎臣，闞如虓虎。」毛傳：「虎之自怒虓然。」

〔四〕剪拂：文選劉孝標廣絶交論：「顧盼增其倍價，剪拂使其長鳴。」李善注：「湔拔、剪拂，音義同也。」

醉鄉春

最好桂林香酒。擎出玉杯纖手。皎月下，艷花間，隨意老人消受。　果蠃二豪何有〔一〕。天上酒星吾友〔二〕。解沈湎，即成仙，醉鄉日月誰能取〔三〕。

【箋】此首當作于晚年。姑繫于此。屈大均晚年家累頗重，生活窘迫，常四出奔走求食，甚至典賣古墨端硯。

【注】

〔一〕果蠃：詩小雅小宛：「螟蛉有子，蜾蠃負之。」蜾蠃，細腰蜂。古人誤以爲蜾蠃爲螟蛉所養之子。屈大均酥醪村作詩：「白頭潦倒每一石，螟蛉果蠃淳于髡。」二豪：劉伶酒德頌：「有貴介公子，縉紳處士，聞吾風聲，議其所以。乃奮袂攘襟，怒目切齒，陳説禮法，是非鋒起。先生于是，方捧罌承槽，銜杯漱醪。奮髯箕踞，枕麴借糟，無思無慮，其樂陶陶。兀然而醉，豁爾而醒。靜聽不聞雷霆之聲，熟視不睹泰山之形，不覺寒暑之切肌，利欲之感情。俯觀萬物擾擾焉，如江漢之載浮萍；二豪侍側焉，如蜾蠃之與螟蛉。」二豪，指貴介公子、縉紳處士。蘇軾軾欲以石易畫晉卿難之穆父欲兼取二物潁叔欲焚畫碎石乃復次前韻並解二詩之意詩：「二豪争攘袂，先生一捧腹。」孔平仲元豐四年十二月大雪郡侯送酒詩：「醉眼瞢騰視天地，蜾蠃螟蛉輕二豪。」

〔二〕酒星：酒旗星。晉書天文志云：「軒轅右角南三星曰酒旗，酒官之旗也，主享宴酒食。」李白月下獨酌詩：「天若不愛酒，酒星不在天。」屈大均酥醪村作詩：「酒星墮地不歸去，化爲酒泉長崩奔。」

〔三〕醉鄉：王績醉鄉記：「阮嗣宗、陶淵明等十數人，並遊于醉鄉。」高駢遣興詩：「醉鄉日月終須覓，去作先生號白雲。」

錦帳春

凍雪全融，寒風半透。正長至、圍爐時候〔一〕。念故園春早，數枝當牖。梅花開否。　歲暮離家，淒涼素手。與金錯、無緣相就〔二〕。向空囊一哭〔三〕，淚滿衫袖。祇添消瘦。

【箋】

此首當作于晚年。姑繫于此。屈大均晚年家累頗重，生活窘迫，常四出奔走求食，甚至典賣所藏書畫古墨端硯以維持生計。有賣董華亭手卷賣墨與硯不售感賦二詩可證。

【注】

〔一〕長至：冬至。太平御覽卷二十八時序部至：「後魏崔浩女儀曰：『近古婦人，常以冬至日上履襪于舅姑，踐長至之義也。』」

〔二〕金錯：指錢。杜甫對雪詩：「金錯囊從罄，銀壺酒易賒。」蔡夢弼注：「謂乏錢也。按，金錯刀即王莽所鑄錢。」

〔三〕空囊：杜甫空囊詩：「囊空恐羞澀，留得一錢看。」

霜天曉角 二首

其一

翠樓明月。此夕應如雪。三兩玉人相倚，香露沁、濕雲屧〔一〕。一疊。還一疊。瑶琴彈不輟。恨與素娥同寡〔二〕，蟾兔外、共寒絶。

【箋】

此二首嘆家累之重，當作于晚年。姑繫于此。

【注】

〔一〕雲屧：盧柟秋日奉别王元美比部詳刑還京四首之三：「衣裳灑秋風，飄摇青雲屧。」本詞中指女子所穿之木屐，近世粤人仍喜用之。

〔二〕素娥寡：梅堯臣愛月詩：「素娥領玉兔，孤寡命亦微。」

其二

此情良苦。況復瀟瀟雨。長夜苦寒難睡，蟲唧唧、似兒女〔一〕。　歲去。窮不去〔二〕。埋憂那有處〔三〕。白首不堪家累，無計甚、向誰語。

【注】

〔一〕「蟲唧」句：釋善珍一榻詩：「草蟲呢呢兒女語。」鄧剡暑夕詩：「幽蟲故兒女，私語如相應。」

〔二〕「歲去」二句：韓愈送窮文李翺注：「予嘗見文宗備問云：『顓頊高辛時，宫中生一子，不著完衣，宫中號爲「窮子」。其後正月晦死，宫中葬之，相謂曰：「今日送卻窮子。」』自爾相承送之。」姚合晦日送窮詩：「送窮窮不去，相泥欲何爲。今日官家宅，淹留又幾時。」

〔三〕埋憂：後漢書仲長統傳：「百慮何爲，至要在我。寄愁天上，埋憂地下。」

買陂塘　五首

其一

買陂塘、半栽芹菜，一冬香滿莖葉。浮田更種南園蕹〔一〕，青與翠萍相接。教弄楫。須小摘、田田未礙荷錢疊。鳧鷗亂喋。怕罾子抛來，裙兒湔去，摇動一天月。根似吴淞上，聞道蒓絲最滑。曾同吴女春掇。鱸魚豈似吾鄉好，風味水芹還絶。金齏細切。作素饌伊蒲〔二〕，清齋樹下，日夕抱雪。菹一半、甘馨更與茼蒿發。禪悦〔三〕。

【校】

此首道援堂詞、屈翁山詩集、全清詞闕。

【箋】

五詞寫鄉居生活情景，亦當作于晚年。姑繫于此。

【注】

〔一〕浮田：屈大均廣東新語卷二十七草語「蕹」條：「廣州西郊，爲南漢芳華苑地，故名西園。土沃美宜蔬，多池塘之利，每池塘十區，種魚三之，種菱、蓮、茨菰三之，其四爲蕹田。蕹無田，以蔑爲之。隨水上下，是曰浮田。予詩：『上有浮田下有魚，浮田片片似空虚。撑舟直上浮田去，爲采仙人緑玉蔬。』浮田一名架田，亦曰葑。冬時去葑以種芹，而浮田不見矣。蕹葉如柳而短小，其莖中空，性冷味甘，以城南大忠祠所産者爲上。芹生冬春之交，得木氣先，長至四五尺，莖白而肥，以西園所産爲上。諺曰：『南蕹西芹，菜茹之珍。』」

〔二〕素饌伊蒲：後漢書楚王英傳：「其還贖，以助伊蒲塞桑門之盛饌。」伊蒲塞，指僧人。伊蒲饌，指素食。

〔三〕禪悦：維摩詰經方便品：「雖服寶飾，而以相好嚴身，雖復飲食，而以禪悦爲味。」謂入于禪定，使心神怡悦。

其二

買陂塘、半圍楊柳，荔支偏要臨水。鴛鴦教向珊瑚影〔一〕，看殺宋香陳紫〔二〕。當小至〔三〕。抛一顆、遊魚争唼揚冰翅。含霞吐綺。把黑葉離離〔四〕，朱苞燁燁，消受當芳餌。　鳴琴去，舟逐蘭苕翡翠〔五〕。匏巴機亦忘矣〔六〕。金盤玉筯休相憶，差與赤櫻相似〔七〕。君且止。休釣國、桃枝用盡誰知爾〔八〕。皤皤奈此〔九〕。更酒浸芙蓉〔一〇〕，丹調菡萏〔一一〕，笑逐采蓮子〔一二〕。

【校】

此首全清詞闕。

【注】

〔一〕珊瑚：荔枝枝幹勁曲，因以珊瑚設喻。陳謨次荔支韻賦詩：「正賞端陽荔子肥，珊瑚清映雪羅衣。」屈大均雪殘香荔支復榮詩：「去臘南天苦雪侵，珊瑚凍折荔支林。」

〔二〕宋香、陳紫：古荔名。蔡襄荔枝譜第二：「宋公荔枝，樹極高大，實如陳紫而小，甘美無異。或云陳紫種出宋氏。」「荔枝以甘爲味，雖百千樹莫有同者。過甘與淡，失味之中，唯陳紫之于色香味自拔其類，此所以爲天下第一也。」朱翌題水雲亭劉升道福唐所居詩：「宋香陳紫丹成後，渭緑湘斑族盛時。」

〔三〕小至：詞中當指夏至，荔枝熟時。

〔四〕黑葉：荔枝有「黑葉」一種。葉墨緑色。屈大均荔枝二首之二：「蟬聲催盡熟，黑葉影離離。」口占答平山餉荔枝詩「夏至先紅惟黑葉」自注：「荔名。」

〔五〕蘭苕翡翠：郭璞遊仙詩十四首之三：「翡翠戲蘭苕，容色更相鮮。」

〔六〕匏巴：列子湯問：「匏巴鼓琴而鳥舞魚躍。」張湛注：「匏巴，古善鼓琴人也。」成玉磵琴論：「莊子云：『機心存于胸中，則純白不備。』故彈琴者至于忘機，乃能通神明也。伯牙鼓琴，六馬仰秣，瓠巴鼓瑟，鳥舞魚躍。今來去古遠矣，機巧滋多，欲其『仰秣』、『舞躍』，豈可得哉！」

〔七〕「金盤」二句：杜甫野人送朱櫻詩：「西蜀櫻桃也自紅，野人相贈滿筠籠。數回細寫愁仍破，萬顆勻圓訝許同。憶昨賜霑門下省，退朝擎出大明宮。金盤玉箸無消息，此日嘗新任轉蓬。」杜甫解悶十二首之九：「先帝貴妃今寂寞，荔枝還復入長安。炎方每續朱櫻獻，玉座應悲白露團。」詞意謂荔枝與櫻桃相似，皆朝廷進獻及賞賜之果品。實有故國故君之思。

〔八〕釣國：太平御覽卷八三四引六韜曰：「吕尚坐茅以漁，文王勞而問焉。吕尚曰：『魚求于餌，乃牽其緡；人食于禄，乃服于君。故以餌取魚，魚可殺；以禄取人，人可竭。小釣釣川，而擒其魚；中釣釣國，而擒其萬國諸侯。』」駱賓王釣磯應詰文：「且夫垂竿而爲事者，太公之遺術也。形坐磻溪之石，兆應滋水之璜。夫如是者，將以釣川耶？將以釣國耶？」桃枝：竹名。書顧命「敷重篾席」孔傳：「篾，桃枝竹。」山海經西山經：「其（嶓冢之山）上多桃枝鉤端。」郭璞注：「鉤端，桃枝屬。」詞中指釣竿。屈大均自胥江上峽至韶陽作詩：「羊皮漁父服，蝶翅羽流冠。莫向桃枝笑，今非釣國竿。」

〔九〕皤皤：謂年老髮白。劉子寰辟雍詩：「皤皤國老，乃父乃兄。」

〔一〇〕酒浸芙蓉：屈大均詠葛稚川贈内詩：「芙蓉自可爲金液，蛺蝶何知在玉壺。」

〔一一〕「丹調」句：菡萏，蓮花。王昌齡河上老人歌：「河上老人坐古槎，合丹祗用青蓮花。」

〔一二〕采蓮子：采蓮女子。唐人有采蓮子詩。

其三

買陂塘、水通珠海，香螺紅蟹多有〔一〕。江瑶瑋珪争膏滑〔二〕，不向老漁分取。秋漲後。魚大上、黄花白飯量同斗〔三〕。纖鱗巨口〔四〕。向紫蓼開邊，丹楓落處，斟酌更杯酒。溪橋畔，忙問花翁在否〔五〕。如今酣飲非舊。吳酸越辣多滋味〔六〕，方法早教山婦。君擊缶〔七〕。歌莫輟、河清可俟須人壽〔八〕。疏星滿罶〔九〕。正霜月流空，暮天蕭爽、嘯詠莫回首。黄花、白飯，魚名。

【校】

此首全清詞闕。

【注】

〔一〕香螺：西京雜記卷一：「香螺卮，出南海，一名丹螺。」庾信園庭詩：「香螺酌美酒，枯蚌藉蘭殽。」紅蟹：丘丹狀江南：「江南季冬月，紅蟹大如艑。」

〔二〕江瑶：指江瑶柱。蘇軾和蔣夔寄茶詩：「金齏玉膾飯炊雪，海螯江柱初脱泉。」璅珪：俗稱月姑蟹、西施舌。即寄居蟹。文選郭璞江賦「璅蛣腹蟹」李善注：「南越志：『璅蛣，長寸餘，大者長二三寸，腹中有蟹子，如榆莢，合體共生，俱爲蛣取食。』」屈大均廣東新語卷二十三介語：「璅珪，狀似珠蜯，殻青黑色，長寸許，大者二三寸，生白沙中，不汙泥淖，互物之最潔者也。有兩肉柱能長短，又有數白蟹子在腹中，狀如榆莢，合體共生，常從其口出，爲之取食。蓋二物相須，璅珪寄命于蟹，蟹託身于璅珪。」

〔三〕黄花白飯：屈大均漁者歌：「船公上檣望魚，船姥下水牽網。滿籃白飯黄花，皆魚名。換酒洲邊相餉。」

〔四〕纖鱗巨口：左思招隱詩之一：「石泉漱瓊瑶，纖鱗或浮沈。」蘇軾後赤壁賦：客曰：「今者薄暮，舉網得魚，巨口細鱗，狀如松江之鱸。顧安得酒乎？」歸而謀諸婦。婦曰：「我有斗酒，藏之久矣，以待子不時之需。」

〔五〕花翁：見换巢鸞鳳蒲衣折梅歸餉贈之詞注。

〔六〕吴酸越辣：大招：「吴酸蒿蔞，不沾薄只。」屈大均灌園詩：「越辣調扶雷，吴酸瀹露葵。」

〔七〕擊缶：楊惲報孫會宗書：「家本秦也，能爲秦聲。婦，趙女也，雅善鼓瑟。奴婢歌者數人，酒後耳熱，仰天拊缶而呼烏烏。」陸游小飲賞菊詩：「舉袖舞翩仙，擊缶歌烏烏。」

〔八〕「河清」句：左傳襄公八年：「俟河之清，人壽幾何？」

〔九〕「疏星」句：詩小雅苕之華：「三星在罶。」毛傳：「罶，曲梁也。」罶，捕魚之竹簍。

其四

買陂塘、養多魚種，養魚經好須讀〔一〕。魚花浮滿桃花水〔二〕，魚户一春争漉〔三〕。新雨足。放萬箇、魚秧半是西江族〔四〕。鯰三鰀六〔五〕。任嫩草青青，浮萍片片，去果水梭腹〔六〕。　拖罛好〔七〕，時用琅玕裊竹。魚生飛亂紅玉〔八〕。誰持膾具來相訪，兼爲茘支都熟。蒓更緑。齏豉下、羹魚飯稻隨風俗。量魚論斛。是蛋客生涯〔九〕，鮫人事業〔一〇〕，水國作湯沐〔一一〕。魚一名水梭菜，粵人作膾，名「切魚生」。

【校】

此首道援堂詞、屈翁山詩集闕。

【注】

〔一〕養魚經：古代養魚著作，唐書藝文志著録有范蠡養魚經，今佚。齊民要術有引養魚經。明人黄省曾撰有養魚經三篇，又名種魚經、魚經。

〔二〕魚花：魚苗。屈大均廣東新語卷二十二鱗語：「粵有三江，惟西江多有魚花。」「魚花，細如針，一勺輒千萬，唯九江人能辨之。」桃花水：漢書溝洫志：「來春桃華水盛，必羨溢，有填淤反壤之害。」顏師古注：「月令『仲春之月，始雨水，桃始華』，蓋桃方華時，既有雨水，川谷冰泮，衆流猥集，波瀾盛長，故謂之桃花水耳。」杜甫南征詩：「春岸桃花水，雲帆楓樹林。」

〔三〕魚户：魚花户。屈大均廣東新語卷二十二鱗語：「南海有九江村，其人多以撈魚花爲業，曰魚花户。」「凡取魚花，以苧布爲罾，罾尾爲一木筐而無底，半浮水上，魚花從罾入至筐，乃杓于船中。罾之狀如複斗帳，凡兩重，外重疏，以布四十丈，内重密，以布一丈爲之。大步置筐八九十，小步十或二十。上步取已，復于下步取之，其出不窮，然多在江水灣環之所。」漉，以布過濾魚花。

〔四〕魚秧：屈大均廣東新語卷二十二鱗語：「魚花者，魚苗也，亦曰魚秧。」

〔五〕鯪三鰀六：劉恂嶺表録異卷下：「鯪魚，如白魚，而身稍短，尾不偃。清遠江多此魚，蓋不産于海也。廣人得之，多爲膾，不腥而美，諸魚無以過也。」鯪，亦作「鯪」。鰀，亦作「鯇」。句意謂魚花中鯪魚占三成，鰀魚占六成。

〔六〕水梭：魚之隱語。以魚往來水中如梭也。東坡志林：「僧謂酒爲般若湯，魚爲水梭花，雞爲鑽籬菜。」

〔七〕拖罛：屈大均廣東新語卷二十二鱗語魚具：「漁具多種，其最大者曰罛，次曰罾。罛之類有曰深罛，上海水淺多用之。其深六七丈，其長三十餘丈。每一船一罛，一罛以七八人施之。以二罛爲一朋，二船合則曰罛朋。」

〔八〕魚生：屈大均廣東新語卷二十二鱗語：「粤俗嗜魚生，以鱸，以鰽，以鰽白，以黄魚，以青鱭，以雪鯪，以鯇爲上。鯇又以白鯇爲上。以初出水潑剌者，去其皮劍，洗其血鮏，細劊之爲片，紅肌白理，輕可吹起，薄如蟬翼，兩兩相比，沃以老醪，和以椒芷，入口冰融，至甘旨矣。」紅玉：指魚肉。歐陽澈醉中食鱠歌：「知我平生嗜此癖，霜刀細縷紅玉搓。」

〔九〕蛋客：指蜑人。周去非嶺外代答：「（蛋蠻）以舟爲室，視水爲陸，浮生江海者，蛋也。」屈大均廣東新語卷十八舟語蛋家艇：「諸蛋以艇爲家，是曰蛋家。」「每歲計户稽船，徵其魚課」。

〔一〇〕鮫人：干寶搜神記卷十二：「南海之外，有鮫人，水居如魚，不廢織績，其眼泣，則能出珠。」

〔一一〕「水國」句：湯沐：禮記王制：「方伯爲朝天子，皆有湯沐之邑于天子之縣内。」鄭玄注：「浴用湯，沐用潘。」意謂漁人以江湖爲其湯沐之邑。

其五

買陂塘、盡栽蓮種，白蓮花比紅好〔一〕。貪伊多藕休傷葉〔二〕，看作露房偏早。花賣了。把葉葉、香羅包飯嘗新稻。芙蕖半槁。又子乳芡菰〔三〕，笋肥茭白，生滿接洲島。

荷花蕩，似向姑胥取到。菱歌禁得多少〔四〕。鵁鶄鸂鶒休争宿〔五〕，儘有五湖煙草〔六〕。君莫笑。舟上女、褰裙踏藕多嬌小。蓮莖弄倒。令水佩風裳〔七〕，三秋歷亂，蒲柳笑先老〔八〕。

【校】

此首道援堂詞、屈翁山詩集闕。

【注】

〔一〕「白蓮」句：屈大均蓮詩：「紅蓮宜子白宜藕，白者香多紅者否。」藕詩：「白蓮尤好藕，況出半塘西。」

〔二〕「貪伊」句：屈大均廣東新語：卷二十七草語蓮菱：「半塘。土甚肥腴多膏物，種蓮者十家而九，蓮葉旁復點紅糯，夏賣蓮花及藕，秋以蓮葉爲薪。其蓮多紅，以宜藕宜實也。花白者任人采之，紅者則否，葉則否。采葉恐傷其藕，采紅花恐傷其實也。予詩：『采花莫采葉，采葉恐傷藕。』又云：『蓮白多生花，蓮紅多生子。采白莫采紅，留紅在葉底。』又云：『水肥多並蒂，色映白成紅。葉大偏宜藕，田田滿浦東。』」

〔三〕子乳茨菰：茨菰，又稱慈姑、茨菇。屈大均灌園四首之三：「茨菰栽半畝，生水引官河。表以慈姑號，因他乳子多。」

〔四〕「荷花」三句：姑胥，即姑蘇，蘇州吴縣之别稱，其地古有姑蘇臺。李白口號吴王美人半醉詩：「風動荷花水殿香，姑蘇臺上宴吴王。西施醉舞嬌無力，笑倚東窗白玉牀。」

〔五〕鵁鶄鸂鶒：杜甫曲江陪鄭八丈南史飲詩：「雀啄江頭黄柳花，鵁鶄鸂鶒滿晴沙。」鵁鶄，即池鷺。一種水鳥。鷺鷥之一種。鸂鶒，亦稱紫鴛鴦。一種水鳥。形似鴛鴦而稍大，多紫色。

〔六〕五湖：即太湖。趙蕃楊謹仲和頃者三詩見貽復次韻六首其三：「豆芻千里駿，煙草五湖鷗。」

〔七〕水佩風裳：以水爲佩飾，以風爲衣裳。李賀蘇小小墓詩：「風爲裳，水爲佩。」此以形容荷葉荷花。姜夔念奴嬌詞：「三十六陂人未到，水佩風裳無數。」

〔八〕蒲柳：即水楊。其葉早落。世説新語言語：「顧悦與簡文同年，而髮蚤白。簡文曰：『卿何以先白？』對曰：『蒲柳之姿，望秋而落；松柏之質，經霜彌茂。』」

江城梅花引

黃花和我滿頭霜。怕重陽。又重陽。不分早梅，還與鬬寒香。老去看花如霧裏〔一〕，被花惱〔二〕，一枝枝，總斷腸。斷腸。斷腸。苦參商。夜已長。天已涼。一葉一葉，落不盡、悲似瀟湘。那得羅浮，清夢到蘭房〔三〕。明月笑人眠太早，飛去也，影徘徊、尚半牀〔四〕。

【箋】

審詞中「滿頭霜」、「老去」之語，亦當作于晚年。以上十一首爲晚年之作，姑繫于編年詩之卷末。

【注】

〔一〕「老去」句：張綱從丁世叔覓花栽詩：「老去看花能幾回。」張雨踏莎行：「玉鏡臺前，看花如霧。」

〔二〕被花惱：杜甫江畔獨步尋花七絶句其一：「江上被花惱不徹。」

〔三〕「那得」二句：羅浮清夢：見應天長黃村探梅作。

〔四〕半牀：元稹江陵三夢其一：「月影半牀黑，蟲聲幽草移。」

不編年部分

鵲踏枝

乍似榆錢飛片片〔一〕。濕盡花煙，珠淚無人見。江水添將愁更滿〔二〕。茫茫直與長天遠。

已過清明風未轉。妾處春寒，郎處春應煖。枉作金爐朱火斷〔三〕，水沈多日無香篆。

【箋】

此詞當有寄意。「朱火斷」一語，疑寫永曆帝被俘殺，南明政權覆亡之事。

【注】

〔一〕榆錢：見月上海棠詞注。文彥博行及白馬寺捧留守相公康國韓公手翰且云名園例惜好花以俟同賞因成小詩：「公書苦惜春光晚，柳絮榆錢撲面飛。」

〔二〕「珠淚」二句：此意前人習見。如唐人雜曲歌辭水調歌：「隴頭一段氣長秋，舉目蕭條總是愁。秪爲征人多下淚，年年添作斷腸流。」孔武仲與陳董二君相會于真州經月甚樂詩寄陳董二君兼感存没詩：「别淚茫茫添海水，愁懷黯黯塞江雲。」

〔三〕朱火：漢樂府古歌：「朱火颺煙霧，博山吐微香。」屈大均家園示弟妹詩：「月分朱火冷，風引玉琴遲。」

減字木蘭花

春山如笑〔一〕。笑向江波清處照。雨淡煙濃。一半還含仙女峰〔二〕。 無窮緑樹。不帶斜陽天已暮。漸遠鄉關。回首東樵雲外看〔三〕。

【注】

〔一〕春山如笑：郭熙林泉高致山水訓：「春山澹冶而如笑，夏山蒼翠而如滴，秋山明淨而如妝，冬山慘澹而如睡。」

〔二〕仙女峰：即羅浮山之玉女峰。廣東新語卷三山語「羅浮」條：「從黄龍洞後以上，路皆壁向，有一峰絶鋭，童石戴之。側有微磴，陟者頂踵相接，磴盡爲玉女峰。」

〔三〕東樵：指羅浮山。見憶舊遊寄朱竹垞太史詞注。

傳言玉女　紅蕉

葉葉抽心〔一〕，卷放總同菡萏〔二〕。吹開無力，笑春風淡淡。紅蕾太赤，莫是榴裙相染。光生雲髻，冷侵冰簟。一半含胎〔三〕，乍聞雷、吐復斂。露華寒滴，喜緑天半掩〔四〕。銅瓶養取〔五〕，變作淺黄猶艷〔六〕。教人那不，遍栽窗檻。

【箋】

紅蕉，嶺南常見花卉。又稱美人蕉，形似芭蕉，花色紅艷。范成大桂海虞衡志云：其花「春夏開，至歲寒猶芳」。李紳紅蕉花：「紅蕉花樣炎方識，瘴水溪邊色最深。葉滿叢深殷似火，不唯燒眼更燒心。」屈大均廣東新語卷二十七草語：「一種瘦葉，花若蕙蘭而色紅，日拆一兩瓣，其端有一點鮮緑，春開至秋盡猶芳，名蘭蕉，亦名美人蕉。」陳恭尹獨漉堂集附詩餘有同調同題之作，疑爲當時社課。

【注】

〔一〕抽心：胡用莊詠紅蕉詩：「謝家池館遇芳菲，破緑抽心一片緋。」

〔二〕菡萏：荷花。紅蕉花如荷花而稍瘦小。方岳次韻紅蕉詩：「紅菡萏肥如欲焰，緑玲瓏卷過于春。」

〔三〕含胎：謂花謝後結子。庾信和李司録喜雨詩：「嘉苗雙合穎，熟稻再含胎。」

〔四〕緑天：蕉葉巨大，遮蔽天空，一片碧緑，故云。陶穀清異録上：「懷素居零陵，庵東郊治芭蕉，亘帶幾數萬，取葉代紙而書，號其所曰『緑天』。」何準道余十年僅一過邑城茲來止宿毛氏武山別業倚縣西堞最高處菁葱峭茜竹柏交響早夕登眺娛極視聽感使君之風義喜故人之交親意之所之輒復染翰詩：「木葉作濤響，紅蕉媚緑天。」屈大均廣東新語卷二十七草語：「蕉之可愛在葉，盛夏時，高舒垂蔭，風動則小扇大旗，蕩漾翻空，清涼失暑，其色映空皆緑。」

〔五〕「銅瓶」句：屈大均廣東新語卷二十七草語：「宜種水中，其最小可插瓶中者，曰膽瓶蕉。」胡應麟爲邦相題蕉石圖詩：「寒蕉依怪石，仙液貯銅瓶。日夜孤根老，冬春片葉青。」

〔六〕「變作」句：紅蕉種類繁多，花色除深紅外，尚有淺黄、粉紅、乳白等色，淺黄色尤爲綺艷。

瀟瀟雨　芭蕉

無端窗外種，惹深秋、不斷雨聲來。更朝朝暮暮，一心未展，復一心開〔一〕。葉葉雖乾不落，更助竹風哀。蕭瑟誰能聽，月下徘徊。　且喜抽花艷甚，似芙蓉千瓣，一夕驚雷〔二〕。有瀼瀼露滴，堪取入瑶杯〔三〕。成香牙、得霜方熟，與蒲桃、顆顆浸春醅〔四〕。緑天裏、拚淒涼但〔五〕，自玉山頹〔六〕。香牙，乃香蕉子之名。

【箋】屈大均廣東新語卷二十七草語：「草之大者曰芭蕉，雖復扶疏若樹林，而莖幹虚軟，苞裹重皮，皮之中無所謂膚也。即有微心，亦柔脆不堅，蓋得草之質爲多，故吾以屬于草。其大者兼圍，高二丈餘，葉長丈，廣尺至二三尺，中分如幅帛，有雙解角。其葉必三，三開則三落，落不至地，但懸掛莖間，幹之可以作書。陸佃云：『蕉不落葉，一葉舒則一葉焦巴。』是也。」「（蕉）子以香牙蕉爲美，一名龍奶。奶，乳也。美若龍之乳，不可多得。然食之寒氣沁心，頗有邪甜之目。」

【注】

〔一〕「一心」二句：屈大均廣東新語卷二十七草語：「花出于心，每一心輒抽一莖作花。」和凝宮詞百首其三十七：「珠簾半捲開花雨，又見芭蕉展半心。」

〔二〕「且喜」三句：屈大均廣東新語卷二十七草語「（蕉花）聞雷而拆，拆者如倒垂菡萏，層層作卷瓣，瓣中無蕊，悉是瓣。漸大，則花出瓣中，每一花開，必三四月乃闔。一花闔成十餘子，十花則成百餘子。大小各爲房，隨花而長。長至五六寸許，先後相次，兩兩相抱，其子不俱生，花不俱落，終年花實相代謝，雖曆歲寒不凋，此其爲異也。」

〔三〕「有瀼瀼」二句：瀼瀼，露濃貌。詩鄭風野有蔓草：「野有蔓草，零露瀼瀼。有美一人，婉如清揚。邂逅相遇，與子偕臧。」古有「承露盤」、「玉杯承露」、「飲花露」之説，劉禹錫海陽十詠月窟：「有如常滿杯，承彼清夜露。」李賀拂舞歌辭詩：「曉望晴空飲花露。」陸游林間書意詩：「紅螺杯小傾花露。」

〔四〕「與蒲桃」句：屈大均廣東新語卷二十五：「蒲桃，樹高二三丈，其葉如桂花，開自春至冬，叢須無瓣，如剪黄緑絲球，長寸許。廣中兒童，多爲十穗髻象之。予詩：『十穗蒲桃髻，其實如蘋果。』色亦黄緑，而香甜在殻。殻厚半指，核小如彈子，與殻不相連屬，摇之作響。羅浮澗中多甚，猿鳥含啄之餘，隨流而出，山人阻水取之，動盈數斛。以釀酒曰蒲桃春，經歲香氣不減，作膏尤美。」屈大均廣東新語卷二十七草語：「（蕉子）又以浸酒，味甚美。」

〔五〕緑天：見傳言玉女紅蕉詞注。

〔六〕玉山頽：形容人酒醉欲倒之態。世説新語容止：「嵇叔夜之爲人也，巖巖若孤松之獨立；其醉也，傀俄若玉山之將崩。」王績辛司法宅觀妓詩：「到愁金谷晚，不怪玉山頽。」

憶漢月

白碧紅緋相向〔一〕。春在瓶中嬌養。枝枝不必翠林旁，自有雨情煙狀。　佳人金屋少〔二〕，空絶世、有誰幽賞。一根一葉已傾城〔三〕，迎爾那辭蘭槳〔四〕。

【注】

〔一〕白碧紅緋：謂各種各色之花。屈大均初春六瑩堂雅集主人梁庶常出六瑩琴相示歌以紀之：「主人花多開成行，入門白碧紅緋香。」又，緋桃碧桃秋開承黄丈折贈二枝詩以答之詩：「紅緋白碧持相媚，不使黄花不見春。」

〔二〕金屋：漢武故事：「長主還宫，膠東王數歲，公主抱置膝上，問曰：『兒欲得婦否？』長主指左右長御百餘人，皆云『不用』。指其女曰：『阿嬌好否？』笑對曰：『好，若得阿嬌作婦，當作金屋貯之。』長主大悦。乃苦要上，遂成婚焉。」

〔三〕傾城：漢書外戚傳：「北方有佳人，絶世而獨立。一顧傾人城，再顧傾人國。寧不知傾城與傾國？佳人難再得！」劉禹錫思黯南墅賞牡丹詩：「有此傾城好顔色，天教晚發賽諸花。」

〔四〕「迎爾」句：王獻之桃葉歌：「桃葉復桃葉，渡江不用楫。但渡無所苦，我自迎接汝。」樂府詩集卷四十八清商曲辭引唐書樂志曰：「莫愁樂者，出于石城樂。石城有女子名莫愁，善歌謡，石城樂和中復有忘愁聲，因有此歌。」歌云：「莫愁在何處？莫愁石城西。艇子打兩槳，催送莫愁來。」

減字木蘭花　新荷

銀塘

荷錢好大。欲買鴛鴦三兩箇〔一〕。未得團圓。已有明珠顆顆懸〔二〕。

漸暖〔三〕。尚與浮萍離不遠。莫損新芽，食得魚肥是落花〔四〕。

【校】

此首道援堂詞、屈翁山詩集、全清詞闕。

【注】

〔一〕「荷錢」二句：小荷葉圓如錢，故稱荷錢。屈仲舒荷錢詩：「蓮葉田田無可用，也能平買數鴛鴦。」屈大均雨後代泛亭望湖詩：「荷錢買得鴛鴦否，羨殺雙雙錦繡翎。」

〔二〕「已有」句：寫荷葉上之水珠。蕭繹登江州百花亭懷荆楚詩：「荷珠漾水銀。」陸雲芙蓉詩：「盈盈荷上露，灼灼如明珠。」

〔三〕銀塘：李德林夏日詩：「荷葉滿銀塘。」

〔四〕「食得」句：趙令畤侯鯖録卷五引宋祁佚詩：「野煙射雉樂，春椮養魚肥。」

念奴嬌 荷葉

穿波初葉，似錢時、已有明珠無數〔一〕。紅白難知那一種，解爲佳人先吐。白鷺東西，紫鴛南北〔二〕，争戲田田處〔三〕。香羅全展，摘裁裙子應許〔四〕。記得西子湖邊，冰蟾已上，猶唱菱歌去〔五〕。欲取絲絲纏玉臂，那管芙蓉無主〔六〕。斜倚冰盤〔七〕，静摇風佩〔八〕，誰戲蓮心苦〔九〕。團圓須蚤，冷飆容易侵汝。

【注】

〔一〕「穿波」二句：韓琮雨詩：「不及流他荷葉上，似珠無數轉分明。」

〔二〕「白鷺」二句：黄庭堅滿庭芳詞：「錦鴛霜鷺，荷徑拾幽蘋。」

〔三〕田田：形容荷葉相連之狀。漢樂府江南：「江南可采蓮。蓮葉何田田。魚戲蓮葉間。魚戲蓮葉東。」

〔四〕「香羅」二句：香羅，指荷葉。程垓醉落魄詞：「田田翠蓋香羅疊。」離騷：「製芰荷以爲衣兮，集芙蓉以爲裳。」王昌齡采蓮曲：「荷葉羅裙一色裁，芙蓉向臉兩邊開。」

〔五〕「記得」三句：西子湖，即杭州西湖。蘇軾飲湖上初晴後雨詩有「欲把西湖比西子」之語，故稱。菱歌，采菱之歌。鮑照采菱歌：「簫弄澄湘北，菱歌清漢南。」程垓蝶戀花詞：「相次桃花三月水。菱歌誰伴西湖醉。」冰蟾，謂月。歐陽修官舍假日書懷奉呈子華内翰長文原甫景仁舍人聖俞博士詩：「艷舞回腰飛玉盞，清吟擁鼻對冰蟾。」

〔六〕「欲取」二句：黎遂球憶昔篇戲爲友人賦別詩：「未識紅蓮苦逗心，惟思白藕絲纏臂。」

〔七〕冰盤：劉鎮清平樂趙園避暑詞：「竹光野色生寒。玉纖雪藕冰盤。」

〔八〕風佩：在風中摇動之玉佩。駱賓王在江南贈宋五之問詩：「露金薰菊岸，風佩摇蘭阪。」李賀蘇小小墓詩：「風爲裳，水爲佩。」姜夔念奴嬌詞：「三十六陂人未到，水佩風裳無數。」屈詞中形容荷葉。

〔九〕蓮心苦：辛棄疾卜算子爲人賦荷花詞：「根底藕絲長，花裏蓮心苦。」

暗香　蠟梅

北枝花後〔一〕。又蜜脾點點〔二〕，成葩如豆。想是緑珠，拋向柔條被粘取〔三〕。分得黄檀色淺〔四〕，吞還吐、微開香口。向葉底、朝暮銜寒，攀得帶冰溜。　心幼。被春逗。莫衹管半含，似他紅蔻〔五〕。露乾雪皺。餘氣箱奩尚穿透〔六〕。愁絶靈娥在遠，思寄去、百房能否〔七〕。蜂釀罷、芳未淡，且浮臘酒〔八〕。

【注】

〔一〕北枝花：指梅花。白氏六帖梅部：「大庾嶺上梅，南枝落，北枝開。」宋之問度大庾嶺詩：「魂隨南翥鳥，淚盡北枝花。」

〔二〕蜜脾：即蜂房、蜜房。其狀如脾，故稱。李商隱閨情詩：「紅露花房白蜜脾，黄蜂紫蝶兩參差。」毛滂踏莎行蠟梅詞：「蜂翅初開，蜜房香弄。」

〔三〕「想是」二句：寫蠟梅花蕾。暗用緑珠墜樓事。參見鳳簫吟緑珠詞「鮮葩一墜」句注。

〔四〕黄檀：劉學箕蠟梅詩：「從稱紫暈黄檀心，桃李依然是凡質。」

〔五〕「莫衹」二句：丁澎浣溪沙春詞：「兩意半含如豆蔻。」

〔六〕「露乾」二句：寫蠟梅花晾乾後可薰箱奩。張嵲蠟梅詩：「宜于風露晨，置在清淨箱。」

〔七〕百房：房，蜜房。此以喻蠟梅。與次句「蜜脾」呼應。

〔八〕浮臘酒：「臘」字，語意相關，上下相聯。浮臘，謂以臘梅花泛酒；臘酒，指臘月釀製之酒。陸游初夏詩：「店沽浮臘酒，步艤載秧船。」

疏影　鴛鴦梅

層層作蕊。更絳趺一一〔一〕，能結雙子。定是青陵〔二〕，魂入寒香，催教朵朵連理。雌雄不少相思樹〔三〕，又恁得、同心如爾〔四〕。更愛他、飛雪丹成〔五〕，灼灼杏葩難似。　堂上鴛鴦慣見，試將七十二，來與相比〔六〕。臉際凝脂，絶勝明霞〔七〕，幾片天邊初起。枝枝正發臺關驛，染遍了、白鷳頭尾。記昔年、弄玉同攀〔八〕，笑向影邊斜倚。臺關有紅梅驛〔九〕。

【校】

此首道援堂詞、屈翁山詩集闕。

【箋】

范成大梅譜：「鴛鴦梅，多葉，紅梅色，花輕盈，重葉數層，凡雙顆必並蒂，惟此一蒂而結雙梅，亦尤物。」馮子振鴛鴦梅詩有「並蒂連枝朵朵雙，偏宜照影傍寒塘」之語。屈大均廣東新語卷三：「(梅)嶺有紅梅驛，驛有城，當嶺路之半。累石爲門，南北以北爲中，相傳(梅)鋗所家在焉。」

【注】

〔一〕絳趺：絳跗，紅色花萼。束晳補亡詩白華：「白華絳趺，在陵之陬。」

〔二〕青陵：青陵臺。韓憑之妻殉情之處。李冗獨異志卷中引搜神記曰：「宋康王以韓朋妻美而奪之，使築青陵臺，然後殺之。其妻請臨喪，遂投身而死。王令分埋臺左右。」韓朋，即韓憑。太平御覽卷一百七十八引郡國志：「鄆州須昌縣有犀丘城青陵臺，宋王令韓憑築者。」

〔三〕「雌雄」句：干寶搜神記卷十一：「宋康王舍人韓憑，娶妻何氏，美。康王奪之。憑怨，王囚之，論爲城旦。妻密遺憑書，繆其辭曰：『其雨淫淫，河大水深，日出當心。』既而王得其書，以示左右，左右莫解其意。臣蘇賀對曰：『其雨淫淫，言愁且思也；河大水深，不得往來也；日出當心，心有死志也。』俄而憑乃自殺。其妻乃陰腐其衣。王與之登臺，妻遂自投臺；左右攬之，衣不中手而死。遺書于帶，曰：『王利其生，妾利其死，願以屍骨，賜憑合葬！』王怒，弗聽，使里人埋之，冢相望也。王曰：『爾夫婦相愛不已，若能使冢合，則吾弗阻也。』宿昔之間，便有大梓木生于二冢之端，旬日而大盈抱，屈體相就，相交于下，枝錯于上。又有鴛鴦，雌雄各一，恒棲樹上，晨夕不去，交頸悲鳴，聲音感人。宋人哀之，遂號其木曰『相思樹』。相思之名，起于此也，南人謂此禽即韓憑夫婦之精魂。今睢陽有韓憑城，其歌謡至今猶存。」

〔四〕同心：同心梅。劉歆西京雜記卷一載：「初修上林苑。群臣遠方各獻名果異樹。亦有製爲美名，以標奇麗」，其中有名「同心梅」者。

〔五〕飛雪丹：崔豹古今注：「蕭史與秦穆公煉飛雪丹，第一轉與弄玉塗之，今之水銀膩粉是也。」

〔六〕「堂上」三句：漢樂府相逢行：「堂上置樽酒，作使邯鄲倡。」「入門時左顧，但見雙鴛鴦。鴛鴦七十二，羅列自成行。」

〔七〕「臉際」二句：凝脂，喻皮膚之光潔白潤。詩衛風碩人：「手如柔荑，膚如凝脂。」劉歆西京雜記卷二：「文君姣好，眉色如望遠山，臉際常若芙蓉，肌膚柔華如脂。」周邦彦醉桃源詞：「燒蜜炬，引蓮娃。酒香薰臉霞。」王之道紅梅詩：「莫道春來無酒病，臉霞猶帶夜來紅。」

〔八〕弄玉：見月上海棠詞注。

〔九〕臺關：即梅關。屈大均梅關道中詩：「窈窕臺關路，蒼松夾嶺斜。鷓鴣蠻女曲，茉莉漢臣花。」紅梅驛：屈大均廣東新語山語：「嶺有紅梅驛，驛有城，當嶺路之半。累石爲門，南北以北爲中，相傳鋗所家在焉。自驛至嶺頭六十里爲梅關。」梅鋗城爲越王故城。

羅敷媚　瓶中紙梅花　二首

其一

瑶華先吐嬋娟手，白繭生姿〔一〕。不界烏絲〔二〕。細作春光下剪遲。　冰綃片片那能似〔三〕，似得霜肥〔四〕。香動南枝〔五〕。兩兩同心照水時〔六〕。

【注】

〔一〕「瑶華」二句：謂紙梅花出自女子之手。白繭，白繭紙。何延之蘭亭記謂王羲之書蘭亭序「用蠶繭紙，鼠鬚筆，遒媚勁健，絶代更無」。

〔二〕烏絲：在紙張或絹素上畫成或織成之朱墨界欄，稱爲烏絲欄。烏絲，指烏黑色界欄。不界烏絲，意謂不用白蠶繭紙寫字。

〔三〕冰綃：指白梅花瓣。姚述堯減字木蘭花千葉梅：「細疊冰綃。多謝天公快剪刀。」

〔四〕「似得」句：劉才邵次韻梅花十絶句其二：「曉霜添就玉肌肥。」

〔五〕南枝：見臨江仙折梅贈内子詞注。

〔六〕同心：劉歆西京雜記卷一載，上林苑中有同心梅。照水：周邦彦花犯小石梅花：「但夢想、一枝瀟灑，黄昏斜照水。」

其二

錦江滑膩層層染，半寫香奩〔一〕。不用花縑。多少春光在玉纖〔二〕。　枝枝剪出皆檀暈〔三〕，一朵先簪。粉印微霑〔四〕。翠羽教他盡欲銜〔五〕。

【注】

〔一〕「錦江」二句：錦江，指薛濤箋紙。蜀箋譜：「錦江水濯錦益鮮明，故謂之錦江，以浣花溪水造紙故佳，因水之宜矣。」薛濤爲唐時樂伎，女詩人，著有錦江集五卷，又創製「薛濤箋」。方輿勝覽云：「元和初，蜀妓薛濤洪度以紙爲業，製十色小箋，名薛濤箋，亦名蜀箋。」香奩，指香奩集。夢溪筆談卷十六：「和魯公凝有艷詞一編名香奩集。凝後貴，乃嫁其名爲韓偓，今世傳韓偓香奩集，乃凝所爲也。」詞中泛指艷詞。二句意謂薛濤箋層層染色，多用以書寫綺艷之詩文。

〔二〕「不用」二句：花縑，織有花紋之縑帛。古人稱紙爲「楮縑」，趙希逢和紙衾詩有「楮縑瀉出縠紋花」之語。玉纖，指女子之纖手。二句意謂梅花全由素紙剪出。

〔三〕檀暈：古代女子之檀色眉暈。檀色，淺赭色。蘇軾次韻楊公濟奉議梅花之九：「鮫綃剪碎玉簪輕，檀暈粧成雪月明。」

〔四〕粉印：吴文英永遇樂探梅次時齋韻：「羅襟印粉，袖濕茜桃紅露。」

〔五〕翠羽：見贊成功詞注。

浪淘沙　春草

嫩緑似羅裙〔一〕。寸寸銷魂〔二〕。春心抽盡爲王孫〔三〕。不分東風吹漸老，色映黄昏〔四〕。蝴蝶不留痕〔五〕。飛過煙村。紅藏幾點落花魂〔六〕。雨過苔邊人不見，濕欲生雲。

【箋】

此首疑爲懷永曆帝之作。「春心」、「王孫」，一語見意。

【注】

〔一〕「嫩緑」句：江總之妻有賦庭草詩：「雨過草芊芊，連雲鎖南陌。門前君試看，是妾羅裙色。」此詞謂因草色嫩緑，如見女子之裙。

〔二〕銷魂：江淹別賦：「黯然銷魂者，唯别而已矣。」惟審别友人詩：「一身無定處，萬里獨銷魂。芳草迷歸路，春衣滴淚痕。」

〔三〕「春心」句：「春心」一語，中有「望帝」存焉。李商隱錦瑟：「莊生曉夢迷蝴蝶，望帝春心託杜鵑。」李賀河陽歌：「惜許兩少年，抽心似春草。」淮南小山招隱士：「王孫遊兮不歸，春草生兮萋萋。」

〔四〕「不分」二句：蘇軾過都昌：「水隔南山人不渡，東風吹老碧桃花。」吴融廢宅詩：「滿庭荒草易黄昏。」

〔五〕「蝴蝶」句：李白思邊詩：「去年何時君別妾，南園緑草飛蝴蝶。」

〔六〕「紅藏」句：韓偓幽獨詩：「門巷掩蕭條，落花滿芳草。」徐熥陷石堂詩：「落花魂卧草，空樹腹吞藤。」

憶王孫　草

風吹一夜即萋萋〔一〕。未到裙腰路已迷〔二〕。腸斷離人日向西〔三〕。帶香泥。狼藉春光任馬蹄〔四〕。

【注】

〔一〕萋萋：見浪淘沙春草詞注。

〔二〕裙腰：裙上束腰之處。南史齊魚復侯子響傳：「子響密作啟數紙，藏妃王氏裙腰中。」白居易杭州春望詩：「草綠裙腰一道斜。」

〔三〕「腸斷」句：辛棄疾鵲橋仙詞：「啼鴉衰柳自無聊，更管得、離人腸斷。」

〔四〕「狼藉」句：白居易錢唐湖春行詩：「亂花漸欲迷人眼，淺草纔能没馬蹄。」

惜分飛

事到傷心無可訴〔一〕。花落從他滿路。此恨非風雨。東皇自是難爲主〔二〕。
片片隨波無一語。化作浮萍自取〔三〕。應識相思處〔四〕。莫將香夢東西去〔五〕。

【箋】

是亡國後沉痛之語。

【注】

〔一〕「事到」句：柳永鵲橋仙詞：「傷心脈脈誰訴。」

〔二〕東皇：楚辭九歌東皇太一注：「太一，星名，天之尊神，祠在楚東，以配東帝，故曰東皇。」

〔三〕「化作」句：陸佃埤雅卷十六：「世説楊華入水化爲浮萍。」蘇軾再次韻曾仲錫荔支詩：「楊花著水萬浮萍。」自注：「柳至易成，飛絮落水中，經宿即爲浮萍。」

〔四〕「應識」句：沈約别范安成詩：「夢中不識路，何以慰相思。」張先恨春遲詞：「彼此相思，夢去難尋。」

〔五〕「莫將」句：齊己處士詩：「彼此亡家國，東西役夢魂。」屈詞當有同感。

浣溪沙

不折蓮莖不見絲。絲長難繫一相思〔一〕。飛過煙樹少人知。　心似芭蕉抽未已〔二〕，雨聲偏滴半開時。郎邊可有一枝枝。相思，鳥名。

【注】

〔一〕「不折」二句：王勃采蓮曲：「相思苦，佳期不可駐。」「牽花憐共蒂，折藕愛連絲。」陳高食蓮詞寄同年諸公詩：「藕絲雖長難繫蓮，蓮抱苦心空自憐。」相思，亦鳥名。語意相關。

〔二〕「心似」句：見傳言玉女紅蕉詞「葉葉抽心」句注。

一落索

不分柳煙花雨。暗將春去。歌慵笑懶向花朝〔一〕，恁得似、鶯多語。　最恨匆匆神女。彩雲無主。巫峰十二已迷人〔二〕，更一片、香含霧。

【校】

此首標題，凌本、道援堂詞、屈翁山詩集、宣統本均作「浣溪沙」，于律不合。今據詞律改作「一落索」。

【注】

〔一〕歌慵笑懶：曹冠踏莎行詞：「翠老紅稀，歌慵笑懶。」

〔二〕巫峰十二：見傳言玉女巫峽詞注。

荷葉杯

紫燕雙雙飛去。何處。憑爾寄相思〔一〕。無書祇有一紅絲〔二〕。紅是口邊脂。

郎問玉顔消否。如舊。獨宿繡房深。牀間留得鳳凰琴〔三〕。淚濕不成音〔四〕。

【注】

〔一〕「紫燕」三句：虞羲送別詩：「惟有一字書，寄之南飛燕。」江淹雜體李都尉從軍詩：「袖中有短書，願寄雙飛燕。」王仁裕開元天寶遺事卷下載有女子紹蘭託雙燕傳書其夫之事。晏幾道踏莎行詞：「別來雙燕又西飛，無端不寄相思字。」

〔二〕「無書」句：葛起耕贈燕詩：「五陵年少傷春恨，書繫紅絲擬寄將。」秦觀一斛珠秋閨：「別巢燕子辭簾幕。有意東君，故把紅絲縛。」

〔三〕鳳凰琴：劉孝威獨不見詩：「獨寢鴛鴦被，自理鳳凰琴。」

〔四〕「淚濕」句：張華情詩五首之一：「北方有佳人，端坐鼓鳴琴。終晨撫管弦，日夕不成音。」「心悲易感激，俯仰淚流衿。」

念奴嬌 食檳榔

重重蔞葉，又椰心一片、穿成雙蝶。灰雜烏爹添莫少，要取津紅如血〔一〕。棗子皮甜，玉兒心白，細嚼成瓊屑〔二〕。妃唇甘滑，帶脂安得常齧〔三〕。中酒更進金柈〔四〕，兼探紅袖，香愛氤氳絶。玉女天漿如水涌〔五〕，渣滓教君都咽。紫穗三花，緑房千子〔六〕，曾向朱崖掇〔七〕。園園都買，不愁黎女來奪〔八〕。棗子、玉兒，檳榔名。

【箋】

嶺表録異曰：檳榔，交、廣生者，非舶檳榔，皆大腹子也。彼中悉呼爲檳榔。交趾豪士，皆家園植之，其樹莖葉根幹，與桄榔、椰子小異也。安南人自嫩及老，采實啖之，以不婁藤兼之瓦屋子灰，競咀嚼之。自云交州地温，不食此，無以祛其瘴癘。廣州亦啖檳榔，然不甚于安南也。

【注】

〔一〕「灰雜」二句：烏爹：烏爹泥。即「孩兒茶」。屈大均廣東新語卷五貨語「諸番貢物」條有「烏爹泥」一物。謝肇淛五雜俎物部三：「番人呼爲烏爹泥，又呼爲烏疊泥。俗因治小兒諸瘡，故名『孩兒茶』也。」屈大均廣東新語卷二十五木語載：「粵人最重檳榔，以爲禮果，款客必先擎進」，檳榔味澀，食時須摻以灰，「若夫灰少則澀，葉多則辣，故貴酌其中。大嚼則味不回，細咽則甘乃永，故貴得其節。善食者以爲口實，一息不離，不善食者汁少而渣青，立唾之矣。予嘗有竹枝詞云：『日食檳榔口不空，南人口讓北人紅。灰多葉少如相等，管取胭脂個個同。』謂此。」「當食時，鹹者直削成瓣，幹者橫剪爲錢，包以扶橊，結爲方勝，或如芙蕖之並跗，或效蛺蝶之交翾。內置烏爹泥石灰或古賁粉，盛之巾盤，出于懷袖，以相醻獻。」

〔二〕「棗子」三句：屈大均廣東新語卷二十五木語：「熟者曰檳榔肉，亦曰『玉子』，則廉、欽、新會及西粵、交趾人嗜之。熟而乾焦連殼者曰『棗子檳榔』，則高、雷、陽江、陽春人嗜之。」

〔三〕「妃唇」二句：漢柏梁詩：「齧妃女唇甘如飴。」

〔四〕「中酒」句：羅大經鶴林玉露卷一：「嶺南人以檳榔代茶，醉能使之醒，酒後嚼之，則寬氣下痰，餘酲頓解。」「金柈，金盤。南史劉穆之傳：「以金柈貯檳榔一斛次進之。」

〔五〕「玉女」句：謂檳榔汁甘美如天上玉女之乳汁。天漿，韓愈調張籍：「舉瓢酌天漿。」屈大均廣東新語卷二十五木語：「（檳榔）色白味甜。」

〔六〕「紫穗」二句：羅浮山疏曰：「山檳榔，一名蒳子，幹似蔗，葉類柞。一叢千餘幹，每幹生十房，房底數百子，四月采。樹似栟櫚。生日南者，與檳榔同狀，五月子熟，長寸餘。」屈大均廣東新語卷二十五木語：「檳榔，三四月花開絶香，一穗有數千百朵。」

〔七〕朱崖：三國孫吴時設置朱崖郡，治徐聞，在今雷州徐聞縣西，稱海南爲朱崖洲。爲檳榔之産地。

〔八〕黎女：指黎族女子。檳榔木多爲黎人所植。李綱謫海南，有詩題略云：「南渡次瓊管，江山風物，與海北不殊，民居皆在檳榔木間，黎人出市交易。」詩云：「黎户花縵服，儒生椰子冠。檳榔資一醉，吉貝不知寒。」

沁園春　荔枝

夏至初丹〔一〕，喜有蟬催，響遍桂洲〔二〕。正丁香大小，争銜紅翠〔三〕；明珠的皪，半擘浮丘〔四〕。膏滑難濡，綃輕尚汗，一一先教雙掌留。妃唇齧〔五〕，笑玉漿四注〔六〕，甘入心流。

擎來蚤已蠲愁〔七〕。更掛緑、離離堆滿篝〔八〕。愛肉芝成水，無勞草汁〔九〕；露華可醉，不用花篘〔一〇〕。留齒何曾〔一一〕，含消絶似〔一二〕，解渴須從焦核求〔一三〕。酸還好，自清明過後，餐到深秋。掛緑乃荔枝第一種在。

【箋】

詞中有「桂洲」一語，疑在順德作。

【注】

〔一〕初丹：歐陽修浪淘沙令：「五嶺麥秋殘。荔子初丹。」

〔二〕桂洲：順德有桂洲堡，今屬佛山市容桂鎮。

〔三〕「正丁」二句：屈大均廣東新語卷二十五木語：「（荔枝有）如丁香者，丁香有大小之分，與小華山、緑羅衣，交几環三種皆絶美。」紅翠，鳥名。屈大均廣東新語卷二十禽語：「羅浮有紅翠，每更則鳴，響徹山谷。」句意謂紅翠鳥争銜丁香荔枝。

〔四〕「明珠」二句：的皪，光亮、鮮明貌。司馬相如上林賦：「明月珠子，的皪江靡。」浮丘，見洞仙歌浮丘石上作詞注。句意謂在浮丘石上擘荔而啖。

〔五〕妃唇：見滿庭芳贈槎溶羅叟「丹荔妃唇」句注。

〔六〕玉漿：見憶漢月華山玉井間作詞注。

〔七〕蠲愁：消愁。屈大均送淩子還舊京詩：「荔子蠲愁物，檳榔洗瘴丹。」

〔八〕掛緑：荔枝名種，産于廣東增城。屈大均廣東新語卷二十五木語：「（荔枝有）掛緑者，紅中有緑，或在于肩，或在于腹。」屈大均廣州荔支詞：「端陽是處子離離，火齊如山入市時。一樹增城名掛緑，冰融雪沃少人知。」滿篝：滿籠。史記滑稽列傳：「祝曰『甌窶滿篝。』」

〔九〕「愛肉」二句：葛洪抱朴子仙藥：「行山中見小人，乘車馬，長七八寸，肉芝也。」「諸芝擣末，或化水服，令人輕身長生不老。」二句意謂荔枝肉鮮嫩，如肉芝般可化爲水，不須如檳榔之倚仗烏爹泥不蔞汁始可食用也。

〔一〇〕花簃：鄭書村叟壁：「春蔬和雨割，社酒向花簃。」

〔一一〕留齒：劉霽詠荔枝詩：「叔師貴其珍，武仲稱其美。良由自遠致，含滋不留齒。」

〔一二〕含消：謂入口即消溶也。楊長孺梨詩：「想像含消與接枝。」屈大均廣州荔支詞：「絕似含消御宿梨，冰鮮玉脆更多肌。丹心一點成焦核，抛擲泥中君不知。」

〔一三〕焦核：屈大均廣東新語卷二十五木語：「（荔枝有）丫髻，多無核，即有亦小，名曰焦核。」

荔枝香近

入手離離如火〔一〕，成暖玉。千顆萬顆燒天，砂作芙蓉熟〔二〕。盤中教注寒泉，盡帶鮫綃浴。滑膩、一點昭儀不霑肉〔三〕。

諸貴種，先數得、增城族。遍體鮮紅，微掛一條官緑〔四〕。乍解羅襦，玉指纖纖忌相觸〔五〕。消受長憂無福。

【校】

此首道援堂詞、屈翁山詩集、全清詞闕。「荔枝香近」，宣統本作「荔支香近」。

【注】

〔一〕離離：盛多貌。詩小雅湛露：「其桐其椅，其實離離。」孔穎達疏：「其子實離離然垂而蕃多。」陳襄荔枝歌：「離離朱實繁星稠。」

〔二〕「砂作」句：荔枝色紅，且其殼如砂狀，因以丹砂喻荔枝。曹松南海陪鄭司空遊荔園詩：「葉中新火欺寒食，樹上丹砂勝錦州。」芙蓉，亦喻荔枝。梁以壯荔支詩「淺淺芙蓉艷借裳」同此用意。

〔三〕「盤中」三句：昭儀，指趙合德，漢成帝皇后趙飛燕之妹，被立爲昭儀。趙飛燕別傳：「昭儀方浴，帝私覘，侍者報昭儀，昭儀急趨燭後避。帝瞥見之，心愈眩惑。他日昭儀浴，帝默賜侍者金錢，特令不言。帝自屏罅覘，蘭湯灩灩，昭儀坐其中，若三尺寒泉浸明玉。帝意思飛揚，若無所主。」黄庭堅定風波荔枝詞：「辜負寒泉浸紅皺。」屈大均廣州荔支詞其十九：「羅衣乍解汗如珠，燭下光生白玉膚。更愛昭儀膏滑甚，蘭房出浴不曾濡。」張九成辛未閏四月即事詩：「客有饋荔枝，薦以碧玉盤。」「鮫綃作紅皺，護此冰肌寒。」荔枝産于盛夏，粤人啖荔，先寒泉浸之。趙昭儀體態豐肥，故詩以其出浴設喻。

〔四〕「諸貴」四句：寫增城挂緑荔枝。屈大均廣東新語卷二十五木語：「掛緑者，紅中有緑。或在于肩，或在于腹，緑十之四，紅十之六。以陽精深固，至秋而熟，生祇數十百株，易地即變，爽脆如梨，漿液不見，去殼懷之，三日不變。」

〔五〕「乍解」二句：羅襦，綢製短衣。史記滑稽列傳：「羅襦襟解，微聞薌澤。」

惜分飛　紅豆

開盒愁將紅豆數。滋味應知帶苦。泥裏休抛取。怕他生作相思樹。　珠淚何年頻化汝〔一〕。顆顆盤中不住。欲付黄鶯去。天涯銜向多情處。

【箋】屈大均廣東新語卷二十五木語：「紅豆，本名相思子」，「朱墨相銜，豆大瑩色，山村兒女，或以飾首，婉如珠翠，收之二三年不壞。相傳有女子望其夫于樹下，淚落染樹結爲子，遂以名樹云。」屈大均古意其十八：「不見園中樹，花開祇在枝。枝間結紅豆，一子一相思。」

【注】〔一〕「珠淚」句：屈大均以相思子喂相思與公漪聲遠分賦得思字詩：「珍禽與紅豆，總是一相思。」「無情清淚化，有恨美人知。」

醉蓬萊　落花

問流鶯何事，祇管聲聲，與花深語。花落休多，令流鶯無主。多謝東風，吹來紅片，染一園朝雨。拾得香魂，乳泉三浴〔一〕，黄沈薰汝〔二〕。更用哥窑〔三〕，古瓷三兩，瘞取殘英〔四〕，帶絲連絮。大石樓邊〔五〕，有麻姑妝處〔六〕。紫鳳青鸞〔七〕，盡教銜玉，造美人香土〔八〕。一卷金荃〔九〕，兩枝瑶管，殉君應許。

【校】

此首道援堂詞、屈翁山詩集闕。

【箋】

末語「殉君」，似有哀悼永曆帝之意。

【注】

〔一〕乳泉：章孝標題碧山寺塔詩：「縈砌乳泉梳石髮，滴松銀露洗牆衣。」陸羽茶經：「其山水，揀乳泉，石池漫流者上。」

〔二〕黄沈：周嘉胄香乘卷一：「沈香」：「生結爲上，熟脱次之，堅黑爲上，黄色次之。角沈黑潤，黄沈黄潤，蠟沈柔韌華沈紋横皆上品也。」

〔三〕哥窑：宋代五大名窑之一。宣德鼎彝譜：「内庫所藏柴、汝、官、哥、鈞、定各窑器皿。」陸深春風堂隨筆：「哥窑，淺白斷紋，號百圾碎。宋時有章生一、生二兄弟，皆處州人，主龍泉之琉田窑，生二所陶青器純粹如美玉，爲世所貴，即官窑之類；生一所陶者色淡，故名哥窑。」

〔四〕「瘞取」句：吴文英風入松詞：「聽風聽雨過清明，愁草瘞花銘。」
〔五〕大石樓：羅浮山志會編卷首圖説：「水簾洞口右十五里，二石對峙，嶄空如樓，謂之大石樓；南五里有小石樓。俱有門，俯視滄海。」
〔六〕麻姑：羅浮山志：「沖虚觀西南有石峰峭拔，名曰麻姑峰，旁有巖曰麻姑臺。樹石清幽，其上常有彩雲白鶴，仙女集焉。晉、唐以來，人多有見之者。」
〔七〕紫鳳青鸞：李商隱相思：「相思樹上合歡枝，紫鳳青鸞共羽儀。」
〔八〕美人香土：杜甫玉華宫：「美人爲黄土，況乃粉黛假。」
〔九〕金荃：歐陽炯花間集序：「近代温飛卿復有金荃集。」新唐書藝文志：「温庭筠握蘭集三卷，又金荃集十卷。」金荃集有十卷之多，當爲詩文集，詞附于末。後世以「金荃」指代綺麗之詩詞。

摘紅英　落花

朝煙泣。暮煙濕。飛飛争向鉤簾入。收香蜕〔一〕。兼紅淚。煎取黄沈，貪鷲精氣〔二〕。　當階立。春纖拾。露多不惜霑裙褶。遊絲繫。風摇曳。裙可留仙〔三〕，月華多製〔四〕。

【校】

此首道援堂詞、屈翁山詩集、全清詞闕。

【注】

〔一〕香蛻：猶言「芳蛻」。喻落花。屈大均梅花嘆詩：「未開已落無根株，檀香玉蝶半成蛻。」

〔二〕「煎取」二句：黄沈，黄沈香。驚精氣，謂花香如沈香般能醒人精氣。屈大均尋墓詩爲徐護衛作詩：「熏用都梁香，驚精返窗牖。」

〔三〕「裙可」句：謂留仙裙。見鳳凰臺上憶吹簫詞「留仙難得，空綯裾裙」句注。

〔四〕月華：月華裙。裙拖十幅，褶裥顏色各異。流行于明清之間。李符玲瓏四犯詞：「露月華裙子，一般顏色，鬬他圖畫。」董元愷雙調望江南西湖曲：「浮渲梳頭花樣髻，輕拖窣地月華裙。」

一叢花　燭花

初如金粟一絲懸〔一〕。漸似玉芝鮮〔二〕。風吹忽變芙蓉朵，喜心小，不作青煙。春色泥人〔三〕，殷勤并蒂，膏火莫相煎〔四〕。　難明不必恨秋天。自有夜光妍〔五〕。淚珠滴滴成紅豆，欲穿起、寄與嬋娟。山遠路長，因君報喜〔六〕，泣盡復嫣然。

【注】

〔一〕金粟：形容燭花之小火。郝經燭花詩：「金粟堆盤蠟炬殘。」文天祥齊天樂甲戌湘憲種德堂燈屏：「簾幕光摇金粟。」

〔二〕玉芝：張衡思玄賦：「聘王母于銀臺兮，羞玉芝以療饑。」詞中謂燭花結成芝狀。

〔三〕泥：讀去聲。有膠結、軟纏之意。

〔四〕「膏火」句：阮籍詠懷：「膏火自煎熬。」

〔五〕夜光：夜光珠。劉琨答盧諶書：「夜光之珠，何得專玩于隨掌。」詞中以形容燭花。

〔六〕報喜：古人謂燈花爲喜兆。劉歆西京雜記卷三：「樊將軍噲問陸賈曰：『自古人君皆云受命于天，云有瑞應。豈有是乎？』賈應之曰：『有之。夫目瞤得酒食。燈火華得錢財。乾鵲噪而行人至。蜘蛛集而百事喜。小故猶徵，大亦宜然。』」杜甫獨酌成詩：「燈花何太喜，酒緑正相親。」李吕調笑令：「燭花先報今宵喜。」

鳳樓春　燈花

細小亦芙蓉。千瓣玲瓏〔一〕。透心紅。花頭還學緑雲鬆〔二〕。餘蕊外，綴金蟲〔三〕。莫使暗風驚淚落，教繡幕重重。鳳樓東。春色熊熊〔四〕。一邊雖炧，一邊猶蕾，蘭膏依戀缸中。喜作爆聲〔五〕，朱火吞吐一叢叢。金錢休卜，人至臨邛〔六〕。

【校】

此首道援堂詞、屈翁山詩集、全清詞闕。

【注】

〔一〕「細小」二句：江總芳樹詩：「千葉芙蓉詎相似，百枝燈花復羞然。」

〔二〕緑雲：喻青年女子之髮髻。白居易和春深二十首其七：「宋家宮樣髻，一片緑雲斜。」

〔三〕金蟲：喻燈花。張翥丁亥元日詩：「臘酒撥醅浮玉蟻，夜燈挑燼落金蟲。」

〔四〕熊熊：氣勢壯盛貌。宋之問游陸渾南山自歇馬嶺到楓香林以詩代書答李舍人適詩：「熊熊元氣間。」

〔五〕「喜作」句：見一叢花燭花詞「報喜」條注。王實甫西廂記第五本第二折：「你回來了也……正應著短檠上夜來燈爆時。」

〔六〕「金錢」二句：金錢卜，一種占卜方式。于鵠江南曲：「衆中不敢分明語，暗擲金錢卜遠人。」朱子語類卷六十六「易」二：「今人以三錢當揲蓍。」陶宗儀南村輟耕録卷二十一：「今人卜卦，以銅錢代蓍，便于用也。」下句似暗用孟郊古别離詩：「欲别牽郎衣，郎今到何處。不恨歸來遲，莫向臨邛去。」

向湖邊 采蒓

積雨初消，湖波新漲，葉葉乍浮還没。素手牽來，比銀釵光滑〔一〕。教越娘、輕按蘭橈，菱花留取，莫與紫莖同擷〔二〕。隔宿還肥，浸寒泉似雪。旋下鱉薑，半作香羹啜。誰復忍去去，和鱸魚輕别。膾具多攜，更吴淞乘月〔三〕。況芙蕖、千頃非錢買〔四〕，休還恨、犀箸玉盤消息絶〔五〕。且逐鴛鴦，向夕陽明滅。

【箋】

屈大均廣東新語卷二十七草語：「蒓，出惠州西湖之蒓浦，葉似鳧葵，花黄白，子紫，以鯽魚羹之能下氣。予詩：『羹魚必紫蒓。』」按，翁山詩外無此詩句，唯園菜詩有「羹魚蒓更美，莖股采湖波」之語。

【注】

〔一〕「比銀釵」句：蒓莖葉細長，前人每以鈿釵喻之。毛奇齡摸魚兒蒓：「鈿頭釵脚難形似。」屈大均蒓詩：「水深蒓莖肥，葉少如釵股。」

〔二〕紫莖：屈大均蒓菜詩：「葉少多紫莖，浮沈不易拔。」

〔三〕「誰復」四句：暗用張翰思歸之典。晉書張翰傳：「翰因見秋風起，乃思吴中菰菜、蒓羹、鱸魚膾，曰：『人生貴適志，何能羈宦數千里，以邀名爵乎？』遂命駕而歸。」吴淞：吴淞江，或稱松江、吴江，發源于蘇州松陵南之太湖瓜涇口。李彌遜沁園春寄張仲宗詞：「富貴浮雲，身名零露，事事無心歸便歸。秋風動，正吴淞月冷，蒓長鱸肥。」屈大均松江答董子詩：「海上山川稱白苧，江南風雅羨吴淞。夫君久適蒓鱸興，兄弟還開綺靡宗。」

〔四〕「況芙蕖」句：李白襄陽歌：「清風朗月不用一錢買，玉山自倒非人推。」曾幾風月堂詩：「浩蕩芙蕖風過夜，扶疏楊柳月明時。雖多不用一錢買，縱少足供千首詩。」

〔五〕「休還」句：杜甫野人送朱櫻詩：「憶昨賜霑門下省，退朝擎出大明宫。金盤玉箸無消息，此日嘗新任轉蓬。」詞中流露思念永曆朝廷之意。

釵頭鳳　二首

其一

春毛靚。黄茸映。聞香不覺花開頂。爐煙大。舒翎待。水沈魂氣，那飛簾外。在。在。在。

長垂影。雙雙並。心香吞吐香爲命。浮瓊海。明珠買。桐花生長，美人簪戴。愛。愛。愛。

其二

當釵立。花慵拾。倒開紅羽雙煙入。沈馣氣。成心字。氤氳終日，不離香翅。戲。戲。戲。　餐瓊粒。人相習。不棲枝上愁花濕。銅爐器。添蘭桂。殷勤么鳳，口珠銜媚。記。記。記。

【校】

此二首道援堂詞、屈翁山詩集、全清詞闕。

【箋】

二詞詠倒掛鳥。屈大均廣東新語卷二十禽語：「小鳳凡數種，有曰桐花鳳，丹碧成文，羽毛珍異，其居不離桐花，飲不離露。桐花開則出，落則藏，蓋以桐花爲胎，以露爲命者也。兒女子捕之，飲以蜜水，用相傳玩，漁洋有詞云：『郎似桐花，妾似桐花鳳。』謂此也。有曰么鳳，似鸚母而小，綠衣黄裏，色甚姣麗。常倒懸架上，屈體如環，東西相穿，轉旋不已，一名倒掛子。東坡詞云：『倒掛綠毛么鳳。』羅浮梅花村多有之，倒掛梅花枝上，人至不去以爲常。」「倒掛鳥喜香煙，食之復吐，或收香翅内，時一放之，氤氳滿室，頂有黄茸，舞則茸開，亦名曰開花。花開頂上，香放翅中，輒自旋轉，首足如環以自娱。入夜必倒垂籠頂，兩兩相並。亦間能言。身嫩綠色，額大青，胸間有朱砂一點，小如鴝鵒，出瓊州。予詩：『已食沈水煙，復藏雙翅内。時放煙氤氲，幃中香久在。』又云：『黑潤與黄沈，持薰倒掛鳥。不教雙翅間，收得香煙少。』其出西洋國至澳門者，以銀十字錢四五枚，可易其一。性極嬌柔難畜，飯以香稻，飲以荔支之漿，毋見塵埃風日，愛之至必養之潔。」

桂枝香　蟹二首

其一

殷勤八跪。但暮送潮頭，朝迎潮尾〔一〕。正值沙禾始熟，競銜雙穗〔二〕。黄膏四角隨圓月，任雌雄、入秋皆美〔三〕。虎門船返，兩籃紫甲〔四〕，一筐紅蛻〔五〕。況濫口、河魨大至，被生釣千頭，腥吹墟市〔六〕。多謝魚姑肯賣，百錢隨意〔七〕。更纖手、細將香秆，並霜螯、對對穿起。急歸烹取，蘋花深處，濁醪相媚。

【校】

此二首道援堂詞、屈翁山詩集、全清詞闕。

【注】

〔一〕「殷勤」三句：八跪：跪，蟹足。荀子勸學：「蟹八跪二螯。」李曾伯沁園春詞：「八跪蟹肥，四腮鱸美。」屈大均廣東新語卷二十三介語：「蟹善候潮，潮欲來，舉二螯仰而迎之，潮欲退，折六跪俯而送之。」

〔二〕「正值」二句：沙禾，屈大均廣東新語卷二十三介語：「或乘潮乾，蟹從稻田求食，其行有跡，跡之得其穴，一穴輒一輩，然新穴有蟹，舊穴則否。」沙禾，指海邊沙田生長之禾稻。屈大均刈稻丁卯秋日詩：「秋日農家樂事多，花黏早穫外沙禾。」

〔三〕「黄膏」二句：屈大均廣東新語卷二十三介語：「其未蜕者曰膏蟹，蓋蟹黄應月盈虧，爲月之精所注，故以膏爲美。」「蟹率以秋深以盛寒而肥。」

〔四〕紫甲：蟹殼色紫，故云。徐渭陳伯子守經致巨蟹三十繼以漿鱸詩：「細鱗紫甲宜觴物，酒乏詩窮更漏深。」

〔五〕紅蜕：指新蜕殼的蟹，質軟色紅，故云。屈大均廣東新語卷二十三介語「蟹」條：「甲解者，蜕也。蜕而奭，蜕必以秋。」

〔六〕「況濫口」三句：屈大均廣東新語卷二地語：「（廣州）海亦有三路，分三門，而以虎頭爲大門。……自虎頭而入爲濫口，次曰大濫，又次曰二濫，至濫尾則爲波羅之江，予家在其上。」屈大均舟出濫口作詩：「細釣吾多得，河魨更上鉤。」

〔七〕「多謝」二句：蘇軾漁歌子漁父詞：「漁父飲，誰家去。魚蟹一時分付。酒無多少醉爲期，彼此不論錢數。」

其二

菱塘北岸。笑春蜕未肥，秋蜕方軟〔一〕。纔是禾莖露冷，荻花霜暖。膏成榴子筐筐足，把玄黄、月明同滿〔二〕。虎頭潮退，篝燈照取，水村腥遍〔三〕。喜更有、金華火攢〔四〕。與海鏡甘分〔五〕，河豚香亂〔六〕。頻學芙蓉沈醉，不須人勸。漁家最好真風味，就松江、蒓膾誰换。季鷹歸未，秋來能到，我家池館〔七〕。

【注】

〔一〕「菱塘」三句：屈大均廣東新語卷二十三介語：「蟹以奭者爲貴，其字從解，言以甲解而美也。甲解者，蜕也。蜕而奭，蜕必以秋，然每年四月八日，潮不大長，是日奭蟹尤多。故諺有云：『四月八日，奭蟹争出。』則蟹亦以夏而蜕矣，蜕則益肥。」屈大均捕蟹辭：「匡螯初蜕及秋肥，母蟹膏多肉蟹稀。」「春蜕何如秋蜕好，拾來螯跪軟于綿。」

〔二〕「膏成」二句：屈大均廣東新語卷二十三介語：「其匡初蜕，柔弱如綿絮，通體脂凝，紅黄雜糅，結爲石榴子粒，四角充滿，手觸不濡，是名奭蟹。」

〔三〕「虎頭」三句：虎頭，虎頭門，亦稱虎門。屈大均廣東新語卷二地語「虎頭門」條：「廣州山有三路，分三門，而以大庾爲大門。海亦有三路，分三門，而以虎頭爲大門。虎頭者，天地之陽氣所從入，劉安所謂陽門也。地體陽而用陰，海者地之宗，故祀南海神于虎門之陰。門在廣州南，大小虎兩山相束，一石峰當中，下有一長石爲門限，潮汐之所出入，東西二洋之所往來，以此爲咽喉焉。」屈大均廣東新語卷二十三介語：「蟹以潮之消長爲多少，潮長則蟹少，消則蟹多。予家在茭塘，當蟹浪時，使童子往三沙四沙捕蟹，隨潮下上，日得蟹數筐。」

〔四〕金華火鸞：即金華火腿。粵人喜以火腿摻蟹肉而啖。

〔五〕海鏡：劉恂嶺表録異卷下：「海鏡，廣人呼爲膏葉盤。兩片合以成形，殼圓，中甚瑩滑，日照如雲母光，内有少肉如蚌胎。腹中有小蟹子，其小如黄豆，而螯足具備。海鏡饑，則蟹出拾食，蟹飽歸腹，海鏡亦飽。」黄庭堅又借前韻見意詩：「招潮瘦惡無永味，海鏡纖毫祇强顔。想見霜臍當大嚼，夢回雪壓摩圍山。」

〔六〕河豚：范端昂粵中見聞卷三三：「河豚自番禺茭塘以至虎頭門六七十里，所産獨小，色黄而味甘，少毒，與別産而板牙色白者異。以火燔刺，以沸湯沃涎，浣至再三，雜肥肉烹之，皮骨脱落乃可食。入秋尤宜多食，益胃暖人，最益産婦。其美在肝。」屈大均白華園作詩：「河豚美在肝，養親多海錯。」

〔七〕「就松江」四句：見向湖邊采蒓詞注。

虞美人影 二首

其一

素馨茉莉休分別。大小總如冰雪〔一〕。朵朵開當明月。彩縷穿成結〔二〕。
因霑膏沐香逾絶，圍髻更教重疊〔三〕。未曙花田親掇。要解郎心熱〔四〕。

【注】

〔一〕「素馨」二句：素馨與茉莉之色香略似，然亦有別。嵇含南方草木狀卷三：「那悉茗花、末利花皆胡人自西國移植于南海，人憐其芳香，競植之。」廣群芳譜卷：「素馨」條：「一名那悉茗花，一名野悉蜜花，來自西域，枝幹嫋娜，似茉莉而小，葉纖而緑，花四瓣，細瘦，有黄白二色，須屏架扶起，不然不克自豎，雨中嫵態，亦自媚人。」屈大均廣東新語卷二十七草語：「或當宴會酒酣耳熱之際，侍人出素馨球以獻客。客聞寒香，而沈醉以醒，若冰雪之沃乎肝腸也。以掛複斗帳中，雖盛夏能除炎熱，枕簟爲之生凉。」

〔二〕「朵朵」二句：寫素馨花燈。屈大均廣東新語卷二十七草語：「（素馨）花客涉江買以歸，一時穿燈者作串與纓珞者數百人，城内外買者萬家。富者以斗斛，貧者以升，其量花若量珠然。」

〔三〕「因霑」二句：屈大均高廉雷三郡旅中寄懷道香樓内子十五首之三：「珠掠盤明月，花梳間海棠。」自注：「東莞女子以珠圍髻，曰『珠掠』，以彩絲貫素馨、茉莉繞髻，曰『花梳』。」

〔四〕「未曙」二句：龜山志：「昔劉王（指南漢主劉龑）有侍女名素馨，其冢生此花，因名。今城西九里，地名花田，彌望皆種此花，其香他處莫及。」屈大均廣東新語：「花宜夜乃開。上人頭髻乃開，見月而益花艷，得人氣而益馥，竟夕氤氲，至曉萎猶有餘味，懷之辟暑，吸之清肺氣。」

其二

斷腸何必萋萋草〔一〕。一片落花堪老。試問郎邊嬌鳥。啼得春多少〔二〕。

垂楊不把愁心掃〔三〕。攀折畫樓難到。欲取相思燒了。紅豆憐他小〔四〕。

【注】

〔一〕「斷腸」句：韋莊謁金門詞：「滿院落花春寂寂。斷腸芳草碧。」楊炎正秦樓月詞：「春無力。落紅不管，杏花狼籍。斷腸芳草萋萋碧。新來怪底相思極。」

〔二〕「試問」二句：盧思道城南隅燕詩：「輕盈雲映日，流亂鳥啼春。」

〔三〕「垂楊」句：見醉花陰詞「垂柳垂楊，不爲南朝掃」句注。張耒喜晴詩：「一杯徑醉愁如掃。」

〔四〕「欲取」二句：古樂府有所思：「聞君有他心，當風燒之揚其灰。從今已往，勿復相思。」紅豆有相思子之名，「憐他小」，仍不忍燒卻相思也。

一落索　寄秀水周青士繆天自

杜宇催春從汝〔一〕。更催人去。人留即是好春留，更一任、風和雨。　怕見遊絲飛絮。爲伊無主〔二〕。落花争似淚花紅〔三〕，祇滴在、分襟處。

【箋】

周青士，即周篔，字公貞，更字青士，又字簹谷，嘉興人。著有采山堂詩集。繆天自，原名泳，後改名永謀，字潛初，又字于野。嘉興人，諸生。能文章，絶意仕進，授經生徒以養父。著苻溪集。屈大均于順治十六年遊吴時與之結識。此詞似初識時别後寄懷之作。沈德潛清詩别裁引繆氏語：「詩有俚語，經顧寧人筆輒典；詩有庸語，入屈翁山手便超。」

【注】

〔一〕杜宇催春：宋人無名氏花心動詞：「杜宇催春急。煙籠花柳，粉蝶難尋覓。」

〔二〕「怕見」二句：吕祖謙野步：「鳥啼花徑深，風絮浩無主。」

〔三〕「落花」句：陳叔寶有所思：「落花同淚臉，初月似愁眉。」

摸魚子　寄秀水周青士繆天自

記當年、落花門徑，峭帆三度來往〔一〕。分襟忽爾經離亂，且喜故人無恙。心不忘。涼月夜、銜書數把朱鵰放〔二〕。鄰姬兩兩。恨嬉戲相違，明駝負去〔三〕，留爾在菰蔣。　鴛湖好，咫尺姑胥在望。包山争列屏障〔四〕。新詞多少漁家子〔五〕，可有雪奴低唱〔六〕。三白蕩〔七〕。多巨口、鱸魚潑刺乘春漲〔八〕。何時見餉。與范蠡香蒓〔九〕，越王醉李〔一〇〕，置我北堂上〔一一〕。

【箋】周青士、繆天自，見前首一落索箋。懷嘉興周青士繆天自有「一從船上别，三向鏡中尋」之句，屈大均康熙八年嘗遊嘉興，此詩爲别後之作。此詞疑亦作于同時。

【注】
〔一〕峭帆：聳立之船帆。李白横江詞之三：「白浪如山那可渡，狂風愁殺峭帆人。」
〔二〕「涼月」句：宋之問放白鵰篇詩：「故人贈我緑綺琴，兼致白鵰鳥。」「玉徽閉匣留爲念，六翮開籠任爾飛。」

〔三〕明駝：木蘭詩：「願借明駝千里足，送兒還故鄉。」

〔四〕「鴛湖」三句：鴛湖，即嘉興南湖。屈大均至嘉興時常與諸詩友遊此。姑胥，即姑蘇。見買陂塘詞五首之五注。包山，見五彩結同答黄位北見餉姑蘇酒浸楊梅詞注。

〔五〕漁家子：指張志和漁歌子：「西塞山前白鷺飛，桃花流水鱖魚肥，青箬笠，緑蓑衣，和風細雨不須歸。」

〔六〕雪奴：即雪兒。李密家姬，善歌。古姬侍名中「兒」「奴」每混稱，如齊東昏侯潘妃小名玉兒，亦稱玉奴。見换巢鸞鳳蒲衣折梅歸餉贈之詞注。

〔七〕三白蕩：湖蕩名。在吴江蘆墟西北。由北三白、中三白、南三白三蕩組成，故名。屈大均松江答董子詩：「芳草緑深三白蕩，流鶯飛滿九芙蓉。」

〔八〕「多巨口」句：巨口鱸魚：指松江鱸魚。見買陂塘詞五首之五注。潑剌：魚躍聲。盧綸書情上大尹十兄詩：「海鱗方潑剌，雲翼暫徘徊。」

〔九〕范蠡香蒓：猶言五湖香蒓。以范蠡晚年遊于五湖也。見向湖邊采蒓詞注。

〔一〇〕醉李：一名「檇李」，李之一種，産于浙江，其果頂每有指甲刻狀裂痕，人稱「西施指痕」，故屈大均稱之爲越王醉李。

〔一一〕北堂：指母之居室。語本詩衛風伯兮：「焉得諼草，言樹之背？」毛傳：「背，北堂也。」詞中謂以友人所饋之美食奉母也。

點絳唇

愁逐春來，那知春蚤愁還蚤。一天煙草。祇有愁來道。　花落無多，不用東風掃〔一〕。留階好。玉顏誰保。一夕枝枝老。

【注】

〔一〕「花落」二句：邵棠山傍廢宅詩：「一庭野景無人管，時倩東風掃落花。」

謁金門

愁心亂。亂似風花千片〔一〕。帶雨含煙看不見〔二〕。正當春欲半。　更有淚飛如霰〔三〕。一夕江南都遍。垂柳垂楊穿一串。遊絲同不斷。

【注】

〔一〕「亂似」句：蘇軾和人回文五首詩其五：「多情妾似風花亂，薄倖郎如露草晞。」

〔二〕帶雨含煙：呂本中柳詩：「含煙帶雨過平橋，嫋嫋千絲復萬條。」

〔三〕淚飛如霰：江淹雜體詩李都尉陵從軍：「日暮浮雲滋，握手淚如霰。」

夢江南　六首

其一

悲落葉〔一〕，落葉落當春〔二〕。歲歲葉飛還有葉，年年人去更無人〔三〕。紅帶淚痕新〔四〕。

【箋】況周頤蕙風詞話卷五謂此組詞「哀感頑艷，亦復可泣可歌」。葉恭綽廣篋中詞卷一：「一字一淚。」惜陰堂匯刻明詞：「哀感頑艷，上儷騷竺，不與後主浪淘沙同傳耶？」朱庸齋分春館詞話：「寄意比興，極哀感悲慨。『落當春』三字，如哀猿淒引，蓋明亡于暮春，紹武政權亦覆滅于正月也。對句語更爲沉痛，『更無人』，謂明已無後矣。古來填此調者，以屈作最爲沈鬱深厚，即李煜『多少恨』一詞亦不能及也。」細味諸詞，亦當有悼亡之意。個人之悲與家國之恨合而爲一。

【注】

〔一〕悲落葉：蕭綜悲落葉詩：「悲落葉，落葉何時還。」

〔二〕「落葉」句：屈大均老矣詩：「舊葉當春落，新花向臘榮。時乎那可再，老矣淚空傾。」同此感慨。

〔三〕年年人去：岑參登古鄴城詩：「武帝宫中人去盡，年年春色爲誰來。」姜夔出北關詩：「年年人去國，夜夜月窺樓。」

〔四〕「紅帶」句：謂因懷人而淚濕衣帶也。「紅」字，似以喻朱明。温庭筠酒泉子詞：「羅帶惹香，猶繫别時紅豆。淚痕新，金縷舊。」

其二

悲落葉，葉落絶歸期〔一〕。縱使歸來花滿樹，新枝不是舊時枝〔二〕。且逐水流遲。

【箋】

況周頤蕙風詞話卷五：「末五字含有無限淒婉，令人不忍尋味，卻又不容已于尋味。」

【注】

〔一〕「葉落」句：傅玄雜詩三首之一：「落葉隨風摧，一絶如流光。」

〔二〕「縱使」二句：李白古風其十八：「前水復後水，古今相續流。新人非舊人，年年橋上遊。」無此沉痛。

其三

相別久，空與夢兒親〔一〕。已恨花房雙燕燕，還憎竹簟一人人〔二〕。有淚濕紅巾。

【注】

〔一〕「空與」句：戴叔倫將巡郴永途中作詩：「空將舊泉石，長與夢相親。」

〔二〕「已恨」二句：以燕之雙棲返襯人之獨宿。花房，花苞。白居易和微之春日投簡陽明洞天五十韻詩：「柳眼黄絲纇，花房絳蠟珠。」劉孝綽奉和湘東王應令詩春宵詩：「誰能對雙燕，暝暝守空牀。」全詞似本此意。又，屈大均依依詩：「影憐雙燕過，聲愛一鶯流。枕簟因君設，殷勤向小樓。」意亦近似。

其四

清淚好，點點似珠勻。蛺蝶情多元鳳子〔一〕，鴛鴦恩重是花神〔二〕。恁得不相親。

【注】

〔一〕「蛺蝶」句：梁簡文帝東飛伯勞歌：「翻階蛺蝶戀花情。」屈大均哭稚女雁詩：「令化麻姑蝴蝶飛，留與人呼小鳳子。」自注：「羅浮大蝴蝶，一名小鳳子，相傳麻姑遺衣所化。」

〔二〕花神：司花之女神。陸龜蒙和襲美揚州看辛夷花次韻詩：「柳疏梅墮少春叢，天遣花神別致功。」

其五

愁脈脈，最是暮春初。有夢花中爲蛺蝶〔一〕，無情月裏作蟾蜍〔二〕。不寄數行書〔三〕。

【注】

〔一〕「有夢」句：莊子齊物論：「昔者莊周夢爲蝴蝶。」齊己中春林下偶作詩：「花在月明蝴蝶夢。」

〔二〕「無情」句：初學記卷一引淮南子：「羿請不死之藥于西王母，姮娥竊以奔月，託身于月，是爲蟾蜍，而爲月精。」吴芾十六夜見月：「嫦娥何事太無情。」

〔三〕「不寄」句：杜甫寄高三十五詹事詩：「相看過半百，不寄一行書。」辛棄疾江城子別子似未章寄潘德久詞：「渾不寄，數行書。」

其六

紅茉莉〔一〕，穿作一花梳〔二〕。絲縷抽殘蝴蝶繭〔三〕，釵頭立盡鳳凰雛〔四〕。肯憶故人姝〔五〕。

【注】

〔一〕紅茉莉：陳景沂全芳備祖前集卷二五引蔣之奇詩：「佛香紅茉莉，番供碧玻璃。」周亮工書影卷五：「閩中獨有紅茉莉。」

〔二〕花梳：屈大均廣東新語卷二十五草語：「兒女子以彩絲貫之，素馨與茉莉相間，以繞雲髻，是曰花梳。」屈大均高廉雷三郡旅中寄懷道香樓内子詩：「珠掠盤明月，花梳間海棠。」自注：「東莞女子以珠圍髻，曰珠掠」，「以彩絲貫素馨、茉莉繞髻，曰花梳」。

〔三〕蝴蝶繭：屈大均廣東新語卷二十四：「大蝴蝶，惟羅浮蝴蝶洞有之。……其生以繭，繭中有一卵，小于雞子，重胎沁紫，包以烏桕木葉，絡以彩絲。……羅浮人喜以蝴蝶餉客，予入山必盈袖以歸。」屈大均賦得蝴蝶繭贈王黄門幼華詩：「千絲萬絲作一繭，仙胎衹爲鳳車結。」

〔四〕「釵頭」句：王嘉拾遺記卷九：「〔石崇〕使翔風調玉以付工人，爲倒龍之佩，縈金爲鳳冠之釵，言刻玉爲倒龍之勢，鑄金釵象鳳皇之冠。」宋人無名氏擷芳詞：「都如夢。何曾共。可憐孤似釵頭鳳。」

〔五〕「肯憶」句：古詩上山采蘼蕪：「新人雖言好，未若故人姝。」

南歌子 五首

其一

耳墜雙珠重〔一〕，眉拖半月長〔二〕。未笑口生香〔三〕。更簪花一朵，斷人腸。

【注】

〔一〕「耳墜」句：漢樂府陌上桑：「頭上倭墮髻，耳中明月珠。」薛師石紀夢曲：「雙眉淺淡畫春色，兩耳炫燿垂珠璫。」

〔二〕「眉拖」句：韓偓寄遠詩：「眉如半月雲如鬟。」屈大均贈香東詩：「青絲覆額如雲短，翠暈拖眉半月斜。」

〔三〕「未笑」句：韓玉臨江仙詞：「妝成那待粉，笑罷自生香。」

其二

額暖裝貂鼠〔一〕，頭高作鳳凰〔二〕。珠翠染花香。卻嫌人説道，似吳娘。

【校】

「似吳娘」，道援堂詞、屈翁山詩集作「是吳娘」。

【注】

〔一〕「額暖」句：以貂皮護額，爲滿族婦女之裝飾。唐順之古北口觀降夷步射復戲馬馳射至夜詩：「抹額貂皮並繫腰，胡婦赤脚胡兒履。」屈大均大都宮詞六首之六：「錦裝春菔艷，貂壓翠鬟低。」

〔二〕「頭高」句：滿族貴婦髮飾以高髻爲尚，如鳳凰展翅欲飛之狀，或插以鳳頭簪。

其三

屐齒沈香結，釵頭小鳳毛〔一〕。鬟濕桂花膏〔二〕。半妝猶未就〔三〕，弄檀槽〔四〕。

【注】

〔一〕「屐齒」二句：屈大均哭華姜詩一百首之五十二：「香裹奇南爲屐齒，花中么鳳作釵頭。」奇南，沈香之佳品。

〔二〕桂花膏：劉筠公子詩：「香桂膏濃曉未銷。」古代婦女以桂花油潤髮。

〔三〕半妝：半面妝。南史后妃傳：「妃以帝眇一目，每知帝將至，必爲半面妝以俟。」薛昭蘊離別難詞：「半妝珠翠落，露華寒。」詞中謂梳妝匆匆未就。

〔四〕檀槽：檀槽，指以紫檀木所作之槽，用以架絃。李賀感春詩：「胡琴今日恨，急語向檀槽。」詞中指琵琶。

其四

雪粉荼蘼製〔一〕，花梳茉莉裝〔二〕。衣更盡情香。消魂猶未了，向平康〔三〕。

【注】

〔一〕「雪粉」句：屈大均廣東新語卷十四食語「荼蘼露」條：「廣人多種荼蘼，動以畝計，其花喜烈日，當午澆灌則大茂，有細瓣而蕊三四卷者，有瓣粗而蕊一二卷者。有細心者，疏芒者，以甑蒸之取露。或取其瓣拌糖霜，暴之兼旬，以爲粉果心餡，名荼蘼角，甚甘馨可嗜。」以荼蘼露製荼蘼膏、荼蘼粉，女子用以化妝。

〔二〕「花梳」句：見夢江南六首之六注。

〔三〕平康：孫棨北里志海論三曲中事：「平康入北門，東回三曲，即諸妓所居。」

其五

珠淚成紅豆〔一〕，香心作彩雲〔二〕。更用好花薰。倩誰遥寄去，桂林君。

【箋】

末句疑有寓意。永曆帝曾駐蹕桂林。

【注】

〔一〕「珠淚」句：牛希濟生查子詞：「紅豆不堪看，滿眼相思淚。」屈大均以相思子喂相思與公漪聲遠分賦得思字詩：「無情清淚化，有恨美人知。」

〔二〕「香心」句：屈大均素馨花燈詩：「入夜光隨明月上，淩朝香化彩雲飛。丹心不共蘭膏燼，願照君王翡翠幃。」可爲全詞注脚。

蝶戀花

春流未滿愁蚕滿〔一〕。滿到天邊，暮雨還添滿。不識是愁將水滿。不知是水將愁滿。　分付東風吹稍緩。莫使春潮，祇送愁先返。愁返江南人未返。不如潮水從今斷。

【校】

此首道援堂詞、屈翁山詩集、全清詞闕。

【箋】

張維屏轉應曲書騷屑後寄吴石華時石華將歸：「騷屑。騷屑。一卷令人愁絶。是愁是水難知。惹得離人夢歸。歸夢。歸夢。多謝月兒相送。」自注：「華夫詞云：『不識是愁將水滿。不知是水將愁滿。』」

【注】

〔一〕「春流」句：李頎送皇甫曾遊襄陽山水詩：「風流滿今古，煙島思微茫。」樓鑰寄管叔儀通判並同官詩：「別離愁緒滿天涯。」

明月棹孤舟

恁似桃花容易醉〔一〕。芳顔拚、一春憔悴。怕見青山，芙蓉疊疊，爲似箇人雲髻〔二〕。　點點襟前紅是淚。涴教去、舊痕没計。乳燕誰家，啼鵑何代，忍説廢興詳細〔三〕。

【校】

此首道援堂詞、屈翁山詩集、全清詞闕。

【箋】

末韻見意。

【注】

〔一〕「恁似」句：王建長安春遊詩：「桃花紅粉醉。」

〔二〕「芙蓉」二句：劉得仁監試蓮花峰詩：「當秋倚寥泬，入望似芙蓉。」讀曲歌：「花釵芙蓉髻，雙鬢如浮雲。」

〔三〕「乳燕」三句：暗用劉禹錫烏衣巷詩意。白居易錢唐湖春行詩：「誰家新燕啄春泥。」王炎午沁園春詞：「且不知門外，桃花何代；不知江左，燕子誰家。」鄧剡唐多令詞：「説興亡、燕入誰家。」

滿宮花

最相思，樓上鏡。長帶一枝花影。嬌鶯定解夢湘東〔一〕，不向畫簾驚醒。淚染春箋紅雪瑩〔二〕。錦水桃花相映。回文書就字斜斜〔三〕，念與東風教聽。

【箋】

此當爲別後懷妻之作。所懷者似爲黎緑眉。

【注】

〔一〕「嬌鶯」句：湘東：梁湘東王蕭繹，有文才。太平廣記卷二百引孫光憲北夢瑣言韓守辭：「昔梁元帝爲湘東王時，好學著書，常記録忠臣義士及文章之美者。筆有三品，或以金銀雕飾，或用斑竹爲管。忠孝全者用金管書之，德行清粹者用銀筆書之，文章贍麗者以斑竹書之，故湘東之譽振于江表。」本詞中以自喻。屈大均哭華姜詩：「日出秦樓睡起遲，黄鶯啼殺海棠枝。湘東未得持斑管，先取豪犀理鬢絲。」同此用意。康熙十三年春，屈大均在湖南參與反清軍事行動，黎緑眉留居東莞。湘東一語，或有點出所在地之意。

〔二〕「淚染」句：意謂紅淚滴于箋紙上，如朵朵春花般鮮瑩。瑩，去聲。參見醉落魄詞「棠梨著淚成紅雪」句注。

〔三〕回文：晉書列女列傳竇滔妻蘇氏：「竇滔妻蘇氏，始平人也，名蕙，字若蘭。善屬文。滔，苻堅時爲秦州刺史，被徙流沙，蘇氏思之，織錦爲回文旋圖詩以贈滔。宛轉循環以讀之，詞甚淒惋，凡八百四十字。」吴兢樂府古題要解：「回文詩，回復讀之，皆歌而成文也。」屈大均後黄鵠操序云：「緑眉生有美才，能詩。」

攤破浣溪沙

莫怪匆匆是落花〔一〕。春來誰得久繁華。蝴蝶不知寒食後，向誰家〔二〕。　白髮自教成暮雪〔三〕，紅顔不解作朝霞〔四〕。送盡多情江上客〔五〕，一琵琶。

【注】

〔一〕「莫怪」句：劉鶚次韻詩：「節序匆匆又落花。」

〔二〕「蝴蝶」二句：王駕雨晴詩：「蛺蝶飛來過牆去，卻疑春色在鄰家。」韓淲南礀步入北礀詩：「正是冷煙寒食後，蝶飛飛去鳥關關。」

〔三〕「白髮」句：李白將進酒詩：「君不見高堂明鏡悲白髮，朝如青絲暮成雪。」

〔四〕「紅顔」句：黄省曾效陸士衡百年歌十首其二：「娶女盛飾如春華，紅顔含笑似朝霞。」

〔五〕「送盡」二句：白居易琵琶行：「潯陽江頭夜送客，楓葉荻花秋瑟瑟。」

唐多令

魂夢滿江飛。茫茫何處歸。和煙雨、千里霏微〔一〕。芳草不知人有怨，愁望處，祇萋萋。　不用接天低。王孫路已迷。恨羅裙、色映東西〔二〕。淚共風花相遠近，烏桕下，覓香閨。

【箋】

此首疑爲懷永曆帝之作。「王孫」一語見意。

【注】

〔一〕「和煙雨」句：楊冠卿自仙潭治歸舟呈王鷗盟：「江村煙雨暗霏微。」

〔二〕「王孫」二句：劉長卿春草宮懷古詩：「君王不可見，芳草舊宮春。猶帶羅裙色，青青向楚人。」見浪淘沙春草詞注。

桃源憶故人

輕煙漠漠春何處。試問水邊風絮。不分晚來疏雨。祇共芭蕉語。　愁將花信頻頻數〔一〕。畢竟春深多許。莫遣流鶯催汝。一夕過南浦〔二〕。

【注】

〔一〕「愁將」句：史達祖瑞鶴仙：「自簫聲、吹落雲東，再數故園花信。」

〔二〕南浦：楚辭九歌河伯：「送美人兮南浦。」江淹别賦：「送君南浦，傷如之何。」

柳梢青

點點相思，落花排就，更有長條。半繫江南，半牽江北〔一〕，盡作宮腰〔二〕。啼鵑祇爲前朝。幾滴血、棠梨共飄〔三〕。惱亂春山，白雲愁暮，明月愁朝〔四〕。

【箋】

「啼鵑」數句見悼明之意。

【注】

〔一〕「更有」三句：陳後主折楊柳二首之二：「長條黄復緑，垂絲密且繁。」王維送沈子歸江東詩：「楊柳渡頭行客稀，罟師蕩槳向臨圻。唯有相思似春色，江南江北送君歸。」長條，指楊柳枝。

〔二〕宮腰：黄庭堅觀化十五首其九：「柳似羅敷十五餘，宮腰舞罷不勝扶。」

〔三〕「啼鵑」二句：韓偓見花詩：「血染蜀羅山躑躅，肉紅宮錦海棠梨。」黄佐南園弔古用梨韻詩：「卻恨天津明月夜，杜鵑啼血上棠梨。」屈大均春盡詩：「紅餘杜宇無非血，白到棠梨不是花。」

〔四〕「白雲」二句：王建江南三臺四首之三：「朝愁暮愁即老，百年幾度三臺。」

夢江南

春望斷，日夕倚妝樓。江上春潮無信久〔一〕，春潮祇在鏡中流〔二〕。流作一天秋。

【校】

標題「夢江南」，底本、黄本、道援堂詞、屈翁山詩集、宣統本均作「夢江」，脱一「南」字。徑補。

【注】

〔一〕「江上」句：江上如期而至之潮，稱爲潮信。臨安志引高麗圖經：「潮汐往來，應期不爽，爲天下之至信。」顧愷之觀濤賦：「期必來以知信。」楊時梭山候潮詩：「誰言江上須忠信，潮到于今自失期。」即反用其意。

〔二〕「春潮」句：意謂對鏡梳妝時淚流如潮水。

離亭燕

漸到鷓鴣多處。愁作一天煙雨。芳草可憐千萬里，長共夕陽無主〔一〕。且莫返鄉關，已有斷魂飛去。　雲際片帆難駐。江上一竿誰許〔二〕。空妒白鷗來復往，恁得分他毛羽。掩淚似春山，終日濛濛洲渚。

【注】

〔一〕「芳草」二句：劉長卿送姚八之句容舊任便歸江南詩：「碧草千萬里，滄江朝暮流。」張泌河傳詞：「去程迢遞。夕陽芳草，千里萬里。雁聲無限起。」王漸逵登越王臺懷古詩：「寂寞行宫在何處，夕陽無主亂峰凝。」

〔二〕江上一竿：何夢桂和夾谷僉事題釣臺十首其二：「當年江上一竿青，老盡羊裘兩鬢星。」

酷相思　待潮

沙口寒潮來尚未。正天晚、吹霜氣。又蘭槳、前頭黄葉墜。一片也、離人淚〔一〕。兩片也、離人淚。　疊疊芙蓉如有意〔二〕。每爲我、添蒼翠。把十樣、蛾眉教盡記〔三〕。朝畫也、春山似。暮畫也、春山似。

【校】

此首道援堂詞、屈翁山詩集闕。

【注】

〔一〕「又蘭槳」二句：蘇軾水龍吟次韻章質夫楊花詞：「細看來、不是楊花，點點是、離人淚。」王實甫正宮端正好：「曉來誰染霜林醉？總是離人淚。」

〔二〕「疊疊」句：見明月棹孤舟詞注。

〔三〕「把十樣」句：本指女子之十樣妝眉，詞中以喻青山環繞。見掃花遊題蒲衣子濚廬詞注。

漁家傲

五五枝頭還十十。前帆已共寒鴉集〔一〕。數點殘陽猶在笠〔二〕。情悒悒。秋蟲未夕紛相泣〔三〕。　朵朵漁燈含霧濕。風吹忽似流螢立〔四〕。幾道星光穿水入。舟未及。沈沈戍影愁呼急。

【注】

〔一〕「五五」二句：漢樂府艷歌何嘗行：「飛來雙白鵠，乃從西北來。十十將五五，羅列行不齊。」

〔二〕「數點」句：劉長卿送靈澈上人：「荷笠帶夕陽，青山獨歸遠。」

〔三〕「秋蟲」句：毛幵好事近次韻葉夢錫陳天予南園作：「便恐歲華催去，聽秋蟲相泣。」

〔四〕「朵朵」二句：賀鑄壬申上元有懷金陵舊遊詩：「燈如流螢月如霜。」

霓裳中序第一

花殘委碧蘚。恨殺紅深和緑淺〔一〕。香冷啼痕猶暖。正蝶影煙沈，鶯歌風斷。春歸難緩。待與誰、尊酒持餞。人將老，玉顏未駐，要把翠娥選。衰損。求仙休晚。且導引、熊經一轉〔二〕。須知來日苦短。墜馬擎杯〔三〕，舞鸞弄管〔四〕。帝鄉應未遠〔五〕。早蠲愁、荒淫不返〔六〕。從師去，女生相逐〔七〕，玉女一行滿。

【校】

此首道援堂詞、屈翁山詩集、全清詞闕。「墜馬擎杯」前原衍「有」字，各本同，據詞律徑刪。

【注】

〔一〕「恨殺」句：曾鞏池上即席送況之赴宣城詩：「池上紅深緑淺時，春風蕩漾水逶迤。」

〔二〕導引熊經：黄帝内經素問異法方宜論：「其病多痿厥寒熱，其治宜導引按蹻。」王冰注：「導引，謂摇筋骨，動支節。」莊子刻意：「吹呴呼吸，熊經鳥申，爲壽而已矣。此導引之士，養形之人，彭祖壽考者之所好也。」成玄英疏：「吹冷呼而吐故，呴暖吸而納新，如熊攀樹而自懸，類鳥飛空而伸脚。」後漢書方術傳華佗：「是以古之仙者爲導引之事，熊經鴟顧，引挽腰體，動諸關節，以求難老。」

〔三〕墜馬：墜馬髻。即墮馬髻。後漢書梁冀傳：「（孫）壽色美而善爲妖態，作愁眉，啼妝，墮馬髻，折腰步，齲齒笑，以爲媚惑。」江總梅花落詩：「妖姬墜馬髻，未插江南璫。」詞中指美女。

〔四〕舞鸞：指舞女。元絳減字木蘭花：「舞鸞歌鳳。人面湖光紅影動。」

〔五〕帝鄉：仙鄉。莊子天地：「千歲厭世，去而上仙；乘彼白雲，至于帝鄉。」陶潛歸去來兮辭：「富貴非吾願，帝鄉不可期。」吴筠元日言懷因以自勵詒諸同志詩：「誰言帝鄉遠，自古多真仙。」

〔六〕荒淫不返：屈大均詩詞中「荒淫」一語，每有寓意。如賦得摇落深知宋玉悲詩：「感夢空勞天帝女，招魂不返水仙師。三閭哀怨多高弟，南楚荒淫總寓辭。」贈友詩：「湘纍亦寓言，荒淫爲九歌。」宋玉詩：「神女空魂夢，湘纍已别離。荒淫言是託，摇落氣何悲。」

〔七〕女生：魯女生，仙人名。見洞仙歌爲惠陽别駕俞君題揮翰圖圖有美人十三詞注。

歸去來　詠雨中山

生怕春眉人見。無物爲紈扇。煙雨濛濛教遮面〔一〕。天風外、似花顫。　十十二峰俄變〔二〕。笑神女、楚襄空薦〔三〕。風流但使詞人羨。荒淫好、諷中勸〔四〕。

【注】

〔一〕遮面：王建轉應詞：「團扇。團扇。美人病來遮面。」

〔二〕「十二峰」句：十二峰，指巫山十二峰。見傳言玉女巫峽詞注。

〔三〕「笑神女」句：宋玉高唐賦序：「昔者楚襄王與宋玉游于雲夢之臺，望高唐之觀，其上獨有雲氣。崒兮直上，忽兮改容，須臾之間，變化無窮。王問玉曰：『此何氣也？』玉對曰：『所謂朝雲者也。』王曰：『何謂朝雲？』玉曰：『昔者先王嘗游高唐，怠而晝寢，夢見一婦人曰：「妾，巫山之女也。爲高唐之客。聞君游高唐，願薦枕席。」王因幸之。去而辭曰：「妾在巫山之陽，高丘之阻，旦爲朝雲，暮爲行雨。朝朝暮暮，陽臺之下。」旦朝視之，如言。故爲立廟，號曰『朝雲』。』」

〔四〕「風流」二句：于濆巫山高詩：「宋玉恃才者，憑雲構高唐。自重文賦名，荒淫歸楚襄。峨峨十二峰，永作妖鬼鄉。」諷中勸，謂在規諷之辭中實有勸誘之意。史記司馬相如列傳：「揚雄以爲靡麗之賦，勸百風一，猶馳騁鄭衛之聲，曲終而奏雅，不已虧乎？」詞意謂宋玉之高唐賦，欲諷反勸，但使詞人不責楚襄王之荒淫，反而艷羨其風流韻事也。參見霓裳中序第一詞注。

五張機

五張機。千絲萬縷是相思〔一〕。春暖春寒郎不念，任教紅淚，染成桃瓣，點點污冰姿。

【校】此首道援堂詞、屈翁山詩集、全清詞闕。

【箋】宋人佚名九張機詞九首，後世多有擬作。九張機其五五張機云：「五張機。横紋織就沈郎詩。中心一句無人會，不言愁恨，不言憔悴，衹恁寄相思。」

【注】

〔一〕「千絲」句：九張機其二兩張機云：「兩張機。月明人静漏聲稀。千絲萬縷相縈繫。織成一段，回紋錦字，將去寄呈伊。」屈大均高廉雷三郡旅中寄懷道香樓内子詩：「可憐千萬縷，總是一相思。」

一斛珠

柳條休嚲〔一〕。朝朝攀折誰能那〔二〕。翠眉春共青山鎖〔三〕。多事嬌鶯，苦向枝間坐。　落絮紛紛時惹我。浮遊未化萍千朵〔四〕。嫌他雪點蒼苔破〔五〕。爲語東風，吹向池塘墮。

【箋】

丁紹儀國朝詞綜補録此詞。有小題「柳」。詞云：「煙籠雨裹。朝朝攀折渾無那。翠眉似共春山鎖。多事嬌鶯，愛向枝間坐。　三月春光如夢過。絮飛未化萍千朵。嫌他雪點蒼苔破。爲語東風，吹向池塘墮。」當爲後世妄改。

【注】

〔一〕「柳條」句：白居易酬鄭侍御多雨春空過詩三十韻詩：「楚柳腰肢嚲。」嚲，下垂貌。

〔二〕「朝朝」句：古有折柳贈别之俗。江總折楊柳詩：「春心自浩蕩，春樹聊攀折。」

〔三〕「翠眉」句：鄧剡滿江紅詞：「眉鎖嬌娥山宛轉。」

〔四〕「落絮」二句：柳絮化萍，見惜分飛詞注。

〔五〕雪點：指柳絮。蕭繹登江州百花亭懷荆楚詩：「柳絮飄晴雪。」

憶少年

青青芳草，青青楊柳，青青山色。愁人獨如雪，爲多情頭白〔一〕。鏡裏桃花曾太赤〔二〕。更何時、玉顏如昔。春光可長駐，奈醇醪無力。

【校】

此首道援堂詞、屈翁山詩集、全清詞闕。

【注】

〔一〕「愁人」二句：黄庭堅滿庭芳詞：「頭白早，多情易感。」

〔二〕鏡裏桃花：石孝友醜奴兒次韻何文成燈下鏡中桃花：「菱花鏡裏桃花笑。」

一斛珠

鷓鴣催我〔一〕。未十里、遲遲放舸。愁心不逐風吹過。落花誰那。偏向離人墮。

欲掩雨窗當晝臥。又前灘、狂濤聲作。滿江漁子争回柁。白鷗驚破。飛繞青山箇。

【注】

〔一〕「鷓鴣」句：鷓鴣啼聲「行不得也哥哥」。

殿前歡

鷓鴣雞。爲誰啼殺夕陽西〔一〕。一聲聲迸思鄉淚。雺灑香泥。茫茫客路迷。煙樹千重蔽。魂夢三春滯。花休艷艷，草莫萋萋。

【注】

〔一〕「鷓鴣」二句：鷓鴣雞，鷓鴣形似雞，故粵人每呼之爲鷓鴣雞。儋州有民謠名鷓鴣雞。杜甫遣懷詩：「夜來歸鳥盡，啼殺後棲鴉。」屈大均秣陵春望有作詩：「江南無路草萋萋，欲送王孫煙雨迷。幾度蘭舟行不得，鷓鴣偏向夕陽啼。」秋日自廣至韶江行有作詩：「鷓鴣啼殺未還家，煙雨瀧東失釣槎。韶石蒼蒼三十六，知君何處弔重華。」本詞亦當有同感。

明月逐人來　芙蓉影

流光如水。芙蓉初洗。玲瓏影、鏡中誰似。露華雺濕，多半寒相倚。甚處窺他新蕊。吹滿紅陰，生怕梧桐亂爾〔一〕。蕭疏處、螢穿未已。素飆偏早，催拒秋霜始〔二〕。乍褪殷勤結子。

【校】

此首道援堂詞、屈翁山詩集、全清詞闕。

【注】

〔一〕「生怕」句：皮日休雜體詩：「塘平芙蓉低，庭閒梧桐高。」葛長庚賀新郎詞：「芙蓉池館梧桐井。悄不知、今夕何夕。」芙蓉與梧桐均爲秋季節物，每同植于水邊，故影易相亂。

〔二〕「催拒」句：芙蓉又名拒霜花。屈大均廣東新語卷二十五：木語：「木芙蓉，本名拒霜，以其狀似芙蓉生于木，故曰木芙蓉。」蘇軾和陳述古拒霜花詩：「千林掃作一番黄，衹有芙蓉獨自芳。唤作拒霜知未稱，細思卻是最宜霜。」

風光好　荷葉

似田田〔一〕。似錢錢〔二〕。半作羅裙襯午眠〔三〕。緑香鮮〔四〕。　雙雙菡萏開花筆〔五〕。當蘭室。小楷曹娥代答箋〔六〕。女書仙〔七〕。田田，錢錢，辛稼軒妾，皆因姓而名之。

并善筆札，嘗代稼軒答尺牘。

【校】

此首道援堂詞、屈翁山詩集、全清詞闕。

【箋】

陶宗儀書史會要卷六：「田田、錢錢，辛棄疾二妾也。皆因有其姓而名之，皆善筆札，常代辛棄疾答尺牘。」

【注】

〔一〕田田：古樂府江南：「江南可采蓮，蓮葉何田田。」

〔二〕錢錢：韓琦九月四日會安正堂詩：「池萍漬雨錢錢密。」

〔三〕「半作」句：離騷：「製芰荷以爲衣兮，集芙蓉以爲裳。」王昌齡采蓮曲：「荷葉羅裙一色裁，芙蓉向臉兩邊開。」

〔四〕緑香：劉孝綽遥見美人采荷詩：「不辭紅袖濕，唯憐緑葉香。」

〔五〕「雙雙」句：菡萏，即荷花。詩陳風澤陂：「彼澤之陂，有蒲菡萏。」詞中謂荷花花蕾如筆頭之狀。

〔六〕「小楷」句：見錦纏道示小姬辟寒詞注。

〔七〕書仙：善書者之美稱。

賀聖朝

燭花莫剪隨開落。況同心梅萼。雙心花大，一心花小，盡卿斟酌。　霜風不使穿簾幕。怕芙蓉莖弱〔一〕。知他多事，更將膏火，多澆春脚〔二〕。

【校】

此首道援堂詞、屈翁山詩集、全清詞闕。

【注】

〔一〕芙蓉：蓮花。此以喻燭花。屈大均燭花詩「菡萏雙頭香未發」，一叢花燭花詞「風吹忽變芙蓉朵」，同此用意。

〔二〕春脚：語本王仁裕開元天寶遺事有脚陽春云：「宋璟愛民恤物，朝野歸美，時人咸謂璟爲『有脚陽春』。言所至之處，如陽春煦物也。」李昴英蘭陵王詞：「孤酌。住春脚。便彩局誰恢，寶軫慵學。」本詞中指燭臺之脚。下闋意謂風吹燭光，易溢膏油，流于燭臺之脚也。

惜雙雙令

蝶去蜂來如有語〔一〕。愁脈脈、無心聽汝。血淚多如許。亂飛紅豆如紅雨〔二〕。　矑中定長相思樹〔三〕。誰擊碎、珊瑚無數〔四〕。欲把絲千縷。盡穿試遣鶯銜去。

【校】

此首道援堂詞、屈翁山詩集、全清詞闕。

【箋】

此詞意悲情切，亦當有故國之思。

【注】

〔一〕「蝶去」句：毛文錫贊成功詞：「蜂來蝶去，任繞芳叢。」史學晚梅詩：「蝶子蜂兒應有語。」

〔二〕「亂飛」句：貫休將入匡山別芳晝二公二首之二：「紅豆樹間滴紅雨。」

〔三〕「矑中」句：矑，瞳人；矑中，謂眼中。牛希濟生查子詞：「紅豆不堪看，滿眼相思淚。」相思樹，李商隱相思詩：「相思樹上合歡枝，紫鳳青鸞共羽儀。」按，「血淚」數語，當從牛詞化出。

〔四〕擊碎珊瑚：世説新語侈汰：「石崇與王愷争豪，並窮綺麗以飾輿服。武帝，愷之甥也，每助愷。嘗以一珊瑚樹高二尺許賜愷，枝柯扶疏，世罕其比。愷以示崇，崇視訖，以鐵如意擊之，應手而碎。」此以喻紅豆。

憶少年

蕭蕭秋雨，蕭蕭落葉，凄涼如此。愁人欲歸去，奈雲山千里。　嘹嚦邊鴻空羨爾〔一〕。任雙棲、白蘋紅芷。長貧易漂泊，把恩情如水〔二〕。

【校】

此首道援堂詞、屈翁山詩集、全清詞闕。

【注】

〔一〕「嘹嚦」句：見荷葉杯雁詞注。

〔二〕「把恩」句：戴叔倫白苧詞：「君恩如水流不斷，但願年年同此宵。」屈大均哭侍妾梁氏文姞詩：「涕淚慚如水，恩情悔似山。」

驀山溪

濛濛細雨，未冷難成雪。幾日起乾風，但慘淡、吹黃林葉。玉顏憔悴，無酒與芙蓉〔一〕，朝似日，暮如霞，紅作胭脂妾。　鏡中人笑，華肉無多血〔二〕。辟穀苦留侯〔三〕，枉萎落，丹華燁燁〔四〕。英雄有恨，白首事難成，將好色，當求仙〔五〕，放誕過年月〔六〕。

【校】

此首道援堂詞、屈翁山詩集、全清詞闕。

【注】

〔一〕「玉顏」三句：意謂無酒可使憔悴之玉顏恢復青春之紅艷也。芙蓉，指女子之面。劉歆西京雜記卷二：「文君姣好，眉色如望遠山，臉際常若芙蓉，肌膚柔華如脂。爲人放誕風流，故悦長卿之才而越禮焉。」白居易長恨歌：「芙蓉如面柳如眉。」

〔二〕「華肉」句：陳實功外科正宗卷四：「黧黑斑者，水虧不能制火，血弱不能華肉。」意謂精血不足，憔悴瘦弱。

〔三〕「辟穀」句：史記留侯世家：「留侯（張良）從上擊代，出奇計馬邑下，及立蕭何相國，所與上從容言天下事甚衆，非天下所以存亡，故不著。留侯乃稱曰：『家世相韓，及韓滅，不愛萬金之資，爲韓報讎强秦，天下振動。今以三寸舌爲帝者師，封萬户，位列侯，此布衣之極，于良足矣。願棄人閒事，欲從赤松子遊耳。』乃學辟穀，道引輕身。」

〔四〕丹華煒煒：漢書禮樂志第二：「華煒煒十五：『華煒煒，固靈根。』」煒煒，光閃爍貌，光盛貌。

〔五〕「將好」二句：「好色」、「求仙」之語，在屈大均詩詞中每有特殊含義。如贈吴使君詩：「好色離騷似，求仙大藥成。奇懷真曠世，誰可話生平。」贈友詩：「三閭變風雅，好色成仙靈。」田三丈席上歌：「神仙肯作湘纍匹，往日人傳好色名。」華陰二蓮歌：「自古仙人多好色。」玉女峰觀洗頭盆作詩：「風雅洋洋多好色。」飲王氏漱園醉賦詩：「努力讀書與好色。」荔枝詩：「暮采蘭英朝采菊，從來好色一騷人。」蜀岡懷古詩：「好色以自强，山河誠敝屣。」同此感慨。可參見霓裳中序第一詞「荒淫不返」句注。

〔六〕放誕：南史檀超傳：「少好文學，放誕任氣。」杜甫寄題江外草堂詩：「我生性放誕，雅欲逃自然。」

解佩令

芙蓉不好。荼蘼不好。是桃花、根葉都好。來自秦淮，□似比、流鶯嬌小。怎消他、一枝裊裊。吴綾裁了〔一〕。越羅裁了〔二〕。怕鴛鴦、一對顛倒。刺繡多閒，儘一十、二時調笑〔三〕。寫蘭葩、未嫌太少。

【注】

〔一〕吴綾：吴地所産之絲綢，輕薄有紋彩。韓偓意緒詩：「口脂易印吴綾薄。」

〔二〕越羅：越地所産的絲綢，輕柔精緻。杜甫白絲行詩：「越羅蜀錦金粟尺。」

〔三〕一十二時：古代將一日分爲十二時。左傳昭公五年杜預注有夜半、鸡鸣、平旦、日出、食時、隅中、日中、日昳、晡時、日入、黄昏、人定等十二名目。漢代至近世以子、丑、寅、卯、辰、巳、午、未、申、酉、戌、亥十二支紀時。

虞美人

燈花并蒂紅蕖似。博得佳人喜〔一〕。門簾盡下怕風驚。催把蘭膏添滿到天明〔二〕。　雙敲暖玉圍棋子。賭取松花綺〔三〕。横陳直待汝南雞〔四〕。纔上牙牀卻又月沈西〔五〕。

【校】

此首道援堂詞、屈翁山詩集、全清詞闕。

【注】

〔一〕「燈花」二句：古人謂燈花爲喜兆。見一叢花燭花詞注。

〔二〕蘭膏：宋玉招魂：「蘭膏明燭，華鐙錯些。」

〔三〕「雙敲」二句：暖玉，亦稱「温玉」，材質細膩温潤之玉。黄衷寄劉梅國詩：「暖玉枰開憶共彈。」陳繼儒花朝詩：「暖玉棋消千日酒。」松花，松花紙。李石續博物志卷十載，唐元和中，元稹使蜀，營妓薛陶（濤）造十色彩箋相寄，稹于松花紙上題詩贈陶。二語謂佳人欲以圍棋之勝負賭取題詩也。

〔四〕横陳：横卧。宋玉諷賦：「内怵惕兮徂玉牀，横自陳兮君之旁。」沈約夢見美人詩：「立望復横陳，忽覺非在側。」汝南雞：汝南所産之雞，以善鳴稱。徐陵烏棲曲之二：「惟憎無賴汝南雞，天河未落猶争啼。」

〔五〕牙牀：飾以象牙之牀。牀之美稱。蕭子範落花詩：「飛來入斗帳，吹去上牙牀。」

十六字令

花。見爾如何不憶家。花雖好，争似臉邊霞〔一〕。

【校】

此首道援堂詞、屈翁山詩集、全清詞闕。

【注】

〔一〕臉邊霞：指女子臉上的胭脂或紅暈。韓偓詠手詩：「背人細撚垂煙鬢，向鏡輕勻襯臉霞。」張耒上元都下二首之一：「淡薄晴雲放月華，晚妝新暈臉邊霞。」

金菊對芙蓉 本意

香沁疏籬，菊英誰伴，芙蓉千瓣含煙。與鵝黄相映〔一〕，弄粉争妍。朱顔一日能三醉〔二〕，向白衣、笑更嫣然〔三〕。九華佳色，玉杯共泛〔四〕，不覺忘天〔五〕。折取插鬢翩翩。向酒家亂擲，勝似金錢〔六〕。與新辭芳艷，分付嬋娟〔七〕。長紅小白同低唱〔八〕，更一朵、當錦雙纏〔九〕。拒霜辛苦〔一〇〕，因公晚景，一倍相憐。

【注】

〔一〕鵝黄：謂菊花之色。洪适末利菊詩：「零露團佳色，鵝黄自一家。」

〔二〕「朱顔」句：芙蓉花隨時日而三變顔色，稱爲醉芙蓉。又有三日醉、一日醉之別。宋祁益都方物略記：「添色拒霜花，生彭、漢、蜀州，花常多葉，始開白色，明日稍紅，又明日則若桃花然。」屈大均廣東新語卷二十五木語「木芙蓉」條：「其重臺者多露，而顔色不定，一日三换，又稱三醉。將紅曰初醉，淺紅曰二醉，暮而深紅爲三醉，故亦曰酒芙蓉。又有添色芙蓉，初白花，次日稍紅，又次日深紅，又謂三日醉芙蓉。予詩：『芙蓉三日醉，菡萏一秋香。』」

〔三〕「向白」句：檀道鸞續晉陽秋恭帝：「王弘爲江州刺史，陶潛九月九日無酒，于宅邊東籬下菊叢中摘盈把，坐其側。未幾，望見一白衣人至，乃刺史王弘送酒也。即便就酌而後歸。」劉長卿九日登李明府北樓詩：「無勞白衣酒，陶令自相攜。」詞中亦以指用以泛花之酒。

〔四〕「九華」二句：九華佳色，指菊花。陶淵明九日閒居詩序：「余閒居，愛重九之名。秋菊盈園，而持醪靡由，空服九華，寄懷于言。」屈大均家園采菊詩：「陶公有秋菊，多贈九華枝。」陶淵明飲酒詩：「秋菊有佳色，裛露掇其英。泛此忘憂物，遠我遺世情。一觴雖獨進，杯盡壺自傾。」泛，謂泛菊。飲菊花酒，或以菊花置于酒杯中而飲。李嶠九日應制得歡字詩：「仙杯還泛菊，寶饌且調蘭。」

〔五〕忘天：莊子天地：「有治在人，忘乎物，忘乎天，其名爲忘己。忘己之人，是之謂入于天。」陶潛連雨獨飲詩：「故老贈余酒，乃言飲得仙。試酌百情遠，重觴忽忘天。」

〔六〕「向酒」二句：祖無擇九日陪舊參政蔡侍郎宴潁州西湖詩：「亂擲金錢和露菊。」

〔七〕「與新」二句：謂以芳艷之新詞分付歌妓演唱也。

〔八〕長紅小白：指各种顔色大小不同之花。李賀南園十三首其一：「花枝草蔓眼中開，小白長紅越女腮。」

〔九〕「更一」句：謂以花當作纏頭贈妓也。太平御覽卷八一五引唐書：「舊俗，賞歌舞人，以錦彩置之頭上，謂之『纏頭』。」杜甫即事詩：「笑時花近眼，舞罷錦纏頭。」白居易琵琶行詩：「五陵年少争纏頭，一曲紅綃不知數。」

〔一〇〕拒霜：屈大均廣東新語卷二十五：木語：「木芙蓉，本名拒霜，以其狀似芙蓉生于木，故曰木芙蓉。」

花犯

恨炎天，梅花少雪，凝脂未肥白〔一〕。玉寒珠熱。似倒掛南枝，么鳳無力〔二〕。故人欲寄春消息。躑躅那忍摘。怕蛺蝶、食殘黄蕊，團香歸粉翼〔三〕。仙姿亦復苦愁侵，憐他消瘦甚，神傷姑射〔四〕。膏沐少，天然好、免污顔色〔五〕。飛瓊女、月中不辨〔六〕，縞衣冷、相要同片石。唤翠羽、啾嘈歌罷，天明愁寂寂〔七〕。

【注】

〔一〕「凝脂」句：寫梅花蕾。袁説友和同年春日韻五首之四：「尤喜梅花未輕褪，枝頭一朵尚凝脂。」肥白，喻花蕾飽滿。郭之奇看花飲宋爾孚清齋得脈字詩：「可憐瘦白憐肥白。」梅花喜寒，廣東無嚴冬，故未能肥白也。

〔二〕「似倒」二句：見釵頭鳳二首注。

〔三〕「怕蛺」二句：團香，謂蜂蝶采花。辛棄疾踏莎行春日有感：「萱草齊階，芭蕉弄葉。亂紅點點團香蝶。」廣東冬日暖和，故仍有蛺蝶采花也。

〔四〕姑射：指仙人。莊子逍遥遊：「藐姑射之山有神人居焉，肌膚若冰雪，綽約若處子。」

〔五〕「膏沐」二句：張祜集靈臺二首之二：「卻嫌脂粉污顏色，淡掃蛾眉朝至尊。」

〔六〕「飛瓊」句：許飛瓊，西王母之侍女。見鳳簫吟緑珠詞注。屈大均荔支詩：「月中不辨赤瑛盤，笑攬飛瓊仔細看。」同此手法。

〔七〕「縞衣」三句：用龍城録中梅花典故。見應天長黄村探梅作詞「師雄」條注。縞衣，白衣人。即龍城録中「淡妝素服出迓師雄」之女子。吴文英高陽臺落梅：「離魂難倩招清些，夢縞衣、解佩溪邊。」相要，同相邀。世説新語文學：「（謝尚）即遣委曲訊問，乃是袁（宏）自詠其所作詠史詩，因此相要，大相賞得。」詞中亦有相伴、相賞之意。古人每以梅石并舉，亦常作梅石圖。啾嘈，形容喧雜細碎之鳥聲。

眉嫵　新月

喜纖纖鉤掛，淡淡痕生，初試素娥手〔一〕。未作瑶臺鏡，娟娟影，新眉隨意描就。

短長漫鬬〔二〕。想玉葱、殊未消瘦。最堪愛、宛轉畫樓前，半規映珠斗〔三〕。仙樣唐宮那有〔四〕。嘆玉蜍獨處，金兔無偶〔五〕。不死雖偷藥，淒涼甚、教人翻恨王母〔六〕。素娥未久。更兩宵、弓影全彀〔七〕。看三兩天狼〔八〕，光墜貫他左肘〔九〕。

【注】

〔一〕素娥：指姮娥。亦稱常娥、嫦娥。見湘春夜月詞注。王沂孫眉嫵新月：「畫眉未穩。料素娥、猶帶離恨。最堪愛、一曲銀鉤小，寶簾掛秋冷。」

〔二〕「短長」句：古代女子畫眉以競時尚。白居易代書詩一百韻寄微之詩：「時世鬬啼眉。」李商隱效徐陵體贈更衣詩：「楚腰知便寵，宮眉正鬬强。」李賀河南府試十二月樂詞十月詩：「長眉對月鬬彎環。」

〔三〕「半規」句：半規，謂新月之弧面半圓也。李新遊雲門山寺詩：「半規初月上觚棱。」珠斗，指北斗七星。

〔四〕「仙樣」句：仙樣，指素娥之眉樣。李商隱蝶詩：「壽陽公主嫁時妝，八字宮眉捧額黃。」羅虬比紅兒詩其三十二：「鏡前眉樣自深宮。」

〔五〕「嘆玉」二句：玉蜍，月中蟾蜍。金兔，月中兔。劉孝綽林下映月詩：「明明三五月，垂影當高樹。攢柯半玉蟾，裛葉彰金兔。」楊萬里聖筆石湖大字歌：「傳呼玉蜍吸銀浦，夥霜調冰澆月兔。」

〔六〕「不死」二句：淮南子覽冥訓曰：「羿請不死之藥于西王母，恒娥竊以奔月。」高誘淮南子注曰：「恒娥，羿妻。羿請不死之藥于西王母，未及服之，恒娥盜食之，得仙，奔入月中，爲月精也。」

〔七〕「更兩」句：意謂新月變成弓狀之弦月。蘇軾棲賢三峽橋詩：「瀲瀲半月彀。」彀，張弓。

〔八〕天狼：屈原九歌東君：「舉長矢兮射天狼。」王逸注：「天狼，星名。」蘇軾江城子密州出獵詞：「會挽雕弓如滿月，西北望，射天狼。」屈大均詩詞中之「天狼」每以喻清人。

〔九〕「光墜」句：謂射箭能貫其要害，令天狼光墜也。左肘：莊子至樂：「支離叔與滑介叔觀于冥柏之丘，昆侖之虛，黄帝之所休，俄而柳生其左肘，其意蹶蹶然惡之。」「自始合，而矢貫余手及肘。」

九張機

□春羅。蝶紅蝶白各花窠〔一〕。鮮花食盡難成繭〔二〕，何如蠶子，雌雄食葉，三日即成蛾。

【校】

此首道援堂詞、屈翁山詩集、全清詞闕。

【注】

〔一〕花窠：花叢、花團。葉適幽賞詩：「禪房理花窠，静與水石會。」

〔二〕「鮮花」句：猶紗窗恨詞「蜘蛛會織難成匹」之意，然更進一層。

侍香金童

雪瘦冰肥〔一〕，淡淡含春色。喜香暗、清寒人未識。蝶子偷將新蕊食。剩粉殘酥，爲留瑶席。　怕亂飛、片片隨風難自力。更寄語、多情休弄笛〔二〕。一朵鬢邊簪亦得。未許全枝，玉纖多摘。

【注】

〔一〕雪瘦冰肥：似謂樹上花少，而地上落花多。

〔二〕弄笛：古笛曲有梅花落之名。庾信楊柳歌：「欲與梅花留一曲，共將長笛管中吹。」

聲聲慢 聞城上吹螺

東西雁翅〔一〕，兩作飛樓，江間一片沈浮。四角嗚嗚，螺聲颯起高秋。淒涼尉佗臺上〔二〕，恨邊聲、飛滿炎州。風吞吐，盡秦關漢塞、處處含愁。絶似金笳催淚，與明妃、諸曲哀怨同流〔三〕。未曙頻吹，匆匆人馬難留。無邊戰魂驚起，逐行營、朝暮啾啾。那管得，一軍中、人盡白頭。

【注】

〔一〕雁翅：雁翅城。廣州城之東西二翼城。大德南海志：「魏瓘修築子城，周環五里。熙寧初，即州東古城遺址，築東城焉，廣袤四里。繼于子城之西，增築西城，周十里有三里一百八十步，高二丈四尺，是爲三城。爲門十有七。東南、西南隅築兩翅，臨海以衛城南居民，名曰雁翅城。上有樓觀，其東扁曰『番禺都會』，其西扁曰『南海勝觀』。登樓一覽，海山之勝，具在目前，亦一城壯觀也。」又，「雁翅城：嘉定三年，經略陳中書峴以州城之南爲一闤闠，無所捍蔽，創築東城，長九十丈，爲門一，西城長五十丈，敵樓共三十三間。」

〔二〕尉佗臺：屈大均廣東新語卷十七：「趙佗有四臺，其在廣州粵秀山上者，曰越王臺，今名歌舞岡。其在廣州北門外固岡上者，曰朝漢臺。岡形方正竣立，削土所成，其勢孤，旁無丘阜，蓋莖臺也，與越王臺相去咫尺。」

〔三〕「與明妃」句：石崇王昭君辭敘：「王明君者，本是王昭君，以觸文帝諱，故改之。匈奴盛，請婚于漢，元帝以後宫良家子明君配焉。昔公主嫁烏孫，令琵琶馬上作樂，以慰其道路之思，其送明君，亦必爾也。其造新曲，多哀怨之聲，故敘之于紙云爾。」

真珠簾　送杜十五不黨返淮安

南來不憚蠻天遠〔一〕，笑風流、解作瓊州香估〔二〕。多食女檳榔〔三〕，蚤已消蠶蠹〔四〕。廢著隨人殊未富〔五〕。問幾時、揮金如土〔六〕。遲暮。恨多日佯狂〔七〕，功名難取。

筋力枉負熊羆〔八〕，悔英雄未結、淮陰無伍〔九〕。且向釣魚臺，更一竿煙雨。天餓王孫應有意，教識得、城東仙嫗〔一〇〕。君去。看年少屠中，有誰欺汝。

【校】

此首道援堂詞、屈翁山詩集、全清詞闕。

【箋】

屈大均贈杜十五詩：「有恨長貧賤，無時且隱淪。」可知杜不黨當爲一逸民，以貨殖爲生。

【注】

〔一〕蠻天：蠻荒之天。此指嶺南。盧仝寄崔柳州詩：「柳州蠻天末，鄙夫嵩之幽。」

〔二〕瓊州香估：杜不黨時至海南販香。屈大均廣東新語卷二十六香語：「嶠南火地，太陽之精液所發，其草木多香，有力者皆降皆結而香。木得太陽烈氣之全，枝幹根株皆能自爲一香，故語曰：『海南多陽，一木五香。』海南以萬安黎母東峒香爲勝。其地居瓊島正東，得朝陽之氣又早，香尤清淑。」

〔三〕女檳榔：即母檳榔。粵人呼之曰「檳榔乸」。屈大均廣東新語卷二十五木語：「圓大者名母檳榔。」

〔四〕蠶蠱：文選鮑照苦熱行：「含沙射流影，吹蠱痛行暉。」李善注：「顧野王輿地志曰：『江南數郡，有畜蠱者，主人行之以殺人。行食飲中，人不覺也。』」鄭樵通志六書卷三：「造蠱之法，以百蟲置皿中，俾相啖食，其存者爲蠱。」傳説此存者體若蠶蠱，金黄色，因稱「蠶蠱」、「金蠶蠱」。高啟送流人詩：「食畏蠱家蠶。」屈大均廣東新語卷二十四蟲語「蠱」條：「愆期則蠱發，膨脹而死。」「飲食先嚼甘草，毒中則吐，復以甘草、姜煎水飲之，乃無患。」粵人稱患腹脹者爲「蠱脹」，檳榔有消食之功，故云「消蠶蠱」。

〔五〕廢著：賤買貴賣。著，買進，囤積。史記貨殖列傳：「子贛既學于仲尼，退而仕于衛，廢著鬻財于曹、魯之間，七十子之徒，賜最爲饒益。」索隱：「著音貯，漢書亦作『貯』，貯，猶居也。説文云：『貯，積也。』」

〔六〕揮金如土：周密齊東野語卷二：「揮金如土，視官爵如等閒。」

〔七〕佯狂：韓詩外傳卷六：「比干諫而死。箕子曰：『知不用而言，愚也；殺身以彰君之惡，不忠也。二者不可，然且爲之，不祥莫大焉。』遂被髮佯狂而去。」

〔八〕「筋力」句：謂負卻男兒身手也。詩小雅斯干：「維熊維羆，男子之祥。」

〔九〕淮陰無伍：史記淮陰侯列傳：「（韓）信常過樊將軍噲，噲跪拜迎送，言稱臣，曰：『大王乃肯臨臣。』信出門笑曰：『生乃與噲等爲伍。』」詞意謂杜十五雖有大才而無相得之友。

〔一〇〕「天餓」二句：史記淮陰侯列傳：「信釣于城下，諸母漂，有一母見信饑，飯信，竟漂數十日。信喜，謂漂母曰：『吾必有以重報母。』母怒曰：『大丈夫不能自食，吾哀王孫而進食，豈望報乎！』」仙嫗，指漂母。

菩薩蠻

一春融暖無多日。愁花怨草都含泣〔一〕。煙雨解欺人。貂裘典莫頻〔二〕。

清明看漸近。鶯燕來相問。風已幾多番。春殘尚恁寒。

【注】

〔一〕愁花怨草：楊適南歌子送淮漕向伯恭詞：「怨草迷南浦，愁花傍短亭。」

〔二〕「貂裘」句：劉歆西京雜記卷二：「司馬相如與卓文君還成都，居貧愁懣，以所著鷫鸘裘就市人陽昌貰酒，與文君爲歡。」晉書阮孚傳：「(孚)遷黄門侍郎散騎常侍，嘗以金貂换酒，復爲所司彈劾。」劉禹錫武昌老人説笛歌：「當時買材恣搜索，典卻身上烏貂裘。」

月照梨花

天氣，初暖。簾簾都捲。碧草多情，隨人近遠〔一〕。黄蝶白蝶依依。逐花飛。

春歸祇有飛花送。煙輕雨重〔二〕。片片風相弄。乳鶯銜去休太頻〔三〕。頻使愁人。淚霑巾。

【注】

〔一〕「碧草」二句：郭祥正芳草渡詞：「芳草多情不變常，行人自去無消息。」舒亶木蘭花蔣園口號詞：「秋千寂寂垂楊岸。芳草緑隨人漸遠。」

〔二〕煙輕雨重：張雨蝶戀花新柳：「一縷柔情能斷否。雨重煙輕，無力縈窗牖。」

〔三〕「乳鶯」句：左掖梨花詩：「黄鶯弄不足，銜入未央宫。」

摸魚兒　柬友

送春帆、聖湖歸好〔一〕，苦寒還欲君駐。消魂一路多煙草，況復亂絲風絮。誰爲主。葭菼際、雕胡但向漁人取〔二〕。流鶯未老。且花卧浮丘〔三〕，月吟香瀨〔四〕，嬉爾小兒女。　王孫志〔五〕，一劍縱横未許〔六〕。屠沽休説欺汝〔七〕。江山一任無人管，自有幾雙鷗鷺。君莫去。還就我、扶胥北岸題詩處〔八〕。低斟桂露〔九〕。待蘭畹編成〔一〇〕，玉杯書畢〔一一〕，始問庾關路〔一二〕。

【校】

此首道援堂詞、屈翁山詩集闕。

【注】

〔一〕聖湖：明聖湖。指杭州西湖。田汝成西湖遊覽志西湖總敘：「西湖，故明聖湖也。」「漢時，金牛見湖中，人言明聖之瑞，遂稱明聖湖。」屈大均送琴客詹大生丈詩：「聖湖明月夜，愁絶一人尋。」

〔二〕雕胡：雕胡，即茭白。其籽實即菰米，可作飯，稱雕胡飯。李白宿五松山下荀媪家詩：「跪進雕胡飯，月光明素盤。令人慚漂母，三謝不能餐。」

〔三〕浮丘：見洞仙歌浮丘石上作詞注。

〔四〕香瀨：此指香浦，即沈香浦。在廣州西郊珠江畔。王象之輿地紀勝卷八十九：「沈香浦，在南海石門。吴隱之投香于水，舊有亭曰沈香。」

〔五〕王孫志：見真珠簾送杜十五不黨返淮安詞注。

〔六〕一劍縱橫：唐庚上張安撫詩：「一劍縱横敵萬夫，少年功業負雄圖。」

〔七〕「屠沽」句：史記淮陰侯列傳：「淮陰屠中少年有侮信者，曰：『若雖長大，好帶刀劍，中情怯耳。』衆辱之曰『信能死，刺我；不能死，出我胯下。』于是信孰視之，俯出袴下，匍匐。一市人皆笑信，以爲怯。」

〔八〕扶胥：扶胥鎮，在廣州城東珠江畔，今之廟頭村。仇巨川羊城古鈔卷三「南海神廟」：「在城東南扶胥之口，黄木之灣。廟中有波羅樹，又臨波羅江，故世稱波羅廟，祀南海神。」南海神廟右小山屹立，上有浴日亭，爲古來觀日出之最勝處。宋、元二代之羊城八景，均有「扶胥浴日」一景。

〔九〕桂露：吴均秋念詩：「箕風入桂露，璧月滿瑶池。」

〔一〇〕蘭畹：詞總集名。北宋孔夷編，已佚。王灼碧雞漫志卷二：「蘭畹曲會，孔寧極先生之子方平所集。」是書宋本又作蘭畹曲集。洪邁容齋隨筆四筆卷一三：「予家舊有建本蘭畹曲集，載杜牧之一詞。」吴訥唐宋名賢百家詞録南唐馮延巳陽春集一卷，于鵲踏枝詞下按云：「蘭畹集作歐陽永叔者。非。」元好問贈答張教授仲文詩：「夜聞歎聲無處覓，疑作金荃怨曲蘭晼辭。」

〔二〕玉杯：董仲舒春秋繁露有「玉杯」篇。屈大均極重視此篇，詩中多次提及，其贈王璞庵移居詩有「羽翼春秋且玉杯」之語。

〔三〕庾關路：指自廣東北歸之路。見念奴嬌追和龔蘅圃喜予移家白門之作詞注。

酒泉子

一片愁心，消得幾多明月，越羅露下不勝寒。尚憑欄。　棲烏與爾最相干〔一〕。夜夜爲儂啼苦，白頭誰作故人看。勸加餐。

【校】

此首道援堂詞、屈翁山詩集闕。

【注】

〔一〕「棲烏」三句：屈大均啼烏曲：「烏烏爾並棲，辛苦爲儂啼。啼到儂頭白，郎歸自隴西。」

霜天曉角 二首

其一

鏡中人老。鏡外人難好。階下紫蘭紅蕙，須教變、長生草〔一〕。　蝶香多在粉，拾來和藥擣。多取異花薰炙，料得使、朱顏保。

【注】

〔一〕長生草：古稱長生草者有卷柏、獨活、枸杞等。王十朋長生草：「草有長生者，無根葉自抽。秦皇不知此，誤向海山求。」洪适山居二十詠其一十六長生草：「經時久枯槁，得水即青葱。起死醫無藥，返魂香有功。」則爲卷柏。卷柏又有九死還魂草、萬年松之别名。

其二

飛飛榆莢。片片連花葉。欲買舊愁新恨〔一〕，頻移步、風前拾。　拾來眉上貼，勾引雙雙蝶〔二〕。多少碧桃紅杏〔三〕，不得上、胭脂靨。

【注】

〔一〕「飛飛」三句：鄭谷苔錢詩：「雨後無端滿窮巷，買花不得買愁來。」方千里丁香結詞：「青青榆莢滿地，縱買閒愁難盡。」

〔二〕「勾引」句：辛棄疾念奴嬌用韻答傅先之詞：「丁寧黄菊，未消勾引蜂蝶。」

〔三〕碧桃紅杏：高蟾下第後上永崇高侍郎詩：「天上碧桃和露種，日邊紅杏倚雲栽。」

菩薩蠻

妝成未肯離明鏡。嫌他鎮日含花影〔一〕。輕罩海人紗〔二〕。休令生片霞。

鬢邊空戴葉。免惹雙蝴蝶。忘上口脂來。菱花行又開〔三〕。

【校】

此首道援堂詞、屈翁山詩集闕。

【注】

〔一〕花影：菱花影，鏡影。庾信鏡賦：「照日則壁上菱生。」謂以銅鏡映日，則發光影如菱花。因稱「菱花鏡」。駱賓王王昭君詩：「古鏡菱花暗，愁眉柳葉顰。」魏承班菩薩蠻詞：「玉容光照菱花影。」

〔二〕海人紗：指鮫綃。干寶搜神記卷十二：「南海之外，有鮫人，水居如魚，不廢織績，其眼泣，則能出珠。」任昉述異記卷上：「蛟人即泉先也，又名泉客。南海出蛟綃紗，泉先潛織，一名龍紗，其價百餘金。以爲入水不濡。南海有龍綃宫，泉先織綃之處，綃有白之如霜者。」屈大均贈郭皋旭詩：「蚌生珠子樹，龍織海人紗。」

〔三〕菱花：指鏡。劉禹錫和樂天以鏡換酒詩：「把取菱花百鍊鏡，换他竹葉十旬杯。」詞中謂開鏡匣。

河瀆神

祠口對浮羅〔一〕。攀枝紅映江波〔二〕。女蠻春賽祝融多。數聲銅鼓相和〔三〕。

潮去潮來蘭槳便。龍氣時時驚見。蜆簝魚籃朝散〔四〕。鬬歌風外難斷〔五〕。

【校】

此首道援堂詞、屈翁山詩集、全清詞闕。

【箋】

此詞爲詠南海神廟者。廟創建于隋開皇十四年。韓愈南海神廟碑記曰：「考于傳記，而南海神次最貴，在東西北三河伯之上，號爲祝融。」屈大均廣東新語卷六神語云：「南海之帝實祝融，祝融火帝也，帝以南嶽，又帝以南海。』「南海神廟在波羅江上，建自隋開皇年，大門内有宋太宗碑、明太祖高皇帝碑，其在香亭左右，則列宗御祭文，使臣所勒者也。韓昌黎碑在東廊，宋循州刺史陳諫重書，神自唐開元時，祭典始盛，嘗册尊爲廣利王。」

【注】

〔一〕浮羅：浮山與羅山。指羅浮山。

〔二〕攀枝：攀枝花，即木棉。屈大均廣東新語卷二十五木語：「木棉，高十餘丈，大數抱，枝柯一一對出，排空攫拏，勢如龍奮。正月發蕾，似辛夷而厚，作深紅、金紅二色，蕊純黄六瓣，望之如億萬華燈，燒空盡赤，花絶大，可爲鳥窠。」「葉在花落之後，葉必七，如單葉茶。未葉時，真如十丈珊瑚，尉佗所謂烽火樹也。予詩：『十丈珊瑚是木棉，花開紅比朝霞鮮。天南樹樹皆烽火，不及攀枝花可憐。』」

〔三〕「女鑾」二句：女鑾，猶言鑾女。祝融，屈大均廣東新語卷六神語「祝融兼爲水火之帝也。其都南嶽，故南嶽主峰名祝融。其離宫在扶胥。」「祝融，赤帝也。淮南子云：『南方之極，自北户之界至炎風之野，赤帝祝融之所司是也。』」廣東舊俗，每年二月十三日爲祝融生日，稱南海神誕，又稱「波羅誕」，一連三日，士女集于南海神廟獻祭。劉克莊即事詩：「香火萬家市，煙花二月時。居人空巷出，去賽海神廟。」銅鼓，屈大均廣東新語卷十六器語「銅鼓」條：「南海神廟有二銅鼓，大小各一。」「歲二月十三，祝融生日，粤人擊之以樂神。其聲闐鞈鏗鎗，若行雷隱隱，聞于扶胥江岸二十餘里。近則聲小，遠乃聲大，神器也。」

〔四〕蜆箩：箩，廣東漁家取蜆之竹器。屈大均廣東新語卷二十三介語：「凡取蜆之蛋曰蜆箩，取蝦之蛋曰蝦籃，其富者則出洋皮取大魚。蜆之利以白蜆塘爲最，豪右家擅奪海中深澳以爲塘。白蜆之所生，或多或少，視其人造化所至。蛋人佃其塘以取白蜆，亦復如之。故諺曰：『今年白蜆多，蛋家銀滿箩。』」詞中指取蜆之蛋人。魚籃：盛魚之竹籃。劉摯次韻跂踖登護法院澄心亭：「魚籃腥邑市，俚語雜山禽。」詞中指取魚之蛋人。

〔五〕鬬歌：陳獻章村晚：「漁笛狂吹失舊腔，采菱日暮鬬歌長。」參見人月圓「劉家三妹」句注。

露華 白牡丹

素妝淡淡。喜絶代瓊姿，皎皎難染。路入庾關，能見梅花無忝〔一〕。一枝不必姚黄〔二〕，已奪越娘光艷〔三〕。炎天熱，瓊臺夜深〔四〕，牖户休掩。　盈盈半壓朱檻。正浣出天香〔五〕，珠露微點。笑謝洛陽花估，國色長占。向暖稍展氍毹〔六〕，更使玉人勻臉〔七〕。當影坐，銜杯共對不厭。

【注】

〔一〕「路入」二句：庾關，梅關。白氏六帖梅部：「大庾嶺上梅，南枝落，北枝開。」

〔二〕姚黄：歐陽修洛陽牡丹記：「姚黄者，千葉黄花，出于民姚氏家。此花之出，于今未十年。」

〔三〕「已奪」句：陳樵次周剛善僧房牡丹韻詩：「色奪人間艷，香從天上來。」

〔四〕瓊臺：玉臺，精美之臺。楊羲九華安妃見降口授作詩：「雲闕豎空上，瓊臺聳鬱羅。」

〔五〕天香：李正封詠牡丹詩：「國色朝酣酒，天香夜染衣。」

〔六〕氍毹：指歌舞時鋪地之花氈。岑參田使君美人舞如蓮花北鋋歌：「高堂滿地紅氍毹，試舞一曲天下無。」

〔七〕匀臉：女子以妝粉匀面。吴融和張舍人詩：「杏花向日紅匀臉，雲帶環山白繫腰。」

漁家傲　水仙

遠自姑蘇來藥市〔一〕。莖莖抽出凌波子〔二〕。六瓣冰開寒若水。純黄蕊。香中微帶人間膩。　朵大梅花應不似。葉長祇爲多泥滓。月有精華都與爾。清泠裏。衣裳一一生霜氣〔三〕。

【校】

此首道援堂詞、屈翁山詩集、全清詞闕。

【注】

〔一〕「遠自」句：廣東不產水仙，花市所售者皆從江南販運而來。屈大均水仙嘆亦有「往年水仙從吴來」之語。藥市，指羅浮之藥市。屈大均廣東新語卷二地語：「粤東有四市，一曰藥市，在羅浮山沖虚觀左，亦曰洞天藥市。有擣藥禽，其聲叮鐺如鐵杵臼相擊。一名紅翠，山中人視其飛集之所，知有靈藥。羅浮故多靈藥。」

〔二〕淩波子：指水仙花。黄庭堅王充道送水仙花五十枝欣然會心爲之作詠：「淩波仙子生塵韈，水上輕盈步微月。」

〔三〕「衣裳」句：路洵美夜坐詩：「草木露華濕，衣裳寒氣生。」

點絳唇　素馨花燈

忙殺珠娘〔一〕，未開已上花田渡〔二〕。鬢邊分取。燈作玲瓏去。　人氣添香，香在光多處。天休曙。熟花方吐。多多成煙霧。

【校】

此首道援堂詞、屈翁山詩集、全清詞闕。

【箋】屈大均廣東新語卷二十七草語：「花又宜作燈。雕玉鏤冰，玲瓏四照，遊冶者以導車馬。故楊用修云：『粵中素馨燈，天下之至艷者。』」「秋冬作火清醮，則千門萬户皆掛素馨燈。結爲鸞鳳諸形，或作流蘇，寶帶葳蕤。」

【注】

〔一〕珠娘：見踏莎行「身是珠娘」句注。

〔二〕花田渡：指花渡頭。屈大均廣東新語卷二十七草語：「珠江南岸，有村曰莊頭，周里許悉種素馨，亦曰花田。率以昧爽往摘，以天未明見花而不見葉，其稍白者，則是其日當開者也。既摘覆以濕布，毋使見日，其已開者則置之不摘，花客涉江買以歸。」「廣州有花渡頭，在五羊門南岸，廣州花販，每日分載素馨至城，從此上舟，故名花渡頭。花，謂素馨也。花田亦止以素馨名也。」

臨江仙　燈花

香篆氤氲簾影内〔一〕，蘭釭正作重臺〔二〕。雙心合作一心開。芙蓉無種，春自火中來〔三〕。

光暗不將銀箸剔〔四〕，貪他再結仙胎〔五〕。殷勤拾取落花煤。油污玉指，小印定瓷杯〔六〕。

【校】

此首道援堂詞、屈翁山詩集、全清詞闕。

【注】

〔一〕香篆：指焚香所起之煙縷。以其曲折如篆文，故稱。李之儀次韻圭首座詩：「陰重爐紅欲雪天，氤氳香篆不藏煙。」范成大社日獨坐詩：「香篆結雲深院静，去年今日燕來時。」

〔二〕重臺：屈大均廣東新語卷二十五木語：「花上復有花者，重臺也。」

〔三〕「芙蓉」二句：芙蓉，蓮花。此喻燈花。維摩經佛道品：「火中生蓮花，是可謂稀有。」元稹生春二十首之四：「何處生春早，春生曙火中。」

〔四〕「光暗」句：唐彦謙無題十首其六：「滿園芳草年年恨，剔盡燈花夜夜心。」

〔五〕仙胎：漢書揚雄傳上：「椎夜光之流離，剖明月之珠胎。」顔師古注：「珠在蛤中若懷妊然，故謂之胎也。」燈花結成珠狀，故云。按，道教有「結胎仙」之説。内丹術中以汞鉛喻水火，養時謂之胎，結而爲内丹，所成之象，稱爲玄珠。白玉蟾快活歌：「火力綿綿九轉後，藥物始可成胎仙。」陳楠翠虚篇羅浮翠虚吟：「速須下手結胎仙，朗吟歸去蓬萊天。」屈大均臨江仙折梅贈内子詞：「同心緑蕚總重臺。鳳餐珠蕊結仙胎。」「結仙胎」，則揉合珠胎与胎仙兩典。

〔六〕定瓷：定窑所産之瓷器。定窑與汝窑、官窑、鈞窑、哥窑合稱宋代五大名窑。胡應麟白榆歌别司馬汪公歸婺中詩：「定瓷博山焚妙香。」

東風第一枝　桃花

宿雨初晴，林煙尚濕，舊花又吐新蕊。儘他人面争紅〔一〕，莫道艷妝未似。露華凝滿，是西華、明星漿水〔二〕。愛玉盞、盛取芳馨，暖處自成沈醉。　將數朵、笑分媚子〔三〕。和葉葉、半簪雲髻。饋餘兒女嬌容〔四〕，更染細綾繡被。黄鶯休掠，令片片、香霑泥滓。向屋角、更種多株，灌溉恐煩鄉里。

【校】

此首道援堂詞、屈翁山詩集、全清詞闕。

【注】

〔一〕「儘他」句：崔護題都城南莊詩：「去年今日此門中，人面桃花相映紅。」

〔二〕「是西華」句：西華，華山。華山有明星峰。明星，亦仙女名。太平廣記卷五九引集仙録云：「明星玉女者，居華山，服玉漿，白日升天。」語意相關。明星漿水，謂玉漿，此以喻露水。

〔三〕媚子：指所親愛之人。見淒涼犯再弔榆林中忠義詞注。

〔四〕靧容：洗臉。春日以桃花和雪水洗小兒面，可使之有華容。太平御覽卷二十引虞世南史略：「北齊盧士深妻，崔林義之女，有才學，春日以桃花靧兒面。呪曰：『取紅花，取白雪，與兒洗面作光悦。取白雪，取紅花，與兒洗面作光澤。取雪白，取花紅，與兒洗面作華容。』」毛滂春詞：「靧面桃花有意開，光風轉蕙日徘徊。」屈大均洪兒詩：「描書斑管細，靧面碧桃殘。」

點絳脣 淡紅梅

背有微紅，絳桃一半爲根蔕。幼姿偏麗。種得纔三歲。　漏泄年光〔一〕，心吐香難制。花雖細。弄人多計。不惜胭脂淚〔二〕。

【校】

此首道援堂詞、屈翁山詩集、全清詞闕。

【注】

〔一〕「漏泄」句：晏殊滴滴金詞：「梅花漏泄春消息。」

〔二〕胭脂淚：李煜相見歡詞：「胭脂淚。相留醉。幾時重。自是人生長恨水長東。」陳允平滿路花詞：「猶有疏梅，歲寒獨伴高節。鮫綃羅帕，淚灑胭脂血。」

怨三三 鹿葱

三山巷口掣花籃〔一〕。祇買宜男〔二〕。朶朶凌朝喜半含〔三〕。髻鬟上、可雙簪。
休教鹿子來銜〔四〕。這萱草、根莖總甘〔五〕。好黛色重添。和伊争緑，掩映江南。

【箋】

廣群芳譜卷四十六：「葱色頗類萱，但無香爾。鹿喜食之，故以命名。然葉與花莖，皆各自一種，萱葉緑而尖長，鹿葱葉團而翠緑，萱葉與花同茂，鹿葱葉枯死而後花。萱一莖實心，而花五六朶節開；鹿葱一莖虚心，而五六朶花並于頂；萱六瓣布光，而鹿葱七、八瓣。本草注『萱』云：『即今之鹿葱。』誤。」屈大均廣東新語卷二十七草語：「鹿葱先食其苗，次食其花，可以和胃，可以忘憂，鹿之葱勝于人之葱也。」

【注】

〔一〕三山巷：三山，在今廣東佛山南海，爲珠江中之小島，上有三座小山。三山巷在三山之西麓。

〔二〕宜男：藝文類聚卷八一引嵇含宜男花賦序：「宜男，多植幽皋曲隰，或寄華林玄圃，荆楚之士，號曰鹿葱。」

〔三〕淩朝：正當清晨。吴均酬聞人侍郎别詩三首其一：「淩朝憩枉渚，薄暮遵江洲。」

〔四〕「休教」句：本草綱目卷十六「萱草」條云：「其苗烹食，氣味如葱，而鹿食九種解毒之草，萱乃其一，故又名鹿葱。」沈約詠鹿葱詩：「野馬不任騎，兔絲不任織。既非中野花，無堪麕麚食。」

〔五〕「這萱」句：前人多誤以鹿葱爲萱草。陳詠全芳備祖卷二十六「萱草花」條：「一名鹿葱，一名宜男草。」趙彦衛雲麓漫鈔卷四：「本草經云：『萱，一名忘憂，一名鹿葱。』周處風土記云：『懷妊婦佩其花則生男。』故名宜男。」屈大均亦沿此誤。

惜秋華　木芙蓉

莫拒秋霜，任重臺獨瓣，紅衣都染。乍得露華，新妝更添嬌艷。凌晨已作酡顔〔一〕，醉滴滴、天漿未厭〔二〕。堪念。念芙蓉製裳，湘纍得占〔三〕。　朵朵暮還斂。待明朝醒解，把薄脂重點。恨水淺。照不徹、鏡雲微掩。何人見爾關情，折數枝、寄來相賺。那敢。怕鴛鴦、露棲葭菼〔四〕。

【箋】屈大均廣東新語卷二十五：「木芙蓉，本名拒霜，以其狀似芙蓉生于木，故曰木芙蓉。」

【注】

〔一〕酡顔：飲酒後臉紅貌。此指木芙蓉之色。

〔二〕天漿：此指露水。周必大四次韻詩：「祇因瑞露酌天漿，解後移尊赴晚涼。」

〔三〕「念芙」二句：離騷：「製芰荷以爲衣兮，集芙蓉以爲裳」。湘纍，指屈原。見輪臺子粤秀山麓經故太僕霍公池館作詞注。

〔四〕葭菼：猶言「葭菼」，即蘆葦。詩衛風碩人：「葭菼揭揭。」毛傳：「葭，蘆；菼，薍也。」孔疏：「初生者爲菼，長大爲薍，成則爲萑。」

錦帳春　檳榔

花發房中，子生房外。一顆顆、來從瓊海〔一〕。帶花餐，連葉嚼〔二〕，喜顔紅十倍〔三〕。胭脂能代。　大把鹹分，小將乾配〔四〕。盡兒女、長盈繡袋〔五〕。汁須吞，渣莫吐〔六〕，添香灰至再。餘甘還愛。

【箋】屈大均廣東新語卷二十五木語有專節細述檳榔，可參看。

【注】

〔一〕來從瓊海：屈大均廣東新語卷二十五木語：「檳榔，産瓊州，以會同爲上，樂會次之，儋、崖、萬、文昌、澄邁、安定、臨高、陵水又次之，若瓊山則未熟而先采矣。會同田腴瘠相半，多種檳榔以資輸納，諸州縣亦皆以檳榔爲業，歲售于東西兩粤者十之三。」

〔二〕「帶花」二句：屈大均廣東新語卷二十五木語：「（檳榔）三四月花開絶香，一穗有數千百朵，色白味甜，雜扶留葉、椰片食之，亦醉人。」

〔三〕「喜顔紅」句：屈大均廣東新語卷二十五木語：「（檳榔）入口則甘漿洋溢，香氣薰蒸，在寒而暖，方醉而醒。既紅潮以暈頰，亦珠汗而微滋，真可以洗炎天之煙瘴，除遠道之渴饑，雖有朱櫻、紫梨，皆無以尚之矣。」

〔四〕「大把」二句：屈大均廣東新語卷二十五木語：「以鹽漬者曰檳榔鹹，則廣州、肇慶人嗜之。日暴既乾，心小如香附者曰乾檳榔，則惠、潮、東莞、順德人嗜之。」

〔五〕「盡兒女」句：屈大均廣東新語卷二十五木語：「當食時，鹹者直削成瓣，乾者橫剪爲錢，包以扶櫑，結爲方勝，或如芙蕖之並跗，或效蛺蝶之交翾。内置烏爹泥石灰或古賁粉，盛之巾盤，出于懷袖，以相酧獻。」

〔六〕「汁須」二句：屈大均廣東新語卷二十五木語：「（檳榔）善食者以爲口實，一息不離，不善食者汁少而渣青，立唾之矣。」

長相思　落花

一枝低。兩枝低。黄鳥飛東蛺蝶西。雙雙尚自啼。　朝煙迷。暮煙迷。紫燕銜時已作泥〔一〕。紛紛襯馬蹄〔二〕。

【注】

〔一〕「紫燕」句：劉元叔妾薄命詩：「陽春白日照空暖，紫燕銜花向庭滿。」

〔二〕「紛紛」句：岑參青門歌送東臺張判官詩：「灞頭落花没馬蹄，昨夜微雨花成泥。」衛宗武春晚郊行詩：「暗緑藏禽語，殘紅襯馬蹄。」

琴調相思引　素馨花

笑擲金錢買幾升。半穿瓔珞作珠燈〔一〕。一家纖手，細細貫絲繩。　暮上翠鬟方吐蕊，曉辭羅帳尚含冰〔二〕。夢魂清絕，多恐冷香凝〔三〕。

【校】

此首道援堂詞、屈翁山詩集闕。

【注】

〔一〕「笑擲」二句：屈大均廣東新語卷二十七草語：「（以素馨）穿燈者、作串與瓔珞者數百人，城內外買者萬家，富者以斗斛，貧者以升，其量花若量珠焉。」

〔二〕「暮上」二句：「花宜夜，乘夜乃開，上人頭鬢乃開，見月而益光艷，得人氣而益馥，竟夕氤氳。至曉萎，猶有餘味。」

〔三〕「夢魂」二句：屈大均廣東新語卷二十七草語：「或當宴會酒酣耳熱之際，侍人出素馨球以獻客。客聞寒香，而沈醉以醒，若冰雪之沃乎肝腸也。以掛複斗帳中，雖盛夏能除炎熱，枕簟爲之生涼。諺曰：『檳榔辟寒，素馨辟暑。』」

賣花聲　鷓鴣

兩兩對啼閒〔一〕。聲似人蠻〔二〕。多情喚得玉驄還。何處春深行不得，楚水吴山。

南翥向梅關〔三〕。苦竹叢間。隨陽不似北禽寒〔四〕。銜葉未教霜露濕〔五〕，日映花斑。

【箋】屈大均詩詞中多見「鷓鴣」一語，每有寓意。陶宗儀南村輟耕録卷五：「鄧中齋鄧光薦先生（剡），號中齋，廬陵人。宋亡，以義行著。其所賦鷓鴣詩曰：『行不得也哥哥！瘦妻弱子羸牸馱。天長地闊多網羅，南音漸少北音多。肉飛不起可奈何，行不得也哥哥！』其意可見矣。」

【注】

〔一〕「兩兩」句：屈大均廣東新語卷二十禽語：「（鷓鴣）天寒則口噤，暖則對啼。」「鳴多自呼，其曰『行不得也哥哥』。」

〔二〕「聲似」句：屈大均鄭方二君以生鷓鴣數雙見貽賦詩答之詩：「夜飛將木葉，相蔽露華間。格磔知何處，卑棲各一山。性真同我野，聲苦學人蠻。歸笑小兒女，衣裳似爾斑。」意謂鷓鴣鳴聲格磔，有如南蠻之鴂舌也。暗用世説新語排調中所載郝隆爲桓公南蠻參軍作蠻語之典。

〔三〕「南翥」句：屈大均廣東新語卷二十禽語：「（鷓鴣）其飛必向日，日在南故常向南。而多云但南不北。雖復東西回翔，而命翮之始必先南翥。其志懷南，故謂之『南客』。」

〔四〕「隨陽」句：屈大均廣東新語卷二十禽語：「鷓鴣，隨陽越雉也。」

〔五〕「銜葉」句：屈大均廣東新語卷二十禽語：「（鷓鴣）早暮有霜露則不飛，飛必銜木葉以自蔽，霜露微霑其背，聲爲之啞，故性絶畏霜露。」

如夢令　孔雀　二首

其一

頂上三毛搖曳〔一〕。箇是華山冠製〔二〕。遍體錦文圓，妒殺畫堂珠翠。無計。無計。大尾更須三歲〔三〕。

【箋】

屈大均廣東新語卷二十禽語：孔雀者，炎方之偉鳥也。孔，大也。鸞之大者曰孔鸞，鳳之大者曰孔鳳。故雀之大者曰孔雀也。屈大均廣東新語卷二十：「孔雀項有三翠毛，直豎如華三峰，古人製華山之冠，蓋仿之。」「性絕畏雨，雨則金翠損壞。」

【注】

〔一〕「頂上」句：屈大均廣東新語卷二十禽語：「孔雀生深山喬木上，高三四尺，通身金暈，五色層疊如錦錢，隆背細頸，口丹黄輔，有三采毛在頂，參差直上，長三四寸許，鍾會所謂『戴翠旄以表弁，垂緑蕤之森纚』是也。」

〔二〕「箇是」句：「孔雀頂有三翠毛，直豎如華三峰，古人製華山之冠，蓋彷之。」

〔三〕「大尾」句：屈大均廣東新語卷二十禽語：「（孔雀）其文尤在尾。尾有大小，小者成以三年，大者五年。」

其二

尾上金錢如許〔一〕。終日開屏勞汝〔二〕。祇爲雨來時，欲置珠毛無處〔三〕。飛去。飛去。合浦儘多高樹。

【注】

〔一〕「尾上」句：屈大均廣東新語卷二十禽語：「莖長四五尺，珠毛相串，翹翹然若順風揚麾，而其色多變，紅黄不定。蓋草木之精華在焉。故其金翠以始春而生，花萼榮則金翠盛，春暮花萼凋，金翠亦衰。」

〔二〕「終日」句：屈大均廣東新語卷二十禽語：「粵人謂其舞曰開屏，凡賓至而孔雀開屏，是爲敬客。」

〔三〕「祇爲」二句：屈大均廣東新語卷二十禽語：「（孔雀）性絶畏雨，雨則金翠損壞，猶花萼之忌霑濕也。凡獸毛如草，鳥羽如木葉，文禽羽如木之華。孔雀以其金翠當木之華，故榮茂于春而畏濡濕。其棲宿必擇置尾之所，雨至猶珍顧不復騫舉，寧爲羅者所得，而不肯傷其羽毛，蓋愛文之至也。」

紅娘子 丁髻娘

戴勝何曾重。有髻方爲鳳〔一〕。身是丁娘〔二〕，心如閒客〔三〕，那堪雕籠。喜長來、玉鏡小臺邊，與釵頭同夢。花朵開黃茸。人作芙蓉弄。兩兩穿枝，三三食蕊，何曾驚恐。想纖纖、飛燕掌中輕〔四〕，得似他翾動。丁髻娘頂有黃茸毛，開若蓮花。

【箋】

屈大均廣東新語卷二十禽語：「戴勝，色灰綠，大如脊鴒，顱有髻，高六七分，南海謂其雄者丁髻郎，雌者丁髻娘。」

【注】

〔一〕「有髻」句：宇文氏妝臺記：「周文王于髻上加珠翠翹花，傅之鉛粉，其髻高名曰鳳髻。」

〔二〕丁娘：丁六娘。隋代樂妓。吳融個人三十韻：「趙女憐膠膩，丁娘愛燭明。」

〔三〕閒客：閒淡之人。牟融題朱慶餘閒居詩之三：「閒客幽棲處，瀟然一草廬。」屈大均廣東新語卷二十禽語：「越鳥有三客，孔雀曰南客，白鵬曰閒客，鷓鴣曰越客。」

〔四〕「想纖纖」句：飛燕，趙飛燕，漢成帝皇后。相傳其能作掌上舞。白孔六帖卷六一舞雜舞：「趙飛燕體輕能爲掌上舞。」見鳳凰臺上憶吹簫詞「留仙」句注。

瑞鷓鴣

山雞錦翼許相同。雙雙那肯嫁邊鴻。欺汝南禽，生長梅花裏，日守蠻煙白一叢。　梅花最愛梅鋗嶺〔一〕，雌雄各占高峰〔二〕。空愁霜露霑衣〔三〕，望斷羅浮日，蚤生東。暖向平蕪喚玉驄。

【校】

此首道援堂詞、屈翁山詩集、全清詞闕。

【箋】

屈大均廣東新語卷二十禽語：「鷓鴣，隨陽越雉也。」「霜露微霑其背，聲爲之啞，故性絶畏霜露。一雄常挾數雌，各占一嶺，相呼相應以爲娱。」

【注】

〔一〕梅鋗嶺：即梅嶺。漢書荆燕吴傳：「沛公攻南陽，乃遇芮之將梅鋗，與偕攻析酈，降之。及項王相王，以芮率百越佐諸侯從入關，故立芮爲衡山王，都邾。其將梅鋗功多，封十萬户，爲列侯。」屈大均廣東新語卷七人語：「越人以文事知名者，自高固始。以武事知名，自梅鋗始。當越人之復畔秦也，以鋗爲將」，「秦既滅，項羽封鋗爲臺侯，食臺以南諸邑，其後沛公以鋗能成番君功名，復封鋗廣德十萬户」，「梅將軍以梅嶺爲湯沐，又有梅花爲俎豆，亦榮矣哉。」

〔二〕「雌雄」句：屈大均廣東新語卷二十禽語：「（鷓鴣）一雄常挾數雌，各占一嶺，相呼相應以爲娱。有侵其地者則鬬。」

〔三〕「空愁」句：見賣花聲鷓鴣詞「隨陽」句注。

楊柳枝

小小珍禽似畫眉〔一〕。是相思。釵頭偷立已多時。未曾知。　郎處不須紅豆子〔二〕。殷勤寄。雙雙取得繫紅絲〔三〕。到天涯。

【校】

此首道援堂詞、屈翁山詩集、全清詞闕。

【箋】屈大均廣東新語卷二十禽語：「鷦鷯，詩所謂桃蟲也。因桃蟲而變，故其形小，性絶精巧。以茅葦羽毳爲房，或一或二，若雞卵大，以麻髪懸繫樹枝，雖大風雨不斷。一名巧婦鳥。久畜之，可使爲戲及占卦，名和鵠卦。其身小，又曰相思，亦曰想思仔。仔者，小也。」

【注】

〔一〕畫眉：畫眉鳥。屈大均廣東新語卷二十禽語：「山鶘青紫，畫眉紅緑，形色小異，而情性相同。」

〔二〕「郎處」句：劉過江城子詞：「萬斛相思紅豆子，憑寄與個中人。」屈大均廣東新語卷二十禽語：「相思者，身紅黑相間如紅豆。紅豆者，相思也。予有楊柳枝詞云：『山禽最小是相思。隱花枝。釵頭偷立已多時。未曾知。郎處不須紅豆子。殷勤寄。雙雙取得繫紅絲。到天涯。』」按，廣東新語所引之字句與騷屑詞略有不同，可參校。又，踏莎行詞：「更將花片喂相思，銜書欲倩雙飛翼。」用意與此詞同。

〔三〕繫紅絲：葛起耕贈燕詩：「五陵年少傷春恨，書繫紅絲擬寄將。」詞意謂以紅絲繫書附于鳥足，以寄相思之意。

醉花陰　翡翠

雄縹雌青相掩映。愛殺銀塘鏡。日夕浣清波，春羽秋毛〔一〕，箇是佳人命。珍珠一一皆穿竟。無爾妝難靚〔二〕。點綴九鸞釵〔三〕，葉淡花濃，要與春光競〔四〕。

【箋】

屈大均廣東新語卷二十禽語：「粤産翠羽，而人不珍，婦女不以爲首飾。故語曰：『南海之羽，出疆始珍。』羽，翠羽也。其大者毛充貢，小者名水翠，宿食各占磯塘，自衔其毛。日浴水中，乃益鮮縟。美于山翠，一名魚翠，即鷸也。大于燕，羽長寸餘，雄赤爲翡，雌縹青爲翠，合之色碧，是曰翡翠。」

【注】

〔一〕「春羽」句：屈大均廣東新語卷二十禽語：「（翡翠）翼尾俱十二條，以粗毛光明者爲上，顏色暗者曰秋毛，次之。」

〔二〕「珍珠」二句：傅玄有女篇：「頭安金步摇，耳繫明月璫。珠環約素腕，翠羽垂鮮光。」高允羅敷行：「耳穿明月珠。」褚伯秀貧女吟：「千金莫誤朱門聘，不是穿珠插翠人。」詞意謂女子之靚妝須耳穿明珠釵插翠羽也。

〔三〕九鸞釵：蘇鶚杜陽雜編卷下：「九玉釵，上刻九鸞，皆九色，上有字曰『玉兒』，工巧妙麗，殆非人工所制。有金陵得者以獻公主，酬之甚厚。一日晝寢，夢絳衣奴授語云：『南齊潘淑妃取九鸞釵。』及覺，具以夢中之言，言于左右。洎公主薨，其釵亦亡其處。」

〔四〕「要與」句：汪莘好事近詞：「桃紅李白競春光，誰共殘妝語。」

齊天樂　比翼鳥

南禺有鳥皆稱鳳〔一〕，鶼鶼乃是鸞子〔二〕。碧樹交棲，青衣兩比，長喚歸飛難已〔三〕。時穿煙水。與白練紅綃〔四〕，競餐花蕊。卻恨鴛鴦，恁生多了一雙翅。

雌雄誰得辨汝，似迦陵共命〔五〕，鳥鼠同體〔六〕。暮不相思〔七〕，朝非獨寤〔八〕，伉儷人中無此。閨人苦思。倩好手邊鸞〔九〕，畫成遥寄。鰈也靈魚〔一〇〕，更圖三四尾。山海經：「比翼鳥，名蠻蠻。」

【校】

此首道援堂詞、屈翁山詩集、全清詞闕。

【箋】

山海經海外南經：「比翼鳥，在（結匈國）其東，其爲鳥青、赤，兩鳥比翼。一曰在南山東。」

【注】

〔一〕「南禺」句：山海經南山經：「南禺之山，有上多金玉，其下多水。有穴焉，水出輒入，夏乃出，冬則閉。佐水出焉，而東南流注于海，有鳳凰、鵷雛。」屈大均廣東新語卷二十禽語：「南禺者，謂羅山之南，番禺之東也。莊子云：『鵷雛發南海，飛于北海。』是也。」「凡鳥赤多者鳳，南海鳥多赤，皆鳳之族。而師曠禽經言：『赤鳳謂之鶉。』南方取象鶉火。鶉，鳳也。赤故云火也。星經言：『南方七宿朱鳥。』朱鳥，鳳也。南方爲朱雀之分，鳳之所產，故諸鳥之有文采者，皆爲鳳之子姓。」

〔二〕「鶼鶼」句：屈大均廣東新語卷二十禽語：「比翼鳥，一名鶼鶼，背青腹赤，一翼一目，相比而飛。水經注云：『林邑有比翼鳥，不比不飛，其名歸飛。終日自呼，一名蠻蠻。』」山海經西山經：「（崇吾之山）有鳥焉，其狀如鳧，而一翼一目，相得乃飛，名曰蠻蠻，見則天下大水。」

〔三〕「青衣」二句：屈大均代閨人寄遠曲：「鶼鶼一赤一青衣，比翼多年在翠微。南海有禽皆不北，如何夫婿不歸飛。」

〔四〕白練、紅綃：均指雉鳥。屈大均廣東新語卷二十禽語：「雉以文明爲尚，文明在于冠帶」，「帶之長者白練、山喜鵲。」「紅裙、白練之屬，人皆以爲鳳雛也。」白練，一種長尾雉。張籍山禽詩：「山禽毛如白練帶，棲我庭前栗樹枝。」紅綃，即紅裙，一種紅羽雉。

〔五〕「似迦陵」句：迦陵，即迦陵頻伽，相傳其爲雙頭鳥。正法念經：「山谷曠野，其中多有迦陵頻伽，出妙音聲。如是美音，若天若人，緊那羅等無所及音，唯除如來言聲。」雜寶藏經稱爲共命鳥。佛本行集經卷五十九：「于雪山下，有二頭鳥，同共一身，在于彼住。一頭名曰迦嘍荼鳥，一名優波迦嘍荼鳥。而彼二鳥，一頭若睡，一頭便覺。」

〔六〕「鳥鼠」句：書禹貢：「導渭自鳥鼠同穴。」孔傳：「鳥鼠共爲雌雄，同穴處此山，遂名山曰鳥鼠，渭水出焉。」

〔七〕「暮不」句：韋應物有暮相思詩，此反其意。

〔八〕獨寤：詩衛風考槃：「獨寐寤宿，永矢弗告。」

〔九〕邊鸞：太平廣記卷第二百一十三引畫斷：「唐邊鸞，京兆人。攻丹青，最長于花鳥折枝之妙，古所未有。觀其下筆輕利，善用色。窮羽毛之變態，奮春華之芳麗。」「折枝花卉蜂蝶並雀等，妙品上。」

〔一〇〕鰈：比鰈，比目魚。古以鶼鰈並提。史記封禪書：「東海致比目之魚，西海致比翼之鳥。」文心雕龍封禪：「西鶼東鰈。」靈魚：神魚。沈佺期昆明池侍宴應制詩：「靈魚銜寶躍，仙女廢機迎。」

蝶戀花　題唐宮撲蝶圖

鳳子翩翩紛似雪〔一〕。畫扇低颺，驚入深深葉。博得君王開笑靨。聞香忽復穿裙褶。秦女乘鸞顛倒絶〔二〕。捉得黄鬚，膩粉教輕捻。收向鏡奩成媚蝶〔三〕。承恩好待華清月〔四〕。

【箋】

宗懔荆楚歲時記：「長安二月間，士女相聚，撲蝶爲戲，名曰撲蝶會。」新唐書藝文志有周昉撲蝶圖。古人每有以「唐宫撲蝶圖」名其畫者，此未知孰指。

【注】

〔一〕鳳子：指蝴蝶。見夢江南詞「蛺蝶」句注。

〔二〕「秦女」句：列仙傳卷上：「蕭史者，秦穆公時人也，善吹簫，能致孔雀白鶴于庭。穆公有女字弄玉，好之。公遂以女妻焉，日數弄玉作鳳鳴，居數年，吹似鳳聲，鳳凰來止其屋。公爲作鳳臺。夫婦止其上，不下數年，一旦皆偕隨鳳凰飛去。」梅堯臣翠羽辭：「秦女乘鸞遺翠羽，落在人間與風舞。」

〔三〕媚蝶：嵇含南方草木狀卷上：「（鶴草）上有蟲，老蜕爲蝶，赤黄色。女子藏之，謂之媚蝶，能致其夫憐愛。」

〔四〕「承恩」句：寫楊貴妃事。白居易長恨歌：「春寒賜浴華清池，温泉水滑洗凝脂。待兒扶起嬌無力，始是新承恩澤時。」

柳含煙　柳

青青眼，忍看人〔一〕。人别人離不管〔二〕，更將煙雨濕殘春。與羅巾。紅恨緑愁消欲盡〔三〕。枝上無多風信〔四〕。一相思作一垂絲。斷腸時。

【注】

〔一〕「青青」二句：晉書阮籍傳：「籍又能爲青白眼，見禮俗之士，以白眼對之。及嵇喜來弔，籍作白眼，喜不擇而退。喜弟康聞之，乃齎酒挾琴造焉，籍大悦，乃見青眼。」詞中亦謂柳眼。李元膺洞仙歌：「楊柳于人便青眼。」戴炳代簡寄謝友人詩：「青眼看人柳色舒。」

〔二〕「人别」句：董紀折楊柳詩：「本不管别離，别離情自生。」

〔三〕紅恨緑愁：黄庚暮春詩：「東風庭院夕陽天，恨緑愁紅又一年。」

〔四〕風信：隨時節變化，風吹方向各異，如報季候之訊息，故云。張繼江上送客遊廬山詩：「晚來風信好，併發上江船。」詞中謂觀柳絲所顯示之風信，已知春事無多矣。

醉落魄

飛花如許。無多紫燕難銜汝〔一〕。春歸誰作嬋娟主。願似遊絲，長絆郎風絮〔二〕。　韶光誤盡因煙雨。并刀已剪愁千縷〔三〕。情多恐化相思樹〔四〕。人可催歸〔五〕，會逐啼鵑去。

【注】

〔一〕「飛花」三句：蔡絛西清詩話載唐人皮光業詩「飛燕銜泥帶落花」之句。劉元叔妾薄命詩：「陽春白日照空暖，紫燕銜花向庭滿。」

〔二〕「頗似」二句：劉基驀山溪晚春詞：「遊絲落絮，特地相縈絆。」

〔三〕「并刀」句：陸游戲題酒家壁三首之一：「并刀不剪清愁斷。」姜夔長亭怨慢詞：「算空有并刀，難剪離愁千縷。」

〔四〕「情多」句：劉基千秋歲詞：「今夜雨，定應化作相思樹。」

〔五〕「人可」句：見浣溪沙杜鵑詞注。

漁家傲

白首夫妻雙打槳。春來最喜西江漲。日日鱖魚争入網。籠且養。香稉欲換須官舫〔一〕。　鷗鷺那分三與兩。年年共在沙洲上。白小紛紛君不讓〔二〕。飛蕩漾。窺人豈爲梨花釀〔三〕。

【注】

〔一〕「香稉」句：漁家以魚换米，須在官船上交易，此亦當時之經濟史料也。

〔二〕白小：杜甫白小詩：「白小群分命，天然二寸魚。」

〔三〕梨花釀：梨花酒。見柳梢青三原春日詞注。

殢人嬌

生恨東風，不解吹愁西去〔一〕。愁多半、化爲煙雨。濛濛一片，令春光無主〔二〕。誰便得、消受乳鶯嬌語。唤柳休眠〔三〕，教花莫舞。但翠閣、水沈千縷。含情小坐，更輕調琴句。人寂寂、芳醖教顔駐〔四〕。

【校】

此首道援堂詞、屈翁山詩集闕。

【注】

〔一〕「生恨」二句：賈至春思二首之一：「東風不爲吹愁去，春日偏能惹恨長。」

〔二〕春光無主：白居易吾土詩：「城東無主是春光。」

〔三〕「唤柳」句：見賈陂塘仲春六瑩堂宴集詞「人柳」條注。

〔四〕「芳醞」句：王之道青梅詩：「疏白欺人侵短鬢，老紅乘酒駐衰顔。」

畫堂春

天青染得一江青。煙波雪後逾明。片帆衝破白雲屏。蕩漾鷗汀。　芳草茫茫天際，羅裙直接空冥〔一〕。看黄成緑是愁凝〔二〕。春色難勝。

【注】

〔一〕羅裙：指草。見浪淘沙春草詞注。

〔二〕「看黄」句：謂初春時草色之轉變也。王僧孺夜愁示諸賓詩：「誰知心眼亂，看朱忽成碧。」

賀聖朝

休憎春色濃如酒〔一〕。縱醉人難久。愁心攪亂任鶯聲，更絲絲垂柳。　歌長歌短，總催白髮，但瑶琴在手。飛花片片解相依，到天涯猶有。

【注】

〔一〕「休憎」句：黄庭堅和曹子方雜言詩：「人言春色濃如酒。」任淵注：「楊文公談苑載鄭文寶詩：『杜曲花光濃似酒，灞陵春色老于人。』」

虞美人

青山漸漸圍天盡。峽口春難認。渺茫煙樹帶漁村。愁見白雲紅葉又黄昏。

沙鷗貼水隨波遠。吹笛教飛斷。炊煙欲濕雨來時。恨爾銜魚高下不曾知。

【校】

此首道援堂詞、屈翁山詩集闕。

漁歌子　二首

其一

開到棠梨不是花〔一〕。鶯啼莫憶舊繁華。朝雨急，暮風斜。春光催去去誰家。

【注】

〔一〕「開到」句：屈大均春盡詩：「一夕春歸失麗華，無多蛺蝶撲晴沙。紅餘杜宇無非血，白到棠梨不是花。」當有寓意。

其二

夾浦夭桃樹樹斜〔一〕。一灣不見一灣花。雲帶岸，水侵沙。白鷗多處有人家。

【注】

〔一〕「夾浦」句：王褒玄圃濬池臨泛奉和詩：「垂楊夾浦緑，新桃緣徑紅。」夭桃，艷麗之桃花。詩周南桃夭：「桃之夭夭，灼灼其華。」

紗窗恨

蜘蛛會織難成匹。枉多絲〔一〕。玉琴半露光如漆。綱經時〔二〕。　戒羅袖、緑塵休拂〔三〕，任柳綿、花片依依。更使啼痕在，似煙霏〔四〕。

【校】

此首道援堂詞、屈翁山詩集、全清詞闕。

【注】

〔一〕「蜘蛛」二句：謂蜘蛛雖能織絲而不成整匹。詩小雅大東：「跂彼織女，終日七襄。雖則七襄，不成報章。」賈餗蜘蛛賦：「容有志業未騁，勤勞則多；文章徒緝，職競不羅。」周密古别怨：「流黄空織不成匹。」多絲，諧「多思」。

〔二〕「玉琴」二句：謂玉琴長爲蛛網所覆。白居易東南行一百韻寄通州元九侍御澧州李十一舍人果州崔二十二使君開州韋大員外庾三十二補闕杜十四拾遺李二十助教員外竇七校書詩：「書床鳴蟋蟀，琴匣網蜘蛛。」胡宿早夏詩：「病起蛛絲半在琴。」

〔三〕「戒羅」句：緑塵，緑色塵末，指春日之塵。李賀河南府試十二月樂詞二月：「薇帳逗煙生緑塵，金翹峨髻愁暮雲。」温庭筠題李處士幽居詩：「瑶琴寂歷拂輕塵。」

〔四〕煙霏：煙霧彌漫。韓愈山石詩：「天明獨去無道路，出入高下窮煙霏。」

海棠春

清簫未弄腸先絶。正檻外、朦朧初月。露冷雁聲沈〔一〕，水濕螢光滅〔二〕。

柳枝難作同心結〔三〕。但有絮、紛紛似雪。莫傍畫裙飛，片片成蝴蝶。

【注】

〔一〕「露冷」句：陸游飲罷夜歸詩：「露冷莎蛩咽，天高塞雁征。」

〔二〕「水濕」句：蕭曄奉和太子秋晚詩：「螢光乍滅空。」許渾宿松江驛卻寄蘇州一二同志詩：「露低紅葉濕螢光。」別劉秀才詩：「燈照水螢千點滅，棹驚灘雁一行斜。」

〔三〕「柳枝」句：蕭衍有所思：「腰中雙綺帶，夢爲同心結。」子夜四時歌冬歌：「何處結同心，西陵柏樹下。」鄭文妻憶秦娥詞：「閒將柳帶，細結同心。」

醉花間

花相識。柳相識。無限春顏色。蕩漾酒船時，費盡拋香力。

將情交玉笛。弄去聲聲逼〔一〕。天邊月莫圓，留待人圓夕。

【注】

〔一〕「弄去」句：弄，謂弄笛。趙嘏憶山陽詩：「楊柳風橫弄笛船。」聲聲，俗語。猶言硬是、活活。

酒泉子 二首

其一

不恨啼鵑，苦苦衹催春日去，春來衹是作愁陰。冷難禁。　生憎泥陷馬蹄深。盡是紫霞紅雪□〔一〕，得歸香壘也甘心〔二〕。燕須尋。

【校】

此首道援堂詞、屈翁山詩集、全清詞闕。據詞律，「盡是紫霞紅雪」句末闕一字，諸本同。

【注】

〔一〕紫霞紅雪：指落花。白居易和答詩十首答桐花：「葉重碧雲片，花簇紫霞英。」又同諸客攜酒早看櫻桃花詩：「緑餳黏盞杓，紅雪壓枝柯。」

〔二〕香壘：盧祖皋倦尋芳：「香泥壘燕。」朱浙落花詩：「泥融海燕營香壘。」本詞中兼指香閨。

其二

最恨蘼蕪，消受羅裙雙帶影〔一〕，暖風吹去復吹來。在蒼苔。　踏青爭上越王臺〔二〕。蝴蝶不因朝雨散〔三〕，鷓鴣休爲夕陽催〔四〕。且徘徊。

【校】

此首道援堂詞、屈翁山詩集、全清詞闕。

【注】

〔一〕「最恨」二句：李群玉贈琵琶妓詩：「一雙裙帶同心結，早寄黄鸝孤雁兒。」趙彦端菩薩蠻詞：「繡羅裙上雙鴛帶。年年長繫春心在。」屈大均花田詩：「日落江城鼓角悲，花田牧馬暮歸遲。蘼蕪尚帶羅裙色，滿地秋霜知不知。」同有寓意。

〔二〕「踏青」句：楊萬里三月晦日游越王臺二首之二：「越王臺上落花春，一掬山光兩袖塵。隨分杯盤隨處醉，自憐不及踏青人。」越王臺，南越王趙佗在越秀山下所築之臺。王象之輿地紀勝卷八十九：「越王臺，在州北悟性寺。唐庚記云：『臺據北山，南臨小溪，横浦、牂牁之水輻輳于其下。顧瞻則越中諸山，不召而自至；而立延望，則海外諸國，蓋可髣髴于溟濛杳靄之間。』」方信孺南海百詠「越井岡」條引唐人鄭熊番禺雜誌：「（越井岡）一名臺岡，一名越王臺。」屈大均廣東新語卷十七：「趙佗有四臺，其在廣州粵秀山上者，曰越王臺，今名歌舞岡。」當有故國故君之思。

〔三〕「蝴蝶」句：唐彦謙秋晚高樓詩：「晚蝶飄零驚宿雨。」

〔四〕「鷓鴣」句：常建嶺猿詩：「鷓鴣飛處又斜陽。」汪元量金人捧露盤：「鷓鴣啼歇夕陽去。」

浣溪沙

欲使緋桃嫁碧桃。瓶中交插兩枝高。朝朝對取酌香醪。　白髮不須求大藥，紅顔自可解離騷〔一〕。并州那有剪愁刀〔二〕。

【箋】屈大均緋桃碧桃秋開承黄丈折贈二枝詩以答之詩：「朵朵秋光照角巾，桃開多爲白頭人。紅緋白碧持相媚，不使黄花不見春。」當與此詞同作。

【注】

〔一〕「白髮」二句：蘇軾石芝詩：「古來大藥不可求，真契當如磁石鐵。」王邁白髮歎：「雖無大藥資，尚得恣幽討。」屈大均贈吴使君詩：「好色離騷似，求仙大藥成。」

〔二〕「并州」句：見醉落魄詞「并刀已剪愁千縷」句注。

點絳唇　二首

其一

分付東風，卷愁西向秦天去〔一〕。氈頭香乳。舊解貂衣處〔二〕。　那日花開，持取歌金縷〔三〕。鞍難駐。淚和紅雨〔四〕。半濕闌門樹。

【箋】

二詞亦似爲懷念王華姜而作。

【注】

〔一〕「分付」二句：韓偓有憶詩：「何時斗帳濃香裏，分付東風與玉兒。」尹廷高燕山九日詩：「冷看西風捲客愁。」

〔二〕「氈頭」二句：香乳，指酒。鄭剛中辛丑正月十三飲南廳詩：「小槽瀝瀝流香乳，玉壺注入金鸕鷀。」二語謂解貂裘以換酒。李白金陵江上遇蓬池隱者詩：「解我紫綺裘，且換金陵酒。」白居易吴秘監每有美酒獨酌獨醉但蒙詩報不以飲招輒此戲酬兼呈夢得詩：「不怕道狂揮玉爵，亦曾乘興解金貂。」

〔三〕「那日」二句：杜秋娘金縷衣：「勸君莫惜金縷衣，勸君惜取少年時。花開堪折直須折，莫待無花空折枝。」

〔四〕淚和紅雨：俞彥瑞鷓鴣途次見桃花有懷作：「夢逐彩雲迷遠道，淚和紅雨上遊絲。」

其二

看殺春山〔一〕，翠眉何必長如許。黛邊煙雨。莫使人描取。　掩映高樓，花缺偏窺汝〔二〕。斑枝樹〔三〕。令栽無數。遮盡芙蓉路。

【注】

〔一〕看殺：世説新語容止：「衛玠從豫章至下都，人久聞其名，觀者如堵牆。玠先有羸疾，體不堪勞，遂成病而死，時人謂看殺衛玠。」殺，本詞中用爲極言之辭。

〔二〕「花缺」句：岑參丘中春卧寄王子詩：「竹深喧暮鳥，花缺露春山。」

〔三〕斑枝樹：即木棉。屈大均廣東新語卷二十五木語「木棉」條：「其曰斑枝者，則以枝上多苔文成鱗甲也。」黄哲懷羅浮詩：「斑枝花落山姑語，盧橘子青江燕來。」

小桃紅

不怨春光去。不望春光住。祇願愁人，一年一度。與花相遇。縱青霜、白雪總盈頭〔一〕，也爲鶯燕主。　花作誰家絮。鶯作誰家語。化蝶韓妻〔二〕，乘鸞秦女〔三〕。總歸塵土。且安排、紅酒紫金杯，聽玉兒低訴〔四〕。

【注】

〔一〕青霜：喻斑白之髮。歐必元天逸草堂爲鄭文學子雨賦詩：「憂時鬢髮青霜短，傲世山林白日長。」

〔二〕「化蝶」句：樂史太平寰宇記卷十四「韓憑冢」條引干寶搜神記：「宋大夫韓憑娶妻美，宋康王奪之。憑怨王，自殺。妻陰腐其衣，與王登臺，自投臺下，左右攬之，著手化爲蝶。」

〔三〕「乘鸞」句：參見蝶戀花題唐宮撲蝶圖注。

〔四〕玉兒：齊東昏侯潘妃小字。後泛稱侍兒、歌女。釋德洪季長賞梅使侍兒歌作詩因次韻：「玉兒豈是解清唱，想見笑中呵手折。」

荷葉杯　獨酌　二首

其一

圖取玉顔酡甚〔一〕。多飲。吹醒畏東風。桃花要與爾相同。紅麽紅。紅麽紅。

其二

春日春人惟有〔二〕。春酒。朵朵照瓊杯。山茶花被海棠催。開麽開。開麽開。

【校】

此二首道援堂詞、屈翁山詩集、全清詞闕。

【注】

〔一〕玉顔酡：李白柳枝詞：「佳人微醉玉顔酡，笑倚妝樓澹小蛾。」

〔二〕春人：湯惠休楊花曲三首之三：「春人心生思，思心長爲君。」

傷情怨

枝間紅淚漸少〔一〕。喜杜鵑開了。收拾春心〔二〕，休從花内老。　憐他梅子尚小。打乳鶯、一一難到〔三〕。入口先酸，青黄愁未蚤。

【注】

〔一〕「枝間」句：虞集題饒世英所藏錢舜舉四季花木海棠：「一枝紅淚濕，似憶故宫春。」同此感慨。

〔二〕收拾春心：申純清平樂詞：「拈來綰動春心，早被六丁收拾。」

〔三〕「憐他」二句：周密浣溪沙詞：「生怕柳綿縈舞蝶，戲抛梅彈打啼鶯。」

臨江仙

前鏡那知儂影好，憐人更有菱花〔一〕。胭脂忘作臉邊霞〔二〕。春來無力，日日髻鬟斜。　不使香貂爲抹額〔三〕，天寒尚束輕紗。海棠簪罷又山茶。恨伊雙燕，銜去向西家。〔四〕

【校】

此首道援堂詞、屈翁山詩集、全清詞闕。

【注】

〔一〕菱花：指鏡。李白代美人愁鏡詩：「狂風吹卻妾心斷，玉筯並墮菱花前。」

〔二〕「胭脂」句：仲殊念奴嬌詞：「偷把胭脂勻注，媚臉籠霞。」

〔三〕「不使」句：抹額，以貂皮護額，爲滿族婦女之裝飾。詞云「不使」，自有寓意。參見南歌子五首之二注。

〔四〕「恨伊」二句：王維雜詩：「雙燕初命子，五桃新作花。王昌是東舍，宋玉次西家。」暗用窺宋東墻之典。王沂孫南浦：「祇愁雙燕銜芳去。」

醉春風　友人餉金陵雪酒

春色如眉黛。篘成香可愛。梅花三白總將來〔一〕，賽。賽。賽。花裏封泥，柳邊開甕，客愁全解。

嘆爾情如海。紅友頻相賚〔二〕。可能移得惠山泉〔三〕，再。再。再。頻使溪翁，玉杯長滿，玉顏長在。

【校】

此首道援堂詞、屈翁山詩集、全清詞闕。

【箋】

雪酒：王逢寄偰正字詩：「十樣箋霞粲，雙壺酒雪香。」邵寶雪酒爲孫司徒賦奉次涯翁先生詩有「釀來寒雪品尤清」、「須信藏冰爲曲成」之語。

【注】

〔一〕三白：古人稱雪、月、梅花爲「三白」，以其典雅，用以名酒。梅花三白，爲嘉興所産之酒名。屈大均答酒家王君惠酒詩：「梅花三白好，包酒自姑蘇。」譚吉璁鴛鴦湖棹歌：「沽得梅花三白酒，輕衫醉卧紫荷田。」

〔二〕紅友：酒之別稱。羅大經鶴林玉露卷八：「常州宜興縣黄土村，東坡南遷北歸，嘗與單秀才步田至其地。地主攜酒來餉曰：『此紅友也。』」岳珂小春六花黄菊詩：「宅邊豈必白衣至，甕裏不妨紅友香。」

〔三〕惠山泉：惠山泉有天下第二泉之稱。張又新煎茶水記引劉伯芻語：「揚子江南零之水第一，無錫惠山寺之石泉水第二。」張邦基墨莊漫録：「無錫惠山泉水，久留不敗，政和甲午歲，趙霆始貢水于上方，月進百樽。」屈大均爲陳母姜夫人壽詩：「僮僕奉樽酒，酒乃惠山泉。」

減字木蘭花

梨花未絶。朶朶霑泥猶是雪。欲嫁東風〔一〕。自有蜂媒送落紅〔二〕。連朝煙雨。一見春光都欲語。酌酒庭前。忍舍鶯聲去晝眠〔三〕。

【注】

〔一〕「欲嫁」句：韓偓寄恨詩：「死恨物情難會處，蓮花不肯嫁東風。」

〔二〕蜂媒：周邦彦六醜薔薇謝後作詞：「多情爲誰追惜。但蜂媒蝶使，時叩窗隔。」

〔三〕「忍舍」句：張掄點絳脣詞：「暖日遲遲，亂鶯聲在垂楊裏。晝眠驚起。」

天仙子 二首

其一

雙鬢但將蝴蝶賽〔一〕。露花油好嫌香大〔二〕。吴閶學得牡丹頭〔三〕，釵不戴。珠不愛。祇有一枝蘭作態〔四〕。

【注】

〔一〕「雙鬢」句：陸游嘉州守宅舊無後圃因農事之隙爲種花築亭觀甫成而歸戲作長句詩：「佳人蜂蝶争繞鬢。」

〔二〕「露花」句：屈大均廣東新語卷二十七草語：「露頭花，多産番禺蓼涌，其葉如劍脊，邊皆在芒刺。花抽葉中，與葉仿佛相似，色白而柔，花中有蕊，如珍珠粟形，常含清露涓滴，故名露花。以火燔其根，使成大頭出土上，花乃茂盛，故又名露頭花。夏月大開，以花置油上曬之，香落油中，芬馨隔歲不滅，以膏發，照讀書，芳盈一室，廣人甚珍之。予荔支詩有云：「朱樓初日上窗紗，鏡裏妝成陰麗華。不用胭脂邊地草，但調南國露頭花。」其箋云：「蓼湧上，花曰露頭。花中有粉，傅面光流，采花曝日，香落蘭油。持爲膏沐，發美而柔。荔子一種，芳氣同儔。亦名露花，珍果之尤。」屈大均茶子詩：「南油茶子美，香灑露花宜。絶勝荼蘼液，當儂膏沐時。」

〔三〕吴閶：吴閶門。蘇州古城之西門。因以指蘇州。本詞中指蘇州女子。牡丹頭，指流行于明末清初形似牡丹之高髻。褚人獲堅瓠三集卷一：「我蘇婦人梳頭有『牡丹』、『鉢盂』之名，鬢有『鬧花』、『如意』之號。吴梅村先生有詠牡丹頭南鄉子云：『高聳翠雲寒。時世新妝喚牡丹。豈是玉樓春宴罷，金盤。頭上花枝鬬合歡。　著意畫煙鬟。用盡玄都墨幾丸。不信洛陽千萬種，争看。魏紫姚黄總一般。』」

〔四〕「祇有」句：明清以來，蘇州婦女，多喜簪戴珠蘭、白蘭花，稱爲「鬢邊香」，此風俗至今猶存。蔣寶齡吴門竹枝詞：「廣南花到江南賣，簾内珠蘭茉莉香。」

其二

自織纖纖嬌女葛〔一〕。霏霏蟬翼同輕滑〔二〕。裁爲夫婿夏時衣〔三〕，風莫縐。汗莫透。管取清涼長似舊。

【注】

〔一〕「自織」句：天工開物卷上乃服：「凡葛蔓生，質長于苧數尺。破析至細者，成布貴重。」屈大均廣東新語卷十五貨語「葛布」條：「粵之葛，以增城女葛爲上。」「其重三四兩者，未字少女乃能織，已字則不能，故名女兒葛。所謂北有姑絨，南有女葛也。」

〔二〕「霏霏」句：屈大均廣東新語卷十五貨語：「其葛産竹絲溪、百花林二處者良。采必以女，一女之力，日采祇得數兩。絲縷以針不以手，細入毫芒，視若無有。卷其一端，可以出入筆管。以銀條紗衫襯之，霏微蕩漾，有如蜩蟬之翼。然日曬則縐，水浸則蹙縮，其微弱不可恒服。」

〔三〕「裁爲」句：屈大均廣東新語卷十五貨語「（女兒葛）然恒不鬻于市。彼中女子終歲乃成一匹，以衣其夫而已。」

搗練子

春欲去，去天涯。片片殘紅似落霞。蝴蝶飛過蝴蝶草〔一〕，鷓鴣啼上鷓鴣花〔二〕。

【注】

〔一〕蝴蝶草：又名雙蝴蝶、穿藤金蘭花、銅交杯、大葉竹葉青等。吳其濬植物名實圖考卷十六石草「雙蝴蝶」條：「建昌山石向陰處有之。葉長圓二寸餘，有尖，二四對生，兩大兩小。面青藍，有碎斜紋；背紅紫，有金線四五縷。兩長葉鋪地如蝶翅，兩小葉横出如蝶腹及首尾，短根數縷爲足，極爲奇詭。」

〔二〕鷓鴣花：又名老虎楝。花小，鐘狀，色白，花期于春末，正當鷓鴣啼時。

蘇幕遮　題盤齋

虎頭雲，獅口水〔一〕。風捲虛無，飛入疏簾裏。古木陰陰涼不已。無數蟬嘶，又逐松聲起。　荔成花，蕉有子。多種丫蘭〔二〕，分我莖莖紫。甘蔗還教甜到尾〔三〕。抱甕相從，我亦忘機矣〔四〕。

【校】

此首道援堂詞、屈翁山詩集、全清詞闕。

【箋】

盤齋，未詳其人，當爲隱于番禺海邊者。

【注】

〔一〕「虎頭」二句：謂虎門與獅子洋。

〔二〕丫蘭：屈大均廣東新語卷二十七草語：「蘭爲香祖，蘭無偶，乃第一香。以桠蘭爲上，桠者莖多歧出，其葉長至三尺，蕾尖花大且繁，多有一莖及桠開至五十餘花者。色黄有紫點，香味甚厚，稱隔山香。」

〔三〕「甘蔗」句：世説新語排調：「顧長康啖甘蔗，先食尾。問所以，云：『漸至佳境。』」

〔四〕「抱甕」二句：莊子天地：「子貢南游于楚，反于晉，過漢陰，見一丈人將爲圃畦，鑿隧而如井，抱甕而出灌，然用力甚多而見功寡。子貢曰：『有械而出灌，一日浸百畦，用力甚寡而見功多，夫子不欲乎？』爲圃者仰而視之曰：『奈何？』曰：『鑿木爲機，後重前輕，挈水若抽，數如溢湯，其名爲槔。』爲圃者忿然作色而笑曰：『吾聞之吾師，有機械者必有機事，有機事者必有機心。機心存于胸中，則純白不備，則神生不定；神生不定者，道之所不載也。吾非不知，羞而不爲也。』」樓鑰林和叔侍郎龜潭莊詩：「超然但欲適吾意，抱甕直欲心忘機。」

江城子

春魂如雨復如煙。暗吹斷，落天邊。無情花片，相逐又明年。人笑海棠消瘦盡，明鏡好，尚相憐。　軟同人柳衹多眠〔一〕。怕啼鵑，到簾前。愁壓春山，不使黛雲妍。枕簟爲誰寒欲絶，教寶鴨〔二〕，斷沈馢〔三〕。

【箋】

宣統本注：「春山」一作「青山」。

【注】

〔一〕人柳：見買陂塘仲春六瑩堂宴集詞「人柳」條注。

〔二〕寶鴨：鴨形香爐。孫舫夜坐：「劃多灰雜蒼虯跡，坐久煙消寶鴨香。」

〔三〕沈馢：即沈箋、沈水箋。箋，箋香。陳書武帝紀：「今奉寄箋香一片，熏陸香一斤，檳榔三百子，不能得多，示表心，勿責也。」屈大均古銅蟾蜍歌：「漢宮以此爲神器，煎取沈馢消夢寐。」

清平樂

楊花

海棠絲短〔一〕。不遣風吹斷。一朵依然紅玉軟〔二〕。留與妝樓寄遠。

未作浮萍〔三〕。枝間交映青青。拾絮殷勤作枕，郎歸定愛芬馨。

【注】

〔一〕「海棠」句：海棠有「垂絲海棠」一種，屢見于宋人詩詞中。

〔二〕紅玉：楊無咎兩同心詞：「海棠睡、醉敧紅玉。」

〔三〕「楊花」句：爾雅：「楊花入水化爲萍。」

訴衷情　小妓

開唇祇唱月兒高〔一〕。未熟小櫻桃〔二〕。雛鶯身似琵琶〔三〕，短短繡花袍。　能勸客，白酥醪。緑葡萄。蛾眉教畫，鳥爪教搔〔四〕，莫弄檀槽〔五〕。

【注】

〔一〕月兒高：琵琶古曲名，相傳爲唐玄宗所作。譜本見高和江東嘉靖鈔本。

〔二〕櫻桃：孟棨本事詩事感：「白尚書（居易）姬人樊素善歌，妓人小蠻善舞，嘗爲詩曰：『櫻桃樊素口，楊柳小蠻腰。』」

〔三〕雛鶯：指小妓。韓愈、孟郊城南聯句：「綺語洗晴雪（愈），嬌辭哢雛鶯。」

〔四〕「鳥爪」句：葛洪神仙傳麻姑傳：「麻姑鳥爪。蔡經見之，心中念言，背大癢時，得此爪以爬背，當佳。」

〔五〕檀槽：以紫檀木所製之琵琶槽。直言觀元相公花飲詩：「尺八調悲銀字管，琵琶聲送紫檀槽。」

阮郎歸

春來莫使杜鵑知〔一〕。杜鵑花已飛。海棠更是淚紅時〔二〕。片片付遊絲。琴不弄，酒空持。愁心盡在眉〔三〕。裙邊蛺蝶怕風吹〔四〕。房簾深自垂。

【注】

〔一〕「春來」句：葉茵春晚二首之一：「世情楊絮覺，心事杜鵑知。」

〔二〕「海棠」句：陸游張園觀海棠詩：「黄昏廉纖雨，千點裛紅淚。」

〔三〕「愁心」句：晏幾道南鄉子：「共説春來春去事，多時。一點愁心入翠眉。」

〔四〕「裙邊」句：常建古興詩：「石榴裙裾蛺蝶飛。」

散天花　浪花

吹作芙蓉上下飛。天邊纖手散，是江妃〔一〕。風爲根蒂水爲枝。天然冰朵幻，出漣漪。　舞入雲中不用衣。沙鷗驚復下，欲銜時。依依不認別斜暉〔二〕。爲伊春不用，自芳菲。

【注】

〔一〕江妃：江上神女。劉向列仙傳卷上：「江妃二女者，不知何所人也，出遊于江漢之湄，逢鄭交甫，見而悦之，不知其神人也。」

〔二〕「依依」句：陳獻章和尚石詩：「舟楫行天上，斜暉卷浪花。」

雨中花慢　越王臺下懷古

雁翅三城〔一〕，龍荒十郡〔二〕，秋來不減邊沙。恨牛羊有地，雞犬無家〔三〕。雖少諸軍浴鐵，還餘幾隊吹笳〔四〕。朝臺試望〔五〕，天似穹廬〔六〕，直接京華。　趙佗箕踞〔七〕，南武稱雄〔八〕，遺墟問取棲鴉。誰得似、斑騅漢使，才藻紛葩〔九〕。湯沐千年錦石〔一〇〕，文章五嶺梅花〔一一〕。彩絲女子〔一二〕，争看旌節〔一三〕，色映朝霞。

【校】

此首道援堂詞、屈翁山詩集闕。是調變體衆多，本詞當依京鏜雨中花慢（玉局祠前）律。

【箋】

屈大均詩詞屢詠越王臺，每有寓意。

【注】

〔一〕「雁翅」句：廣州城有子城、東城、西城等三城。東西二翼城稱爲雁翅城。見聲聲慢聞城上吹螺詞注。

〔二〕「龍荒」句：漢書敘傳下：「荒幕朔，莫不來庭。」龍，龍城；荒，荒服。泛指邊遠之區。廣東新語自序：「予舉廣東十郡所見所聞，平昔識之于己者，悉與之語。」萬曆廣東通志謂廣東十郡：「首嶺南，則廣州、韶州、南雄；次嶺東，則惠州、潮州；次嶺西，則肇慶、高州；次海北，則廉州、雷州；次海南，則瓊州；其羅定則新附焉。」

〔三〕「恨牛羊」二句：上句謂清軍荒廢農田房舍以長草放牧。牛羊，亦以貶斥清人。次句謂漢人百姓流離失所。雞犬亦無家可歸。

〔四〕「雖少」二句：謂戰争結束後，清軍駐劄廣州，依然氣氛肅殺。徐陵廣州刺史歐陽頠德政碑：「浴鐵蔽于山原，摐金駭于樓堞。」蕭綱從軍行：「冰城朝浴鐵，地道夜銜枚。」

〔五〕朝臺：即朝漢臺。見輪臺子粵秀山麓經故太僕霍公池館作詞注。

〔六〕「天似」句：謂廣州城已荒蕪如漠北之草原矣。敕勒歌：「敕勒川，陰山下，天似穹廬，籠蓋四野。天蒼蒼，野茫茫，風吹草低見牛羊。」

〔七〕「趙佗」句：見春從天上來壽制府大司馬吴公詞「笑漢時大長」句注。

〔八〕南武：廣州古稱。漢書高帝紀：「詔曰：『南武侯織，亦粵之世也，立以爲南海王。』」，南海國轄境在粵東今揭陽、陸豐、豐順一帶，後爲南越國所滅，南越國遂以「南武」名其都城。

〔九〕「誰得似」二句：古樂府神弦歌明下童曲：「陳孔驕赭白，陸郎乘斑騅。」屈大均詩詞中每襲此語，以陸郎指陸賈。贈别查韜荒九首之五：「去踏梅花嶺，斑騅似陸郎。」題王給諫烏絲紅袖圖：「斑騅攜得素馨花，陸賈風流映漢家。」寫陸賈説服趙佗稱臣之事。見春從天上來壽制府大司馬吴公詞注。

〔一〇〕「湯沐」句：湯沐，謂湯沐邑。禮記王制：「方伯爲朝天子，皆有湯沐之邑于天子之縣内。」鄭玄注：「給齋戒自絜清之用。浴用湯，沐用潘。」錦石，錦石山。西寧縣志卷三十四：「錦石山，在西寧（今鬱南）城東北二十里羅旁水口。」屈大均文昌閣記：「隔江二十里許有錦石山，漢陸賈大夫之所對者也。」廣東新語卷三山語「錦石山」條：「山在德慶州西，高百餘丈。一石狀天柱，削成而圓，旁有數大石，若箕踞而坐然。蓋自崧臺而西，舟行三日，夾岸皆土山綿亘，惟此石拔起，若蓮莖上矗，旁無附麗。漢大夫陸賈使南越，從桂嶺取道至此，施錦步障以登。嘗禱山靈，若佗降，當以錦爲報。其後佗去帝號，受南越王封，與賈泛舟珠江，溯鞫上。賈因以錦包山石，錦不足，植花卉代之，遍巖谷間，望若霞絢，因名錦石山。至今異花甚衆，終歲如春，采擷者多不識其名。山之西五十里陸溪，水口舊有大中祠祀賈，祠今毀。予謂賈功名以南越終始，其魂魄當不忘此，宜建祠錦石之下，爲賈湯沐，一以報賈安南越之功，一以昭是山效靈于漢之德，此亦炎方之盛事也。」

〔一〕「文章」句：史記酈生陸賈列傳：「賈凡著十二篇。每奏一篇，高帝未嘗不稱善，左右呼萬歲，稱其書曰新語。」屈大均極慕陸賈，屈大均廣東新語之名亦仿自新語。

〔二〕「彩絲」句：謂粤中女子。屈大均廣東新語卷二十五草語：「兒女子以彩絲貫之，素馨與茉莉相間，以繞雲髻，是曰花梳。」

〔三〕旄節：指陸賈爲南越使者時所持之節。

行香子　漁歌

第一魚鱠。第二魚魟。第三魚、是馬膏鯽〔一〕。潮鹹潮淡，一任漁郎。喜春風來，黄花短，白花長〔二〕。　江水魚香。魚子滋陽。大罾船、滿載鹽霜。罛公罛姥，兩兩開洋〔三〕。更鱭魚寒，鱸魚熱〔四〕，膾皆良。黄花、白花，魚名。

【校】

此首道援堂詞、屈翁山詩集、全清詞闕。

【注】

〔一〕「第一」三句：屈大均廣東新語卷二十二鱗語：「語有曰：『第一鱠，第二鯛，第三第四馬膏鯽。』」「予詩：『鱠黄鱒白鯚花香，玉箸金盤盡意嘗。』鱠味美。諺云：『一鱠二鰻。』鱠體圓，一名鏡魚。予詩：『鏡魚春向鏡中游。』又云：『魚在鏡湖多似鏡。』」「馬膏鯽以臘月出至三四月。」「魟」，廣東新語作「鯛」，集韻陽韻：「魟，魚名。鮪也。」鮪，即鱘魚。

〔二〕「黄花」三句：屈大均廣東新語卷二十二鱗語：「黄白二花，味勝南嘉。」「黄者黄花魚，白者白花魚也。又春曰黄花，秋曰石首也。凡有鱗之魚皆屬火，二花不然，其功補益而味甘，故美。」

〔三〕「罛公」二句：屈大均廣東新語卷二十二鱗語：「漁具多種，其最大者曰罛，次曰罾。罛之類有曰深罛，上海水淺多用之。其深六七丈，其長三十餘丈。每一船一罛，一罛以七八人施之。以二罛爲一朋，二船合則曰罛朋。別有船六七十艘佐之，皆擊板以驚魚。每日深罛二施，可得魚數百石。有曰繁緣罛，下海水深多用之。其深八九丈，其長五六十丈。以一大縒爲上綱，一爲下綱。上綱間五寸一藤圈，下綱間五寸一鐵圈，爲圈甚衆，貫以繚以爲放收。而以一大船爲罛公，一小船爲罛姥，二船相合，以罛連綴之。」

〔四〕「更鰽」二句：屈大均廣東新語卷二十二鱗語：「寒鰽熱艫。」「鰽魚至冬益肥，故曰寒鰽。艫至夏益肥，故曰熱艫。言一以寒而美，一以熱而美也。」

燕歸梁

幾片春光燕嘴邊。紅濕露啼鮮〔一〕。海棠絲短也相牽。殘夢後、斷魂前。

粉餘飛雪，香消沈水，無計更留仙〔二〕。東風好送向花田〔三〕。花廝土、早成煙。

【注】

〔一〕「幾片」二句：落花爲燕子銜歸，謂春光已逝也。舒邦佐初夏詩：「燕銜春去後，蟬噪夏陰初。」李商隱殘花詩：「殘花啼露莫留春。」

〔二〕留仙：見鳳凰臺上憶吹簫詞「留仙難得，空綯裾裙」句注。

〔三〕花田：見點絳唇素馨花燈注。

江南春

花已攬，柳還牽。荷絲縈一縷，荷葉疊千錢。苦心成藕悲蓮子〔一〕，蓮子成時郎不憐。

【注】

〔一〕「苦心」句：辛棄疾卜算子爲人賦荷花詞：「根底藕絲長，花裏蓮心苦。」

一斛珠

媚兒開袖〔一〕。芙蕖花出櫻桃口。多生定念蓮經否〔二〕。欲吐芳香，輒自含辭久。　荷葉不離雙玉手〔三〕。朝朝暮暮來擎酒。半酣方肯歌紅豆〔四〕。不信嬌鶯，似爾春聲溜〔五〕。歐陽文忠公有姬，姓盧名媚兒，姿貌端秀，口中作芙蕖花香。有蜀僧曰：「此人前身爲尼，誦法華經二十年。」

【箋】

陳正敏遯齋閒覽：「歐公知潁州，有官妓盧媚兒，姿貌端秀，口中常作芙渠花香。有蜀僧曰：

此人前身爲尼，誦法華經二十年，一念之誤，乃至于此。公後問妓曾讀法華經否？妓曰：失身于此，所不暇也。公命取經示之，一覽輒誦，如素所熟者，易以他經，則不能也。」

【注】

〔一〕開袖：鄭豐答陸士龍詩：「回流清淵，啟襟開袖。」李白對酒醉題屈突明府廳詩：「山翁今已醉，舞袖爲君開。」

〔二〕蓮經：妙法蓮華經之簡稱。段成式酉陽雜俎續集寺塔記上：「素公不出院，轉法華經三萬七千部。夜常有貉子聽經，齋時烏鵲就掌取食。長慶初，庭前牡丹一朵合歡，有僧元幽題此院詩，警句曰：『三萬蓮經三十春，半生不踏院門塵。』」

〔三〕荷葉：荷葉杯。王明清玉照新志卷四：「白樂天手書詩一紙云：『石榴枝上花千朵，荷葉杯中酒十分。』」

〔四〕歌紅豆：范攄雲溪友議卷中：「龜年曾于湘中采訪使筵上唱：『紅豆生南國，秋來發幾枝。願君多采擷，此物最相思。』」陳德武念奴嬌詞：「舞按霓裳，歌揚紅豆。」

〔五〕「不信」二句：祖可春閨詩：「鶯作春聲入畫堂。」

一斛珠

海棠絲短。輸他楊柳絲難斷。流鶯繫得枝枝滿。莫衹貪眠，不耐腰身軟。

花絮無情風自亂。眉痕一任春深淺〔一〕。生憎一樹含煙暖。每共芭蕉，片片心舒卷〔二〕。

【注】

〔一〕「眉痕」句：朱慶餘近試上張籍水部詩：「妝罷低聲問夫婿，畫眉深淺入時無。」

〔二〕「每共」二句：屈大均白華園作詩：「舒卷因風雨，芭蕉亦有心。」

一斛珠　乞某子作書

古肥今瘦〔一〕。三真六草多仙授〔二〕。銀鉤蠆尾人争購〔三〕。一幅鵝溪〔四〕，爲寫蘭亭就〔五〕。　筆虎而今誰怒手〔六〕。天門龍跳争馳驟〔七〕。墨濤翻處蛟螭鬬〔八〕。更乞驚鸞〔九〕，字字教如斗〔一〇〕。

【注】

〔一〕古肥今瘦：蕭衍觀鍾繇書法十二意：「世之學者宗二王，元常逸跡，曾不睥睨。羲之有過人之論，後生遂爾雷同。元常謂之古肥，子敬謂之今瘦。今古既殊，肥瘦頗反。」

〔二〕三真六草：南史王彬傳：「彬字思文，好文章，習篆隸，與志齊名。時人爲之語曰：『三真六草，爲天下寶。』」按，王志排行第三，善真書；王彬排行第六，善草書。

〔三〕銀鉤蠆尾：王僧虔論書：「（索靖）散騎常侍張芝姊之孫也，傳芝草而形異，甚矜其書，名其字勢曰『銀鉤蠆尾』。」蠆尾，蠍尾。喻書法的鉤趯遒勁有力。

〔四〕鵝溪：鵝溪絹。見一斛珠題林文木挐畫看竹圖注。

〔五〕蘭亭：指蘭亭序。見雙聲子弔東皋别業故址詞注。

〔六〕筆虎：周越法書苑：「竇泉爲李陽冰篆曰『筆虎』。」

〔七〕天門龍跳：蕭衍古今書人優劣評：「王羲之書字勢雄逸，如龍跳天門，虎卧鳳闕，故歷代寶之，永以爲訓。」

〔八〕「墨濤」句：陸游風月詩：「狂歌撼山川，醉墨飛蛟螭。」

〔九〕驚鸞：形容筆勢飛動。蘇軾九月十五日邇英講論語終篇賜執政講讀史官燕于東宫又遣中使就賜御書詩各一首臣軾得紫薇花絶句其詞云絲綸閣下文書静鐘鼓樓中刻漏長獨坐黄昏誰是伴紫薇花對紫薇郎翌日各以表謝又進詩一篇臣軾詩云：「酒酣復拜千金賜，一紙驚鸞回鳳字。」

〔一〇〕「字字」句：李商隱韓碑：「碑高三丈字如斗，負以靈鼇蟠以螭。」

更漏子

無數落花人不惜，拾紅浴向清溪。胭脂不使作香泥。鶯掠去東西。　休絮亂，與絲齊。牽人衹似柔荑〔一〕。無情枉作有情啼。杜鵑聲且低。

【校】

此首道援堂詞、屈翁山詩集、全清詞闕。

【注】

〔一〕柔荑：詩衛風碩人：「手如柔荑，膚如凝脂。」朱熹集傳：「茅之始生曰荑，言柔而白也。」

羅敷媚 緋桃

洗紅盡褪夭夭色〔一〕，雪粉猶多。不肯顔酡。濃淡胭脂總笑他。　看朱成碧朦朧甚〔二〕，衹爲相思。不見紅兒〔三〕。化作瑶華怎得知。

【校】

此首道援堂詞、屈翁山詩集、全清詞闕。

【注】

〔一〕夭夭：詩周南桃夭：「桃之夭夭，灼灼其華。」

〔二〕看朱成碧：王僧孺夜愁示諸賓詩：「誰知心眼亂，看朱忽成碧。」

〔三〕紅兒：羅虬比紅兒詩自序：「比紅者，爲雕陰官妓杜紅兒作也。美貌年少，機智慧悟，不與群輩妓女等。余知紅者，乃擇古之美色灼然于史傳三數十輩，優劣于章句間，遂題比紅詩。」

醉春風 緋桃

濕透非紅淚。春風吹得醉。東君還與賜宮緋〔一〕，試。試。試。香送餘寒，色添初暖，盡情妖媚。

乍似飛瓊至〔二〕。丹玉盤邊侍。未應穠艷更施朱，記。記。記。惟有東鄰〔三〕，學他千笑〔四〕，惹將春思。

【校】

此首道援堂詞、全清詞闕。

【注】

〔一〕「東君」句：東君，司春之神。王初立春後作詩：「東君珂佩響珊珊，青馭多時下九關。方信玉霄千萬里，春風猶未到人間。」唐制，四、五品官公服緋色，官品不及而皇帝特許服緋，以示尊寵，稱賜緋。

〔二〕飛瓊：許飛瓊。西王母之侍女。見鳳簫吟綠珠詞注。

〔三〕東鄰：宋玉登徒子好色賦：「玉曰：『天下之佳人莫若楚國，楚國之麗者莫若臣里，臣里之美者莫若臣東家之子。東家之子，增之一分則太長，減之一分則太短；著粉則太白，施朱則太赤；眉如翠羽，肌如白雪；腰如束素，齒如含貝；嫣然一笑，惑陽城，迷下蔡。然此女登牆窺臣三年，至今未許也。』」

〔四〕千笑：謂繁花盛開也。李世民詠桃詩：「向日分千笑，迎風共一香。」

蝶戀花　春情

似雨如晴春乍暖。漠漠輕煙，未肯含愁淺。悵望不知人已遠。踏紅似向花間轉。　亂落杜鵑餘幾片。付與遊絲，莫被風吹斷。紫燕銜香知有怨〔一〕。怨他情與東君短。

【注】

〔一〕紫燕銜香：劉元叔妾薄命詩：「紫燕銜花向庭滿。」汪晫次韻落花詩：「巢燕銜香急，川魚弄纈遲。」

天仙子

翡翠蘭開如翡翠〔一〕。朵朵教人長日醉。玉壺無酒又春愁〔二〕。因柳色，怕登樓。一任年光逐水流〔三〕。

【注】

〔一〕翡翠蘭：屈大均廣東新語卷二十五草語：「翡翠蘭，六瓣三蕊，色如翡翠。」屈大均紫蘭詩：「深淺總分紅翠色，芬芳長在美人家。」自注：「一名翡翠蘭。紅翠者，翡翠之別種。」

〔二〕「玉壺」句：李白送梁四歸東平詩：「玉壺挈美酒，送別强爲歡。」

〔三〕「一任」句：盧綸卧病寓居龍興觀枉馮十七著作書知罷攝洛陽赴緱氏因題十四韻寄馮生並贈喬尊師詩：「世累如塵積，年光劇水流。」

帝鄉子

花花。一枝紅一家。大小髻鬟都有，似朝霞。蝴蝶逐人來去，粉霑青額紗〔一〕。團扇撲將三兩，莫傷他。

【校】

此首道援堂詞、屈翁山詩集、全清詞闕。

【注】

〔一〕額紗：女子遮額之紗。董元愷阮郎歸窗前詞：「奩鏡畔，繡簾遮。妝成覆額紗。」

古調笑　二首

其一

蝴蝶。蝴蝶。片片如花似葉。休教亂舞春風。攪起苔間墜紅。紅墜。紅墜。半化胭脂香淚〔一〕。

【注】

〔一〕「半化」句：王沂孫水龍吟海棠詞：「夜深花底。怕明朝、小雨濛濛，便化作、燕支淚。」

其二

楊柳。楊柳。日日長條在手。流鶯何苦多情〔一〕。啼到枝邊月明。明月。明月。冷浸滿頭冰雪。

【注】

〔一〕「流鶯」句：劉禹錫同留守王僕射各賦春中一物從一韻至七詩：「鶯，能語，多情。」

訴衷情

爲愛腰肢多種柳，拂朱橋。垂繡户〔一〕。雙舞。當妖嬈。看煞落花朝〔二〕。摇摇。流鶯花外招〔三〕。向長條。

【校】

此首道援堂詞、屈翁山詩集、全清詞闕。

【注】

〔一〕「拂朱」二句：陸游初春詩：「柳拂朱橋湖水生，園林處處聽新鶯。」李洪和鄭康道春日詩：「弱柳低垂户，小桃初著花。」

〔二〕落花朝：晏幾道南鄉子詞：「倚著闌干弄柳條。月夜落花朝。」

〔三〕「流鶯」句：李彌遜虞美人詞：「上陽遲日千門鎖。花外流鶯過。」

河傳

天愁芳草。萋萋官道。恨爾如煙。〔一〕一春相逐夕陽邊。揚鞭。趁晴天。

卻比人愁重〔二〕。雨如夢。暗把韶光送。東風休作落花媒〔三〕。吹來。含啼向酒杯。

【校】

此首道援堂詞、屈翁山詩集、全清詞闕。

【注】

〔一〕「芳草」三句：杜甫樂遊園歌：「樂游古園崒森爽，煙綿碧草萋萋長。」李益鹽州過胡兒飲馬泉詩：「綠楊著水草如煙。」

〔二〕「天愁」句：仇遠憶舊遊詞：「想撲地陰雲，人愁不盡，替與天愁。」

〔三〕「東風」句：李賀南園十三首之一：「花枝草蔓眼中開，小白長紅越女腮。可憐日暮嫣香落，嫁與春風不用媒。」

虞美人

無風亦向朱欄舞。情爲君王苦〔一〕。烏江不渡爲紅顔。忍使香魂無主獨東還〔二〕。　春含古血看猶暖〔三〕。巧作紅深淺。花前休唱楚人歌，恐惹英雄又喚奈虞何〔四〕。

【注】

〔一〕「無風」二句：沈括夢溪筆談卷五：「高郵人桑景舒，性知音，聽百物之聲，悉能占其災福，尤善樂律。舊傳有虞美人草，聞人作虞美人曲，則枝葉皆動，他曲不然。景舒試之，誠如所傳。乃詳其曲聲，曰：『皆吴音也。』他日取琴，試用吴音製一曲，對草鼓之，枝葉亦動，乃謂之虞美人操。其聲調與虞美人曲全不相近，始末無一聲相似者，而草輒應之，與虞美人曲無異者，律法同管也。其知者臻妙如此。」君王，指西楚霸王項羽。

〔二〕「烏江」二句：史記項羽本紀：「項王乃欲東渡烏江。烏江亭長艤船待，謂項王曰：『江東雖小，地方千里，衆數十萬人，亦足王也。願大王急渡。今獨臣有船，漢軍至，無以渡。』項王笑曰：『天之亡我，我何渡爲！且籍與江東子弟八千人渡江而西，今無一人還，縱江東父兄憐而王我，我何面目見之？縱彼不言，籍獨不愧于心乎？』乃謂亭長曰：『吾知公長者。吾騎此馬五歲，所當無敵，嘗一日行千里，不忍殺之，以賜公。』乃令騎皆下馬步行，持短兵接戰。獨籍所殺漢軍數百人。項王身亦被十餘創。顧見漢騎司馬吕馬童，曰：『若非吾故人乎？』馬童面之，指王翳曰：『此項王也。』項王乃曰：『吾聞漢購我頭千金，邑萬户，吾爲若德。』乃自刎而死。」本詞意謂項羽不渡烏江，是因爲不忍讓虞姬香魂無人相伴，獨自東還。辛棄疾浪淘沙賦虞美人草：「不肯過江東。玉帳匆匆。至今草木憶英雄。唱著虞兮當日曲，便舞春風。」

〔三〕古血：李賀長平箭頭歌：「漆灰骨末丹水沙，淒淒古血生銅花。」此謂虞美人花爲虞姬之血所化。

〔四〕「花前」二句：史記項羽本紀：「項王軍壁垓下，兵少食盡，漢軍及諸侯兵圍之數重。夜聞漢軍四面皆楚歌，項王乃大驚曰：『漢皆已得楚乎？是何楚人之多也！』項王則夜起，飲帳中。有美人名虞，常幸從；駿馬名騅，常騎之。于是項王乃悲歌慷慨，自爲詩曰：『力拔山兮氣蓋世，時不利兮騅不逝。騅不逝兮可奈何，虞兮虞兮奈若何！』歌數闋，美人和之。項王泣數行下，左右皆泣，莫能仰視。」

錦堂春慢　賀廖君新宅

地是蘭湖〔一〕，城當穗洞〔二〕，華堂新見翬飛〔三〕。羨王家春燕，復返烏衣〔四〕。碣石宫邊久客〔五〕，浮丘市上初歸〔六〕。鎮向花林偃卧，長弄瑶簪，長弄珠徽〔七〕。

錦里先生接近〔八〕，有青蓮白苧〔九〕，詞筆同嬉。笑桐孫百尺，桂子雙圍〔一〇〕。蕉老雌雄仙蝠〔一一〕，梅芬大小豪犀〔一二〕。未化千年霜羽，尚識盧躭，尚識令威〔一三〕。

【校】

此首道援堂詞、屈翁山詩集、全清詞闕。

【箋】

廖君，疑爲廖焞。廖焞，字南暐，一字雪臞，廣東南海人。布衣。著有自娛堂集、北遊草。詩見黄登嶺南五朝詩選卷九。廖焞與嶺南三家交往密切，多次宴集賦詩。

【注】

〔一〕蘭湖：屈大均廣東新語卷四水語：「蘭湖。南越志：『番禺北有芝蘭湖。』廣州志：『蘭湖在雙井街，其水常瀦。』今亦亡。其地亦猶曰『蘭湖里』云。」

〔二〕穗洞：即「穗石洞天」。爲舊羊城八景之一。廣州城中有巨石，上有「仙人拇跡」，稱「穗石」，石旁建有五仙觀，以祀騎五羊至穗之五穀神。

〔三〕翬飛：謂宅第之高峻壯麗。詩小雅斯干：「如翬斯飛。」朱熹集傳：「其簷阿華采而軒翔，如翬之飛而矯其翼也。」

〔四〕「羨王家」二句：劉禹錫烏衣巷詩：「朱雀橋邊野草花，烏衣巷口夕陽斜。舊時王謝堂前燕，飛入尋常百姓家。」

〔五〕碣石宮：史記孟子荀卿列傳：「（騶衍）如燕，昭王擁彗先驅，請列弟子之座而受業，築碣石宮，身親往師之。」史記正義：「在幽州薊縣西二十里，寧臺之東。」

〔六〕浮丘市：指廣州西城。見洞仙歌浮丘石上作詞注。

〔七〕「長弄」二句：杜牧黄州准赦祭百神文：「瑶簪繡裾，千萬侍女。酬以觥斝，助之歌舞。」珠徽，以珠爲飾之琴徽。琴之美稱。

〔八〕錦里先生：謂安貧樂道之士。杜甫南鄰詩：「錦里先生烏角巾，園收芋栗未全貧。」

〔九〕青蓮白苧：青蓮，謂李白。李白陪族叔刑部侍郎曄及中書賈舍人至遊洞庭五首之四：「醉客滿船歌白苧，不知霜露入秋衣。」白苧：白苧辭。樂府古題要解：「白苧辭，古辭，盛稱舞者之美，宜及芳時行樂。」

〔一〇〕「笑桐孫」二句：桐孫，桐樹新生之枝。庾信詠樹：「楓子留爲式，桐孫待作琴。」馮山幽懷詩：「桐孫繞雲枝，下有百尺根。」程公許壽後溪劉侍郎詩：「内閣圖書真學士，西園幾杖老仙翁。木公金母人間現，桂子桐孫壽籍同。」兩句稱美廖君之子孫衆多。

〔一一〕「蕉老」句：屈大均廣東新語卷二十四蟲語：「粵山多巖洞，蝙蝠宫之。以乳石精汁爲養，夏間出食荔支，冬則服氣，純白者大如鳩鵲，頭上有冠，或千歲之物。其大如鶉而未白，亦已百歲。而皆倒懸，其陽精在腦，腦重，故倒懸也。餘則背腹茜紅而肉翼淺黑，多雙伏紅蕉花間，雌雄不舍，捕者得其一，則一不去，婦人佩之爲媚藥。予詩：『羅浮蝙蝠紅，雙宿芭蕉葉。相與帶在身，媚郎兼媚妾。』或謂即肉芝，以藥制服之。」

〔一二〕豪犀：屈大均哭華姜詩「先取豪犀理鬢絲」自注：「理鬢器。」

〔一三〕「未化」三句：千年霜羽，指仙鶴。淮南子説林訓：「鶴壽千歲，以極其遊。」元稹和樂天感鶴詩：「我有所愛鶴，毛羽霜雪妍。」盧躭、令威，見十二時送蒲衣子入山詞注。

東風第一枝 送張君攜家返杭州

荔蕊初含，棉花欲吐，春光漸與膏沐〔一〕。乳鶯催憶香涇〔二〕，旅雁引辭檻曲。蘭橈蕩漾，羡歸客、鴛鴦相逐。漫計程、想到明湖〔三〕，尚未藕肥菱熟。知佩有、大紅媚蝠〔四〕。么鳳子、再看羽緑〔五〕。早從奔月靈娥，乞得兔兒在腹〔六〕。羅浮曾至，怎忘得、芝甘如肉〔七〕。待宦成、散帶重遊〔八〕，肯作洞天梅福〔九〕。

【校】

此首道援堂詞、屈翁山詩集、全清詞闕。

【箋】

張君，疑爲張梯。張字桐君，一字木弟。浙江山陰人。與弟杉、楞稱「三張子」，明季每出主文社。順治三年，楞以抗清死。梯乃髡髮遊澤中，後爲王煐幕客。屈大均有張桐君餉我杭州宮扇賦此答之答張桐君見題三閭書院之作詩，二詩于康熙二十四、五年間。屈大均佚文有張桐君詩集序。

【注】

〔一〕膏沐：洗沐。潤澤之意。柳宗元晨詣超師院讀禪經詩：「日出霧露餘，青松如膏沐。」

〔二〕香涇：見風中柳詞「香涇三宿」句注。

〔三〕明湖：指西湖。曾鞏西湖二月二十日詩：「漾舟明湖上，清鏡照衰顏。」

〔四〕「知佩有」句：見錦堂春慢賀廖君新宅詞「蕉老雌雄仙蝠」句注。

〔五〕么鳳：見彩雲歸詞注。

〔六〕「早從」二句：見霜天曉角遺鏡詞注。

〔七〕芝甘：王禹偁謝政事王侍郎伏日送冰詩：「寒生毛髮清牙齒，脆若玉芝甘似醴。」芝有肉芝一種。

〔八〕宦成：謂登上顯貴之位。漢書疏廣傳：「今仕官至二千石，宦成名立，如此不去，懼有後悔。」散帶：謂退隱。晉書何准傳：「充居宰輔之重，權傾一時，而准散帶衡門，不及人事。」

〔九〕梅福：見鳳簫吟贈李孝先新婚詞注。

木蘭花慢　竹葉符

向籠葱摘取〔一〕，問蟲篆〔二〕、是誰書。似蠹繡丹經，蟫餐緑字，巧出仙餘〔三〕。麻姑。戲將鳳爪，印龍紋、一暈一河圖〔四〕。更綴陰陽小押，辟邪留在沖虛〔五〕。研朱。籜隕亦霑濡〔六〕。掩映雪消初。笑帶風與露，膩香春粉〔七〕，總贈芳姝。林於〔八〕。洞庭萬樹，奈斑斑、衹有淚如珠〔九〕。那得雙鉤片片〔一〇〕，鷟鸑跡遍蕭疏〔一一〕。沖虛，觀名。在羅浮。

【校】

此首道援堂詞、屈翁山詩集闕。「蟫餐」，宣統本作「魚餐」。

【箋】

屈大均廣東新語卷二十七草語：「（羅浮）雙髻峰下百十步劉仙壇側有符竹，竹不甚大，高止數尺，葉上有文如蝸涎，如古篆籀，其行或複或單，或疏或密，葉葉不同，若今巫覡所書符者。一竹中有一葉二葉，或數十竹中無一葉，葉雖枯而文色不改。文多白，與葉色不同，山人謂之竹葉符，每以餉客。」沖虛觀，羅浮山志會編卷三：「朱明洞南有沖虛觀。」黄佐廣東通志卷六十五：「沖虛觀，即都虛觀故址。晉咸和中，葛洪至此以煉丹，從觀者衆，乃于此置四庵，山南曰都虛，又曰玄虛，又改名沖虛。」羅山南朱明洞之沖虛觀與羅山西黄龍洞之黄龍觀、浮山北酥醪村之酥醪觀，爲葛洪南庵、西庵、北庵之故址。

【注】

〔一〕籠葱：大竹名。見醉花陰以竹節大斗爲元兄壽詞注。

〔二〕蟲篆：即蟲書。篆書之一體。每用于符節。許慎説文解字敘云：「自爾秦書有八體，一曰大篆，二曰小篆，三曰刻符，四曰蟲書，五曰摹印，六曰署書，七曰殳書，八曰隸書。」成公綏隸書體：「蟲篆既繁，草稿近僞，適之中庸，莫尚于隸。」

〔三〕「似蠹」三句：太平廣記卷第四十二引原化記：「唐建中末，書生何諷，嘗買得黄紙古書一卷，讀之。卷中得發卷，規四寸，如環無端。諷因絶之，斷處兩頭滴水升餘，燒之作發氣。諷嘗言于道者，道者曰：『吁！君固俗骨，遇此不能羽化，命也。』據仙經曰：『蠹魚三食神仙字，則化爲此物，名曰脈望；夜以矰映當天中星，星使立降。可求還丹，取此水和而服之，即時换骨上升。』因取古書閲之，數處蠹漏，尋義讀之，皆神仙字。諷方歎伏。」繡，蛀蝕之跡有如繡紋，故云。蟫，蠹魚。緑字，晉書地理志序：「大禹觀于濁河，而受緑字，寰瀛之内可得而言也。」緑字，指河圖，以緑字所寫之天書。仙餘，仙人所留者。

〔四〕「麻姑」三句：見十二時送蒲衣子入山詞注。鳳爪，麻姑之仙爪。河圖，易繫辭上：「是故天生神物，聖人則之；天地變化，聖人故之；天垂象見吉凶，聖人象之；河出圖，洛出書，聖人則之。」

〔五〕「更綴」二句：陰陽小押，謂竹葉上之紋有如陰陽文之花押。辟邪：道教謂符籙有辟邪之用。葛洪抱朴子登涉載有各類辟邪符。

〔六〕「研朱」二句：道教以硃砂書符籙。此謂枯葉殞落，其上仍有符狀朱文。

〔七〕春粉：指竹粉。筍殼脱落時附著嫩竹上之白色粉末。

〔八〕林於：即「箖箊」，竹名。左思吴都賦：「其竹則篔簹箖箊。」李善注引劉淵林云：「箖箊，是袁公與越女試劍竹者也。」庾信奉和永豐殿下言志之六：「含風摇古度，防露動林於。」

〔九〕「奈斑斑」句：用舜二妃斑竹事。見瀟湘神零陵作詞注。

〔一〇〕雙鉤：書法術語。以細線鉤摹字之輪廓。姜夔續書譜：「雙鉤之法，須得墨暈不出字外，或廓填其内，或朱其背，正肥瘦之本體。」

〔一一〕鷩鸞：見一斛珠乞某子作書詞注。

水龍吟 五色雀

洞天偏是朱明〔一〕，鳳凰生長紛孫子〔二〕。更多五色，絳翎作長，緑兄紅姊〔三〕。大石樓邊〔四〕，錦屏峰際〔五〕，群飛相比。與碧雞丹翠〔六〕，雌雄三兩，教王母、長驅使〔七〕。

又有鸘鶵越翅。糞奇香、水沈真似〔八〕。鵕鸃對對〔九〕，搗餘靈藥，連聲呼爾〔一〇〕。解識仙儒〔一一〕，洞門遥迓，導歸花市〔一二〕。愛回翔逐我，彩衣兒女〔一三〕，作高堂喜。

【校】

此首道援堂詞、屈翁山詩集闕。

【箋】

陳槤羅浮志雜志：「羅浮有五色雀，各被方色，非時不見。若士大夫將游山，則先翔集，寺僧以此爲候。其尤可愛者，朱藍正色，若朝服焉。鐵冠黑色者，司其進止。」余靖羅浮五色雀詩：「五方純色儼衣冠，應是山靈寄羽翰。多謝相逢殊俗眼，謫官猶作貴人看。」屈大均廣東新語卷二十禽語：「五色雀。産羅浮山，比鸜鵒而小。羽儀四時鮮明。未嘗氄毨。一雀二色或五色。其大絳者，君也，朱藍相間若朝服者，大臣也。飛則數千百爲群，不雜他鳥，而以兩鐵冠烏色者司進止，有賢人入山則出見。」五色雀，學名中華擬啄木鳥，近年于羅浮山中時有發現。

【注】

〔一〕朱明：羅浮山爲道教之第七洞天，號「朱明耀真天」。屈大均廣東新語卷二十禽語：「羅浮不見山海經，而南山經言：丹穴之山，其上多金玉。丹水出焉，南流注于海。有鳥五采，狀如雞而文，是曰鳳凰。今鐵橋瑤池之水，南注溟渤，穴土皆赤，而其洞曰朱明，則亦丹穴之義也。」

〔二〕「鳳凰」句：屈大均廣東新語卷二十禽語：「羅浮山中人，所見無非鳳凰者，不惟以紅翠、碧雞、五色鳥之屬爲鳳，即大蝴蝶亦以爲小鳳凰。」「山有鳳凰峰、鳳浴潭。有異鳥，五采而頭大，名大頭鳳，飛則羽聲震山谷。他若青鸞、碧雞、五色雀、山喜鵲、鵁鶄、紅裙、白練之屬，人皆以爲鳳雛也，豈即所謂丹穴之山耶。凡鳥赤多者鳳，南海鳥多赤，皆鳳之族。而師曠禽經言：『赤鳳謂之鶉，南方取象鶉火。』鶉，鳳也。赤故云火也。星經言，南方七宿朱鳥。朱鳥，鳳也。南方爲朱雀之分，鳳之所産，故諸鳥之有文采者，皆爲鳳之子姓。」

〔三〕緑兄紅姊：屈大均廣東新語卷二十禽語：「羅浮固珍禽之藪也，而五色雀尤異。一名子弟雀，俗稱精緻者爲子弟。又以此雀從其長者如師，一依進止，尊卑有序，如子弟之恂恂也。又名五姊妹，數千百同巢共哺。」

〔四〕大石樓：羅浮山石名。見醉蓬萊落花詞注。

〔五〕錦屏峰：羅浮山峰名。在沖虚觀、逍遥洞之西，其南麓有華首寺。

〔六〕碧雞丹翠：屈大均廣東新語卷二十禽語：「碧雞，似孔雀而小，足重距，背連錢文，色碧，一名越王山雞。六帖云：『羅浮有碧雞，群飛絶巘，或獨鳴空林，曰先顧先顧。』」「羅浮有紅翠，每更則鳴，響徹山谷。日出時，碧雞先鳴，則紅翠、鵁鶄以次相應。白樂天詩：『紅翠數聲瑶室静。』予詩：『紅翠碧雞知客至，相迎直至玉溪陽。』鄺露云：『羅浮有天雞，朱冠錦尾，天晴則回翔又舞。凡天雞鳴而潮雞鳴，潮雞鳴而家雞鳴。』天雞者，碧雞也。語云：『天雞知日，潮雞知潮。』」

〔七〕「教王母」句：段成式酉陽雜俎羽篇：「王母使者。齊郡函山有鳥，足青，嘴赤黄，素翼，絳頳，名王母使者。」張易之奉和聖制夏日游石淙山詩：「青鳥白雲王母使，垂藤斷葛野人心。」王母，西王母。

〔八〕「又有」二句：鸏䴈，劉欣期交州志：「鸏䴈，水鳥。出九眞、交阯，大如孔雀，喙長尺許，南人以爲飲器。」劉恂嶺表録異卷中：「越王鳥，曲頸長足，頭有黄冠如杯，用貯水，互相飲食衆鳥雛。取其冠，堅緻可爲酒杯。」太平御覽卷九百二十八八竺法真登羅山疏曰：「越王鳥，狀似鳶，口句末，可受二升許。南人以爲酒器，珍于文螺。不踐地，不飲江湖，不唼百草，不餌蟲魚，惟啖木葉。糞似薰陸香，山人遇之，既以爲香，又治雜瘡。」

〔九〕鵕鸃：漢書佞幸傳序：「故孝惠時，郎、侍中皆冠鵕鸃，貝帶。」顔師古注：「以鵕鸃羽毛飾冠，海貝飾帶。鵕鸃，即鷩鳥也。」鷩鳥，赤鷩。今名紅腹錦雞。

〔一〇〕「擣餘」二句：屈大均廣東新語卷二地語：「粤東有四市，一曰藥市，在羅浮山沖虚觀左，亦曰洞天藥市。有擣藥禽，其聲叮鐺，如鐵杵臼相擊。一名紅翠，山中人視其飛集之所，知有靈藥。羅浮故多靈藥，而以紅翠爲導，故亦稱藥師。」

〔一一〕仙儒：李彭雪夜書懷：「帝遣仙儒玉局翁。」

〔一二〕花市：屈大均廣東新語卷二地語：「粤東有四市」，「一曰花市，在廣州七門，所賣祇素馨，而無别花。」

〔一三〕彩衣：劉向列女傳：「老萊子孝養二親，行年七十，嬰兒自娱，著五色采衣，嘗取漿上堂，跌仆，因卧地爲小兒啼，或弄烏烏于親側。」

粉蝶兒　本意

繭出朱明〔一〕，翩翩鳳皇孫子〔二〕。笑麻姑、繡裙難似〔三〕。觸飛絲，穿落粉，盡他春戲。更誰人、逍遥漆園如爾〔四〕。　　鶯捎不去〔五〕，纏綿一生花底〔六〕。與風流、緑毛丁髻〔七〕。共收香，到静夜，方開雙翅〔八〕。怕嫦娥、輕羅撲傷金翠〔九〕。

【校】

此首道援堂詞、屈翁山詩集、全清詞闕。

【注】

〔一〕「繭出」句：屈大均廣東新語卷二十四：「大蝴蝶，惟羅浮蝴蝶洞有之。」又云：「大蝴蝶本洞中仙種，相傳麻姑遺衣所化。二三月間出洞，山中人索其子藏之。至六七月，如蠶成繭，繭破成蛾，乃化爲蝴蝶。」朱明，朱明洞。

〔二〕「翩翩」句：屈大均廣東新語卷二十禽語：「大蝴蝶亦以爲小鳳凰。」

〔三〕麻姑繡裙：白居易和微之詩和送劉道士游天臺：「煙霏子晉裾，霞爛麻姑裙。」

〔四〕漆園：指莊子。逍遥，莊子有逍遥遊篇。又齊物論：「昔者莊周夢爲蝴蝶。」見玉蝴蝶詞「知是漆園開」句注。

〔五〕鶯捎：杜甫重過何氏五首之一：「花妥鶯捎蝶，溪喧獺趁魚。」

〔六〕「纏綿」句：李賀秦宮詩：「秦宮一生花底活。」

〔七〕緑毛丁髻：指緑毛么鳳與丁髻娘。屢見前注。

〔八〕「共收香」三句：謂蝴蝶與倒掛鳥。屈大均廣東新語卷二十禽語：「倒掛鳥，喜香煙，食之復吐，或收香翅内，時一放之，氤氳滿室。」

〔九〕「怕嬌」句：李郢贈别詩：「紫袖握蟬聲欲絶，紅巾撲蝶勢潛高。」

少年遊　芭蕉

水蕉心老苦難開〔一〕。春作剪刀催。油羅衫影〔二〕，冰綃裙影，蕩漾拂簾來。猩紅花蕊層層卷，愁拘束、待輕雷〔三〕。最怕秋聲，冷含風雨，且莫折苞胎〔四〕。

【校】

此首道援堂詞、屈翁山詩集、全清詞闕。

【注】

〔一〕水蕉：即紫苞芭蕉。嵇含南方草木狀卷上：「水蕉，如鹿葱，或紫或黄。吴永安中，孫休嘗遣使取二花，終不可致，但圖畫以進。」屈大均廣東新語卷二十七草語：「蕉之可愛在葉，盛夏時，高舒垂蔭，風動則小扇大旗，蕩漾翻空，清涼失暑，其色映空皆綠。其高五六尺者，葉長幹小，蕭疏如竹，曰水蕉。其花如蓮，亦曰蓮花蕉。」

〔二〕油羅：一種織物。此以形容蕉葉之光潤。

〔三〕「猩紅」二句：屈大均廣東新語卷二十七草語：「（蕉）花出于心，每一心輒抽一莖作花，聞雷而拆。拆者如倒垂菡萏，層層作卷瓣，瓣中無蕊，悉是瓣。漸大，則花出瓣中，每一花開，必三四月乃闔。」五燈會元卷第十六：「芭蕉聞雷開，葵花隨日轉。」

〔四〕苞胎：指蕉蕾。屈大均廣東新語卷二十七草語：「（蕉）一花闔成十餘子，十花則成百餘子。大小各爲房，隨花而長。長至五六寸許，先後相次，兩兩相抱，其子不俱生，花不俱落，終年花實相代謝，雖歷歲寒不凋，此其爲異也。」

南鄉子　蓬鬆果

一樹蓬鬆。身如井上兩梧桐〔一〕。雄樹生花雌結子〔二〕。鴛鴦似。不是多情爭有此。

【校】

此首道援堂詞、屈翁山詩集、全清詞闕。

【箋】

屈大均廣東新語卷二十七草語：「卍果，果作卍字形，畫甚方正，蒂在字中不可見，生食香甘，一名蓬鬆子。」吴綺嶺南風物記：「卍字果，出廣州，亦名蓬鬆果。樹本高數丈，如桄榔。蒂作卍字形，字畫方正，蒂在卍字之中，生食香甘可口。」按，蓬鬆果，即番木瓜。俗稱木瓜、萬壽果。

【注】

〔一〕「身如」句：屈大均白鵬詩：「一夕秋風墜井梧，雌雄無葉兩身孤。」

〔二〕「雄樹」句：番木瓜雌雄異株，俗稱木瓜公、木瓜母。

一落索　落花　二首

其一

消受春光無幾。流鶯催爾〔一〕。無端開落太匆匆，枉去争紅紫〔二〕。　苦被東皇驅使〔三〕。夢中相似。行雲行雨總無情〔四〕，教宋玉、空悲淚。

【校】

此首道援堂詞、屈翁山詩集、全清詞闕。

【箋】

二首詠落花，亦有傷悼亡妻之意。

【注】

〔一〕「消受」二句：王千秋菩薩蠻詞：「流鶯不許青春住。催得春歸花亦去。」

〔二〕「枉去」句：朱熹春日偶作詩：「千葩萬蕊争紅紫，誰識乾坤造化心。」

〔三〕東皇：指司春之神。戴叔倫暮春感懷詩：「東皇去後韶華在，老圃寒香别有秋。」

〔四〕「行雲」句：見湘春夜月「雲朝雨暮」句注。

其二

多謝燕兒銜汝。嘴粘紅雨〔一〕。紛紛青冢畫梁間〔二〕，棲宿多香土。　兩兩呢喃香語。粉含脂吐。巢成即是玉鉤斜〔三〕，魂片片、憑爲主。

【校】

此首道援堂詞、屈翁山詩集、全清詞闕。

【注】

〔一〕「多謝」三句：劉元叔妾薄命詩：「陽春白日照空暖，紫燕銜花向庭滿。」

〔二〕青冢：見浣溪沙杜鵑詞注。此以燕巢喻葬花之冢。如周邦彦浣溪沙詞所謂「落花都上燕巢泥」也。

〔三〕玉鉤斜：相傳爲隋煬帝葬宫人處。見太常引隋宫故址詞注。

琴調相思引

怕見春山不上樓。煙含春恨雨含愁〔一〕。茫茫歸思，不共夕陽收。　海燕多情偏易去〔二〕，邊鴻無主總難留。凄凄孤館，苦住更何求。

【注】

〔一〕「煙含」句：王禹偁點絳唇感興詞：「雨恨雲愁，江南依舊稱佳麗。」

〔二〕「海燕」句：李之儀臨江仙詞：「多情海燕，還傍舊梁飛。」

茶瓶兒

正峭寒時人獨卧。雪吹亂、紛紛風簸。花細難成朵〔一〕。錦衾空冷，一片層冰裏〔二〕。天遣多情真苦我。更白髮、催人無那〔三〕。草草青春過〔四〕。酒慵花懶〔五〕，但掩窗兒坐。

【注】

〔一〕「花細」句：謂雪花因風吹亂而不能成團成朵。

〔二〕「錦衾」二句：張華雜詩：「重衾無暖氣，挾纊如懷冰。」

〔三〕「更白髮」句：歐陽修官舍假日書懷奉呈子華内翰長文原甫景仁舍人聖俞博士詩：「白髮催人老病添。」

〔四〕「草草」句：葉夢得再次韻詩：「頹垣敗屋落花飛，草草春光亦故圻。」

〔五〕酒慵花懶：林鴻寄王六博士詩：「忘情已覺看花懶，多病真成對酒慵。」

南鄉子 二首

其一

箇箇香囊〔一〕。中多蔞葉疊鴛鴦〔二〕。鹹水檳榔那少汁〔三〕。櫻唇濕。縱傅胭脂脣不入〔四〕。

【校】

此首道援堂詞、屈翁山詩集、全清詞闕。「櫻」字，底本闕，據黄本補。

【注】

〔一〕「箇箇」句：粵人以繡袋香囊貯檳榔。屈大均錦帳春檳榔詞：「盡兒女、長盈繡袋。」

〔二〕蔞葉：蔞葉乃食檳榔之佐料。蔞與檳榔，有夫婦相須之象，故粵人以爲聘果，尋常相贈，亦以代芍藥。見廣東新語卷二七蔞條。屈大均蔞詩：「檳榔無大小，與爾總鴛鴦。」

〔三〕「鹹水」句：屈大均廣東新語卷二十五木語：「以鹽漬者曰檳榔鹹，則廣州肇慶人嗜之。」見錦帳春檳榔詞「大把鹹分，小將乾配」句注。

〔四〕「縱傅」句：粵人嚼檳榔，可致脣紅如胭脂。屈大均雷女：「玳瑁裝眉掠，檳榔代口脂。」廣州竹枝詞：「日食檳榔口不空，南人口讓北人紅。灰多葉少如相等，管取胭脂箇箇同。」

其二

注滿香螺〔一〕。白椰心小玉漿多〔二〕。飲取教郎長似醉。花中睡。卻笑檳榔無酒味。

【校】

此首道援堂詞、屈翁山詩集、全清詞闕。

【注】

〔一〕香螺：指螺杯。庾信園庭詩：「香螺酌美酒，枯蚌藉蘭殽。」

〔二〕「白椰」句：屈大均廣東新語卷二十五木語：「椰心色白而甘在酒中，大小不一，宜以檳榔兼嚼之。」「膚中空虛，又有清漿升許，味美于蜜，微有酒氣，曰椰酒。」「瓊人每以檳榔代茶，椰代酒，以款賓客，謂椰酒久服可以烏鬚云。」

漁歌子

素馨紅，素馨緑。素馨紅緑看難足〔一〕。穿茉莉，貫芙蓉，持作玲瓏花屋〔二〕。

旖旎香，宜新浴。離支膏滑嘶非玉〔三〕。捐麝片，屏馢沈，怕亂冰肌真馥〔四〕。

【注】

〔一〕「素馨」三句：謂女子以紅緑之綵絲以作花梳。見夢江南六首之六「紅茉莉，穿作一花梳」句注。

〔二〕花屋：李建勳春雪詩：「幽榭凍黏花屋重，短簷斜濕燕巢寒。」本詞中以指花梳。

〔三〕「離支」句：離支，荔枝。屈大均沁園春荔枝詞：「膏滑難濡，綃輕尚汗。」見荔枝香近詞注。此以喻女子新浴後之肌膚。

〔四〕「捐麝」三句：屏，摒棄。餕沈，指箋香。意謂新浴後不須用麝香沈香，恐其擾亂玉體之真香也。

春光好

花似笑，柳如愁〔一〕。總風流。獨有傷春人不好，雪盈頭。　憎他乳燕鳴鳩〔二〕。一箇箇、雙棲畫樓。不肯拆開飛教子〔三〕，趁風柔。

【注】

〔一〕「花似」二句：隋人西烏夜飛曲：「持底喚歡來，花笑鶯歌詠。」劉希夷春女行：「愁心伴楊柳，春盡亂如絲。」

〔二〕乳燕鳴鳩：杜甫題省中院壁詩：「落花遊絲白日静，鳴鳩乳燕青春深。」

〔三〕教子：葉茵次韻詩：「燕入虚簷教子飛，風簾不捲和新詩。」

江城子

灘頭乘雨放鸕鷀。水生時。一篙遲。鯉魚三尺〔一〕，驚出碧漣漪。方便可能將尺素〔二〕，千里外，寄相思。

【校】

此首道援堂詞、屈翁山詩集、全清詞闕。

【注】

〔一〕鯉魚三尺：李白贈崔侍郎詩：「黄河三尺鯉，本在孟津居。」

〔二〕尺素：漢樂府飲馬長城窟行：「客從遠方來，遺我雙鯉魚。呼兒烹鯉魚，中有尺素書。」周書王褒傳：「猶冀蒼雁赤鯉，時傳尺素；清風朗月，俱寄相思。」

荷葉杯　雁　二首

其一

又見邊鴻飛至。歸未。嘹嚦一聲秋〔一〕。銜書不忍過高樓〔二〕。愁麽愁。愁麽愁。

【校】

此首道援堂詞、屈翁山詩集、全清詞闕。

【注】

〔一〕嘹嚦：形容鴻雁之鳴聲響亮淒清。蔣捷滿江紅詞：「笑新來、多事是征鴻，聲嘹嚦。」

〔二〕銜書：漢書蘇武傳：「天子射上林中，得雁，足有係帛書。」後演爲鴻雁銜書。蕭衍代蘇屬國婦詩：「忽聽西北雁，似從寒海湄。果銜萬里書，中有生離辭。」

其二

寫盡雙雙人字。誰寄。明歲雁門回〔一〕。教銜織錦到龍堆〔二〕。來麽來。來麽來。

【校】

此首道援堂詞、屈翁山詩集、全清詞闕。

【注】

〔一〕「寫盡」三句：群雁成列而飛，每排成「一」字或「人」字，稱爲「雁字」。白居易江樓晚眺景物鮮奇吟玩成篇寄水部張員外詩：「風翻白浪花千片，雁點青天字一行。」韋應物雜曲歌辭突厥三臺：「雁門山上雁初飛，馬邑闌中馬正肥。日旰山西逢驛使，殷勤南北送征衣。」

〔二〕「教銜」句：晉書列女列傳竇滔妻蘇氏：「竇滔妻蘇氏，始平人也，名蕙，字若蘭。善屬文。滔，苻堅時爲秦州刺史，被徙流沙，蘇氏思之，織錦爲回文旋圖詩以贈滔。宛轉循環以讀之，詞甚淒惋，凡八百四十字。」

南鄉子

幽菊艷重陽。心吐丹絲瓣卷黄。一朵芙蓉相伴冷，禁霜〔一〕。露濕無眠愛夜長。　梅萼又吹香。夢裏偏宜淺淡妝〔二〕。兒女小同山喜鵲〔三〕，雙雙。月下啾嘈繞洞房〔四〕。

【注】

〔一〕「幽菊」四句：菊與芙蓉均三秋景物，詩詞中常連用。晏殊訴衷情詞：「芙蓉金菊鬥馨香，天氣欲重陽。」張先訴衷情詞：「數枝金菊對芙蓉，零落意忡忡。」

〔二〕「夢裏」句：暗用趙師雄遊羅浮夢梅花美人之典。見贊成功詞注。賀鑄定情曲：「沈水濃熏，梅粉淡妝。」趙長卿攤破采桑子梅詞：「又見江梅淺淡妝。」趙師雄所夢者乃淡妝素服之女子。

〔三〕「兒女」句：屈大均廣東新語卷二十禽語：「山喜鵲、鷯鸃、紅裙、白練之屬，人皆以爲鳳雛也。」

〔四〕啾嘈：形容喧雜細碎之鳥聲。趙師雄夢醒後，見大梅花樹上有「翠羽啾嘈」。

明月逐人來　新月

眉痕輕碧。纖纖初畫〔一〕，微開鏡、素娥無力。兔兒何處，相顧無消息。待滿雌雄方識〔二〕。　誰見娟娟，不向蘭閨深憶。蛾長短、無人憐惜。兩頭青黛，應似春山滴。衹怕愁煙空積〔三〕。

【注】

〔一〕「眉痕」二句：孔平仲兩頭纖纖詩：「兩頭纖纖新月眉。」

〔二〕「兔兒」三句：兔，謂月中玉兔。謂滿月時方能辨其雌雄。木蘭辭：「雄兔脚撲朔，雌兔眼迷離。雙兔傍地走，安能辨我是雄雌？」

〔三〕「兩頭」三句：青黛，謂雙眉。劉歆西京雜記卷二：「卓文君姣好，眉色如望遠山，臉際常若芙蓉。」張元幹風流子詞：「對山滴翠嵐，兩眉濃黛。」陳棣傷春詞：「愁委積兮堆蛾眉。」

屈大均年譜簡編

明崇禎三年庚午(一六三〇)　一歲

九月初五日,屈大均生於南海縣之西場。

屈大均,字翁山。初名邵龍,號非池。或曰邵隆。又騷餘、介子、泠君、華夫,曰三外野人、八泉翁、髻人、九卦先生、花田酒天之農、代景大夫、代昭生,皆其自號也。爲僧時,法名今種,字一靈。

屈氏世居番禺茭塘思賢鄉,又名新汀,其地濱扶胥江,多細沙,又念其祖先懷沙而死,故名沙亭。

屈氏之先,自宋紹興間,迪功郎翰林誠齋公,諱禹勤,由關中來,止南雄珠璣巷,已而復還沙亭,是爲南屈之祖。十四世祖,梅侶公,諱子江。十三世祖,素庵公,諱元翰。十二世祖,滄州公,諱漢,以經學爲鄉閭老師,工詩,天真獨寫,一皆有道之言,陳獻章嘗稱之,著草蟲鳴砌集。

十一世祖，聽泉公，諱鈺。十世祖，野藪公，諱璲。祖諱楚相，字思道，祖妣譚氏。父諱宜遇，字原楚，號澹足。幼遭家難，寄養於南海邵氏。精醫理，爲人診治，不責其謝，或風雨昏夜，有來求請者，必往，活人以數百計。有暇輒飲酒，彈琴，讀醫書，與經史百家相間。母黄氏。兄弟三人，翁山居長，次大城，次大域。以力耕爲業。妹二。人稱屈五者，蓋以從兄行也。

是年，林古度五十二歲，錢謙益四十九歲，顧夢游三十二歲，傅山、張穆二十四歲，函昰二十三歲，方以智二十一歲，杜濬二十歲，錢澄之、方文十九歲，顧炎武十八歲，陳子升、魏畊十七歲，龔鼎孳十六歲，薛始亨十四歲，龔賢、王邦畿、吴嘉紀十三歲，吴綺十二歲，孫枝蔚、黄與堅十一歲，顧苓、何絳、程可則、岑徵、屈士煐四歲，尹源進、姜宸英、梁璉、魏禮三歲，朱彝尊、梁佩蘭二歲，屈士煌、朱宏祚生。

崇禎四年辛未（一六三一）　二歲

陳恭尹、張家珍、李因篤、徐嘉炎生。

崇禎五年壬申（一六三二）　三歲

吴興祚、王武生。

崇禎六年癸酉（一六三三）　四歲

大汕、王焯、毛際可生。

崇禎七年甲戌（一六三四）　五歲

王士禎、宋犖、高層雲生。

崇禎八年乙亥（一六三五）　六歲

李天馥、李良年、田雯、祁班孫生。

崇禎九年丙子（一六三六）　七歲

吳文煒、方殿元、查容、汪楫、徐釚、王攄生。

崇禎十年丁丑（一六三七）　八歲

成鷲、陶璜、魏坤、顧貞觀生。

崇禎十一年戊寅（一六三八）　九歲

崇禎十二年己卯（一六三九）　十歲

王又旦、李符生。

崇禎十三年庚辰（一六四〇）　十一歲

崇禎十四年辛巳（一六四一）　十二歲

顔光敏、吳之振生。

崇禎十五年壬午（一六四二）　十三歲

崇禎十六年癸未（一六四三）　十四歲

是年，屈大均能文。

崇禎十七年　清順治元年甲申（一六四四）　十五歲

屈大均與同里諸子爲西園詩社。

王隼生。

順治二年乙酉（一六四五）　十六歲

是年，屈大均從陳邦彦讀書於粵秀山，治周易、毛詩，始識陳恭尹。同學友薛始亨、程可則。春，屈大均以邵龍補南海縣學生員，督學副使林佳鼎所録。其父遂攜歸沙亭，復姓屈氏。時從兄士煌、族兄躍天皆有文名，同入縣學。是秋，從兄屈士煤亦舉於鄉，廣州人以翁山家爲羨。

順治三年丙戌（一六四六）　十七歲

十二月，廣州城陷。屈大均父宜遇攜家返沙亭，謂翁山曰：「自今以後，汝其以田爲書，日事耦耕，無所庸其絃誦也。吾爲荷蓧丈人，汝爲丈人之二三子。昔之時，不仕無義，今之時，龍荒之有，神夏之亡，有甚於春秋之世者，仕則無義。潔其身，所以存大倫也。小子勉之。」

潘耒生。

順治四年丁亥(一六四七)　十八歲

陳邦彦、陳子壯、張家玉起兵抗清，兵敗殉國。

屈大均嘗從陳邦彦獨當一隊。邦彦被執，磔以死。大均輿尸拾髮齒而囊之。國難師仇，益堅志不仕。

順治五年戊子(一六四八)　十九歲

順治六年己丑(一六四九)　二十歲

春，屈大均奉父命，赴肇慶行在，上中興六大典書。以大學士王化澄薦，行將官中秘，會聞父疾，乃歸。十二月初五日，父卒，年五十二，葬於南海沙亭涌口之山。

是年，屈大均以永曆錢一枚，繫以黄囊，懷之肘肱，自示不忘其君。

是年，屈大均以翁山爲字。

是年，屈大均取孔子所稱隱者，録爲一編，名曰論語高士傳。其堂曰七人之堂，有記。

順治七年庚寅(一六五〇)　二十一歲

十一月，清兵復破廣州。

冬，屈大均禮函昰於番禺圓岡鄉雷峰海雲寺爲僧，法名今種，字一靈，名所居曰死庵。查慎行生。

順治八年辛卯（一六五一） 二十二歲

曾燦入粵。

順治九年壬辰（一六五二） 二十三歲

順治十年癸巳（一六五三） 二十四歲

順治十一年甲午（一六五四） 二十五歲

順治十二年乙未（一六五五） 二十六歲

是年，屈大均住羅浮，程可則有送靈上人歸羅浮。

順治十三年丙申（一六五六） 二十七歲

秋，朱彝尊來粵。

道獨住廣州海幢寺，選屈大均爲侍者。秋，撰華嚴實鏡成，屈大均爲作跋。

順治十四年丁酉（一六五七） 二十八歲

龔鼎孳頒詔至粵，持錢謙益書，訪求道獨，搜求德清夢遊全集。曹溶聚衆繕寫，屈大均爲之校勘，鼎孳載以歸吳，錢謙益編定爲四十卷，毛晉鏤版于汲古閣。

屈大均時住東莞篁村之芥庵，朱彝尊過東莞，訂交。

秋，屈大均北上尋釋函可。張穆畫馬贈别，并有送翁山道人度嶺北訪沈陽剩和尚五古；陳子升有送一靈上人出塞尋祖心禪師七古，寄一靈上人五古；岑徵有別一靈上人七律。

順治十五年戊戌（一六五八） 二十九歲

屈大均入金陵。顧夢遊有送一靈師之遼陽兼柬剩和尚五律。錢澄之有送一靈出關尋剩公五律二首，范鳳翼有送一靈師之遼陽兼柬剩公。

春，屈大均至京師，詣萬壽山壽皇亭之鐵梗海棠樹下，哭崇禎皇帝。宿故中官吴家，問宫中舊事。旋以事走濟南，求李氏家藏翔鳳御琴觀之。留濟逾月，值楊正經至，握手如平生好。

屈大均謁孔林。徐晟有送屈翁山遊泰岱七律。

屈大均滄州識王士禛。王士禛極賞其詩，選爲百篇，謂爲唐宋以來詩僧無及者。五月，在薊門。後東出榆關，周覽遼東西名勝，訪函可不得達，弔袁崇焕廢壘而還。陳子升有懷一靈上人塞上七律。

冬，屈大均客廣陵。

是年，屈大均識湯來賀。

順治十六年己亥（一六五九） 三十歲

屈大均遊鄧尉，王猷定有贈翁山上人五律七首，送翁山玄墓探梅七絕二首。

三月十九日，屈大均與林古度、王潢、方文、楊大郁、洪仲、湯燕生諸遺民，集潢之南陔草堂，爲崇禎帝設蘋藻之薦。

春，屈大均遇鍾淵映於蠡湖之曲。朱彝尊有喜羅浮屈五過訪詩。

屈大均持道盛書，訪錢謙益於吳門，有訪錢牧齋宗伯芙蓉莊作。錢謙益爲書告毛晉曰：「羅浮一靈上座，真方袍平叔，其詩深爲于皇所嘆，果非時流所及也。」并爲作羅浮種上人詩集序。

朱彝尊有寄屈五金陵，周篔、徐善、朱彝鑒并有同作。彝尊又有過筏公西溪精舍懷羅浮屈五，與朱一是、屠爌、屠焯、李鏡、周篔、繆永謀、鄭玥、沈進、李斯年、李良年、李符聯句。

順治十七年庚子（一六六〇） 三十一歲

屈大均客秀水，遊放鶴洲。朱彝尊有同杜均俞汝言屈大均三處士放鶴洲探梅分韻。旋遊天台、雁蕩、沃洲諸山。王士禛有寄一靈道人詩。

屈大均復至秀水，朱彝尊有屈五來自白下期作山陰之遊，周篔有送屈五之山陰兼訊祁六，屈五約遊山陰作。彝尊先至，有同王二猷定登種山懷古招屈大均。

屈大均抵山陰，祁理孫、班孫相留，居於寓山園讀書，有寓山園弔祁忠敏公詩。祁氏富藏書，足不下樓者五月。翁山少好爲詩，祖離騷，至是一變其體。彝尊有寓山訪屈五，時，魏畊亦客祁氏。李斯年有懷一公客山陰、寄朱錫鬯兼與一公雪竇詩。

九月晦日，屈大均與朱彝尊同寓杭州酒樓。

冬，屈大均謁禹陵，館於王亹家。亹以所藏袁崇煥疏稿及余大成、程本直訟冤諸疏稿授翁山，采入袁崇焕傳中。

是年，屈大均識黄生於揚州，典裘沽酒，高詠唱和，旁若無人。生有贈一靈上人、雪夜懷一公詩。

順治十八年辛丑（一六六一） 三十二歲

春，屈大均至會稽，有會稽暮春酬南海陳五給諫懷予塞上之作兼寄西樵道士薛二詩。二月，與朱彝尊、祁班孫會葬朱士稚於大禹陵旁。

三月三日屈大均與董匡諸同志名流三十餘人修禊蘭亭。後至秀水，訪徐嘉炎於南州草堂，時正編道援堂詩集。旋避地桐廬，至嚴子陵祠，遊東西釣臺。

秋，屈大均欲南歸，韓畕從平湖至秀水操琴爲别，朱彝尊有寒夜集燈公聽韓七山人彈琴兼送屈五還羅浮，曹溶有送一公還羅浮詩，汪琬有送屈生還羅浮，毛奇齡有法駕導引送一靈和尚還羅浮詞。屈大均有將歸省母留别諸故人八首、將歸東粤省母留别王二丈亹祁四丈駿佳。

康熙元年壬寅（一六六二） 三十三歲

屈大均南歸，至桐江南岸富春山之麓，拜謝翱墓，作粤謝翱先生墓表并作謁謝皋羽墓三首。秋，歸里，遷居沙亭。遂蓄髮還俗，人稱羅浮道人。親友投贈之作，陳子升屈道人歌、喜翁山道人歸自遼陽作，屈士熼喜翁山弟還自塞北二首，屈士煌喜翁山見過，謝楸濠上偶晤屈翁山。

中秋，屈大均、梁佩蘭、陳恭尹、高儼、張穆、梁觀、龐嘉耋、屈士煌、王邦畿、陳子升、岑梵則集於廣州西郊草堂。大均述崇禎皇帝御琴事，座中爲之罷酒，陳子升、陳恭尹皆有長歌七古紀之。恭尹有西郊宴集同岑梵則張穆之家中洲王説作高望公龐祖如梁蘗亭梁顒若屈泰士屈翁山時翁山歸自塞上，陳子升有秋日西郊宴集時屈道人歸自遼陽七律，張穆有西郊社集同岑梵則王説作東屈翁山高望公諸子宴集時屈道人歸自遼陽，高儼有秋日西郊宴集。

是年，屈大均交魏禮，時魏禮自海南歸廣州。

康熙二年癸卯（一六六三）　三十四歲

徐乾學遊粤。

是年，屈大均奉母避難入瀧州。

康熙三年甲辰（一六六四）　三十五歲

春，屈大均北上金陵。陳恭尹、梁佩蘭、陳子升爲之餞行，同賦羅浮蝴蝶歌。另陳恭尹有贈别屈翁山二首、送屈翁山。薛始亨有送屈子四首。屈大均有贈别羊城諸子二首。别後，陳恭尹復有雨夜懷翁山，薛始亨有懷翁山。

康熙四年乙巳（一六六五）　三十六歲

秋，屈大均在南京，田登有乙巳秋同屈翁山登周處臺。旋至嘉興，識林之枚，晤鍾淵映。遊吴門，逢杜恒燦。

十一月，屈大均與孫默握别於錢唐，偕杜恒燦入陝西。歲暮抵三原，寓城南慶善寺。

康熙五年丙午（一六六六）　三十七歲

正月，大均入三原城，謁李衛公祠。復遊北城，拜王端毅祠。晤貴州死節張耀諸子，得耀死事本末，載入四朝成仁録。

二月，大均至涇陽。復觀會北城，於温氏館遇王弘撰。弘撰邀爲太華之遊。後一日，二子出北郭，飲於宋蘭之館。過魚橋，拜涇陽死節王徵祠，識其子永春，同遊杏灣觀杏。

三月六日，屈大均偕王弘撰從故道復往華陰。八日，至弘撰普頜里獨鶴亭，弘撰命其子王宜輔導上太華，弘撰送至醉溪而别。自峪口至華，凡三日，居於西峰之復庵八日，值三月十九日痛哭崇禎皇帝於巨靈掌上。四月朔，下山，仍主弘撰之砥齋，觀郭宗昌（胤伯）華山廟碑拓本。時與王弘嘉、王宜輔、羽人彭荆山遊宴芙蓉閣、黄神洞、大上方之下漱園、北谷口之山菉亭諸處。王弘嘉以屈大均愛華山中古丈夫洞，爲書「古丈夫洞草堂」相贈，王弘撰贈以序，王宜輔爲詩以贈。

五月初二日，屈大均偕王弘撰、宜輔父子同入西安，與宜輔往觀碑洞。同李因篤、李楷、杜恒燦、王弘撰父子置酒高會。時有十五國客，大均與顔光敏以詩盛稱於諸公，一座屬目。先是傳屈大均登華長律至西安，因篤見而驚服，即再拜訂交，謂今日始得一勁敵。又識沈荃，見屈大均華岳詩，嘆爲曠世奇男子。乃與因篤尋未央宫故址，過弔忠泉、薦母寺、慈恩寺、杜子美祠諸處，同至富平韓家村因篤家登堂拜母。時與劉大來（六如）、田而鈺（石臣）、田子庸上王翦墓飲酒，因篤與諸田皆賦詩見贈，大均爲贈因篤，進以張横渠之學。六月，偕李因篤自富平同至代州，客陳上年（祺公）尚友齋中。識顧炎武（亭林），顧氏有屈山人大均自關中至七律，出雁門關屈趙二生相送至此有賦五律。又偶題七絶。

八月初六日，遊五臺山。秋，至唐晉王祠瞻拜。歲暮，訪傅山於太原。

繼室王孺人來歸。王好馳馬習射，詩書琴棋，無所不善，伉儷甚篤。屈大均以古丈夫毛女玉姜避秦之地，而己所由得妻，因字之曰華姜，而自號曰華夫。李因篤有屈五翁山新婚即事二首，秋夕同諸子小集翁山齋中即事相調二首，寄翁山，小至雪中同翁山自雁門還郡，柬翁山諸詩。陳恭尹有屈翁山薄遊代州鎮將趙君妻以姊子本秦人也讀其白母書詩以紀懷。

康熙六年丁未（一六六七）　三十八歲

屈大均在代州，梁佩蘭有寄懷屈翁山客雁門五古二首。

春，屈大均偕富平田子、清苑二陳子遊白仁巖。

夏，朱彝尊過雁門。屈大均送至靈武。

秋，陳上年雁門兵備道裁缺，屈大均有送别祺公先生五首。李因篤攜家返秦，屈大均有送李天生歸陝西序，及詩送天生三首、再送天生攜家自代返秦三首。

八月朔，屈大均自代東入京。

康熙七年戊申（一六六八）　三十九歲

三月，顧炎武以萊州黄培詩獄牽連，下濟南府獄。李因篤走燕中急告諸友，屈大均亦至。因篤有夏日芝麓先生招同伯紫翁山諸君夜飲西院别後追憶前遊奉寄五十韻、夏日過紀高士伯紫齋中留飲同翁山三十韻。

屈大均、何絳於程可則寓齋識李良年，相處甚歡。

屈大均返代州，欲從代州返嶺南。王士禛有送翁山子五首。程可則有送屈翁山歸里六首。李因篤有六月三日送翁山先生歸南海四十韻、同翁山懷思益病居二首。錢方標有送屈翁山由代歸粤兼讀其詩詩。

秋，王華姜生女曰雁，字代飛。八月二日。屈大均攜家北行，至昌平州，謁長陵以下諸陵，遂入京。旋買舟直沽，至濟寧，乃舍舟而陸，逼小除，度江至秦淮。

是年，王煒撰屈翁山紀行序，方文有題屈翁山詩集二首。

康熙八年己酉（一六六九）　四十歲

正月，屈大均居秦淮，有人日秦淮上值孟王生辰賦贈詩二首。

是年，屈大均訪朱彝尊、徐嘉炎於嘉禾，下榻嘉炎齋中。嘉炎有屈翁山自太原攜内子王華姜歸粤省母。朱彝尊爲作九歌草堂詩集序。

方文有初春送屈翁山返番禺、再送翁山、同屈翁山飲周郇雨齋留宿，又有錢湘靈屈翁山鄒訏士寧山同古白上人見過小飲因至晏家橋看罌粟得七絶句。汪洪度有訪屈翁山不值。

康熙九年庚戌（一六七〇）　四十一歲

正月十一日，屈大均移家東莞，館於尹源進家。二十七日，王華姜病卒，年二十五。屈大均有哭内子王華姜十三首，陳恭尹有詩王華姜哀詞，文華姜墓志銘。陳子升有爲屈翁山悼妻華姜王氏詩。屈士煌有王孺人傳。黄生有挽屈翁山内子王華姜十絶句，吴盛藻有爲屈華夫挽王華姜十一首。

是年，釋大汕有贈屈翁山詩。

康熙十年辛亥（一六七一）　四十二歲

二月，屈大均編己作悼亡詩文及海内人士四十餘人所爲哀華姜古今體詩及序、傳、疏、誄、墓志銘爲悼儷集，付刻。黄生有題悼儷集詩。

四月，屈大均赴雷陽訪吴盛藻，吴盛藻有喜翁山至雷陽詩。五月女阿雁以食積疳殤。七月，自雷陽歸。

八月，屈大均、梁佩蘭、陳恭尹、林梧、凌天杓、高維檜泛舟東莞東湖，宴於尹源進蘭陔别墅。屈大均有東湖篇贈高明府詩一首，梁佩蘭有秋日同陳元孝屈翁山林叔吾凌天杓載酒泛舟東湖高西涯明府後至與焉是夜宴於尹瀾柱銓部宅一首，陳恭尹有同梁藥亭屈翁山凌天杓林叔吾泛舟東湖承高西涯邑侯垂訪談宴逮夜赴湖主人尹瀾柱銓部之招即事賦贈一首。

小除，屈大均續娶東莞黎氏。

是年，陳子升之青原，訪方以智、熊遇山。屈大均有送陳中洲二首、送陳五黄門訪藥地禪師二首。陳恭尹有送陳中洲之青原訪藥地禪師、寄青原藥地禪師各一首。

康熙十一年壬子（一六七二） 四十三歲

七月，屈大均經端州、新興、陽春、電白、高州、化州、遂溪而至廉州、雷州、欽州。

冬，梁佩蘭赴京。屈大均作送梁藥亭北上詩。

十二月，徐釚本事詩刻成，選録屈大均詩二首，梁佩蘭詩一首。

康熙十二年癸丑（一六七三） 四十四歲

秋，屈大均得子明道，繼室黎氏出。

冬，屈大均自粵北入湘從軍，經清遠、英州、乳源而至樂昌。

康熙十三年甲寅（一六七四） 四十五歲

正月，屈大均至衡陽，是年從軍於湖廣，轉徙於武陵、長沙、岳陽、桂陽等地。

王士禛感舊集刻成，録屈大均詩四十六首，梁佩蘭詩一首，陳恭尹詩十八首。

是年，屈大均撰甲寅軍中集。

康熙十四年乙卯（一六七五） 四十六歲

屈大均監軍桂林，督安遠大將軍孫延齡軍。

是年，屈大均撰乙卯軍中集。屈大均納側室劉武姑。

康熙十五年丙辰（一六七六）　四十七歲

正月，屈大均在桂林，二月，謝桂林監軍，經湖南臨武入粤，歸至佛山。四月攜家返沙亭。六月四日，繼室黎氏卒，年三十一。

康熙十六年丁巳（一六七七）　四十八歲

是年，屈大均得子明德，媵陳氏出。翁山詩略付刻。

康熙十七年戊午（一六七八）　四十九歲

是年，屈大均攜妻子，與郭青霞避地至南京。陳恭尹有詩送之。途中，其媵陳氏以苦毒熱病，卒於漢陽，葬於大别山之尾，一名梅子山。九月，子明德，以食積痞，死於揚子舟中，四歲，葬於上新河之上。

康熙十八年己未（一六七九）　五十歲

春，屈大均訪王攄於太倉。

秋，屈大均於南京再逢李符，符作詞豐樂樓贈其北行。

冬，屈大均遊揚州。汪士鋐有己未冬日登平山堂作同屈翁山曾青藜余生生閔檀林、屈翁山招話空翠閣、曾青藜屈翁山集梅旅限韻，又有紅橋同屈翁山閔賓連余生生野步。

是年，屈大均有廣陵篇贈别吴鹿園，吴苑有酬屈翁山廣陵篇見贈之作。另有次韻答贈屈翁山即送之金陵詩。

康熙十九年庚申（一六八〇）　五十一歲

正月，王攄兄弟招同屈大均諸子集善學齋，分賦。

二月，屈大均至松江。張帶三招同顔光敏宴集賦詩，旋返金陵。盛符升有春夜同顔修來屈翁山諸君集紫蓋山房分賦。

屈大均於南京交藍漣。

孟夏，魏世傚客金陵，以先輩禮見屈大均，撰屈翁山先生五十序。

秋，屈大均歸粤。時寓居東莞。十二月返沙亭，黄河澂有屈翁山歸自金陵喜而賦贈，釋成鷲有屈翁山歸自金陵予將赴瀧水賦贈。

是年，屈大均得女明涇於南京，劉氏武姑出。

康熙二十年辛酉（一六八一）　五十二歲

屈大均館於廣州。

五月，屈大均子明道殤，九歲。屈大均有哭亡兒明道十三首。

張杉遊粤，屈大均、梁佩蘭、陳恭尹有詩贈行。

康熙二十一年壬戌（一六八二）　五十三歲

是年，屈大均再得子，劉武姑出。

屈大均遊樂昌。

康熙二十二年癸亥（一六八三）　五十四歲

是年，屈大均得第三子明治，梁氏文姑出。

康熙二十三年甲子（一六八四）　五十五歲

秋，王又旦入粵主廣東鄉試，屈大均、梁佩蘭、陳恭尹爲其粵絲紅袖圖題詩。

秋，屈大均偕王又旦、蔣伊同遊羅浮。

徐釚來廣州，屈大均、梁佩蘭、陳恭尹爲其題詩。

是年，屈大均得女阿端，劉氏武姑出。

康熙二十四年乙丑（一六八五）　五十六歲

春，王士禛奉使至粵，與屈大均、陳恭尹、黄與堅、高層雲等同遊廣州諸名勝。四月北還，有與元孝翁山蒲衣方回王顧諸子集光孝寺、同庭表稷園元孝翁山遊海幢寺遂至海珠寺、别耑孩元孝翁山蒲衣方回詩。陳恭尹有同王阮亭宫詹黄忍庵太史高稷園廷評張超然屈翁山兩處士五羊訪古作、扶胥歌送王阮亭宫詹祭告南海事峻還都兼呈徐建庵彭羨門王黄湄朱竹垞諸公、菖蒲澗、五仙觀、海珠石、菩提樹詩。

四月九日，吴興祚招同屈大均、王士禛、黄與堅飲於端州石室巖。時吴、王欲疏薦之，大均婉謝。

十一月，屈大均自端州歸沙亭。女說生，丘氏辟寒出。

康熙二十五年丙寅（一六八六）　五十七歲

正月十七日，屈大均女説殤。

春日，王永譽府中牡丹盛開，招同梁佩蘭、屈大均、陳恭尹、張梯、張遠、陳阿平等雅集於倚劍堂，賞花分賦。

閏四月二十日，屈大均側室梁氏卒，年三十四。時大均在郡城，聞病乃歸沙亭。六月，葬於石坑山。

吴興祚饋贈屈大均茭塘黄女官之田三十七畝。自耕之。

康熙二十六年丁卯（一六八七）　五十八歲

二月，屈大均納陸氏墨西、石氏香東來歸。

春，嚴繩孫入粤，與梁佩蘭、屈大均、陳恭尹、吴文煒等交遊唱酬。梁佩蘭以名花丫蘭贈之。

春，王宜輔謁屈大均於沙亭。

七月，屈大均至永安，爲知縣張進籙纂修永安縣次志十七卷。寓紫金書院半月，歸。

秋，嚴繩孫歸無錫，梁佩蘭、屈大均、陳恭尹皆有詩贈之。

九月，屈大均得第四子明渲，劉氏武姑出。

十月，屈大均纂成廣東文選，劉茂溶助刻之，時居廣州城南木排頭珠江義學樓上，時人稱之曰文選樓。

十一月，屈大均以自買沙頭地一區，在本鄉思賢里社之東，獻於十一至十四世祖，俾諸父兄卜曰爲祠，而議祠曰壽昌。

冬，潘耒來粵。

是年，刻廣東新語工竣，以翁山易外付梓。

康熙二十七年戊辰（一六八八）　五十九歲

夏，潘耒離粵，有酬别陳元孝、贈屈翁山詩。陳恭尹有贈别潘檢討二首。

十一月，屈大均至肇慶，客凌氏家。

是年，屈大均刻翁山易外成，張雲翮爲作序。

康熙二十八年己巳（一六八九）　六十歲

四月二十五日，王佳賓卒，屈大均自沙亭至廣州哭之。

陳子升、屈大均有詩詞賀梁佩蘭南還。

九月初五日，屈大均六十壽，王世禎作少萊子歌爲屈翁山壽詩，陳恭尹作續王礎塵少萊子歌爲屈翁山壽，汪士鋐有少萊子歌爲屈翁山太夫人九十壽，汪沅作寄壽屈翁山先生即次來詩原韻、采菊行寄屈翁山先生。王煒作卧龍松歌寄屈翁山先生。長子明洪有八泉翁壽日恭賦二首。

康熙二十九年庚午（一六九〇）　六十一歲

是年，屈大均、梁佩蘭、陳恭尹等修復浮丘詩社。

冬，屈、梁、陳皆以詩送吴興祚還都。

冬，屈大均至惠州，客王煐齋中。

十二月，屈大均舉第五子明濤，陸氏墨西出。

康熙三十年辛未（一六九一）　六十二歲

三月三日，王隼之女與李仁新婚，屈大均、梁佩蘭、陳恭尹、林梧、吴文煒、梁無技往王隼濠廬宴集，分賦以賀。

九月二十五日，陳恭尹生日，屈大均賦詩爲壽。

屈大均識羽應翱於廣州濠畔之市，列其父鳳麒於四朝成仁録後廣州死難諸臣傳中。

是年，王士禛有聞越王臺重修七屈樓寄屈翁山陳元孝梁藥亭詩。

康熙三十一年壬申（一六九二）　六十三歲

初春，梁佩蘭招同王煐、陳廷策、屈大均、陳恭尹、黄河澂等雅集六瑩堂，出六瑩琴相示，屈大均、陳恭尹、黄河澂有詩紀之。

正月十七日，大汕邀屈大均、梁佩蘭、陳恭尹、龔翔麟、王煐、陳廷策、陳子升、廖焞、季煌、王世禎、沈上籛、方正玉、朱漢源、黄河澂、黄河圖社集長壽寺離六堂，分韻。

九月，王隼編刊嶺南三大家詩選二十四卷，屈、梁、陳各八卷，王煐作序。陳維崧編今詩篋衍集成，選録屈大均詩二十六首，梁佩蘭詩三首，陳恭尹詩四首。

康熙三十二年癸酉（一六九三）　六十四歲

二月八日，屈大均、梁佩蘭、陳恭尹陪朱彝尊等人往光孝寺，觀唐僧人貫休所畫羅漢，陳恭尹有同朱竹垞梁藥亭屈翁山集訶林南公房觀唐貫休畫羅漢歌詩，朱彝尊有光孝寺觀貫休畫羅漢同陳恭尹賦。三日後朱彝尊等别去，梁佩蘭設宴五層樓，邀同屈大均、陳恭尹、吴文煒、王隼、梁無技、陳元基、季煌爲其餞行，屈大均有送朱竹垞二首。

四月八日，屈大均母黄太夫人卒，年九十。六月二十五日，祔葬於寶珠峰澹足公墓側，廬於墓側。

是年，屈大均舉第六子明濂，陸氏墨西出。

康熙三十三年甲戌（一六九四）　六十五歲

春夏之際，薛熙來粤，寓屈氏騷聖樓。刻所撰秦楚之際遊記，屈大均、陳恭尹、王煐序，屈大均評識。

閏夏，屈大均、梁藥亭、陳恭尹、王煐、陶元淳、薛熙同遊長壽寺。

秋，王攄來廣州，與屈大均、梁佩蘭、陳恭尹等遊。屈大均招同王攄、薛熙飲於古丈夫草堂。

十二月歸，梁佩蘭贈以青花端硯，并與陳恭尹賦詩贈行。

藍漣來粵。

十月，陳恭尹葬王世楨衣冠於羅浮山，以書招屈大均往會。

屈大均編翁山文鈔，屬薛熙加以評次。

康熙三十四年乙亥（一六九五）　六十六歲

四月七日，屈大均側室劉武姑卒，年四十一。五月十七日，葬於石坑山。

端午，梁佩蘭招同屈大均、陳恭尹、王煐、廖焞、吴文煒、王隼、藍漣泛舟珠江觀競渡。

是年，屈大均爲王煐作田盤紀遊序、憶雪樓詩集序，又爲長歌以贈行。

是年，屈大均營生壙於澹足公墓下。

康熙三十五年丙子（一六九六）　六十七歲

正月二十九日，袁景星、史申義、梁佩蘭、王煐、王原招同藍漣、史萬夫、于廷弼、岑徵、屈大均、陳恭尹、吴文煒、廖焞、王隼、陳阿平、林貽熊、曾秩長、梁無技、黄漢人宴集於廣州城南寓齋，分賦。

歲初，屈大均作臨危詩，託後事於王煐、陳恭尹。

五月十六日，屈大均病卒，享年六十七。王煐次其贈詩韻挽之。

後記

二〇一八年冬，屈大均詞箋注定稿交付上海古籍出版社，責任編輯祝伊湄女史認真審閲全文，此後兩三年間，與本人數十次電子郵件往還，指出書中不少失誤，並提出校改意見。我曾致郵表示謝意，略云：「騷屑詞箋注已逐字細閲，不敢懈怠，比來無日不在惶愧之中，羊未云亡，牢得稍補，幸免騰笑學林，端賴女史護持之力，感激五内，實難言表。老邁目衰，屈詞文本之録入及校勘之事，悉委諸生；余審讀時亦掉以輕心，自召尤愆，不得諉過他人也。」

在本書撰寫過程中，廣州電視大學李文約教授提供所藏道援堂集及國學扶輪社翁山詩外複印本；箋注文字之録入則委諸舍弟永滔。南昌大學段曉華教授曾審閲部分文稿，對多則箋注修訂補充。謹在此對以上諸先生表示衷心的感謝。

箋注之難，拙著詩注要義已詳言之。本書中訛誤恐亦難免，敬祈海内外學者批評指正。

陳永正

二〇二二年中秋於中山大學沚齋

樊榭山房集　　[清]厲鶚著　[清]董兆熊注　陳九思標校
劉大櫆集　　[清]劉大櫆著　吴孟復標點
儒林外史彙校彙評(增訂版)　　[清]吴敬梓著　李漢秋輯校
小倉山房詩文集　　[清]袁枚著　周本淳標校
忠雅堂集校箋　　[清]蔣士銓著　邵海清校　李夢生箋
甌北集　　[清]趙翼著　李學穎、曹光甫校點
惜抱軒詩文集　　[清]姚鼐著　劉季高標校
兩當軒集　　[清]黄景仁著　李國章校點
惲敬集　　[清]惲敬著　萬陸、謝珊珊、林振岳標校　林振岳集評
茗柯文編　　[清]張惠言著　黄立新校點
瓶水齋詩集　　[清]舒位著　曹光甫點校
龔自珍全集　　[清]龔自珍著　王佩諍校點
龔自珍詩集編年校注　　[清]龔自珍著　劉逸生、周錫韥校注
水雲樓詩詞箋注　　[清]蔣春霖著　劉勇剛箋注
人境廬詩草箋注　　[清]黄遵憲著　錢仲聯箋注
嶺雲海日樓詩鈔　　[清]丘逢甲著　丘鑄昌標點

夏完淳集箋校(修訂本)	[明]夏完淳著　白堅箋校
牧齋初學集	[清]錢謙益著　[清]錢曾箋注 錢仲聯標校
牧齋有學集	[清]錢謙益著　[清]錢曾箋注 錢仲聯標校
牧齋雜著	[清]錢謙益著　[清]錢曾箋注 錢仲聯標校
牧齋初學集詩注彙校	[清]錢謙益著　[清]錢曾箋注 卿朝暉輯校
李玉戲曲集	[清]李玉著 陳古虞、陳多、馬聖貴點校
吴梅村全集	[清]吴偉業著　李學穎集評標校
歸莊集	[清]歸莊著
顧亭林詩集彙注	[清]顧炎武著　王蘧常輯注 吴丕績標校
安雅堂全集	[清]宋琬著　馬祖熙標校
吴嘉紀詩箋校	[清]吴嘉紀著　楊積慶箋校
陳維崧集	[清]陳維崧著　陳振鵬標點 李學穎校補
屈大均詩詞編年校箋	[清]屈大均著　陳永正等校箋
秋笳集	[清]吴兆騫撰　麻守中校點
漁洋精華録集釋	[清]王士禛著 李毓芙、牟通、李茂肅整理
聊齋志異會校會注會評本	[清]蒲松齡著　張友鶴輯校
敬業堂詩集	[清]查慎行著　周劭標點
納蘭詞箋注	[清]納蘭性德著　張草紉箋注
方苞集	[清]方苞著　劉季高校點

辛棄疾詞校箋	[宋]辛棄疾著　吴企明校箋
姜白石詞編年箋校	[宋]姜夔著　夏承燾箋校
後村詞箋注	[宋]劉克莊著　錢仲聯箋注
瀛奎律髓彙評	[元]方回選評　李慶甲集評校點
雁門集	[元]薩都拉著 殷孟倫、朱廣祁校點
揭傒斯全集	[元]揭傒斯著　李夢生標校
高青丘集	[明]高啓著　[清]金檀注 徐澄宇、沈北宗校點
唐寅集	[明]唐寅著　周道振、張月尊輯校
文徵明集(增訂本)	[明]文徵明著　周道振輯校
震川先生集	[明]歸有光著　周本淳校點
海浮山堂詞稿	[明]馮惟敏著 凌景埏、謝伯陽標校
滄溟先生集	[明]李攀龍著　包敬第標校
梁辰魚集	[明]梁辰魚著　吴書蔭編集校點
沈璟集	[明]沈璟著　徐朔方輯校
湯顯祖詩文集	[明]湯顯祖著　徐朔方箋校
湯顯祖戲曲集	[明]湯顯祖著　錢南揚校點
白蘇齋類集	[明]袁宗道著　錢伯城校點
袁宏道集箋校	[明]袁宏道著　錢伯城箋校
珂雪齋集	[明]袁中道著　錢伯城點校
隱秀軒集	[明]鍾惺著　李先耕、崔重慶標校
譚元春集	[明]譚元春著　陳杏珍標校
張岱詩文集(增訂本)	[明]張岱著　夏咸淳輯校
陳子龍詩集	[明]陳子龍著 施蟄存、馬祖熙標校

王令集	[宋]王令著　沈文倬校點
蘇軾詩集合注	[宋]蘇軾著　[清]馮應榴注　黄任軻、朱懷春校點
東坡樂府箋	[宋]蘇軾著　[清]朱孝臧編年　龍榆生校箋
東坡詞傅幹注校證	[宋]蘇軾著　[宋]傅幹注　劉尚榮校證
欒城集	[宋]蘇轍著　曾棗莊、馬德富校點
山谷詩集注	[宋]黄庭堅著　[宋]任淵、史容、史季温注　黄寶華點校
山谷詩注續補	[宋]黄庭堅著　陳永正、何澤棠注
山谷詞校注	[宋]黄庭堅著　馬興榮、祝振玉校注
淮海集箋注	[宋]秦觀撰　徐培均箋注
淮海居士長短句箋注	[宋]秦觀著　徐培均箋注
清真集箋注	[宋]周邦彦著　羅忼烈箋注
石門文字禪校注	[宋]釋惠洪撰　周裕鍇校注
石林詞箋注	[宋]葉夢得著　蔣哲倫箋注
樵歌校注	[宋]朱敦儒著　鄧子勉校注
李清照集箋注(修訂本)	[宋]李清照著　徐培均箋注
吕本中詩集箋注	[宋]吕本中著　祝尚書箋注
陳與義集校箋	[宋]陳與義著　白敦仁校箋
蘆川詞箋注	[宋]張元幹著　曹濟平箋注
劍南詩稿校注	[宋]陸游著　錢仲聯校注
放翁詞編年箋注(增訂本)	[宋]陸游著　夏承燾、吴熊和箋注　陶然訂補
范石湖集	[宋]范成大撰　富壽蓀標校
于湖居士文集	[宋]張孝祥著　徐鵬校點
稼軒詞編年箋注(定本)	[宋]辛棄疾撰　鄧廣銘箋注

柳河東集　[唐]柳宗元著　[宋]廖瑩中輯注
元稹集校注　[唐]元稹著　周相録校注
長江集新校　[唐]賈島著　李嘉言新校
張祜詩集校注　[唐]張祜著　尹占華校注
三家評注李長吉歌詩　[唐]李賀著　[清]王琦等評注　蔣凡校點
樊川文集　[唐]杜牧著　陳允吉校點
樊川詩集注　[唐]杜牧著　[清]馮集梧注
温飛卿詩集箋注　[唐]温庭筠著　[清]曾益等箋注
玉谿生詩集箋注　[唐]李商隱著　[清]馮浩箋注　蔣凡校點
樊南文集　[唐]李商隱著　[清]馮浩詳注　錢振倫、錢振常箋注
皮子文藪　[唐]皮日休著　蕭滌非、鄭慶篤整理
鄭谷詩集箋注　[唐]鄭谷著　嚴壽澂、黄明、趙昌平箋注
韋莊集箋注　[五代]韋莊著　聶安福箋注
李璟李煜詞校注　[南唐]李璟、李煜著　詹安泰校注
張先集編年校注　[宋]張先著　吴熊和、沈松勤校注
二晏詞箋注　[宋]晏殊、晏幾道著　張草紉箋注
乐章集校箋　[宋]柳永著　陶然、姚逸超校箋
梅堯臣集編年校注　[宋]梅堯臣著　朱東潤編年校注
歐陽修詩文集校箋　[宋]歐陽修著　洪本健校箋
歐陽修詞校注　[宋]歐陽修著　胡可先、徐邁校注
蘇舜欽集　[宋]蘇舜欽著　沈文倬校點
嘉祐集箋注　[宋]蘇洵著　曾棗莊、金成禮箋注
王荊文公詩箋注（修訂版）　[宋]王安石著　[宋]李壁箋注　高克勤點校

玉臺新咏彙校	吴冠文、談蓓芳、章培恒彙校
王梵志詩校注(增訂本)	[唐]王梵志著　項楚校注
盧照鄰集箋注	[唐]盧照鄰著　祝尚書箋注
駱臨海集箋注	[唐]駱賓王著　[清]陳熙晉箋注
王子安集注	[唐]王勃著　[清]蔣清翊注
陳子昂集(修訂本)	[唐]陳子昂撰　徐鵬校點
孟浩然詩集箋注(增訂本)	[唐]孟浩然著　佟培基箋注
王右丞集箋注	[唐]王維著　[清]趙殿成箋注
李白集校注	[唐]李白著　瞿蜕園、朱金城校注
高適集校注(修訂本)	[唐]高適著　孫欽善校注
杜詩趙次公先後解輯校	[唐]杜甫著　[宋]趙次公注 林繼中輯校
新定杜工部草堂詩箋斠證	[唐]杜甫著　[宋]魯訔編 [宋]蔡夢弼會箋　曾祥波新定斠證
杜詩鏡銓	[唐]杜甫著　[清]楊倫箋注
錢注杜詩	[唐]杜甫著　[清]錢謙益箋注
杜甫集校注	[唐]杜甫著　謝思煒校注
岑參集校注	[唐]岑參著　陳鐵民、侯忠義校注
戴叔倫詩集校注	[唐]戴叔倫著　蔣寅校注
韋應物集校注(增訂本)	[唐]韋應物著　陶敏、王友勝校注
權德輿詩文集	[唐]權德輿撰　郭廣偉校點
王建詩集校注	[唐]王建著　尹占華校注
韓昌黎詩繫年集釋	[唐]韓愈著　錢仲聯集釋
韓昌黎文集校注	[唐]韓愈著　馬其昶校注 馬茂元整理
劉禹錫集箋證	[唐]劉禹錫著　瞿蜕園箋證
白居易集箋校	[唐]白居易著　朱金城箋校
柳宗元詩箋釋	[唐]柳宗元著　王國安箋釋

《中國古典文學叢書》已出書目

詩經今注	高亨注
楚辭今注	湯炳正、李大明、李誠、熊良智注
司馬相如集校注	[漢]司馬相如著　金國永校注
揚雄集校注	[漢]揚雄著　張震澤校注
張衡詩文集校注	[漢]張衡著　張震澤校注
阮籍集	[魏]阮籍著　李志鈞等校點
陸機集校箋	[晉]陸機著　楊明校箋
陶淵明集校箋(修訂本)	[晉]陶潛著　龔斌校箋
世説新語箋疏(修訂本)	[南朝宋]劉義慶撰　余嘉錫箋疏　周祖謨等整理
世説新語校釋(增訂本)	[南朝宋]劉義慶撰　[南朝梁]劉孝標注　龔斌校釋
鮑參軍集注	[南朝宋]鮑照著　錢仲聯增補集説校
謝宣城集校注	[南朝齊]謝朓著　曹融南校注集説
江文通集校注	[南朝梁]江淹著　丁福林、楊勝朋校注
文心雕龍義證	[南朝梁]劉勰著　詹鍈義證
詩品集注(增訂本)	[梁]鍾嶸著　曹旭集注
文選	[梁]蕭統編　[唐]李善注
蕭繹集校注	[南朝梁]蕭繹著　陳志平、熊清元校注